La Fille du Pasteur Cullen

Le Prix de la vérité

Tome 3

www.quebecloisirs.com

UNE ÉDITION DU CLUB QUÉBEC LOISIRS INC.

Avec l'autorisation des Éditions Québec Amérique inc.

Dépôt légal – Bibliothèque et Archives nationales du Québec, 2010
ISBN Q.L. : 978-2-89666-040-7
(Publié précédemment sous ISBN 978-2-7644-0733-2)

Imprimé au Canada par Friesens

La Fille du Pasteur Cullen

Le Prix de la vérité
Tome 3

SONIA MARMEN

« Les larmes les plus amères que l'on verse sur
les tombes viennent des mots que l'on n'a pas dits,
des choses que l'on n'a pas faites ! »

Harriet Beecher Stowe

Chapitre 1

Jamaïque, 1831

Le calendrier s'effeuillait ainsi que devaient le faire les arbres en Écosse. En Jamaïque, octobre ressemblait à juillet comme à janvier. Les arbres se paraient de verts éternels et les fleurs et les fruits abondaient selon la période de production des espèces. La chaleur ennuyait par sa constance, de même que la durée du jour et de la nuit. Ici, les changements de saisons se manifestaient autrement. La saison des ouragans remplaçait l'automne; la saison sèche, l'hiver; celle des pluies s'étirait du printemps jusqu'au milieu de l'été pour revenir en force à l'automne. Pour Charlotte, ces phénomènes climatiques qui marquaient les saisons ne rappelaient rien de son pays. Les paysages flamboyants lui manquaient. Les pentes ocrées d'Arthur's Seat, les pâturages mordorés pastillés de moutons dépourvus de leur toison. La récolte de pommes de Weeping Willow qui fournirait le cidre pour l'année à venir. L'odeur des champs fraîchement fauchés, celle des derniers labours. Et même le pincement du vent froid sur ses joues. Tout cela lui faisait terriblement défaut.

S'émerveiller devant l'épanouissement d'un hibiscus ou le vol d'un oiseau-mouche devenait un remède de moins en moins efficace pour le mal qui l'habitait. Mais était-ce vraiment le mal du pays ? Nicholas... Le champ d'étoiles était son refuge quand plus rien ne l'empêchait de penser à lui. Elle n'avait plus revu le gérant depuis des jours. Comme promis, Sir Robert avait tout arrangé pour le lui éviter et le jeune Lucas venait à la grand-case pour poursuivre ses cours. Charlotte avait aménagé dans la cuisine secondaire de la maison un coin où ils pouvaient travailler tranquilles. La petite Mabel s'était jointe à eux.

L'interdiction d'approcher Nicholas Lauder l'empêchait du même coup d'espérer de l'accompagner à Montego Bay. Et quelques incidents chez les nègres de Roehampton avaient rendu Susan craintive de prendre la route. Ainsi, Charlotte se contentait d'écrire à son amie Catherine. Elle écrivait aussi à sa famille le contenu de ses journées, mais gardait clos celui de son cœur. Son retour en Écosse approchait. Elle l'attendait en même temps qu'elle le redoutait. Elle oublierait son béguin d'adolescente pour Nicholas Lauder. Parce que c'était, réflexion faite, tout ce dont il s'agissait. Assurément. Une passade pour un séduisant bagnard. C'était romantique. Comme ces histoires de pirates qui tombaient amoureux de leurs belles captives. Peu importait maintenant si Nicholas était véritablement amoureux d'elle. Ce genre d'histoires ne se terminait bien que dans la fiction. Pour oublier, elle s'investissait corps et âme dans les soins aux malades. Elle s'abîmait dans les ouvrages que lui avait fait parvenir son père. Des lectures qui sollicitaient un esprit rationnel et la sortiraient de ses rêves.

Susan devenait taciturne et irritable. Charlotte respectait ses longs silences lors des veillées sur la véranda ou au salon. La jeune femme vivait aussi des moments difficiles. D'abord, le caractère scandaleux du comportement de Lady Louisa, sa belle-sœur, avait certainement de quoi perturber le plus déluré des esprits libres. Puis il y avait l'appréhension du départ prochain de son frère, Sir Robert, et de la mignonne Mabel, sa nièce à laquelle elle s'était attachée comme une grande sœur. Enfin, qui ne redouterait pas avec une égale morosité la tristesse que lui réserveraient indubitablement les mois à venir ? Sir Robert ne prévoyait pas revenir en Jamaïque avant deux ou trois ans. Susan se retrouverait de nouveau seule avec Madame Eugénie dans le petit monde isolé de Montpelier, dont elle prendrait sans doute la direction. Rien pour l'arracher à une solitude qu'elle ne supportait plus.

Quant à Louisa… Le temps écoulé laissait espérer qu'elle avait abandonné son idée de lui faire payer son indiscrétion. En sa compagnie, elle se montrait irascible, agitée et Charlotte jugeait qu'il était préférable de l'éviter.

Elle pensa que tous ces remuements avaient fini par l'affecter de mélancolie languissante. On lui trouvait le teint souffreteux. Possiblement qu'elle avait attrapé quelque mal. On lui reprochait ouvertement sa promenade bas nus dans l'eau, plus subtilement cet après-midi d'orage passé seule en compagnie du gérant Lauder. Il avait plu presque tous les jours suivants et c'était souvent trempée qu'elle rentrait de l'hôpital. Octobre était le mois le plus pluvieux de l'année et les cas de grippe se multipliaient. Pour le plaisir de Sir Robert, elle se plia à ses ordres et s'accorda une journée de congé.

La maison était silencieuse. C'était le samedi-nègre[1] et Susan et Mabel étaient montées au village distribuer des ballots de tissus et des vivres. Charlotte avait traîné son corps d'un fauteuil à un autre. Elle avait ouvert un livre pour l'oublier sur ses cuisses quinze minutes plus tard. Son esprit n'arrivait pas à rester tranquille assez longtemps pour s'imprégner de ce que lisaient ses yeux. Elle pensait à Nicholas. Puis à Susan et Mabel. Elle revenait à Nicholas et encore à Susan. Cela devenait obsessif, narguant, épuisant.

Plus elle y réfléchissait, plus elle trouvait plausible l'hypothèse de Louisa. Susan pouvait fort bien être la mère de Mabel. Évidemment, une fois enceinte, il était devenu difficile, voire impossible pour elle de se marier brillamment. Ce Mr Innes restait sans doute le seul homme qui pouvait encore accepter d'épouser la fille du planteur, mais sa « condition » n'avait pas convenu aux Elliot.

Ce que Charlotte ne s'expliquait pas était le mariage de Sir Robert avec Louisa Wedderburn. Pourquoi avoir épousé une femme qu'il méprisait ? Une femme aussi dégourdie, scandaleuse, avec qui il refusait même toute relation intime ?

Pendant que son esprit délibérait sur le sujet, Charlotte regardait son livre se refermer sur ses cuisses. Elle repensa aux cahiers découverts

---

1. Puisque le planteur ne pourvoyait pas à la nourriture de ses esclaves, un après-midi leur était accordé à chaque quinzaine pour leur permettre de soigner leurs jardins à provisions.

dans la grande armoire dans la chambre de Susan. Le journal intime de Susan. Il devait contenir une réponse, sinon suffisamment d'indices pour contenter son questionnement stérile. Fouiller les affaires personnelles d'autrui était mal, Charlotte le savait. Un journal intime était pire que tout. Jamais elle ne se permettrait de violer ainsi la vie privée de son amie. Elle reprit son livre, mais son esprit continuait de vagabonder dans l'incertitude. Lui parvenait le chant des domestiques sarclant le potager. Madame Eugénie était montée à sa chambre. Une migraine. La maison était silencieuse. Un journal intime pouvait contenir des confidences, révéler des secrets…

Charlotte retrouva les cahiers au même endroit. Ils étaient rangés suivant les années. Elle chercha ceux de 1824 et 1825. Elle tomba sur celui qui s'échelonnait du mois de mai 1824 au mois de février de l'année suivante… Charlotte le retira en prenant soin de marquer l'endroit où il était rangé. Elle disposait d'un peu de temps. Susan, Mabel et Louisa ne rentreraient pas avant le déjeuner. « Ce que je fais est très mal », se dit-elle. Mais, indifférentes à sa mauvaise conscience, ses mains tournaient librement les pages et ses yeux parcouraient rapidement les lignes. Elle tomba sur le nom d'Innes…

Le onze en juillet.

Depuis trois jours la chaleur est mortifiante. Je me suis baignée au Blue Hole. L'eau y est froide et stimulante. Évidemment, Sally faisait le guet. Car il arrive que des contremaîtres viennent s'y rafraîchir. L'autre jour j'y ai vu Mr Innes. Sally et moi étions restées cachées derrière un écran de feuillage. C'était la première fois que je voyais un homme blanc complètement nu. Mais, d'après ses commentaires, apparemment pas Sally. Et elle n'avait rien trouvé d'impressionnant au physique de Mr Innes. Quant à moi, je l'ai trouvé plutôt agréable à regarder. Le docteur Macpherson et le capitaine Morris sont venus dîner ce soir. Le capitaine est un ami de la famille. C'est un ancien corsaire et il ne manque pas d'aventures rocambolesques à raconter…

Les lignes suivantes racontaient le pillage d'un navire espagnol au large des côtes brésiliennes.

Le vingt-six en juillet.

Alors que nous nous promenions ce matin le long de la Great River, Sally et moi avons surpris Betsy en train d'embrasser sur la bouche Tom le chasseur de rats, derrière un rideau de bambous. Nous avons eu le temps de les épier pendant plusieurs longues minutes avant qu'ils se rendent compte de notre présence. C'était un si long baiser que je me demande comment ils faisaient pour respirer. Et à un moment donné, Tom a remonté la jupe de Betsy et a glissé sa main en dessous. J'ai demandé tout bas à Sally si elle avait déjà embrassé un garçon. Ma question l'a fait rire et ça a alerté les deux tourtereaux, qui se sont sauvés. J'ai demandé à Sally de me dire quel effet ça fait. Elle a dit que ça s'expliquait difficilement et qu'il fallait le faire pour le savoir. Alors, je lui ai demandé de me montrer. Elle a absolument refusé et s'est même montrée horrifiée. J'ai insisté en lui disant que sinon je dirais à ma mère que c'était elle qui avait volé les trois cuillères d'argent. À voir sa réaction sur son visage, je pense que je n'étais pas loin d'avoir deviné juste. Elle a accepté de me donner un petit baiser sur la bouche. J'ai trouvé que ça faisait plutôt bizarre et que c'était sans doute parce que c'était une fille. Je lui ai demandé de recommencer parce qu'elle avait à peine touché mes lèvres. Cette fois j'ai fermé les yeux et j'ai essayé d'imaginer qu'il s'agissait de Mr Innes. C'était beaucoup mieux…

Le neuvième jour d'août, Susan racontait un fait qui suscita plus particulièrement l'intérêt de Charlotte. Sir Thomas s'était rendu à Montego Bay rencontrer des marchands hollandais. Il était rentré au beau milieu de la nuit et avait forcé la porte de la chambre de Madame Eugénie…

… J'entends Mère pleurer et supplier Père de la laisser tranquille. Il est complètement ivre. Je voudrais aller retrouver Robbie comme

je le faisais quand j'étais petite et chanter avec lui des comptines pour ne pas entendre les plaintes de Mère. Mais je n'ose pas bouger par crainte que Père m'entende. C'est ce qui est arrivé la dernière fois. Il m'a accusée d'écouter aux portes et m'a si fortement giflée que j'en ai conservé la marque pendant deux jours. Je hais mon père. C'est un monstre, un animal. Je prie Dieu de nous en délivrer.

Soulevée par le dégoût, Charlotte dut laisser le cahier un moment pour respirer. Doux Jésus ! Comment un homme pouvait-il rendre ses enfants témoins d'une pareille ignominie ?

Le surlendemain, Susan racontait la suite du drame :

... le docteur Macpherson a dit que Mère ne conserverait pas de cicatrice visible de son entaille. Son œil tuméfié ne prendrait que quelques jours à se résorber. Cette fois, Père l'a rudement frappée. Heureusement que Robbie est intervenu. Père lui a dit de se mêler de ce qui le regardait et l'a aussi frappé. Pour la première fois de sa vie, Robbie lui a tenu tête. Ils se sont bagarrés. Robbie a rapidement pris le dessus; Père était vraiment trop ivre pour se mesurer à lui. Il a fini par laisser Mère tranquille et a quitté la maison pour aller dormir ailleurs. Des choses horribles ont été dites. J'ai longtemps entendu Mère pleurer avant d'arriver à trouver le sommeil. Pauvre Robbie. Il est si abattu et malheureux. J'essaie de le consoler, de lui dire qu'il n'a rien à se reprocher. Il reste très affecté par ce qui est arrivé et il fait comme s'il ne m'entendait pas. Il est si proche de Mère que parfois je me demande s'il arrivera un jour à vivre sans elle. Quant à Mère, elle demeure enfermée dans sa chambre. Père est parti pour Caymanas ce matin et ne reviendra pas avant trois semaines. S'il pouvait ne jamais revenir...

Cela s'arrêtait là. La suite se trouvait sur la page suivante, mais elle avait été arrachée. Puis plus rien d'important n'avait été inscrit dans le journal jusqu'en date du douze septembre suivant.

Malheur ! Calamité ! Ce matin, Père a surpris Polly en train de remettre le sachet de poudre à Sally. Il les accuse d'avoir voulu l'empoisonner. Sally ne peut rien dire, car elle ne sait rien sur le contenu du sachet que je lui ai demandé de me rapporter. Il n'y a que Polly qui sait. C'est pourquoi il faut absolument s'assurer qu'elle ne parle pas. Elle a promis sur la vie de sa fille Phillis de ne rien dire. Mais Robbie ne lui fait pas confiance. La situation est désespérée...

Le treize en septembre.

Polly et Sally ont été retrouvées mortes dans leur cachot ce matin. Je pleure Sally. Je l'aimais bien malgré tout. Mais je me console en me disant que son sacrifice ne sera pas vain.

Charlotte avait presque oublié cette affaire d'empoisonnement que lui avait racontée Susan et qui avait eu lieu quelques semaines après la petite révolte des esclaves de l'été de 1824. Elle lui avait dit que Sally avait voulu se venger après avoir été forcée par Sir Thomas. Mais à la lumière de ce que venait de lire Charlotte, il devenait clair que ce n'était pas exact. C'était Susan qui avait commandé cette poudre à la sorcière Polly. Pour quel usage, elle n'en disait rien, mais Charlotte en avait une petite idée. Et les deux négresses avaient payé de leur vie le silence sur l'usage auquel elle était destinée. Ainsi, Susan lui avait menti. Pour protéger le secret. Le fameux secret... la petite Mabel.

Le seize en septembre.

Mère refuse de sortir de sa chambre. Elle a honte. Loulou l'oblige à boire ses potions fortifiantes. Elle s'alimente à peine. Je crains pour sa santé. Elle a pris deux fois des herbes pour faire passer le bébé...

Le bébé ? L'étonnement fit sourciller Charlotte. C'est Madame Eugénie qui est enceinte !

... Elle refuse de le garder, mais il s'accroche. Elle dit que c'est l'enfant du péché, qu'il sera porteur de la marque du mal, qu'il ne doit pas voir le jour. C'est terrible de l'entendre. Elle veut mettre fin à ses jours et emporter le bébé avec elle en enfer. Loulou la surveille de près. Robbie vit tout cela avec beaucoup de difficulté. Il nous évite. Il refuse de voir Mère quand elle le réclame. Je crois qu'il lui en veut un peu de s'acharner à se débarrasser du bébé. Il s'est refermé sur lui-même et s'entête dans son silence. Je ne sais plus comment l'atteindre. Même mes larmes ne semblent plus le toucher. J'ai peur pour lui. Qu'il fasse un geste irréfléchi. Lequel ? Je ne sais pas. Mais il prépare quelque chose, je le sens. Je connais mon Robbie. Je me sens si seule et désemparée.

Madame Eugénie avait essayé de se débarraser de son bébé ! Mabel ? C'était ahurissant !

Le vingt en septembre.

La dernière tentative d'avortement a échoué; l'enfant s'obstine à vivre malgré tout. Mère devra se faire une raison. Sinon elle y laissera sa peau. Je ne peux m'empêcher d'en ressentir du soulagement. Considérer l'arrivée d'un frère ou d'une sœur me remplit d'une joie secrète. En quoi cet enfant sera-t-il différent de Robbie, de Rose ou de moi ? Mais je ne peux me réjouir du malheur de ma mère. Je sens que pour elle, l'enfant est une peine de plus. Le fruit de la violence, un rappel de ses souffrances endurées, un symbole de haine. Elle a juré que si cet enfant voit le jour, c'est elle qui se tuera. Je ne comprends pas. Je me questionne sur sa santé mentale. Mais que lui a donc fait subir Père pour qu'elle réagisse aussi fortement ? Mère ne veut pas qu'il soit mis au fait de son état. Il finira par le découvrir tôt ou tard. Robbie est parti ce matin pour Spanish Town. Il ne supporte plus d'être ici. Il culpabilise. Il dit qu'il va voir Rose et essayer de tout arranger. Il a promis de nous écrire dès qu'une solution se présentera. De mon côté, je pense aussi à ce que je pourrais faire.

Le vingt-quatre en septembre.

La nuit dernière, j'ai rêvé de Mr Innes. Un rêve que je ne pourrais décrire dans ces pages. Mais un rêve délicieux et qui m'a procuré des sensations que je n'avais jamais ressenties auparavant. Plein de picotements sous la peau. Est-ce ce que l'on ressent quand on est amoureux ? Mr Innes me plaît assez et je sais que je lui plais aussi. Il ne cesse de me reluquer quand je me promène autour de la sucrerie. Je m'y rends de plus en plus souvent. J'ai l'intention de lui demander de m'accompagner à la chapelle de la baraque dimanche prochain. Il y a longtemps que je n'ai pas assisté au sermon du révérend Beams. Mère me reproche mon manque d'assiduité religieuse. Elle a recommencé à prier. Elle passe des heures dans sa chambre à genoux sur son prie-Dieu devant le crucifix. Père se moque de sa ferveur. Il dit des choses affreuses à propos des crucifix et des religieuses catholiques. Je suis certaine qu'il les invente rien que pour choquer Mère.

Le vingt-huit en septembre.

Un vent terrible a balayé la vallée et endommagé la toiture de plusieurs bâtiments dans Montpelier. Des cases de nègres ont aussi été détruites par la tempête qui a duré près de trois heures. Une femme s'est retrouvée coincée sous un mur écroulé et un petit garçon a eu le bras brisé lors d'une chute dans le passage souterrain. Il s'était réfugié à l'intérieur de la vieille serre et avait marché sur les planches vermoulues fermant le passage qui mène jusque sous la grand-case. Ce passage est condamné depuis des années parce qu'une résurgence l'a partiellement inondé et qu'il devient complètement immergé par une rivière souterraine lors des pluies abondantes. Ce qui était le cas. Le garçon a eu de la chance. Il aurait pu se rompre le cou.

Le premier en octobre.

Je commence à douter des intentions de Robbie. Nous n'avons encore reçu aucune nouvelle de lui. Il a fui le malheur de notre mère et me laisse me dépêtrer avec le problème. J'ai invité Mr Innes à partager mon déjeuner. Il parle beaucoup et inutilement. Je pense que c'est la nervosité et la timidité. Mais il est mignon et je me contente de le regarder et de lui sourire. J'ai porté ma robe bleue, celle dont le décolleté est plus échancré. Je me suis amusée à le lui placer sous le nez. Cela me faisait rire de constater qu'il cessait de parler à chaque coup. Je lui ai donné la permission de m'appeler par mon prénom. Lui c'est Patrick. J'aime bien ce prénom. Juste avant qu'il ne me quitte, je lui ai donné un baiser sur la joue…

À partir d'ici, le journal prenait des allures de chronique de flirt de jeune femme délurée. Il relatait la progression des faits, directement et avec une froideur déconcertante, sans ajouts de détails inutiles. C'était étrange. Comme si Susan, en simple observatrice de la suite des évènements, s'était tout à coup placée au-dessus de tout cela. Charlotte devinait où tout cela allait mener. Elle sauta quelques pages…

Le quatre en novembre.

Je crois que j'aime beaucoup Patrick Innes. J'ai découvert en lui un homme sensible et honnête. Il me fait parfois penser à Robbie. Dans ses longs silences gênés, ses regards fuyants. Je sais qu'il a des sentiments pour moi et je mise sur eux pour qu'ils me restent favorables. Je ne supporterai pas une vie comme celle de ma mère. J'ai écrit à Robbie à propos de lui. Je sais qu'il désapprouvera. Il me dira que Père n'accordera jamais ma main à Mr Innes. Mais Patrick et moi avons un plan. Il attend d'avoir suffisamment d'argent. Ensuite, nous partirons loin d'ici. Je hais cet endroit. J'ai envie de voir l'Angleterre. Patrick m'en a beaucoup parlé. Il est du Lincolnshire. Sa mère et deux de ses sœurs y vivent toujours. Nous pourrions aller les retrouver. Et j'y aurais nos enfants. Parfois, je rêve que celui que porte Mère est le mien. J'aimerais qu'elle me le donne. Je l'emporterais avec moi. Patrick ne s'y opposerait certainement pas. Une petite sœur ou un petit frère que j'élèverais comme mon propre enfant.

Et Mère n'aurait plus à le revoir. C'est une idée fabuleuse. Je dois en parler à Patrick.

Le douze en novembre.

Le malheur s'acharne sur nous. Hier, Père nous a découverts, Patrick et moi, dans la vieille serre. Je le maudis. Il m'a traitée de « pauvre fille de petite vertu » devant le gérant Lauder et les nègres qui étaient venus récupérer des poutres. Au moins, ils ont eu la bonté de se détourner du spectacle indécent que je leur offrais. Je suis confinée dans ma chambre depuis. J'attends…

Connaissant la punition de Susan, le cœur de Charlotte se serra.

… J'attends. Une lettre de Robbie. Que vienne me délivrer Patrick. La décision de Père. Je voudrais que le bébé soit en moi. Ainsi, je pourrais m'enfuir avec Patrick et l'emporter avec moi. Mais je ne peux pas. J'ai peur pour Patrick. Je connais la fureur de Père. Il ne l'épargnera pas. Il l'a probablement déjà congédié. C'est pour cela que Quamina ne m'apporte aucun mot de lui.

Patrick n'est qu'un lâche. Il a dit à Père que je l'avais entraîné dans la serre. Que je l'avais séduit. Qu'il avait essayé de me résister, mais que j'avais menacé de raconter à tout le monde qu'il m'avait forcée. Père l'a cru. Il a dit qu'une putain se devait d'être traitée comme telle. Le dévergondage méritait une punition exemplaire. Qu'il me ferait toutefois la grâce de ne pas me déshériter. Quelle honorable mansuétude ! Qu'il me pende alors ! Qu'il me pende !

Ce qu'avait fait ce Patrick Innes révoltait Charlotte. Elle repensa à Master Murray et à Samuel Marsac. Les hommes étaient-ils tous si vils ? Elle prit un temps d'arrêt pour écouter ce qui se passait dans la maison avant de poursuivre.

Le vingt-trois en novembre.

Robbie est arrivé à Montpelier cet après-midi. Il est venu me voir dans la chambre que je ne quitte plus depuis ce jour maudit. Je lui en veux de ne pas m'avoir écrit. De ne pas être arrivé à temps pour empêcher mon supplice. De ne pas avoir tué Père la nuit où ils se sont bagarrés. De n'avoir pas été là pour me tenir la main lorsque Loulou changeait mes pansements. Il est trop tard. Tout est fait. Robbie est venu et est resté assis à côté de mon lit. Il m'a parlé de Rose, de ses enfants. Il a dit que Spanish Town avait beaucoup changé. Et lui aussi. Il ne veut plus revenir vivre à Montpelier. Il va se marier avec la fille unique de Sir William Wedderburn. Il a conclu une entente avec le fils héritier. Ensuite, il ira vivre en Écosse avec sa femme et l'enfant de Mère. Depuis la mort de Grande-tante Julianna, Hawick House a été laissée à l'abandon. Je veux l'empêcher de poursuivre. Ses mots me font pire souffrance que le fouet de Patrick Innes. Ils me lacèrent le cœur et finissent de détruire le rêve que j'avais à peine commencé à bâtir. Un château dans les nuages. Robbie le souffle en disant : je serai le père de l'enfant. Je voulais ce bébé pour moi.

Le huit en décembre.

Robbie avait raison : Spanish Town a beaucoup changé depuis la dernière fois que j'y ai mis les pieds. Il y a encore plus de Français et de Juifs qu'auparavant. Il y a des enfants partout. Ou c'est que je ne vois plus qu'eux. Ceux de Rose ont grandi, par contre elle n'a pas vieilli. Dans la maison se retrouvent réunis sur une table un livre de prière en anglais, un crucifix et une Menorah. Symbole de tolérance. Nous sommes cordialement accueillies, mais à l'étroit. Nous resterons ici le temps de trouver un petit cottage isolé où nous vivrons jusqu'à la délivrance avec Loulou. Mère est si frêle. Et pourtant, rien n'arrive à altérer sa beauté, sinon ces sillons que creuse l'amertume aux coins de sa bouche. Elle commence à grossir. Elle est si alanguie. Le voyage l'a fatiguée et elle n'a plus l'âge de porter des enfants. Le médecin la dit atteinte de neurasthénie et il craint qu'elle ne survive pas à l'accouchement. Je l'oblige à sortir deux fois par jour et à manger régulièrement. Elle doit reprendre quelques forces.

Le dix-neuf en décembre.

Nous voici enfin chez nous. Mère ne quitte pas sa chambre. Je lui ai laissé celle qui donne sur le jardin. Les roses trémières grimpent jusqu'à la fenêtre et les belles-de-jour ornent le treillis juste à côté. C'est joli et confortablement meublé. Rose nous a déniché deux domestiques. Une femme et sa fille, des personnes discrètes et tout à fait propres. Robbie est venu pour nous aider à y aménager nos affaires. Il a très peu parlé à Mère. Il est d'une froideur que je ne m'explique pas. Mère a encore tenté de le dissuader d'épouser cette Miss Wedderburn. Elle veut placer l'enfant en orphelinat et l'oublier. Il refuse. Sa décision est prise qu'il répète avec force conviction. Comme s'il en avait besoin. « C'est aussi mon frère ou ma sœur ! » a-t-il lancé avec colère et dépit. Il confirme dans un cri percutant ce fait irrévocable et s'en effraie presque. J'ai l'impression qu'il ne pardonne pas à Mère de continuer à chercher à se débarrasser du bébé. Elle n'en veut pas ? Il le prend. Elle lui a fait une scène terrible et est allée s'enfermer dans sa chambre. « Jamais cette femme n'entrera chez moi ! » qu'elle lui hurle à travers ses larmes. Mère hait déjà Miss Wedderburn qu'elle n'a pourtant encore jamais rencontrée. Elle ne veut d'ailleurs pas le faire. Et franchement, moi non plus. Cette Miss Wedderburn va s'occuper à ma place de ce bébé que j'aurais aimé garder pour moi ! Robbie n'a pas voulu rester pour le dîner. Il est parti. Il est obsédé par sa culpabilité. Il n'aurait pas dû dire ceci… Il a été trop cela… Je lui ai dit qu'il a fait tout ce qu'il a pu. Il a ri et est parti après m'avoir embrassée, sans dire bonjour à Mère. Tout ceci me rend si triste. C'est l'œuvre de mon père. Je le hais plus que tout. Je vendrais mon âme au diable pour le voir disparaître.

Voilà ! Charlotte connaissait la suite. Elle referma le cahier avec plus de malaise que de satisfaction. Sans qu'elle s'en aperçoive, une feuille de papier s'en était échappée et avait doucement glissé sur le sol, sous l'armoire.

Un bruit la figea sur place. Il y avait quelqu'un à l'étage ! Elle retint son souffle. Un léger tambourinement. On frappait à une porte. Le cahier pressé contre son ventre crispé, Charlotte glissa son regard dans l'entrebâillement. Louisa rentrait plus tôt que prévu ! Elle attendait devant la porte de sa chambre. S'impatientant, la jeune lady frappa de nouveau, l'appelant cette fois. Voyant que personne ne répondait, elle s'éloigna vers sa propre chambre. Charlotte s'écarta promptement de la porte. Dans son geste, elle déplaça le panier à ombrelle, qui émit un grattement râpeux sur le bois.

Son cœur battant à tout rompre, elle laissa s'écouler quelques minutes avant de risquer encore un œil dans le corridor. Louisa avait disparu. Doux Jésus ! Elle transpirait à grosses gouttes. Sans plus attendre, elle retourna vers l'armoire et rangea le cahier où elle l'avait pris. S'assurant que tout était à sa place, elle referma le battant et quitta la chambre sans voir le minuscule coin de papier jaune dépasser de sous le meuble.

Mabel et Susan rentraient du village. La fillette courait au-devant de sa tante, le chien Sir Wallace sur ses talons. Ses longs cheveux bouclés et ses rubans flottaient librement et brillaient au soleil. Elle s'arrêta au-dessus d'un buisson de gardénias et cueillit une fleur pour ensuite reprendre sa course. Son rire s'élevait, cristallin comme le chant d'une cascade.

— Miss Seton ! Miss Seton !

Elle gravit les marches de la véranda, les joues en feu, le cœur joyeux, et présenta le gardénia à Charlotte, qui avait refermé le livre qu'elle lisait.

— C'est pour vous faire sentir mieux ! lui révéla la fillette, les yeux pétillants.

Elle avait des tas de choses à raconter : ce qu'elle avait vu et entendu, ce qu'elle avait goûté. Et le nouveau jeu que lui avait montré une négritte appelée Brigit. Les mots jaillissaient dans un flot continu.

— Est-ce que je pourrai retourner jouer avec Brigit ? demanda-t-elle à Susan lorsque celle-ci arriva.

— La prochaine fois que nous irons au village. Mais ce ne sera pas avant le prochain samedi-nègre. Allez, petite pie ! Vous épuisez Miss Seton avec vos jacasseries. Allez vous débarbouiller.

Susan salua Charlotte en mimant l'exaspération, mais son regard rayonnait du bonheur que lui avait procuré cet avant-midi avec sa nièce. Comme elle emboîtait le pas à Mabel, Louisa se pointa dans l'entrée.

— Ah ! Miss Seton, vous voilà ! Il fait si beau. Je m'apprêtais à partir pour une petite promenade dans les jardins. Cela vous plairait de m'accompagner ?

— Allez-y sans moi, je suis trop éreintée pour vous suivre, fit la voix de Susan qui grimpait vers sa chambre pour passer une robe d'après-midi, plus légère.

— Je ne lui avais pas demandé de venir avec nous, dit Louisa en prenant le bras de Charlotte.

Susan laissa tomber son ombrelle dans le panier et se dirigea vers l'armoire qu'elle ouvrit. Pendant qu'elle réfléchissait à la toilette qui serait la plus appropriée, elle dénouait les cordons de son corsage. Son geste demeura en suspens. Un détail venait d'attirer son attention. Le couvercle de la boîte dans laquelle elle conservait son journal… la jupe de sa robe verte était coincée en dessous. Elle s'en approcha et le souleva. Elle compta les cahiers : il y en avait exactement dix-sept. Il n'en manquait aucun. Elle promena son regard dans la pièce et inspecta chaque objet. Rien d'autre n'avait été déplacé. C'était probablement Aurelia encore. La négresse ne pouvait s'empêcher de toucher à tout. C'est pourquoi elle prenait un soin méticuleux à ranger ses affaires. De cette façon, elle pouvait découvrir si on avait fouillé dedans.

Elle retourna vers l'armoire et finissait de défaire son corsage lorsqu'une pensée la fit frémir d'appréhension. Elle retira le couvercle de la boîte et lentement elle fit glisser son index sur le dos des cahiers. L'un d'eux était légèrement surélevé. Si peu, mais assez pour savoir que quelqu'un l'avait enlevé et remis à sa place. Susan le prit et nota les dates inscrites dessus. Elle ferma momentanément les paupières et formula une prière. Elle ouvrit ensuite le cahier et, l'estomac noué par le sentiment de panique qui enflait en elle, fit lentement défiler la tranche des pages sous son pouce. Il s'arrêta sur la dernière page. Elle pensa manquer d'air. Une lettre aurait dû se trouver là. Une lettre qu'elle aurait dû brûler sitôt après en avoir pris connaissance. Elle ne s'y trouvait plus.

⁂

Louisa prit Charlotte par le bras. Elles marchèrent dans le sentier gravelé jusqu'au massif de trompettes des anges. Les cailloux crissaient sous leurs semelles.

— Elles sont jolies, n'est-ce pas? commença Louisa en se penchant sur une des fleurs blanches en forme d'entonnoir. Ma mère les appelait les «trompettes du jugement». Je croyais qu'elles étaient les trompettes des sept anges de l'Apocalypse et que lorsqu'on les entendrait jouer, le jour du jugement dernier serait annoncé. Chaque fois que je passais devant l'arbuste, je m'arrêtais pour écouter et repartais rassurée.

Elle se redressa et se tourna pour regarder vers la grand-case, scruta chaque fenêtre.

— Robert vous a mis au repos?

— Oui. Mais il se préoccupe inutilement.

— Au moins, pour vous, il le fait, Miss Seton.

Leur parvenait le chant mélodieux ponctué de miaulements nasillards d'un moqueur-chat embusqué tout près.

— Où étiez-vous passée ce matin? Je suis allée frapper à votre porte; vous n'étiez pas chez vous.

— Je dormais, répondit Charlotte en faisant de son mieux pour masquer son trouble.

— Hum… C'est ce que j'ai pensé. C'est pourquoi je n'ai pas insisté.

Une silhouette se profila sur la véranda, s'immobilisa contre la balustrade, les observant. Les traits soucieux et les yeux cernés, Louisa l'observa à son tour, le temps de découvrir qui c'était. Puis elle projeta son regard plus loin dans le sentier. Elle entraîna sa compagne dans cette direction.

— Allons par là. J'ai quelque chose à vous demander, Miss Seton, dit Louisa plus sérieusement. Mais je ne veux pas le faire ici.

Sans discuter, Charlotte accorda son pas au sien. Elles franchirent la distance de l'allée sous les amandiers sauvages et s'éloignèrent des jardins pour pénétrer l'ombre d'un manguier isolé. Les gros fruits oblongs encore verts décoraient les branches qui se courbaient sous leur poids. Ils ne seraient récoltés que dans un mois. Louisa surveillait chaque buisson, se retournait au moindre bruit. Des perles de sueur scintillaient sur son front.

— Par là, dicta-t-elle encore en montrant un second sentier qui se greffait au sentier principal.

— Pourquoi toutes ces précautions ? objecta Charlotte. Qu'y a-t-il de si important…

— S'il vous plaît, Miss Seton.

Elles contournèrent le petit cimetière des Elliot qu'entourait une clôture de fer forgé un peu rouillée. Quatre générations d'Elliot y reposaient. Plusieurs pierres tombales vétustes disparaissaient sous une nature envahissante qu'on négligeait de dompter. Celle de Sir Thomas ne s'y dressait pas encore. La cérémonie était prévue en début de janvier, juste avant le départ de Sir Robert.

De l'autre côté du cimetière s'érigeait un bâtiment aux multiples fenêtres brisées. Un mauvais pressentiment suspendit l'élan de Charlotte. Et si c'était aujourd'hui que Louisa avait en tête de se venger ?

— Venez ! s'impatienta la dame.

— Non… je dois rentrer… je…

— Miss Seton, pas tout de suite, je vous en supplie.

L'expression sur le visage de Louisa n'affichait rien de menaçant. Charlotte scruta chaque fenêtre de la vieille serre. Le profil de Hardin ne s'y révélait pas. Sans en être pour autant rassurée, Charlotte accepta de continuer à la suivre. Louisa s'engouffra dans le bâtiment. Avant d'y mettre les pieds, Charlotte inspecta l'intérieur.

— Je vous prie de m'écouter, Miss Seton. J'ai besoin de votre aide, lança Louisa en accrochant son bras.

Lieu propice pour un entretien secret. La présence des murs qui devait sécuriser Louisa produisait l'effet inverse sur Charlotte, qui s'y sentait soudain prisonnière. Elle continuait de douter des plans de Louisa et, le cœur en émoi, elle surveillait l'entrée.

— Que voulez-vous ?

— Miss Seton, je suis dans l'embarras. Je suis enceinte…

Le silence qui suivit les enveloppa comme une chape glacée. Charlotte ouvrit la bouche d'ébahissement. Si la vérité sur les origines obscures de Mabel lui trottait encore dans la tête, pour elle, il n'y avait pas de secret sur celles du bébé de Louisa.

— Pourquoi vous adressez-vous à moi ? demanda-t-elle en tentant de se dégager, mais Louisa affermit sa prise.

— Parce que je n'ai que vous sur qui je peux compter.

— Qu'attendez-vous de moi ?

— Je dois me débarrasser de l'enfant, comprenez-vous ?

Le temps d'avoir bien compris, Charlotte s'effraya.

— Vous voulez… Non, je suis désolée, mais…

— Miss Seton ! la supplia Louisa en saisissant son bras libre.

La détermination avait durci sa voix. Une lueur de panique faisait briller ses yeux. Louisa lui demandait de l'aider pour tuer son bébé. D'un geste brusque, Charlotte se dégagea et s'écarta.

— Je ne peux pas faire ça ! déclara Charlotte dans un chuchotement. Tuer un bébé, même à l'état de fœtus, est un meurtre, Lady Louisa. Vous me demandez d'être votre complice ?

— Je vous demande de me procurer ce qu'il faut. Je m'occuperai du reste.

— Allez trouver Phillis.

— Non, je ne lui fais pas confiance. Comment savoir ce qu'elle me fournira exactement ? Et puis, tout le monde saura. Vous connaissez les plantes…

— Vous vous méprenez. Je ne connais rien aux plantes abortives.

— De l'aristoloche. Vous savez ce que c'est ?

— C'est dangereux !

— C'est moi qui prends les risques. Je sais comment il faut faire.

— Je ne peux pas, répéta Charlotte.

— Que craignez-vous ? Personne ne le saura.

— Est-ce que Mr Hardin est au courant ?

— Jamais de la vie ! S'il l'apprenait, il pourrait en profiter pour en tirer avantage.

Le temps d'évaluer tout le sérieux de la situation, Charlotte fit quelques pas. Le long du mur s'alignaient de grands carrés de bois dans lesquels croissaient des touffes de mauvaises herbes. Ils avaient autrefois servi à la culture des nouvelles pousses de canne. Mais un problème d'approvisionnement d'eau avait obligé les Elliot à déplacer la serre ailleurs. La source qui l'alimentait s'était brusquement tarie.

Charlotte leva les yeux vers le ciel bleu cloisonné entre les poutres. La coûteuse toiture de verre avait été récupérée pour la nouvelle serre. Ne restaient que quelques carreaux brisés, inutilisables. Une hirondelle se posa sur l'un des madriers et avisa les deux intruses. L'oiseau émit une suite de petits cris nerveux et s'enfuit. L'attention de Charlotte revint sur Louisa qui exprimait maintenant toute sa détresse. Cette fois Charlotte possédait l'avantage.

— Mrs Elliot, je soigne les gens. Je ne les tue pas.

— Il n'est pas question de tuer qui que ce soit! s'alarma subitement Louisa.

— Il s'agit d'un bébé!

— Il n'est même pas né. Peut-on considérer ce qui pousse dans mon ventre comme un être humain?

L'incertitude taraudait Charlotte. Elle comprenait l'angoisse de Louisa, mais… Elle revit en mémoire cette minuscule créature recroquevillée dans la paume d'une main que gardait son père dans la vitrine de sa bibliothèque. Une préparation anatomique fascinante célébrant la vie à travers la mort. La créature était un fœtus humain entre sa dixième et quatorzième semaine de développement. Il possédait tous ses doigts et ses orteils. Et des oreilles, si petites…

— À combien de semaines en êtes-vous? demanda-t-elle en faisant mine de réfléchir.

— Je ne sais pas… Deux mois certainement. Peut-être trois.

— Trois mois, murmura Charlotte en écho.

À quoi ressemblait un fœtus à ce stade? Pouvait-on le considérer comme un être humain? Avait-il un cœur? Était-il pourvu d'une âme? Possédait-il un esprit? Le visage coquin de Mabel s'imposa. Madame Eugénie avait vainement tenté de s'en débarrasser. Le regrettait-elle aujourd'hui? Mabel était une bouffée d'air frais dans la grand-case que son rire cristallin égayait. Sans Mabel… Charlotte laissa passer l'émotion avant de donner sa réponse.

— Non, je ne peux vraiment pas vous aider, Mrs Elliot. Ma conscience me l'interdit.

Le teint de la femme devint livide. Elle se mit à marcher dans la serre, allant et venant nerveusement entre les carrés de bois. Elle s'arrêta net devant Charlotte, éperdue de désarroi.

— Je me tuerai plutôt que de mettre cet enfant au monde, vous entendez ?

— Je suis vraiment désolée, Mrs Elliot…

Louisa se prit la tête et la serra avec la force de son désespoir. Des larmes coulaient maintenant sur ses joues.

— Dois-je vous supplier à genoux ? N'ai-je pas été assez humiliée l'autre jour dans la vieille case ?

— Je ne cherche nullement à vous humilier davantage, Mrs Elliot.

— Alors… Cela me désole, Miss, mais vous me poussez à user de moyens plus convaincants pour vous obliger. Je vous ai vue, ce matin. Vous étiez dans la chambre de Miss Susan. C'est pourquoi vous ne pouviez répondre à votre porte, n'est-ce pas ? Oh ! Mais quelle indiscrétion, Miss Seton ! Miss Susan serait bien étonnée d'apprendre que vous fouillez dans ses affaires !

Avec la force d'une gifle bien sentie, la menace ébranla Charlotte. Cette fois, elle eut vraiment peur et fut sur le point de céder. Que pourrait-il lui arriver si Susan apprenait cela ? Elle avait soigneusement tout rangé. Susan ne pouvait savoir qu'elle avait lu son journal. Comme Louisa ne pouvait rien prouver. Au pire, elle pourrait toujours inventer une excuse logique : elle cherchait du papier ou encore, elle avait entendu un bruit…

— Je ne céderai pas à votre chantage, Mrs Elliot. Allez à Montego Bay. Il doit bien y avoir quelqu'un là-bas qui pourrait vous aider.

Devant son air résolu, Louisa laissa échapper une plainte sourde. La détresse fit place à une fureur violente et des éclats meurtriers fusaient de ses yeux. Cette menace, plus réelle, fit reculer Charlotte. Son talon heurta un obstacle. Elle perdit l'équilibre. Ses bras battirent le vide et elle bascula en poussant un cri. Le choc l'étourdit, une douleur intense au niveau des reins la fit gémir. Lorsqu'elle releva la tête, Louisa avait disparu. Charlotte roula sur le côté pour soulager son dos. Elle découvrit à travers la végétation rampante deux anneaux de métal fixés à des planches de bois. Les portes battantes d'une entrée souterraine. Une tige de fer passait en travers des anneaux pour les maintenir fermées.

Une entrée souterraine… Oui, le souterrain de la vieille serre dont avait parlé Susan dans son journal et dans lequel était accidentellement tombé un négrillon pendant une tempête. Des planches avaient été remplacées. Mais le reste était complètement vermoulu. On s'était contenté de rapidement réparer l'entrée et de la condamner. Charlotte se demanda pourquoi ce passage souterrain avait été construit et comment on y accédait de l'intérieur de la grand-case.

Elle se releva en frottant le bas de son dos endolori. Puis elle inspecta sa robe : pas de dommages irréparables. Elle reporta alors toute son attention sur l'entrée du souterrain. Sa curiosité piquée, elle essaya de dégager la tige de fer. La rouille avait attaqué le métal et le rendait difficile à bouger. Elle y parvint après quelques minutes d'effort et souleva précautionneusement le battant. Il était lourd de la terre et des plantes accumulées dessus. La charnière émit une plainte grinçante qui lui donna le frisson. Des cailloux et un peu de terre dégringolèrent dans le sombre gouffre qui exhalait une fade odeur de pourriture. Elle vit la paroi de calcaire sillonnée de crevasses creusées par des années d'infiltration d'eau de ruissellement. Un escalier de pierre permettait d'accéder au passage. Charlotte allait se pencher dans l'entrée quand un craquement retint son geste. Elle s'écarta brusquement du trou et jeta un œil autour d'elle. Lady Louisa n'était en vue nulle part. « Non… elle n'aurait pas fait ça », se raisonna-t-elle en retrouvant un rythme cardiaque plus régulier. Pourtant, pendant une fraction de seconde, elle avait vraiment cru que Louisa la pousserait dans le souterrain.

Parfaitement immobile sur le mur de pierre, un lézard l'épiait. Elle l'observa en retour. Elle avait beau se dire que c'était absurde, mais elle ne pouvait se défaire du sentiment de crainte qui l'envahissait. Un sentiment insidieux qui infiltrait son être pour se loger dans ses moindres parcelles. « Je connais les secrets de Louisa et ceux des Elliot. » Des secrets innommables qui pouvaient pousser à bien des choses pour empêcher qu'ils soient dévoilés. La position critique dans laquelle elle s'était mise la frappa comme un boulet. Elle ne possédait aucun avantage. Au contraire…

Au loin s'élevaient le rire de Mabel et les jappements de Sir Wallace. Charlotte rabattit les battants du souterrain et s'en alla.

Charlotte s'enferma dans sa chambre et commença à retirer sa robe pour en enfiler une propre pour le déjeuner. Son vêtement chuta au sol dans un bruissement et auréola ses pieds d'un nuage de mousseline. Elle l'enjamba et fit couler de l'eau dans le bassin. Elle mouilla une serviette et commença à se débarbouiller.

C'est alors qu'elle remarqua un bout de ruban dépasser de son coffret à correspondance. Elle s'y dirigea et l'ouvrit. Les objets ne se trouvaient pas à leur place, quoique, à première vue, rien ne semblait manquer. Inquiète, elle fit un prompt constat de la pièce : rien ne semblait avoir été subtilisé. Elle inspecta un tiroir. Les piles de vêtements avaient été déplacées. Même chose dans les autres. Sans l'ombre d'un doute, quelqu'un avait fureté dans ses affaires.

Le fond de café était froid et amer. Charlotte l'avala en mit la touche finale à sa coiffure. Puis elle révisa son horaire du jour. Il y avait les pansements à faire avec les vieux draps de la grand-case. Les nattes à secouer et la paille à changer. Elle se demanda si le jeune Felix avait pris du mieux. Il avait marché sur une tête de houe et s'était entaillé la plante du pied. Par chance, aucun ligament n'avait été sectionné, mais demeuraient les risques de contraction du tétanos. Un étourdissement obligea Charlotte à s'asseoir momentanément. Elle était fatiguée et des cernes soulignaient son manque de sommeil. Depuis son entretien avec Louisa dans la vieille serre, les bruits de la nuit l'empêchaient de dormir. Peut-être qu'elle devrait s'accorder un avant-midi à flâner au lit. Mais il y avait tant à accomplir, et Sarah Jayne comptait sur elle pour dresser la liste des semences à commander pour le jardin. Peut-être qu'après elle pourrait se permettre quelques minutes de repos.

Elle finit de se préparer et quitta la grand-case avant le réveil des dames Elliot. Le sentier pour se rendre à l'hôpital traversait le pâturage bordé des ananas sauvages. Un vertige l'obligea à faire une pause et elle s'assit sur une marche de l'échalier de bois. Les chèvres broutaient tranquillement. Quelques bêtes lui lancèrent des regards curieux avant de retourner à leur activité. Elle reprit sa marche et franchit le second échalier.

À partir de là, le sentier grimpait la colline et s'enfonçait dans la végétation. Il était suffisamment large pour qu'on y passe avec un cabrouet. Comme tous les sentiers tracés par les esclaves dans Montpelier, il était sinueux et chaque détour cachait le prochain. Les esclaves le voulaient ainsi pour confondre le diable, si jamais il lui prenait l'idée de vouloir les suivre. Le diable n'allait qu'en ligne droite, disaient-ils.

Des fourrés de crotons. Ici, un laurier exposait ses jolies fleurs blanches. Des buissons de ficus au feuillage ciré. Là, un figuier étrangleur s'emparait d'un térébenthinier. Partout des lianes molles et des lichens se balançaient aux branches. Jusqu'ici la végétation était juste assez clairsemée pour permettre d'admirer aisément l'étendue de la savane. Plus haut sur la colline, elle devenait plus dense et se sillonnait d'un réseau complexe de layons seulement connus des esclaves. Comme on le lui avait déconseillé, Charlotte ne s'y était jamais aventurée.

Les lueurs matinales approfondissaient les verts, accentuaient les rouges, les jaunes et les orangés. L'enveloppaient les parfums entêtants des fleurs et de l'herbe et celui, plus âpre, de la poussière que soulevait l'ourlet de sa jupe. Elle traversa la haie de citronniers sauvages aux branches desquels étaient suspendus de petits fruits oblongs d'un vert jaunâtre. La cime de l'arbre à pain qui marquait le début du lot sur lequel était construit l'hôpital lui apparut au-dessus d'un manguier attaqué par une dizaine de sucriers. Les oiseaux sautillaient d'une branche à l'autre et picoraient la chair des gros fruits presque mûrs. Leurs jolis ventres jaunes formaient de petits soleils brillants dans le feuillage sombre. Une nausée l'obligea à raccourcir sa foulée. La crampe abdominale s'intensifia et la fit grimacer. L'amertume du café lui revint en bouche et elle frissonna. Hors du sentier, elle trouva appui contre un amandier, plia par-devant son corps douloureux et vomit les deux toasts et le café noir qu'elle avait avalé pour son petit déjeuner. Sa bouche était très sèche et elle avait terriblement soif. Elle leva les yeux vers le ciel. Ce matin, il était limpide. Il faisait déjà chaud. Sa robe serait trempée avant la fin de la journée.

Un chien aboya quelque part, effrayant un groupe de conures naines au brillant plumage vert. La troupe s'envola vers l'abri d'une canopée de courbarils. Les branches de ces immenses arbres étaient garnies de gousses oblongues et malodorantes qu'on appelait les pieds-qui-puent.

Le nom faisait beaucoup rire Mabel. Les esclaves fabriquaient de la farine avec ses graines comestibles. Mais, tout comme le térébenthinier, le courbaril était mieux apprécié pour sa résine aux propriétés médicinales. Lucas l'appelait l'arbre-papillon, parce que ses feuilles se refermaient deux par deux la nuit, comme les ailes de l'insecte.

— Miss Seton ! Miss Seton ! cria une voix fluette derrière elle.

Charlotte pivota pour se retrouver face au négrillon et à l'énorme chienne Nanny. À l'expression qu'affichait le garçon, ce qu'il avait à annoncer ne pouvait attendre. Il pointait son index dans la direction d'où il était venu et cherchait son souffle.

— Ormond… il est blessé. Là ! précisa-t-il en désignant son oreille droite.

— Attends, qu'est-ce que tu dis ? Ormond… tu veux parler de l'amoureux d'Eliza ? Nelson l'a capturé ?

— Oui, Miss Seton, il a réussi à s'enfuir de nouveau, mais il a une oreille coupée.

— Il a le lobe entaillé ?

— Non, l'oreille coupée. Il n'a plus d'oreille là, Miss Seton.

Les sourcils de Charlotte se figèrent dans un arc de stupéfaction. Comment Ormond pouvait-il s'être sectionné l'oreille ? Cela n'avait pas de sens. Elle s'accroupit devant le garçon. Le vertige la reprit et son ventre se crispa encore douloureusement. Toute joyeuse, Nanny lui disait bonjour en lui léchant la joue ; dans un geste d'impatience, Lucas écarta la grosse bête.

— Mais il faudrait qu'il vienne ici… je ne peux pas…

— Ormond ne peut pas. Il est caché. Mr Nelson le recherche…

— Oui, c'est vrai, dit Charlotte légèrement confuse.

— Il a peur que le massa le reprenne et lui fasse couper l'autre oreille.

— C'est Ormond qui t'envoie me chercher ?

— Non, j'ai pensé qu'il ne pouvait pas s'en aller sans se faire soigner. Je ne pense pas qu'il y ait un docteur chez les rebelles.

Charlotte se redressa et claqua sa langue dans sa bouche pâteuse. Elle avait vraiment besoin de boire. L'amertume des reflux gastriques était désagréable. Une soudaine lassitude alourdissait ses membres. Elle commença sérieusement à penser qu'elle devrait rentrer à la grand-case et s'accorder une heure ou deux de repos. Mais elle ne pouvait non plus laisser Ormond dans un tel état. Il était en quelque sorte l'oncle de Lucas. Le visage anxieux du garçon attendait sa réponse.

— D'accord, où est-il caché? souffla-t-elle en essuyant son front déjà couvert d'un voile de transpiration.

— Il faut jurer de ne pas le dire à massa Robert.

— Je le jure, Lucas. Bon, je vais chercher des pansements et de la pommade cicatrisante et je reviens. Tu me conduiras jusqu'à lui. Je verrai ce que je peux faire.

Ils grimpèrent la colline. La végétation plus fournie gênait la progression dans les sentiers étroits et tortueux. Charlotte ne lâchait pas l'enfant des yeux dans cet inextricable dédale. Elle s'essoufflait, se fatiguait rapidement. L'humidité rendait l'air difficile à respirer. À un moment, elle se demanda ce qu'elle faisait là. Puis le nom d'Ormond lui revint.

Le ciel prenait un aspect de mosaïque lumineuse à travers les branches. Soudain, les arbres étaient des piliers et la canopée, le dôme de la cathédrale St. Paul à Londres. C'était joli. Ici, le chêne gigantesque embrassait l'acajou tandis que l'imposant fromager courtisait le palmier. Des broméliacées et des orchidées accrochaient des guirlandes de racines aériennes à leurs troncs élancés ou ventrus et invitaient les oiseaux à venir se désaltérer de l'eau qui s'accumulait dans les coupelles que formait la base de leurs feuilles. Des philodendrons géants abritaient rainettes et lézards… Tiens, leurs grandes feuilles faisaient penser à des oreilles d'éléphant. L'oreille d'Ormond! Charlotte visualisa une feuille de philodendron à la place de l'oreille perdue et elle pouffa de rire. Cela n'avait pourtant rien de drôle…

Lucas s'était retourné pour voir ce qui la faisait rire; Charlotte avait recouvré tout son sérieux. Le chien s'arrêtait pour renifler sous les feuilles. Il bouscula Charlotte. Chancelante sur ses jambes molles, elle tomba. Lucas accourut et la dévisagea, les sourcils noués.

— Vous allez bien, Miss Seton?

— Juste… un peu fatiguée. J'ai une de ces soifs!

Elle se releva avec l'aide du garçon. Elle avait l'impression de peser le poids d'un éléphant.

— Nous sommes presque arrivés, la rassura le garçon.

— Allez, il ne faut pas faire attendre l'éléphant.

— Quel éléphant, Miss ? l'interrogea Lucas, visiblement préoccupé par son comportement singulier.

Doux Jésus ! Mais qu'est-ce qu'elle disait là ? Elle étouffa un ricanement dans le creux de sa paume et, sans lui répondre, elle poussa l'enfant devant et secoua sa tête pour dissiper la brume qui l'envahissait.

Cinq minutes plus tard, le garçon freina son élan et se retourna vers Charlotte.

— Faut jurer, Miss Seton, de ne pas dire où est caché Ormond.

— Ormond ? Oui… Je l'ai juré une fois, Lucas, deux fois n'y changera rien. Mais qu'est-ce que cet endroit si secret ?

— C'est la case de la sorcière blanche.

— Il y a une sorcière blanche qui habite ici ?

— On raconte qu'elle était une négresse aussi blanche que la farine de manioc. C'était il y a bien longtemps, Miss Seton. Plus personne n'ose venir vivre ici. On raconte que la magie de la sorcière vit encore dans les bois autour de la case. Alors, il faut rester sur nos gardes. Son duppy peut nous apparaître. Mais elle ne fera pas de mal si on est pas un méchant visiteur.

La soif ! Ses muqueuses rugueuses donnaient l'impression d'avoir la bouche pleine de sable. Lucas la guida en marchant jusqu'à une petite éclaircie où grandissaient de belles fougères et des balisiers rouge vif. À l'ombre d'un châtaignier se trouvait une petite hutte de clayonnages et de torchis semblable à celles que l'on trouvait dans le village des esclaves. À part le bruissement des feuilles des arbres et les cris des oiseaux, un silence sinistre régnait. Dans la forêt bougeaient des ombres. Dans tous les contes, la forêt était un monde d'ombres mouvantes : des fées, des lutins et des duppies. L'une d'elles surprit Charlotte en se détachant de la masse sous une forme humaine. Voyant l'ombre venir vers eux, Charlotte arrêta net, sur ses gardes. Le duppy de la sorcière ? La lumière colora la peau et les vêtements et donna des traits au visage. Elle distingua un nègre de grande taille. Othello ?

— Il a ses deux oreilles, fit-elle remarquer à Lucas.

— Lui, c'est Augustus. C'est pas Ormond.

Ormond ? Ah, oui, c'était Ormond qui avait une oreille coupée, pas Othello. Et lui n'était pas Othello, mais Augustus. Ses pensées devenaient de plus en plus chaotiques. Comme si une sorte d'ivresse s'emparait d'elle.

Augustus était aussi impressionnant, mais plus jeune qu'Othello. Et il braquait sur elle un regard noir méfiant et un vieux pistolet à silex. Elle s'immobilisa.

— C'est Miss Seton, dit vivement Lucas pour rassurer l'homme. Elle vient pour soigner Ormond.

L'homme d'ébène s'approcha de Charlotte et fit le tour de sa personne, la mesurant, la reniflant. Bien qu'elle eût peine à tenir sur ses jambes flageolantes, elle supporta l'examen avec un maximum de stoïcisme. Quand l'homme voulut prendre son sac, elle ne discuta pas et elle le laissa le fouiller.

— Ça? demanda-t-il en lui plaçant un petit pot de verre sous le nez.

— De la pommade d'aloès.

L'homme replaça dans le sac les rouleaux de bandelettes de coton, les ciseaux et le pot. Puis il lui tourna le dos et s'adressa à Lucas.

— Où 'liza?

— Il faut soigner Ormond avant. Je vais chercher Eliza après.

— Pas le temps, gronda le rebelle.

— Miss Seton est déjà ici…

— Cho! lança avec humeur le géant noir. Vous fai' vite.

Il les conduisit jusqu'à la hutte. Le sol bougeait sous les pieds de Charlotte plus rapidement qu'elle avançait. Les troncs des arbres ondulaient comme des ficelles au vent. Des gouttes de transpiration coulaient dans ses yeux. Sa vision se brouilla légèrement. Elle cligna des paupières pour la rétablir. La chaleur devenait suffocante et elle suait abondamment. Elle s'étonna de voir que la peau du visage du Noir et de celui de Lucas restait sèche.

Il faisait très sombre dans la hutte. Charlotte repéra le blessé au bruit sifflant de sa respiration. L'homme souffrait. Un peu effrayé, Lucas demeura en retrait. Charlotte s'approcha d'Ormond, doucement, lui murmurant des paroles réconfortantes. Elle voulait l'aider. Il fallait panser cette plaie. Elle avait apporté ce qu'il fallait.

— Où 'liza? siffla-t-il sourdement.

— Vous la verrez plus tard. Il me faut voir votre blessure, Ormond, lui débita-t-elle.

Elle se pencha vers lui, toucha la peau de son visage : elle était trempée de transpiration. Mais elle était étonnamment douce. Elle le palpa avec une précaution extrême et effleura une oreille intacte. L'esclave remua, se redressa à moitié, une main couvrant la plaie. L'odeur fade du sang soulevait le cœur dans cette touffeur. Les doigts luisaient. Charlotte toucha le poignet. Il retira doucement sa main tremblante. Une béance sanguinolente à la place de l'organe. Que le blanc crémeux du cartilage. La colère forma une grosse boule dans le ventre de Charlotte.

— Mais qu'avez-vous donc fait pour mériter cela ? Encore… si une telle horreur peut se mériter, murmura-t-elle indignée.

Les yeux d'Ormond la fixaient. S'ils parlaient de souffrance, de haine et de désir de vengeance, ils ne cachaient pas pour autant sa peur.

— Je ne vous veux aucun mal, Ormond. Vous me croyez, j'espère ?

L'homme hocha doucement la tête. Charlotte se mit à la tâche.

— Il faut nettoyer, vous comprenez ? Il faut empêcher la blessure de s'infecter.

Elle prit le pot de pommade, le fixa le temps de se rappeler ce qu'elle avait à faire. Ses mains tremblaient et elle échappa le rouleau de bandelette à deux reprises. Avec des gestes hésitants, elle parvint tant bien que mal à appliquer une couche épaisse de pommade sur le pansement. Ça n'allait pas. Tout tournait. Elle ferma un instant les yeux pour laisser passer le vertige.

— Ça va être douloureux, Ormond.

Il ne cria pas, gémit à peine, mais ses muscles bandèrent aussi durs que l'acier et les dents grincèrent. Le bandage solidement installé, elle s'écarta pour le laisser se reposer. La peau de leur visage luisait de sueur.

— 'liza, murmura-t-il mollement.

— Oui, Eliza…

— Miss Seton. Vous pas pa'le à massa. Vous ju'e pas di où mwen cache.

— Je… dirai à personne, Ormond.

— Vous amie busha Laude' ?

— Oui… confirma Charlotte.

Ormond ne dit plus rien. Il ferma les yeux et appuya sa tête contre le mur de la hutte. Il attendrait son Eliza.

Charlotte voulut se relever, mais ses jambes, engourdies, refusèrent de lui obéir et elle tomba sur les fesses.

— Lucas…

Sa bouche s'empâtait, sa vision s'embrouillait davantage. Le garçon vint à sa rescousse et elle ne parvint à se mettre debout qu'en s'appuyant sur lui. Tout tournoyait maintenant autour d'elle comme si elle était incroyablement ivre. Les yeux brillants de Lucas se déplaçaient bizarrement dans son visage. Sa bouche disparaissait, réapparaissait ailleurs. Elle n'allait pas bien du tout. Et cette soif harassante qui ne la lâchait pas. De l'eau… Elle en boirait un puits. Malheureusement, Augustus n'en avait pas.

— Partons, annonça-t-elle à mi-voix.

— Vous allez bien, Miss Seton ? demanda Lucas.

Elle secoua la tête pour dire oui.

Le sentier se refermait sur elle, son pas traînait, si lourd de sommeil. Les branches fouettaient son visage plus rapidement qu'elle pouvait les éviter. Elle regardait le garçon qui trottait devant elle et se questionnait. Pourquoi le suivait-elle ? Les lianes se tendaient vers elle, enlaçaient ses bras et ses jambes et la retenaient. Elle voulait s'arrêter et dormir à l'endroit même où elle se trouvait. Le sol l'enchaînait. Elle était incapable de marcher. Son cœur battait si vite. Une irrépressible envie d'uriner la prit. Elle perdait l'équilibre et elle ne voyait plus très clair. Lorsqu'une rivière de soleil se déversant entre les feuilles l'inonda, une vive douleur aux yeux la força à rabattre les paupières.

— Je n'y… arriverai pas… Lucas, haleta-t-elle en se laissant tomber sur les genoux.

— Miss Seton ? Vous êtes malade ?

La voix de Lucas s'étirait, se déformait, entrait dans ses oreilles comme un ruban de mots incohérents, modulant dans sa tête d'autres sons.

— Je me sens… mal… étourdie… fatiguée… Je veux dormir. Oui, je dois… dormir.

Elle s'allongea en plein centre de la piste. Elle avait l'impression d'avoir épuisé ses dernières réserves d'énergie. Lucas la fixa un instant sans comprendre ce qu'elle faisait. Elle agissait si bizarrement depuis tout à l'heure. Il pensa qu'elle lui jouait la comédie. Mais elle ne se relevait pas. Elle s'agitait par brusques secousses et émettait des sons bizarres, des mots à moitié prononcés. Il revint sur ses pas, se pencha sur elle et la secoua. Charlotte ne répondait pas, le fixait d'un air hébété. Ses yeux étaient étranges à voir. La soucoupe noire était presque aussi grande que la grise. Il s'affola. Il avait déjà vu un esclave tomber dans un état de torpeur similaire. Cela c'était passé lors d'une séance de désenvoûtement. L'esclave se disait possédé par un duppy. Il aurait voulu appeler au secours. Où ils se trouvaient, personne ne l'entendrait. Retourner à la hutte pour chercher Augustus ? Augustus ne viendrait pas l'aider. Surtout si Miss Seton était sous l'emprise d'un duppy. Il la dévisagea, désemparé. Il ne voulait pas la laisser seule ici. Si le duppy lui faisait faire des choses dangereuses ? Si elle mourait ?

— Miss Seton ! appela-t-il en la secouant rudement. Miss Seton ! Il faut continuer. Il faut se rendre au village. Miss Seton !

La jeune femme avait fermé les paupières et semblait ne plus l'entendre. Les larmes mouillaient les yeux de Lucas. Il n'avait pas le choix. Bandant tous ses muscles, il réussit à faire rouler le corps inerte de Charlotte hors du sentier. Puis, après s'être assuré qu'elle respirait toujours, il se remit en route en courant.

Charlotte ouvrit les paupières. Un rideau bougeait au-dessus d'elle. Il était d'un vert chatoyant et brillait de mille petits diamants. C'était joli à regarder. Lui vint à l'esprit qu'il n'y avait aucun rideau vert à Weeping Willow. Puis elle soupçonna qu'elle ne se trouvait peut-être pas chez elle en Écosse.

Un objet pesait sur son ventre. Elle toucha un sac et le regarda. Mais pourquoi l'emportait-elle ? Oui... Une oreille coupée. L'oreille... de qui encore ? L'éléphant... Un croassement figea sa pensée et elle leva les yeux. Une ombre noire la survolait. Un corbeau.

Charlotte l'observait voltiger en circonvolutions. Bizarrement l'oiseau grossissait, enflait, et des pattes lui poussaient, se pourvoyaient de longues serres qui s'ouvraient et se refermaient. Elle vit avec effroi la créature plonger maintenant bec ouvert sur elle. Elle lâcha un hurlement de terreur et rampa sur le sol pour lui échapper. Son front heurta quelque chose de dur. Elle leva les yeux... un tronc d'arbre. Elle l'agrippa et se hissa debout. La créature croassait toujours, ses longues ailes de jais qui battaient bruyamment l'air, soulevaient le vent et faisaient frémir les feuilles qui murmuraient de peur. Charlotte voulut faire le tour de l'arbre pour se cacher derrière; elle se retrouva face à face avec Sir Robert. Elle paralysa de stupeur. Sans un mot, Sir Robert la dévisageait d'un air austère. Charlotte s'affola, l'implora de la secourir. Il ne réagissait pas, alors elle le frappa à la poitrine pour le forcer. Le croassement du grand corbeau résonnait dans la forêt. Le souffle court, s'attendant à sentir ses serres lui lacérer les épaules, elle se retourna. L'oiseau n'était plus là. Pouf! Envolé!

— Sir... commença-t-elle en pivotant de nouveau.

Sir Robert avait aussi disparu. Devant elle ne se dressait plus qu'un arbre. Elle le palpa pour être bien certaine qu'elle ne le rêvait pas. L'écorce était dure et rugueuse sous ses doigts.

« Qu'est-ce qui m'arrive... Oh mon Dieu ! Je deviens folle. »

Elle s'écarta, horrifiée. Du plomb lestait ses jambes. Elle ne parvint pas à faire un quatrième pas, se laissa tomber par terre. Il y avait une grosse pierre près d'elle. Un velours de mousse verte la recouvrait. C'était doux, réconfortant. Elle la caressa et ferma les yeux pour laisser son cœur qui galopait follement reprendre un rythme régulier. Sous ses doigts la pierre remua...

⁂

Tel l'agneau pourchassé par le loup, Lucas entra dans le moulin. Il appelait son père en hurlant. Les esclaves s'arrêtèrent de travailler, relevèrent la tête et les sourcils. L'un d'eux lui indiqua l'étuve. Lucas sortit du moulin.

Nicholas inséra la main dans l'ouverture de la barrique et en retira une poignée de sucre roux. D'un œil critique, il en estima la qualité en le frottant entre ses doigts.

— Suc' là pas bon pou' miste' Sch'oer, commenta Joe Maroon. Suc' là pas assez pu'gé.

— Je sais, mais Mr Schroer devra s'en contenter et je le mets au défi de trouver mieux dans l'île, répliqua Nicholas. Les cannes ont rendu un tiers de moins cette année. Massa Elliot veut faire ses frais, Joe Ma'. Allez ! Arrimez-moi tout ça solidement. Ça doit être livré au quai avant la fin de l'après-midi. Tout doit être mis en cale avant la tombée de la nuit. Le navire appareille à l'aube demain.

Joe Maroon secoua la tête et enfonça solidement la bonde avec le maillet. Un autre esclave fit rouler la barrique jusqu'au palan pour le hisser sur le chariot. Nicholas recompta les barriques destinées à Schroer et nota le nombre dans son carnet. Puis il allait passer à la commande de Mrs Jefferson quand son fils surgit devant lui, à bout de souffle, les joues inondées de larmes.

— Lucas ! Qu'est-ce qui se passe ?

— C'est Miss Seton… Elle est dans la forêt… toute seule. Elle est toute bizarre… Malade, je pense. Elle…

— Elle est où ? cria presque Nicholas. Où exactement est Miss Seton ? Tu l'as laissée toute seule dans la forêt ?

— Mr Nicholas… il le fallait, se défendit l'enfant. Elle ne peut plus marcher. C'est le duppy…

— Quel duppy ?

— Celui qui est entré dans son esprit.

Nicholas sentit son cœur défaillir. Il lança rapidement ses instructions et ordonna à Joe Maroon et à trois autres nègres de le suivre.

⁂

Sous les doigts de Charlotte, la pierre remua. Elle retira sa main dans un sursaut. Ce n'était pas une pierre, mais un chien au pelage marron avec de grands yeux tristes et de longues oreilles qui balayaient le sol. Elle aurait pourtant juré avoir vu une pierre couverte de mousse. Charlotte battit des paupières. Le chien restait là à la regarder sans bouger. C'est à ce moment qu'elle le reconnut.

— Daisy ? Mais qu'est-ce que tu fais ici ? s'exclama-t-elle joyeusement surprise.

Elle prit sa chienne dans ses bras. L'animal la renifla et la lécha au visage. Sa langue râpeuse laissait une désagréable sensation de brûlure sur sa joue. Charlotte écarta Daisy et poussa un cri d'épouvante quand elle découvrit son ventre ouvert. Elle reposa sa chienne avec horreur. L'animal roula sur le sol et se tortillait en geignant; de ses tripes jaillit une autre Daisy, mais en miniature, puis une autre, et encore une autre.

Des dizaines de Daisy sortaient du ventre de sa chienne, geignaient et remuaient partout autour d'elle.

— C'est dément… Daisy, arrête ça ! Je t'ordonne d'arrêter ça tout de suite !

Charlotte ferma brusquement les paupières. Les geignements s'éteignirent d'un coup. Il faisait noir. Le silence… « Je suis morte… Daisy est morte, or, je ne peux qu'être morte ! » Son cœur battait pourtant dans sa poitrine. Bou-boum ! Bou-boum ! Bou-boum ! Elle le sentait faire vibrer ses côtes. Ses os craquaient tant il battait furieusement. Puis elle pensa : « Où suis-je alors ? »

Rouvrant les yeux avec précaution, elle étudia son environnement. Des arbres, des arbres et encore des arbres… Bien qu'elle éprouvât des problèmes avec sa vision, si elle s'arrêtait suffisamment longtemps sur un objet, elle pouvait le distinguer. C'était comme s'arrêter sur un tableau. Si elle regardait à côté, l'image se fondait dans l'obscurité. La forêt l'enveloppait. « Qu'est-ce que je fais ici ? Qu'est-ce qui m'arrive ? » Devant elle s'étalait la corolle délicatement dentelée du faisceau de racines d'un figuier. Charlotte vit l'arbre remuer. Les racines s'arrachaient du sol pour se poser ailleurs. Le figuier marchait ! Et il venait vers elle. Terrifiée, Charlotte se poussa en rampant. L'arbre se déplaçait rapidement… Elle roula sur le ventre et se dressa sur les genoux. Il fallait se concentrer sur chaque geste. Elle cibla un buisson et se dirigea vers lui. Quelques secondes plus tard… comme par magie, les branches du buisson s'écartèrent…

⁂

À grands coups de coutelas, Joe Maroon élargissait le passage. Derrière lui, Nicholas enjamba une source, puis le bouquet de balisiers qu'il venait de faucher. Lucas maintenait le rythme à ses côtés. Il avait peur de ne pas retrouver l'endroit. Il ne se rappelait plus exactement quel sentier il avait pris. Lucas était terrifié de ne plus retrouver Miss Seton. Pis ! De la découvrir morte. Nicholas essayait de ne pas y penser. Il devait garder son sang-froid. Qu'était-il arrivé à Charlotte ? Il avait pensé à une attaque de fièvre spontanée. Il pria pour que ce ne fût pas la fièvre jaune…

Lucas hésita devant une intersection. Joe Maroon examinait la terre fraîchement remuée et pointa dans la bonne direction. Cela faisait vingt minutes qu'ils étaient partis du village. Si on ajoutait le temps qu'avait pris Lucas pour revenir de la hutte, Nicholas pouvait calculer que Charlotte était seule dans la forêt depuis près de quarante-cinq minutes. Il fit accélérer la cadence.

⁂

Lorsque le buisson s'ouvrit comme une porte, Charlotte s'y précipita pour échapper au figuier. Soudain, elle se trouvait au milieu d'une foule. Des flambeaux éclairaient une place au centre de laquelle était montée une estrade. Sur l'estrade était installée une guillotine. Les gens vociféraient. Une force la propulsa devant. Des visages hideux, affreusement mutilés, se tournaient vers elle : ici, un œil qui pendait hors de son orbite, là, un nez avait été arraché, celui-là avait le crâne écorché. Des cadavres, des morts-vivants, des duppies, qui cherchaient à s'emparer d'elle. Les visages se décomposaient sous ses yeux, les vers sortaient des bouches et de l'emplacement du nez. On la refoulait vers l'estrade. Charlotte avait beau se débattre sauvagement, elle n'arrivait pas à se libérer. On allait l'exécuter. Elle était terrifiée.

Puis elle se retrouva assise sur la guillotine. Il n'y avait plus personne. Elle était seule sur la place. Les cadavres avaient disparu. Une voix l'appelait. Quelqu'un caché sous l'instrument lui parlait. Elle se pencha pour voir. Personne. Pourtant, la voix continuait de lui faire la conversation. Elle continua de chercher et regarda dans le panier destiné à recevoir la tête des suppliciés. Elle découvrit celle de Jonat qui lui souriait. Il la suppliait de le sortir de là. Mais que ferait-elle de lui par la suite ? Où était son corps ? Il n'en avait pas besoin, elle n'aurait qu'à l'emmener avec elle. C'était trop dégoûtant. Elle ne pouvait pas faire cela !

Son oncle s'impatientait. Il voulait sortir du panier, coûte que coûte. Charlotte refusa d'obtempérer. Tout à coup, le visage de Jonat se déforma : les yeux sortirent de leur orbite et des pattes longues et poilues se mirent à pousser tout autour du crâne. Soudain, c'était une araignée qui cherchait à sortir du panier. Charlotte cria de frayeur. Une autre araignée grimpait le long de sa jambe, puis une autre. Bientôt des centaines d'insectes grouillaient sur le sol, l'envahissaient. Charlotte se frottait frénétiquement les bras et les jambes pour les enlever. Mais aussitôt d'autres insectes prenaient la place. Elle était couverte de grosses araignées noires qui lui pinçaient la peau.

Elle cria et s'époumona si bien que ses cris lui déchirèrent la gorge et les poumons.

⁂

Des cris... Nicholas fit arrêter le groupe pour écouter.

— C'est Miss Seton ! s'écria Lucas, à la fois soulagé et terrorisé. Le duppy lui fait du mal !

Nicholas imposa le silence. Il voulait localiser d'où ils étaient venus. Mais les cris ne se reproduisirent pas, ce qui eut pour effet de faire monter d'un cran l'inquiétude de Nicholas. Ormond ne ferait pas de mal à Charlotte, mais il ne pouvait en être aussi sûr des autres rebelles. Lucas lui avait assuré qu'il n'y avait qu'Ormond et Augustus. Son fils n'avait pas compris que les rebelles étaient cachés dans les bois autour de la hutte, coutelas et pistolet au poing.

Une autre intersection. Comme chaque fois, Joe Maroon étudia les pistes laissées sur la terre.

⁂

Une araignée avait réussi à se hisser sur son nez et la regardait dans les yeux. De peur qu'elle se jetât dans sa bouche, Charlotte cessa subitement de hurler. La bestiole la fixait de ses gros yeux noirs et luisants. Charlotte essayait de ne pas bouger. Si elle bougeait, l'araignée la mordrait. Peut-être qu'elle se déciderait à la dévorer avec les pinces de sa mandibule qui remuaient sans arrêt. L'araignée écarta plus grandes ses mandibules et... de l'eau en jaillit brusquement comme d'une fontaine. De l'eau ! Elle avait soif... Si soif. Charlotte ouvrit la bouche. L'eau était bonne. Elle en avala des pintes, mais, inextinguible, la soif demeurait. L'eau se déversait au sol. Charlotte en voulait chaque précieuse goutte. Elle se jeta dessus et lécha avidement la terre. Elle s'étouffa et toussa. L'eau était sèche. L'avaler était si douloureux. Sa gorge était un désert de sable. Elle se mit à creuser le sol pour récupérer l'eau. À un moment, une source gicla et elle s'exclama de bonheur. Mais sitôt qu'elle plongea les mains dans le trou, l'eau disparut. Elle creusa plus profondément, avec ferveur. Elle allait mourir si elle ne trouvait pas d'eau. Son ventre lui faisait mal. Une nausée la saisit soudainement et elle vomit. Charlotte roula sur le sol. Sa vue s'obscurcit.

Combien de minutes, d'heures, s'étaient écoulées ? Elle avait dû sombrer dans l'inconscience. La notion du temps lui était aussi floue que sa vision. Ça n'allait pas. Vraiment pas. Sa tête était si lourde. Elle était de pierre et d'acier. Lentement, elle se leva et constata l'état de sa robe. Sa mère allait la gronder… Elle voulait rentrer à la maison. Cet endroit lui donnait la chair de poule. Curieusement, elle réussissait à se déplacer sans trop de mal, mais ses muscles l'élançaient atrocement. Il n'y avait personne dans le sentier. Mais où menait-il ? Tandis qu'elle marchait, Charlotte ressentit la désagréable impression d'être suivie et elle se retourna. Une ombre la filait. Charlotte fit encore quelques pas. Un duppy… Celui de la sorcière ? Trois pas de plus, l'ombre suivait sa trace, indubitablement. Le duppy allait dévorer son âme. Elle ne voulait pas mourir. Encore cinq pas, le duppy en fit autant. Cela suffit. Elle détala.

⁂

— Tu es sûr de l'avoir laissée ici ? demanda Nicholas à son fils.

Lucas fixait l'endroit où il était certain d'avoir fait rouler le corps de Miss Seton. Oui, il l'avait laissée à cet endroit. Là, de la terre fraîchement remuée. On apercevait les traces de ses pas. Miss Seton était tout simplement partie. Pour aller où ?

— Faut di à massa. Massa savoi' quoi fai' pou' Miss Seton, suggéra Joe Maroon.

Nicholas ne commenta pas. La première chose qu'il aurait dû faire était d'avertir Sir Elliot du malaise de Charlotte. Il avait agi sous le coup de l'impulsion et avait omis de le faire. Maintenant, il se demandait s'il devait mettre les gens de la grand-case au courant.

— Séparons-nous, décida-t-il. Retourner jusqu'à la grand-case et laisser Sir Elliot organiser les recherches nous fera perdre un précieux temps. Bon sang! Elle ne peut pas être si loin. Vous connaissez l'endroit. Nous sommes quatre : allons chacun dans une direction opposée. Si l'un de nous découvre quelque indice, il prévient les autres.

Charlotte pouvait être n'importe où, blessée, inconsciente, ou si terrifiée qu'elle n'oserait pas répondre aux appels.

Avec Lucas, Nicholas avait atteint les pâturages qui bordaient la route de Mount Carey. Ils avaient fouillé chaque buisson, exploré chaque ravin. Ils avaient appelé. En vain. Charlotte demeurait introuvable. Nicholas refusait de penser qu'elle avait pu avoir été enlevée par les rebelles. Les nègres ne s'en prenaient habituellement pas aux femmes blanches. Et de toutes les femmes blanches de Montpelier, Charlotte était bien la dernière à qui ils voudraient nuire.

Il consulta sa montre : trois heures s'étaient écoulées depuis qu'il avait quitté la sucrerie. L'espoir de la retrouver indemne commençait à s'effriter. Il aurait voulu l'éviter, mais il n'avait plus le choix. Il devait avertir Sir Elliot. Devenait de plus en plus probable la possibilité d'une chute dans un gouffre ou qu'elle se soit perdue dans l'une des nombreuses grottes qui creusaient le calcaire des collines. Ces galeries souterraines pouvaient constituer un piège mortel pour ceux qui ne les connaissaient pas.

— Mr Nicholas, est-ce que le duppy va lui faire du mal?

Il se tourna vers son fils. Les yeux brillaient d'un si grande inquiétude qu'il s'en émut. Il caressa sa tête crépue.

— Miss Seton n'est pas possédée par un duppy. Elle doit être malade parce qu'elle a probablement mangé quelque chose qu'elle n'aurait pas dû. Est-ce que tu l'as vue manger des fruits ou boire quelque chose?

— Non. Elle disait tout le temps qu'elle avait soif.

— Hum... fit Nicholas en ruminant ses pensées.

Dans le champ qu'ils surplombaient, une équipe de femmes était occupée à couper l'avoine pour le fourrage des chevaux. Elles en faisaient des fagots qu'elles portaient ensuite jusqu'au cabrouet où un jeune garçon les entassait. Nicholas abaissa le bord de son canotier pour protéger ses yeux du soleil. Il venait de repérer une mule. Elle lui ferait gagner du temps...

— Busha Laude' ! Busha Laude' !

— C'est Joe Ma', s'écria Lucas en se dressant. Ils ont retrouvé Miss Seton ?

— C'est Geo'ge l'a t'ouvée, expliqua Eliza à Nicholas en lui désignant la rescapée sagement assise sur un banc dans le jardin. Miss Seton pe'due dans sentier. Li pa'le biza'e avec pe'sonne pas là. Geo'ge di Miss Seton voit duppy so'ciè'. Miss Seton va pas bien dans tête là, busha Laude'.

Nicholas hocha la tête. Sur le plan physique, malgré l'apparence lamentable de ses vêtements, Charlotte semblait bien se porter. Elle parlait et s'animait comme si elle entretenait une conversation avec un interlocuteur invisible. Elle marmonnait, écoutait en silence une réplique dans sa tête, puis reprenait avec entrain. C'était aussi étrange que terrifiant à observer. Que se passait-il dans la tête de Charlotte ? Nicholas ne savait trop comment l'aborder. Il craignait de l'effrayer, de provoquer davantage de confusion en s'immisçant dans son fantasme. Il s'approcha de façon à ce qu'elle puisse le voir et attendit sa réaction. Charlotte s'arrêta de parler et le dévisagea.

— Miss Seton, dit-il en venant plus près.

Il s'accroupit devant elle. L'air de ne pas le reconnaître, Charlotte plissa le visage comme pour fouiller sa mémoire. Après quelques secondes, l'ignorant, elle se détourna vers son interlocuteur imaginaire et reprit son marmottage. Nicholas put saisir çà et là quelques bribes de ce qu'elle racontait : tasse de thé, Jamie, cours d'art, académie, casser les dents. Mais rien n'avait de sens pour lui. Elle s'interrompait souvent pour respecter un moment de silence avant de reprendre son inintelligible jargon. Il la prit par les épaules et la força à le regarder. Les pupilles largement dilatées laissaient soupçonner qu'elle était sous l'effet d'une drogue quelconque. Elle se montra soudain effrayée et voulut se lever. Nicholas la retint fermement sur le banc.

— Miss Seton, vous m'entendez ? Vous savez qui je suis ?

— Sir Elliot... veut pas...

— Je suis Sir Elliot ?

— Non, Nicholas, chuchota-t-elle après un bref instant d'hésitation.

Elle avait perdu la notion du temps et parlait avec difficulté, mais en revanche, elle reconnaissait les visages qui l'entouraient. Elle pouvait rester calme et silencieuse pendant de longues minutes, puis s'agiter soudain et se mettre à divaguer, à rire ou à s'épouvanter d'une vision quelconque. Qui pouvait savoir ce qui se passait dans la tête de Charlotte ? Elle-même s'y était perdue. Plus Nicholas réfléchissait, plus la possibilité d'un empoisonnement devenait patente. Il envoya chercher Sir Elliot et le docteur Macpherson.

Le planteur manifesta de la stupéfaction devant l'état de Charlotte. Pendant que Macpherson l'examinait, Nicholas l'entraîna à l'écart. Il lui parla d'un empoisonnement probable et vit le visage de l'homme devenir gris.

— Quelqu'un doit répondre de cet acte ignoble, Monsieur.

— S'il ne s'agit pas d'un malencontreux accident, je ferai ce qui doit être fait. Aurelia sera jugée en conséquence.

— Aurelia ? s'étonna Nicholas. Qu'est-ce qui vous fait penser que c'est elle qui est coupable ?

— Vous savez comment sont les négresses, Mr Lauder. Œil pour œil, dent pour dent. Elle pense que Miss Seton l'a injustement accusée de l'avoir volée. Alors, elle se venge ! C'est Aurelia qui s'occupe du service à l'étage et Miss Seton a pris son petit déjeuner dans sa chambre ce matin. Selon le témoignage de Lucas, elle a commencé à montrer des signes de confusion sur le chemin de l'hôpital. Elle ne peut avoir avalé la drogue autrement qu'avec son petit déjeuner.

— Ainsi, Aurelia sera fouettée ou pendue, son sort en est décidé. Et si vous vous étiez trompé, Monsieur ? Vous pourriez aveuglément condamner cette fille en vous imaginant avoir justement agi. Mais si quelqu'un d'autre avait des motifs de nuire à Miss Seton ?

Sir Robert demeura silencieux un moment. Il fronça les sourcils et son expression se modifia perceptiblement.

— Qui d'autre qu'Aurelia pourrait avoir des motifs assez sérieux pour attenter à la vie de Miss Seton ?

— C'est à vous de le découvrir, Monsieur.

— Soupçonneriez-vous quelqu'un en particulier, Mr Lauder ?

— Franchement, Sir Elliot, j'ignore tout de ce qui se passe sous votre toit. Et même que je préfère n'en rien savoir. Mais là, il s'agit de la vie d'une jeune femme innocente. Si par malheur Miss Seton devait ne pas se remettre de cet empoisonnement, je vous jure…

— Là, attention, Mr Lauder ! l'arrêta Sir Robert. Je vous conseille de ne pas vous laisser emporter par vos sentiments.

Le commentaire réduisit Nicholas au silence. Un sourire étira la bouche du planteur.

— Allons, Mr Lauder, il faudrait être aveugle pour ne pas voir que vous êtes tombé amoureux de Miss Seton. Après tout, qui pourrait vous le reprocher ? C'est une jeune femme charmante, intelligente et tout à fait agréable à regarder. Heureusement, tout de suite après les fêtes de Noël, Miss Seton rentrera avec moi en Écosse. D'ici là, je vous conseille de vous tenir loin d'elle. Pour vous faciliter la tâche, j'ai interdit à Miss Seton de vous revoir. Elle est au fait de votre véritable statut au sein de notre très grand royaume britannique. Je doute qu'elle recherche la compagnie d'un bagnard… évadé, qui plus est.

Le cœur de Nicholas s'emballa. Voilà comment s'expliquait la soudaine distanciation de Charlotte. Ses poings se serraient, tout son corps se crispait. Et dans ses yeux brilla une lueur d'inquiétude. Sir Robert nota sa réaction avec un plaisir malsain. Il profita de son avantage.

— Vous vous demandez comment je le sais ? Un concours de circonstances, Monsieur. Un incroyable concours de circonstances me l'a appris. Vous vous souvenez de Sir Longford ? Un vieil entomologiste philanthrope qui déteste voir le talent se gâcher dans les bagnes de la Nouvelle-Galles-du-Sud. Vous l'avez impressionné avec vos dons artistiques et vos connaissances des insectes et des oiseaux. Votre curiosité pour la nature vous aura sauvé bien des années à casser des pierres ou à défricher la terre. La chance vous aura été favorable. Sir Longford avait besoin d'un artiste pour achever le catalogue de sa collection, son homme ayant succombé à la fièvre jaune. Quelle calamité lorsque cela survient dans un coin du monde si reculé !

— C'est Longford qui vous a raconté ça ? demanda Nicholas, incrédule. Il ne savait rien de moi.

— Sir Longford est peut-être vieux, mais il n'est pas idiot. Un homme qui vous aborde dans une taverne miteuse le long des quais de Sydney Cove et qui est prêt à payer du dernier morceau de vêtement qu'il porte son passage sur un navire dont il ne connaît pas la destination ne peut être qu'un *bushranger*[2]. Apparemment, Sir Longford en savait plus long sur vous que vous sur lui, Mr Lauder.

Nicholas se rappela. Longford l'avait embauché sans lui poser de questions qui ne concernaient pas ses connaissances des sciences naturelles. Puisque son navire devait appareiller au lever du soleil, il l'avait invité à dormir dans sa cabine. Au beau milieu de la nuit, un raffut à bord les avait réveillés. Le capitaine était venu les informer que l'armée fouillait tous les navires ancrés au port : ils poursuivaient un forçat évadé des baraques de Hyde Park. Longford avait assurément noté la peur s'inscrire sur le visage de Nicholas. Il aurait simplement conclu qu'il était l'homme recherché. Irrité de voir son précieux sommeil ainsi bousculé, Longford s'était levé et était monté sur le pont. Curieusement, personne n'était venu inspecter la chambre pendant son absence. Pour une deuxième fois en six semaines, il n'avait pas cru sa chance. Nicholas n'était pas celui que recherchaient les soldats. Mais il avait aussi faussé compagnie à son gardien, Mr Callaghan, un éleveur de moutons dont l'exploitation était située à trois *miles* au nord de Sydney Cove. Après avoir mis Nicholas aux fers pour la nuit, Callaghan lui avait généreusement offert de partager sa bouteille de whisky. Ils avaient bu et longuement parlé. Puis, son gardien s'était tout bonnement endormi à ses côtés, les clés de ses fers accrochés à sa ceinture. Les clés de sa liberté. Pendant six semaines, il était resté caché, rôdant dans le port de Sydney Cove à la faveur de l'obscurité, surveillant les navires qui se préparaient à appareiller, évaluant ses chances de monter à bord de l'un d'eux. Jusqu'à ce qu'il tombe sur cette petite annonce de Sir Longford dans le *Sydney Gazette*.

— Évidemment, continua Sir Robert, Longford m'a raconté cette intéressante histoire sans savoir que son cher ami « Mr Nick » travaillait pour moi. Je désirais acheter un papillon de sa collection. Puisqu'il lui était impossible de me montrer physiquement les spécimens qu'il possédait, il m'a fait voir son catalogue. Vous avez fait du magnifique travail, Mr Lauder… quoique je doute maintenant que cela soit votre nom véritable. Vraiment, vos dessins sont saisissants de réalisme. Je me serais attendu à voir tous ces insectes s'envoler ou ramper hors des pages.

2. Voleur de grands chemins en Australie. Le plus souvent, ils étaient des prisonniers évadés des bagnes qui vivaient de rapines sur les voyageurs.

Et votre *Papilio Ulysses* m'a convaincu qu'il était celui qui convenait à Miss Seton. Je le lui ai offert pour son anniversaire. Longford ne s'est pas encore remis de vous avoir perdu au large de Cuba. Curieusement, il vous croit mort, noyé ou dévoré par un requin. J'ai pensé pendant un moment lui dire la vérité, rien que pour voir sa tête. Mais j'ai craint qu'il cherche à vous reprendre à moi, ce qui m'aurait vraiment ennuyé. Car, malheureusement, Montpelier a encore besoin de vos loyaux services. Maintenant, Mr Lauder, comprenez-moi bien. Miss Seton est ma protégée et j'entends la préserver d'hommes tels que vous jusqu'à son retour en Écosse. Tant et aussi longtemps que vous respecterez ma consigne, j'oublierai l'histoire de Longford. Je me moque de savoir ce que vous avez commis pour mériter le bagne. Je me contente de penser que vous n'êtes pas un meurtrier. Sinon, vous ne seriez pas debout devant moi, n'est-ce pas ? Pour le reste… Il serait peut-être temps que vous vous trouviez une nouvelle jeune et jolie négresse pour vous distraire. Je vous laisse l'embarras du choix sur ma propriété. Pourquoi ne me feriez-vous pas quelques bons négrillons de plus…

Le mépris avait lourdement marqué la dernière phrase de Sir Robert. Nicholas s'efforça de ne rien laisser passer de ses émotions. Il poussa l'ironie jusqu'à permettre à un sourire de courber légèrement sa bouche et dit :

— Votre suggestion me plaît. J'y penserai, Monsieur. Miss Seton a aimé l'empereur bleu ?

Un peu dérouté par la question et le changement d'attitude de son gérant, Sir Robert marqua un temps avant de répondre.

— Oui, elle l'a apprécié.

— Alors, c'était un bon choix. Et je ne peux que souhaiter, Sir Elliot, que vous fassiez le bon encore une fois en ce qui la concerne.

— Je prendrai une décision qui saura assurer la sécurité de Miss Seton. Maintenant, si vous voulez bien m'excuser, je dois retourner auprès d'elle. Bonne journée, Monsieur.

L'expression des yeux bleus avait eu quelque chose de singulier.

— Je crains de ne pas être le seul à être tombé sous le charme de Miss Seton, murmura Nicholas pour lui-même.

Il demeura songeur en regardant le planteur entrer dans la case d'Eliza et pensa combien Robert Elliot était différent de l'homme qu'il avait connu. À l'arrivée de Nicholas à Montpelier, Elliot avait vingt-deux ans. C'était un jeune homme timide, au regard fuyant et à la mine maladive. Nicholas l'avait secrètement baptisé « l'ombre blanche ». Un sobriquet qui l'habillait à la perfection. En effet, Robert Elliot était l'ombre pâlotte et sans substance des attentes de son père. En présence de Sir Thomas, il allait toujours le dos courbé et silencieux. Sir Thomas désespérait d'en faire un « Elliot » digne de ce nom. Nicholas se souvenait de combien la mollesse du caractère de son fils exaspérait Sir Thomas. « Un homme mou sur le terrain ne peut que l'être dans le lit ! » s'évertuait-il à clamer. Le père trouvait aussi honteux qu'à cet âge son fils n'ait pas encore perdu son pucelage avec une jeune esclave du domaine. « Bon sang ! Il n'a qu'à se servir ! » lançait-il excédé. « Une *mauviette*[3] de papiste ! » voilà ce qu'en avait fait sa française de femme. Car c'était sous les jupes de sa mère que Robert revenait invariablement. Madame Eugénie possédait une emprise sans égale sur Robert.

Sir Thomas était un homme intransigeant, violent, sans finesse d'esprit et d'une concupiscence désolante. Il avait pris plusieurs maîtresses et produisait quantité de rejetons dont quelques-uns seulement survécurent, dont la petite Nora. L'ardeur de l'homme était reconnue et crainte des femmes esclaves. Quand l'envie lui prenait, où qu'il fût, il pouvait interrompre leur travail pour les entraîner derrière un mur ou les pousser dans un buisson, les prendre sur-le-champ et retourner au travail quelques minutes plus tard. Nicholas avait appris de Sukey que le massa poussait même parfois l'ignominie jusqu'à passer la nuit avec ses négresses sous le toit familial.

Rares étaient les jours qu'il terminait sans être tout à fait ivre. De son temps, c'était lui qui maniait le fouet. Par plaisir de voir son troupeau se rassembler et se prosterner devant ses désirs, il aimait le faire claquer autour de ses esclaves. Puiser dans les regards terrifiés le respect de ses sujets, c'était là son glorieux sceptre du pouvoir.

Puis vint un jour où le symbole de son autorité s'abattit sur sa fille. Nicholas s'en souviendrait toute sa vie. La punition avait eu lieu dans le moulin à bête. Un jour de pluie. Seuls étaient présents les membres de la famille, Nicholas et les contremaîtres blancs de Old Montpelier.

3. Les mots en italique sont prononcés en français dans un dialogue échangé en anglais.

Les poignets de Miss Susan avaient été attachés à une poutre. Sa chemisette déchirée dévoilait sa tendre peau blanche. Jamais le fouet de Montpelier n'avait entamé chair si pâle. Thomas Elliot avait longuement attendu, son fouet dans la main, avant de le passer au contremaître Innes. Le jeune homme, absolument horrifié, avait refusé de le prendre. « Tu fais ce que je te dis sinon c'est toi qui écopes ! » avait menacé Thomas. Il avait visiblement bu plus que de coutume pour faire face à ce moment terrible. Mais il était résolu à ce que s'accomplisse la tâche. Quand, les larmes aux yeux, Innes avait donné le premier coup et que le hurlement de Susan avait retenti dans le bâtiment fermé, Thomas Elliot était resté stoïque.

Madame Eugénie avait assisté à la punition sans chercher à prendre la défense de sa fille. Le soir même, Innes avait fait ses bagages et avait quitté Montpelier sans demander le salaire qui lui était dû. En lâche, avait pensé Nicholas. Il n'avait jamais cru à la version du contremaître selon laquelle Miss Susan l'aurait attiré dans la vieille serre pour ensuite le séduire. Elle n'était tout simplement pas ce genre de femme. Une semaine plus tard, Hardin était embauché.

Oui, Thomas Elliot avait été un homme détestable et personne ne regrettait sa disparition.

Une main pressant son bras mit fin à ses rêveries. Eliza était venue se joindre à lui dans le jardin. Elle lui parut triste. Elle avait voulu retrouver son fiancé dans la hutte, mais Ormond avait déjà pris le large. Elle avait sagement choisi de ne pas le suivre dans les montagnes. Comme sa mère, Eliza était une jeune femme réfléchie et responsable sur qui on pouvait compter. Sans elle, avec un enfant sur les bras, il ne savait ce qu'il serait devenu après la mort de Sukey. Au début, il avait cru qu'Eliza serait restée indifférente au sort de son jeune demi-frère. Lucas était un Noir libre. Ce qu'elle ne serait jamais. Eliza n'avait jamais approuvé la relation de sa mère avec le busha buckra et avait toujours refusé de vivre dans sa case. Mais avec le temps, elle s'était attachée à Lucas. Et le garçon en avait fait sa nouvelle mère. Aujourd'hui, Eliza voulait vivre sa propre vie. Elle avait Ormond et attendait son premier enfant.

— Tu regrettes ? demanda-t-il, sachant qu'elle comprendrait à quoi il faisait allusion.

— Non, mwen pas ’eg’etter, busha Laude’, répondit-elle doucement. Mwen pas vouloi’ pa’ti’ avec O’mond. Vouloi’ just’ di à li bébé dans vent’ là. Pas pouvoi’ pa’ti’ avec bébé.

— C’est une décision éclairée, Eliza.

Il lui sourit affectueusement. Dans un geste protecteur, elle avait posé le plat de sa main sur son ventre fertile. Son visage exprimait toute la tendresse qu’elle éprouvait pour ce petit être qui l’habitait. Ainsi, elle lui fit penser à Sukey, enceinte de Lucas. Belle, grande et musclée. Confiante de cette force de vie en elle, par laquelle se perpétuait l’humanité. Cette force que ne posséderaient jamais les hommes. Le sublime féminin. Tout comme sa mère, Eliza respirait la liberté. Une liberté dont elles usaient inconsciemment. Celle naturelle de l’esprit qui n’appartenait qu’à lui-même. C’était avant tout cette tranquillité de l’âme qui avait séduit Nicholas chez Sukey. Mais aussi son sourire, qui donnait plus qu’il ne demandait.

Sukey était entrée dans sa vie alors qu’il vivait la période la plus creuse de son existence. Ressentant brusquement un grand besoin de se nourrir de la quiétude de Sukey, il lui avait proposé de venir habiter chez lui, de cuisiner, d’entretenir sa case pour lui. Elle avait d’abord refusé. Dix shillings par mois avaient fini par la convaincre. Deux mois plus tard, une étincelle de fierté dans le regard, elle lui apprenait qu’elle portait son enfant. Le moment où il avait tenu le petit Lucas dans ses bras, Nicholas avait compris que sa vie ne serait plus jamais la même. Ce petit garçon allait la transformer. Il avait solennellement remercié Sukey. Merci n’appartenait pas au vocabulaire qu’employaient habituellement les hommes buckras avec les négresses. Sukey reçut sa reconnaissance comme la plus haute marque d’estime qu’un homme blanc pouvait démontrer à une femme noire. À partir de ce jour, elle avait refusé d’être payée pour travailler pour lui. Jusqu’à la mort de Sukey, leur relation s’était poursuivie dans le respect mutuel, sentiment plus fiable que la passion. Il avait appris que la passion ne prenait pas toujours sa source dans l’amour. Qu’on pouvait confondre les deux.

— Comment va Miss Seton ? s’informa-t-il en reportant son regard sur le sentier qui menait aux installations.

— Miss Seton pas bien dans tête là. Li voi’ choses pas là.

— Ce sont des hallucinations, Eliza. Son esprit lui joue des mauvais tours. C'est à cause de la drogue qu'elle a avalée.

— Au'elia fai' avale à Miss Seton.

— N'accuse personne sans avoir des preuves de sa culpabilité, Eliza, la reprit Nicholas en la regardant gravement.

— Eliza voi' Au'elia so'ti' chez Phillis avec sac s'he'bes.

Nicholas considéra la jeune femme le temps de comprendre ce qu'elle venait de lui dévoiler.

— Quand cela ?

— Dimanche.

— Est-ce qu'Aurelia t'a vue ?

— Non. Mwen cachée de'iè' mu'.

— Tu sais ce que renfermait son sac ?

— Faut demande à Phillis.

— Oui… J'y compte bien… Merci Eliza.

Il se détourna, lança un dernier regard vers la case. Il aurait voulu revoir Charlotte pour s'assurer qu'elle allait mieux. Il s'informerait plus tard auprès de Macpherson. Le médecin lui dirait ce qu'il en était exactement.

Un mouvement furtif entre les brins d'herbe fit dévier son pas. Un petit serpent jaune se dépêchait en ondulant vers le carré de manioc. Eliza le vit et posa sur Nicholas un regard rempli d'inquiétude.

— Ça pas bon, busha Laude'. Ça annonce malheu'.

Ignorant l'avertissement, il continua son chemin.

Chapitre 2

Le tranchant de la hache sectionna le cou et s'enfonça dans le bois de la bûche. Le sang gicla dans le bol destiné à le recueillir. Phillis souleva la poule et la suspendit par les pattes à une branche pour la laisser se vider, puis elle prit la tête et s'appliqua avec un couteau à récupérer le bec. Elle interrompit son travail en apercevant la silhouette qui l'épiait. Elle se leva dans un cliquetis de bracelets métalliques et de colliers de perles.

— Bonjour Phillis, lui dit Nicholas.

— Busha Laude' ! Quoi vous veni' che'cher ici ?

— Des réponses à mes questions, je l'espère.

Les yeux noirs de Phillis s'effilèrent comme ceux d'un chat. Nicholas avisa le couteau et la tête de poulet dans les mains ensanglantées. Que concoctait encore la sorcière ?

— Aurelia est venue vous voir dimanche dernier. Est-ce vrai ?

— Beaucoup nèg' veni' voi' Phillis dimanche.

— Allons, Phillis, ce n'est pas le moment de souffrir d'amnésie. Le massa soupçonne Aurelia d'avoir empoisonné Miss Seton. Mais il ne sait pas qu'elle est venue vous voir avant. Par contre, moi je le sais. Je veux savoir exactement ce que vous lui avez vendu.

Elle jaugea le gérant et tira son menton devant.

— Au'elia veni' pou' poud' fai' passe bébé.

— De la poudre pour passer les bébés ? Vous voulez dire pour avorter ?

— Ça, cho ! Mwen savoi' pas pou' Au'elia. Mais pou' missy buckra.

— Quelle missy, Phillis ?

La femme feignit de ne pas avoir entendu la question. Nicholas ne s'en offusqua pas. Il avait déjà sa petite idée sur qui pouvait avoir besoin de mettre un terme à une grossesse indésirable. Mais il savait aussi qu'Aurelia en voulait amèrement à Charlotte pour avoir été punie sans motif valable.

— De quoi était composée cette poudre ?

— Ça sec'et G'anny Polly, busha Laude'. Phillis jamais di sec'et.

— Je veux seulement savoir si elle pouvait contenir une substance qui aurait pu causer…

— Cho ! fit rudement la femme en faisant clinquer ses bracelets. Au'elia pas donne poison à Miss Seton. Omb' duppy voyé suiv' Miss Seton. Duppy voyé fai' mal à Miss Seton. Pas Au'elia fai' ça.

— Qu'est-ce que les duppies ont à voir avec Miss Seton ?

— Miss Seton pas vouloi' croi' Phillis voit mal autou' g'and-cas', là. Li pas po'ter cha'me.

— C'est bon, je comprends, Phillis. Merci.

Elle lui avait appris ce qu'il désirait et il se préparait à repartir. La voix un peu rauque de la sorcière le figea sur place.

— Phillis voi' omb' autou' vous, busha Laude'.

Il se retourna. Elle le fixait avec ce regard plissé de diseuse de bonne aventure lorsqu'elles interrogeaient les lignes de la main sur les mystères de la vie et de la mort.

— Vous voyez des ombres autour de moi ?

— Omb' mauvais' suiv' busha Laude'. Suiv' vous pa'tout comme malheu'.

Telle la caresse d'un doigt glacé, un frisson descendit le long de la nuque de Nicholas jusque dans son dos. Que voyait exactement la sorcière ? Possédait-elle vraiment les dons de voyance qu'on lui attribuait ? Que savait-elle sur lui ? Sur son passé ?

— Qui est cette ombre, vous le savez ? demanda-t-il plus précautionneusement.

Elle souleva son regard légèrement au-dessus de la tête du gérant.

— Phillis voi' just' omb' là, répondit-elle en pointant son index rouge de sang sur un point derrière lui.

Il se retourna, ne vit que le bananier et son ombre.

— Je vois, dit-il en esquissant un sourire vacillant. Vous savez, Phillis... vous, moi, nous avons tous une ombre qui nous suit.

— Pa'fois duppy vole omb'.

— Eh bien, dit Nicholas en désignant l'ombre qui le suivait, il me semble que je possède toujours la mienne.

Tandis qu'il s'éloignait, elle le suivit des yeux, le vit se courber sous un poids quelconque, puis il redressa les épaules et disparut de l'autre côté de la palissade de bambou. Elle sentit un frisson la parcourir et murmura une formule incantatoire avant de retourner à ce qui l'occupait.

Sur le bureau triomphait un tel fouillis de paperasse et de livres que le vieux médecin invita Nicholas à s'asseoir à la table de la cuisine, encombrée par le repas qu'il avait interrompu. Nicholas était venu aussitôt après avoir quitté la case de Phillis.

Macpherson fit signe à Mary, l'une de ses concubines, de leur apporter du thé. La matrone, sans doute dans la cinquantaine passée, se leva et se dirigea, d'une démarche chaloupée, laborieuse, jusqu'au poêle sur lequel fumait une grosse bouilloire de fonte.

— L'arthrite, fit Macpherson. Mais elle ne se plaint jamais. C'est ma perle noire.

Mary posa la bouilloire sur la table et s'en retourna s'installer sur son banc où elle était occupée à repriser une chemise.

— Vous préférez peut-être un verre de rhum ?

— Non, le thé fait très bien l'affaire. Merci, répondit Nicholas.

Il remarqua une toile accrochée au-dessus du buffet qui ne se trouvait pas là à sa dernière visite. Elle représentait un paysage montagneux avec des moutons et une petite chaumière perdue dans le fond d'une vallée. Macpherson suivit son regard.

— Oh ! J'ai déniché ça chez un petit brocanteur de Falmouth. Cela me rappelait le Strathspey, où j'ai grandi, précisa-t-il, nostalgique. Quelle tristesse… mes souvenirs ne se réduisent plus qu'à de simples représentations en image.

Pendant un moment le vieux médecin partagea avec son visiteur quelques réminiscences de son enfance. Macpherson était un romantique accroché à la nostalgie de ses errances de jeunesse. Nicholas le laissa parler de chasse et de pêche, loisirs perdus mais dont les souvenirs nourrissaient encore ses rêves d'odeurs de terre et de bruyère. Loisirs motivés par le besoin de l'espace de la solitude. Solitude que le médecin avait aimé prolonger dans les effluves tourbées d'un bon whisky devant un feu de bois crépitant. Nicholas s'imagina écouter l'homme qu'aurait dû être son père et l'émotion le gagna à son tour.

— Je suis allé à deux reprises dans le Strathspey, raconta Nicholas. La pêche au saumon y est particulièrement bonne.

— Hum… à qui le dites-vous, mon ami. Ma mère préparait le meilleur saumon en sauce aux œufs et whisky. Dieu ait son âme. Enfin… elle aurait cent ans passé. Je me dis qu'elle doit être morte. Il y a des années que j'ai cessé de lui écrire. Elle n'a jamais répondu à mes lettres. Mais je soupçonne mon frère de ne jamais les lui avoir remises. Vous écrivez à votre mère, Lauder ?

— Ma mère… non.

Le médecin le considéra un instant en silence. Il soupçonnait un drame familial de causer aussi de grandes souffrances à Lauder. Quoi d'autre pourrait pousser un homme à quitter définitivement le parfum des landes d'Écosse ?

— Hum… Quand les souvenirs du vieux pays font sur le cœur la brûlure des orties…

Il souleva sa tasse, la choqua contre celle de son visiteur.

— À la Jamaïque ! Refuge des parias ! Slàinte mhat ! s'écria-t-il.

Ils trempèrent leurs lèvres dans le liquide brûlant.

— J'espère ne pas vous avoir offusqué avec ma remarque, fit Macpherson en observant Lauder. Voilà plus de dix ans que je vous connais et jamais vous n'avez laissé glissé un mot sur votre famille.

— Pour Miss Seton, qu'en est-il ? demanda Nicholas pour en venir directement au but de sa visite.

Macpherson pinça les lèvres.

— Miss Seton ? Oh ! Elle repose dans sa chambre. Ses épisodes de délire s'espacent. Les effets de la drogue s'estompent graduellement. Je dois retourner à la grand-case ce soir. J'y passerai la nuit.

— De quelle drogue s'agit-il ?

— Elle a été empoisonnée par une substance délétère aux propriétés hallucinogènes puissantes. Et d'après les symptômes, c'est le datura stramoine qui est le coupable.

— Parce que c'est ce dont il s'agit ? La stramoine ?

— Hors de tout doute, confirma le médecin.

Le doute s'installa tout de même sur le visage de Nicholas pendant qu'il réfléchissait.

— Est-ce que cette plante possède des propriétés abortives ?

— Pas que je sache. Pourquoi ?

— Je me posais la question…

Les sourcils du médecin s'abaissèrent sur un regard perplexe.

— Est-ce que Miss Seton aurait des raisons de… ?

Est-ce que Miss Seton… ? Pendant une fraction de seconde Nicholas pensa à Sir Elliot. À sa façon de parler de Charlotte. De la regarder. Si le planteur avait deviné juste les sentiments que nourrissait son gérant envers la jeune femme, Nicholas voyait aussi clair dans ceux qu'Elliot éprouvait pour sa jeune protégée. Mais est-ce qu'Elliot irait jusqu'à… ?

— Non, répondit-il avec conviction, sentant toutefois la nécessité d'expliquer plus clairement son questionnement. C'est qu'Eliza a vu Aurelia se rendre chez Phillis, dimanche.

— Ah ! Cette chipie ?

— Je viens d'interroger Phillis. Elle m'a affirmé qu'Aurelia s'était procuré de la poudre abortive. Mais elle a refusé de m'en dévoiler la composition. Un secret de mère en fille, qu'elle m'a dit. Je n'ai pas insisté. J'ai pensé qu'Aurelia aurait pu cacher ses véritables desseins à Phillis et s'en être servie contre Miss Seton.

— Hum… Les négresses emploient des dizaines de substances pour provoquer les avortements. De la poudre de crapaud et de serpent, de la calebasse séchée en passant par l'hellébore noir, l'armoise et l'aristoloche. Quelles qu'elles soient, à trop forte dose, ces substances donnent à peu près toutes la mort. On peut dans ce cas dire sans trop se tromper qu'il s'agit de poisons. Mais je ne connais aucun principe toxique figurant parmi ceux dont se servent les négresses dans leurs préparations abortives qui provoque des effets similaires à ceux du datura stramoine, déclara-t-il. Ce qui ne lave pas pour autant Aurelia des soupçons qui pèsent sur elle. Elle peut très bien s'être procuré cette poudre pour son usage personnel et avoir préparé séparément une décoction à base de stramoine pour Miss Seton. Il pousse de la trompette des anges dans les jardins de Madame Eugénie. Toutes les parties de la plante sont toxiques. Que Miss Seton ait accidentellement mangé des graines ou des feuilles est peu probable. Mais… Aurelia aurait facilement pu laisser infuser deux ou trois feuilles ou fleurs de stramoine et l'incorporer dans une boisson à l'insu de tout le monde.

— Comme dans du thé ou du café, par exemple.

— Quoi de plus simple ! L'amertume d'un café bien fort masquera parfaitement celle de l'infusion.

— Vous croyez Aurelia coupable ?

— Aurelia est la seule personne qui aurait des raisons de vouloir nuire à Miss Seton.

Sur ce point, Nicholas n'aurait pas été aussi catégorique.

— Pensez-vous vraiment qu'Aurelia ait pu pousser sa vengeance jusqu'à risquer de tuer Miss Seton ?

Macpherson retira ses lunettes et ne dit rien. Il pinça l'arête de son nez et prit un air dubitatif.

— C'est une hypothèse à considérer. Le café a été laissé sans surveillance après que Quamina l'a préparé pour Miss Seton. Puis encore après qu'Aurelia l'a monté à l'étage. Sir Elliot a fait fouiller les cases des domestiques, mais rien de suspect n'a été découvert. Quand j'ai quitté la grand-case, il était à les interroger un à un. Quoique, à mon avis, si on avait vraiment voulu la mort de cette jeune femme, on aurait employé un poison beaucoup plus sûr, le sublimé corrosif par exemple. Ce poison est infaillible et les esclaves arrivent à s'en procurer sans trop de problèmes. Le datura stramoine est principalement reconnu pour provoquer des hallucinations; les sorciers en font largement usage lors de leurs rituels.

— Il peut toutefois tuer ?

— Il aurait fallu que Miss Seton vide plus d'un pot de café afin d'avaler la dose mortelle.

— Hum… ouais. Merci, Macpherson, dit Nicholas en se levant. Je vous saurais gré de me tenir au courant des nouveaux développements.

— J'y veillerai, mon ami, dit le médecin, puis il imprima un drôle de sourire sur son visage poupard. Vous en avez pour Miss Seton, n'est-ce pas ?

— Cela n'a rien à voir, maugréa Nicholas avec agacement.

— Hum… bien sûr, ricana l'autre en retenant sa tasse au bord des lèvres. Allons, bon ! Je ne manquerai pas de faire part de cette poudre abortive à Sir Elliot. Ne vous en faites pas, Miss Seton devrait s'en tirer sans trop de mal.

— Merci, docteur.

— Bonne journée, Lauder !

De retour auprès de sa jument, Nicholas passa une main sur son visage. Le vent sifflait sinistrement dans le fourré de bambou qui séparait le jardin du vieux médecin de la rivière. Essayant de faire le point sur toute cette histoire, il suivait le langoureux mouvement des tiges. Qui avait mis le poison dans le café de Charlotte ? Les éléments de preuve ne suffisaient pas pour désigner un coupable hors de tout doute. Les faits l'obligeaient à se rallier à l'opinion du médecin : quiconque fût cette personne, elle n'avait pas eu l'intention de tuer Charlotte. Lui faire peur ? Lui donner une leçon ? Le but avait été atteint. Charlotte ne devrait forcément plus avoir rien à craindre d'elle.

⁂

Dix-huit heures s'écoulèrent avant que revienne le silence dans la tête de Charlotte. Dix-huit heures d'agitation, à converser avec des amis imaginaires, à s'amuser avec des animaux invisibles ou à fuir des agresseurs qui n'existaient pas. Elle riait un moment et pleurait au suivant. Ses visions survenaient sans s'annoncer et repartaient tout aussi abruptement, la laissant pantoise et troublée. Le médecin lui avait fait régulièrement boire une solution mucilagineuse au charbon et administré un lavement. Il lui avait prescrit un traitement de 4 à 5 grains de tartre émétique toutes les heures. Puis il lui avait appliqué des ventouses au cou toutes les deux heures dans la soirée, notant minutieusement la progression des symptômes et surveillant de près ses signes vitaux. Vers minuit, lorsque enfin libérée de son dernier fantasme, Charlotte avait sombré dans le sommeil.

Elle bougea la tête et s'immobilisa; une douleur lancinante l'assaillit aussitôt. Lorsqu'elle essaya de déglutir, des dizaines d'aiguilles s'enfoncèrent dans sa gorge et elle gémit doucement. Quelque chose de léger lui toucha l'épaule, puis le front. Elle entrouvrit les paupières; le visage penché sur elle était trop flou pour qu'elle pût le distinguer. Mais elle reconnut la voix qui lui demandait si elle avait encore soif. Oui, elle avait encore soif. Charlotte avait l'impression que sa soif ne s'étancherait jamais.

— Où suis-je? Et mes yeux... que m'arrive-t-il? Je n'y vois plus clair. Pourquoi est-ce que j'ai si mal à la tête?

Catherine Cox prit sa main et y plaça un verre. Puis elle l'aida à boire. Charlotte voulut s'asseoir. Son amie lui conseilla de rester allongée jusqu'à ce que le docteur l'examine.

— Les effets désagréables devraient se dissiper d'ici quelques jours. Vous êtes dans votre chambre, Charlotte.

— Miss Pritchard va me gronder...

Des fragments de son délire lui revenant, Charlotte s'égarait à Londres, chez Mrs Hargrave.

— Vous êtes dans votre chambre en Jamaïque, à Montpelier, lui précisa doucement Catherine.

— En Jamaïque?

La réalité la heurta. Montpelier. Sir Robert et les esclaves. Lucas et Mr Lauder. Le visage angoissé d'Ormond et l'odeur du sang. L'oreille coupée par Mr Nelson.

— Comment il va? demanda-t-elle.

— Qui ça?

— Ormond...

— Je ne sais pas pour ce Ormond. Je ne savais pas que quelqu'un d'autre avait été empoisonné. Vous voulez que je m'informe?

Catherine s'était levée. Charlotte sentit l'angoisse l'envahir.

— Non, ne me laissez pas toute seule... Qui a été empoisonné?

— Mais... vous, ma chère Charlotte!

— Moi ?

Empoisonnée ? Ainsi, elle n'était pas folle. Mais peut-être qu'elle l'était. Et si Catherine était une autre de ses hallucinations ? Elle allongea la main pour la toucher, sentit la fermeté, la tiédeur et la douceur de sa peau. Sa vision ne lui échappait pas.

— Vous êtes vraiment là ? C'est vraiment vous ?

— Bien sûr. Vous ne rêvez plus, mon amie. Vous avez fait de bien étranges songes, vous savez. Puis vous avez dormi pendant dix heures d'affilée. Vous me paraissez beaucoup mieux disposée.

Empoisonnée, comment cela se pouvait-il ? Depuis combien de temps se trouvait-elle dans cet état ? Il devait avoir beaucoup inquiété Sir Robert pour qu'il fasse venir Catherine à Montpelier. Ce ne fut qu'alors que Charlotte remarqua la robe noire de son amie et son cœur s'emplit brusquement de chagrin.

— Ma chère, très chère Catherine ! s'écria-t-elle. Que faites-vous donc ici à me veiller alors que c'est moi qui devrais me trouver auprès de vous pour vous témoigner ma sympathie et pleurer avec vous votre infortune !

— Chut ! Sir Elliot m'a expliqué que vous étiez très prise avec l'hôpital et qu'une occasion de venir à Montego Bay ne s'était pas encore présentée.

— Qui vous a prévenue ? Quand êtes-vous arrivée ?

— Mr Lauder s'est présenté à ma porte très tôt ce matin avec un mot de Sir Elliot m'expliquant ce qui vous arrivait et me priant de suivre son gérant jusqu'à Montpelier. Nous nous sommes mis en route sitôt Matthew a donné son accord.

— Quelle mauvaise amie je fais, gémit Charlotte au bord des larmes. Mauvaise et déloyale…

— Charlotte, cessez de vous tourmenter. Je suis vraiment heureuse d'être ici. Vraiment.

Elle caressa la chevelure de son amie et embrassa son front moite. Après un moment, Charlotte se calma.

— Merci, Catherine. Mais vous ? Comment allez-vous ?

— Ça va mieux…

Le sourire de Catherine se fana. Un silence embarrassé retomba dans la chambre. Un couple d'orioles se disputait dans le goyavier sous la fenêtre. Mabel grondait Sir Wallace dans le couloir. La vie poursuivait son cours normal dans la grand-case et autour. À travers les petits nuages qui encombraient encore l'esprit de Charlotte résonnaient en alternance les mots « mauvaise » et « déloyale ». Déloyale était comment elle se sentait face à son amie qui, dans le deuil, était accourue à son chevet. Mais elle, Charlotte, s'était contentée d'écrire à son amie des lettres bourrées de sentiments compatissants et de promesses de venir bientôt lui tenir la main.

Il y eut un léger bruit à la porte, qui s'entrouvrit. Le médecin s'avisa du réveil de Charlotte avec joie et entra avec sa trousse. Il posa quelques questions à la malade, puis il l'examina. Il notait tout haut ce qu'il constatait : pouls dur et rapide, peau chaude et moite au toucher, état fébrile généralisé. Ses gros doigts soulevèrent les paupières de Charlotte et il approcha des pupilles la flamme d'une chandelle. Elles étaient étonnamment dilatées.

— Arrivez-vous à lire quelque chose, Miss Seton ?

Il prit le livre qu'elle gardait sur sa table de chevet et l'ouvrit au hasard, le plaça devant ses yeux. Elle secoua la tête par la négative. Il referma le livre et réfléchit, puis il le déposa sur la couverture sur ses cuisses.

— Cette situation peut durer des jours, Miss. Les effets de la stramoine varient d'une personne à une autre. Mais à long terme, vous ne devriez en garder aucune séquelle.

— La stramoine ?

— C'est l'herbe du diable, la pomme poison, la trompette des anges ou du jugement, selon le nom qu'on lui donne. Le principe toxique est présent dans toutes les parties de la plante. Vous me suivez ? demanda le médecin en voyant le regard de Charlotte s'égarer.

— Oui, murmura-t-elle pendant qu'apparaissaient fugacement des images dans son esprit.

Dans les jardins de Madame Eugénie… des anges soufflant dans de longues trompettes blanches. Avait-elle imaginé cela aussi ?

— Miss Seton, hier matin, vous avez bu du café, n'est-ce pas ?

Elle plissa les paupières, consulta sa mémoire fragmentée.

— Hier ? Je le suppose. Je ne sais pas… Aurelia m'apporte toujours du café et des toasts. Mais elle laisse le plateau dans le couloir. Aurelia évite de me croiser depuis… la punition.

— Hum... fit Mr Macpherson pensivement.

— Vous ne croyez pas qu'elle aurait voulu se venger sur moi ?

— Je ne le sais pas. Lorsque Sir Elliot l'a interrogée hier, elle a juré sur la tête de Dieu lui-même qu'elle n'avait rien mis dans votre café. Mais devant la menace de la peine capitale, qui ne mentirait pas sur la tête de Dieu ? Puis, quand j'ai transmis l'information à Sir Elliot qu'elle s'était procuré des herbes chez Phillis, il a envoyé chercher Aurelia pour la questionner de nouveau, mais la petite avait disparu. Sir Elliot a envoyé des hommes à sa recherche. Bon... je reviendrai vous examiner cet après-midi, annonça-t-il en commençant à ranger ses instruments. Dans quelques jours, vous devriez être suffisamment remise sur pied pour assister aux feux de la Conspiration des poudres.

Le livre sur ses cuisses venait de bouger... Charlotte le saisit, le relâcha aussi abruptement devant la stupidité de son geste. Son esprit lui jouait encore des tours. Personne ne parut remarquer son embarras.

⁂

Cinq jours plus tard tombait le 5 novembre, date qui célébrait l'anniversaire de l'échec de la Conspiration des poudres. Cette conjuration avait été organisée par un groupe de catholiques anglais qui reprochait son intolérance religieuse au roi anglican, Jacques 1er. Elle visait à réduire en poussière la famille royale d'Angleterre et une large part de l'aristocratie, en truffant les caves du palais de Westminster de poudre à canon, à laquelle Robert Catesby, Guy Fawk et leurs acolytes se préparaient à mettre le feu le jour de l'ouverture de la session parlementaire de l'automne 1605. Heureusement, une lettre anonyme mit à jour le complot. Guy Fawkes et quelques confrères conspirateurs furent arrêtés, jugés pour haute trahison, pendus et écartelés.

Était-ce pour narguer son épouse catholique, mais Sir Thomas avait toujours pris soin de souligner avec emphase cet anniversaire. Cette année, Sir Robert reprenait la tradition et avait fait venir de Kingston deux caisses de fusées d'artifice maintenant prêtes à être mises à feu pour le plus grand plaisir de la population des deux Montpelier et de Shettlewood Pen.

Le soir était doux et le parfum des stephanotis et des rosiers embaumait. Le ciel s'était paré de ses propres feux sur fond de velours. Des chaises avaient été sorties sur la véranda pour accueillir tous les gens de la grand-case, blancs et noirs. Charlotte et Catherine étaient assises l'une près de l'autre. De jour comme de nuit, les deux amies ne se quittaient pratiquement jamais.

La santé revenait graduellement à Charlotte, quoique des impressions d'étrangeté et des vertiges la saisissaient encore parfois. Le médecin lui avait permis de sortir le matin, lorsqu'il faisait encore relativement frais. Les deux amies se promenaient dans les jardins ou profitaient simplement de l'ombre de la véranda, où Catherine faisait la lecture à Charlotte. Charlotte n'éprouvait plus de confusion, mais sa vision ne s'était pas encore complètement rétablie. C'est pourquoi elle avait encore besoin des yeux de Catherine pour prendre connaissance des dernières nouvelles de Weeping Willow. Une lettre était arrivée pour elle le lendemain du drame. Curieusement, c'était Tante Harriet qui l'avait écrite. Son père allait bien. Par contre, sa mère avait subi un malaise lors de la fête d'anniversaire de l'hôpital. Mais elle ne devait pas s'en faire. Elle se remettait tranquillement et serait bientôt sur pied. Jonat était à la maison depuis deux semaines. Harriet lui fit un compte rendu sur chacun de ses frères et sœurs, puis souligna que tout le monde attendait avec impatience son retour à la maison. La lettre datait de plusieurs semaines. Charlotte priait pour que l'état de sa mère se fût amélioré depuis.

La perspective de rentrer en Écosse lui souriait plus que jamais. Elle avait envie de respirer Weeping Willow, d'entendre la meute d'enfants se chamailler, retrouver sa chambre et son lit. Mais plus que tout, elle voulait fuir Montpelier. Le corps d'Aurelia avait été retrouvé par un esclave dans la réserve de chaux. Par l'expression qui avait figé son visage, elle était apparemment morte dans d'atroces souffrances. Près d'elle, un sachet vide. On avait par conséquent conclu qu'elle était coupable de son empoisonnement.

Quelque chose clochait dans toute cette affaire. Si Sir Robert n'avait pas mentionné les propriétés abortives de cette poudre que s'était procurée Aurelia auprès de Phillis, Charlotte aurait, comme les autres, condamné la jeune femme sans autre forme de procès. Puis le comportement pour le moins suspect de Louisa depuis l'évènement la confortait dans ses doutes. La dame ne sortait plus de sa chambre, buvait plus que de coutume, fuyait Charlotte. Il était hors de question qu'elle confie ses doutes à Sir Elliot. Elle hésitait à parler au docteur. Elle le connaissait depuis assez longtemps pour savoir qu'en dépit de ses abus d'alcool et de son mode de vie licencieux, le vieux médecin était un homme honnête, mais pouvait-elle lui faire confiance à ce point? Restait Nicholas Lauder. Elle ne l'avait plus revu depuis ce jour où l'orage l'avait coincée chez lui. Lors de ses promenades avec Catherine, elle l'avait aperçu à maintes reprises autour du moulin, mais pas une fois il avait essayé de lui parler, ne serait-ce que pour s'enquérir de son état de santé. Elle était certaine que Sir Robert lui avait intimé l'ordre de ne plus l'approcher. Elle devrait trouver un moyen de le faire.

Mabel et Susan prirent place sur un banc à sa droite. La fillette était incroyablement excitée; elle sautillait d'une fesse sur l'autre, parlait, gesticulait et frappait incessamment des mains. Sous le banc, Sir Wallace se tenait tranquille, mais pressentant qu'un évènement allait se produire, il remuait nerveusement la queue. Leur visage entre les barreaux de la balustrade et les jambes se balançant dans le vide, Nora et Lucas croquaient dans des biscuits à la noix de coco. La fidèle Nanny restait sagement allongée près d'eux. Tous surveillaient fébrilement le boutefeu dans le pré attendant le signal de Sir Robert qui terminait son discours de circonstance.

Susan adressa un sourire à Charlotte. Rien dans son comportement n'avait changé. Comme les autres, Susan avait été ébranlée et mortifiée par le drame de Charlotte. Aussi, à chaque matin, elle lui faisait porter un superbe bouquet de fleurs. Lady Louisa, quant à elle, faisait preuve de plus de retenue et gardait ses distances. Une fois seulement, elle avait abordé Catherine pour lui demander comment allait son amie. Puis elle avait murmuré, troublée, « quelle chance ! ». Cette chance, Charlotte la savourait pleinement en compagnie de Catherine.

La première fusée éclata dans le ciel. Une gerbe d'étincelles dorées retomba en jolies cascades jusque dans les pièces de cannes. Tout le monde se mit à crier de joie et à applaudir. Sir Wallace courut en geignant se réfugier dans la maison. Nanny, qui n'en était pas à son premier spectacle du genre, se contenta de lever le museau vers Lucas. La deuxième fusée produisit un superbe chrysanthème rouge qui s'évapora doucement dans l'obscurité. Les yeux ronds comme des billes, les mains plaquées sur ses oreilles, Mabel était paralysée sur son siège. Lorsque la troisième fusée explosa dans un bouquet scintillant de fleurs multicolores, elle ouvrit la bouche pour crier de peur. Cela fit rire Susan, qui la prit sur ses genoux et la serra contre elle avant de l'embrasser sur la joue.

Dans son geste, son regard accrocha celui de Charlotte. Les deux femmes se toisèrent un moment. Susan se détourna la première.

— Vous avez vu celui-là ? s'écria Catherine en bousculant le bras de Charlotte.

— Oui… murmura-t-elle en revenant vers le spectacle. Il est magnifique. On dirait un bal de lucioles.

— Oui, un bal de lucioles. Tu ne trouves pas, Mabel ? reprit Susan en s'adressant à l'enfant qui avait prudemment décollé une main de ses oreilles.

— Les lucioles, ça fait pas de bruit.

— C'est parce qu'elles ne sont pas au bal, ma chérie. Un bal c'est toujours bruyant. Il faudrait que tu voies celui du jour de l'An de Kingston. C'est magique… et très bruyant.

— Lucas dit que les nègres vont faire un bal après les feux.

— Un petit, seulement.

— Je pourrais y aller ?

— On demandera à ton père.

Charlotte promena son regard sur la foule et repéra Sir Robert. Il discutait avec le docteur Macpherson. Les esclaves massés dans la cour acclamèrent l'éventail bleu et vert qui s'ouvrait avec grâce dans le ciel. Mais Charlotte ne regardait pas les longs chapelets lumineux s'égrener jusqu'à terre. Elle était occupée à retrouver le canotier qu'elle venait d'apercevoir brièvement. Elle le vit surgir au moment même où explosait le pétard suivant.

« Qu'il regarde dans ma direction… » Il fallait attirer son attention. Lorsque se déploya l'étoile bleue et blanche au-dessus du pré, elle émit des bravos extatiques en frappant vivement des mains. Mabel, Lucas et Nanny unirent leur ravissement au sien et tous éclatèrent de rire. Nicholas se tourna enfin. Son regard capta le sien. Son cœur se précipita, confirmant que son béguin pour Nicholas Lauder était plus sérieux qu'elle l'avait cru au début.

Elle ne lui avait plus reparlé depuis ce fameux jour d'orage qui l'avait coincée chez lui. Peut-être l'avait-elle croisé une fois ou deux. Après quoi, elle s'était efforcée de le chasser de son esprit. Elle s'évertuait à se dire qu'il était inutile de se torturer le cœur avec une amourette qui n'irait nulle part. Elle rentrait en Écosse et lui resterait à Montpelier. Sans spécifier qu'il était un bagnard et le père d'un enfant noir. Vraiment… elle avait plus de chance d'arriver à faire pivoter la Terre en sens inverse que de faire accepter Nicholas Lauder à son père.

Sans la quitter des yeux, Nicholas se déplaçait parmi les gens. Elle suivait sa progression, le fixait avec insistance, l'air préoccupé. Il lui sembla qu'elle cherchait à lui faire comprendre quelque chose. Il s'immobilisa à la périphérie du groupe, lui faisant face, attendant qu'elle fasse un geste pour décider de ce qu'il ferait ensuite. Elle se redressa à demi. Il exécuta deux pas hors de la foule. Charlotte se leva.

— Vous vous sentez bien ? demanda spontanément Catherine.

— Les explosions me donnent un peu mal à la tête. Je crois que je vais marcher un peu.

Du coin de l'œil, Charlotte vit Nicholas s'éloigner vers l'angle de la maison. Catherine se préparait à l'accompagner. Charlotte lui fit signe de rester là. Mais Catherine avait aussi capté le pâle éclat du canotier de paille. Elle avait remarqué l'échange de regards entre Charlotte et le gérant.

— Ça va aller, Catherine. Profitez des feux. L'occasion d'en voir est si rare… je ne resterai que quelques minutes.

— Charlotte… fit Catherine plus sérieusement en lui touchant le bras.

Elle lança un regard dans la direction où avait disparu le gérant pour signifier à son amie qu'elle avait deviné son plan. Susan et les enfants applaudissaient en criant bravo ! Du fond de son fauteuil, Madame Eugénie restait d'une placidité mortelle. Personne ne faisait attention à elles. Charlotte constata l'absence de Louisa, ne s'en étonna pas. Louisa avait bu beaucoup de vin au dîner. Elle l'imagina ronflant sur son lit, sourde au vacarme de la fête. Charlotte entraîna Catherine à l'écart.

— C'est un ami, Catherine. Je veux juste lui parler.

— Sir Elliot ne veut pas que vous fréquentiez cet homme. Il m'a demandé…

— Juste quelques minutes, s'il vous plaît Catherine.

La jeune femme fronça les sourcils, hésita. Manifestement elle désapprouvait ce que faisait son amie. Elle ne connaissait rien de cet homme et si Sir Elliot le considérait comme une fréquentation douteuse, elle devait s'en remettre à son jugement.

— Charlotte !

Elle était déjà partie, s'échappant à l'autre bout de la véranda. Catherine jeta un regard vers Sir Elliot, toujours à deviser avec le médecin de la plantation.

À l'arrière de la maison, l'air plus frais s'imprégnait des arômes qui montaient des cuisines et du parfum d'une plate-bande de giroflées écloses. La lune dessinait un disque rond au-dessus des collines. Sa lumière argentée ruisselait sur les jardins et le parterre. Charlotte descendit l'escalier, chercha dans l'obscurité une silhouette.

— Mr Lauder ? chuchota-t-elle.

Son sang tournait si vite qu'elle en était tout étourdie. Elle commençait à penser qu'elle ne devrait pas être là. Si Sir Robert la trouvait en compagnie de Nicholas ? Elle se sentait déjà fautive de l'entraîner dans une situation équivoque qui pouvait lui coûter son poste. Elle remonta une marche, prête à revenir sur ses pas, lorsqu'il se matérialisa soudain devant ses yeux.

— Mr Lauder… Je dois vous parler.

— Miss Seton, ce que vous faites est imprudent.

— C'est à propos de Lady Elliot.

Il la considéra quelques secondes. Les déflagrations des feux se répercutaient en écho dans les collines. Les lueurs éclairaient pour un temps le ciel de couleurs boréales, puis la lune replongeait les jardins dans sa lumière argentée.

— Lady Elliot ?

Nicholas vérifia que personne ne venait avant de reprendre la parole.

— Pourquoi voudriez-vous parler de Lady Elliot avec moi ? demanda-t-il avec plus de froideur qu'il l'aurait souhaité.

Charlotte perçut le ton, feignit de l'ignorer.

— Parce que vous êtes la seule personne en qui je peux avoir confiance.

Pendant un instant, elle crut qu'il ne l'avait pas entendu.

— Cela m'étonne, fit Nicholas.

Cette fois, elle ne put s'empêcher de se sentir blessée par la note de sarcasme qui avait percé la voix.

— Je vous en prie, Mr Lauder... Je ne pense pas que ce soit Aurelia qui ait voulu m'empoisonner.

— Parlez, dit-il après quelques secondes.

— Quelques jours avant l'incident, Lady Elliot est venue me trouver. Elle voulait que je l'aide à... mettre fin à sa grossesse. Naturellement, j'ai refusé. Je lui ai tenu tête. Je ne voulais pas... Vous comprenez, Mr Lauder, jamais je ne pourrai faire cela !

Il hocha la tête et rumina quelques pensées.

— Vous soupçonnez Lady Elliot d'avoir voulu vous jouer un mauvais tour en mettant de la stramoine dans votre café ?

— J'en suis persuadée. Elle m'avait déjà menacée.

Son expression se fronça et il s'approcha d'elle pour mieux discerner son visage.

— Expliquez-moi.

— Dans la case de Quaco, après que je l'eus surprise avec... Mr Hardin.

— De quoi au juste vous a menacée Lady Elliot, Miss Seton ?

— De me perdre dans le Cockpit Country.

Il émit un petit sifflement, puis surveilla les environs.

— Elle voulait seulement s'assurer de mon silence. À ce moment, elle n'avait pas vraiment l'ambition de mettre sa menace à exécution. Mais aujourd'hui... dans la gêne, je ne sais plus. Jusqu'où irait-elle pour que sa grossesse ne soit pas connue ? Mr Lauder, je suis prête à croire que la mort d'Aurelia est en fait un meurtre. Je suis convaincue que la pauvre n'avait qu'obéi à Lady Elliot en se rendant chez Phillis. Au fait de cette visite et sachant qu'Aurelia m'en voulait, tout le monde n'a que tiré les conclusions que nous connaissons. Mais je crois que Lady Elliot a forcé Aurelia à avaler la poudre abortive pour l'empêcher de divulguer la vérité. Et tout le monde a cru au suicide. Cette affaire m'en rappelle tristement une autre. Les Elliot ont déjà employé cette méthode pour...

Elle se tut et regarda Nicholas avec frayeur. Ses yeux brillaient dans l'ombre de ses arcades sourcilières qui se fronçaient davantage.

— De quoi parlez-vous, Miss ?

— De Sally et de Granny Polly, dit-elle prudemment.

— C'était il y a plus de six ans. Qui vous a parlé de cette histoire ?

— Miss Susan, mais vaguement. Et elle m'a servi la version officielle, celle qui raconte que les deux négresses avaient comploté pour empoisonner Sir Thomas. Mais j'en ai découvert une seconde. La vraie. Les deux femmes ont été assassinées pour protéger un secret.

— Quel secret ?

— Celui sur Miss Mabel…

Plus elle y repensait, plus elle trouvait que les circonstances de la mort d'Aurelia ressemblaient étrangement à celles de Granny Polly et de Sally.

— Quel est ce secret entourant la fille de Sir Elliot ? la questionna Nicholas.

— Lady Elliot m'en a brièvement parlé…

Évitant les détails inutiles, Charlotte relata le récit de Louisa et les soupçons qu'elle nourrissait quant au lien véritable qui unissait Susan et la fillette. Toutefois, elle tut volontairement son indiscrétion dans les journaux de Susan et ce qu'elle y avait découvert.

— Comment est-ce que Lady Elliot aurait pu savoir que les deux négresses avaient été assassinées ?

— Je… je ne sais pas, bafouilla Charlotte en s'apercevant de son erreur. Je n'ai pas pensé à le lui demander. Peut-être que les deux situations ne forment qu'une coïncidence ?

— Ils savent que vous êtes au courant ?

— Pas que je sache.

— Est-ce que Lady Elliot s'est servie de la poudre pour ses propres fins ?

— Je ne sais pas. Je ne l'ai pas vue malade ces derniers jours. Quoiqu'elle reste presque toujours enfermée dans sa chambre…

— Si ce que vous dites est vrai concernant la mort d'Aurelia, rien n'indique toutefois que ce soit Lady Elliot qui a mis la stramoine dans le café. Macpherson m'a affirmé qu'il ne lui connaissait aucune propriété abortive.

— La stramoine a des propriétés calmantes. Elle peut avoir été ajoutée à la poudre pour engourdir la douleur des crampes.

— Si c'est le cas, la quantité ne serait certainement pas suffisante pour provoquer les hallucinations que vous avez expérimentées, Miss Seton. Quelqu'un a volontairement mis de la stramoine dans le café. Si c'est Aurelia, le danger qu'elle recommence est définitivement écarté. Si c'est Lady Elliot, sa vengeance a certainement été satisfaite.

— Oui, c'est possible, murmura Charlotte pensivement. Je suppose qu'un reste d'effets de la stramoine continue à me faire fabuler. Le docteur Macpherson m'a dit que…

Elle se rappela brusquement de sa promenade dans les jardins avec Lady Elliot le matin où elle avait fureté dans les journaux de Susan. Elles s'étaient arrêtées près d'un arbuste de trompettes du jugement. Lui revint cette vision d'anges et de leurs longues trompettes blanches.

— Doux Jésus ! s'agita Charlotte. Lady Elliot n'a pas réussi à se débarrasser du bébé, j'en suis persuadée. Elle a voulu me donner un avertissement de ce qui pourrait m'arriver si je refuse encore de l'aider…

— Elle ne peut vous embêter de nouveau sans se placer dans une situation extrêmement délicate elle-même. Elle soulèverait les soupçons des Elliot. Elle ne peut tout de même pas faire tomber le blâme sur toutes les domestiques de la grand-case.

Charlotte lui tourna le dos et posa une main sur son front dans une attitude de réflexion. L'autre main froissait convulsivement le tissu de sa robe. S'établit un silence que combla rapidement la pétarade des feux. On assistait à la grandiose finale du spectacle. Conscient du danger qu'on les surprenne ensemble, Nicholas épiait sans arrêt les alentours.

— Si j'en parlais à Sir Elliot ? lança Charlotte en se retournant vivement pour le regarder.

« Et si Sir Elliot savait déjà tout ? » pensa à son tour Nicholas. Il avait longuement médité sur cette question. Pour éviter le scandale qu'aurait provoqué le dévoilement du geste de son épouse, il pouvait fort bien avoir délibérément fait peser la faute sur Aurelia. Qu'était la vie d'une négresse comparée à la réputation de la famille Elliot ?

— Si mon avis compte encore pour vous, Miss, je vous suggérerais de ne rien en faire et de laisser retomber la poussière.

L'air grave de Nicholas alarma Charlotte. Elle comprit que la suggestion avait été dictée par la prudence. Les lueurs des derniers feux avaient momentanément fait étinceler les yeux et pâlir les étoiles.

Les visages avaient pris une jolie teinte dorée avant de s'obscurcir définitivement. Le tonnerre d'applaudissements de la foule leur parvenait comme celui de la fureur d'un fleuve en débâcle.

— Pourquoi est-ce que votre avis ne compterait pas pour moi ?

L'embarras les saisit tous les deux. Il se drapa d'une soudaine froideur.

— Miss Seton, je suis heureux de constater que vous vous rétablissez bien. Il est temps que vous rejoigniez les autres sur la véranda. On va s'inquiéter de votre absence et se mettre à votre recherche. Bonne nuit, Miss.

Il s'était détourné et avait commencé à s'éloigner.

— Parce que vous êtes un bagnard ? lui lança Charlotte.

Il s'immobilisa. Elle alla se planter devant lui.

— Mr Lauder, ce que je connais de vous est bien peu. Quoique je comprenne mieux maintenant pourquoi vous refusez de me parler de vous. Je veux que vous sachiez que si je me suis confiée à vous, c'est parce que ce que je sais me suffit pour que j'aie confiance.

— De cette confiance je n'abuserai jamais, soyez-en assurée, Miss Seton, répliqua-t-il, impassible. Mais ce que vous croyez connaître de moi ne devrait pas vous suffire. J'ai été condamné au bagne, ce qui fait de moi un proscrit. En d'autres termes, Miss, vous ne devriez plus rechercher ma compagnie. Sir Elliot a raison de vous l'interdire. Il a compris que votre réputation était en jeu.

— C'est pourquoi vous m'évitez depuis ? C'est absurde ! Pourquoi ma réputation serait-elle en danger ?

Elle s'était approchée de lui. Dans le clair de lune, la peau du visage de Charlotte était si blanche qu'elle en était lumineuse. Nicholas ressentait une incroyable envie de l'embrasser. Dans deux mois, elle serait en route pour l'Écosse, se rappela-t-il encore pour réfréner ses ardeurs. Il ne voulait pas garder d'elle un souvenir douloureux. Encore moins lui en laisser un amer de lui.

— Sir Elliot m'a aussi interdit de vous revoir, avoua Charlotte. Mr Lauder, sachez que je trouve cette situation regrettable. J'appréciais nos conversations. Votre amitié…

Des craquements de bois coupèrent court aux épanchements de Charlotte. Nicholas lui empoigna le bras et l'entraîna rapidement derrière un treillis entrelacé de sarments épineux. La retenant contre lui, il glissa son regard entre les feuilles. Quelqu'un se tenait sur la véranda, appuyé contre la balustrade. Robert Elliot s'attardait, examinait les jardins. Ses yeux et les boutons de son frac brillaient dans la clarté sélène. Ainsi que la crosse d'argent du pistolet coincé dans sa ceinture. Nicholas attendit qu'il reparte avant de regarder Charlotte, qui s'était pressée contre lui. Ses petites mains se cramponnaient à son gilet. Il prit l'une d'elles et la porta à ses lèvres. Le geste s'était fait si spontanément qu'il les surprit tous les deux. Et ni l'un ni l'autre ne pensa à s'écarter.

Les cœurs étaient à la mêlée des eaux. Ils étaient tout à fait conscients des émotions qui les agitaient. Aussi, de tout ce qui les séparait. Ils voulaient profiter de ce moment, le prolonger. S'en imprégner, l'inscrire quelque part en eux. Le lourd parfum des fleurs les enveloppait, les grisait, écrasait les effluves d'herbe coupée. Il n'arrivait toutefois pas à dominer ceux, plus âcres, de la poudre noire des feux qui flottaient autour de la grand-case. La rumeur des esclaves quittant pour leurs villages respectifs leur parvenait comme un bourdonnement de ruche active. Nicholas n'était pas à son poste. L'absence de Charlotte. Il fallait se séparer. Elle s'appuyait contre lui. Il se pencha sur elle.

— Je ne les laisserai pas vous refaire du mal, Miss Seton, murmura-t-il tout près de son oreille. Sir Elliot repart pour Kingston. Demandez à Mrs Cox l'hospitalité de sa demeure à Montego Bay. Le temps de vous remettre complètement. Jusqu'au retour de Sir Elliot. Promettez-moi de le faire.

Il trahissait ses craintes. En conclusion, il redoutait que Lady Louisa s'en prenne encore à elle.

Le souffle de Nicholas caressa la joue de Charlotte. Elle secoua lentement la tête. Les mots se dispersaient dans son esprit ; les émotions enflaient dans sa poitrine. Elle demeurait totalement immobile, trop émue pour penser même à respirer. Il souleva de nouveau sa main, plus doucement cette fois, et y appliqua le bout de ses lèvres, les fit glisser jusqu'à l'intérieur du poignet. Elle effleura de ses doigts les poils drus des favoris. Ceux de la barbe lui chatouillèrent le bras. Un fabuleux frisson la parcourut. La délicieuse sensation fut trop brève. Il s'écarta, la repoussait, sans rudesse, mais avec fermeté.

— Dépêchez-vous d'aller rejoindre Mrs Cox et promettez-moi de faire ce que je vous ai demandé.

— Je le ferai. Vous viendrez me visiter avec Lucas ?

— Je ne crois pas que ce soit une bonne idée, Miss, murmura-t-il contre sa volonté. Vous devez oublier ce qui vient de se produire. C'était une erreur.

Il s'éloignait déjà et disparaissait derrière la haie de crotons. Oublier ce qui venait de se passer ? Le bout de peau qu'il avait touché de ses lèvres était en feu. Elle souleva son poignet et posa les siennes au même endroit, fermant les yeux, s'attardant comme il l'avait fait, et imagina ce que cela aurait été si… Elle ne voulait pas oublier. Elle ne le pourrait jamais.

⁂

L'eau coulait sur le feuillage velu des marguerites jaunes; des gouttelettes s'accrochaient aux délicats fils de soie d'une toile qu'avait eu l'idée de tisser Mr Anancy entre deux tiges. Charlotte pensa à Lucas et à ses histoires sur Monsieur l'araignée et cela la fit sourire de tristesse. Les perles d'eau cristalline brillaient au soleil. L'astre rayonnant était à son zénith. Certainement qu'il se dépêcherait de boire ce joli voile pailleté de nacre. Soulevant l'arrosoir, Charlotte poursuivit sa tournée dans le jardin des Cox. Elle déversa un peu d'eau sur les broméliacées. Les oiseaux-mouches se hâteraient de venir s'y abreuver. Quelques becs-croisés se disputaient avec de jolies parulines bleues les branches du manguier qui grandissait au centre de la cour. Leurs piaillements jouaient une musique égayante et distrayaient Friendship, qui profitait de son ombre pendant qu'il patientait pour recevoir sa pâtée quotidienne.

Charlotte déposa l'arrosoir sur la table sous la charmille constellée de spectaculaires passiflores blanches ornées de leurs couronnes de filaments pourpres. Catherine préparait des tisanes sédatives avec ses fruits séchés. Charlotte huma le parfum enivrant de l'une des fleurs. La fleur de la Passion du Christ. Selon une légende papiste, que les Antillais d'origine espagnole racontaient, il y avait autant de filaments dans la couronne de la fleur que d'épines dans celle du Seigneur crucifié. Charlotte et Catherine s'étaient amusées à en dénombrer soixante-douze.

Elles s'étaient demandé qui avait pris le temps de compter les épines de la couronne du Christ sur sa croix. Il était dit aussi que le pistil représentait les trois clous de la crucifixion et les cinq étamines de couleur rouge, les cinq plaies sur le corps du Seigneur. Charlotte arracha une fleur pour l'étudier de plus près.

La conversation de Catherine et de Matthew lui parvenait depuis le cottage. Cela faisait cinq semaines qu'elle profitait de l'hospitalité des Cox, qu'elle envahissait l'espace déjà étroit pour eux et Jasmine et qu'elle accaparait la seule pièce disponible que s'était réservée Matthew pour travailler, le forçant à s'exiler au presbytère plus souvent. Oh ! Bien sûr, les premières semaines, lorsque tout à fait remise de son intoxication, Charlotte avait été d'un grand soutien pour son amie, qu'elle découvrait encore très fragile dans son deuil. Mais depuis deux semaines, les rôles s'étaient inversés de nouveau. Et c'était maintenant encore à Catherine de la soutenir moralement. « Comme je suis devenue égoïste », disait lamentablement Charlotte pour s'excuser. Malgré que Catherine l'ait assurée qu'il n'en était rien, et en dépit de son insistance pour qu'elle reste encore jusqu'à son départ pour l'Écosse, Charlotte estimait qu'elle commençait à abuser de la gentillesse des Cox. Mais elle ne se résignait pas à rentrer à Montpelier. Pas après tout ce qui était arrivé…

Pour alléger le fardeau de sa présence, Charlotte multipliait les occasions de laisser au couple quelques moments en tête-à-tête. Elle s'éclipsait dans la cour pour effectuer des tâches de jardinage ou parfois, lorsque l'envie de réfléchir plus longuement la prenait, elle déambulait jusqu'à la mer pour contempler les navires. Il y avait deux jours, un clipper trois mâts aux allures vaguement familières avait jeté l'ancre dans la baie. Charlotte avait reconnu le *Ariel*. De revoir le navire qui l'avait portée de Gravesend jusqu'ici l'avait laissée songeuse. Elle avait regardé les marins s'activer aux manœuvres de débarquement pendant que l'inspecteur du port montait à son bord. Elle s'était demandé si le clipper rentrait directement en Angleterre après s'être ravitaillé. L'idée de devancer son retour en Écosse ne lui avait pas effleuré l'esprit avant ce jour. Partir immédiatement l'obligerait à voyager seule et signifiait de saluer le premier de l'an au milieu de l'Atlantique. Rien pour faciliter sa prise de décision. Mais il devenait de jour en jour plus clair qu'elle s'imposait.

Bientôt le pasteur partirait pour le presbytère, où il tenait la charge des registres et répondait aux besoins des fidèles. Du lundi au samedi, il en était ainsi. Il respectait avec un soin jaloux ses habitudes quotidiennes. Cela en était presque obsessif, mais Catherine aimait aussi son mode de vie réglé avec précision. C'était rassurant. C'est pourquoi elle avait si facilement accepté celui imposé par l'Académie de Mrs Hargrave.

Quelques minutes après le départ de Mr Cox, les lundis, les mercredis et les vendredis, la cuisine du cottage se remplissait du bavardage des élèves. Catherine avait recommencé à dispenser ses cours aux enfants de couleur libres de Montego Bay. Depuis une semaine, un homme d'âge mûr s'était joint à eux. Joseph Bentley voulait apprendre à lire et à écrire. Il désirait ouvrir une auberge sur la route de Falmouth et en avait déjà décidé du nom : le Clifford's Inn. Pourquoi le nom de Clifford ? L'homme avait répondu que Bentley était le nom qu'on avait donné à son grand-père à son arrivée sur la plantation de Golden Grove. Un nom imposé par le massa qui l'avait acheté. Choisir un nom africain se révèlerait certainement désastreux pour le commerce. Il avait opté pour Clifford. Simplement parce qu'il sonnait bien. Et il demeurait son propre choix. Catherine avait chargé Charlotte d'instruire Mr Bentley-Clifford. Cela occuperait son esprit et s'occuper l'esprit sauvait le cœur, lui répétait Catherine.

Charlotte pensait qu'il n'existait pas de connexion entre les deux. Le cœur et l'esprit fonctionnaient indépendamment l'un de l'autre. L'un souvent à l'encontre de l'autre. Une lutte qui faisait de son corps un perpétuel champ de bataille. Et cette lassante guerre la dévastait depuis deux semaines. Depuis qu'elle avait revu Nicholas dans Charles Square. Pour toute la peine qu'il lui avait causée, elle lui en voulait énormément.

C'était un jour de soleil, sans nuages. La brise du large charriait dans Montego Bay des parfums d'épices qui éveillaient des rêves de voyages dans d'autres mondes. Dans la baie se balançaient des dizaines de navires. Des négriers et des bâtiments de guerre convertis en navires marchands, des brigantins et des schooners qui traçaient leur reflet ondulant sur l'eau turquoise. Entre eux se faufilaient une multitude de chaloupes et autres barques. Il y avait aussi les bateaux de pêche et quelques-unes de ces pirogues creusées dans des troncs de fromagers que fabriquaient les nègres. Ces derniers proposaient aux marins divers articles de facture artisanale et des produits agricoles.

C'était jour de marché. Elle s'y était rendue avec Catherine et Matthew. Ce jour-là, Charlotte se proposait de dénicher un souvenir pour offrir à sa mère et son père. Le square était bondé. Des nègres tiraient des mulets, d'autres conduisaient des brouettes. La poussière qui se soulevait sur leur passage n'avait pas le temps de retomber qu'elle se remettait à tourbillonner et finissait par s'accrocher aux vêtements et à la peau humide. Partout on chargeait et on déchargeait de la marchandise. Les gens se bousculaient aux étals. On négociait et faisait de bonnes affaires et de moins bonnes. On parlait patois et anglais, mais aussi espagnol créolisé et ce que Charlotte devinait être du hollandais. C'étaient les langues de ceux qui, depuis des siècles, faisaient commerce dans les îles antillaises. Un territoire où les frontières azurées se laissaient aisément franchir au tintement de l'or. Chaque fois que Charlotte venait au marché, lui revenaient ces premières impressions du jour du débarquement. Ce qui lui rappelait que celui de l'embarquement pour le retour approchait.

Avec l'argent que Nicholas lui avait donné pour enseigner à son fils, Charlotte avait déjà acheté des présents pour ses frères et sœurs. Une calebasse remplie de pois séchés et peinte de jolis motifs pour Joe; des plumes de perroquets aux teintes brillantes pour Frances. Elle pourrait les piquer dans un chapeau ou dans les cheveux de ses poupées. Une mâchoire de crocodile ne manquerait pas de fasciner Blythe. Il pourrait toujours imaginer qu'elle était celle d'un dragon maléfique des mers chaudes du Sud. Janet aimerait certainement le joli peigne de nacre et James, une aquatinte de Montego Bay vue d'Appleton Hall. La seule gravure lui avait coûté vingt shillings. Mais Charlotte savait que sa dépense serait appréciée à sa juste valeur.

Elle avait aperçu de jolies sculptures taillées dans des bois précieux. Les pièces étaient magnifiquement travaillées par un artisan du Demerara de passage dans l'île. Paco, comme il s'appelait, se procurait ses bois précieux sur place. Il restait le temps de fabriquer ses pièces et le fruit de ses ventes déciderait de sa prochaine destination. Le vieil homme, un ancien esclave affranchi depuis maintenant dix ans, n'avait pas d'itinéraire prévu d'avance. Il aimait la mer et voulait voir le monde avant de s'éteindre, racontait-il. L'endroit où il serait enterré demeurait un mystère, mais il était certain que Dieu lui en avait réservé un magnifique, et il aimait à penser que cela serait en Afrique. Paco n'avait pas de famille et ne possédait que ses outils et les vêtements qu'il portait. Pourtant, il était comblé. Un bonheur à la force de sa conviction qu'il était désormais maître de sa destinée.

Charlotte avait convoité sur son étal une canne taillée dans un bois moucheté que Paco appelait bois amourette. Elle serait parfaite pour son père. Mais l'artisan en demandait deux des six livres qui lui restaient. Elle s'était résignée à prendre un petit vide-poche en bois de courbaril parfaitement rond et aussi lisse que le « vent' de Do'lene », lui avait assuré le vieil homme avec un clin d'œil. Charlotte n'avait pas osé lui demander qui était Dorlene.

Pour finir, elle avait choisi trois mouchoirs aux couleurs vives que sa mère pourrait broder. Ses achats complétés, Charlotte et les Cox avaient ensuite parcouru les étals des marchands de poissons. Catherine était à évaluer la qualité du marlin bleu lorsque Charlotte vit Nicholas Lauder traverser la place à grandes enjambées jusqu'à un café où il s'engouffra. Son cœur s'était mis à battre comme jamais.

— Coupez-m'en un morceau comme ça, disait Catherine au marchand. Vous avez envie de haricots ou du riz avec le poisson, Charlotte ? Charlotte ?

— Euh… des haricots feront l'affaire, répondit Charlotte la voix troublée.

Détail qui n'échappa pas à Catherine, qui remarqua aussi le feu qui dévorait les joues de son amie.

— La chaleur vous incommode, ma chère ? Nous pouvons rentrer tout de suite.

— Non, s'empressa de répondre Charlotte. Je vous assure… vraiment. À moins… si nous allions prendre un rafraîchissement ?

Catherine consulta du regard son mari, qui venait de lever le nez de son recueil de sermons qui ne le quittait jamais. Matthew acquiesça distraitement, retourna à la lecture qui l'absorbait.

— Il y a un café, là, dit Charlotte en indiquant l'établissement où était entré Nicholas.

Catherine déposa sa pièce de poisson emballée dans son panier et chargea son mari de payer le marchand. Bras dessus, bras dessous, elles se mirent en route. L'air dans le café était irrespirable et il faisait certainement dix degrés de plus qu'à l'extérieur. Catherine suggéra plutôt de se rendre chez Armstrong, qui servait des limonades sur une terrasse à l'ombre d'un goyavier.

— Ici, c'est très bien... murmura Charlotte en scrutant chaque visage qu'elle croisait.

La main de Catherine la retenait de s'aventurer plus loin dans la salle.

— Charlotte, ne faites pas ça.

Le ton, aussi ferme que la prise sur son coude, réussit à détourner l'attention de Charlotte. L'expression de Catherine était brusquement devenue sérieuse et son regard venait de quitter le fond de la salle pour se poser sur elle.

— Je vous en prie, ne vous humiliez pas de cette façon.

— M'humilier ? Mais je ne vois pas de quoi vous voulez parler.

Charlotte ne feignait pas son incompréhension. Les yeux verts de Catherine replongèrent dans la foule tapageuse, se fixèrent. Charlotte se retourna pour regarder. Elle vit le sourire ravageur illuminer le visage angélique de Miss Mendez. La jeune femme se penchait au-dessus de la table vers une personne assise en face d'elle. L'homme tournait le dos à Charlotte. Mais la longue chevelure châtain un peu ébouriffée était bien celle de Nicholas Lauder. Charlotte sentit son cœur se décrocher dans sa poitrine. Catherine tirait sur son bras. Mais Charlotte ne bougeait pas.

La belle Cubaine éclata de rire. Son regard survola la salle, accrocha au passage celui de Charlotte avant de revenir à Nicholas. Sa bouche forma quelques mots, puis, sentant l'insistance du regard posé sur elle, la dame leva les yeux vers Charlotte, qu'elle dévisagea à son tour, agacée.

— Charlotte, vous vous faites du mal inutilement. Venez, sortons.

Au moment où Charlotte allait enfin obéir à Catherine, Nicholas se tourna dans sa direction. Il se leva de son siège, pâlit, mais ne vint pas vers elle. Manifestement, il était dans l'embarras. Cela avait suffi pour rendre la vie aux jambes de Charlotte et elle avait presque bousculé Matthew qui faisait son entrée dans le café.

Ils étaient rentrés au cottage en silence. Nicholas n'avait pas cherché à la suivre. Pas plus qu'il ne lui avait envoyé un mot d'explication. Ni ce jour-là ni les suivants. Combien de fois était-il venu jusqu'à Montego Bay pour rencontrer la belle Cubaine sans passer lui dire bonjour ? Une seule fois était pour Charlotte une fois de trop.

Le lendemain, elle avait tout raconté à Catherine, qui lui avait avoué avoir deviné ses sentiments pour le gérant de Old Montpelier.

— Mais à quoi vous attendiez-vous, ma pauvre amie ? Un homme comme lui… Et vous, qui rentrez en Écosse dans tout au plus cinq semaines. Votre père n'aurait jamais approuvé. Un gérant de plantation ! Ce n'est pas un procureur. Encore moins un gentleman…

Et ainsi de suite… Charlotte avait laissé les arguments de Catherine finir de mettre son cœur en pièces. Les jours suivants, elle avait cherché un certain réconfort dans la lecture d'un essai de Clarkson sur l'esclavage et le commerce de l'espèce humaine. Il fallait parfois situer son malheur sur une échelle planétaire pour en voir la petitesse. Et comparé aux horreurs qu'elle lisait, son chagrin d'amour lui parut soudain insignifiant. Graduellement, Charlotte s'était relevée. Catherine avait usé du sens commun. Sir Robert l'avait mise en garde. Et le souvenir du soir de la Conspiration des poudres s'était petit à petit dilué dans la réalité du quotidien. Mais pas complètement, constata Charlotte en gorgeant son odorat du parfum de la passiflore qu'elle faisait tournoyer comme un parasol entre son pouce et son index. Les filaments pourpres et les étamines rouges formèrent de jolis cercles colorés.

Il y avait encore des moments comme celui-ci, où Nicholas redevenait son tourment. Il s'était moqué d'elle de la façon la plus vile. Ah ! Cette trop jeune et naïve Miss Seton. Il avait voulu la sentir frémir pour lui. Il l'aurait embrassée derrière le treillis qu'elle n'aurait pas trouvé la force de le repousser. Elle n'en aurait pas eu envie. Et maintenant qu'il avait parfaitement hameçonné son cœur bien gonflé de ses plus purs sentiments pour lui, il tirait sur l'appât pour l'arracher de sa poitrine. Quel genre d'homme pouvait donc lutiner ainsi avec les sentiments d'une femme ? Nicholas Lauder était un homme cynique et cruel.

Matthew sortit dans le jardin pour servir la pâtée à Friendship, qui en profita pour quémander une caresse en agitant la queue. Le pasteur salua Charlotte et franchit la barrière de fer forgé. Aujourd'hui était un jour de congé de cours. Catherine réservait le jeudi après-midi pour apporter des vivres aux prisonniers. Une habitude qu'elle avait conservée depuis l'incarcération de Matthew.

Son amie se présenta coiffée de son bonnet pour lui indiquer qu'elle était disposée à partir. Portant chacune un panier rempli de victuailles, elles descendirent Union Street jusqu'au cœur de la ville. La voisine, Mrs Webster, les accompagna jusqu'à Orange Street, où habitait sa vieille tante souffrant de cécité et à qui elle allait quotidiennement faire la lecture. Charlotte écoutait son babillage d'une oreille distraite. La dame se plaignait de la chaleur. Le visage écarlate, le souffle haché, elle peinait à respirer dans son corset qui n'arrivait pas, malgré tous les efforts qu'elle devait mettre à le serrer, à faire disparaître son impressionnant surplus de chair. Il était vrai que ce jeudi était particulièrement étouffant. N'eût été de la constance du vent du large qui soufflait l'humidité vers l'intérieur des terres, Charlotte se serait accordée à dire qu'il faisait trop chaud pour sortir.

À l'approche de la baie, elle projeta son regard dans la rade. Le *Ariel* était depuis longtemps reparti. Mais elle pensa qu'elle devrait au moins s'informer sur les autres navires. Cela ne l'engageait à rien. Elle pensa aussi que, si elle se décidait, elle aurait à convaincre les Cox de la laisser s'embarquer et leur demander une avance pour acheter le billet de passage. Et encore un peu plus pour payer le voyage en diligence jusqu'à Édimbourg.

La prison se trouvait dans les voûtes de la Court House, érigée dans Charles Square. C'était la première fois que Charlotte remettait les pieds sur la place publique depuis qu'elle y avait aperçu Nicholas en compagnie de Miss Mendez. Mais elle tâcha de ne pas s'apitoyer. D'autres vivaient de plus cruels malheurs. Six prisonniers se partageaient deux cellules. Un Blanc profitait seul de la plus spacieuse. C'était un marchand ambulant accusé d'avoir volé sa logeuse. Les autres, des nègres, étaient emprisonnés pour des crimes qui allaient du simple vol de chemise à la tentative de meurtre sur une épouse. Leurs cas seraient traduits devant la Cour des esclaves.

Retenant sa respiration dans le miasme stagnant, Charlotte leur distribua de l'eau fraîche, des fruits et des galettes de maïs qu'avait préparées Jasmine. L'homme blanc recracha l'eau et réclama de l'alcool.

Catherine lui répondit que l'alcool viciait l'esprit et corrompait le corps, ce à quoi il répondit en égrenant un rire cinglant. Placide, Catherine demanda aux autres de se mettre à genoux et de prier pour que la lumière de Dieu éclaire l'âme aveugle de cet homme. Qu'elle lui permette de voir en Lui son unique maître, mais aussi un ami. Qu'il Lui soit reconnaissant des misères et des joies qui pavaient son chemin, car celui-ci menait vers Son royaume.

— Le royaume de Dieu est la récompense de ceux qui respectent Sa Loi. Dieu a manifesté Sa justice qui nous sauve. Les prophètes en sont témoins. Et cette justice de Dieu, donnée par la foi en Jésus-Christ, elle est pour tous ceux qui croient. En effet, il n'y a pas de différence entre les hommes : ils sont tous des pêcheurs, ils sont tous privés de la gloire de Dieu, Lui qui leur donne d'être des justes par Sa seule grâce, en vertu de la rédemption accomplie dans le Christ, Jésus…

Un peu décontenancés, les autres n'osèrent s'opposer à sa requête et tous écoutèrent la prière de Catherine. Le prisonnier rébarbatif se retira dans son coin avec sa galette et ses fruits. La prière terminée, Catherine offrit aux hommes du tabac et des pipes d'argile qu'elle avait récoltées auprès des membres de la communauté baptiste de la région. Tous les mois, elle procédait à une collecte d'objets divers encore utiles qu'elle redistribuait aux plus nécessiteux. Charlotte admirait son amie. Catherine était si frêle et menue, mais si grande à côté d'elle. Puisait-elle toute sa force de conviction dans sa seule foi ?

De retour sous le soleil brûlant, Charlotte lui posa la question. Catherine répondit qu'elle puisait toute son énergie dans l'amour de Dieu et lui présenta ses mains, paumes ouvertes vers le ciel infini. Elles étaient si délicates, et pourtant, émanait d'elles une force hors du commun.

— Tu vois ces mains, lui dit-elle, c'est Dieu qui les guide. Il me les a données pour que je m'en serve en Son nom. Il leur transmet Sa force. Mes mains sont Ses gants. Mes pieds sont Ses chaussures. Dieu est en moi parce que je le désire, Charlotte. Il vient en nous seulement si on L'invite à le faire. Alors, par mes yeux Il voit et par mes gestes Il agit. Je ne suis plus que Son instrument. C'est aussi simple que ça.

Sous les paupières de Charlotte, les larmes venaient. Elle n'arrivait plus à les empêcher de couler. Catherine, avec son habituelle douceur, l'accueillit contre son cœur. Elle ne dit rien. La puanteur des cellules s'accrochait à ses cheveux et à ses vêtements.

— Comment vous faites, ma tendre Catherine ? Après avoir perdu votre petite Elizabeth. À votre place, face à l'épreuve dont Dieu vous accable, je serais amère.

— Je fais comme je peux, murmura Catherine d'une voix empreinte d'une émotion aussi vive. Perdre Elizabeth a été la plus importante épreuve de ma vie, certes. Mais je sais que s'il est mon destin de voir grandir des enfants, Dieu fera en sorte que cela arrive. Le chemin tracé sur la terre pour Elizabeth s'est arrêté abruptement. J'ai toujours Matthew.

— Vous êtes trop bonne, ma chère Catherine. Pourquoi est-ce que Dieu a voulu vous peiner de la sorte ? Je ne comprends pas.

— Oh ! Il ne faut pas chercher de réponses à ce genre de questionnement. Vous savez, Charlotte, il arrive souvent que j'éprouve de la colère. Contre les hommes, contre Dieu, même. Que je me dise que tout ce que je fais est trop petit et ne vaut pas mes peines. Mais chaque fois je sens en moi quelque chose bouger et une voix me dit que petit ne signifie pas inutile. Sans les gouttes d'eau, où serait la mer ? Sans les arbres, que serait la forêt ? Sans les atomes, qu'est-ce qui formerait la matière ?

Un sourire glissa sur les lèvres de Catherine et elle invita Charlotte à reprendre la marche.

— Charlotte, reprit-elle quelques pas plus loin, cette petite chose que je sens parfois bouger en moi et qui me parle, j'aime à penser que c'est ma petite Elizabeth qui ne m'a jamais quittée. Elle était si petite… sa mort ne sera surtout pas inutile…

La voix de Catherine se brisa. Charlotte trouva la main de son amie et la pressa pour lui exprimer qu'elle partageait son chagrin. Elles progressèrent en silence, chacune murée dans ses pensées. Les malades de Montpelier occupaient maintenant celles de Charlotte. Elle pensa à Sarah Jayne, qui leur consacrait si généreusement sa vie. En traversant Market Street, Charlotte lança un regard vers les navires qui oscillaient langoureusement sur les flots paresseux de la mer des Caraïbes, parée de milliers d'étincelles. Perçant les criaillements des mouettes, elle entendit distinctement l'appel de l'Écosse lui parvenir. Il ne l'incitait plus à fuir la Jamaïque, mais plutôt à rentrer chez elle pour y faire ce que Dieu demanderait d'elle. Elle aussi se nourrirait de Son amour. Elle avait enfin décidé de sa voie. Elle savait maintenant ce qu'elle ferait de sa vie. Les hommes refusaient qu'elle soit médecin ? Soit ! Elle tracerait une voie nouvelle, pour elle et pour les autres femmes qui auraient envie de la suivre. On arrivait parfois plus rapidement à destination en contournant finement les obstacles qu'en s'éreintant stupidement à les surmonter. Restait à savoir si Dieu placerait pour elle aussi sur cette voie un homme qui voudrait l'accompagner.

Elles venaient tout juste de tourner l'angle de Union Street que Jasmine leur tombait dessus. La servante haletait. Sa peau recouverte de sueur se lustrait comme du caramel fondu au soleil. Ses mains empoignaient son cœur éprouvé par la course. Immédiatement, Catherine conclut que quelque chose était arrivé à Matthew. Elle pressa Jasmine de lui parler. La pauvre domestique expliqua par phrases rompues que quelqu'un était arrivé d'urgence de Montpelier pour chercher Miss Seton. Ce fut au tour de Charlotte de s'alarmer.

— Un homme ? Mr Lauder ?

— Non, Miss. Missy Elliot. Faut veni' tout suit'. Li attend' vous, là. Faut fai' vite.

Doux Jésus ! Mais quelle était l'urgence qui obligeait Lady Louisa à venir elle-même la quérir ? Une épidémie s'était déclarée dans Montpelier ? Il était arrivé quelque chose à Sir Robert… à Mabel, à Lucas ? « Dieu du ciel ! Faites que les enfants n'aient rien ! »

À leur entrée dans le cottage, c'est Miss Susan que Charlotte vit se lever du fauteuil. Silencieuse, couverte de poussière, elle avait le visage fatigué et la coiffure malmenée. La surprise passée, Charlotte alla vers elle pour prendre les mains qu'elle lui tendait.

— C'est Louisa, l'éclaira Susan d'une voix serrée par l'émotion. Elle… Oh ! Miss Charlotte, c'est trop affreux. Elle a été retrouvée morte ce matin par un de nos esclaves…

Comme happée par un vent de boulet, Charlotte bondit derrière et s'immobilisa de stupeur. Lady Louisa… morte ? C'est alors qu'elle nota la robe noire de Susan.

— Je suis venue aussi rapidement que j'ai pu, continuait la jeune femme. Mabel est inconsolable. Et son père qui n'est pas encore rentré de Kingston. Le temps que lui parvienne la nouvelle et qu'il fasse le trajet du retour, il passera des jours. Je me sens un peu démunie face à tout cela. J'ai pensé à vous. Mabel vous aime beaucoup. Peut-être que vous… je sais que vous êtes en convalescence, mais…

— Je vais très bien, Miss Susan, lui certifia Charlotte. Le temps de préparer mon sac et je suis prête.

⁂

Un silence étrange régnait dans le domaine de Montpelier. Dans les champs, les équipes d'esclaves vaquaient à leur travail, mais sans le rythme des chants, les coups de houe charcutant le sol pour ouvrir de nouveaux sillons ricochaient en rafales discordantes. Les muscles des esclaves se bandaient dans l'effort et la poussière marbrait leur peau luisante de transpiration. Quelques visages se tournèrent sur leur passage. Lorsque le vieux buggy de Madame Eugénie fila devant le meneur de l'équipe, le nègre les salua gravement en inclinant le chef. Son fouet pendait mollement dans sa main. Charlotte se retourna pour continuer de le regarder pendant qu'ils s'éloignaient. Comme elle, il mit du temps à se détourner. Des odeurs sucrées saturaient l'air. Avec celui salé de la sueur, sur sa langue se déposait le goût de la terre que le début de la saison sèche rendait friable. Un groupe de corbeaux noirs occupait les branches d'un fromager. La vision était lugubre. Revenir dans la plantation la troublait plus qu'elle ne l'aurait imaginé. Les circonstances de son retour n'avaient rien pour la tranquilliser.

Sur la route, Susan lui avait relaté les détails importants. Lady Louisa avait été découverte pendue à une poutre dans la vieille serre, mais il avait été officiellement annoncé que l'épouse de Sir Elliot s'était brisé le cou en voulant explorer un nid d'hirondelle. Charlotte avait approuvé. Comment expliquer autrement le meurtre de soi ? Le péché irrémissible de précipiter sa mort qui ferait jaillir l'opprobre sur les Elliot aurait été la dernière vengeance de Louisa.

Des toiles avaient été suspendues devant les fenêtres du salon. La grand-case était plongée dans une sorte d'obscurité artificielle qui rendait l'évènement plus tangible. La mort habitait la maison sous tous ses aspects. Dans cette chaleur, son parfum était plus poignant. Madame Eugénie et Loulou étaient assises au salon. Madame se dressa en les voyant. Charlotte alla vers elle et lui chuchota ses condoléances. Par chance, Mabel était sortie se promener avec Emmy. Charlotte n'aurait su comment la réconforter. Elle avait besoin de remettre ses idées en place. De comprendre certaines choses.

Quatre chandelles éclairaient la chambre. Louisa avait été allongée sur son lit. On l'avait habillée de sa plus belle robe, d'un satin vert très profond. Des perles ornaient ses oreilles et un poignet; une émeraude brillait à un doigt. Deux pièces d'argent avaient été déposées sur les paupières. L'effet était des plus étranges. Charlotte avait vu plusieurs cadavres. Mais le corps d'un étranger n'avait jamais suscité en elle qu'un intérêt scientifique. L'humaine machine : des os, du sang et des muscles. Un mécanisme fascinant. Là, c'était différent. C'était le corps de Louisa. Louisa, qu'elle reconnaissait difficilement sous ce masque gris, pétrifié et froid. La mort avait figé les plis amers qui encadraient la bouche.

Charlotte toucha le dos de l'une des mains sagement croisées sur le ventre. Dans ce ventre, qu'elle apercevait légèrement enflé, une autre vie s'était éteinte. Les tentatives d'avortements de Louisa n'avaient rien donné. Elle avait choisi cette dernière issue. Charlotte ferma momentanément les yeux pour laisser passer l'émotion et ravala la boule qui s'était formée dans sa gorge.

« Pardonne-moi comme je te pardonne », murmura-t-elle.

Lorsque Mabel se pointa à la grand-case, Charlotte avait eu le temps de défaire son bagage et de ranger ses effets. Rien n'avait changé dans la chambre. Chaque objet était resté à sa place. Charlotte avait ouvert toutes grandes les jalousies pour laisser pénétrer un peu d'air et de lumière. La présence du cadavre infectait la maison. Pour cette raison, il fallait enterrer Louisa dès le lendemain. À cause des fortes chaleurs, les choses se passaient différemment dans les tropiques. En Écosse, la veillée pouvait durer plusieurs jours. Susan lui avait parlé de la veillée funéraire. Les voisins rendraient un dernier hommage à l'épouse de Sir Elliot.

« À l'épouse de Sir Elliot », pensait Charlotte. Qu'en était-il de Louisa Wedderburn, cette pétulante jeune femme à qui on avait arraché la liberté de choix pour servir les besoins d'un mariage pressé ? Charlotte ne pouvait s'empêcher de ressentir de la pitié. Au fond, Louisa n'avait rien eu de méchant. Consciente d'avoir été si malignement manipulée, elle avait pris le parti de tirer le meilleur de sa situation. Profitant de l'aisance des Elliot, elle avait joué son rôle de mère du mieux qu'elle avait pu. Cette vie de façade lui avait suffi, jusqu'à ce que Sir Robert lui impose ce retour en Jamaïque.

La maison était pleine de gens. Des planteurs et leurs familles. Des gérants et procureurs des propriétés voisines que Charlotte reconnaissait pour les avoir rencontrés aux sermons du révérend Hall à Shettlewood Pen. De la même façon qu'elle séparait, la mort rassemblait. On sortait les mouchoirs et essuyait des yeux secs. On offrait des fleurs et des condoléances. On se comportait convenablement. Airs solennels et chuchotements de circonstances. « Elle n'avait que vingt-cinq ans, vous dites ? » « La pauvre enfant, orpheline si jeune… » « Sir Elliot n'aura d'autre choix que de placer sa fille en pension. » « C'est si terrible… »

En pension… les mots s'étaient fichés dans le cœur de Charlotte. Mabel en pension ? Elle regarda la fillette, silencieuse debout près de sa tante.

En voyant Miss Seton de retour à Montpelier, Mabel s'était précipitée dans ses bras et lui avait serré si fort le cou que Charlotte avait manqué de s'étouffer. Elles avaient pleuré ensemble. Puis l'enfant, qui n'avait pas voulu se séparer d'elle, s'était endormie sur ses genoux. À son réveil, plus détendue, elle avait accepté d'avaler un bol de soupe et une épaisse tartine de confiture.

Il avait ensuite fallu monter s'habiller. Le docteur Macpherson et deux esclaves avaient déposé Louisa dans un cercueil de bois. Charlotte avait eu beaucoup de mal à convaincre Mabel de laisser les hommes refermer et clouer le couvercle. « Elle ne pourra plus respirer ! Elle va s'étouffer là-dedans ! » « Elle n'a plus besoin de respirer, Miss Mabel. » « Si, elle en a encore besoin. Sinon, comment elle va faire pour monter au ciel ? » Charlotte avait été sur le point de lui répéter que les morts ne respiraient pas. « Elle va reprendre son souffle une fois au ciel. » Cette réplique avait semblé la satisfaire et le couvercle avait été scellé et le cercueil descendu au salon.

La famille recevait les témoignages de sympathie près du cercueil que Mabel ne cessait de surveiller. La maison respirait la mort. Il y avait des dizaines de bouquets de fleurs aux couleurs éclatantes. Dans la pénombre, les balisiers ressemblaient à des taches de sang écarlate sur le drap de soie noire qui recouvrait le cercueil. Retirée dans un coin, Emmy pleurait. De vraies larmes. De temps à autre, quelqu'un réconfortait la femme de chambre de Lady Elliot ou lui tendait un mouchoir sec. Elle se calmait un instant pour recommencer quelques minutes plus tard. Les yeux bleus de Madame Eugénie restaient arides et froids. Susan paraissait pour sa part fatiguée. Sans Sir Robert, elle devait s'occuper seule de tout. L'absence de l'époux était marquante et l'atmosphère des plus singulières.

Puis vint le moment tant redouté par Charlotte : chemises propres et cheveux convenablement coiffés, les employés blancs de la plantation défilaient devant les endeuillées. John Hardin posa furtivement une main sur le cercueil. Un geste que personne ne remarqua, par chance. L'expression que surprit Charlotte sur son visage lorsqu'il se détourna lui fit penser qu'il avait peut-être fait un peu plus que simplement « apprécier » la compagnie de sa maîtresse.

Charlotte concevait mal qu'un homme tel que Hardin avait pu aimer de tendresse. Était-ce possible d'aimer une personne qu'on prend plaisir à battre, même avec son consentement ? Malgré tous ses efforts, elle n'arrivait pas à comprendre ce lien qui avait uni le contremaître et Louisa.

— Miss Seton, fit une voix fluette tout près.

Elle se retourna. Lucas. Le garçon lui prit la main et elle s'accroupit.

— Je me suis beaucoup ennuyé de vous, Miss Seton… annonça-t-il avec une pointe de reproche dans le ton.

— Oh ! Toi aussi tu m'as manqué, Lucas.

— Vous allez repartir bientôt. Mr Nicholas me l'a dit. Parce que je vais avoir trop de peine quand ça va arriver, il ne veut plus que vous me donniez des cours. Il m'a dit que je ne devais plus penser à vous.

— Il a dit ça ?

Charlotte sentit les mots la heurter comme des jets de pierre. Ce fut avec une considérable tristesse qu'elle découvrit dans les grands yeux verts la blessure que son départ infligerait à Lucas. Elle n'avait jamais vraiment pensé au chagrin qu'allaient vivre Lucas et Mabel lorsqu'ils se sépareraient. Elle avait toujours tenu pour acquis qu'ils comprenaient que sa présence auprès d'eux n'était que temporaire. Mais apparemment, il en allait autrement, et elle se rendait compte qu'elle aussi souffrirait de cette séparation. Elle embrassa le garçon dans une forte étreinte.

— Si ton père ne veut plus qu'on se voie, alors on le fera en cachette. Qu'en dis-tu ?

— Mais vous allez partir quand même.

— C'est malheureusement inévitable, Lucas. Il arrive parfois qu'on doive se séparer des gens qu'on aime. Mais on pourra s'écrire et… qui sait si je ne reviendrai pas en Jamaïque un jour. Mon père possède des plantations ici.

Lucas gardait le front baissé. Charlotte lui caressa affectueusement le crâne.

— Allons, il ne faudrait pas que tu gardes cette affreuse mine jusqu'à mon départ.

— Vous allez retourner chez votre amie de Montego Bay ?

— Je… je ne sais pas.

— Mabel a besoin d'être consolée, argua-t-il finement.

— C'est certain que je dois rester quelques jours…

Elle leva les yeux, rencontra ceux de Nicholas qui les épiaient depuis l'entrée du salon. Lorsqu'il esquissa le mouvement d'approcher, elle sentit le sang affluer sous la peau de son visage, mais elle ne baissa pas les yeux. Il s'arrêta à deux pas d'elle, hésitant, ses doigts tripotant nerveusement le bord de son canotier.

— Bonsoir, Mr Lauder, dit-elle de sa voix la plus froide.

— Miss Seton, fit-il en inclinant la tête. Je constate que vous vous portez de mieux en mieux.

— Beaucoup mieux qu'il y a deux semaines, Monsieur.

Il accusa le trait, tourna son regard ailleurs le temps de trouver une réplique. Mais il ne trouva rien à dire pour expliquer son comportement au White Heron's Inn. Il devinait aisément ce qu'elle avait déduit en le voyant avec Christina. Toutefois, il ne se sentait pas dans l'obligation de lui fournir des explications. Il ne pouvait que se reprocher son comportement déplacé derrière le treillis. Un geste regrettable, encouragé par l'orgueil, sans doute. L'orgueil de savoir qu'il pourrait encore plaire à une femme de sa qualité. Mais aussi, qu'il pouvait encore ressentir quelque chose d'autre qu'un simple désir physique pour une femme.

— La cause de votre retour forcé à Montpelier est des plus navrantes, déclara-t-il en empruntant à son tour une attitude détachée.

— Elle est des plus tristes, en effet, Mr Lauder. Miss Mabel aura besoin de compagnie dans les semaines à venir. Si Lucas pouvait venir s'amuser plus souvent avec elle…

Nicholas décela dans les yeux gris une sincère inquiétude pour la fillette. Il aurait voulu éviter à son fils de renouer les liens avec Charlotte. Lucas avait souffert d'ennui au point de se désintéresser de tout. Il n'avait recommencé à chasser les papillons que depuis une semaine. Il posa une main sur l'épaule de son fils, qu'il sentait fébrile contre sa cuisse.

— Si Miss Mabel vient à la case, suggéra-t-il en compromis.

— Je lui transmettrai votre invitation, Monsieur, dit Charlotte.

Il acquiesça, puis le père et le fils se dirigèrent vers la famille Elliot.

La procession achevait enfin de défiler. Il n'y eut aucun débordement émotif. La lecture de passages de la bible par le révérend Hall imprégna l'atmosphère d'une solennité de circonstance tout à fait convenable. Puis, avec des mots qui remuèrent Charlotte, il souligna combien cette triste mort volait à la petite Mabel cette chose précieuse qu'était la présence d'une mère aimante. Charlotte ne pouvait s'empêcher de culpabiliser et les larmes lui picotaient les yeux. Personne ne pouvait savoir quel était ce chagrin qu'elle épongeait avec son mouchoir. Elle se raisonnait : « Tu vivras mieux avec la mort de Louisa qu'avec celle de son enfant sur ta conscience. »

On annonça qu'un goûter léger était servi. Charlotte n'aspirait qu'à se retirer. Nicholas discutait avec des gens qu'elle ne connaissait pas. Pour éviter de laisser son regard constamment dériver vers lui, elle gardait le nez dans la chevelure de Mabel, venue se réfugier sur ses genoux. Après avoir demandé à la fillette si elle voulait l'accompagner, Lucas s'éloigna seul vers la salle à manger. La petite n'avait pas faim. Charlotte était de plus en plus troublée par la présence et l'indifférence de Nicholas. Pourquoi ne partait-il pas ? Ne comprenait-il donc pas qu'il heurtait ses sentiments ? Ne voyait-il pas dans quel embarras il la plaçait ?

Ne réalisait-il pas tout le mal qu'il lui avait fait ? Qu'il continuait à lui faire ? N'avait-il pas compris qu'elle était amoureuse de lui ?

Il se préparait enfin à quitter le salon. Lorsqu'il passa près d'elle, il ralentit sa foulée. Charlotte se pencha délibérément sur Mabel pour relancer l'invitation d'aller avaler quelque chose. En relevant la tête, elle constata avec soulagement que Nicholas n'était plus là. Mais sa voix s'élevait dans le couloir, de l'autre côté du mur. Il s'entretenait avec Frederick Thompson et Alexander Shearer, les gérants respectifs de Shettlewood Pen et de New Montpelier. Craignant de le voir surgir de nouveau, Charlotte surveillait l'entrée du salon. Elle entendait leurs chuchotements. Elle ne voulait pas les espionner. Mais quelques informations émoustillèrent sa curiosité et finirent par déjouer sa volonté. Il était question du rassemblement dans une semaine d'un régiment aux baraques de Shettlewood.

— Le colonel Grignon l'a déjà retardé d'un mois, fit Shearer dans un accent nasillard. Son fils était gravement malade. Vous savez vous servir d'un fusil, Lauder ?

— J'ai appris à chasser le gros gibier, si c'est ce que vous voulez savoir. Le vôtre n'est pas trop rouillé ?

— Ne vous inquiétez pas pour ça, mon Baker est parfaitement bien huilé et aussi brillant qu'au jour où il a quitté les mains de sa mère.

— J'ai entendu mon palefrenier parler de grève, intervint une voix caverneuse. Vous voyez ça ? Les esclaves préparent une grève pour le début de la roulaison. Après une année difficile comme celle que nous venons de passer, commencer la suivante avec la perte des primeurs serait tout à fait catastrophique.

— Qu'avez-vous à vous plaindre, Thompson ? Vous n'avez pas à couper la canne. Vous élevez des bêtes. Des bêtes, ça peut engraisser même s'il ne pleut pas et ça ne pourrit pas dans les pâturages quand il pleut trop.

— Les animaux souffrent autant des conditions climatiques extrêmes, Shearer, se défendit Thompson. Comme les nègres, ils tombent malades et se reproduisent moins bien…

Quelqu'un émit un ricanement sarcastique. Charlotte pinça les lèvres. La tête de Mabel pesait contre sa poitrine et elle baissa les yeux. L'enfant s'était endormie sur ses genoux. Elle ferma les paupières pour les soulager. La fatigue du voyage et des émotions vécues la rattrapait. Puis elle bascula la tête contre le mur qui la séparait des trois gérants ; leur entretien se poursuivait.

— Vous croyez qu'Elliot rentrera en Écosse comme prévu ? demanda Shearer. Avec ce qui se prépare… Il voudra certainement surveiller ses propriétés de près.

— Je lui ferais la suggestion de placer les femmes et sa fille en sûreté. D'autres planteurs ont déjà commencé à le faire. Quand ils vont comprendre que leurs petites menaces de grève n'y changeront rien, les esclaves voudront nous provoquer plus sérieusement. Quand ils se décident, ces nègres peuvent vraiment devenir une horde incontrôlable de bêtes sauvages. Leurs hommes obeah leur distribuent des poudres et des amulettes magiques et leur enfoncent dans le crâne que cela les préservera de toute blessure au combat. Je pense qu'il faudrait les mater tout de suite en leur donnant un exemple percutant. Comme cela a été fait pour mettre fin à la révolte de Tacky[4]. Pendre tout de suite ce drôle de Sharpe, rien que pour leur prouver que pas un damné nègre n'est immortel. Et ils vont tous sagement rentrer dans leurs cases.

— Par tous les diables ! siffla Nicholas. Tacky, c'était il y a soixante-dix ans… Les choses sont différentes aujourd'hui, Shearer. Et malgré ce que vous semblez croire, les nègres pensent aussi différemment. Cela fait trop longtemps qu'ils ruminent l'idée que les planteurs leur refusent une liberté que le roi leur a accordée.

— Aucune loi abolissant l'esclavage n'a encore été approuvée par le roi, à ce que je sache, Lauder.

— Non, mais pas un de ces damnés nègres, comme vous dites, ne vous croira tant qu'on s'évertuera à leur faire penser le contraire. Je te parle de prédicateurs comme Sharpe, qui sont loin d'être des imbéciles. Aussi longtemps que les planteurs s'obstineront dans leur position, rien ne changera et vous aurez à vérifier à tous les matins si la tête qui repose sur votre oreiller est toujours reliée au reste du corps. Les nègres finiront

4. Révolte menée par un esclave guinéen nommé Tacky, contremaître de la plantation Frontier, dans la paroisse de St. Mary. Elle débuta le dimanche de Pâques 1760 par le meurtre des maîtres blancs de Frontier et Trinity. Plusieurs mois plus tard, cette rébellion avait entraîné dans la mort près de 60 Blancs et 400 esclaves noirs.

par obtenir leur émancipation. Et si l'Assemblée ne fait rien pour régulariser la situation, ils l'obtiendront par la force, cela, je vous le garantis !

— Les planteurs sont dans leurs droits légitimes…

— Leurs droits se limitent à ceux que leur octroie le Colonial Office de Londres, Thompson. Pas au-delà. Et vous ne pourrez nier que tous les planteurs n'observent pas les recommandations du C.O. en ce qui concerne le traitement des esclaves.

— Que connaissent ces fonctionnaires sur la gestion de l'industrie sucrière ? Parfois, il faut faire ce qu'il faut faire. Les nègres sont paresseux. Il n'y a qu'un pied au cul qui fait bouger une vache obstinée, laissa cyniquement tomber Thompson.

— Prenez garde à ne pas l'enfoncer trop profondément, commenta Nicholas.

Shearer pouffa de rire tandis que Thompson marmonnait des mots inintelligibles. Quelques secondes s'écoulèrent avant que le silence revienne.

— Changement de propos… dites-moi, Lauder, murmura si bas Shearer que Charlotte eut de la peine à le comprendre, vous savez mieux que nous ce qui se passe de ce côté-ci de Montpelier. C'est vrai qu'on a retrouvé Lady Elliot se balançant comme une mangue à un arbre ?

S'ensuivit un silence. L'un d'eux se racla la gorge. Ses yeux s'écarquillant, Charlotte dressa le dos. Elle vérifia que Mabel dormait toujours et tendit davantage l'oreille.

— Les affaires de la famille Elliot ne nous regardent pas, répliqua Nicholas avec un accent qui laissait poindre son agacement.

— Elles ne nous regardent pas, mais elles peuvent quand même nous intéresser, non ? Allons, Lauder, tout le monde sait qu'il se passe des choses pas ordinaires dans Old Montpelier. Prenez la disparition de Sir Thomas. Et cette jolie Miss Seton qu'on a voulu empoisonner. Qui donc aurait voulu faire une chose si odieuse ?

— De grâce, Shearer, un peu de respect pour la famille ! grinça Lauder.

— C'est vrai qu'elle est plutôt jolie, cette Miss Seton, commenta Thompson. Qu'en pensez-vous, Lauder ?

— Miss Seton est… agréable à regarder, c'est vrai.

Le trouble qui avait modulé la voix de Nicholas n'avait pas échappé à Charlotte. Son cœur se mit à cogner plus fort dans sa poitrine.

— C'est dommage qu'elle ne soit pas qu'une domestique. Avec les domestiques, on ne fait pas de chichi pour obtenir un baiser… et même parfois…

— Thompson, je vous prierais de parler de Miss Seton avec plus de respect, l'interrompit sèchement Nicholas. Maintenant, si vous voulez m'excuser, messieurs, je dois aller rejoindre Lucas qui m'attend dehors.

Pendant qu'elle ressassait la remarque désobligeante de Thompson, Charlotte entendit Nicholas s'éloigner vers la sortie. Elle étira le cou pour l'apercevoir entre les frondes d'un palmier nain qui ornait l'entrée du salon. Elle n'eut le temps que de brièvement voir un côté de son visage éclairé par une lampe en applique avant qu'il disparaisse définitivement parmi les gens sur la véranda. Elle se laissa aller contre le dossier de son fauteuil et ferma les yeux. L'odeur des fleurs commençait à lui donner mal à la tête.

— J'ai toujours trouvé ce type bizarre, dit encore tout bas l'accent nasillard. Il est toujours en retrait, comme s'il ne voulait pas qu'on le remarque. C'est un peu bête, parce que ça donne justement l'effet contraire.

— Des hommes qui n'ont pas de passé sont toujours à surveiller. Et je vous parie que celui-là a de la saleté sur les mains. Vous avez remarqué l'entaille qu'il a sous le menton ? Ça, c'est un souvenir de quelqu'un qui voulait lui faire la peau.

— Hum… Il me rappelle un Américain que j'ai connu. Un dénommé Spencer. Il avait une jolie balafre de ce genre au visage. Il commandait un navire porteur de lettres de marque pour le compte de la république d'Argentine. Mais, vous savez comment la ligne est facile à franchir entre corsaire et piraterie. Il a capturé des navires portugais en temps de paix et sa tête a fini par être mise à prix. Avec un peu d'or, Spencer a convaincu le commandant d'un navire britannique de le prendre à son bord et de le déposer dans les Antilles. Il y a beaucoup de déserteurs de la marine et de mutins en fuite parmi les équipages des vaisseaux pirates qui sillonnent la mer des Caraïbes.

— Ha! Ha! Vous êtes trop romanesque, Shearer. Non… Lauder n'est certainement pas du type marin. J'ai servi dans la marine pendant plus de dix ans, alors je sais en reconnaître un quand j'en vois un. De toute façon, il ne sait pas comment on fait un simple nœud de chaise. Tous les marins savent faire ça. Moi, je le verrais plutôt comme un petit marchand véreux qui a la moitié de ses créanciers à ses trousses et qui se terre ici en souhaitant qu'ils finissent par l'oublier. Je pense que son *boater*[5], il l'a probablement pris sur la tête d'un gars qui a voulu se mesurer à lui à la sortie d'un minable petit estaminet dans un port quelconque, et il le porte en trophée. Si vous voulez mon avis, Shearer, je pense qu'il vaut mieux ne rien savoir sur Lauder. Il fait correctement son boulot et se mêle de ce qui le regarde. Pour moi, c'est suffisant. J'irai pas lui chercher noise pour qu'il change son *boater* pour mon bolivar.

— Parce que vous pensez qu'il serait capable de tuer un homme ? Allons, Thompson, Lauder ne sait même pas comment fouetter un esclave.

— Il ne faut pas toujours se fier à ce qu'on voit, Shearer. Ce qu'on pressent est souvent plus près de la réalité.

— Ouais… Le gros gibier auquel il se référait tout à l'heure… Vous pensez vraiment ?

— Laissez tomber, Shearer.

— Pensez-vous qu'il a vraiment le béguin pour Miss Seton ?

— Qui sait ? Ça fait un sacré bout de temps que je ne l'ai pas vu aussi joliment soigné.

— Vous savez ce que je pense ? Que Lauder en a effectivement pour Miss Seton et que c'est pour ça que Sir Elliot a envoyé la fille à Mo Bay pendant son absence, enchaîna Shearer d'un ton presque inaudible. Je mettrais ma main à couper qu'elle est la maîtresse d'Elliot. Que Lady Elliot l'a su et que c'est elle qui l'a empoisonnée. Après que ça n'a pas marché, elle a décidé d'en finir.

— De grâce, Shearer, cessez de fabuler comme une femme. Je vais commencer à croire que vous lisez des romans en cachette. Allons, sortons d'ici. Cette odeur me soulève le cœur.

Le froncement des traits de Charlotte exprimait la douleur ressentie à l'écoute de ce qui venait de se dire. Emmy se méprit sur la cause de

5. Nom donné aux canotiers de paille que portaient les marins de la Marine britannique.

ses soucis. Elle se leva et voulut lui prendre Mabel. Charlotte avait eu la petite sur elle pratiquement toute la soirée et ses jambes ne lui appartenaient plus.

— Vous êtes si fatiguée, Miss Seton. La petite est lourde. Je vais monter la coucher.

— Non, je peux le faire... fit Charlotte d'une voix altérée.

Elle serra Mabel plus fort contre elle. L'enfant gémit et ouvrit un œil pour le refermer aussitôt.

— Je vais le faire, répéta-t-elle, au bord des larmes. Je sais comment... Mabel aime que je la borde...

Emmy s'écarta promptement. Décontenancée, elle hocha la tête et retourna s'asseoir. Charlotte souleva la fillette. Elle désirait se sauver du salon, s'évader de cette maison, courir loin de Montpelier. Jusqu'à Montego Bay qu'elle n'aurait pas dû quitter. Par conséquent, elle n'aurait pas entendu ces horreurs. On la croyait la maîtresse de Sir Robert. C'était affreux ! Est-ce que c'était ce que Nicholas croyait aussi ?

Mabel s'était réveillée et s'était remise à pleurer. Toute cette agitation finit par attirer l'attention des gens dans le salon.

— Miss Seton ! appela Susan.

Mais Charlotte s'échappait déjà vers l'escalier. Elle pressait la joue de la fillette contre la sienne. Oui, comme cela elle pouvait pleurer librement et mêler ses larmes à celles de l'enfant.

⁂

Cette nuit-là, Charlotte demeura longtemps éveillée. D'abord la dérangeait l'odeur de la mort, qui persistait malgré que le cercueil eût été déplacé à l'extérieur de la grand-case. Ensuite, la conversation surprise entre les deux gérants la tourmentait. Croyait-on vraiment qu'elle était la maîtresse de Sir Robert ? Si c'était ce que s'imaginait Nicholas, cela expliquerait son attitude, sa distance qui, par moments, frôlait l'indifférence. Et ces regards languissants, ce baiser sur la main qu'elle avait pris pour des gestes d'affection sincère à son égard n'auraient été que provocation. Un simple jeu qu'il regrettait aujourd'hui d'avoir joué avec elle. Ne lui avait-il pas demandé d'oublier ce baiser ? Ne lui avait-il pas dit qu'il avait commis une erreur en se laissant aller à ses pulsions ?

En dépit de tout, elle n'arrivait pas à l'oublier. Pour s'aider, elle se rappelait que c'était un bagnard. Un proscrit. Un criminel… le mot résonnait sinistrement. Quel crime avait donc commis Nicholas Lauder ? Pas le pire, elle s'en consolait. Si cela avait été le cas, il aurait été conduit à la potence au lieu d'un navire. Mais, selon le code pénal britannique, il existait des centaines d'effractions qui méritaient la déportation. Elle repensa à l'hypothèse de Mr Thompson. Un marchand sans scrupules condamné pour fraude et qui ne demandait qu'à se faire oublier. Cela ne collait pas avec l'image qu'elle s'était faite de Nicholas. Elle parvenait difficilement à l'imaginer coupable d'abuser des gens innocents. « N'a-t-il pas abusé de toi, Charlotte ? » Ce qu'il avait fait était déplacé, certes. Mais un vrai criminel aurait mieux profité de la situation derrière le treillis. Au lieu de cela, Nicholas lui avait suggéré de s'éloigner de Montpelier. Un geste purement altruiste ? Il avait craint qu'elle fût victime d'une nouvelle tentative d'empoisonnement. Il avait compris, comme elle, que la véritable coupable n'était pas Aurelia.

Elle s'était bien remise de sa mésaventure. La convalescence avait été plus longue que prévue. Sa vision était restée trouble pendant une dizaine de jours. Et plusieurs nuits durant encore étaient revenues la hanter quelques visions cauchemardesques. Catherine lui avait apporté tout le réconfort possible. De partager la vie de son amie avait ouvert les yeux de Charlotte sur ce qu'elle avait envie de faire enfin de la sienne.

Rien que pour cela, elle devrait être reconnaissante envers Nicholas. Voilà qu'elle en était à se convaincre qu'elle n'avait pas eu de motifs valables de le traiter avec autant de froideur tout à l'heure. Qu'à la vérité, elle n'avait pas le droit de lui tenir rigueur parce qu'il ne lui avait pas rendu visite à Montego Bay. Non plus qu'elle devait se sentir offusquée de l'avoir aperçu en compagnie de la belle Miss Mendez. Nicholas pouvait fréquenter qui bon lui semblait. Et que cette dame fut une amie ou plus pour lui ne la regardait en rien.

Charlotte fulminait contre son inconstance. Tout bien réfléchi, Nicholas Lauder avait raison. Elle devait oublier. Elle se retourna pour une énième fois dans son lit et ferma les yeux. Dans la touffeur de l'air, les draps collaient à sa peau moite et s'enroulaient autour de ses jambes. Dans un geste d'impatience, elle s'en libéra et les refoula au pied du lit. Le cri de l'ibijau jamaïcain perça le silence de la nuit.

Les pleurs de Mabel remplirent soudain la grand-case. Charlotte se prépara à se lever, mais la voix de Susan dans le corridor l'arrêta sur le bord du lit. Elle écouta la jeune femme porter assistance à la pauvre Emmy. Bientôt le chagrin de la fillette s'estompa et revint le silence. Charlotte se recoucha en pensant que c'était mieux ainsi. Il fallait laisser l'affection tisser un lien indénouable entre Susan et Mabel. Ainsi, peut-être que Sir Robert verrait la possibilité de laisser l'enfant à Montpelier. Susan ferait certainement une bonne mère pour sa sœur. La véritable place de Mabel était maintenant ici.

Chapitre 3

Édimbourg

Il était parti. Sans plier bagage. Sans claquer la porte. Sans partir vraiment. Depuis des jours, Francis errait dans Weeping Willow comme une relique d'un autre temps à l'odeur de poussière et de tabac. De celle offensante de ses vêtements, qu'il ne changeait pas assez souvent. Il négligeait son apparence. Son haleine repoussait les enfants qui refusaient de l'embrasser. Pouvait-on mourir avant de mourir ? Il n'était plus que son propre spectre.

Après que Dana lui eut avoué son infidélité, il n'était plus retourné à l'hôpital. Il fuyait entre les murs de sa maison. Avec toute sa bonne volonté, son beau-frère avait pris sa place à la tête du comité administratif, voyait ses patients, le consultait pour les décisions importantes en plus de superviser seul les travaux de Sullivan. De son côté, Harriet s'occupait des enfants. Sans eux, Francis n'aurait jamais trouvé le temps de regarder une araignée tisser sa toile dans un angle de la bibliothèque. De compter les heures que prenait une chandelle pour se consumer. Et l'espace d'une averse, tenir un livre ouvert devant lui sans le lire. Ne rien faire. Se morfondre sur son sort. Occupation stérile.

Il ne dormait plus, avalait par nécessité ce que lui faisait porter Mrs Dawson. La pauvre femme n'en finissait plus de le réprimander parce que ses bons petits plats revenaient intacts à la cuisine. Pour faire plaisir à sa cuisinière, Francis avait trouvé un nouveau chiot et l'invitait à partager ses repas. Fritz grossissait rapidement. Du même coup, il faisait le bonheur des enfants. Pratique.

Debout devant la fenêtre de sa chambre, il les regardait jouer sur le parterre avec Fritz. Joe courait derrière l'animal et essayait de lui attraper la queue. L'enfant s'empêtrait dans sa redingote et tombait dans l'herbe en riant. Janet l'aidait à se relever et ils repartaient. En vieillissant, Janet ressemblait à sa mère. Mêmes port de tête, finesse des mouvements et discrétion dans les manières. Et dans ses jolis yeux noisette, lorsqu'il les croisait, aussi le blâme : il restait absent pour eux.

Francis entrouvrit la fenêtre. Les cris joyeux et les jappements résonnaient clairement dans l'air froid qui s'invita dans la pièce. Il inspira profondément. Le picotement dans ses poumons lui rappelait qu'il était encore vivant. Les mains sur l'appui, il contempla la scène. Ses enfants. Ils étaient beaux. Ils étaient sa chair, son sang. Des étrangers à qui il avait donné son nom. Ses propres enfants. Où était-il quand ils avaient fait leurs premiers pas ? Avait-il seulement remarqué la première fois qu'ils avaient prononcé le mot « papa » ? Leur enfance, un simple fait divers que consignait soigneusement Dana dans un journal de famille qu'il n'avait jamais eu l'idée de consulter.

Un serrement de poitrine. Sa gorge se noua. Ses enfants. Ils représentaient sa vie. Son monde. Qu'en avait-il fait ? Rien. Tout était l'œuvre de Dana. C'était elle qui avait construit le nid familial. C'était encore elle qui avait pourvu aux besoins affectifs de chacun de ceux qui s'y ajoutaient. Avec sa chaleur, sa douceur, elle avait su rendre les enfants heureux. Par son intelligence, elle avait dirigé leur petit monde et en avait fait un lieu sûr. Avec art, elle l'avait peint de couleurs, tantôt joyeuses, tantôt apaisantes. Dana connaissait les nuances des émotions vraies.

Il ne cessait de repenser à ce dernier portrait de lui. Il comprenait maintenant cette fureur que Dana avait peinte dans son regard. Ces yeux avaient sans doute vu ce que son imagination ne cessait de voir quand il imaginait sa femme entre les bras de Black. Et chaque fois qu'il le faisait, renaissait cette fureur qui hérissait les poils et faisait frémir la nuque. Cette fureur qui l'avait poussé dans Heriot Row, alors qu'il était encore sous l'effet du choc reçu dans Picardy Place en voyant sa femme avec le peintre. Cette vague de violence qui s'était soulevée en lui. Destructrice. Ce désir de briser Dana à travers Amy. Amy ou une autre. Peu importe ! Si Amy ne l'avait pas giflé, il l'aurait prise. Sauvagement. Avec plaisir. Avec mépris. Comme on possède une putain. Ces femmes qui se donnaient sans scrupules. Sans pudeur. Sans amour. Cette enveloppe de chair tendre dans laquelle les mâles se vidaient de leur haine de l'amour. Il l'aurait brutalisée, déchirée, tuée. Encore. Deux, cinq, sept fois. Dans la jouissance, transcender la colère. Puis rentrer chez lui, essuyer ses semelles sur le paillasson avant de franchir le seuil. C'est ce qu'il aurait fait. Ensuite, la broche de chez Asprey piquée dans son corsage, Dana serait venue lui annoncer qu'elle avait terminé le tableau. Les remords lui auraient crevé le ventre, finissant de l'assassiner.

Il resta encore un moment tendu, immobile, à regarder leurs enfants s'amuser innocemment sous le soleil radieux. C'était une belle journée.

Dana se soumettrait à une décision de divorcer. S'il le voulait. Quelques mots d'une écriture encore laborieuse. Une décharge d'émotion sur un bout de papier froissé qu'elle avait laissé sur son bureau. Le pardon par le sacrifice. Divorcer arracherait les enfants des bras de Dana et finirait de la détruire[6]. Il en était persuadé. Le désirait-il ? Cela le soulagerait-il ?

En dépit de tout, il avait l'impression d'être le seul artisan du désastre de leur mariage. « Elle n'est pas amoureuse de David Black. Je suis le seul à blâmer. » Pour tout ce qui leur arrivait. « J'ai poussé Dana vers Black. » Lui seul était responsable. Depuis le début de leur mariage, Dana lui avait donné bien plus qu'elle ne lui arrachait du cœur en ayant couché avec le peintre. Il avait besoin de Dana. Désespérément. Elle était le balancier qui l'aidait à trouver son centre de gravité. Sans elle, il était le funambule qui avançait mains vides sur la corde raide. Au premier coup de vent…

Dans son corps, la tension se relâcha et il sentit ses genoux trembler. Ses mains aussi. Tressaillement du cœur. Il se traîna jusqu'au lit et s'y effondra. Roulé en boule, il étouffait dans la débâcle de l'incommensurable chagrin qui l'emplissait soudain comme un torrent. Les mains

6. Sous la *common law*, lors d'un divorce, la garde des enfants revenait invariablement au père. L'adoption en 1839 de la Custody of Children Act permit aux mères d'obtenir la garde des enfants de moins de sept ans. En 1873, l'âge des enfants passa à seize ans.

crispées sur sa poitrine, il essayait de retenir les sanglots qui enflaient. C'en était trop. C'en était trop. Sa poitrine se déchirait. Il en avait assez de vivre ainsi.

⁂

Tout était tranquille dans la maison. Les enfants dormaient à l'étage. Les domestiques s'étaient retirés pour la nuit. Dans la cuisine vacillait encore la flamme d'une lampe. Dudley le chat comptait le temps. Il miaulait et frottait son pelage orange contre le chambranle de la porte de la pièce où dormait sa maîtresse. Il avait manqué l'heure de sa toilette du soir. Maintenant, la porte lui était fermée.

De l'autre côté, entortillée dans ses draps, Dana s'agitait. Elle marmonnait des choses dans une langue inintelligible. Sa tête roulait de gauche à droite. Brusquement, elle ouvrit les paupières et écarta ses bras de chaque côté d'elle. Son souffle s'entrecoupait de petits gémissements de frayeur. Elle n'était pas tombée dans le vide. Elle était dans son lit. Dans sa chambre du rez-de-chaussée.

Soulagée, elle ramena ses bras sur son cœur qui battait très fort et serra les paupières. Elle faisait souvent ce rêve. S'il en était un. Une impression de tomber en chute libre, elle dirait mieux. Le mouvement de réflexe avait engendré une douleur lancinante dans son épaule droite. Cela l'empêcherait de se rendormir pendant un moment. Une bouteille de laudanum avait été laissée sur la table de chevet. Juste au cas. Elle connaissait la posologie. Mais elle refusait d'en prendre.

Un miaulement perça clairement le silence. Dudley ! Le chat avait été oublié dans le hall.

Dana s'assit dans le lit et fit pivoter son corps en balançant sa jambe gauche vers le bord. Elle attendit quelques secondes de rassembler ses forces pour déplacer celle de droite. Un mois s'était écoulé depuis l'attaque. Ses énergies lui revenaient graduellement, mais si paresseusement qu'elle se décourageait de jamais marcher sans aide un jour. La maladresse de son pied bot n'aidait en rien à sa réadaptation. Pour garder le moral, elle se donnait quotidiennement de modestes objectifs. Elle réussissait maintenant à faire deux pas sans se tenir aux meubles. C'était un pas de plus qu'il y avait une semaine. Quel progrès !

Son ouïe fine l'ayant averti que sa maîtresse était réveillée, le chat força la voix et griffait la porte. Dudley, qui se moquait bien que sa maîtresse soit infirme, quémandait l'accès à la chambre.

— J'arrive, marmonna Dana en prenant appui sur la table de nuit. Quel gei... geignard!

Elle posa son pied droit au sol. Le plaisir de sentir le plancher glacé sous la plante encore un peu engourdie. Par les portes vitrées devant elle, les rayons de lune ruisselaient dans la serre et découpaient le feuillage des palmiers nains d'une aura bleutée. Elle eut une pensée pour Charlotte, quelque part sous cette même lune. Est-ce qu'elle voyait aussi des palmiers par la fenêtre de sa chambre? Bientôt sa fille rentrerait à Weeping Willow. Elle était partie depuis un peu plus d'un an. Elle leur reviendrait une jeune femme sans doute magnifique, sûre d'elle, le visage semé de taches de rousseur, le soleil des Caraïbes dans la chevelure. La tête pleine de rêves et de projets. Heureuse. Quinze ans... si jeune. La vie devant elle. Maisie s'était mariée à seize. Le mariage tuait les rêves d'une femme...

Sur la petite coiffeuse, un filet de lune ricochait sur une collection de flacons de cristal et de pots de verre et faisait étinceler le manche en argent de la houppette. Des objets inutiles qui ne servaient qu'à ajouter une touche féminine à la pièce. Janet prenait soin de les aligner dans un ordre parfait chaque soir avant d'embrasser sa mère après lui avoir fait promettre de sonner si elle avait besoin de quelque chose. Elle était une jeune fille disciplinée et obéissante. Elle savait quand tenir sa langue et quand sourire. Mais Janet pouvait aussi être d'une sèche placidité. Il ne fallait pas sous-estimer, sous ses airs de soumission, sa détermination à toute épreuve. Dès le début de la maladie de Dana, la jeune fille avait pris en main la direction de la maison et c'était maintenant vers elle que se tournaient les enfants les plus jeunes. Janet avait besoin d'un royaume sur lequel régner. Un gentil petit château rempli de loyaux petits sujets. Modèle impeccable de la femme d'intérieur. Dépouillée de rêves inaccessibles. Pas de petit château dans les nuages. Tout l'opposé de sa sœur aînée, Janet était faite pour le mariage.

Dudley s'impatientait. Dana trouva sa canne appuyée contre le mur entre le lit et la table de nuit. Faisant peser tout son poids sur sa jambe gauche, elle se souleva. Se déplacer avec une canne était encore périlleux.

Son bras droit n'avait pas recouvré la force nécessaire pour la soutenir. Mais Dana persistait. Demain elle y arriverait. Après-demain, elle parviendrait à marcher sur ses seules jambes. Un jour à la fois, comme le lui répétait Jonat.

Un pas, un toc, un pas, un toc. Dana fit une pause. Son bras tremblait dans l'effort. Elle se pencha devant pour chercher un appui supplémentaire sur la table de chevet. Sa main trouva une surface dure. Son livre de chevet. Dana y mit tout son poids. Le livre bougea; elle perdit son fragile équilibre. Battant des bras pour se retenir au meuble, elle ne fit que le balayer de ce qui l'encombrait et c'est dans un vacarme épouvantable qu'elle s'affala sur le plancher. Son cri fit fuir le chat. S'ensuivit un silence mortuaire.

Une douleur cuisante mordait le bras. Les doigts glissèrent sur la peau. Elle était mouillée d'une substance poisseuse. Dana effleura en tressaillant l'entaille. Un morceau de verre brisé était fiché dedans. C'était bien sa chance. Elle retira le fragment tranchant en grimaçant. Un bruit dans le hall. Des pas se précipitaient. Un fil de lumière vacillante apparut sous la porte et fit briller le parquet de bois ciré. La porte s'ouvrit brusquement. Ses traits aggravés par l'angoisse, le visage de Francis apparut dans le halo de la lampe qu'il tenait.

Plus tard, de nouveau allongée dans son lit, Dana écoutait la pauvre Mrs Dawson s'éloigner. Sa voix douce qui se désolait pour elle. Ses pas étouffés. Le grincement de la porte de la cuisine. Le tintement du verre brisé qu'elle jetait aux rebus. Enfin, le silence. La pénombre. La fraîcheur des draps retrouvés. La plaie avait été pansée. L'entaille était sans gravité, mais elle était une souffrance de plus dont se serait passé Dana. Elle écoutait maintenant son mari replacer quelques objets dans la pièce. Sur les murs, son ombre se déplaçait silencieusement.

— Tu veux que je reste jusqu'à ce que tu te rendormes ?

Dana tressaillit. Depuis son irruption dans la chambre, Francis n'avait pas prononcé une seule parole. Ses gestes n'avaient été que ceux d'un médecin consciencieux.

— Tu peux... monter coucher. Il est tard. Je promets... rester sage et plus... plus me lever.

La lueur de la lampe s'évanouit doucement, ne devint qu'un voile doré jeté sur les formes qui surgissaient du noir. Comme un mur, l'obscurité les renvoyait dans leur solitude. La nuit, le refuge commun des fugitifs aux cœurs brisés. Sa gorge comprimée, Dana laissa s'échapper un soupir haché. Le noir était à la mort ce que la lumière était à la vie.

Francis ferma doucement la porte. Dana le vit contourner le lit et s'asseoir sur le bord. Il ne la regardait pas. Il regardait ses mains posées à plat sur ses cuisses comme s'il ne savait plus quoi en faire. Son visage lui parut soudain si pâle et si amaigri sous la barbe. Il ne se rasait plus. Des cernes sous les yeux, le regard plus creux que jamais. Il avait la mine misérable. Dana devinait ce qu'il s'apprêtait à lui annoncer. Il avait pris sa décision. « Je survivrai. » On survivait à tout. Même à la mort, lui avait appris la science. Notre énergie se divisait en une multitude d'autres créatures qui nourrissaient d'autres vies. Et ainsi tournait la roue vers le jour du dernier jugement. D'ici là, nous étions tous de perpétuels coupables innocents.

Dana avait roulé sur le dos. Le matelas bougea. Francis s'allongeait près d'elle. Sans la toucher. Deux gisants côte à côte. Le tic tac du temps quelque part dans la chambre.

Dana serra les paupières sur les larmes qui commençaient à lui piquer les yeux. La main de Francis trouva celle de sa femme sur le drap. Il la porta à sa bouche et la pressa sur ses lèvres. Puis il dit d'une voix qui ne dissimulait rien de ses émotions :

— Nous nous en sortirons ensemble, Dana. Comme nous nous le sommes promis au jour de notre mariage. Parce que je t'aime…

⁂

Jetés sur les braises rougeoyantes, les morceaux de charbon se mirent rapidement à crépiter. Une fumée âcre s'échappa de l'âtre. Joseph Cooper régla la tire d'air, attendit quelques secondes pour vérifier que tout était en ordre, puis il revint s'asseoir en face de Francis. Sur le bureau qui les séparait, des documents. Les derniers rapports mensuels de la Jamaïque qu'avait envoyés son procureur Holland. Les chiffres du dernier trimestre de l'hôpital. Le livre des dépenses de Weeping Willow.

Attendant que son agent d'affaires termine d'en prendre connaissance, Francis lisait un article dans le *Edinburgh Evening Courant* qu'il avait acheté en chemin. On y relatait les progrès de la pandémie de choléra qui sévissait toujours. En moins d'un an, la maladie avait parcouru la moitié du globe. D'Asie Mineure, à la vitesse des hommes, elle avait frappé la Russie, puis l'Europe. Malgré les contrôles sanitaires instaurés aux frontières, la progression s'était poursuivie, implacable. Et maintenant, ce que tous avaient craint, le choléra avait traversé la Manche. Pour l'instant, une seule éclosion était apparue sur la côte du nord-est de l'Angleterre. Newcastle et quelques villages environnants avaient été placés en quarantaine. Ce qui devrait retarder l'expansion du mal. Pour un temps. Les maladies empruntaient invariablement le chemin des hommes.

Francis souleva ses lunettes pour frotter ses paupières. Poussées par le vent, des vagues de pluie se fracassaient contre les carreaux de la fenêtre, brouillant la vue sur le bâtiment d'en face. Les pages que tournait Cooper bruissaient doucement. L'agent soupira et referma la chemise de carton recouverte de fine maroquinerie et doublée de papier marbré. Un cadeau de son fils James acheté avec l'argent de la bourse que la troisième place au concours du choix du public lui avait valu lors de l'exposition de fin d'année du Trustee's Academy. Son fils avait lui-même choisi la chemise chez Nasmyth Papermaker & Stationer. James Nasmyth, le cousin de Dana, avait élargi son marché en se lançant dans la reliure de luxe. Un mot avait accompagné le superbe cadeau : *Sans vous, je ne réaliserais pas ce rêve.* Francis en avait été fortement touché.

— Alors ? demanda-t-il en se reculant dans son siège.

— Les finances de l'hôpital remontent la pente, commenta l'agent. Pour ce qu'il en est de la Jamaïque…

La Jamaïque… pensa brusquement Francis. Le choléra y avait-il fait son apparition ? Il n'en savait rien. Il lui faudrait s'informer.

— Vous disiez, sur la Jamaïque ? demanda-t-il en essayant de se concentrer sur ce qui l'avait amené dans le cabinet de Cooper.

— Je disais que pas un seul acheteur ne s'était montré sérieusement intéressé depuis notre dernière rencontre.

— Pas un seul ?

— Soyez réaliste, docteur Seton, fit Cooper dans un petit ricanement. Vous admettrez que ce n'est pas le moment idéal pour vendre une propriété en Jamaïque. D'abord, cette sécheresse qui a brûlé une partie des récoltes n'a rien fait pour hausser le rendement de vos plantations dont la courbe oscille autour du seuil critique.

— Habituellement, on profite de ces situations pour essayer d'obtenir un prix dérisoire. C'est ce qu'a fait mon mystérieux débiteur avec Tryall.

— Certes. Mais c'était avant que s'aggrave la situation là-bas, fit observer Cooper. Les gens ont peur d'un nouveau soulèvement.

— Oui, je sais, répliqua Francis dans un grognement. Holland m'en a informé. Mais pour l'instant, il affirme que les nègres se tiennent tranquilles. Je lui ai demandé de veiller à ce que les miens soient bien traités. Je ne peux faire mieux que de me fier à son jugement.

— Hum... Un jugement qu'influence invariablement le rendement de vos propriétés, dont il touche un pourcentage, je vous le rappelle. Mais qu'ils soient proprement traités ou non, je prédis que vos nègres suivront la vague du mouvement, advenant qu'elle déferle sur l'île. Il y a des risques que plusieurs d'entre eux fréquentent cette mission moravienne établie tout près d'Irwin. Si j'ai bien compris ce que j'ai lu dans le *London Times*, ce sont les sectes qui mettent des idées de révolte dans la tête des nègres. Que Holland leur mène la vie douce ne changera rien si les missionnaires arrivent à leur faire croire qu'une liberté totale leur est enfin accessible.

— Qu'auraient à gagner les prêcheurs d'instiller un mouvement de révolte dans l'île ? souleva Francis.

— Pour eux-mêmes, pas grand-chose, à la vérité. Mais ces sectes sont affiliées aux mouvements anti-esclavagistes. Peut-être qu'aux yeux de Dieu, ils s'imaginent qu'ils y gagneraient beaucoup.

Agacé, Francis se pencha en avant et recommença à faire tourner la boisson dans son verre. Il renonça à boire et posa le verre sur le coin du bureau. Ce qu'il entendait dire sur ce qui se passait en Jamaïque le rendait nerveux. Bien sûr, il s'inquiétait pour ses intérêts, mais il y avait Charlotte. Il se tranquillisait en se disant qu'au moindre signe de danger qu'une révolte éclate, Sir Robert s'assurerait qu'elle soit en sécurité. Et qu'il lui ferait parvenir un mot pour le rassurer. Mais peut-être qu'il l'avait fait... Dans les meilleures conditions et sur un voilier rapide, le courrier prenait six semaines avant d'arriver à destination. La dernière lettre de Holland datait d'août dernier. C'est-à-dire de quatre mois de cela. Celle de Charlotte datait de deux mois. Elle ne relevait aucun fait qui pourrait laisser penser que les esclaves préparaient un coup. Mais en deux mois, il pouvait se passer bien des choses.

— Dans quelques mois, peut-être... les esprits se calmeront et les affaires iront mieux. La possibilité de vendre sera alors plus envisageable, résonna la voix de Cooper dans ses oreilles.

— Par le Christ ! murmura Francis. C'est que les réparations ne peuvent plus attendre. Le toit de Weeping Willow tombe en ruine. Je souhaiterais éviter d'alourdir davantage ma dette envers mon mystérieux débiteur... Je peine déjà à le rembourser et les intérêts s'accumulent. D'ici quelques jours, je toucherai mes dividendes de la Elphinstone. Je pensais...

Cooper tiqua.

— Docteur Seton, vous ne pouvez ignorer que la Elphinstone Coal Company vient de se porter acquisitrice de la Niddry & Barton, qui exploite la mine de Dalkeith. De plus, Elphinstone vient d'acheter un terrain dans la région de Roslin. Les rapports de prospections promettent un important gisement charbonnier. Ça ne pourra qu'aller mieux. C'est pourquoi il serait plus avantageux pour vous de réinvestir ces dividendes dans la compagnie. Une partie, du moins. Je pensais aussi à réinvestir dans le développement du transport sur rails.

— Dans la Edinburgh & Dalkeith Railway ? commenta Francis, sceptique. Je possède déjà des parts dans la compagnie et vous savez comme moi ce qu'elles rapportent.

— Certes, la Edinburgh & Dalkeith n'a ajouté qu'une voie de fer entre Édimbourg et Leith et elle se borne à desservir les houillères sur son territoire. Quoique j'ai su de source sûre qu'elle envisageait sérieusement le transport de passagers dans un proche avenir. Je pensais plutôt à autre chose, Monsieur. Le succès de la Liverpool & Manchester Railway Line ainsi que celui de la Stockton & Darlington chatouillent l'esprit d'entreprise de plusieurs marchands du Midlothian, dont les Elphinstone.

On parle de mettre sur pied une compagnie qui étendrait le réseau à toute la région. Je profiterais de cette chance. Ces gens sont à mettre au point un projet de voie ferrée entre Édimbourg et Glasgow. Je vous parle d'un projet d'importance, Monsieur, avec un réseau servi par des voitures propulsées par la vapeur et non par chevaux. Ce serait un bon placement. Vous n'avez pas entendu parler de cette nouvelle machine qu'a conçue cet illuminé de George Stephenson ? Un nouveau modèle de locomotive qui roulerait à plus de vingt-cinq *miles* à l'heure.

— Oui, le Bullet, qu'ils l'appellent, je crois.

— Il vient d'être lancé sur la Liverpool & Manchester. Monsieur, je vous assure, le transport sur rails est l'avenir du pays, sinon du monde. Qui ne voudrait pas y contribuer et en retirer les bénéfices ?

— Je suis tout à fait de votre avis, Mr Cooper. Mais en attendant que le gouvernement accorde son aval à ce fantastique projet et que fructifient mes parts… il pleut dans la maison. Une partie de la couverture de l'aile sud est à remplacer. Il y a quelques autres réparations de notées. Mais c'est la toiture qui est le plus urgent.

Francis soupira. C'était toujours le même jeu d'arguments. Il avait besoin de liquidités ; Cooper le dissuadait de toucher à un seul de ses investissements dont le rendement dépassait le taux d'intérêt que lui demanderait son client mystérieux. Même s'il devait admettre que jusqu'à ce jour cette générosité lui rendait bien service, cela rebutait de plus en plus à Francis d'y avoir recours. En affaires, il ne pouvait y avoir de désintéressement complet. Il frotta son visage avant de reprendre.

— Mr Cooper, je ne sais pas. Sincèrement, je pense qu'il serait temps de rouvrir l'hypothèque de la maison.

— L'hypothèque ?

En d'autres circonstances, l'expression sur le visage de Cooper aurait fait rire Francis.

— Il ne s'agit pas d'une somme si importante… déclara-t-il en voyant Cooper additionner rapidement les chiffres.

La somme nécessaire ne représentait effectivement rien qui pourrait pousser Seton dans un marasme financier dont il ne pourrait plus se sortir. Songeur, Cooper se recula dans son siège. Obtenir une parcelle de plus de la fortune de Seton plairait infiniment à Amy. Quoique…

Ô combien cela plairait soudain à Cooper de l'en priver. Et du même coup, profiter d'un petit bénéfice…

— Je viens de me souvenir… dit l'agent en déposant sa plume sur le porte-plume, vos investissements dans la Encyclopedia Compagny ne vous profitent guère depuis treize ou quatorze mois. Quatre parts à cent livres chacune. Si cela vous convient, j'entreprends les démarches pour vous dès demain, Monsieur. Elles sont stables. Il ne devrait y avoir aucun problème à les vendre.

— Je… mes parts dans la Britannica… Je ne sais pas… Vous pensez que c'est une bonne idée ?

— Vous en avez une meilleure ? fit un peu cyniquement Cooper.

Francis secoua négativement la tête.

— Comment se porte Mrs Seton ? interrogea l'agent en prenant quelques notes dans son carnet.

— Elle se remet lentement. Elle a besoin d'une attention constante. J'ai dû abandonner plusieurs activités. Mon beau-frère s'acquitte très bien des tâches que je lui ai déléguées.

— C'est ça de moins à penser, commenta Cooper avec un sourire qui se voulait compatissant.

Francis resta un instant sans rien dire. Il hocha la tête. En fait, il s'était surpris à ne pas penser à l'hôpital pendant des périodes de plus en plus longues. Dans la redécouverte de ses enfants. Auprès de Dana. Lorsqu'il l'emmenait en promenade en campagne, dans le Tilbury. Elle avait toujours préféré le Tilbury au landau. Une fois, ils s'étaient rendus jusqu'à Leith, où ils étaient restés plus d'une heure à contempler l'activité dans le port. Ce fut elle qui dut le ramener à la réalité en lui disant que c'était un corps gelé qu'il ramènerait à la maison s'ils ne repartaient pas. La plaisanterie ne l'avait pas fait rire. Il avait suggéré de déjeuner en route, question de se réchauffer.

D'un commun accord, Dana et lui n'avaient reparlé ni de David Black ni d'Amy. Ils s'étaient entendus pour attendre qu'elle soit plus forte et capable de s'exprimer avec plus de facilité. L'occasion se présenterait-elle ? D'ici là, ils réapprenaient à apprécier la présence de l'autre. Cette fréquentation se limitait aux heures du jour. Prétextant vouloir lui éviter d'avoir à la transporter dans les escaliers, Dana avait choisi de conserver sa chambre au rez-de-chaussée. Mais tous deux savaient qu'un jour ils auraient à réapprendre aussi à se toucher. Ils misaient sur la mansuétude du temps.

La voix de Cooper fit sortir Francis de ses rêveries. Il demanda à son agent de répéter. Est-ce qu'un délai de dix jours lui convenait ? Pour quoi ?

— Pour la vente des actions, docteur Seton, dit Cooper en consultant sa montre.

— Oui… Oui, cela me convient tout à fait, répondit Francis en se levant.

— Cessez de vous tracasser pour ces quelques centaines de livres, docteur Seton. Les affaires vont bien. Votre situation n'est ni mieux ni pire que celle de la majorité des hommes de votre rang.

— Oui, vous avez raison, Mr Cooper. Le pire est certainement passé. Il y a des problèmes plus graves que ceux d'argent. Merci. J'apprécie votre dévouement. Oui, vraiment.

Joseph Cooper présenta sa main à Francis, qui la serra avec une vigueur que l'agent ne lui avait pas vue depuis des mois. Rasséréné, Francis enfonça son chapeau au-dessus de ses sourcils et sortit. Il descendit l'étroit escalier jusqu'au palier inférieur, bouscula presque la personne qui arrivait en sens inverse.

— Oh ! Madame, pardonnez ma… maladresse…

Le parfum de jasmin et de néroli lui emplit les narines comme si on lui plongeait la tête dans un bain de vitriol. Il s'écarta violemment pour se plaquer contre le mur. Amy le dévisageait, tout aussi éberluée que lui. Pour cacher le mouvement de panique qui l'envahissait, elle esquissa un sourire nerveux.

— Docteur Seton, quel hasard !

— L'est-ce ?

— Je visitais… une amie. Au quatrième, ajouta-t-elle bêtement. Il y a longtemps que nous ne nous sommes pas croisés.

Il avala sa salive. Elle prit le temps de secouer ses jupes et son parapluie dégoulinant d'eau de pluie.

— Comment allez-vous ? Oh ! Oui, j'ai appris pour votre épouse… Quel malheur ! Est-ce qu'elle va mieux ?

— Elle se remet.

— C'est vraiment une tragédie. À son âge, une attaque d'apoplexie…

— C'est une tragédie, en effet, Madame. Maintenant, vous devrez m'excuser…

Comme il se préparait à passer son chemin, elle se plaça devant lui. Francis se figea. Une vague de colère monta brusquement en lui.

— Mrs Carlyle, de grâce, libérez le passage.

Brillant d'un éclat mauvais, le regard pers s'effila brusquement.

— Souvenez-vous, c'est vers moi que vous êtes venu après avoir découvert l'infidélité de votre femme, fit-elle plus sèchement. Je vous ai accueilli avec égards. Vous m'avez traitée avec un mépris que je ne considère pas avoir mérité. Je pense que vous me devez quelques excuses. Vous avez cette fâcheuse habitude de laisser les choses en suspens entre nous, Francis Seton.

Elle s'était approchée de lui, le contraignant à reculer. Il buta contre une marche et s'immobilisa. Elle avança encore son visage jusqu'à respirer son haleine.

— Il n'existe plus rien entre vous et moi, Mrs Carlyle, et vous le savez.

— Ce n'est pas ce que j'ai compris ce jour-là. Que serait-il arrivé si je ne vous avais pas arrêté, Francis ?

Elle leva le menton et plissa les paupières dans une attitude de défi, notant avec un plaisir malsain l'expression de son ancien amant se troubler.

— Votre femme vous a été déloyale. Elle vous a trompé. Elle a couché avec un autre homme, Francis. Les femmes ne sont pas comme les hommes. Quand elles se donnent, c'est avec les sentiments.

— Vraiment ? demanda-t-il en la toisant malicieusement.

Elle fit mine d'ignorer le sous-entendu dans la remarque et enchaîna.

— Sachant cela, vous arrivez encore à faire l'amour avec elle ? Et maintenant qu'elle est paralysée…

Elle le regardait droit dans les yeux, un sourire satisfait accroché sur son joli visage. À cet instant précis, un courant de haine parcourut Francis, tendant chaque fibre de son corps. Animé par l'intensité du sentiment qu'elle lui inspirait, il la rudoya pour dégager le passage. Amy heurta le mur. Il s'élança dans la cage d'escalier. Ses talons qui martelaient furieusement chaque marche ne parvenaient pas à couvrir le rire d'Amy.

Une giclée d'eau glacée sur la nuque lui coupa le souffle. Il s'engouffra dans le premier passage cocher et s'arrêta pour se ressaisir. Les mains appuyées contre la pierre froide, il inspira profondément à quelques reprises. Un moment passa avant qu'il se rende compte qu'il ne se trouvait pas seul dans son abri. Un froissement de semelles et il se retourna dans une virevolte. Reculée dans la pénombre, une femme le dévisageait. Il se sentit tout à coup très embarrassé.

— Je ne voulais pas vous faire peur. Madame, acceptez toutes mes excuses…

— Tout le monde cherche à s'abriter de la pluie, dit-elle.

La voix lui était familière. Cet accent rustique des Highlands. Ces boucles rousses qui encadraient un visage rond. Ces yeux gris…

— Miss Alison ?

— Docteur Seton… fit-elle en exécutant une révérence de courtoisie.

— C'est un temps exécrable pour sortir, débita-t-il en se composant une mine joyeuse.

— Oui, murmura-t-elle nerveusement après une brève hésitation, et elle enchaîna aussitôt : comment va votre femme ? J'ai appris qu'elle avait été gravement malade.

— Elle se porte mieux.

Elle marqua son soulagement d'un léger soupir.

— Et les enfants ?

— Ils vont bien…

— J'en suis ravie. Oui, vraiment ravie.

— Et vous, Miss Alison ?

— Bien… Je vais bien, répondit-elle, puis elle laissa s'écouler quelques secondes avant de reparler. Cette attaque qui a terrassé Mrs Seton…

— Une attaque d'apoplexie.

— Oui, c'est ce qu'on m'a dit. Je me demandais… quand je l'ai visitée à Weeping Willow, elle a été saisie d'un malaise. Elle a tenté de me rassurer, me disant que cela n'était rien. Je me disais… si je vous en avais parlé…

— Je n'aurais rien pu faire pour l'empêcher, Miss. Les attaques d'apoplexie sont imprévisibles.

Elle parut songeuse.

— Mais est-ce qu'un choc peut en être la cause ?

— Un choc ?

Elle tortillait nerveusement la poignée de son réticule entre ses mains. Elle se disait que ses propos devaient ne pas trouver de sens chez le chirurgien. Mais elle devait savoir, pour Dana. Cela la soulagerait un peu.

— Oui, un choc émotif... enfin, je pense, un fort coup d'émoi, bafouilla-t-elle de plus en plus mal à l'aise. Elle venait de lire un billet trouvé sur les dalles du vestibule. Je voulais m'assurer.

— Un billet dans le vestibule ? De quoi s'agissait-il ?

Malgré qu'elle fût transie, Alison transpirait dans sa pelisse de laine.

— Je ne pourrais vous le dire, Monsieur, lâcha-t-elle avant de se taire.

Francis demeura pensif. Il ne se rappelait pas que Dana lui avait parlé d'un billet trouvé dans le vestibule. Le tonnerre gronda sourdement au loin et couvrit momentanément le clapotis sonore de l'eau qui s'écoulait des toitures par la tuyauterie d'évacuation de plomb. Dans la rigole qu'elle formait, Alison vit passer une fleur rouge fanée. Probablement une fleur de boutonnière qu'avait perdue un gentleman. Le courant l'emporta jusque dans la rue.

— Je suis certain que cela ferait plaisir à ma femme si vous veniez la voir, dit tout à coup Francis pour mettre fin à l'embarras qui s'était installé.

Alison se pencha vers la rue pour observer quelque chose. Elle se retourna vers lui, navrée.

— Je ne sais pas. Retourner à Weeping Willow me gêne.

— Ça ne devrait pas.

— Je n'y peux rien, docteur Seton.

— Même si je vous invite personnellement ?

— Vous avez toujours été bon envers moi. Je suis désolée... je dois partir.

Sur cette excuse, elle s'enfuit, laissant Francis dérouté. Il la regarda s'éloigner sous la pluie. Lorsqu'elle disparut derrière une voiture, il leva les yeux vers le ciel gris. Les édifices semblaient avoir poussé jusqu'aux nuages. Il repensa à ce mystérieux billet. Il questionnerait Dana à son sujet. Puis, brusquement il se rappela qu'il devait passer chez le vendeur de volaille acheter deux oies et ensuite s'arrêter prendre James à l'école avant de rentrer à Weeping Willow. Ce soir, ils recevaient pour dîner. Un dîner de fête. Il repensa à Amy, à ce qu'elle lui avait dit. Au parfum de néroli qui lui donnait soudain la nausée. Il tira sur la chaîne de sa montre, l'extirpa de son gousset; il disposait encore de quelques minutes. Il passerait chez l'apothicaire.

Amy ne s'arrêta de rire que lorsque la porte de sortie claqua. Puis elle demeura sans bouger, les mains sur sa poitrine, à attendre que son cœur arrête sa course folle.

— Salaud ! persifla-t-elle avant de gravir au pas de course le reste des marches.

— *Signora* Carlyle !

— Ça va, *Signore* Galvani, je connais le chemin, lança-t-elle rageusement au comptable qui s'était levé à son arrivée.

Elle poussa la porte du cabinet de Cooper et s'introduisit sans être annoncée. Elle le surprit confortablement installé dans son fauteuil, les mains croisées sous la nuque, les talons appuyés sur le bureau. Il se redressa avec le ressort d'un soldat devant son général.

— Vous ?

— Je passais dans le coin. J'avais envie de venir vous dire bonjour.

— Mais, il vient tout juste de…

— Je le sais. Nous nous sommes… heurtés dans le couloir, si je peux le dire ainsi. Je visitais une amie au quatrième. Alors ?

— Alors ? fit-il, l'air de ne pas saisir. Mais vous auriez pu vous croiser sur le seuil de ma porte !

— Ce n'est pas arrivé, Joseph. Maintenant, dites-moi. Que désirait-il cette fois ? Il s'est décidé ? Puis-je espérer enfin ?

— Les affaires de Seton ne l'obligent pas à vendre Weeping Willow. Amy… je pense que vous devriez oublier tout ça.

Grognement de colère.

— Jamais ! s'emporta-t-elle en braquant sur lui toute la fureur qui l'habitait en cet instant.

— Cet homme a subi plus qu'il ne vous a jamais fait subir.

— Il s'en sort trop bien. Chaque fois, il arrive à s'en sortir avec brio ! C'est incroyable ! Je n'ai plus le choix. Il faut changer de plan.

— Calmez-vous quelques minutes. Vous voulez boire quelque chose ?

— Volontiers !

Cooper lui présenta le verre de whisky auquel n'avait pas touché Francis. Il commençait à penser que les choses allaient trop loin. Cette femme faisait de sa vengeance une obsession. Lorsqu'il avait accepté son marché, elle n'avait parlé que de rendre la monnaie de sa pièce au chirurgien. Une petite vengeance d'amoureuse éconduite. Elle lui avait promis un profit substantiel le jour où elle toucherait son but. Et quelques avantages spéciaux, le temps d'y parvenir. Lui n'y avait plus vu que la chance de faire de cette superbe beauté sa maîtresse. Il devait se faire l'agent d'affaires de Seton et trafiquer ses placements, histoire de lui donner quelques tracas financiers. Elle connaissait assez les habitudes de son ancien amant pour savoir qu'il préférait laisser son agent se tracasser pour ses finances afin de se consacrer à sa véritable passion : la médecine. Seton ne vérifiait jamais rien. Elle le lui avait d'ailleurs déjà reproché. « Gagnez sa confiance et il fermera les yeux », avait-elle dit à Cooper en l'embrassant sur le coin de la bouche. Amy lui promettait tant… Évidemment, la méthode allait contre l'éthique professionnelle, mais il n'en était pas à sa première manipulation de ce genre. Les gens honnêtes ne devenaient jamais riches. C'est le métier qui le lui avait appris. Or, il avait joué le jeu. Tant que pouvait le supporter sa conscience.

Lorsque survint l'affaire de Burke et Hare, il avait mis en marche le moteur incroyablement efficace de la rumeur qui racontait des choses effroyables sur ce qui se déroulait dans les caves de la Seton's Surgical Hospital. L'imagination du peuple avait fait le reste. Puis il avait convaincu son neveu de flanquer une bonne frousse au chirurgien. Il n'avait pas compté sur ce jeune blanc-bec de Murray, un ami et complice de son neveu, qui s'était entiché de la fille de Seton. L'affaire avait failli mal tourner. Si Charlotte Seton s'était décidée à dénoncer Murray, ce dernier n'aurait pas hésité à dévoiler le nom de ses complices et son neveu se retrouvait en prison. À partir de ce moment, Cooper n'était plus d'accord avec les méthodes d'Amy et il avait commencé à reconsidérer leur marché. La femme et les enfants de Seton ne devraient pas être atteints. Ah ! En fine femme qu'elle était, ce fut le moment que choisit Amy pour se donner enfin à lui. Amy savait comment manipuler les sentiments d'un homme. Il avait ensuite stupidement continué de jouer le jeu selon *ses* règles, après toutefois avoir réussi à lui arracher la promesse que ses futures combines ne toucheraient pas aux enfants.

Jusque-là servies par les aléas de la vie, les combines d'Amy avaient réussi à sérieusement déstabiliser Seton dans son petit confort. Cooper avait cru qu'elle se contenterait de cela et qu'ils fileraient ensuite le parfait amour. Mais la belle gourmande en voulait plus. Elle n'aurait de repos que lorsqu'elle verrait l'homme totalement anéanti. Depuis la mort de son mari, Amy Carlyle était une femme riche. Assez riche pour se permettre le caprice de briser l'homme qui lui avait fait l'ultime outrage de lui préférer la fille infirme et quelconque d'un pasteur. Lui était venue cette idée de faire tomber la vertueuse épouse dans le piège de la luxure. Il avait fallu penser à une stratégie. Compromettre Mrs Seton n'était pas une mince affaire. Cooper ne pouvait de toute évidence pas s'en charger. Sans le savoir, ce fut Mrs Seton qui leur offrit le parfait appât : David Black. Un homme séduisant, qui saurait éveiller ses sens profonds.

Comment Amy avait découvert que l'épouse du chirurgien visitait le peintre, il ne le savait pas. Amy semblait savoir tout sur tout ce qui se passait dans la société édimbourgeoise. À partir de ce moment, la belle avait pris les choses en mains. Amy se faisait si douce et câline, Cooper n'avait pas posé de questions et l'avait laissée agir à sa guise. Il avait suffi de provoquer quelques réactions et le reste s'était mis en place sans plus d'effort. Le temps avait fait son œuvre. Et chaque fois, c'était un homme de plus en plus tourmenté qui revenait dans le cabinet de Cooper. Puis vint ce jour où, ivre de fureur, Seton avait fait irruption dans Heriot Row. Cooper avait alors compris que toute cette histoire prenait des proportions insoupçonnées. Qu'Amy s'était mise en tête de séduire Seton de nouveau. Qu'elle l'avait ensorcelé, lui, au point où il pourrait commettre les pires crimes pour elle. Par jalousie.

Le plus effroyable était qu'il avait pris conscience qu'elle ne lui appartiendrait jamais. Qu'il n'était rien de plus qu'un pantin entre ses mains. Le moteur de la haine qu'Amy jetait sur Seton prenait sa puissance dans quelque chose qui n'avait rien à voir avec la vengeance d'un amour bafoué. Et cette chose, morbide, pathologique, pathétique, lui échappait totalement. Cette femme était folle et s'il ne se libérait pas de son emprise, elle l'entraînerait aux confins de l'enfer avec elle.

Le nez dans son verre, Amy rongeait son frein dans le fauteuil qu'occupait Seton il y avait quelques minutes à peine. Il la regarda boire, effleura des yeux le galbe de la nuque, l'arrondi d'une épaule. Elle embaumait ces fleurs exotiques qu'il imaginait ne pousser que sur les sommets inaccessibles des montagnes. Il se troubla. Dans le visage qu'elle venait de lever vers lui : haine ! haine ! haine ! criaient le regard glacial, la bouche tordue, les narines frémissantes. Cooper en sentit la force brutale et se félicita de ne pas en être la cible. Cette femme était pire qu'une lionne en chasse, c'était le diable au jeu. Et il ne put s'empêcher de ressentir un frisson en pensant à l'objet de son machiavélique ludisme.

— Que voulait-il, alors ? Il est venu vous demander conseil ?

— La pluie inonde sa maison. Il a besoin d'argent.

— Rien de nouveau. Combien cette fois ?

— Le montant pourrait approcher les trois cents livres. Il les obtiendra en vendant quelques titres.

— Dieu ! À ce rythme, cela me prendra encore dix ans avant d'arriver à mes fins. Je commence à perdre patience, Joseph. Il faut le contraindre à vendre Weeping Willow, argumenta-t-elle sourdement.

— Je dois agir avec discernement, Amy. Seton n'est pas un imbécile. Le brusquer l'amènerait à se questionner sur mes capacités d'administrateur. Je dois rester vigilant. Si vous voulez mon avis, enchaîna-t-il en la voyant se détourner, Weeping Willow ne vous apportera que des tracas financiers, exactement comme pour Seton. Regardez vous-même. Là, cent soixante-deux livres pour le travail de charpenterie. Encore quarante-sept pour le tailleur d'ardoises. Quatre-vingt-quatre pour l'architecte. Vingt-neuf vont au plâtrier. Et je ne vous montre pas les chiffres estimés pour les prochains mois. Ils ne cessent de s'additionner. Juste l'an dernier, les frais de réparation ont dépassé les six cents livres.

Allons, ma chère amie. Pourquoi ne pas acheter ce qu'il accepte de vendre ?

— Ses plantations ? J'en possède déjà une partie et le reste ne m'intéresse pas. S'il accepte de les vendre, c'est parce qu'elles ne valent guère plus que les stupides nègres qui vivent dessus.

— Seton n'est pas doué pour tout ce qui concerne l'économie. Contrairement à ce qu'il pense, ces plantations pourraient se révéler un bon investissement d'ici quelques années. Le prix du sucre baisse. Ce qui le rend plus accessible à la population. Il existe une loi économique qui dit que le prix d'un bien dépend de la valeur que les acheteurs sont disposés à payer pour l'obtenir. Et plus ce bien devient difficile à obtenir, plus il prend de la valeur. Lorsque la demande devient trop importante par rapport à ce que peuvent offrir les producteurs, le prix augmente pour stabiliser le marché.

— Je me moque de vos lois économiques, Joseph !

Cooper ne put réprimer un sourire de courber ses lèvres en l'entendant frapper de rage sur les accoudoirs. « Comme vous vous moquez, Madame… » Sans lui, Amy ne parviendrait jamais à ses fins. Depuis des mois, sans le savoir, Seton cédait des fragments de sa fortune à une ancienne maîtresse outrée. Grâce à lui. Lui, qui avait tout risqué. Pour les miettes de tendresse qu'elle lui jetait comme des croûtes aux pigeons. Jusqu'ici, il s'en était satisfait. Mais Amy devenait plus avide de vengeance que d'amour. Elle ne l'épouserait jamais. Jamais elle ne serait à lui. Il n'avait fait qu'imaginer ce rêve. Pauvre imbécile ! Amy n'aimerait jamais qu'elle-même.

Il secoua tristement la tête, retourna derrière son bureau et remit les documents en place dans la chemise de cuir. Puis, une fesse posée sur le meuble, il dévisagea la femme qui, le regard vague, s'absorbait dans la réflexion. Si seulement elle lâchait prise.

— Pourquoi vous entêter ? l'interrogea-t-il doucement. Vous possédez déjà deux belles maisons, quatre cottages et une ferme dans le comté de Haddington, ainsi que des investissements qui vous garantiront à votre fils et à vous une vie confortable jusqu'à votre mort. Nous pourrions partir sur le continent. En France, en Italie. Le grand tour, quoi ! Andrew pourrait étudier là-bas. Je possède suffisamment d'argent pour me retirer. Nous pourrions vivre une belle vie, Amy.

Elle grogna et soupira.

— Je n'aurai de repos que lorsque j'aurai réussi à briser Seton !

Il la dévisagea longuement tandis qu'un sentiment de colère montait en lui.

— Vous ne briserez que vous-même à vous obstiner. Francis Seton ne vous reviendra jamais !

— Qu'en savez-vous ? grinça-t-elle avec humeur.

Il rit. Un rire léger. Lourd de « je le sais, c'est tout ! ».

— Oh ! C'est vous qui ne savez pas, Madame. Vous pourrez toujours finir par l'attirer dans votre lit, lança-t-il avec un calme funeste, mais vous n'arriverez jamais à prendre la place de sa femme dans son cœur. Vous mésestimez la force des sentiments amoureux d'un homme. Amy, rendez-vous à l'évidence : même si vous parveniez à arracher Weeping Willow à Seton, il conservera toujours ce à quoi il tient le plus.

Le visage tourné vers la fenêtre, Amy demeurait songeuse. De ce qu'elle ne savait pas, elle s'en moquait. Seul ce qu'elle savait importait. Dehors, la pluie avait diminué d'intensité. Elle vida son verre d'un trait et le déposa sur le bureau. Plus calme à présent, elle bascula doucement dans le fauteuil pour se caler confortablement contre le dossier. C'est un regard résolu et un sourire sibyllin qu'elle tourna enfin vers Cooper.

— Alors, je lui arracherai le cœur, promit-elle à mi-voix. J'aurai le cœur de cet homme.

Avec un grondement de rage, Dana lança son bâton de sanguine au sol, où il se fracassa en plusieurs morceaux. Puis elle examina le vase à fleurs qu'elle essayait de reproduire dans son carnet à croquis. Certains de ses élèves seraient parvenus à mieux. Elle n'arriverait plus à dessiner comme avant. Sa vision s'était pratiquement rétablie et la sensibilité revenant graduellement dans ses membres atteints, sa jambe récupérait bien. Mais sa main refusait encore d'exécuter les mouvements qui faisaient appel à une motricité fine. Patience ! lui répétait tout le monde. De la patience, elle n'en avait plus. Le dessin, la peinture, c'était sa vie. Sans cela, elle n'était plus Dana.

« Je suis trop vieille pour réapprendre à vivre. Je ne veux pas être quelqu'un d'autre ! »

Dans un claquement mat, le carnet alla rejoindre les éclats d'hématite rouge. Dana poussa un long soupir de découragement et enfouit son visage dans ses paumes. Au même moment, un cri se répercuta dans la maison. En haut, la voix de la gouvernante retentissait. Blythe se défendait en pleurnichant. Dana reconnut le pas lourd du majordome dans l'escalier. Bientôt, le domestique se présenta dans le salon où elle était assise.

— Dieu… tout-puissant ! Halkit, qu'est-ce qui… vous arrive ? s'exclama-t-elle en apercevant la main ensanglantée de l'homme.

L'expression flegmatique, il la cacha dans son dos.

— C'est le chat, Madame, dit-il.

— Dudley ? Pas si vilain… d'habitude.

— Oh ! Le chat n'a pas été vilain, Madame, expliqua Halkit. C'est parce que… j'ai voulu le sortir d'une position plutôt désespérée.

— Ah bon ?

— Il était pendu, Madame.

— Pendu ?

Froncement de sourcils. Dana pouffa de rire, mais s'arrêta aussitôt devant la contenance sérieuse du majordome.

— Vous voulez dire… qu'il… qu'il était vraiment pendu ?

— Par le cou, Madame. Avec une corde. Je suis intervenu juste à temps. Le pauvre animal aurait rendu l'âme.

— Vraiment… comment… ce pauvre Dudley… a fait son compte ?

— C'est Mr Blythe qui lui a fait son compte.

— Blythe ? fit Dana, de plus en plus étonnée. Allons, Halkit, cessez de… me faire languir. Expliquez toute… cette affaire.

— Mr Blythe a voulu punir le chat pour avoir cassé les œufs ce matin. Avec Miss Frances et Mr Jonathan, il a organisé un procès. Le chat a été déclaré coupable de son méfait. Avec la sentence que vous connaissez, Madame.

Le matin même, Dudley avait fait tomber le panier d'œufs dans la cuisine. Résultat : quinze œufs brisés. Mrs Dawson n'en avait plus suffisamment pour préparer ses deux flans à l'orange confite. On avait envoyé Peter chez les Fergusson pour en chercher d'autres, mais ils n'en avaient plus. Il avait été décidé qu'au dessert les enfants se contenteraient de tartelettes à la confiture de pêches et à la crème. Blythe raffolait des flans à l'orange confite. Voilà que tout s'expliquait.

— Dieu du ciel, souffla Dana en fermant les paupières. Où se trouve… Dudley maintenant ?

— Il est parti se cacher, Madame. Il ne se manifestera certainement pas avant de longues heures.

— Non. Assurément…

— Pour Mr Blythe, Madame. Mrs Wilkie veut savoir si elle doit le punir elle-même ou si vous préférez vous en charger.

— Qu'elle le prive de dessert… ce soir. Je verrai plus tard… quoi ajouter à cela.

— Je vais l'en informer.

— Merci, Halkit.

De nouveau seule, Dana consulta la pendule. Puis elle laissa son attention dériver vers le paysage pluvieux qui assombrissait le salon. Francis allait bientôt rentrer. Elle souhaitait que son rendez-vous avec Mr Cooper ne lui ait pas sapé le moral. Elle avait besoin qu'il la soutienne. Il y avait des journées où simplement marcher du salon jusqu'à sa chambre lui paraissait un obstacle insurmontable.

Ses sautes d'humeur étaient moins importantes qu'au début. Elle contrôlait mieux ses incoercibles éclatements de rire, ses larmes et ses colères irraisonnées. Le nœud d'émotions se relâchait tranquillement. Mais elle éprouvait encore des moments de profondes angoisses. Surtout lorsqu'un évènement venait déstabiliser son quotidien.

Le dîner de ce soir la rendait nerveuse. Elle ne pouvait le remettre. C'était elle qui l'avait suggéré à Francis, pour souligner sa nouvelle association avec Jonat. Ils seraient dix. La famille et des amis proches. Depuis l'attaque, c'était la première fois que Dana allait devoir faire face à autant de gens en même temps. Elle ne pouvait s'empêcher de se tourmenter à l'idée de cette soirée.

— Madame, fit Jenny dans son dos, c'est l'heure du thé.

Quatre heures. Le thé. Elle aimait le prendre dans la serre. Parfois, Francis se joignait à elle. Il faisait beaucoup d'efforts pour rester auprès d'elle. Dana ne voulait pas qu'il néglige ses affaires et elle lui disait qu'elle allait mieux. « Il y a toi, les enfants, puis le reste », lui répondait-il.

Tout en ramassant les morceaux de sanguine brisée, Jenny parlait. Elle commentait le bouquet de fleurs qui égayait le hall et que lui avait fait porter Mr et Mrs Thomson. Quelle délicate attention ! Il était magnifique ! Il faudrait le déplacer dans le salon pour que les invités le voient. Dana acquiesça. Elle prit sa canne et entreprit de se lever. Ses semelles râpaient le plancher. Jenny voulut l'aider. Dana la rabroua.

— Non, faut... faut...

Elle soupira et se força à rester calme. Les mots se brouillaient dans sa tête quand elle s'énervait.

— J'y arrive... toute seule, Jenny.

*

Elle fut soulagée de voir Francis franchir enfin la porte de la serre. Elle le questionna sur sa rencontre avec son agent d'affaires. Mieux que prévu. Sans rien ajouter, il prit la tasse qu'elle lui avait versée. Leurs doigts s'effleurèrent; ceux de Francis étaient glacés. Ses cheveux étaient mouillés et le bout de son nez était rouge. Elle lui rapporta que la pluie diluvienne avait pratiquement inondé la chambre des domestiques. Peter avait charrié des seaux d'eau toute la matinée. Il la sécurisa. Ils pourraient bientôt entreprendre les réparations. Ils burent en silence.

Pour passer à autre chose, Dana lui fit part de la dernière frasque de Blythe. Avec en tête l'image du pauvre Dudley se balançant au bout de la corde, Francis ne put se retenir de rire. Dana pensa qu'il rajeunissait lorsqu'il riait. Il avait l'air détendu. Presque heureux. Elle lui dit qu'elle privait déjà Blythe de dessert. S'il pouvait voir à ce qu'il soit raisonnablement puni. Il s'en chargerait.

Il lui parla alors d'Alison Mackay qu'il avait croisée, et lui confirma l'attitude un peu bizarre de la jeune femme que Dana lui avait trouvée lors de leurs dernières rencontres. Mais elle avait l'air bien. Elle portait des vêtements de qualité et ses manières s'étaient grandement raffinées. Est-ce qu'elle se souvenait du nom de la famille au service de laquelle elle était ? Alison n'avait jamais révélé le nom de ses nouveaux employeurs à Dana. Le précédent était un certain Mr Gordon. Dana soupçonnait qu'Alison n'y avait pas été bien traitée. Le nom de Gordon laissa Francis songeur. Puis il se rappela que la jeune femme s'était informée de son état de santé. Alison se sentait très concernée par une faiblesse qu'aurait eue Dana le jour de sa visite ici. Dana ne se souvenait de rien de tel.

— À la suite d'un choc émotif, qu'elle a dit, ajouta Francis. Elle a parlé d'un billet que tu aurais trouvé…

Un choc émotif ? Un billet ? Dana se rappela le billet d'Amy trouvé sur les dalles du vestibule.

— C'était… une carte… de visite oubliée. Mrs Bell… pour les œuvres… de charité.

— Est-ce qu'Alison t'aurait alors dit quelque chose qui t'aurait choquée ?

Tout en buvant son thé, Dana nia placidement avoir été vexée par quoi que ce soit de la part d'Alison.

— Pour une raison que j'ignore, elle refuse de revenir à Weeping Willow, poursuivit-il sans prendre note de l'embarras qui avait glissé sur le visage de sa femme. Et elle était très mal à l'aise de me parler. Il me semble que j'ai été correct avec elle. J'ai été correct avec Alison, n'est-ce pas, Dana ?

— Oui… très correct. C'est Alison… a problème. Je sais… pas… pas… pas…

Dana parvenait difficilement à compléter ses phrases. Francis devinait que le dîner de ce soir l'énervait.

— Sais pas… pourquoi, lâcha-t-elle enfin après s'être concentrée.

Toute cette énergie qu'elle devait déployer pour arriver à s'exprimer l'épuisait moralement, l'aigrissait. Francis l'observait pincer les lèvres. Ce n'était pas le moment de lui parler de ses préoccupations concernant le choléra, Charlotte et la Jamaïque.

— Tu es bien certaine de te sentir suffisamment forte pour recevoir ce soir ?

Il n'hésiterait pas à tout décommander. Mais Jonat avait dit qu'il fallait encourager les efforts et les progrès de Dana.

Elle secoua sa tête encore pleine du souvenir du billet d'Amy et lui sourit. Elle lui dit qu'elle tenait à ce dîner. Il prit sa main et posa ses lèvres dessus. Le néroli et le jasmin enveloppèrent insidieusement Francis. « Quand elles se donnent, c'est avec les sentiments… »

— Quelque chose… va pas ? demanda Dana devant le pli qui se creusait soudain entre les sourcils de son mari.

— Je me disais… j'aurais dû me décider plus tôt.

— Décider quoi ?

— Pour la toiture, dit-il dans un air mi-figue, mi-raisin.

Elle devint plus sérieuse.

— Tu es sûr… nous avons les… les…

Elle grogna d'impatience, se reprit plus tranquillement.

— Les… moyens, Francis ?

— Cooper m'a assuré que le pire était passé.

— Tu ne dirais pas… cela pour m'éviter… des tracas ?

— C'est la vérité, Dana, répliqua-t-il un peu sèchement.

Puis il soupira et secoua la tête. Elle frissonna. Le poêle diffusait une douce chaleur. Francis remonta sur ses épaules le châle qui avait glissé.

— C'est le mensonge… qui nous a conduits là, énonça-t-elle en le fixant. Mensonges et cachotteries. Ne cherche plus… à me ménager, Francis.

C'était un rappel de l'affaire Gordon et des mille cinq cents livres perdues que Francis lui avait caché pendant des années et qu'il lui avait enfin confié. Elle s'était expliqué pourquoi elle ne trouvait aucun chiffre concernant les titres de la Gas Company qu'il était censé avoir acheté, mais qu'il n'avait jamais possédé.

— C'est la vérité, répéta-t-il plus doucement, mais avec fermeté.

Le doute passa dans les yeux vairons. Elle baissa les paupières. Il souleva le visage de sa femme pour qu'elle le regarde bien en face. Il aimait ce visage.

— Dana, je te fais le serment de ne plus te tenir à l'écart de mes problèmes. Cooper s'occupera de vendre quelques titres qui ne rapportaient que trente livres en dividendes par an.

— Tu lui fais… confiance ?

— Il ne m'a jamais donné de raison de douter de lui.

— Et Mr Gordon ?

— Tu vois pourquoi je ne voulais pas te mêler à mes affaires, Dana. Tu doutes toujours de tout.

— C'est toi qui… as dit un jour… douter de tout… jamais de… l'amour.

— Oui, tu dis vrai.

Elle sondait le gris qui prenait des reflets dorés à la lueur de la lampe. Francis se courba sur elle pour l'embrasser sur la bouche. Le geste la surprit. C'était la première fois qu'il le faisait depuis la nuit du terrible aveu. S'ils avaient commencé à réinvestir leurs sentiments dans leur relation, ils n'allaient pas au-delà de l'expression de l'amour tendresse. Et Dana continuait de dormir dans la chambre aménagée pour elle au rez-de-chaussée. Jusqu'ici, l'un comme l'autre n'osaient aborder la possibilité qu'elle réintègre le lit conjugal.

Lorsqu'il s'écarta, Francis arborait le maintien un peu niais du jeune homme à son premier rendez-vous amoureux et cela la fit rire. Lui revint brusquement le goût du premier baiser qu'il lui avait donné. Térébenthine et huile de lin. Cela s'était produit dans la bibliothèque, il y avait si longtemps. À cette époque, il était marié à Evelyn. Elle peignait le portrait de Francis. Il avait essuyé un trait de peinture sur sa joue. Toutes ces heures passées ensemble, à partager le silence qu'exigeait le travail de l'artiste, les regards entre le sujet et le peintre qui l'étudiait. L'intimité qui s'était développée. L'attirance était devenue irrépressible. Le jaune de Naples n'avait été qu'un prétexte. Et maintenant ? Laisser les chuchotements de la voix du désir les commander ? Attendre son hurlement pour qu'enfin fuie la peur ? Ils tremblaient tant de se toucher.

— Je monte me préparer, dit-il. Jonat va bientôt rentrer. J'aimerais pouvoir m'entretenir avec lui avant l'arrivée des invités. J'ai laissé quelque chose pour toi sur ta coiffeuse, ajouta-t-il avec un sourire intrigant.

— Qu'est-ce que c'est ?

— J'espère que cela te plaira, répondit-il seulement avant de partir.

Il croisa Jenny qui arrivait avec la robe que Dana devait porter ce soir. Dana lui demanda de lui apporter ce mystérieux présent. La femme de chambre revint avec un coffret de bois oblong. Dana l'ouvrit et demeura coite d'ébahissement devant le flacon taillé dans du cristal de roche. Il était ceint d'une monture de rubans en argent et surmonté d'un bouchon également en argent et représentant un cygne gracieux aux longues ailes déployées. À une petite cordelette de satin rouge nouée autour du goulot était attachée une étiquette. Dans une calligraphie tout en arabesques était écrit : Souffle d'Orient.

— C'est un nouveau parfum, Madame! s'exclama Jenny. Le flacon est exquis, ne trouvez-vous pas?

— Oui… exquis, murmura Dana.

Elle essayait de desceller le bouchon. Jenny voulut le faire pour elle.

— Jenny! fit Dana en serrant le flacon dans sa main gauche.

La femme de chambre la laissa agir, se tenant toutefois prête à parer d'éventuels dégâts. Dana parvint à ouvrir le contenant. Un parfum aux notes florales à dominante tubéreuse s'en échappa. Elle le respira longuement en fermant les yeux. Sa perception des odeurs s'était légèrement modifiée après l'attaque. Mais elle reconnut la vanille qu'affectionnait Francis et qui conférait au parfum une note plus chaleureuse que celui qu'elle portait habituellement. Ce nouveau parfum était tout à fait délicieux. Une touchante attention. Un message? Une invitation? Le goût du baiser flottait encore sur ses lèvres. Elle désirait soudain se faire belle pour lui.

— Je fais apporter l'eau pour votre bain, dit Jenny.

Laissée seule dans la serre, Dana se troubla.

⁂

Sous les feux des pendants en cristal du lustre, silencieux, les domestiques desservaient la grande table de style élisabéthain des plats du dernier service. Flottaient encore dans la salle à manger les arômes du rôti d'oie aux pommes de Mrs Dawson. Les flammes derrière le paravent grillagé projetaient des lueurs mouvantes sur les murs tendus de rouge. Dans les verres, le vin de muscat que faisait couler Halkit prenait des teintes de miel onctueux. Les voix se faisaient feutrées. Quelques éclats de rire ponctuaient les conversations pendant que le flan aux oranges confites était servi. Il y avait Jonat et son amie, Mrs Margaret Arnott; Harriet et Logan Nasmyth; Mr et Mrs Thomson; et Mr Ewan Macneil, un chirurgien membre de l'équipe de la Seton's Hospital, ainsi que son épouse.

Dana avait revêtu sa plus belle robe de soirée. Elle était en organdi de soie rose à fines rayures ivoire. Sur son cœur, le corsage croisait deux plissés lisérés de satin et dégageait largement ses épaules de porcelaine. Un volant double recouvrait les manches courtes et bouffantes. Pour la coiffure, Jenny s'était surpassée. Séparés en leur centre, les cheveux avaient été lissés sur les tempes et s'étiraient en un savant entrelacs de bandeaux pour se rassembler à l'arrière en un chignon. Quelques bouclettes tenues en place avec de la pommade auréolaient joliment l'ovale aminci du visage. Une larme de perle suspendue à une fine chaîne d'or ceignait son front. Un ornement inhabituel pour Dana, mais Jenny avait insisté pour qu'elle le porte. Il fallait qu'elle soit radieuse pour ce dîner. Le maître fêtait sa nouvelle association avec le frère de Madame. « Ça, c'est une bonne nouvelle », avait-elle ajouté en observant l'expression de sa maîtresse. Dana lui avait souri. Oui, c'était une bonne chose.

Sur sa robe, elle avait piqué la broche de chez Asprey avec laquelle s'amusaient nerveusement ses doigts pendant que son autre main masquait discrètement le coin affaissé de sa bouche. Elle écoutait plus qu'elle ne parlait. De temps à autre, son attention errait vers Francis. Il devisait avec entrain avec ses voisins de table. Il y avait des mois qu'elle ne l'avait pas vu aussi heureux. Parfois, elle le surprenait à l'épier de même. Alors, il lui souriait tendrement. Et ses yeux lui disaient qu'il la trouvait belle. Elle le croyait, le temps de se souvenir de la physionomie qu'elle contemplait maintenant chaque jour dans le miroir.

Harriet lui parlait avec anxiété. À sa façon, elle vivait aussi des moments difficiles. Logan venait d'accepter un poste d'éditorialiste au *London Times*. Ses séries d'articles sur l'émancipation des catholiques au sein du gouvernement britannique et une chronique audacieuse dépeignant avec un regard particulièrement critique les faits ayant marqué le règne de George IV lui avaient valu plusieurs éloges qui avaient atteint les oreilles des éditeurs de Londres.

— Londres, Dana ! Tu te rends compte ? C'est si loin et si cher.

— C'est un poste… important pour lui, Harry.

Oui. Harriet le savait bien. Mais elle s'inquiétait pour les enfants. Bien qu'il fût en régression, le choléra sévissait toujours. Et puis, seraient-ils capables de s'adapter au monde londonien ? « Ne m'as-tu pas dit toi-même que là-bas on se moquait de notre accent ? » Logan avait suggéré de partir faire un essai de quelques mois. Si l'atmosphère lui plaisait, il louerait une maison confortable et elle pourrait venir le rejoindre avec les enfants. Mrs Thomson essayait de faire valoir les avantages que la capitale offrirait aux enfants. Mrs Macneil décrivit les boutiques de Mayfair et les nombreux théâtres. La vie mondaine de Londres n'avait pas son pareil en Écosse. L'expression de Harriet se fit un instant rêveur. Elle était déchirée entre les ambitions de son mari et ses propres désirs. Elle s'ennuierait loin de ses sœurs. Et Jonat qui était définitivement revenu s'installer à Édimbourg…

Quittant son siège pour s'adresser à la tablée, Jonat levait justement son verre de vin. Il proposait un toast à la santé de Dana, qui était ravissante comme une princesse. Sa princesse de Ravenscraig. Il raconta à tous que les ruines de Ravenscraig Castle était l'endroit où il avait eu l'habitude d'emmener Dana se promener lorsqu'elle était encore une petite fille. Il y dessinait pendant qu'elle rêvait d'histoires romanesques.

— Et les pigeons, tu te souviens, Dana, du vieux colombier ? Mr Hope et Mr Mortimer…

Évoquer cette période de leur vie fit monter des larmes aux yeux de Dana. Tout le monde leva son verre.

— À Dana !

— Je profite de ce moment pour annoncer que je quitterai bientôt Weeping Willow, dit encore Jonat en regardant sa sœur. Je ne peux pas éternellement abuser de la générosité de mon beau-frère, n'est-ce pas ?

— Jonat ! Rien ne presse…

— Je le sais, Dana, dit-il en riant. Je profiterai de votre hospitalité encore quelques mois, enfin… tant qu'il y aura de la nourriture et du vin et… le temps de légaliser mon statut avec Mrs Arnott, ajouta-t-il avant de lancer une œillade à sa cavalière.

Il y eut un silence soudain. Harriet et Dana échangèrent des regards incertains. Avaient-elles bien compris ? Un pli d'étonnement barra le front de Francis. Il fronça les sourcils en regardant Mrs Arnott, qui lui confirma la nouvelle d'un sourire content. Parce que les réactions tardaient à venir, un malaise s'installa chez les autres invités.

— Jonat, peut-être que le moment est mal choisi, dit Margaret en prenant son bras.

— Est-ce que vous nous faites l'annonce d'un mariage prochain, docteur Cullen ? interrogea enfin John Thomson.

— Je vous fais l'annonce officielle de mes fiançailles avec Mrs Arnott, confirma Jonat avant de diriger son attention vers ses deux sœurs présentes. Je sais que j'aurais dû vous en parler avant, admit-il. Nous avons arrêté notre décision cet après-midi. Nous devions vous l'annoncer demain mais... je ne pouvais plus attendre. Je sais, c'est subit.

— Que Mrs Arnott et toi trouviez le bonheur l'un auprès de l'autre fait le nôtre, Jonat, déclara Francis en se levant à son tour pour lui serrer la main.

Il lança un regard vers Dana, encore soufflée par la nouvelle. Qu'elle accroche un sourire ! Harriet se révéla plus prompte et se hâta de remédier au silence de sa sœur. Elle félicita chaleureusement les deux fiancés, ce qui finit par secouer Dana, qui proposa avec émotion que les verres soient levés une nouvelle fois. La bonne humeur retrouva sa place et Halkit apporta d'autres bouteilles. Le flan fut vite avalé et les hommes passèrent dans la bibliothèque pendant que les dames restèrent assises autour de la table pour prendre le thé et parler du mariage. Juin serait parfait. Et Charlotte serait présente. La conversation bifurqua ensuite sur la fille aînée des Seton et la Jamaïque. Il fut question des troubles qui menaçaient la paix dans l'île et des groupes anti-esclavagistes qui les encourageaient. Son mari militant pour la cause, Harriet prit rapidement position pour les opprimés. Margaret eut la finesse de détourner le sujet et on parla de la dernière collecte de fonds pour les orphelins.

Plus tard, tout le monde se regroupait au salon. Aux premiers signes de fatigue de Dana, les invités annoncèrent leur départ. Halkit appela les cochers, occupés à jouer aux cartes chez Will'O. La voiture de Margaret fut la dernière à partir. Jonat referma la porte d'entrée et retourna auprès de sa sœur restée au salon avec Francis et qui attendait ses explications.

— Margaret et moi en avons longuement parlé, dit-il sérieusement. J'ai plus de cinquante ans. Elle les aura bientôt. Nous vieillissons, Dana. J'ai compris, comme elle, que nous ne voulons pas continuer de le faire seuls.

— Jonat, vous... pas amoureux ! se scandalisa Dana.

— Il existe différentes formes d'amour. L'amitié est l'une d'elles.

— Je sais, Jonat. Et si... arrivait que... elle ou toi tombe amoureux... d'un autre ?

Il alla s'asseoir près d'elle et lui prit les mains. Il regarda longuement les yeux vairons qui se heurtaient à l'incompréhension.

— L'amitié commande aussi le respect et la fidélité, Dana.

Fidélité... Coup au cœur. Elle ouvrit la bouche. Son souffle se suspendit. Le choc lui rompit la poitrine. L'infidèle... c'était elle!

— Je sais que c'est difficile pour toi de comprendre cette décision. Mais... j'aurais pensé... puisque je t'avais déjà parlé de Margaret et moi.

Infidélité... Elle sentit le sang affluer vers son visage. Son regard croisa furtivement celui de Francis avant de se fixer sur un verre de cristal vide sur une table. Francis s'éclaircit la voix, annonça qu'il les laissait discuter seuls. Il avait des choses à faire avant d'aller dormir. L'écho de ses pas sur le marbre du hall. Dana n'avait pas quitté le verre des yeux. Le délicat motif ciselé étincelait dans la lueur des chandelles. S'écoulèrent quelques secondes de silence.

— Dana, peut-être que nous devrions en reparler demain.

Jonat prenait son désarroi pour un malaise. Dana tourna son visage vers celui de son frère, lui offrit un sourire fatigué.

— Je suis... heureuse... pour vous, si c'est ce que... vous voulez, Jonat.

— Vieillir me fait peur, Dana, murmura-t-il. Tu as Francis. Tu as tes enfants. Tu auras de nombreux souvenirs pour accompagner tes vieux jours.

— Tu as nous, Jonat.

— Je sais, mais...

Elle releva la solitude dans les yeux qui se mouillaient. La solitude d'un homme vivant en marge de la société. C'était là la vie de Jonat. Ces dernières semaines, elle avait réfléchi à sa propre solitude. À ses propres craintes. Très émue, elle comprit cette peur de se retrouver seul et de mourir oublié de l'amour.

Il la serra dans ses bras. Retiré dans l'ombre du hall, Francis les observait. La scène cristallisa dans son esprit une autre scène qui avait eu lieu des années auparavant, dans cette même pièce. Bizarrement, Dana était assise sur le même canapé. Jonat lui avait tout raconté sur sa vie amoureuse. Sa relation avec Francis senior. Scandaleuse. Elle avait pensé que c'était du fils que Jonat avait été l'amant. L'horreur. Comme Francis, elle avait renoncé à comprendre ce qui pouvait unir charnellement deux êtres du même sexe. Par affection pour Jonat, les yeux fermés sur le vice, l'obscénité. Oui, l'amour. La voix des secrets du cœur que personne ne déchiffrerait jamais. Ne pas chercher à comprendre ce qu'elle dictait. Il fallait seulement se laisser guider par elle.

Après avoir accompagné sa sœur jusqu'à sa chambre, Jonat avait gagné la sienne. Dans la cuisine, les domestiques terminaient de tout ranger. Son visage tout chiffonné par le sommeil, vêtue de sa robe de nuit, Jenny était venue aider sa maîtresse pour la mettre au lit. Pendant qu'elle dégrafait sa robe, Dana se repassait mentalement le déroulement de la soirée. Elle avait été un succès. Une pièce réussie. Elle avait joué son rôle avec brio. Masque souriant et détendu. Boule de nerfs hérissés à l'intérieur. Le trac l'avait dévorée. Et Francis. Heureux. Ses regards amoureux, caresses furtives sur son cœur terrifié de ne pas lui plaire. Puis sa sortie un peu abrupte du salon avait refroidi ses espoirs, fait renaître ses doutes.

Jenny lui posait mille questions. C'était agaçant. Cela l'empêchait de penser. Comment s'était déroulée la soirée ? Est-ce que les dames l'avaient complimentée sur sa toilette ? « Il aurait pu au moins me complimenter sur le succès de la soirée, sur ma toilette. » Madame était si belle à voir. « J'ai mis tant d'efforts pour me rendre agréable à regarder. » Monsieur avait-il remarqué qu'elle portait le parfum qu'il lui avait offert ? « Il ne m'a même pas demandé s'il me plaisait. » Est-ce que les invités ont apprécié le…

— Vous avez vu monsieur mon mari ?

Dana avait interrompu la jeune femme au beau milieu d'une phrase. Jenny répondit qu'elle n'avait pas vu Mr Seton. « Il ne viendra pas. » Son expression, tout à l'heure, dans le salon. Pourquoi serait-il venu ? « Moi, la femme infidèle… »

Les jupons glissèrent. Le corset suivit. Dana respira profondément. La broche de chez Asprey étincelait sur la coiffeuse. Le cliquetis de la perle sur le plateau de porcelaine. Jenny rangea les bijoux dans leur coffret. Un peu d'eau de rose pour rafraîchir la peau du visage. Sa chemisette humide de transpiration collait à la peau et Dana frissonna. Les portes de la serre avaient été laissées entrouvertes.

— Il fait froid, Jenny.

Jenny la couvrit de son châle et se dépêcha de retirer les épingles de la chevelure. Les bandeaux retombaient sur les épaules de Dana.

— Pourriez-vous fermer les portes, Jenny ?

— Oui, laissez-moi terminer de vous coiffer…

— Vous devez défaire… ma coiffure, Jenny !

— C'est ce que je fais, Madame…

Une dernière épingle tomba sur la coiffeuse. Quelques coups de brosse pour lisser les cheveux. Quelques coups de doigts pour les gonfler.

— Je pars, Madame. Bonne nuit, Madame !

— Jenny ! Les portes !

La femme de chambre s'était enfuie. Un courant d'air glacé balaya le plancher. Les flammes des chandelles vacillèrent dangereusement. Les pas s'éloignèrent rapidement. Puis le silence. Seule dans la pénombre de sa chambre, Dana fixa l'ombre d'un sarment de vigne qui claquait contre la vitre. Dehors le vent soufflait fort. Une lune ronde, blanche et bien lisse était accrochée dans un ciel nu. Sa lumière bleue projetait l'ombre remuante des rameaux du grand saule sur le parterre. Quelques feuilles mortes voltigèrent pour se laisser emporter très loin.

« Il ne viendra pas. » Le feu crépitait dans la cheminée. Décembre était bien froid. Janvier le serait encore davantage dans cette pièce mal chauffée. Dana resserra son châle sur ses épaules et croisa son reflet dans le miroir. « Mais regarde-toi donc un peu, pauvre sorcière ! » Elle se contempla d'un œil critique, ramena sa chevelure pour masquer la moitié droite de son visage. Elle sourit, battit des cils, esquissa une moue charmeuse. L'œil brillant, la pommette saillante. Des ridules, si fines, au coin de l'œil et aux commissures des lèvres. D'un geste hésitant, elle dégagea son visage et cacha l'autre moitié. Cette joue flasque, cette paupière tombante, cette lippe, molle, baveuse… Un œil terne, triste, fatigué. Son apparence gênait. On ne la regardait plus dans les yeux. On regardait ailleurs. Ses mains, ses oreilles. Parfois carrément par-dessus son épaule. Comment est-ce que Francis pourrait encore la désirer, l'aimer ? Elle, la femme infidèle…

« Il ne viendra plus. » Et elle pensa encore à Jonat et Margaret. Il existait différentes formes d'amour. L'amitié. Était-ce ce qui les unirait dorénavant, Francis et elle ? L'amitié, l'amour chaste. Elle fixa la multitude de flacons alignés devant elle. Des eaux de senteur, des crèmes et des lotions cosmétiques de toutes sortes. Parfums, drogues euphorisantes destinées à allumer les sens, à engendrer le désir. Baumes qui promettaient la beauté éternelle… Des artifices, de la duperie que tout ça ! Elle saisit le miroir pour affronter sa laideur.

« Ça, Dana, c'est le reflet de ton âme. Et jamais aucun artifice n'arrivera à le dissimuler. Jamais l'homme qui l'a vue ne te désirera encore. »

Elle grogna de rage. Le miroir vola contre le mur. Le fracas du verre pulvérisé. Dans l'entrebâillement des portes de la serre, une silhouette se profila. Le bras de Dana qui s'apprêtait à balayer la surface de la coiffeuse se retrouva brusquement pris en étau. Saisie de peur, elle poussa un cri. La fermeté du ton de Francis ne lui donna pas le temps d'en pousser un second. Il l'enserra étroitement pendant qu'elle soufflait de peur et de fureur. Laisser la colère s'épuiser. Elle pleurait maintenant. De gros sanglots. Il la souleva et la porta jusqu'au lit. De peur qu'il ne l'abandonne seule avec sa détresse, elle se cramponna à lui. Il lui caressait les cheveux, la regardait dans les yeux. Le geste, tendre, apaisant, avait quelque chose de paternel. Celui d'un père consolant son enfant. Une sensation chaleureuse envahit le cœur de Dana. Elle tira sur la chemise, le forçant à se pencher sur elle jusqu'à ce que se mêlent leurs souffles.

— Aime-moi… supplia-t-elle.

Francis la respira et ses yeux s'emplirent de larmes.

— Je t'aime, Dana…

Elle avait besoin de se sentir encore désirable. Savoir que son corps pouvait encore vivre contre le sien. Elle avait surtout besoin de sentir qu'il l'aimait comme il le disait. Même si aimer n'était pas pardonner. Il l'embrassa doucement, fit glisser une main le long de sa cuisse droite. Dana la sentit comme un léger picotement. Elle ne pouvait dire s'il touchait directement sa peau ou s'il la caressait à travers sa chemisette. Elle saisit sa main qui courait sur l'étoffe, tira sur le vêtement pour dénuder sa jambe et plaqua la paume chaude contre sa peau nue. C'était différent. La main paraissait si légère. Comme un chatouillement d'ailes de papillon. Elle fit remonter la main de Francis plus haut, sur son sexe. Les doigts se mirent à bouger avec lenteur, explorant les plis de chair humide avec prudence, avec une délicatesse presque chirurgicale.

La respiration de Dana se fit plus lourde. Lorsqu'il effleura le point sensible, elle poussa un profond soupir et arqua le dos. Puis elle éclata de nouveau en sanglots. Francis s'allongea près d'elle et l'enlaça, la serrant très fort contre lui.

— Nous avons le temps. Nous avons toute la nuit, mon amour, dit-il tout bas en l'embrassant sur la joue.

⁂

— Combien de fois l'amour l'a décrochée ? Et elle retrouve toujours sa place dans le ciel de nuit.

Tout en parlant, Francis avait glissé un bras autour de la taille de Dana. Ils contemplaient la portion de disque lunaire visible par la fenêtre. Dehors, le paysage se coiffait de lumière, prenait un aspect surréaliste. Des flaques opalines s'étalaient aussi dans la pièce, sur les murs, le plancher et le pied du lit. Dana serra le drap sur ses épaules et frissonna.

— Toutes nuits... de nouvelle lune, murmura-t-elle.

— Qu'est-ce qui se passe, les nuits de nouvelle lune ?

— La lune... a disparu parce qu'un amoureux l'a... décrochée.

Elle imagina la lune dérobée, jetée au pied d'un lit comme une vulgaire carpette, oubliée du couple d'amoureux qui dormait, enlacés, le rêve les portant hors de la réalité. Dana se figura des Lorialets, enfants de Séléné et d'Endymion, surgir de la noirceur dans laquelle était plongée la terre, pour se réapproprier la lune et la hisser au ciel et éclairer le cœur de tous les autres amoureux de la terre. Jusqu'au mois suivant. L'image était jolie, romantique.

Dana pressa son corps contre celui de Francis, se moula à lui. Sa présence envahissait le lit. Sa chaleur l'enveloppait. Elle trouva sa main et la porta à sa bouche pour en embrasser la paume. Elle était douce et portait son odeur. Les poils des favoris chatouillèrent son épaule nue. La chaleur des lèvres de Francis sur sa peau. Il murmura « je t'aime ». Encore. Et le plaisir. Et les larmes. Enfin, se toucher. Toucher la lune. Le bonheur. Elle pressa la paume de Francis contre son cœur qui battait fort.

— Je t'aime, murmura-t-elle à son tour.

Ils avaient fait l'amour. Avec douceur, avec tristesse. Avec l'expression de leurs sentiments meurtris. Avec les ombres qui continuaient de rôder. Le plaisir avait été long à distiller. Parfois un soubresaut de colère, dans une poigne ferme, un geste plus violent. Puis la honte, le ressentiment s'étaient égarés dans les caresses. Les défenses rompues, les cœurs s'étaient enfin ouverts. Simplement. Tant, que cela leur avait paru irréel.

Elle avait mal à l'épaule. Ankylose. Mal physique. Si futile. Il y avait pire. De peur de sentir la chaleur de Francis la quitter, elle ne bougea pas. Elle ferma les yeux. Sa conscience était tranquille.

Dana mollissait dans l'étreinte. Sa jambe droite fut secouée par un spasme involontaire. Le corps s'abandonnait au sommeil. Francis l'écoutait respirer. Son souffle se faisait plus lent, profond. Sous ses doigts, entre les seins, le cœur battait régulièrement. Il battait la vie qui recommençait pour eux. Ému, il enfouit son visage dans la masse de cheveux. Il n'avait pas de mot pour exprimer la force de ce qu'il ressentait en cet instant précis. Après tous ces mois de souffrance, est-ce que la mort aurait pu lui apporter autant de soulagement ? La jalousie était un cancer qui envahissait le cœur, l'esprit. Un mal qui rongeait la raison. Dana ne l'avait jamais trompé. Il s'était trompé lui-même. Elle n'avait jamais cessé de l'aimer. Le reste n'avait plus d'importance.

⁂

— Monsieur ! Monsieur ! fit une voix lointaine.

Une lueur passa devant ses paupières et Francis ouvrit les yeux. Un bonnet de nuit pendait bizarrement devant un regard sombre. Son cœur encore propulsé par l'affolement, il reconnut Halkit. Son visage exprimant une vive inquiétude, le vieux domestique continuait de le secouer.

— Monsieur, il faut vous réveiller, c'est urgent !

Dans le hall, des pas se précipitaient, des voix résonnaient. Il était question de chevaux à seller. La tête encore pleine de son rêve, Francis s'assit dans le lit. Habillé à la diable, Jonat fit irruption dans la chambre. Conscient que ce qu'il avait à annoncer allait les plonger dans la plus grande des consternations, il posa un regard à la fois grave et désolé sur son beau-frère et sa sœur, que la commotion avait fini par réveiller. Il saisit le pantalon de Francis, qui traînait par terre.

— Habille-toi.

— Qu'est-ce qui se passe ? l'interrogea Francis en enfilant son vêtement.

— Le jeune Howard est venu nous prévenir…

— Howard, le brancardier ? Pourquoi ? s'impatienta Francis. C'est une urgence ?

— C'est le feu, Francis !

Francis boutonnait la braguette de son pantalon de soirée pendant que le sens des mots prenait place dans son esprit. Le feu… Son teint vira au gris. Ses genoux fléchirent et il retomba assis sur le lit.

— Dieu, non ! souffla Dana.

— Will'O selle les chevaux. Je t'attends dehors, reprit Jonat.

Paralysé par la nouvelle, Francis n'avait pas encore recommencé à bouger. Dana s'était levée et avait revêtu sa robe de chambre. Se racontant qu'il rêvait certainement, Francis se mit enfin en quête du reste de ses vêtements. Lorsqu'il s'apprêta à enfiler ses chaussures, la dévastation avait complètement transformé son expression.

— Tu ferais mieux de mettre tes bottes, observa Dana d'une voix empreinte de tout le sang-froid dont elle était capable.

Il acquiesça silencieusement.

— Ce n'est peut-être pas… aussi grave qu'on l'imagine.

⁂

Les chevaux filaient à travers Hope Park à bride abattue. D'abord cette lueur rouge dans le ciel. L'odeur de la fumée se développait au fur et à mesure qu'ils approchaient. Le cœur de Francis battait au rythme des sabots de sa monture. Sa bête sauta un fossé, glissa sur le pavé humide de rosée, reprit sa course folle dans les rues. Les flammes leur apparurent lorsqu'ils empruntèrent Nicolson's Street. Elles montaient en bouquets d'étincelles vers le ciel, crachant des tisons qui flottaient un instant, incandescents dans l'espace, avant de s'éteindre. Dans North Richmond Street, toute la scène qui s'offrit à Francis avait de quoi impressionner. La vue de l'enfer lui-même ne l'aurait pas mieux horrifié. Il sauta de son cheval et se précipita. Les malades, les documents, l'équipement ! Le mur de chaleur ne freina pas son élan. Jonat le rattrapa. D'autres hommes intervinrent. Désespéré, Francis se débattait férocement. Le feu envahissait les étages supérieurs, dévorait tout. Toute sa vie ! On lui criait qu'il était trop tard et on ne le libéra que lorsqu'il cessa de bouger.

Des employés de l'hôpital accoururent vers eux. Tout le monde voulait raconter sa version. Le feu s'était propagé à une vitesse incroyable. Ils avaient tout de même eu le temps d'évacuer les malades avant qu'il n'atteigne les étages. Huit d'entre eux avaient été fortement incommodés par la fumée. Un décès était à déplorer. Francis écoutait le récit en silence, l'expression vaguement ahurie. Jonat interrogeait les témoins. Qui se trouvait où ? Qui faisait quoi ? Où avaient été transportés les malades ? Ils en avaient rassemblés à un coin de rue de là, au Royal Public Dispensary. D'autres avaient été admis au Royal Infirmary. On s'occupait d'eux. Au péril de leur vie, des employés avaient récupéré des documents et de l'équipement. Il y avait des brûlés et de nombreux blessés.

Selon le portier, le feu aurait éclaté vers deux heures de la nuit. L'homme s'était endormi à son poste de garde, près de la porte. C'est un fracas de verre qui l'avait réveillé. Une vague odeur de fumée l'avait intrigué. Sitôt après l'avoir découverte s'échappant de la salle d'examen et du local de l'apothicaire, il avait sonné l'alerte. Un second fracas avait retenti. Au moment où une lueur orangée éclairait le couloir de l'aile nord, le portier avait vu une silhouette quitter un réduit. Il s'était aussitôt mis à sa poursuite, mais l'intrus avait réussi à s'échapper par une fenêtre. Quelques minutes plus tard, la fumée avait envahi tout le rez-de-chaussée. Le feu, alimenté par le papier et d'autres matières combustibles rassemblées par le malfrat, se propageait rapidement.

Deux autres témoins avaient affirmé avoir aperçu un jeune homme quitter les lieux en courant vers Eldin Street. Jonat et Francis les interrogèrent. « Il était grand avec un manteau vert. » « Non, le manteau était marron, objecta l'autre, et le type avait les cheveux blonds. » « Non, ils étaient bruns. » Le portier affirmait que le type portait une casquette. L'un disait encore qu'il n'était pas si grand que le disait le premier. « Comment, du septième étage, pouviez-vous évaluer sa taille avec précision ? » Le portier pensait qu'il pouvait être à peu près de sa taille. « Je suis convaincu que c'est ce petit voyou de Ned ! Le mois dernier, il a mis le feu au hangar des Henderson. » Mais il y avait que Ned n'était pas encore sorti de prison !

La seule certitude était que le feu avait été allumé par une main criminelle. Par qui et pourquoi ? Un inspecteur de police arrivait sur les lieux. Il prit la relève et reposa les mêmes questions à tout le monde. On lui servit les mêmes réponses décousues.

Les flammes dévoraient l'édifice tout entier. Leur grondement était terrible. Des dizaines de curieux avaient envahi la rue. On évacuait les bâtiments voisins et arrosait les façades. Au fur et à mesure qu'ils les apercevaient, des hommes sur les toitures balayaient les nombreux brandons qui les menaçaient. Des meubles s'entassaient çà et là dans les rues. Des enfants pleuraient. Dans les regards à la fois fascinés et désemparés des femmes et des hommes, le reflet de la terreur du feu. On se préparait au pire des scénarios. On se souvenait encore trop vivement du gigantesque incendie de novembre 1824 qui avait dévasté une partie de High Street, tué treize personnes et blessé des centaines d'autres.

Deux grandes citernes portatives avaient été transportées sur place. Sur chacune d'elles, vingt hommes unissaient leur force pour pomper dans les tuyaux de cuir cent soixante gallons d'eau par minute. D'autres tuyaux avaient été raccordés aux valves reliées au réseau d'aqueducs souterrains de la Water Company. L'eau projetée à travers les fenêtres éclatées produisait une épaisse vapeur blanche qui se fondait rapidement dans le nuage de suie. La fumée obscurcissait le ciel, étouffait, recouvrait tout d'une suie opaque. À un moment donné, le plomb d'une gouttière s'embrasa et fondit dans une coulée de lave incandescente, formant de grandes fleurs rouges lumineuses sur les pavés.

Montés sur leurs chevaux, l'acier de leur sabre et leurs casques enluminés, les dragons surveillaient la foule. L'intensité de la chaleur, les crépitements et les explosions forçaient le recul. Les hurlements des pompiers. Le fracas des vitres qui se brisaient. Une partie de la toiture s'effondra dans un bruit effroyable, projetant des centaines de tisons, poussant une vague de chaleur brûlante vers les gens et formant un colossal panache de fumée dans le ciel. Le spectacle était terriblement sublime.

Francis était anéanti. Dans son visage peint de lumière dansante et d'ombres inquiétantes, ses yeux figés dans la stupeur brillaient comme des pièces d'or au fond d'un puits sombre. Devant lui, dix années de sa vie se réduisaient en cendre. En une nuit, il avait connu le sommet du monde pour glisser dans l'abîme le plus profond. Il ne s'en remettrait pas. Pas cette fois. Ses forces le quittaient et il sentit ses genoux mollir. Les bras qui le soutenaient l'empêchèrent de s'effondrer sur le pavé.

Le soleil était levé depuis deux heures lorsque se fit enfin entendre le bruit d'une voiture remontant l'allée de Weeping Willow. Le cœur lourd d'appréhensions, Dana se leva et, soutenue par James, clopina jusqu'à la fenêtre. Ses doigts crispés sur sa canne, elle observa le véhicule qu'elle ne reconnaissait pas. Assis sur sa monture, Jonat trottait derrière. Au bout d'un licou, le cheval de Francis revenait sans son cavalier. Dana sentit sa gorge se serrer. Il était arrivé quelque chose à Francis...

Halkit ouvrait la porte de l'entrée et se précipitait vers la voiture qui venait de s'immobiliser. Le docteur Thomson en surgit. Lorsque Dana vit Francis descendre à son tour dans le petit matin gris, elle laissa échapper un cri de soulagement.

— James, aide-moi, ordonna-t-elle à son fils.

Thomson et Jonat soutinrent Francis jusque dans la bibliothèque, où ils le guidèrent comme un enfant perdu vers son fauteuil. Thomson lui murmura quelques vaines paroles d'encouragement et pressa son épaule. Ne pouvant rien accomplir de plus, il quitta la maison. Jonat passa devant Dana, qui se tenait en retrait près de la porte. Il hocha tristement la tête.

— Plus que jamais, Dana, il aura besoin de toi.

Le visage caché dans ses paumes, Francis ne bougeait pas. Elle alla jusqu'à lui. Une forte odeur de fumée l'enveloppait. Lorsqu'elle toucha sa chevelure, il émit un drôle de gémissement et leva son visage vers elle. Il était sale de suie, ravagé par la défaite.

— Il n'en reste plus rien, murmura-t-il d'une voix si ténue qu'elle crut qu'elle allait casser comme un fil de verre, et son cœur se brisa.

Elle se pencha pour encadrer son visage de ses mains et le regarder bien en face, les yeux dans les yeux.

— Tout se reconstruit, Francis.

Elle caressa ses cheveux, comme il l'avait fait avec elle quelques heures plus tôt. Lui dire que tout allait s'arranger serait lui mentir. Francis prendrait des années à reconstruire cet hôpital. S'il en trouvait le courage.

— Nous le ferons ensemble, dit-elle.

Les yeux gris se mouillaient. Francis la saisit par la taille, s'accrocha à elle et enfouit son visage dans sa jupe. Il y étouffa son cri chargé de tout le désespoir qui l'habitait.

— Pourquoi ? Quand est-ce que cela va s'arrêter ? Qu'ai-je fait pour mériter cela ? J'ai tout perdu, Dana !

Elle sentit les larmes lui piquer les yeux. « C'est faux, mon amour. Nous avons le plus important », voulut-elle lui dire. « Nous avons nous. » Elle le serra contre son ventre. Les mois à venir allaient être difficiles. Encore.

Chapitre 4

Jamaïque

Le corps de Lady Louisa Wedderburn Elliot reposait désormais en paix dans le cimetière des Elliot, à Old Montpelier. Pour les funérailles, seuls quelques amis proches de la famille avaient été présents. Charlotte y fit la connaissance de Richard Wedderburn, le frère de Louisa. Il était arrivé le matin de l'enterrement pour rentrer à Bluecastle sitôt la cérémonie terminée. Le régiment du Westmorland devait se former incessamment à Savanna-la-Mar et il préférait ne pas s'attarder inutilement à Montpelier.

À peine plus grand que ne l'avait été Louisa, Sir Richard Wedderburn imposait malgré tout par son attitude hautaine, et ses manières précieuses déplurent d'emblée à Charlotte. Qu'il ait ressenti une quelconque émotion face au destin tragique de sa sœur avait été difficile à déterminer. Il avait conservé un masque impénétrable tout le temps qu'avait duré la cérémonie. Mais Charlotte pressentait que les traits creusés de l'homme étaient plus cause de fatigue du voyage que du chagrin. Cette dureté dans le regard, elle n'y avait rien vu d'autre que l'intransigeance qui avait un jour réglé si froidement le sort d'une sœur trop dérangeante. Quant à Mabel, il ne s'y intéressa même pas. En effet, pourquoi l'aurait-il fait? Pas une once de sang Wedderburn coulait dans les veines de l'enfant.

Charlotte ne put s'empêcher de ressentir de la répugnance pour cet homme venu possiblement s'assurer que sa sœur n'était bel et bien plus de ce monde plutôt que pour lui faire des adieux éplorés.

Sir Robert se pointa à Montpelier deux jours plus tard, très abattu et complètement éreinté par le voyage qu'il avait entrepris d'une traite. Il était parti précipitamment de Kingston. Ses bagages suivraient. Susan l'avait accompagné jusqu'au cimetière. Charlotte se dit que cela devait lui faire bien étrange. Sir Robert et sa femme s'étaient quittés sur une violente dispute. À son retour, six pieds de terre les séparaient désormais. Bien étrange... Et pour la première fois, Charlotte crut voir le regret mouler l'expression de l'homme. Il n'avait pas aimé Louisa. Elle n'était que la mère qu'il avait choisie pour Mabel. Mais il pouvait reconnaître tout le mal qu'il avait fait à cette femme.

Des impressions du passé s'imposèrent à Charlotte. Des images de Louisa à Weeping Willow, volubile et enjouée. Aujourd'hui, avec l'âge et un peu de recul, Charlotte pouvait accrocher dans ces souvenirs les détails qui faisaient mentir son premier jugement. Et chacun des éclats de rire de Lady Louisa lui revenait désormais telle une fausse note dans un allegro.

Les jours passaient. Les Elliot vivaient sereinement leur deuil. Seule Mabel pleurait. Des nuits, elle se réveillait en larmes, réclamant cette mère qui ne l'était pas. Susan se précipitait à son chevet et c'était avec un nœud dans le cœur que Charlotte l'écoutait consoler la fillette. Elle comprenait que sa place auprès de l'enfant n'était plus requise. Tous les matins, c'était Emmy qui la préparait et la descendait pour le petit déjeuner. Ensuite, la matinée était consacrée aux travaux scolaires avec Susan. L'après-midi, elles jouaient à la poupée avec Nora. Susan avait habillé Franny à la mode créole avec des retailles aux vifs coloris. Lorsqu'elles sortaient se promener, Lucas les accompagnait parfois. Après avoir décliné l'invitation de se joindre à eux, seule dans un fauteuil de la véranda, Charlotte les regardait s'éloigner. Il devait en être ainsi. Le retour en Écosse aurait lieu vers la mi-janvier, comme prévu, mais sans Mabel. Sur les insistances de sa sœur, Sir Robert avait accepté que sa fille reste à Montpelier. Enfin, jusqu'à nouvel ordre. Cette décision avait tranquillisé Charlotte, rempli Susan de bonheur et soulevé la désapprobation de Madame Eugénie. Mais Sir Robert ne broncha pas face aux protestations de sa mère. Singulièrement, il semblait même avoir pris un malin plaisir à voir le visage de la dame s'empourprer lorsqu'il lui fit part de sa décision à la table du dîner. Pour la première fois, Charlotte crut voir briller une lueur plus sombre dans les yeux clairs du fils. Une lueur qu'elle préféra attribuer au ressentiment plutôt qu'à la haine.

Après deux semaines, la routine réinstalla chacun dans ses occupations. Charlotte avait recommencé à se rendre tous les matins à l'hôpital des esclaves. L'odeur du camphre et des herbes médicinales lui avait manqué. Mais après avoir gâché trois pommades, elle comprit qu'elle avait encore le cœur trop chaviré et l'esprit vagabond pour se concentrer assez longtemps sur des gestes qui demandaient toute son attention. De toute façon, Sarah Jayne et ses trois Parques suffisaient pour pourvoir à tout. La roulaison n'ayant pas encore débuté, peu de malades avaient besoin de soins. Il lui semblait tristement que sa présence n'était requise nulle part dans Montpelier.

Elle se mit à errer sur la propriété comme ces tristes duppies. Charlotte s'en voulait de son manque de constance. Elle qui avait si résolument décidé de son avenir, voyait sa détermination mollir sous l'effet du chagrin et de la déception. Encore une fois. Elle avait besoin de la force de Catherine pour affermir sa volonté et finir de bien ancrer dans son cœur la mission qu'elle s'était imposée : aider son prochain. Aussi, Charlotte commença à considérer retourner à Montego Bay. La fête de Noël arrivait dans deux jours. Elle aurait aimé la passer en compagnie des Cox. Elle ne reverrait plus Catherine avant longtemps. Peut-être qu'elle ne la reverrait plus jamais.

Craignant de plus en plus sérieusement l'éclatement d'une révolte, Sir Robert accueillit sa décision avec intérêt. Aussi, il essaya de convaincre sa mère de partir pour Montego Bay avec Susan et Mabel. Mais Madame Eugénie s'obstinait dans son refus de quitter la grand-case. Depuis le jour où elle y avait mis les pieds, elle n'avait jamais quitté la propriété. Elle s'était depuis enfermée dans sa chambre et s'était déclarée malade. Ce qui mit Sir Robert en colère. Plusieurs fois, à travers la porte, il entreprit de la raisonner. Pour donner du poids à ses arguments, il commença à lui servir en exemple la révolte de Saint-Domingue. C'est à ce moment que Susan s'interposa. C'en était assez. Effrayer toute la maisonnée n'y ferait rien. Un arrêt de travail n'était pas la guerre. Et pour l'instant, rien ne laissait présager que l'ordonnance de grève s'était propagée jusqu'à Montpelier. Tous leurs nègres vaquaient à leurs tâches comme à l'habitude. Puis, Samuel Sharpe, l'instigateur présumé de ce mouvement, n'avait commandé qu'un geste de protestation pacifique. Pourquoi ne pas patienter quelques jours ? Peut-être qu'il écoutait trop les craintes des autres planteurs. Ils pourraient toujours partir lorsque la menace se ferait sentir plus sérieusement. Entretemps, elle ferait préparer des malles qu'ils pourraient emporter. Cela le tranquillisait-il ? Sir Robert accepta d'attendre encore un peu. Ce qui déçut Charlotte.

De jour en jour, un affrontement entre planteurs et esclaves s'annonçait plus probable. On rapportait que des rebelles avaient été arrêtés dans le Trelawny. Un esclave avait saccagé les magasins de York Estate, dans le Westmoreland. Les propriétaires de la paroisse de St. James se tenaient sur les dents. Les femmes et les enfants des Blancs fuyaient vers Montego Bay. Beaucoup de planteurs les accompagnaient. On rapportait même que certains s'étaient déjà embarqués pour l'Angleterre. Un vent de panique commençait à déferler sur la région.

Comme prévu, le dix-sept décembre, une section du Western Interior Regiment s'était rassemblée aux baraques de Shettlewood Pen. Ce régiment avait été levé en 1807 dans le but de protéger les propriétés de la vallée de la Great River. Il se composait de propriétaires et employés blancs locaux, peu ou pas entraînés aux tactiques militaires, mais forts d'une solide détermination. Le commandant en était le colonel William Grignon, un procureur reconnu pour son implacabilité et ses abus du système de l'esclavage. La présence des soldats dans Montpelier tranquillisait les Noirs et rassurait les Blancs.

Charlotte avait rempli du strict minimum sa plus petite malle : celle qu'elle emporterait avec elle en cas d'urgence. Elle s'assit sur le bord du lit pour s'allouer une pause. Le thé qu'était venue lui apporter Philippa, la nouvelle domestique, avait trop refroidi. Elle déposa la tasse dans la soucoupe dans un tintement clair de porcelaine et alla à la fenêtre. Les bras croisés sur l'appui, elle profita de la brise légère qui pénétrait dans la chambre. Il y avait le ronronnement sourd ponctué des grincements des installations sucrières. Charlotte avait fini par s'y habituer comme on s'habitue au tic tac d'une horloge dans une pièce silencieuse. Derrière les nuages de vapeur que crachait la distillerie se profilaient les montagnes du Cockpit Country, les élégants bouquets plumeux des choux palmistes et les arbres duppy à l'aspect plus inquiétant. Tout cela lui manquerait-il? Elle en avait tant rêvé avant de venir ici. Et maintenant qu'elle avait vu la Jamaïque sous un angle plus pragmatique, elle y vivait dans un malaise persistant.

Des nègres travaillaient dans la cour. Des tonneaux de rhum étaient chargés sur des chariots, prêts à être livrés. Sous le soleil, leurs muscles jouaient sous leur peau miroitante aux tons variant de l'ébène le plus sombre à l'acajou le plus clair. Comme ces bois précieux qu'elle avait admirés au marché de Montego Bay. Un gang uniquement composé d'hommes arrivait par la route de Montego Bay, coutelas étincelants se balançant à leur ceinture. Ces gens lui inspiraient la crainte, mais aussi le respect. Ils revenaient sans doute d'une pièce à couper pour se diriger vers une autre. Leur chant lui parvenait clairement et scandait le rythme de leurs pas. À les entendre, on pourrait les croire comblés. Parce que le tableau en devenait un quotidien, il devenait trop facile d'oublier pourquoi ils étaient ici. L'habitude banalisait tout.

Charlotte déplaça son regard vers le pré des chèvres. Mabel, Nora et Lucas y couraient avec leurs filets à papillons, Nanny et Sir Wallace sur leurs talons. Charlotte les observa longuement, jusqu'à ce qu'une larme coule sur sa main. Elle l'essuya. Elle avait mal à les regarder s'amuser sans elle. Elle avait mal à les imaginer grandir sans elle. Jamais elle n'aurait pensé s'attacher autant à ces enfants. Finalement, tout ceci lui manquerait. Tout ceci, et peut-être plus, s'avoua-t-elle en glissant un regard vers la case du gérant entourée de ses jolis pamplemoussiers.

Quoi qu'elle fît, Nicholas était là, toujours, incrusté dans ses pensées les plus secrètes, dans ses rêves les plus fous. Et en ce moment, comme chaque fois qu'elle pensait à lui, son cœur cognait fort dans sa poitrine. Il s'agissait plus que d'un simple béguin. Elle était vraiment amoureuse de Nicholas Lauder. Mais il était inutile d'entretenir ce sentiment. Il n'existait aucun avenir pour elle avec cet homme. Jamais ses parents ne le permettraient. Voilà la véritable cause de son chagrin. Voilà pourquoi elle voulait retourner chez Catherine. Elle devait s'éloigner. Entreprendre définitivement le processus de guérison.

Elle n'avait pas adressé la parole à Nicholas depuis la veillée funéraire. Elle ne l'avait plus revu depuis le matin des funérailles. Sinon de loin. Certainement qu'il s'arrangeait pour l'éviter. Comme elle prenait soin de ne pas s'aventurer dans les endroits propices à le croiser.

Elle repensa au recueil de poèmes et à ses dessins. Autant les premiers appelaient la tristesse et parlaient d'affliction, les autres célébraient la vie. Elle retrouvait chez Nicholas cette dualité de l'être qui empêchait de trouver la paix de l'âme. C'était sans doute ce qui l'attirait chez lui. Elle connaissait ce tourment. C'était un perpétuel et lassant jeu de tir à la corde entre les sentiments et l'esprit, entre la lumière et les ténèbres. Non, vraiment, deux êtres qui s'éparpillaient dans leurs émotions ne pouvaient pas à l'évidence créer entre eux un lien solide et équilibré.

Elle devait se répéter cette vérité pour s'empêcher de glisser dans l'abattement qui accompagnait les plus grands regrets. Elle soupira et ravala la grosse boule dans sa gorge. Puis elle s'obligea à revenir à ce qui l'occupait. Restait à remplir les deux plus grandes malles. Elle y entasserait ses souvenirs, ses livres et les vêtements dont elle pourrait se passer. Elle ouvrit un tiroir de la commode et en sortit jupons, bas et chemisettes. Les effets s'accumulaient sur le lit. Histoire d'alléger ses bagages, elle écarta les vêtements qu'elle jugeait trop usés pour être rapportés chez elle. Elle pourrait les offrir aux domestiques.

Charlotte secoua un corset pour s'assurer qu'il n'abritait aucun de ces affreux cafards jamaïcains avant de le plier et de le placer dans la malle. Un objet tomba sur le lit. Intriguée, elle le prit. C'était un billet qui lui était adressé. Elle vit tout de suite qu'il était de Lady Louisa. Tiens donc ! Des aveux ? Une quête de pardon ? Des explications sur le geste qu'elle avait fait ? Dans ce dernier cas, pourquoi les confier à elle et ne pas les adresser directement à Sir Elliot ? À moins qu'elle n'eût voulu ajouter à la lourdeur de la culpabilité qui lui pesait déjà trop. Après cette dernière pensée, Charlotte hésita un moment avant de l'ouvrir.

Chère Miss Seton,

Au moment où vous lirez ce mot, je serai déjà très loin de Montpelier. Ce départ, je doute qu'il ait peiné quiconque, si ce n'est

Mabel. Mais alors, elle se remettra rapidement. Susan lui procurera tout l'amour nécessaire. Celui que la rancœur m'empêchait d'éprouver librement. Et je le souhaite sincèrement, vous retrouverez un peu de tranquillité. Croyez-moi, je me suis fait du souci pour vous. D'une certaine façon, je me sens responsable de votre mésaventure. C'est pourquoi je pense vous devoir quelques explications si ce n'est la vérité. J'ai longuement réfléchi avant de me décider. Vous en conviendrez, ma vie au sein de cette famille était un enfer. Je n'avais plus le choix que de m'en évader. Puis il y a le bébé que je porte. Je ne me suis pas résolue à le tuer. Il est un peu de moi. Sans doute la meilleure part de mon être. Si petite. Mais elle grandira. J'ai compris qu'il sera mon salut. Pour des raisons que vous comprendrez plus tard, je ne peux allonger mon discours dans ce message. Mais j'aimerais bien poursuivre mes confidences, là où je les ai commencées, si vous vous souvenez bien, un certain après-midi d'août.
Avec toute ma reconnaissance,

Lady Louisa Wedderburn Elliot

« Là où je les ai commencées... » murmura Charlotte, perplexe.

Que voulait dire par là Louisa ? Elle remarqua qu'un filigrane marquait le papier. Elle le porta devant la lumière. Lui apparut une main tenant un sabre. En dessous, il était écrit : *fortiter et recte*. Hardiment et justement. La devise et le blason des Elliot, sans aucun doute. Elle replia le message et le cacha dans la poche de sa jupe. Pendant que ses yeux survolaient ce qui restait à placer dans les malles, son esprit jonglait avec les questions qui surgissaient dans son esprit, de plus en plus nombreuses. Louisa voulait la rencontrer ? Mais... cela n'avait pas de sens. Elle avait mis fin à ses jours avant son retour. Mais encore... Son désir qu'elle lui signifiait de poursuivre ses confidences faisait mentir son intention de mettre à exécution ce geste fatal. Et le bébé. Elle laissait entendre qu'elle acceptait enfin cette grossesse. Demeurait la possibilité qu'elle eût perdu tout espoir de la revoir avant... Charlotte vérifia la date : le 6 décembre 1831. C'était trois jours avant sa mort... Louisa n'aurait pas perdu espoir si rapidement.

Ce message était une véritable énigme. Louisa avait-elle l'esprit clair quand elle l'avait écrit ? Elle voulait manifestement lui dévoiler quelque chose, mais ne pouvait pas le faire dans ce petit mot. Pourquoi ? Par crainte qu'on le découvre avant elle ? Cela signifiait que ce qu'elle avait à lui dire était compromettant. Quelque chose qui, si découvert par un autre qu'elle, aurait pu devenir dangereux. Quelque chose que Louisa ne pouvait se permettre de lui confier autrement que de vive voix... Non, elle disait qu'elle serait déjà très loin de Montpelier. Où était « très loin de Montpelier » ? Doux Jésus ! Louisa n'avait pas dans l'idée de se confier à elle en personne. Alors comment... ?

Elle se leva et commença à marcher dans la pièce, ressassant tous les détails de ce message d'une absurdité confondante. Puis elle s'arrêta net. *J'aimerais bien poursuivre mes confidences, là où je les ai commencées.* « Là », c'était dans la vieille case de Quaco. Et si Louisa y avait laissé un second message ?

*

Après avoir doublement vérifié qu'elle n'était toujours pas suivie, Charlotte emprunta le sentier. Elle retrouva assez rapidement le grand fromager et l'embranchement qui menait à la vieille case. Les gonds grincèrent sinistrement lorsqu'elle poussa la porte. Un froissement d'ailes la fit bondir de frayeur. Une colombe était allée se percher sur l'une des poutres et roucoulait tranquillement. Les yeux de Charlotte s'habituaient à la pénombre et elle commença à inspecter l'intérieur de la case. Selon ses souvenirs, tout était comme la dernière fois qu'elle était venue ici. Il n'y avait aucun meuble où dissimuler un message. Mais les murs de clayonnage étaient zébrés de profondes fissures.

Faisant de la porte son point de départ, elle amorça ses recherches en progressant dans le sens des aiguilles d'une horloge. Ses mains effleuraient les murs et fouillaient chaque crevasse. Le bousillage s'était effrité à maints endroits autour du cadre de la fenêtre. Elle glissa les doigts dans les interstices. Le long d'une pièce du colombage, son doigt toucha un objet et son cœur se mit à battre plus vite. Elle avait trouvé ! Avec les ongles, elle tenta de briser le bousillé pour lui permettre de mieux saisir l'objet. Mais la matière était presque aussi dure que du mortier. Elle abandonna. Louisa n'aurait pas coincé son message dans un endroit aussi inaccessible. Elle poursuivit en palpant le mur jusqu'à ce qu'elle atteigne le chambranle gauche de la porte. Rien. Elle s'était trompée. Louisa n'avait rien laissé pour elle dans cette case. Dans la vieille serre ? Peut-être…

Déçue, elle fit circuler un dernier regard dans la pièce et se prépara à sortir lorsqu'un détail attira soudain son attention. Tout au fond, la bouteille de rhum qu'avait lancée Louisa à travers la pièce était encore là, en morceaux. Mais étrangement, les éclats de verre ne s'éparpillaient pas comme ils auraient dû l'être après un impact violent. Charlotte s'en approcha et se courba dessus. Quelqu'un avait replacé les fragments pour former une sorte de fer de lance… Une flèche ! Charlotte souleva la tête dans la direction où elle pointait. Elle ne découvrit que le mur nu. Beaucoup de morceaux de mortier émietté… Un brin de paille fiché dans une fissure des fondations de pierres qui émergeaient du sol. Une pierre était descellée. Toute fébrile de sa découverte, Charlotte fit glisser ses doigts autour de la pierre. Elle bougea, mais demeurait coincée. Avec un tesson et un peu d'effort, elle finit de l'extirper du mur et se pencha devant l'ouverture ainsi créée. Victoire ! Le message était là ! Elle se félicita de sa perspicacité, remercia l'intelligence de Louisa, et plongea la main dans le trou sombre.

Elle lâcha un hurlement et retira vivement sa main. Une douleur cuisante lancinait son index. Deux petites marques rouge vif. Quelque chose l'avait mordue. Un rat ? Elle n'osait remettre la main dans le trou, mais elle devait impérativement récupérer ce pli de Louisa. Elle saisit de sa main valide un morceau de verre et le lança dans l'orifice pour faire sortir la bestiole. Puis un second. Au troisième, une chose d'un marron clair brillant jaillit du trou en rampant. Un insecte, long d'au moins six pouces et muni de nombreuses pattes, allait tranquillement en ondulant. Un mille-pattes l'avait mordue ! La douleur s'accentuait, devenait atroce et envahissait tout le doigt. Les larmes lui montèrent aux yeux. Elle prit le message si chèrement gagné et s'enfuit.

L'index avait enflé et à l'endroit où il avait été mordu, deux pustules rouge violacé s'étaient formées. Son bras replié contre sa poitrine, Charlotte avançait le plus rapidement possible. Mais l'insoutenable douleur lui donnait des vertiges et la nausée. Sa respiration devenait sibilante. La grille de Old Montpelier lui apparut comme la porte du paradis et elle trébucha jusqu'à elle. À sa vue, Othello se précipita. Charlotte gémissait de douleur, respirait par saccades. Sans lui demander la permission, il la souleva de terre et s'élança vers la case du gérant.

— Miss Seton, blessée, là ! tonitrua le géant d'ébène en ouvrant la porte d'un coup de pied. Va cou' che'cher busha Laude' ! Vite ! Vite ! Va !

Lucas et Eliza étaient occupés à peler des ignames dans la cuisine. Comme propulsés par un ressort, ils se dressèrent d'un coup. Constatant le visage de Charlotte tordu par la douleur, Lucas n'en demanda pas plus et fila telle une flèche hors de la case. Eliza fit allonger la blessée sur le lit de Nicholas dans le cabinet de travail et alla chercher la bouteille de rhum qu'il gardait toujours à portée de main. L'alcool ne soulagea en rien la douleur locale. Le doigt était tuméfié et au moindre contact, faisait crier Charlotte.

— C'est Phillis faut aller che'cher, murmura Eliza après avoir examiné la plaie. Ça poison…

— Un mille-pattes, essaya d'expliquer Charlotte en serrant les dents.

— Mille-pattes pas mo'de comme ça, Miss. Ça mo'su' duppy. Faut Phillis… Li donne 'emède pou' mal.

Charlotte avait horriblement mal. À la vérité, elle n'avait jamais autant souffert de sa vie. Comment est-ce qu'une morsure d'insecte pouvait être à ce point douloureuse ? La virulence du venin était extrême.

— Je ne veux pas mourir ici… geignit-elle en cherchant à se relever. Je ne veux pas…

— Vous pas lève, Miss. Vous 'este là jusqu'à busha Laude' a'ive.

Charlotte voulut s'opposer. Elle voulait se rendre jusqu'à la grand-case. Elle ne voulait pas faire face à Nicholas. Elle ne voulait pas que Phillis la touche. Elle souffrait déjà trop. Othello la saisit et l'obligea à retourner vers le lit. Un vertige eut raison de ses protestations et elle se rassit.

— C'était qu'un mille-pattes, continuait-elle de gémir en serrant le bras endolori contre elle. C'était qu'un mille-pattes… pas un duppy.

Un vacarme assourdissant annonça l'arrivée en catastrophe du gérant chez lui. Il fit irruption dans le cabinet, haletant et en nage. Lorsqu'il vit Charlotte, il sembla d'abord soulagé. Puis il constata l'état de sa main.

— Qu'est-ce qui s'est passé ?

— Ce n'était pas un duppy, reprit-elle encore en frissonnant. La magie de Phillis n'y fera rien. C'était un mille-pattes.

— Un mille-pattes… Les mille-pattes que je connais n'infligent pas ce genre de blessures, Miss Seton, fit-il remarquer en examinant les deux marques de crocs.

— Alors… c'est parce que vous ne connaissez pas celui-là, Mr Lauder, laissa-t-elle tomber avant de gémir profondément lorsqu'il ne fit qu'effleurer la peau tuméfiée.

— Vous avez été mordue par une scolopendre.

— C'est la même chose…

— Pas tout à fait, rectifia-t-il. Comment vous sentez-vous ?

— Étourdie. J'ai mal au cœur…

— Typique, commenta-t-il laconiquement.

Elle se laissa tomber sur le matelas et gémit de colère et de peur. Pourquoi est-ce que ça devait lui arriver à elle ?

— Est-ce que je vais en mourir ?

— Non, la tranquillisa-t-il.

Nicholas toucha le front moite de Charlotte. Pour l'instant, la température était normale. Le visage congestionné, elle se mordait les lèvres. Il voyait bien qu'elle essayait de se retenir de pleurer. Il ne connaissait pas l'effet de la morsure de la scolopendre, mais il le devinait pour avoir déjà vu un marin pleurer de douleur après avoir été mordu au talon par un spécimen particulièrement monstrueux et agressif qu'avait capturé Sir Longford sur l'île de la Guadeloupe. Le pauvre avait souffert le martyre quatre jours durant.

— Il se pourrait que vous éprouviez des maux de tête et même de la fièvre.

Gémissement.

— Où est-ce que c'est arrivé ? demanda-t-il doucement.

— Dans la vieille case… celle de Quaco, dit Charlotte à mi-voix.

— La case de Quaco ? Que faisiez-vous là-bas ?

— Je… s'il vous plait, Mr Lauder. Aller chercher le docteur Macpherson. Il doit bien avoir quelque chose pour soulager cette douleur. Vous me diriez qu'elle disparaîtrait en me coupant le doigt que je vous supplierais de le faire.

— Oui… oui, j'y vais sur-le-champ.

Pendant que s'éloignait le martèlement des sabots du cheval, Eliza lui parlait tout en appliquant des compresses d'eau froide sur son front et sur sa nuque. Elle insistait sur la morsure de duppy. Les duppies pouvaient se métamorphoser en scolopendres s'ils le désiraient. Puis elle s'assit dans le fauteuil près du lit pour surveiller Charlotte. Ce fut au tour de Lucas d'annoncer avec fracas son retour. Il se présenta tout haletant, les yeux exprimant sa grande inquiétude. Eliza le tranquillisa : son père était parti quérir le docteur. Il s'assit en tailleur à ses pieds. Il n'y avait rien qu'ils puissent faire de plus pour soulager Charlotte. Ne restait qu'à attendre l'arrivée du médecin.

Charlotte leur tourna le dos et se recroquevilla sur cette douleur paralysante qui accaparait maintenant tout son être. Était-il possible de souffrir autant? Il fallait penser à autre chose... le message de Louisa. Elle palpa la poche de sa jupe. Il était encore là. Quel mystère recelait-il? Des aveux... ça ne pouvait être que ça. Elle ne voyait que ça. Mais pourquoi toute cette mise en scène pour dissimuler une lettre d'aveux? L'espace d'un bref moment, elle pensa que c'était Louisa qui avait placé le repoussant insecte dans la cavité avec le pli. L'ultime vengeance avant de disparaître... Non, ça aurait été plus simple de placer la bestiole sous ses vêtements dans l'un des tiroirs de la commode. Louisa ne se serait jamais donné toute cette peine. Elle chassa cette absurdité de ses pensées.

La douleur reprit toute la place et l'épuisait. Elle peinait à respirer. Ses voies respiratoires devenaient oppressées. Ce n'était pas le moment de faire une crise. Ce n'était jamais le bon moment. Se concentrer... Elle palpa de nouveau le pli, glissa la main dans sa poche. Il était épais et bien ficelé. Si elle ne s'était pas fait mordre, elle l'aurait déjà lu. De sa main valide, Charlotte s'évertua à retirer la ficelle solidement nouée. Le plus discrètement possible, elle s'y prit avec les dents. La ficelle glissa enfin. Un geste trop brusque lui arracha un râle étouffé.

— Vous avez mal, Miss Seton? l'interrogea Lucas.

— Oui... murmura Charlotte en plaquant la lettre contre son ventre.

Les secondes s'égrenèrent. Eliza dit quelque chose au garçon et retourna à la cuisine, les laissant seuls. Charlotte attendit encore un peu. Elle déplia précautionneusement son bras souffrant. La main avait considérablement enflé et l'index était méconnaissable. C'était ahurissant. Est-ce que le docteur Macpherson allait l'amputer ? Sa main droite. Elle ne pourrait vivre sans sa main droite. Les larmes lui venaient aux yeux. Un simple frôlement du tissu de l'oreiller. C'était atroce. Se concentrer… Elle n'y arrivait pas. Elle froissa le papier contre son ventre crispé et gémit.

Une main sur son épaule la fit sursauter. Le visage imprégné d'inquiétude de Lucas se penchait sur elle.

— Ils vont arriver bientôt, Miss Seton. Le docteur va vous guérir, vous verrez.

Nicholas et Mr Macpherson arrivèrent de longues minutes plus tard. Enfermée dans sa douleur, Charlotte les entendait vaguement parler. Les sourcils soucieux au-dessus de ses petites lunettes rondes, le vieux médecin l'examina. Il lui parlait de venin, de fièvre et d'agitation. Elle roula sur le dos en prenant soin de ne pas bouger sa main. Effort inutile. Le moindre mouvement sollicitant les muscles du bras se répercutait jusqu'au bout de ses doigts dans une vague d'élancements incroyables.

Le médecin palpa les ganglions dans son cou, les viscères dans son abdomen. Il souleva les paupières pour examiner les yeux. Il l'ausculta. Puis il étudia sa langue et tâta le pouls. Il était trop dur et rapide : il fallait saigner. Tout se passait comme dans un rêve pour Charlotte. Elle regardait le sang noir gicler dans le bol. Voilà ! Le mal allait la quitter dans ce sang corrompu. Mais quand Nicholas appliqua une pression sur l'entaille, la douleur était restée aussi intense dans sa main.

Le médecin lui fit avaler un liquide âcre, parfumé à la cannelle. Du laudanum. Elle voudrait aussi inhaler la fumée de chanvre pour apaiser ses bronches. Dans ses poumons comprimés, l'air sifflait. Tout le monde s'installa pour attendre que les premiers effets de l'opium se fassent sentir. Cela prit plusieurs minutes. Charlotte les passa allongée sur le lit, face au mur. Dans sa tête s'infiltrait une brume légère. La douleur s'atténuait enfin, graduellement, mais inexorablement. Elle se traduisait mieux par un effet de lourdeur. C'était comme si son bras s'était en partie détaché de son corps, nourri de vie que par un petit cordon. Un bras embryon. À cette idée, bizarrement, s'enchaîna celle du bébé de Louisa qui pourrissait dans le ventre de sa mère, avec leurs secrets…

Les yeux clos, elle sentit une présence près d'elle. Une légère pression sur l'épaule, une caresse sur le front. Nicholas lui demanda si elle allait mieux. Sans ouvrir les yeux, elle fit signe que oui. Un craquement de papier pénétra mieux son esprit, éparpilla ses pensées lugubres. Elle entrouvrit les paupières, fouilla pour retrouver la lettre de Louisa. Elle ne tâta que les draps. Quand elle comprit qu'on la lui avait prise, elle se redressa. Debout près de la fenêtre, Nicholas était absorbé dans la lecture de…

— C'est à moi ! Mr Lauder, rendez-moi ça !

Le médecin l'obligea à rester où elle était. Sourd à son appel, lui tournant le dos, Nicholas poursuivait sa lecture.

— Mr Lauder ! se vexa-t-elle.

Quelques minutes s'écoulèrent dans un silence tendu avant qu'il se retourne et pose sur elle son regard. Elle vit ses lèvres amincies en un trait fin et pâle. Son expression était bouleversée. Que racontait donc Louisa de si effroyable ?

— Maintenant, rendez-moi ce qui m'appartient !

Nicholas l'ignora, s'adressa à Lucas, tassé sur une chaise en retrait dans un coin.

— Tu gardes un œil sur elle jusqu'à ce que je revienne.

— Mr Lauder ! protesta de nouveau Charlotte en se redressant.

— S'il vous plaît, Miss Seton. Je raccompagne le docteur Macpherson. Je reviens dans une minute.

— Mais, ma lettre !

D'un geste, il fit signe au médecin de le suivre. Rapidement, à l'insu de tous, il retira la dernière des trois feuilles de papier et la fit disparaître à l'intérieur de son gilet. Rendu sur la véranda, il présenta à Macpherson les deux autres.

— Lisez ça et dites-moi ce que vous en déduisez.

Le médecin ajusta ses lunettes sur son nez et plissa les paupières avant de s'y mettre. Après quelques lignes, il exprima sa grande stupéfaction.

— D'où vient ceci ?

— Poursuivez, Monsieur.

Ce que fit Macpherson sans attendre. Lorsqu'il acheva sa lecture, de sa bouche entrouverte s'échappa un drôle de hoquet suivi d'un « par Dieu ! ». Il rendit la lettre à Nicholas.

— Ce document trouvé dans la chambre de Miss Susan auquel Lady Elliot fait allusion, vous pensez que Miss Seton en a pris connaissance ?

— Je ne sais pas. Mais qu'elle l'ait vu ou non, si les Elliot ont le moindre doute qu'elle y a eu accès, elle pourrait se retrouver dans une situation dangereuse.

— Hum… fit pensivement Macpherson. Vous avez une idée de ce que pourrait être ce terrible secret qui pourrait détruire la réputation de la famille Elliot ?

— Pas plus que vous, répondit Nicholas en contrôlant la nervosité qui le gagnait. Mais je peux vous assurer qu'il doit être suffisamment accablant aux yeux des Elliot pour justifier le meurtre de deux femmes. Car, à mon avis, il ne s'agissait nullement de suicides, mais de meurtres, commenta Nicholas avec une gravité singulière.

— Je dois vous avouer, Lauder, que tout ceci me donne la chair de poule.

— Vous avez examiné le corps de Lady Elliot ?

— Non, fit le médecin d'une voix hésitante. Pourquoi l'aurais-je fait ? Je veux dire… On m'a dit que Lady Elliot avait été retrouvée pendue. Connaissant son inclination à la neurasthénie… Vous savez, je n'ai pas été très surpris.

— Mais vous êtes médecin, non ?

— Je ne suis pas médecin légiste, Monsieur. Et je ne crois pas que les Elliot aient vu d'un bon œil que je soulève des doutes sur les causes de la mort de l'épouse de Sir Elliot.

— Mais, à la lumière de ce que vous venez de lire, vous vous accordez à penser comme moi qu'il ne s'agit pas d'un suicide.

Macpherson soupira et détourna son regard vers la vastitude des champs miroitant sous le soleil toutes les nuances de verts. Un vent d'ouest qui balayait la vallée soulevait une brume de poussière au-dessus des chemins.

— Je ne crois pas que Lady Elliot ait délibérément voulu attenter à ses jours, déclara-t-il d'une voix empreinte de certitude.

— Vous pourriez le prouver ?

L'homme ramena vers le gérant un visage chargé d'incrédulité.

— Vous voulez rire ? Mais, vous me demandez quoi, là ? De jouer au coroner ? De réunir des preuves donnant matière à accusation contre mon employeur, peut-être ?

Nicholas considéra durement le médecin.

— Deux femmes sont mortes… Et il s'en est fallu de peu pour que Miss Seton soit la troisième victime.

— Le poison ne lui était pas destiné, Lauder. Lady Elliot l'affirme. Miss Seton n'a rien à craindre.

— Écoutez-moi bien, Macpherson. Dans moins d'un mois, elle doit reprendre la mer en compagnie de Sir Elliot. Si j'ai le moindre doute qu'il puisse avoir quelque chose à voir avec la mort de sa femme…

Macpherson secoua sa tête. Une main couvrant sa bouche, il fit mine de réfléchir.

— Que voulez-vous, au juste, Lauder ? Que je procède à une autopsie ? D'abord, c'est trop risqué. Creuser la tombe de Lady Elliot fera de nous deux ennemis de plus. Et quand commence la bataille, Monsieur, le sabre n'a de repos que lorsque le dernier ennemi est tombé. Ensuite, regardez-moi. Je suis trop vieux. Mes lunettes me suffisent à peine pour lire. Comment voulez-vous que je parvienne à distinguer quoi que ce soit sur un cadavre putréfié ? Et si bien même je parvenais à prouver que Lady Elliot a été victime d'un meurtre, que ferions-nous de cette information ? Je n'ai pas envie de me retrouver au beau milieu d'un scandale de ce genre. J'ai envie de finir des jours paisibles. Je pense que je les mérite. Allons, mon ami, vos sentiments pour cette jeune personne brouillent votre jugement. Sir Elliot n'était pas ici quand Lady Elliot est morte. Je vous le répète, Miss Seton n'a rien à craindre de lui.

Nicholas pinça les lèvres. Rien n'était moins sûr. Mais pour le moment il devait s'en remettre au jugement de Macpherson. Si Charlotte ne savait rien du fameux document, si les Elliot ne soupçonnaient rien, elle ne risquait rien.

Macpherson esquissa un geste vers l'escalier, s'arrêta sur la première marche.

— Hum… Pour Miss Seton, qu'avez-vous l'intention de faire ?

— Je n'ai d'autre choix que de la raccompagner à la grand-case, répondit Nicholas sans cacher son irritation. Le mieux pour elle serait de retourner à Montego Bay.

— Hum… refit le médecin en posant une main parcourue de grosses veines bleues sur sa poitrine. Oui, après mûre réflexion, je pense qu'il serait temps que je me retire en ville. La vie à la campagne commence à être un peu rude pour mon pauvre vieux cœur. Dites à Miss Seton que je reviendrai l'examiner ce soir. Bonne fin de journée, Lauder.

Charlotte fondit sur Nicholas sitôt qu'il se pointa dans l'encadrement de la porte.

— Vous n'aviez pas le droit !

— S'il vous plaît, Miss Seton. Toutes mes excuses. Mais, constatant l'objet des confidences de Lady Elliot, je me suis permis de manquer aux bonnes manières.

— Rendez-la-moi… C'est à moi ! Comment pouviez-vous la lire, alors que je ne l'ai même pas encore fait !

Plantée devant lui, elle bouillait de colère et ne se serait pas ménagée pour l'exprimer plus vivement si l'opium ne l'avait pas ramollie. Cette lettre lui était adressée à elle. Il n'avait pas le droit de la lire sans son consentement. Nicholas congédia Lucas, la saisit par les épaules et la reconduisit jusqu'au lit où il l'obligea à s'asseoir. Il la regarda droit dans les yeux.

— Quand l'avez-vous reçue ?

— Je ne l'ai pas reçue. Il m'a fallu la trouver. Et ça, c'est ce qu'il m'en a coûté pour l'obtenir.

Elle avait brandi sa main droite sous son nez.

— Vous l'avez trouvée dans la case de Quaco ?

— Lady Elliot voulait s'assurer que moi seule la lirait, lâcha-t-elle âprement. Maintenant, rendez-la-moi, Mr Lauder.

Ce qu'il fit sur-le-champ. Après quoi il ferma la porte, approcha le fauteuil du lit et s'y laissa tomber. Elle lissa les feuilles sur ses cuisses et, après lui avoir chargé un regard mauvais, débuta :

Montpelier, 6e jour de décembre, 1831

Chère Miss Seton,

Si cette lettre se retrouve entre vos mains, c'est que je n'aurai pas mésestimé votre intelligence. Elle sera mon acte de contrition, nécessairement. Pour toutes les souffrances inutiles que vous avez subies, je considère qu'il est mon devoir de vous révéler la vérité sur ce qui entoure votre empoisonnement. Ce poison qui vous a tant rendue malade, c'est à moi qu'il était destiné. Ce matin-là, après une nuit de sommeil agité, incapable de me rendormir et ne désirant pas à avoir à patienter qu'Aurelia monte mon plateau, j'avais pris le vôtre qui attendait devant votre porte en me disant que je n'aurais qu'à vous refiler le mien. Ce que j'ai fait quelques minutes plus tard. Je ne pouvais deviner à ce moment tout le mal que cet innocent petit subterfuge vous causerait.

Charlotte marqua une pause pour regarder Nicholas. Il gardait les yeux fixés sur elle. Elle lui tourna le dos avec humeur.

Je vous avoue ma sincère consternation. Et je remercie Dieu qu'il n'y ait pas eu de conséquences fâcheuses et que tout soit rentré dans l'ordre pour vous. Ce qui n'a toutefois pas été le cas pour Aurelia. La négresse n'avait rien à voir avec l'empoisonnement. J'avais envoyé Aurelia acheter la poudre chez Phillis pour la raison que vous savez, et cette poudre ne contenait rien de plus que des herbes abortives. Mais ces herbes ne m'ont donné rien d'autre que d'affreux maux de ventre. La négresse avait suffisamment été bien payée pour garder le silence. De toute façon, elle savait que sa vie ne tiendrait qu'à un fil si elle se risquait à ouvrir la bouche.
À la suite de cet échec, au moment où je voyais ma situation devenir des plus désespérées, la Providence m'a tendu la main sous une forme inattendue. L'arme nécessaire qui obligerait Sir Elliot envers moi. J'ai confronté le clan Elliot et leur ai proposé un marché que je considère honnête : ma liberté et une rente me permettant de mener une vie confortable contre mon silence sur

leur secret. Un secret plus effroyable que tout ce que j'avais imaginé. Une vérité si odieuse que je n'ose la répéter par écrit. Mais je soupçonne que vous savez déjà de quoi je parle, Miss Seton. Je suis passée derrière vous dans la chambre de Miss Susan, ce matin où je vous y ai vue. Simple curiosité de savoir ce qui vous avait attirée là. J'ai vite compris que, comme moi, vous cherchiez des réponses à certaines questions. Il y avait ce bout de papier qui dépassait sous la grande armoire…

Charlotte laissa échapper un son.

… C'était une lettre au contenu des plus accablants. Jamais Miss Susan n'aurait laissé un tel document traîner là. Cette lettre est une vraie bombe qui pourrait causer la ruine des Elliot. Or, j'ai tout de suite deviné que c'était vous qui l'aviez laissé tomber là, par mégarde. Avec ça, je me croyais assurée de tenir les Elliot au bout de ma pique. Ils ont accepté le marché. Ça a été si facile. Trop facile, peut-être.
J'ai été naïve de croire que cette lettre serait ma sauvegarde. Trois jours plus tard, vous étiez empoisonnée en buvant mon café. Lequel des Elliot y a placé la stramoine, je ne le saurai jamais. Mais ça n'a pas vraiment d'importance. Ils se protègent l'un l'autre. Vous vous accorderez avec moi pour dire qu'ils sont tous coupables. J'ai compris leur jeu. La stramoine provoque des hallucinations. Ils voulaient détruire ma crédibilité. La tactique est connue. Combien de femmes ont été internées pour aliénation mentale simplement parce qu'elles devenaient encombrantes ? Une femme qui boit trop et qui est saisie d'hallucinations devient dangereuse pour elle-même et pour les autres. Et tout ce qu'elle raconte est puisé dans ses délires. Je vous laisse deviner la suite. Depuis ce jour, je sais que chaque gorgée, chaque bouchée que j'avale, peut être celle qui me sera mortelle. Voilà la liberté que j'ai gagnée dans ce marché. Tout ça m'a amenée à longuement réfléchir. J'ai pris la décision de partir. L'argent n'est pas un problème immédiat. Pour l'instant, sauver ma vie et celle de l'enfant que je porte sont mes priorités.

Je crois qu'ici se termine ma confidence. Elle me rehaussera, je l'espère, dans votre estime. Pour votre sécurité, après en avoir pris connaissance, brûlez immédiatement tous ces papiers. Je vous souhaite bonne et longue vie. Vous le méritez mieux que moi. Adieu,

Lady Louisa Wedderburn Elliot

Charlotte replia lentement les deux feuilles. Elle ramena son bras contre elle. La douleur était omniprésente, mais diffuse. Les mots de Louisa formaient dans sa tête une sinistre ribambelle de phrases insensées qui tournaient en rond et baignaient dans une brume opiacée. Tout tournait trop vite… Une vague de nausée l'envahit. Elle allongea le bras vers le bassin que lui avait laissé le docteur Macpherson. Nicholas le plaça sous son nez et elle vomit.

— Vous avez vraiment fouillé dans les papiers de Miss Elliot ? l'interrogea-t-il après qu'elle s'eut calmée.

Le ton était lourd de reproches. Elle tourna vers le mur son visage sur lequel se glissait l'inexorable sentiment de honte.

— Oui.

Soupir. Elle ferma les paupières pour contenir ses larmes.

— Pourquoi ?

Elle n'aimait pas cet interrogatoire. Elle n'aimait pas que Nicholas la juge irréfléchie et étourdie.

— Je n'ai aucune excuse valable à offrir, sinon ma stupidité.

— Miss Seton, fit-il plus doucement, comme une invite à le regarder.

— C'est de ma faute… murmura Charlotte. Si je n'avais pas fait la fouine dans les cahiers de Miss Susan, rien de tout ça ne serait arrivé et Lady Elliot serait encore en vie.

— Vous culpabiliser ne changera rien à ce qui est. Il s'agit maintenant de prévoir la suite. Il s'agit maintenant de vous, Miss Seton.

— De moi ?

Elle s'était retournée vers lui. Ses joues étaient mouillées de larmes de remords.

— Avez-vous vu ce document dont parle Lady Elliot ?

— Non… je n'ai rien vu de tel.

— Il faut me dire tout ce que vous savez. Vous comprenez cela ? insista-t-il.

— Je n'ai fait que parcourir quelques passages de son journal. Je sais… je sais ce que vous pensez, Mr Lauder. La curiosité n'a rien de discret. Vous me l'avez déjà dit. Mais je voulais savoir pour Mabel. Et… j'ai découvert qu'elle n'est pas la fille de Miss Susan, comme le prétendait Lady Elliot. Elle est la fille de Madame Eugénie. Le fruit d'un viol commis par Sir Thomas.

Impassible, le torse penché devant et les coudes plantés dans ses genoux, il la dévisageait sans bouger. Soit il n'était pas surpris, soit il ne la croyait pas.

— Je l'ai découvert dans le journal de Miss Susan, ajouta-t-elle pour finir.

— Je ne mets pas en doute votre parole, Miss.

Les traits de Nicholas se chiffonnèrent et il dressa le dos. Plongé dans ses pensées, il grattait distraitement son menton.

— C'est exactement ce qui est écrit ou c'est ce que vous avez déduit de ce que vous avez lu ?

Elle souleva les sourcils, légèrement décontenancée.

— Je n'ai rien imaginé, Mr Lauder ! C'est ce qui était écrit. Je n'aurais jamais inventé une histoire aussi sordide à propos des Elliot !

— Et vous croyez ce qu'a écrit Miss Susan ?

— Pourquoi est-ce que je ne le croirais pas ? Miss Susan mentirait à son journal ?

Il avait sur les lèvres une autre question, mais préféra laisser tomber. Sa main avait caressé son gilet, là où était dissimulée la dernière page de la lettre. La *bombe*, comme l'avait appelée Lady Elliot, car ce qui y était dévoilé était absolument explosif. Troublé, il se leva, fit quelques pas vers la fenêtre et s'abîma dans le pâle paysage. Ce que savait Charlotte n'avait rien de menaçant pour les Elliot.

— Qu'allons-nous faire, maintenant ? demanda-t-elle.

— Rien, pour le moment.

— Rien ? Il est assez évident que Lady Elliot a été assassinée. Doux Jésus ! Par ma faute ! Par ma faute !

— Miss Seton, cessez de vous marteler le cœur avec ça !

— Comment voulez-vous que je fasse autrement ! J'ai refusé de l'aider… Elle était désespérée. Et là, parce que je me suis fourré le nez dans ce qui ne me regardait pas… Oh, Dieu !

Elle eut un mouvement d'impatience et bascula sur le lit. Sa main heurta le matelas et elle tressaillit. La douleur ravivée inonda ses yeux et elle serra les paupières.

Retomba un long silence entrecoupé de halètements sifflants. Les évènements, la réalité, les hypothèses, tout s'emmêlait soudain dans la tête de Charlotte. La dose d'opium l'avait étourdie, engourdie, presque assommée par ses effets. Mais, quoiqu'elle sentait encore ses poumons emprisonnés dans leur armure de fer, l'air passait maintenant plus librement.

Nicholas contempla le tableau que formait la jeune femme ainsi allongée sur son lit. Elle portait sa robe de soie grise. Grise comme la pénombre qui la baignait, comme les draps dans lesquels elle se fondait, et les murs poussiéreux. L'image monochromatique mettait en relief un visage lumineux comme la lune, auréolé des feux du soleil. Mais l'expression n'était que le sombre gouffre de toutes les douleurs. La main blessée, fermée, était crispée sur un cœur gros de chagrin. L'autre, tombant mollement dans le néant, s'abandonnait, offerte. Il eut brusquement envie de la prendre. La fin de tous ses désirs, en clair-obscur.

Il emporta le tableau derrière ses paupières. L'imprima à l'arrière de son crâne, où les burins du temps l'y graveraient plus profondément encore.

— Qui l'a tuée ? murmura Charlotte, les yeux s'égarant dans les lézardes du plâtre du mur. Miss Susan ? Ce document auquel se réfère Lady Elliot a probablement glissé hors du cahier que je consultais. Il devait alors la concerner… De quelle manière ? Un crime avoué ?

Il ne suggéra rien, gardait les paupières closes derrière lesquelles couraient d'autres images, moins avouables que la première.

— Sir Thomas…

Le nom, sorti comme un sifflement de serpent d'entre les lèvres sèches de Charlotte, arracha Nicholas de sa méditation. Il ouvrit les paupières pour la regarder. Elle n'avait pas bougé.

— Qu'y a-t-il à propos de Sir Thomas ? l'interrogea-t-il prudemment.

— Elle l'a tué… Miss Susan. Elle a tué Sir Thomas. Ça ne peut être que ça.

Quelques secondes de silence s'écoulèrent.

— Vous avez aussi lu ça dans le cahier?

— Non… le cahier que j'ai lu ne couvrait que les années vingt-quatre et vingt-cinq. Mais, jour après jour, elle y exprimait cette haine pour son père… jusqu'à souhaiter sa mort.

Elle le dévisageait, l'air effaré. La même peur remodelait lentement les traits de Nicholas. Les désirs indiscrets de Charlotte de tout connaître sur tout allaient finir par la perdre. L'ignorance; l'arme de l'innocence; la cuirasse du sage. Charlotte était intelligente. Elle devrait le savoir, s'en servir. Il eut envie de la saisir et de la secouer comme on secoue un enfant pour lui faire comprendre le bon sens. Car, à bien des égards, Charlotte n'était encore qu'une enfant.

— Miss Seton, votre imagination déborde de non-sens.

— Je vous assure…

— Oubliez tout ce que vous avez lu!

— Mais, *je* sais! s'insurgea-t-elle.

— Vous ne savez *rien*!

La voix avait claqué sèchement et avait fait tressaillir Charlotte. Elle s'assit pour observer attentivement l'homme. Face à l'implacabilité qu'il lui opposait maintenant, elle sentit un vertige la saisir.

— Mais… vous, si!

— J'ignore tout de ce qui est véritablement arrivé à Sir Thomas.

Elle fronça les sourcils et posa un regard vague sur sa main déformée par l'enflure avant de revenir à lui pour conclure.

— Mais vous savez quelque chose.

Il eut un mouvement d'impatience. Concluant que Nicholas Lauder connaissait le secret des Elliot, elle frissonna. Elle le voyait, là, dans le gouffre de ses prunelles noires. Puis une pensée la pétrifia : s'il en faisait partie? S'il était le complice de Miss Susan? C'était parfaitement plausible, sinon logique, puisqu'il ne l'avait pas dénoncée. Pis! S'il avait personnellement quelque chose à voir avec la mort de Louisa? S'il était complice du meurtre? Si la femme de Sir Robert avait été assassinée, il avait bien fallu que quelqu'un lui passe la corde au cou et la suspende à l'une des poutres de la vieille serre. Seul un homme possédait la force nécessaire pour faire ça. Après avoir commis son crime, le menaçant de le dénoncer aux autorités de l'île, Susan pouvait avoir demandé à Nicholas de finir le travail. Silence contre silence. C'était possible.

Maintenant, elle aussi connaissait le terrible secret. Et Nicholas Lauder le savait.

D'instinct, Charlotte se leva et se dirigea vers la porte. Deux enjambées suffirent à Nicholas pour la rejoindre. Le cri qui était sur le point d'alerter Eliza et Lucas s'étouffa dans la large paume de l'homme. Seuls les yeux, extraordinairement démesurés, pouvaient encore exprimer la terreur de la jeune femme.

— Miss Seton, pour l'amour du ciel ! L'opium vous embrouille l'esprit. Je vous jure que pour l'instant, tout ce que je sais est que la mort de Lady Elliot n'a à mon avis rien d'accidentel et que tant que les Elliot croient que vous ne savez rien, vous ne risquez rien.

Les doigts de Nicholas s'enfonçaient dans la chair de son épaule. Il la maintenait plaquée contre le mur. Son autre main hésitait encore à libérer sa bouche.

— Je vous supplie de me croire…

Toute dureté avait quitté le visage de Nicholas. Charlotte avala sa salive. Elle était partagée entre l'envie de le croire et celle d'obéir à son instinct, qui lui dictait de fuir cet homme dont elle sentait toute la force brute dans le corps musculeux tendu.

— Trop de dangers rôdent dans Montpelier. Je préférerais tant vous savoir chez votre amie à Montego Bay, murmura-t-il en retirant finalement le bâillon pour empoigner l'autre épaule.

— Sir Robert doit m'y conduire incessamment.

Il la dévisagea, dubitatif.

— Miss Seton, je vous renouvelle ma promesse de ne laisser personne vous faire de mal.

Charlotte l'entendit à peine. Les émotions qui s'entrechoquaient produisaient un vacarme dans sa pauvre tête. Et sous son sternum, le cœur donnait de douloureux coups de butoir qui se répercutaient dans tout son corps. Les mains de Nicholas avaient glissé le long de ses bras. Il l'avait attirée vers lui et l'enlaçait sans qu'elle lui résiste davantage. Paupières closes, elle était tout à coup derrière un treillis lourd des rosiers grimpants et un homme lui baisait tendrement la main. Les larmes jaillirent dans ses yeux. Elle avait tant besoin de croire en Nicholas.

— Je vais brûler la lettre de Lady Elliot, chuchota-t-il encore. Vous ne l'avez jamais lue. Vous ne savez rien.

Intimidée par cette soudaine promiscuité, elle acquiesça d'un petit mouvement de tête. Sa joue brûlante frotta le tissu du vêtement. Le parfum de savon frais qu'il dégageait était trop léger pour masquer celui du corps. Étrangement, elle trouvait cette odeur plaisante. Saveur du réconfort. Elle s'y réfugia, y goûta. Il caressait sa chevelure, lutinait avec les boucles, chatouillait sa nuque. Ne pas lever le menton et surtout garder les paupières fermées tant que durait le rêve. Ne plus partir pour Montego Bay. Demeurer dans la chaleur de ces bras… Il y faisait si chaud. Trop chaud… Ne plus jamais les quitter.

Montego Bay. Envahissait Charlotte un malaise à la profondeur du sentiment de jalousie qui l'habitait depuis ce jour où elle avait vu Nicholas avec Miss Mendez. Car elle était jalouse. Et le sentiment de colère refit surface. Elle éprouva brusquement le besoin de se libérer de l'étreinte de Nicholas. Ce dernier, se méprenant sur la source de son embarras, se répandit en excuses.

Quelque part, un claquement sec, comme celui d'une branche d'arbre se brisant. Moment de silence, d'immobilité attentive. Quand leur parvinrent les cris, Nicholas accourut à la fenêtre. Dans la cour des installations, des esclaves s'étaient rassemblés. Dressé sur sa monture, Jeffrey Nelson leur gueulait des directives. Quelques secondes plus tard, les esclaves avaient regagné les bâtiments. Nelson arrivait à bride abattue vers sa case. Il s'était produit quelque chose.

— Qu'est-ce que c'était ? l'interrogea Charlotte en se postant près de lui pour constater par elle-même.

— Un coup de feu, expliqua laconiquement Nicholas.

Il prit son pistolet, enfonça son canotier sur ses yeux et bondit en fracas hors du cabinet. Eliza et Lucas étaient déjà sortis sur la véranda. Charlotte les rejoignit. Nelson gesticulait des bras et montrait les collines derrière la grand-case. Sa culotte de toile beige était maculée de larges taches écarlates sur une cuisse. Du sang. Nicholas revint vers eux.

— Il vaudrait mieux que vous rentriez à la grand-case, lança-t-il sérieusement à Charlotte.

Sans bouger, elle attendait bêtement des explications plus détaillées. Il s'impatienta.

— Des rebelles se sont montrés au four à chaux.

Au four à chaux, des rebelles. Du sang sur Nelson. Le sang de qui? Dans la tête de Charlotte : un esclave massacré. Une balle lui transperçant les poumons, le cœur, le crâne. Un dos en charpie. Une oreille, un nez, une main, des lèvres coupées. Toute l'horreur du prix d'une liberté. Était-ce le début de la rébellion? Elle allait être prise dans les feux croisés. Entre la mort de Louisa et Mabel à consoler, la menace lui avait semblé si irréelle. Susan n'avait cessé de répéter que les nègres de Montpelier ne suivraient pas le mouvement. Alors? Qu'est-ce que ça signifiait?

Nicholas l'entraînait vers le cabinet. Comme on habille un enfant, il ramassa son bonnet, le lui plaça sur la tête et fit un nœud avec les rubans.

— Je demande à Eliza et Lucas de vous raccompagner.

Il vérifiait le mécanisme de son pistolet et empochait des munitions. Elle revoyait le sang sur Nelson et un souffle de panique la fit frémir. La mort allait frapper. Nicholas coinça son arme dans sa ceinture. Il s'était planté devant elle et attendait manifestement qu'elle bouge. Elle ne rêvait plus; la douleur ranimée la paralysait. L'angoisse précipitait sa respiration, lui nouait le ventre, inhibait les effets de l'opium. Elle avait vu des blessures par balle. Elles n'étaient jamais banales. Trop souvent mortelles.

Elle lui dit d'une voix émue :

— Soyez prudent.

Il se pencha sur elle. Elle crut qu'il allait enfin l'embrasser. Et bien qu'il ne fit que lui caresser la joue, elle devinait clairement l'envie d'autre chose dans ses yeux enfiévrés.

— Miss Seton, n'oubliez pas ce que je vous ai dit…

Le temps qu'elle ouvre la bouche, il était parti. Cette crispation, ce souffle court, ce tremblement qui la saisissaient. Elle comprit qu'elle craignait pour la vie de Nicholas. Quelle étrange sensation. Il y avait quelques minutes à peine, face à lui, elle avait craint pour sa propre vie.

Chapitre 5

L'abattage de deux bœufs par les rebelles sur le site du four à chaux marqua le commencement des hostilités dans Old Montpelier. Nicholas et quelques hommes avaient poursuivi le groupe jusque dans les collines, à l'est de Montpelier, où ils avaient perdu leur trace. Le lendemain matin, vingt-quatre en décembre, le colonel Grignon émit l'ordre aux soldats du régiment du Western Interior de se rassembler dans les plus brefs délais aux baraques de Shettlewood. Ceux déjà réunis avaient été sommés de réquisitionner toutes les armes et les munitions disponibles dans les plantations environnantes. L'alerte avait été donnée. Incessamment, le gouverneur Belmore allait instaurer la loi martiale.

À cause de la douleur de sa blessure et de l'anxiété, Charlotte passa une nuit très agitée. Le laudanum l'avait plongée dans des rêves cauchemardesques, d'où elle s'extirpait gémissante, pantelante et trempée de sueur, pour découvrir qu'aucun coutelas ou pistolet ne la menaçait réellement. Ensuite, après avoir vérifié que le scalpel se trouvait toujours à portée de main sur sa table de nuit, elle restait de longues minutes aux aguets, à analyser chaque son perçu dans la grand-case, estimant leur nature anodine ou préoccupante. Car pour Charlotte, le danger ne venait plus que de l'extérieur.

Du crépuscule à l'aube, le chant lugubre des cornes des rebelles embusqués dans les montagnes cernant la vallée troubla le silence de la nuit et donna froid dans le dos. Catalyser la peur pouvait se révéler une tactique d'intimidation efficace. Sir Robert avait posté des esclaves armés autour de la grand-case. C'étaient des hommes fiables. Comme tous les esclaves qui étaient venus dans la soirée pour rassurer le massa sur leur indéfectible loyauté. Il fallait s'y fier. Il existait ceux qui trouvaient leur compte à défendre leur maître. Comme Othello. Mais aussi ces nègres qui craignaient plus la colère des Blancs et l'incertitude d'une liberté chimérique que le mépris de leurs semblables. Et pour l'instant, les Blancs maintenaient le contrôle de la situation. Mais on disait que des centaines de rebelles se cachaient, prêts à passer à l'action, l'esprit enflammé par les dernières paroles de leurs chefs spirituels. À n'importe quel moment le vent pouvait tourner et le feu de la revanche embraser la colonie.

Tout le jour, Charlotte avait espionné, observé, étudié les mouvements de chacun des occupants de la grand-case. Rien ne laissait soupçonner qu'un meurtrier se cachait parmi les Elliot. Depuis son retour de Montego Bay, ils n'avaient fait que lui témoigner une attention en toute apparence sans malice. Et on s'était empressé auprès d'elle afin de soulager les souffrances que lui causait sa vilaine blessure. Charlotte commençait à penser qu'elle avait imaginé toute cette histoire. Que, pour une cause inconnue, Lady Louisa avait véritablement mis fin à sa vie. Que ce terrible secret n'avait été que fabulation. Que le contenu de sa lettre n'était que le fruit de divagations éthyliques exacerbées par la profondeur de son désespoir. À la vérité, Charlotte n'avait jamais vu de ses yeux ce document dont Louisa faisait mention. Elle conclut qu'il ne pouvait s'agir que d'une invention de son imagination névrotique.

Le jour de Noël se déroula sans désagréments autres que la crainte que les rebelles lancent une attaque-surprise sur les installations. Car c'était ce qu'on redoutait le plus. La destruction des installations sucrières causerait des préjudices matériaux sévères aux planteurs. Toutefois, les Noirs comme les Blancs de Montpelier profitèrent de ce jour férié de la même façon que lors des années précédentes. Unique entorse aux traditions : les baraques étant désormais occupées par les soldats du Western Interior, c'est appuyé contre la balustrade de la véranda de la grand-case de Old Montpelier que le révérend Hall adressa son sermon à ceux qui voulaient l'entendre.

Il avait parlé de paix et d'obéissance. De soumission à Dieu. Dieu était « *le* Maître ». La création était gouvernée par Ses règles. L'ordre passait par la hiérarchie et nul ne pouvait s'y soustraire sans mettre en péril l'équilibre du monde.

« L'ordre, moral et physique, se doit d'être dans la nature des choses, rappela-t-il sur un ton pontifiant. Et chacun de nous doit regarder avec humilité la place qu'il tient dans la hiérarchie que Dieu a instaurée pour lui. L'enfant qui naît obéit à son père; son père se prosterne devant son roi; le roi s'en remet à Dieu; Dieu seul décide de la vie. La terre nourrit l'herbe; l'herbe nourrit le bétail; le bétail nourrit l'homme; l'homme nourrit la terre. Quiconque bouscule ces règles sème le chaos. Il va à l'encontre des lois de la création et s'attirera la foudre de Dieu. N'oubliez pas Ses redoutables fléaux ! Le fléau est la réponse de Dieu aux péchés de l'homme. Et lorsqu'il s'abat, par lui passe toute Sa colère et Sa terrible fureur. Seule Sa miséricorde retarde Son jugement final. Et sachez qu'il n'y aura point d'iniquité. Appelons Sa miséricorde en usant de probité. Ne précipitons pas le déversement de la septième coupe ! »

Pendant qu'avait grondé la voix du révérend, les cornes et les conques avaient résonné dans les collines tels les clairons précédant l'arrivée d'Attila. Et sur tous les visages blancs était inscrite l'inquiétude, sinon la peur.

Un grand dîner avait été donné à la grand-case auquel les officiers du régiment furent conviés. Comme à tous les ans, les employés blancs des deux Montpelier et de Shettlewood Pen étaient présents. Cette année, en uniforme militaire. La maison embaumait le gâteau aux épices de Quamina. Charlotte se rappela celui que préparait Mrs Dawson. La nostalgie ne fit qu'alourdir son humeur déjà chagrine causée par une indifférence affectée de Nicholas qu'elle ne s'expliquait pas. Pour lui, elle avait revêtu sa robe en organdi bleu campanule, la seule encore suffisamment belle pour une telle occasion, et piqué sa coiffure de fleurs de jasmin. En échange, elle n'avait obtenu que le fade plaisir de ses hommages polis et un souci à peine plus préoccupé de l'état de sa blessure. C'est dans le discours de Mr Davidson, mieux disposé à son égard, que Charlotte trouva à oublier la présence du gérant de

Old Montpelier à sa table. Elle s'absorba dans le récit du chirurgien sur ses débuts en médecine militaire à Waterloo dans le régiment des Black Watch. Elle avait partagé avec lui les impressions de son père sur cette grande bataille, qu'il avait aussi vécue. Ce qui avait fini par les plonger dans une discussion suffisamment prenante pour qu'elle ne remarque pas les regards agacés que leur lançait Nicholas.

Le dîner s'acheva longtemps après que le soleil eut basculé de l'autre côté de l'horizon. Par les fenêtres ouvertes leur parvenait le son des gombays qui rythmaient les chants et les danses des nègres qui fêtaient au village. Ce qui rappela aux officiers la raison de leur présence en ces lieux. Ces derniers ne s'attardèrent guère plus longtemps. Personne ne pouvait plus feindre d'ignorer la menace qui pesait.

S'excusant auprès des invités, Charlotte monta aider Emmy à mettre Mabel au lit. Lorsqu'elle redescendit au rez-de-chaussée, elle trouva le salon vide ; Mysee Cubina, qui était occupée à nettoyer les reliefs du repas, lui annonça que Madame et Missy Susan s'étaient retirées dans leurs chambres. Seuls des murmures dans le cabinet de Sir Robert et quelques retardataires résonnaient encore dans le rez-de-chaussée. Sachant qu'elle ne trouverait pas le sommeil avant des heures, Charlotte sortit sur la véranda pour respirer et goûter une dernière fois les parfums nocturnes de Montpelier.

Elle se déroula les évènements de la soirée. La fête de Noël chez les Elliot ne ressemblait en rien à celle qu'elle avait connue à Weeping Willow. La chaleur, la profusion de fleurs, de verdure. La seule musique des oiseaux. Il n'y avait pas d'instruments de musique à Montpelier. Il y avait déjà eu un clavecin dans le salon. Mais dans l'un de ses accès de violence, Sir Thomas l'avait abîmé et plus aucun autre instrument ne l'avait remplacé. Un triste fait. Charlotte aurait aimé joué un ou deux airs joyeux pour rendre l'atmosphère plus cordiale. Elle aurait demandé à Mabel de chanter avec elle. La présence de tous ces soldats n'avait rien fait pour égayer l'enfant. Ce qu'elle comprenait de la raison de leur présence était que cela avait à voir avec les méchants rebelles qu'elle disait entendre rôder la nuit.

Revenaient à Charlotte les craintes formulées par le lieutenant-colonel Small. Sans se préoccuper de la présence de la fillette à la table, il leur avait raconté qu'un groupe d'esclaves d'Adelphi, une plantation située dans la paroisse, avait été pris sur le fait de conspirer contre leurs maîtres. Le congé du dimanche ayant été absorbé par celui de Noël, tombé le même jour cette année, le procureur d'Adelphi avait refusé de leur accorder le lundi, comme cela se faisait généralement. Erreur que prit soin de ne pas commettre Sir Robert.

On fit également observer que Samuel Sharpe avait été aperçu dans les environs de Croydon. La plantation où il avait vu le jour était située plusieurs *miles* en amont de la Great River, au pied des montagnes de Catadupa, ce qui laissait soupçonner que le mouvement de grève qui se préparait allait bientôt s'amorcer. Et même si la manifestation en demeurait une pacifique, les planteurs ne reconnaîtraient dans ce geste qu'un soulèvement contre leur autorité qu'ils se dépêcheraient de réprimer par la force. Ne pourraient en découler que des actes de violence conséquents et désolants. Mais lorsque cela arriverait, elle ne serait plus là.

Les parfums de la nuit la rassérénaient. Charlotte souleva les yeux vers le champ d'étoiles qui scintillait au-dessus de la vallée. Ils battaient le pouls des ténèbres. Si elle conservait suffisamment longtemps un regard fixe sur l'horizon, elle pourrait observer le mouvement du ciel. Dans l'immobilité, constater l'inaltérable mobilité du monde. Roue du temps, il tournait avant elle et tournerait après. Une consolation dans les moments de détresse, mais une calamité pour les instants de bonheur qu'on voudrait figer dans l'éternité.

Charlotte choisit une étoile plus brillante que les autres et, la contemplant, se mit à fredonner doucement.

« *Twinkle, twinkle little star,*
How I wonder what you are!
Up above the world so high,
Like a diamond in the sky[7]*...* »

La surprirent les chuchotements des hommes qui sortaient du cabinet. Quelques instants plus tard, les employés blancs de Old Montpelier surgissaient hors de la grand-case, sans la remarquer. Dissimulée par l'obscurité, elle les observa s'éloigner. Seul Nicholas s'attarda un instant,

7. Premier couplet du poème *The Star*, des *Nursery Rhymes* de Jane Taylor, chanté sur l'air de *Ah vous dirai-je Maman.*

en bas de l'escalier. La flamme de son briquet jeta brièvement des lueurs dorées sur son visage et sur le feuillage ciré des crotons qui bordaient l'allée. S'absorbant dans ses pensées, il tira lentement sur son cigare, qui rougeoya, et souffla un rond de fumée. L'odeur âcre et piquante du tabac monta jusqu'à Charlotte, dont le cœur s'était mis à battre férocement. Elle pressa ses mains dessus. Dans le noir, un bruissement de soie. Pressentant une présence, Nicholas se retourna. À travers la fumée, il plissa les paupières.

— Miss Seton ?

Elle se révéla dans la lumière des flambeaux qui avaient été allumés tout autour de la grand-case.

— Je... je croyais que vous vous étiez retirée pour la nuit comme les autres.

— Je voulais profiter un peu de la fraîcheur de l'air. Il fait si chaud dans la grand-case.

— Oui...

— Vous avez été bien distant, aujourd'hui.

— Compte tenu de l'opinion de Sir Elliot, murmura Nicholas après s'être éclairci la gorge, j'ai pensé que c'était la meilleure attitude à adopter.

Charlotte fit mine de vérifier qu'ils étaient bien seuls.

— Et maintenant qu'il n'est pas là ?

Passa un temps de malaise.

— Sir Elliot m'a informé qu'il a fixé votre départ pour bientôt, annonça-t-il de but en blanc.

— Je sais. Il se pourrait que nos chemins ne se croisent plus jamais, Mr Lauder.

Jamais plus... Nicholas tira une bouffée de son cigare avant de se décider à le lancer au loin. Le feu dessina un arc lumineux dans la nuit pour s'éteindre dans l'herbe. Quelques secondes plus tard, il se tenait devant elle sur la véranda. Dans la lueur des flambeaux, son regard brillant, intense sur elle. Le contour lumineux de ses épaules dressées, carrées et solides sous l'uniforme rouge.

— Il est très seyant, enseigne Lauder, le complimenta-t-elle timidement en désignant sa tenue.

— Merci. Puis-je vous retourner le compliment, Miss ?

— Je l'accepte avec le plus grand des plaisirs, sir.

— Miss, murmura-t-il d'une voix particulièrement empreinte d'émotion. Promettez-moi de prendre soin de vous.

— Je le ferai.

— Promettez-moi d'écrire à Lucas.

— Je vous promets tout.

Il acquiesça silencieusement de la tête. Elle fixait la bouche de l'homme. Elle aurait aimé...

— Mr Lauder, je voulais...

— Non...

Le contact furtif d'un doigt sur les lèvres pour la faire taire déclencha la commotion dans leurs esprits. La chaleur du parfum que dégageait Charlotte enivrait Nicholas. Cette journée avait été un véritable calvaire pour lui. Il avait tout fait pour lui résister. Dans cette robe d'un bleu profond, elle était si désirable. Trop, il avait estimé, pour les yeux des autres hommes. Il se pencha vers son oreille. Les ombres qui redessinaient ses traits traduisirent soudain un désarroi que n'arrivaient plus à infirmer les inflexions de sa voix.

— Si... si les choses avaient été autrement... qu'il lui chuchota.

Elle bougea la tête; sa bouche effleura le favori, chatouilla la peau du visage. Sans plus hésiter, il prit sa main blessée et l'ouvrit précautionneusement pour y déposer un baiser léger comme un pétale dans le creux de la paume. Le mouvement forcé de ses doigts encore sensibles, la pression délicate de ceux, tremblants, qui la retenaient, le doux frottement des poils de la barbe, avaient arraché un soupir à Charlotte. Le plaisir de sentir enfin la chaleur humide de ses lèvres.

Dans le noir, moins de retenue. Ses doigts à elle s'aventurèrent sur la cravate avec l'innocente prétention d'en redresser une pointe. L'audace d'une caresse fugace dans le cou. Le trouble engendré par le contact physique. Un souffle syncopé. Bientôt, la solidité d'un torse sous une joue. Le battement accéléré d'un cœur dans une oreille. Une main tremblante, momentanément égarée sur la chute des reins, sur le moindre bout de peau nue qui s'enflammait aussitôt.

L'attirance réciproque était indéniable, irrépressible; le rapprochement, volontaire, nécessaire. Une bouche chercha l'autre, empressée de lui voler jusqu'à son dernier souffle. Charlotte ressentait déjà cette impression de vide qui l'accompagnerait dans les jours, les semaines, sinon les mois à venir. Elle se rendait compte qu'elle était tombée désespérément amoureuse d'un homme qu'elle allait quitter pour ne plus jamais le revoir. C'était arrivé si sournoisement, si graduellement. C'était complètement déraisonnable, insensé. Ils le savaient tous les deux. C'est pourquoi ils avaient attendu à la toute dernière minute pour s'avouer leurs sentiments, de peur de s'y abandonner sans plus réfléchir aux conséquences.

Au loin, le tam-tam des gombays africains cadençait leur pulsation cardiaque. Charlotte enlaça la taille de Nicholas. Les muscles dorsaux se contractèrent. Elle dessinait de ses doigts la musculature de l'homme, solide et entretenue par un travail physique rigoureux.

— Je voudrais tant rester, murmura-t-elle dans le creux de son épaule.

Nicholas la tenait étroitement serrée contre lui. Charlotte, à Montpelier, avec lui... Un sourire courba brièvement sa bouche. Sourire triste. Il demeura silencieux, son visage caché dans la chevelure que parfumaient les fleurs de jasmin.

— Permettez-moi de vous écrire... dit-elle encore.

Il secoua la tête. Elle sentit les muscles se tendre, échapper à sa caresse. Elle voulut s'accrocher à Nicholas. Il s'arracha violemment à elle, laissant entre eux une blessure ouverte. Il lui dit que les lettres ne feraient que leur inventer une histoire et entretiendraient inutilement l'espoir qu'ils pourraient un jour enfin la vivre. Il lui dit encore qu'il valait mieux en rester là. Il s'excusa bêtement : il devait reprendre son service. Puis il s'en alla, l'abandonnant à son désarroi.

Dans le noir, le crissement du gravier sous les semelles qui s'éloignaient vers le silence. L'inéluctable séparation. La nuit aspira Nicholas avec un morceau d'elle-même. Elle ne fit rien pour le retenir. Voilà ! Tout était terminé. Anéantissait Charlotte la fin de ce qui n'avait pas encore commencé. Ils n'avaient pas parlé d'amour. À quoi bon ? Il était trop tard pour ça.

⁂

Cette fois, Sir Robert ne céderait pas aux supplications de Madame sa mère. Il ne le pouvait plus. Une dépêche venait de lui parvenir de Belvidere, où le régiment était posté depuis la veille. L'enseigne Shearer lui écrivait qu'un groupe de cinq cents nègres était présentement rassemblé près de Lapland Estate. Ils projetteraient de mettre le feu aux bâtiments des plantations environnantes pendant la nuit. Ils auraient fait le serment d'obtenir leur liberté, sinon de mourir. Aussi, deux cents autres esclaves auraient été aperçus par un serviteur de Mrs Petgrave, de Richmond Hill. Il aurait affirmé qu'ils avaient prêté le même serment. Si les rebelles projetaient de brûler les propriétés de la vallée de la Great River, il était à prévoir que Old Montpelier partirait aussi en cendres tôt ou tard. Les manifestations prévues par les rebelles n'avaient plus rien de pacifique.

Ce départ qu'avait à la fois craint et espéré Charlotte était enfin arrivé. On était le vingt-sept en décembre. Il s'était écoulé trente-quatre heures depuis que Nicholas l'avait embrassée. Elle les avait passées à essayer de se convaincre qu'à la même date l'an prochain, au bras d'un jeune et brillant jeune homme de la société édimbourgeoise, elle aurait tout oublié de lui. Mais elle savait pertinemment qu'il n'en serait pas ainsi. Oui, le temps finirait par rendre fade le souvenir du goût du baiser de Nicholas, et en se remémorant la caresse de ses lèvres dans son cou, ses violents frissons ne deviendraient plus que de légers tremblements de chair. Mais il y avait des choses qu'on ne pouvait complètement oublier. Les émotions marquaient l'âme au fer rouge ; demeurait inexorablement une cicatrice.

Le cœur gros, elle attendait fébrilement le moment du départ. Les bagages avaient été descendus et encombraient le hall. On ne pourrait tout emporter dans un seul voyage. S'il le pouvait, Othello en ferait deux. Il fallait trier, choisir l'essentiel, laisser derrière le superflu. Les domestiques allaient et venaient chargés de sacs et de malles dans un manège frénétique. Les bagages s'ouvraient et on procédait aux échanges nécessaires, puis on les rapportait dans le chariot.

Avec ses incessants allers-retours de la grand-case à New Montpelier et à Shettlewood depuis le lever du soleil, Sir Robert était absorbé dans l'organisation de la défense de Montpelier. De son côté, Susan s'occupait d'orchestrer les préparatifs du départ. Il fallait aussi s'assurer que tous les objets de valeur qui ne pouvaient être emportés fussent mis en sûreté. Jurant qu'on ne la sortirait pas vivante de la grand-case, Madame s'était barricadée dans sa chambre. Sourde aux conseils de sa fidèle Loulou, elle persistait dans son refus de partir. Mais son fils s'était fait catégorique : aucune femme ne resterait plus longtemps à Montpelier. Il ligoterait et transporterait de force celle qui résisterait.

Paradoxalement, dans la plantation, tout paraissait paisible. Les oiseaux-mouches survolaient les massifs floraux qui exhalaient leur doux nectar. Indifférentes à ce qui se déroulait autour, les chèvres paissaient paresseusement dans leur pré. Sans se presser, un vent léger effilochait des nuages cotonneux dans un ciel saphir. Des lanterneaux des bâtiments ne s'échappaient plus les épaisses bouffées de vapeur sapide. Depuis ce matin, ne restait plus que quelques esclaves à leur poste à Montpelier. Les autres adhéraient au mouvement de grève et refusaient de bouger du village malgré les ordres des meneurs noirs, qui finirent par abandonner et rentrer aux installations. Certains esclaves avaient carrément pris le chemin des bois, soit pour fuir, soit pour rejoindre les rebelles. On sentait bien leur présence à épier le départ pressé des maîtres blancs. Flottait une atmosphère explosive qui rendait tout le monde nerveux.

Quelle triste façon de partir, se dit Charlotte. Sans plus y croire, elle espérait encore voir Nicholas. Avec son détachement, il parcourait le domaine, surveillait les chemins et patrouillait les frontières. Un dernier mot d'adieu porté par Lucas l'aurait consolée. Un aveu d'amour, une imploration de rester, une promesse qu'il viendrait bientôt la rejoindre, une lettre à emporter avec elle, avec le souvenir de leur premier et dernier baiser. Combien de fois Charlotte s'était rejoué comme une tragédie romantique ce trop bref instant de félicité. Elle regardait maintenant vers la modeste case du gérant. Sous un pamplemoussier, Lucas et Nanny se tassaient serrés l'un contre l'autre. Inséparables. Dans l'ombre de la véranda, l'éclat lumineux de la jupe d'Eliza qui les surveillait.

Le chant des cornes déferlait dans les montagnes. Des chariots de ravitaillement arrivaient par la grand-route de Montego Bay, croisèrent une estafette sur sa monture au galop. La veste rouge disparut rapidement dans les tourbillons de poussière jaune. Devant le caractère sérieux de la menace, le régiment de Grignon revenait occuper les baraques de Shettlewood. Sir Robert en revenait à peine que Susan le réclamait.

Madame Eugénie lui donnait du fil à retordre. Othello finissait d'arrimer le chariot.

Tout en Charlotte se brisait. Il fallait partir. C'était trop dangereux. Elle regardait le garçon et son chien. Comment Nicholas pouvait-il penser que son fils serait en sécurité avec Eliza ? Croyait-il que la seule couleur de sa peau le protégerait de la folie qui s'emparerait des rebelles lorsque leur sang aurait commencé à couler ? La vengeance rendait aveugle. Lucas était mulâtre et libre. Il était le fils reconnu d'un busha blanc.

« Je ne peux pas le laisser ici », conclut-elle tout bas.

Elle devait l'emmener avec elle à Montego Bay. Mais elle ne pouvait non plus enlever Lucas. Si elle pouvait retarder le départ, le temps de trouver et de convaincre Nicholas.

Les talons appuyés sur le bord du bureau de son cabinet, les mains croisées derrière la tête, Sir Robert méditait les yeux fermés. Le grincement d'une lame du parquet lui fit ouvrir les yeux. Apercevant Charlotte dans l'encadrement de la porte, il se contracta dans une posture plus convenable.

— J'aurais une faveur à vous demander…

Il l'interrogeait du regard. Elle exposa son idée. Il fit glisser ses doigts dans sa chevelure enchevêtrée par les galopades de ce matin et fit mine de réfléchir.

— Il est hors de question que nous retardions le départ. Miss Seton, les rebelles attendent la faveur de la nuit pour agir. Il faut voyager de jour. Mr Lauder doit se trouver quelque part sur la frontière de Belvidere. Le terrain est très boisé et montueux dans cette portion de Montpelier. Cela pourrait prendre des heures avant qu'il rentre.

— Vous pourriez envoyer Othello…

— J'ai besoin d'Othello.

— Quelqu'un d'autre, alors, insista-t-elle.

Il la considéra un moment en silence.

La voix du docteur Macpherson faisant irruption dans la maison détourna son attention. Il soupira et, laissant aller sa tête contre le dossier de son fauteuil, il ferma momentanément les paupières. Charlotte remarqua les cernes sous les yeux. La fatigue des derniers jours avait aussi approfondi les sillons aux angles de sa bouche. Quelques secondes s'écoulèrent encore avant qu'il se lève.

— Miss Seton, je ne retarderai pas notre départ pour ce nègre. Si Lauder ne rentre pas à Montpelier avant, il sera trop tard. Mais s'il le désire, il pourra toujours envoyer son fils par le second voyage qu'effectuera Othello, dit-il platement avant d'aller rejoindre le médecin.

D'un pas vif, elle descendit le chemin jusqu'à la case du gérant. Lucas n'était plus là. Nanny non plus. Charlotte frappa à la porte.

— Il y a quelqu'un ? Lucas ?

Une mouche bourdonna près de son oreille. Charlotte chassa l'insecte d'un geste impatient. Elle allait rebrousser chemin lorsqu'elle eut une idée. Elle poussa la porte et se dirigea vers le cabinet. Elle laisserait un mot à Nicholas.

Régnait dans la pièce un fouillis qui lui rappela sa première incursion dans le désordre de la vie du gérant de Old Montpelier. Elle promena son regard parmi les livres et les vêtements. Sur une petite table, un rasoir oublié ouvert sur une serviette. L'eau qui n'avait pas été vidée avait laissé un cerne de savon autour de la bassine. Le canotier sur le siège de la chaise. Toujours la même. Accessoires essentiels à la vie quotidienne. Et ses reliefs. Un fond de café froid dans une tasse; quelques miettes dans une assiette; un cigare à moitié consumé, abandonné dans un verre sur le bord de la fenêtre. Le désordre dans une pièce exprime celui qui règne dans la vie des gens qui l'habitent, disait toujours sa mère. Celui qui régnait chez Nicholas semblait s'être incrusté depuis une éternité.

Sur la table entre le lit et le fauteuil, une bouteille de rhum. Vide. À côté, le livre relié de cuir rouge. Les poèmes de Nicholas. Charlotte s'en approcha et caressa le cuir racorni. Elle aimerait relire ce poème sur le voyage à Sydney Cove. Elle souleva doucement le livre et en tourna quelques pages. Elle tomba par hasard sur un poème intitulé *Under the Old Willow*. Le titre la transporta chez elle, sous le vieux saule de Weeping Willow.

Le chant d'une corne dans le lointain la ramena dans le moment présent. Par les fenêtres ouvertes bruissaient les feuillages et tintaient les clochettes des chèvres. À regret, Charlotte referma le livre et alla du côté du secrétaire. Elle chercha de quoi écrire. L'encrier était toujours à sa place. Ainsi que la boîte ornée de la gravure d'Édimbourg. Charlotte la toucha. Elle l'imagina remplie de ses lettres à elle. Leur histoire inachevée…

Dans l'un des nombreux compartiments du meuble, elle découvrit un rouleau de feuilles de papier vierges. Du papier à lettre de bonne qualité. Un élégant porte-plume d'ivoire tourné reposait sur le support de l'encrier de porcelaine. Possiblement le seul objet de luxe que possédait Nicholas. Son père avait aussi un porte-plume. Il était en vermeil ciselé. Un cadeau de Tante Bella. Elle n'avait jamais eu la permission de le toucher. Elle manipula le bel objet avec précaution et trempa la pointe dans l'encre. Puis elle fixa pensivement la page. Comment débuter ? Elle n'avait encore jamais écrit à Nicholas. *Cher Mr Lauder…* ? Non, *Mr Lauder…* C'était mieux. Compte tenu des circonstances.

Le bec d'acier accrochait le papier et n'y laissa qu'un trait inégal. La pointe était brisée. Des dizaines de tiroirs et compartiments remplissaient le fond du secrétaire. Charlotte en fouilla quelques-uns et tomba sur une boîte de carton portant la marque Perry Steel Nibs. Mais à son grand déplaisir, elle était vide. Elle poursuivit ses recherches. Nicholas devait certainement posséder une boîte de plumes ou deux de réserve. Sinon une plume d'oie. Un tiroir se coinça. Elle tira plus fort pour le dégager. Une feuille de papier le bloquait. Du papier jaune. Charlotte allait refermer le tiroir, ne bougea pas pendant un instant. Ce papier…

Elle rouvrit le tiroir et inséra un doigt pour le dégager. Elle déplia le papier dans un léger craquement. Le blason des Elliot lui apparut en filigrane. La lettre de Louisa ? Nicholas en avait gardé une page. Curieux. Pourquoi ?

Puis elle remarqua l'écriture. Elle était plus serrée, plus penchée que celle de Louisa. Étrange… Charlotte nota le lieu et la date à l'en-tête : *Hawick House, vingt-troisième jour de juin, 1829.* Cette lettre vieille de deux ans n'était pas du tout celle qu'elle avait lue. Elle était de Sir Robert.

Ma très chère sœur,

Je souhaite que cette lettre te soit parvenue en mains propres comme j'avais engagé Mr Wedderburn de le faire en la lui remettant avant son départ pour la Jamaïque…

Mais que faisait Nicholas avec une lettre de Sir Robert adressée à sa sœur ? Avant de poursuivre, elle alla vérifier que personne ne venait.

… Tu comprendras au fil de ta lecture qu'elle ne doit en aucun cas tomber entre les mains de notre père. C'est pourquoi je te demande de la brûler jusqu'aux cendres lorsque tu l'auras terminée.

Je commencerai d'abord par te dire que Mabel va bien. Elle grandit si vite. Quatre ans, déjà. En vieillissant, je remarque qu'elle te ressemble de plus en plus. Ce qui est un bonheur pour moi. Tu pourras bientôt le constater de visu. J'ai commissionné un portrait d'elle pour toi. Il avance. Je te l'offre avec le bête espoir de me faire pardonner de remettre encore le voyage qui était prévu pour novembre. Cette fois, je ne te mentirai pas sur la raison du contretemps. Une esquive qui s'éternise depuis deux ans, tu me reprocheras. Certes ! Car c'est bien ce dont il s'agit. Esquive, échappatoire, marronnage ou fugue ; employons les mots qui nous plaisent. Je fuis Montpelier. Et contrairement à ce que je t'avais promis, je ne prévois plus y revenir.

Ma douce Susan. Je soupçonne ton incompréhension. Et cela me tue de savoir que bientôt tes beaux yeux vont se mouiller à cause de moi. Et que peut-être, ensuite, la haine les asséchera. Car par cette lettre, que j'ai pris près de cinq années à me décider d'écrire, je compromets ma place dans ton cœur. Sans doute était-il mon dernier refuge. Ton pardon ou ta condamnation décidera de moi. Je fais de toi mon juge et bourreau. Mais quoique tu décides ne changera rien à ma souffrance. Car tu sauras. Cela suffira à m'achever.

Voilà ce que je fuis, Susan. Toi. Ton regard sur moi. Le seul qui compte encore. Celui de Dieu ne m'importe plus. Comme tu vois, ma raison cède à la folie. Les remords me rongent jusqu'aux os. Ce soir, devant moi sont posés sur le bureau ma plume et mon pistolet. Je me questionne : quel choix sera le plus lâche ? Je m'oblige à un dernier élan de courage. Je choisis la plume en espérant ta clémence. Tu prendras les années qu'il te faudra pour comprendre. Possiblement que…

Une lame de bois craqua derrière elle. Le cœur de Charlotte fit un bond. Sa tête pivota.

— Lucas, je…

Le reste de la phrase jaillit de sa gorge dans un sifflement rauque.

— Miss Seton ?

La vie ranima le corps de Charlotte dans une explosion de sang sous sa peau fine. Sa respiration se précipita. Elle écrasa la lettre contre son cœur au galop. Ne sentit pas la douleur revivre plus intensément dans sa morsure. Sir Robert nota son malaise. Son regard suspicieux se promena dans le secrétaire qu'elle avait de toute évidence fouillé.

— Il y a un contretemps, annonça-t-il enfin.

Un contretemps… une esquive.

— Encore ?

Il plissa le front, perplexe.

— Il y en a eu d'autres ?

Elle secoua la tête pour se remettre les idées en place. La douleur irradiait maintenant tout son bras droit. Sir Robert baissa les yeux. Ses sourcils se froncèrent légèrement en remarquant entre les doigts de la jeune femme la marque d'eau de la famille Elliot sur le papier.

— Que faisiez-vous, Miss ?

— Je… j'écrivais un mot à Mr Lauder. Concernant son fils… C'est que je me fais vraiment du souci pour Lucas.

Elle avait mis dans ses intonations le plus de naturel possible. Mais le tremblement des mains de Charlotte n'échappa pas à Sir Robert. Il hocha lentement la tête tandis qu'elle se dépêchait à replier la feuille. Il repensa spontanément à cette lettre qui avait disparu. Cette lettre que Susan avait omis de brûler.

— Quelle est la cause de ce contretemps, Monsieur ?

Elle s'obligea de le regarder et vit passer quelque chose de sombre et froid dans le regard clair lorsqu'il croisa le sien. À cet instant, Charlotte pensa qu'il pouvait exister pire que les morsures de scolopendres.

— C'est… ma mère. Je crains qu'elle soit plus difficile à convaincre que je ne l'avais prévu. Pour tout vous dire, elle est devenue complètement hystérique. J'ai bien peur qu'il va nous falloir recourir à un subterfuge pour arriver à la sortir de sa chambre. Décidément, tout cela nous retardera d'une heure ou deux.

Il observait attentivement les expressions de Charlotte, ne vit que l'embarras les imprégner. Il enchaîna :

— Mabel est assez perturbée par ce qui se passe. Il faudrait que quelqu'un s'occupe d'elle, le temps que tout rentre dans l'ordre. Emmy n'en vient pas à bout et ma sœur est débordée.

— Oui, oui… Bon. Je range tout et je viens, dit Charlotte.

Avec des gestes nerveux, elle formait un rouleau avec le papier. Impossible pour Sir Robert de distinguer quoi que ce soit qui pût lui indiquer si c'était cette lettre qu'avait prise Louisa. Mais que ferait Lauder avec ? À moins que ce ne fût Charlotte…

Il pâlit, acquiesça d'un léger mouvement de la tête, puis sortit. Lorsque cessèrent de résonner les talons du planteur sur le bois, résistant à l'envie d'en finir la lecture, Charlotte remit la lettre dans le tiroir et s'empressa de griffonner avec quelques bavures d'encre qu'elle souhaitait s'occuper de Lucas à Montego Bay le temps que se résorbent les troubles. Elle apposa sa signature, déposa le porte-plume sur son support et boucha l'encrier.

La robe de Charlotte claquait sur ses mollets pendant qu'elle s'éloignait dans le chemin. La brise soulevait ses boucles de cuivre rouge brillant. Dissimulé derrière le feuillage d'un arbuste, Robert suivit sa progression jusqu'à ce qu'elle atteignît la véranda de la grand-case. Ensuite, il glissa le long des fondations de pierre jusqu'à l'arrière de la case de Lauder. Rapidement, il s'insinua dans la cuisine et se rendit jusqu'au cabinet de travail de son gérant. Il contempla le secrétaire. Un mot adressé à Lauder hâtivement rédigé avec une mauvaise plume et signé par Charlotte avait été laissé en vue sur le plan de travail. Tout le reste avait été rangé. Tous les tiroirs étaient fermés. Un seul l'intéressait : celui qu'il avait remarqué ouvert tout à l'heure. Le papier marqué des armoiries des Elliot était là.

À l'approche de la grand-case lui parvenaient les cris hystériques de Madame Eugénie. Les mains plaquées sur ses oreilles, le visage caché dans le tablier d'Emmy, Mabel récitait à voix haute la comptine de Georgie Porgie. Voyant Charlotte arriver, Emmy laissa échapper un ouf ! et poussa vers elle la fillette.

— Mysee Cubina et Philippa ont déguerpi il y a une heure. Je dois aider Quamina avec le déjeuner, déclara la femme de chambre en se sauvant. Tout va de travers… Tout va de travers !

Charlotte l'emmena avec Sir Wallace dans les jardins, où la nature offrait ses couleurs joyeuses et son parfum lénifiant. Lorsque les cris de Madame furent à peine audibles, elle décolla les paumes des oreilles de l'enfant et lui dit d'arrêter de chanter. Puis elle essuya ses joues mouillées et l'embrassa sur le front. La fillette forma une lippe pour contenir ses sanglots. Dans ses yeux, le chagrin se mêlait à la peur.

— Est-ce que *grand-mère* est devenue folle ? J'ai entendu Emmy dire qu'elle devenait folle.

— Non, elle ne l'est pas. Elle est simplement terrifiée de quitter la maison. Elle a vécu tant d'années ici sans jamais sortir…

— Jamais ? Pourquoi ? Est-ce que Sir Thomas l'enfermait à clé ? Nora dit qu'il était un homme méchant.

— On ne peut juger d'une personne sans l'avoir connue, Miss Mabel. Si Sir Thomas s'est souvent fâché contre Nora, l'image qu'elle s'est faite de lui peut être biaisée.

— Que veut dire biaisée ?

— Faussée.

— Alors, Sir Thomas s'est aussi souvent fâché contre Lucas et Philippa et leur opinion est aussi biaisée.

La candeur de l'enfant fit sourire Charlotte. Main dans la main, elles marchèrent en silence le long des massifs fleuris bourdonnants d'abeilles. Charlotte revit en pensée les arbustes dénudés de Weeping Willow. Peut-être qu'en cet instant même, ils se couvraient d'une fine neige poudreuse ou encore, plus probablement, de verglas. Le vieux saule était magnifique, au soleil, recouvert de cette délicate laque cristalline. Lorsque le vent en remuait les ramures, les fragments se brisaient dans un léger tintement de carillon. Elle pensa que l'hiver et son silence contemplatif lui manquaient soudain.

— Miss Seton ! Regardez, là ! C'est un oiseau duppy ! s'écria tout à coup Mabel en apercevant une colombe à queue noire.

La fillette s'élança en agitant ses bras et en émettant des bou ! bou ! Comme toujours, Sir Wallace s'excitait autour d'elle. Apeurée, la colombe s'envola dans quelques coups d'ailes.

— Miss Mabel ! Ne vous éloignez pas trop…

Le regard de Charlotte scrutait les environs, à l'affût d'une ombre, d'un visage sombre.

— Allons, Lottie, les esclaves ne nous feront aucun mal, se sermonna-t-elle.

Voyant l'oiseau atterrir quelques yards plus loin, Mabel répéta ses simagrées ; l'oiseau s'éloigna de nouveau. Elle poursuivit ainsi la colombe jusqu'au bout de l'allée. Charlotte la suivait de près. Fatigué du jeu, l'oiseau s'échappa de l'autre côté du grand manguier. L'ombre de l'arbre avala Mabel. Ses éclats de rire résonnaient comme des pépiements. « Les oiseaux sont des créatures nées pour le bonheur des humains », pensa Charlotte.

Elle se pressa auprès de sa protégée. Celle-ci se tenait maintenant sur le bord de la clôture en fer forgé du cimetière. La colombe avait disparu. Immobile comme la nature qui les encerclait, la fillette regardait la croix de bois plantée à l'endroit où serait installée la pierre tombale de sa mère. Elle affichait un air soudain très sérieux.

— Ma maman va rester ici.

— Son corps va rester ici, rectifia Charlotte en posant une main sur l'épaule de la fillette. Mais parce que son âme peut aller où elle veut, je suis certaine qu'elle ira avec toi jusqu'à Montego Bay.

— Comment je saurai si elle me suit ?

— Quand tu verras voleter un papillon, répondit Charlotte après un moment de réflexion.

— Un papillon de quelle couleur ?

— Cela dépendra de celle qu'elle voudra porter ce jour-là.

— Est-ce qu'elle est devenue un duppy ? Nora dit que oui.

— Les âmes des morts ne font jamais de mal aux gens qu'elles ont aimés.

Mabel secoua ses boucles blondes. À ses pieds, des renoncules jaunes piquetaient l'herbe. Elle en cueillit quelques-unes, y ajouta des tiges de mille-fleurs blanches et de cacalies écarlates qui poussaient autour pour composer un joli bouquet. Puis elle fit le tour du cimetière et poussa la grille d'entrée. Charlotte la contempla s'agenouiller sur la tombe de sa mère et piquer les fleurs çà et là dans la terre. De retour près de Charlotte,

Mabel essuya ses mains sur sa robe et prit la sienne. Elle leva ses yeux vers elle.

— C'est pour quand ma maman se changera en papillon. Montego Bay est loin. Elle aura besoin de butiner beaucoup de fleurs avant de partir.

Le cœur tout chaviré, Charlotte serra la petite main lovée dans la sienne.

À leur retour, une demi-heure plus tard, c'est avec stupéfaction que Charlotte découvrit sa petite malle sur la véranda. Elle se précipita vers Sir Robert, qui aidait Othello à solidifier les cordes dans le chariot.

— Qu'est-ce que ça veut dire ? Qu'est-ce que vous faites ? J'aurai besoin de ce qui se trouve dans cette malle.

— Je le sais, c'est pourquoi elle reste ici avec nous, dit Sir Robert en se tournant vers elle.

— Quoi ? Mais... pourquoi ?

Il la contempla, son regard indéchiffrable à demi fermé dans le soleil. Sous la peau de sa mâchoire se contractaient les muscles.

— Vous ferez le deuxième voyage d'Othello. J'ai pensé que cela vous permettrait d'attendre le retour de Mr Lauder. S'il le désire, vous pourrez emmener son fils avec vous.

Elle ouvrit la bouche, éberluée. Elle voulait bien, mais en même temps... si un affrontement devait avoir lieu, elle ne devrait pas se trouver ici.

— Les rebelles ne sont qu'à quelques *miles*, Monsieur. S'ils venaient jusqu'à Montpelier ? Ce matin même vous avez relaté ces informations que Mr Shearer vous a fait parvenir et...

— Ce que Shearer m'a raconté a été rapporté par le nègre de Richmond Hill, l'informa-t-il calmement. Vous devez savoir comme moi que les nègres ont une tendance naturelle à l'exagération. Or, je ne peux que présumer que cette information est à moitié vraie. Et quand même, le régiment est de retour aux baraques. Les rebelles auront bien d'autres choses à brûler avant de s'attaquer à Montpelier.

— Mais... mais... Si mon père apprenait que vous m'avez placée dans une situation dangereuse...

— Croyez-vous que je permettrais que vous restiez ici si j'estimais que cela comportait un danger pour vous, Miss Seton ? répliqua rudement Sir Robert.

— Qu'est-ce qui se passe, Robbie ?

Attirée par les éclats de voix, Susan avait fait irruption hors de la maison. Elle tomba en arrêt devant la malle de Charlotte, la regarda le temps de saisir ce qui se passait. Puis elle souleva un visage marqué par l'incompréhension vers son frère.

— Robbie… qu'est-ce que tu fais ?

— Ce qui doit être fait, laissa-t-il tomber en entrant dans la maison.

Susan lança un regard plein de mystère vers Charlotte et suivit son frère à l'intérieur. Charlotte s'attacha à leurs pas, s'arrêta devant la porte du cabinet qui se refermait sur eux. Elle attendit, écouta, mais cette fois, rien de ce qui se disait dans la pièce ne traversa la mince cloison. À l'étage, le fracas de la porcelaine brisée. Sa trousse à la main, le docteur Macpherson surgit tout en haut de l'escalier. Le visage rouge, épongeant son front perlé de transpiration, il dévala les marches.

— Dieu soit loué, c'est fait ! s'exclama-t-il en passant devant l'air ahuri de Charlotte. Cela ne devrait pas prendre plus de trente minutes.

— Mais quoi donc ? demanda-t-elle.

— Madame Eugénie.

Un rugissement de bête sauvage leur fit dresser les cheveux.

Si personne n'avait réussi à faire fléchir la détermination de Madame Eugénie de rester à Montpelier, la dose massive de laudanum que lui avait fait boire le vieux médecin avec la complicité de Loulou avait eu raison de sa résistance physique. Sa mère dans ses bras, Sir Robert la transporta jusqu'au buggy avancé devant l'entrée de la grand-case.

— *Vous m'abandonnez, Robert…* sanglota-t-elle.

— Non, Mère. Je viendrai vous rejoindre dès que je le pourrai. Je ne peux pas laisser la plantation en un moment aussi critique.

— *Vous m'abandonnez.* Comme vous l'avez fait pour partir avec *cette enfant…*

— *Mère !*

— Je ne veux pas partir… *Vous me tuez, Robert…*

L'oreille sourde, le cœur insensible à ses jérémiades, Sir Robert déposa sa mère avec douceur sur le siège de la voiture et la recouvrit d'une couverture légère. Elle pleurait de rage et de désespoir, griffait, se cramponnait à son fils avec tout ce qui lui restait d'énergie. Sa chevelure jaillissait par longues mèches ébouriffées de son bonnet. Les pupilles contractées par l'effet de l'opium donnaient à son regard un aspect étrange. « Vide de raison », songea Charlotte.

Susan vint au secours de son frère. Lorsqu'il put enfin s'écarter de la voiture, Madame Eugénie lâcha un cri qui secoua Charlotte d'émoi. Déjà installée dans le chariot avec Emmy, Mabel cacha son visage dans ses paumes. Le spectacle auquel assistaient aussi quelques esclaves était pathétique.

— *Vous me tuez, Robert !* Comment pouvez-vous faire ça à votre propre mère ?

— Arrêtez *Mère* ! *Tout ce que j'ai sacrifié pour vous...* vous ne le reconnaîtrez jamais assez.

— Pourquoi me torturez-vous ainsi ? *Pourquoi l'avoir ramenée ici ?* C'est elle qui doit partir, pas moi !

— Cela suffit, maintenant ! lâcha-t-il, visiblement troublé.

— Ah ! Toutes ces années... *Je sais* tout le mal... Je n'ai cessé de demander pardon au ciel... *Ah ! Comme Dieu me punit bien !*

— C'en est assez, *Mère* ! éclata violemment Susan. Laissez-le tranquille, pour l'amour de lui ! Ne voyez-vous donc pas ce que vous faites ?

Madame Eugénie tressaillit sous la virulence du ton. Elle regarda sa fille. Puis elle déplaça son regard égaré vers Mabel. Elle dévisagea longuement la fillette blottie contre Emmy avant de se recroqueviller sous la couverture et de se mettre à sangloter doucement comme un petit enfant. Charlotte n'avait compris que quelques bribes de ce qu'avait dit la femme. Mais le regard glacé n'avait rien caché de ce que recelait son cœur sec en ce qui concernait la petite Mabel. Elle n'aimait pas l'enfant et ne l'aimerait probablement jamais. Charlotte eut pitié de la pauvre femme et éprouva beaucoup de chagrin pour Mabel.

Othello rejoignit Loulou sur le siège du conducteur du chariot et empoigna les rênes. Le départ était imminent. Sir Robert glissa quelques mots à sa sœur. Puis il vint vers le chariot pour embrasser Mabel.

La fillette emprisonna le cou de son père dans un étau. Charlotte vit le visage de l'homme s'absorber du moment de tendresse pendant qu'il caressait les longues boucles blondes.

— Sois sage, Mabel, dicta-t-il d'une voix tendre à l'enfant.

La fillette jura qu'elle le serait et il l'embrassa sur les deux joues avant de lui pincer le nez. Charlotte l'avait rarement vu s'abandonner à autant de démonstration d'affection. À Emmy, il demanda de bien s'occuper de sa fille. La jeune femme promit.

Susan dit au revoir à Charlotte. Elle la serra dans ses bras et l'embrassa chaleureusement.

— Nous déposerons vos affaires chez les Cox, dit-elle d'une voix altérée.

— Merci. Je viendrai vous voir sitôt que je serai à Montego Bay.

— Oui, dit évasivement Susan en lançant un regard furtif vers son frère, qui les observait. Les Bradford habitent dans Orange Street. Mrs Cox saura où c'est.

Elle s'éloigna de quelques pas pour revenir prendre la main de Charlotte et la serrer très fort.

— Vous me manquerez…

Puis elle s'éloigna pour de bon et donna le signal du départ à Othello, qui mit le chariot en route. Le fouet claqua. Secoué de vifs soubresauts, le buggy que conduisait Susan prit la tête. Réfugié dans les bras de sa jeune maîtresse, Sir Wallace fit ses adieux à sa façon.

Encore estomaquée et confuse par la vitesse inouïe à laquelle s'étaient précipités les évènements, Charlotte regardait partir le chariot dans lequel elle aurait dû prendre place. Sir Robert la tira de ses rêveries.

— Voilà qui est fait…

Elle délaissa la vision des véhicules qui franchissaient la grille de Old Montpelier. L'expression hermétique, il la dévisagea longuement en silence. Puis son impassibilité se fissura et une grande tristesse inonda son visage.

— Le pire est passé pour votre mère, dit-elle pour le réconforter.

— Pour elle… Pour elle, c'est possible. Pauvre vieille folle, dit-il à mi-voix avant de se détourner pour rentrer dans la grand-case.

⁂

Lorsque le soleil se réfugia derrière les montagnes pourpres, Lucas n'avait pas reparu à sa case. Charlotte se faisait un sang d'encre pour le garçon, qui n'avait pas été revu depuis ce matin. Elle avait pensé qu'Eliza l'avait possiblement emmené chez elle au village. Mais, il y avait deux heures, un esclave avait averti Sir Robert que les cases des nègres avaient été désertées, plongeant Charlotte dans la plus grande inquiétude.

Le soleil, comme s'il se faisait le présage du malheur, embrasa de ses lueurs incendiaires le ciel et la vallée qui baignait dans une atmosphère de sérénité trompeuse. La nuit et ses ombres glissèrent sur les versants pour doucement inonder Montpelier d'obscurité. Lorsque la noirceur commença à s'infiltrer dans la grand-case, Sir Robert alluma quelques lampes au rez-de-chaussée et des flambeaux tout autour de la véranda. Le cri des engoulevents et celui de l'ibijau étaient agréables à entendre. Recroquevillée dans l'un des fauteuils de la véranda, Charlotte leva les yeux vers le ciel obscur. Tout était étrangement silencieux autour de la grand-case. Sur la propriété, seuls étaient restés une trentaine d'esclaves. Parce que trop malades ou par loyauté, ils avaient refusé de suivre les autres. Quamina avait préparé pour Sir Robert et Charlotte une soupe poivrière au poulet à laquelle ils avaient à peine touché et qui refroidissait sur la table de la salle à manger.

Un chien aboya. Le livre qui n'avait pas su retenir l'attention de Charlotte se referma sur ses genoux. Elle pensa que c'était Lucas qui rentrait enfin. Elle observait la case du gérant. Après plusieurs minutes, voyant qu'elle restait sombre, Charlotte décida de préparer du thé.

Dans le cabinet, elle surprit Sir Robert, la tête calée dans les plis de ses coudes sur le bureau. Il avait passé les dernières heures à trier ses papiers. Deux boîtes de rebuts à brûler encombraient la pièce. Il était épuisé. Le cliquetis de la porcelaine le fit lever la tête. Il regarda le thé brouillé d'un petit nuage de lait trembloter dans la tasse. Sa voix éraillée rompit le silence pour remercier Charlotte.

La pièce empestait un mélange de fumée de cigare et de forte odeur corporelle. Un pistolet chargé était à portée de main, sur le bureau. Un fusil, également prêt à faire feu, était appuyé sur le mur près de la porte et trahissait les craintes réelles de Sir Robert. Charlotte lui en voulait maintenant de l'avoir obligée à rester. De toute évidence, Nicholas avait mis son fils en sûreté avec Eliza et elle se retrouvait inutilement exposée aux menaces des rebelles.

Elle baissa les yeux sur cet homme qu'elle ne reconnaissait plus. La cravate dénouée, la chemise entrouverte sur une poitrine glabre, il prenait ses aises et prenait son thé sans manières. Depuis le départ de sa mère, il se révélait taciturne et succombait par moments à des débordements agressifs en frappant contre un mur ou bien en brusquant un meuble. Le tourment.

— À quoi songez-vous ?

Le regard de Sir Robert s'anima d'un coup pour se mêler à celui de l'intruse, qu'il n'avait pas remarquée, et qui le détaillait depuis plusieurs minutes. Rien de ce que pensait Sir Robert ne transpirait dans son expression. Toujours ce même flegme, cette froideur déployée en paravent.

— À rien, répondit-il en plongeant le nez dans son thé qu'il n'avait pas encore goûté. Du moins, j'essaie de ne penser à rien. Est-ce que Lucas est rentré ?

— Non, répondit Charlotte en dressant les épaules. Je souhaite seulement qu'il soit en sécurité. Je m'en voudrais, si jamais…

— Je suis certain qu'il va bien.

Elle hocha la tête, se mordit la lèvre. Elle s'en voudrait tellement s'il devait arriver un malheur à Lucas. Elle aurait dû penser à l'emmener avec elle bien avant.

— Vous aimez les enfants ? murmura-t-il.

— Ils se laissent aimer si aisément. Et ils aiment d'un amour pur que ne vient pas nuancer le jugement.

— Mais en vieillissant, cette façon d'aimer change, n'est-ce pas ? Car on en vient à mélanger les émotions. Alors, la joie se mitige, la colère se teinte de pudeur, la peur craint le ridicule… L'amour n'est plus ce qu'il était à l'origine. La pureté s'est envolée. On assassine l'enfance en toute impunité, Miss. Elle est pervertie par les monstres du vice et de la duplicité. La cupidité, l'orgueil, la luxure, l'égoïsme, l'envie et leurs semblables font des enfants des adultes, Miss.

— Oui, sans doute, fit-elle avec un certain embarras.

— Me considérez-vous un mauvais père ?

— Non, monsieur. Pas du tout !

Comme il le faisait depuis qu'il l'avait surprise dans la case de son gérant, Sir Robert étudiait les moindres expressions de Charlotte. Pourtant, encore une fois il n'y recelait que la sincérité de ses sentiments. Il voulait se convaincre qu'elle n'avait pas lu la lettre en entier. Qu'il l'avait surprise au milieu de sa lecture, qu'elle n'avait pas reprise.

— Merci. Je prends votre opinion pour un compliment.

— Un parent qui aime son enfant ne peut pas être un mauvais parent.

Il lui fit un regard sceptique et but de son thé avant de répliquer.

— Un parent *est* un adulte, Miss.

Des sentiments affluèrent sur le visage de Sir Robert comme une marée sur le sable qu'elle façonne en se retirant. Sa physionomie se métamorphosa et Charlotte put y lire enfin la profondeur de l'accablement qui le terrassait.

— Il arrive que les adultes commettent des erreurs, mais…

— Des erreurs impardonnables.

— Ils ne doivent pas s'en réjouir.

— Ils en jouissent, mais ne s'en réjouissent pas, fit-il en déposant sa tasse dans sa soucoupe. Qui se réjouirait d'avoir assassiné l'enfance de son enfant ?

Le ton avait durci. Charlotte crut préférable de ne pas pousser le sujet plus loin. Manifestement, Sir Robert ruminait quelques évènements qui le perturbaient profondément.

— Miss Mabel me manquera. C'est une petite fille intelligente et particulièrement attachante.

— Mabel est une enfant sensible. Elle a besoin de beaucoup d'attention. Miss Wilder, sa gouvernante à Hawick House, n'a jamais su comment s'y prendre avec elle. C'est pourquoi Mabel vous a tout de suite aimée. On ne peut faire autrement, en apprenant à vous connaître. Vous auriez été une bonne mère pour elle. Et une meilleure épouse…

Il avait levé son regard pour la voir rougissante.

— Je regrette de vous avoir obligée à rester ici à la merci des dangers qui rôdent.

— Il n'y a pas de dangers qui rôdent à proximité pour l'instant, monsieur.

— Tout dépend de ce que vous entendez comme dangereux, Miss Seton. La violence est sournoise. Elle peut agir sans qu'on s'en rende compte. Lorsqu'elle vous suit depuis votre enfance, qu'elle s'insère dans votre quotidien sous la forme d'un sourire, d'une caresse, d'un baiser. La violence peut prendre toutes les formes. Celle de l'amour, par exemple.

Leurs regards se sondaient. Charlotte sentit celui de Sir Robert la pénétrer si profondément, qu'elle dut baisser les yeux sur sa tasse.

— Je vous bouleverse, constata-t-il sans plaisir. Mais est-ce que je vous choque ?

— Je vous sens… troublé, monsieur. Je ne connais pas la cause de ce trouble. Et je ne vous demanderai pas de me la donner.

Sir Robert se leva et vint vers elle.

— En fait, je m'interrogeais… si vous ne la connaissiez pas déjà. Regardez-moi, Miss Seton.

Charlotte gardait le regard noyé dans son thé. Piquaient ses narines les effluves astringents du citron qu'elle y ajoutait depuis qu'elle ne le sucrait plus.

— Regardez-moi et dites-moi ce que vous éprouvez. Est-ce du mépris ? De la pitié ? De l'indifférence. Ou de la crainte ?

Il glissa un doigt sous son menton pour le relever vers lui. Il n'avait plus effectué ce geste depuis qu'il lui avait donné le magnifique papillon bleu pour son anniversaire. Elle s'était toujours efforcée de croire que ce geste avait été dicté par une affection parente à celle d'un oncle envers sa nièce. Que les liens d'amitié entretenus entre les familles Elliot et Seton suffisaient à faire respecter les convenances. C'est pourquoi, pour n'encourager aucun autre sentiment, elle avait toujours pris soin de baisser les yeux et de se détourner. Mais là, dans le regard de Sir Robert qu'elle soutenait maintenant malgré elle, elle découvrait le sentiment véritable qui le conduisait.

Il se courba sur elle jusqu'à ce que leurs haleines s'entremêlent. Charlotte rabattit les paupières et les serra très fort. Sa tasse lui échappa des mains et alla se fracasser entre leurs pieds. Le thé éclaboussa les chaussures et les vêtements. Soudain libérée de l'emprise de Sir Robert, elle s'enfuit dans le couloir et atteignit la porte d'entrée en même temps qu'un martèlement violent la secouait. Elle se pétrifia dans l'instant.

— Sir Elliot ! Ouvrez, Sir Elliot ! commanda une voix.

Sans attendre qu'on lui réponde, l'intrus s'introduisit avec vigueur dans la maison et se retrouva face à face avec une Charlotte tout aussi éberluée que lui. Puis Nicholas se renfrogna et il braqua sur elle un regard furibond. Il plaça sous son nez le mot qu'elle lui avait laissé.

— Même si vos intentions sont louables, Miss Seton, vous n'avez pas le droit de décider du sort de mon fils à mon insu. Où est Lucas ? Où est-il ?

— Il n'est pas ici. Je... Je le croyais avec vous ! s'étonna Charlotte.

— Il est probablement avec Eliza et les rebelles, intervint Sir Robert en surgissant de l'ombre.

Nicholas vit le planteur se placer derrière Charlotte. Respirant fort de sa course et de l'angoisse qui l'avait envahi en prenant connaissance du billet de Charlotte, il regarda la jeune femme, réalisant du coup qu'elle n'avait pas quitté Montpelier avec les autres, et qu'elle se trouvait seule dans la grand-case avec Elliot. Il nota sa mine bouleversée, sa jupe mouillée et la soucoupe vide qu'elle tenait à la main. Il ouvrit la bouche pour s'adresser à elle lorsque Sir Robert freina son élan.

— Il y a du nouveau ?

— Du nouveau ? Dieu, oui ! s'exclama Nicholas, se rendant compte qu'il allait oublier le rapport qu'il devait faire à Elliot. Au sud, en amont de la Great River, des lueurs rouges illuminent le ciel. J'estime qu'il s'agit de Belvidere, Seven Rivers et Hazelymph aussi.

— Toutes les propriétés jusqu'à Lapland ? s'enquit Sir Robert, tout à coup concerné.

— Je ne penserais pas, monsieur. Mais, il ne fait plus aucun doute, la rébellion est bel et bien amorcée.

Désemparé, Sir Robert empoigna sa chevelure d'une main et réfléchit.

— D'accord, merci Lauder. Demandez à Grignon de m'envoyer deux hommes. Qu'ils passent la nuit ici. Quant à vous... ajouta-t-il. Je veux que vous assuriez la liaison avec le Q. G.

— Monsieur... si vous avez des nouvelles de Lucas...

— Je suis certain que votre fils est en parfaite sécurité et qu'il s'empiffre tranquillement de bananes frites, commenta Robert avec suffisance. Mais si j'apprends où il se cache, je vous le ferai savoir.

— Je vous en saurai gré, monsieur.

Sur le point de partir, Nicholas lança un regard en coulisse vers Charlotte, qui n'avait ouvert la bouche que pour reprendre son souffle. Il lui fit comprendre par un plissement de sourcils qu'il attendait des explications. Elle demeurait silencieuse et hagarde. Robert Elliot se dressa entre eux. Le message était sans équivoque.

— Je vous fais un rapport de ce qui se passe dès que les nouvelles arrivent, lança froidement Nicholas.

Lorsqu'il se retira, Charlotte esquissa le mouvement de le suivre. La poigne de Sir Robert l'en empêcha. Il referma la porte et la regarda dans les yeux.

— Oubliez-le, Miss Seton. Ce sera mieux pour vous.

— Je ne désirais que lui parler de Lucas. Je voulais qu'il comprenne bien mes intentions.

— Montez vous coucher et oubliez-le! ordonna-t-il d'un ton sans appel en la refoulant vers l'escalier.

Coite de stupeur, elle ne réagit pas. Il répéta son commandement avec une dureté qui la fit enfin réagir.

La porte claqua à l'étage. Un silence de mort retomba dans la grand-case. Seulement alors Robert s'autorisa-t-il de bouger. Il retourna dans son cabinet et revint avec son pistolet. Le souffle court, le poing serré à s'en blanchir les jointures sur la crosse, il appuya son dos contre le mur et se força à recouvrer son calme. Il avait besoin de réfléchir plus clairement à ce qu'il allait faire. Fermant les yeux, il se laissa glisser jusqu'au sol. La fureur le quittait lentement pour laisser place à un profond sentiment d'amertume. Il savait maintenant pourquoi Lauder conservait cette lettre. Il voulait l'en informer Charlotte et ainsi la lui ravir. Les yeux levés vers le plafond, il se représenta la jeune femme allongée dans son lit. Pendant un moment, rien ne se passa plus dans sa tête.

Dans les montagnes, le hurlement des cornes et des conques le firent frémir. Puis il rit. Les trompettes du jugement dernier. Il imagina tous ces damnés nègres avec des grandes ailes noires fondre sur Montpelier et y délivrer les feux de l'enfer. Et lui brûlant dedans. La vision le rendit complètement hilare. Les larmes lui vinrent aux yeux. Lorsqu'il recouvra son calme, une tristesse immense l'envahit. Il se brossa le tableau de Montpelier rasé au sol. Le fruit du travail acharné de quatre générations d'Elliot avant lui. Il n'en resterait plus rien. Destruction totale. Cela effacerait-il les souvenirs qui y étaient rattachés ? Non. Jamais.

Ces souvenirs revinrent le hanter. Poison mortel. Il ne supportait plus le poids de sa conscience. Lentement il souleva le pistolet. Plaçant une fenêtre dans la ligne de mire, il vit défiler des visages dans le noir de la nuit. Comme les images d'un thaumathrope se fondant l'une dans l'autre, une seule finit par former sa cible. Robert fixa ce visage, si beau. Ce visage qu'il aimait…

Il ravala sa salive et serra les mâchoires. Les sanglots le secouaient violemment. Le pistolet tomba entre ses genoux dans un bruit mat.

La fumée… Charlotte ouvrit lentement les yeux. Il faisait aussi noir que dans son rêve. Mais cette odeur… La fumée ! Comme piquée par un dard, elle se dressa droite dans son lit. Elle tourna la tête du côté de la fenêtre. Une lueur rougeoyante jouait des ombres dans les plis du rideau de gaze. Le feu ! Les rebelles !

Elle sauta du lit, trébucha sur une chaussure, vola hors de sa chambre et se précipita dans celle de Sir Robert. Vide ! Doux Jésus, où était-il ? L'avait-il abandonnée à la merci des rebelles ? Le cœur battant follement, le souffle haché par la peur, elle se retrouva en haut de l'escalier, agrippée à la rampe. Tout l'étage était plongé dans une épaisse obscurité. Elle tendit l'oreille. Un léger ronflement montait du rez-de-chaussée. Une main sur son cœur défaillant, elle ferma les yeux. Sir Robert dormait en bas. Curieuse de savoir l'origine de cette lueur, elle descendit.

Une seule lampe éclairait timidement le salon. Affalé dans un fauteuil, un homme était allongé. C'était Jeffrey Nelson. Par la porte d'entrée entrouverte pénétraient des voix et les lueurs dansantes d'un feu. Sur le parterre, le profil de deux hommes se découpait devant les flammes. Charlotte vit luire la platine des fusils et les bouteilles d'alcool. Était-ce ainsi qu'on garantissait sa protection ? L'un des hommes porta le goulot à sa bouche. Elle le vit vaciller. Il trébucha, retrouva son équilibre. Dans son mouvement, son corps pivota pour faire face à Charlotte. Elle ne pouvait voir son visage, mais à son gabarit, elle devinait Robert Elliot. Il s'était immobilisé et regardait dans sa direction.

— Miss Seton ?

Elle regagna rapidement sa chambre. Cinq minutes plus tard, on frappait à sa porte. Charlotte ne répondit pas, tourna le dos, espérant qu'on comprenne qu'elle voulait qu'on la laisse en paix. Comme elle se rendait compte qu'elle n'avait pas mis le verrou, la porte s'ouvrit. Elle se replia en chien de fusil. Les gonds grincèrent encore et cliqueta le mécanisme de fermeture de la poignée. Plusieurs secondes s'écoulèrent dans une immobilité complète. Croyant Sir Robert reparti, précautionneusement elle se retourna. Une silhouette se dressait tout près de son lit. Anticipant avec anxiété la suite des évènements, Charlotte prit peur. Ses mains tâtonnaient la surface de sa table de nuit. Là, le manche d'ivoire…

— Non, fit Robert en lui attrapant une jambe. Je ne vous ferai aucun mal. Rallongez-vous, je vous en prie, Miss Seton.

La voix implorait. Immobile dans un faisceau de lune bleuté, le jeu d'ombres qui sculptait ses traits créait un effet des plus fantomatiques. Des sillons luisaient sur les joues et elle vit son regard hanté par le trouble. Déconcertée, Charlotte ne savait comment réagir. Il lui ordonna de nouveau de s'allonger. Ce qu'elle fit enfin, aux aguets, par mouvements mesurés. Elle attendit. Assis sur le bord du lit, il caressa doucement la courbe de sa joue.

— De quoi avez-vous peur ? Je vous dégoûte à ce point ?

— Non…

— Je ne veux pas vous faire de mal, Charlotte, chuchota-t-il encore en s'allongeant près d'elle.

Pétrifiée dans une raideur cadavérique, sa main empoignant solidement le scalpel caché sous sa jupe, Charlotte gardait les yeux grands ouverts sur les ténèbres. Le bras de Robert enlaça sa taille, puis il posa sa tête sur l'oreiller, tout contre son épaule. Il dégageait une forte odeur de fumée et de transpiration. Dans son haleine flottaient des relents vineux. Il demeura ainsi, sans bouger, sans parler. Juste pressé contre elle. Quelques minutes plus tard, elle l'entendit respirer plus régulièrement, puis ronfler dans un léger bourdonnement d'abeille. La tension la quitta progressivement. Elle déposa doucement le scalpel sur la table et ferma les paupières.

Chapitre 6

La chaleur étouffante qui régnait dans la chambre à son réveil indiquait à Charlotte que l'avant-midi était déjà bien entamé. Elle roula la tête sur son oreiller pour regarder le ciel par la fenêtre. Il était bleu. Encore. Des bruits inhabituels résonnaient dans la cour. Et toutes ces voix dans la maison… La rébellion. Sir Robert !

Charlotte se leva brusquement. Elle était seule dans son lit, vêtue de ses habits de la veille. Son scalpel… il se trouvait là où elle l'avait mis. Elle le prit et le glissa dans le petit fourreau qu'elle s'était fabriqué avec un doigt de gant de cuir fixé à sa jarretelle. Elle portait cette arme sur elle depuis le jour où elle lui avait lu la lettre de Lady Louisa. Par mesure de précaution. Mais elle commençait à douter de son utilité. Elle repensa, profondément troublée, à ce qu'elle avait failli commettre la nuit passée. La peur pouvait vraiment réduire le cerveau à sa plus simple capacité : celle de générer l'instinct de survie.

Elle réprouvait ce qu'avait fait Sir Robert. C'était un geste totalement inadmissible. Mais devant la béance de la détresse de l'homme, elle n'avait su trouver le courage de le repousser.

Flottait partout une âcre odeur de suie qui donnait mal au cœur. La cacophonie de sons l'attira à la fenêtre. Des hommes, des dizaines d'hommes portant veste rouge et shako noir. Le régiment du Western Interior montait un campement dans la cour des installations sucrières.

Il y avait des chariots de ravitaillement, des tentes dressées. Les marmites fumaient sur les feux. Et les bruits : hennissements et piaffements nerveux, cliquetis des harnais et des chaînes des attelages, ordres et appels lancés, éclats de rire, grincements de roues. Doux Jésus ! Elle se trouvait au beau milieu d'un campement militaire.

Il y avait de l'eau dans l'aiguière et des serviettes pour sa toilette. Elle ne s'y attarda pas, se contenta de se débarbouiller rapidement et, sans se préoccuper de se coiffer et de se changer, fila hors de la chambre. Le silence tomba net dans le salon et une dizaine de paires d'yeux se tournèrent vers elle. Des officiers, Mr Davidson, Mr Macpherson et Sir Robert quittèrent leur siège d'un bloc pour la saluer.

— Miss Seton, quel joli rayon de soleil vous nous offrez ce matin, la complimenta maladroitement le chirurgien régimentaire en s'inclinant.

Trop consciente de son apparence négligée, Charlotte rougit. Elle s'efforça toutefois de répondre avec grâce une formule de politesse appropriée. Elle accrocha le regard de Sir Robert. Il enregistra son désarroi et eut la bonté de lui permettre de s'éclipser sans paraître malséante en lui annonçant que Quamina l'attendait avec le petit déjeuner. Au moment de s'excuser, Charlotte aperçut à demi dissimulé par les frondes du palmier miniature, Nicholas à quelques pas d'elle seulement. Le regard qu'il lui décocha lui glaça la nuque. Elle bredouilla quelques paroles aux messieurs et s'effaça en toute hâte dans la salle à manger.

La journée se déroula pour Charlotte dans l'errance et l'attente. Les officiers ayant pris d'assaut la grand-case, elle s'occupa principalement dans les pièces à l'étage ou dans les jardins. En attendant le retour d'Othello, elle surveillait le déroulement des opérations dans la cour. Un détachement envoyé en reconnaissance avait rapporté quelques nouvelles des plantations des environs. Richmond Hill et Retreive avaient été complètement rasées. Plus près de Montpelier, Belvidere, Seven Rivers, Hazelymph et Greenwich avaient connu des dommages substantiels, essentiellement aux entrepôts à bagasse. Presque partout les esclaves avaient fui vers les montagnes, emportant avec eux tous leurs biens transportables. Parfois même ils avaient trouvé le moyen de se servir dans les grands-cases et magasins abandonnés par les maîtres blancs.

Othello ne se manifesta à Montpelier qu'au milieu de l'après-midi. Il avait franchi la seconde moitié du trajet à pied. À environ un *mile* d'Anchovy Bottom, une douzaine de rebelles l'avaient encerclé sur la route et, à la pointe de leurs armes, l'avaient obligé à leur rendre le chariot. Sir Robert entra dans une colère froide, traitant Othello de voleur et de menteur. Il alla jusqu'à le menacer de son pistolet. La violence de l'altercation finit par inciter les hommes présents à intervenir pour empêcher le sang de couler inutilement. Le géant d'ébène s'échappa vers les cases des domestiques.

Charlotte suggéra à Sir Robert d'emprunter une voiture à l'une ou l'autre de ses propriétés de Montpelier pour son retour à Montego Bay.

— Il n'est plus question de quitter Montpelier, lui apprit-il. Pas tant que la menace des rebelles pèse sur la région. Vous laisser partir maintenant serait faire de vous une cible facile, Miss Seton.

Devant lui, elle cacha mieux ses craintes que sa déception. Elle était forcée de vivre la rébellion en son cœur. Sir Robert l'exposait au danger. Mais encore, il la condamnait à supporter la froide proximité de Nicholas dont elle ne comprenait plus l'attitude. Le soir de Noël, il s'était montré si amoureux, et maintenant il était si distant, étranger, indifférent à sa présence. Elle refusait de croire qu'il agissait ainsi en réaction à son initiative de mettre Lucas en lieu sûr. Et de penser qu'il lui reprochait sa disparition était tout aussi absurde. Eliza était sa tutrice pour le temps qu'il servait dans l'armée.

Plus tard, Charlotte alla trouver Othello et lui exposa la situation. Avait-il une idée de l'endroit où pourraient s'être cachés Eliza et Lucas ? Est-ce qu'il pouvait les retrouver et les ramener à Montpelier ? L'homme posa sur elle ses yeux effilés comme des lames et la considéra en silence. Elle crut qu'il pensait qu'elle lui tendait un piège pour découvrir le repaire des rebelles ou quelque chose du genre. Lorsqu'elle voulut le rassurer, Othello se leva et lui dit :

— Mwen pas p'omett' t'ouve Lucas, Miss Seton.

Vingt minutes plus tard, armé d'un seul coutelas émoussé, il profitait de l'obscurité grandissante pour se fondre dans la végétation.

Charlotte attendit le retour de patrouille de Nicholas. Elle était décidée à mettre un terme à ce qu'elle croyait n'être qu'un malentendu. Il l'accueillit avec une déférence blessante. Devant ce qu'ils devinaient être une querelle d'amoureux, les soldats qui l'accompagnaient s'éloignèrent. Charlotte le talonnant, Nicholas mena sa monture jusqu'à la petite dépendance qui lui servait de remise et d'écurie. Pendant qu'il dessellait son cheval, Charlotte mit en lumière ses plans concernant Lucas. Son désir de le prendre en charge lorsque Othello le ramènerait à Montpelier. Avec son accord, bien entendu. Un masque indéchiffrable moulant ses traits, il l'écouta sans l'interrompre. Il fit reculer le cheval dans sa stalle et lui dispensa sa ration d'eau, d'avoine et de fourrage. Après avoir planté violemment la fourche dans le tas de foin, il se retourna et s'adressa à elle avec un accent sec et cassant.

— Qu'attendez-vous de moi, Miss Seton ?

— Mais… rien, répondit-elle, absolument déroutée. Je ne voulais que vous informer de mes intentions, que je crois que vous avez mal comprises.

— Soit, c'est bon ! Je vous remercie de l'attention que vous portez à mon fils. Mais je considère qu'il est entre bonnes mains avec Eliza. Elle est tout de même sa sœur. Othello les conduira à Montego Bay chez une amie à moi, qui les accueillera avec autant de considération que vous le feriez. Maintenant, je vous suggère de retourner à la grand-case, où vous tenez si bien le rôle de *maîtresse* de maison, lâcha-t-il en alourdissant son ton d'ironie.

Charlotte demeura un instant muette devant cet éclat inattendu d'animosité.

— Mr Lauder…

Elle retenait ses larmes, ravala la boule d'émotion qui lui bloquait la gorge. Il lui tourna le dos.

— Mr Lauder ! recommença-t-elle d'une voix à peine mieux contrôlée, je ne comprends pas la raison de votre méchanceté. Je croyais que vous… qu'après ce qui s'est passé entre nous… Que…

Bouleversée, déconfite, elle lui lança un dernier regard chargé de détresse. Comprenant qu'elle ne parviendrait pas à contenir ses larmes plus longtemps, elle s'enfuit en courant. Elle parcourut quelques yards et tomba en arrêt. *Maîtresse* de maison… ?

Nicholas appuya son front sur l'encolure chaude de Blackford et ferma les yeux. Le sang lui martelait les tempes. Il se maudissait pour ce qu'il venait de faire. Ses critiques acerbes ne lui laissaient qu'un goût d'amertume dans la bouche. Aucun soulagement. *Elliot dans le lit de Miss Seton.* Lui revenaient sans pitié les commentaires de Nelson à Hardin, ce matin au déjeuner. Puis la violence des sentiments qu'avaient fait naître en lui les remarques égrillardes des deux hommes. *Charlotte dans les bras d'Elliot.* Il n'avait pu ravaler cette colère qu'il avait ruminée toute la journée. « C'est mieux ainsi », se dit-il pour se convaincre. « C'est mieux ainsi. »

— Ainsi, c'est ce que vous pensez ? s'exclama une voix forte de fureur derrière lui.

Il cessa de respirer et pivota sur les talons pour recevoir en plein cœur toute la véhémence du regard que braquait Charlotte sur lui.

— C'est ce que vous pensez ? Que je joue la *maîtresse* de maison ?

Le mépris qui avait ponctué le mot suffit pour faire tomber l'équivoque du sens et le réduire à sa définition la plus outrageuse. Dans la tête de Charlotte tournaient mille répliques cinglantes. Mais aucune d'elles ne lui parut suffisamment blessante pour lui donner la satisfaction de rendre le coup œil pour œil, dent pour dent. Ce qui décupla sa colère qu'elle dirigea maintenant contre sa propre stupidité. Sa poitrine se serrait, comme ses poings.

— Expliquez-moi ce que sous-entend cette remarque !

Médusé, Nicholas demeurait silencieux. Charlotte pressentit soudain qu'il avait eu connaissance du geste, pour le moins déplacé, de Sir Robert.

— Je ne suis pas la maîtresse de Montpelier. Comme je ne suis la maîtresse de personne.

Elle souffla, ne trouvait soudain plus utile de déployer autant d'énergie pour essayer de se défendre d'une accusation qui, au demeurant, s'étayait de faits accablants : Sir Robert avait effectivement passé une partie de la nuit dans son lit. Elle choisit donc d'en finir en lui dévoilant froidement la vérité. Lorsqu'elle eut terminé, il ne dit rien, la dévisageait avec des yeux de noyé.

Le cheval s'ébroua, obligeant Nicholas à reculer. Il trébucha sur la selle qui attendait d'être rangée. Son dos heurta brutalement le mur. Il y demeura plaqué, les bras écartés comme un crucifié. Après quoi, elle prit le chemin de la grand-case. À mi-chemin, le souvenir de la lettre de Sir Robert dans le secrétaire s'exhuma du chaos qui bousculait encore son esprit et elle s'arrêta. Elle avait beaucoup de questions à poser à Mr Lauder. Mais elle ne possédait plus assez d'énergie pour le confronter de nouveau. Sans parler qu'elle aurait à expliquer comment elle en avait eu connaissance. Elle décida de continuer son chemin.

Ce soir-là, c'est la mort dans l'âme que Charlotte se mit au lit. Mais pas avant cette fois de verrouiller sa porte et de bien la barricader à l'aide de la commode. Assurée que son scalpel fut facilement repérable sur sa table de nuit, elle souffla la chandelle.

⁂

Si la présence bruyante et agitée de tous ces hommes lui causait de l'embarras le jour, la nuit venue, ironiquement, elle la prémunissait contre les dangers. Charlotte avait enfin pu profiter d'un sommeil bénéfique. Personne n'était venu l'importuner. Ce fut la tête reposée et l'esprit plus clair qu'elle entreprit le jour deux de la rébellion. Elle avait longuement réfléchi à tout ce qui arrivait. À ses incertitudes, ses craintes. Et surtout à Nicholas. Avait-il cru sa version des faits ? Elle l'espérait. Mais elle ne pouvait lui en vouloir d'avoir cru qu'elle avait partagé le même lit que Sir Robert. Puisque c'était ce qu'elle avait fait, en fin de compte.

Pour ne plus s'accabler davantage, elle dirigea ses préoccupations sur les évènements qui poursuivaient leur cours. Pendant la nuit, d'autres incendies avaient ravagé des propriétés voisines de Shettlewood Pen, dans le Westmorland. Du renfort fut réclamé par Grignon. Le colonel fulminait. Apparemment les autorités des paroisses limitrophes ne prenaient pas la situation au sérieux. À chaque heure, on apprenait le nom d'une ou deux autres propriétés attaquées et incendiées. Par chance, il n'y avait pas de victimes à déplorer. Grignon attendait l'arrivée d'une compagnie du régiment du Westmorland qui devait converger avec lui vers Chester Castle Estate, où un attroupement de rebelles avait été observé. Jusqu'ici, les chasses n'avaient rien donné; les nègres se fondaient comme des ombres dans la nature.

Charlotte ne pouvait s'empêcher de se soucier de la sécurité de Lucas. Si Eliza avait eu l'idée de rejoindre son Ormond, l'enfant se trouvait en danger. Les miliciens ne verraient que la couleur de sa peau. Et Charlotte ressentit un frisson d'effroi en imaginant…

À leur façon, avec les moyens qu'ils possédaient, les rebelles sabotaient les opérations militaires. Des barricades érigées sur la route de Montego Bay empêchaient le transport de ravitaillement jusqu'à Montpelier et les magasins des plantations environnantes n'avaient plus que très peu à offrir à cent cinquante hommes affamés. Il fallut ajouter à cela une centaine d'hommes de plus lorsque se pointa en fin d'après-midi la 7e compagnie du régiment de St. James. La compagnie était composée d'hommes libres de couleur et ils montèrent leur camp dans le pré des chèvres. Pour finir, on apprit que les rebelles avaient pris possession des baraques de Shettlewood et mis la main sur le bagage qu'avait laissé derrière lui le régiment après avoir déménagé à Old Montpelier, plus apte à recevoir confortablement ses troupes. Ce coup stratégique en était un d'importance pour les rebelles, puisqu'ils bloquaient dorénavant l'accès à la route de Savanna-la-Mar, coupant par la même occasion les communications par voie régulière entre les forces militaires de St. James et du Westmorland. L'étau se resserrait autour de Montpelier.

Alertés par l'appel d'alarme, Charlotte et Mr Davidson avaient délaissé la partie d'échecs qu'ils disputaient dans le salon pour accourir sur la véranda. Des coups de feu avaient été tirés tout près. Les miliciens présents formaient diligemment leurs rangs et se tenaient prêts à parer toute éventuelle attaque. C'est alors que tous virent avec stupeur une majestueuse colonne de fumée noire monter vers le ciel.

Lorsque rentra enfin le détachement à Old Montpelier, les flammes s'élevaient très hautes dans le ciel qu'obscurcissait déjà le crépuscule. Les informations se répandirent comme poussière dans le vent. Sur leur retour de Chester Castle, dans le Westmorland, les hommes de Grignon avaient fort à faire avec des esclaves de New Montpelier. L'altercation avait résulté en plusieurs blessés du côté des agitateurs, qui s'étaient finalement dispersés devant les attaques des miliciens, mais pas avant d'avoir mis le feu à l'un des entrepôts de bagasse.

Charlotte cherchait parmi les soldats la silhouette de Nicholas sur son cheval noir. Il s'entretenait avec l'adjudant Tingling. Elle aurait espéré de lui un regard. Un seul. Pour croire qu'il nourrissait de meilleurs sentiments à son égard, qu'elle avait fait partie de ses pensées aujourd'hui.

Il ne lui donna pas ce plaisir. Encore elle se dit qu'il ne valait pas tous ses tourments. Malheureusement… on ne se désintoxiquait pas aussi simplement de l'amour.

⁂

Assise devant son potage aux pois congo, tourmentée, le cœur lourd comme une pierre, Charlotte écoutait distraitement les propos des hommes à la table. Certains parlaient des opérations de la journée, d'autres, des conjectures prévisibles de ce qui allait suivre. De sombres hypothèses. Tout cela finit par lui couper l'appétit. Elle lança un regard en coin vers Sir Robert, à l'autre bout de la table. Depuis la nuit qu'il avait passée dans son lit, il avait pris ses distances et ne l'avait plus importunée. Mais elle lui surprenait de temps à autre ces regards pénétrants qu'il ne détournait pas quand elle les croisait. Pour l'instant, il conversait avec son voisin de droite, le colonel Grignon. C'était un homme à la chevelure clairsemée et habilement coiffée pour corriger cette lacune, aux traits creux et arrogants, imbu de sa personne. Le sujet qui les intéressait était l'état des provisions. Elles commençaient à manquer sérieusement. Le quartier-maître prévoyait des rations pour deux jours encore. Ce que Sir Robert était disposé à lui fournir ne suffirait pas à nourrir cette masse d'hommes qu'une journée de plus.

Se sentant un peu coupable de gaspiller la nourriture qui lui était servie, Charlotte s'efforçait de tout avaler même si l'appétit n'était pas au rendez-vous. Elle plongea sa cuillère dans le bol et avala trois pois avec un peu du bouillon fortement assaisonné. La nouvelle assistante de Quamina aimait manifestement les plats relevés. Elle saisit son verre d'eau. Il était vide. En cherchant l'aiguière sur la table, elle accrocha les yeux souriants du lieutenant Mullett, assis en face d'elle. À l'instant où il ouvrit la bouche pour s'adresser à elle, s'éleva le hurlement d'une conque. Un silence tomba dans la salle à manger. Un second cri propulsa un frisson le long de la colonne vertébrale de Charlotte et déclencha l'alerte générale. Tandis qu'elle demeurait pétrifiée sur place, les hommes bousculaient les chaises, renversaient les verres pleins et laissaient tomber les serviettes dans les plats vides.

De retour dans la salle à manger, Sir Robert avisa Charlotte restée seule devant le désordre sur la table.

— Miss Seton, il serait préférable que vous montiez à votre chambre. Les rebelles attaquent Old Montpelier.

Docilement, elle obéit. Sur son lit, son menton posé sur ses genoux pliés, elle écoutait le vacarme de toute cette agitation. Les coups de feu et l'appel des cornes et des conques se rapprochaient dangereusement. Des hurlements démentiels poussés par les rebelles glaçaient le sang et faisaient craindre le pire. Charlotte songea spontanément à Lucas et l'étreinte de l'angoisse lui coupa le souffle. Lucas devrait se trouver ici avec elle. Pas dans les montagnes comme un fugitif.

En bas, le chirurgien Davidson, son jeune assistant et Macpherson déplaçaient des meubles. La voix de Davidson imposait. Elle repensa au triste récit de la bataille de Waterloo que lui avait souvent fait son père. « Il y aura des blessés », songea-t-elle. Puis de savoir Nicholas face à cette bande de rebelles armés. De l'imaginer blessé. Pour s'empêcher de penser à ce qui pouvait arriver, elle devait s'occuper.

Au moment où elle mettait le pied sur la dernière marche, Sir Robert surgissait dans la grand-case. Sans cacher son agacement, il lui ordonna de remonter sur-le-champ.

— Je ne veux pas rester à me morfondre toute seule en haut. Je pourrais aider à faire…

— Il n'en est pas question !

Le ton était sans appel. Il se dirigea vers son cabinet. Fortifiée de toute sa détermination, elle l'y suivit.

— Sir Robert, insista-t-elle, il y aura des blessés !

— Inévitablement. Macpherson, Mr Davidson et son aide sont amplement en mesure de s'occuper d'eux.

— Mr Macpherson est à moitié aveugle et Sebastian a à peine quatorze ans.

— Ce qui ne lui donne qu'un an de moins que vous, Miss. Je suis certain que le garçon est apte à faire ce que lui ordonne Mr Davidson.

— Et moi je ne le serais pas ?

— L'armée n'est pas la place d'une femme. Encore moins le champ de bataille.

— Depuis la nuit des temps, les femmes ont pris part aux guerres. Certaines n'ont pas hésité à prendre les armes et ont combattu pour leurs droits, leur place aux côtés des hommes…

Un sourire singulier courba la bouche de Sir Robert. Il prit le poignet de Charlotte et lui mit brutalement son pistolet dans la main. L'arme était lourde. Et l'impression ressentie en la tenant était étrange. Effrayante.

— Vous sauriez vous en servir ? Je vous l'offre. Vous voulez participer aux combats pour vous désennuyer ? Allez ! Faites donc, Miss Seton.

— Cela n'a rien à voir. Cessez de vous moquer de moi, monsieur, fit-elle en voulant lui rendre l'arme.

Elle la lui présentait en la tenant par la crosse. Il fixa la gueule noire braquée sur son abdomen.

— L'arme est chargée, lui apprit-il en la regardant maintenant dans les yeux. Il vous suffirait d'appuyer sur la détente… Vous en seriez capable ?

Il y avait un ton de défi dans la voix qui donna froid dans le dos à Charlotte. Pendant un bref instant, une lueur bizarre passa dans les prunelles noires de l'homme. Il fit lentement glisser ses doigts sur la main de Charlotte et détourna l'arme afin de la récupérer.

— Face au danger, Miss Seton, il faut apprendre à frapper le premier.

Elle le regarda. Il ne souriait plus. Son visage était redevenu grave.

— Je ne demande pas de jouer aux soldats, monsieur. Je suis d'accord de laisser cette tâche aux hommes. Mais je désire contribuer à ma façon. Si ce n'est qu'en apportant aux médecins les articles qu'ils auraient besoin dans la maison.

Sans lui répondre, il se dirigea vers la sortie. Macpherson venait à sa rencontre, sollicitant le droit de s'approprier les draps des lits à l'étage. Sir Robert pinça les lèvres et se tourna vers Charlotte.

— Fournissez à ces messieurs tout ce qu'ils demandent. Tant que cela se trouve dans la grand-case. Et je vous interdis de quitter ce toit. Et de grâce, ne vous exposez pas aux fenêtres, lui lança Sir Robert en s'effaçant dans l'obscurité de la véranda.

— Oui, monsieur, fit Charlotte avec un air triomphant.

Macpherson, Davidson et le jeune Sebastian avaient métamorphosé le salon en quelque chose qui ressemblait à un dortoir. L'espace n'offrait de la place que pour six paillasses. Au centre de la pièce, sur des tréteaux, quelques planches formaient une table de travail. Les coffres d'instruments étaient ouverts. Y étincelait l'acier des scies et des couteaux. Tout ceci n'avait rien à voir avec une salle de dissection. Ces lames étaient destinées à la chair vivante, pourvue de sensibilité, de vaisseaux sanguins gorgés de sang chaud.

L'eau additionnée de rhum fumait dans deux grandes marmites qu'avait transportées Sebastian. Charlotte avait rassemblé tous les draps et les serviettes qu'elle avait pu dénicher dans la maison et en avait fait un monticule dans un coin du salon. Elle s'occupa ensuite à recouvrir proprement les paillasses miteuses empruntées dans les cases des domestiques et rangea par catégorie les médicaments sur une table : sédatifs à droite et antalgiques à gauche. Quamina et deux autres femmes s'occupaient de préparer du bouillon et du café en quantité. Peut-être qu'il faudrait une lampe de plus. Charlotte souligna l'importance d'un bon éclairage. Dommage que Montpelier ne bénéficiât pas du gaz naturel. Il donnait un éclairage tellement plus vif et régulier.

L'énergie qu'elle déployait à rendre le simili-hôpital pratique et confortable faisait sourire les deux médecins, qui attendaient le prochain blessé en buvant un café noir. Les seuls soins dispensés jusqu'ici n'avaient été que quelques sutures, une dent et un doigt fracturés. Les blessés avaient rapidement regagné leur poste.

Le temps s'égrenait. Les pétarades éclataient sporadiquement. Un grondement sourd se fit entendre. Une lueur orangée illumina tout à coup le ciel. Tout le monde se précipita sur la véranda pour voir l'un des entrepôts à bagasse s'embraser comme un fétu de paille et projeter des gerbes d'étincelles tout autour. Sinistres feux d'artifice. Les flammes projetèrent leur lueur d'enfer sur l'action qui prenait place autour des bâtiments. Des vestes rouges se déplaçaient furtivement. Aussi des vêtements sans corps. Les Noirs dans le noir. L'éclat d'une dentition, des yeux brillants. Cris et coups de feu. Le vrombissement de l'incendie qui s'amplifiait… tout cela paraissait irréel à Charlotte.

Bientôt la fumée, âcre et poignante, s'immisça dans la grand-case. Des appels s'élevèrent soudain plus distinctement de toute cette cacophonie. Deux hommes qui en supportaient un troisième s'amenaient. Le blessé fut abandonné, gémissant sur la table d'opération improvisée.

Il avait laissé une large traînée de sang sur le plancher. Cette fois c'était sérieux.

Davidson prit d'emblée les choses en main. Pendant que son assistant faisait avaler une bonne dose de laudanum au blessé, il déchira le pantalon entaillé détrempé de sang. La jambe tressautait de douleur et l'homme émit un profond râle lorsque le chirurgien souleva un lambeau de peau. Paralysée par l'aspect horrifiant de ce qu'elle voyait, Charlotte en oublia le rôle qu'elle s'était confié.

— Ligature ! lança Davidson. Il faut pincer... celle-là, oui.

L'aide s'exécutait.

— Sebastian, épongez-moi tout ça... je n'y vois rien. Il y a trop de sang. Une serviette propre...

Le garçon lança un regard agacé vers Charlotte. Elle s'extirpa de sa torpeur et alla chercher ce qu'on lui demandait. Pendant tout ce temps, le blessé, très agité, entrecoupait de plaintes et de gémissements étouffés le récit qu'il faisait de sa mésaventure. Elle s'efforça de conserver un masque d'apparente insensibilité à la vue de la chair charcutée si... palpitante de vie. « Ce n'est qu'un mécanisme. » Pendant que Sebastian épongeait le sang qui s'accumulait dans la cavité, le chirurgien ligaturait la veine sectionnée. Le vieux médecin fournissait le matériel au fur et à mesure. Visiblement, il avait perdu l'habitude des situations d'urgence de ce genre. Il respirait avec difficulté et transpirait à grosses gouttes. Joignant le geste à la parole, Charlotte lui dit qu'elle prendrait le relais.

Elle réprima un haut-le-cœur. L'entaille, causée par un coutelas, était nette, et formait un arc à partir de la région inguinale jusqu'au milieu de la cuisse gauche. La chair avait été repliée comme la page d'un livre sur les mystères de l'anatomie interne de la cuisse. « Le corps n'est qu'un mécanisme. » La plaie saignait abondamment et imbibait rapidement les serviettes, qui tombaient lourdes et écarlates dans le bac à ses pieds. Les cadavres ne saignaient pas, ne gémissaient ni ne tremblaient. Encore moins parlaient-ils comme des pies affolées. Mais là... Elle renifla l'odeur fade du sang, celle plus puissante du corps de l'homme allongé sur la table. Elle se remémora... Les cours dans Little Windmill Street. Ces mois de bonheur total lui revenaient comme un souvenir si lointain, si amer.

— C'est la veine fémorale ou la saphène interne ? demanda-t-elle.

Charlotte suivait chaque geste que posait Davidson avec une fascination grandissante.

— La fémorale superficielle, répondit distraitement le chirurgien.

— Est-ce que vous allez la lier à l'artère ?

Le geste de Davidson se suspendit un court moment. Son attention rivée sur l'opération en cours, elle ne vit pas l'étonnement changer la physionomie du chirurgien et de son assistant. Le blessé avait quant à lui avalé sa langue et il regardait la jeune femme avec un mélange de crainte et de stupéfaction.

— De quoi elle parle, doc ?

— Je sais ce que j'ai à faire, Mr Gayner, fit Davidson en coupant le dernier fil. Si vous demeurez tranquille un moment, je pourrai me concentrer et vous éviter une amputation.

Les lèvres scellées, le blessé s'allongea. Se maudissant pour son étourderie, Charlotte se contenta de suivre et d'enregistrer tout ce qu'elle voyait. Quelques minutes plus tard, le chirurgien refermait la plaie et la suturait. Sans attendre qu'on le lui ordonne, elle emporta le bac rempli des serviettes souillées à l'arrière de la maison et le vida dans une cuve à lessive remplie d'eau fumante savonneuse que brassait une esclave avec un bâton. À son retour dans le salon, le blessé était alité sur l'une des paillasses, pâle et désormais silencieux. Sebastian rinçait les instruments dans l'eau chaude d'une marmite tandis que Davidson nettoyait ses mains dans l'autre. Charlotte lui présenta une serviette propre et sèche. Puis elle s'attacha à la tâche de finir de tout nettoyer avant l'arrivée d'un nouveau blessé.

— Où avez-vous appris ça ? demanda-t-il, très intrigué.

— Mon père et mon oncle sont médecins chirurgiens.

— Mais encore... Mon père était avocat et pourtant je ne connais rien aux procédures judiciaires.

Elle persistait dans son refus de se dévoiler. Macpherson, qui connaissait un peu son histoire pour lui avoir déjà posé les mêmes questions, prit la parole.

— J'ai cru comprendre que Miss Seton a déjà travaillé comme assistante pour son oncle à Londres. Dans une école d'anatomie... c'est bien cela, Miss Seton ?

Le chirurgien sourcilla et émit un sifflement.

— Vraiment?

— Mais comment cela pourrait-il avoir été possible? Elle est une fille, fit remarquer Sebastian.

— Aucune loi ne nous interdit de suivre un enseignement médical, Sebastian, l'instruisit-elle d'une voix ferme, mais retenue, puis elle s'adressa aussi aux autres. Si ce n'est celle que régissent les idées un peu trop préconçues que se font les hommes du monde médical, soit qu'il devrait leur être réservé. Mais je m'y suis conformée en m'habillant en garçon... avec l'accord de mon oncle, bien entendu.

Un petit ricanement s'échappa de la gorge de Sebastian. Malgré que le garçon fût plus petit et presque aussi délicat qu'elle, il la considérait avec toute la hauteur de son statut de mâle. L'épaule appuyée contre le chambranle, Davidson essuyait ses avant-bras en la dévisageant, complètement captivé. Venait à Charlotte la désagréable impression d'être une curiosité de foire.

— Si je reprends votre question sur la liaison entre la veine et l'artère fémorale, selon vous, est-ce que j'aurais dû l'exécuter?

— Tout dépend. S'il existe un réseau anastomique... avança-t-elle avec prudence.

— Anastomotique, la corrigea-t-il.

Son visage se couvrit de chaleur et elle baissa le front. Maintenant, en plus de la juger pour son incroyable prétention, ils allaient critiquer son ignorance.

— Vous savez ce qu'est un réseau anastomotique, Miss Seton?

— C'est sans importance, Mr Davidson, balbutia-t-elle en se préparant à retourner à la cuisine pour leur verser du café.

— Non, je suis vraiment intéressé à discuter un moment avec vous... Vraiment, Miss, lui dit-il pour la ramener vers lui.

Point d'ironie dans le regard. Seule une sincère curiosité résidait dans les yeux de Davidson. Charlotte observa le blessé. Il reposait, les yeux fermés. Soit il somnolait, soit il était inconscient. Il avait perdu beaucoup de sang, et bien que le chirurgien eût réussi à stopper l'hémorragie, son sort ne serait pas fixé avant quelques heures. Demeuraient encore les risques que les ligatures cèdent, que l'infection et la gangrène s'installent.

Charlotte revint vers Davidson et, d'une voix plus assurée, elle lui récita ce qu'elle savait sur le phénomène de la circulation collatérale. L'homme se montra fort impressionné. En retour, il lui dévoila que contrairement à ce que prétendaient la majorité des chirurgiens, il existait effectivement un réseau de ce type entre la veine fémorale et les veines au-dessus de l'embouchure de la veine saphène interne. Malheureusement, ignorants de ce fait, les anciens traités de chirurgie mettaient en valeur la pratique de lier l'artère à la veine lors de blessures à la veine fémorale en sa partie supérieure. En résultait une occlusion de la veine et, par conséquent, la gangrène.

C'était au tour de Charlotte de se laisser captiver par ces connaissances nouvelles que lui apportait Davidson. Elle en avait oublié le café et n'entendait plus les pétarades incessantes que comme une rumeur anodine et lointaine.

L'irruption d'un nouveau blessé mit abruptement fin à cet intermède instructif. Blessure par balle à l'abdomen. L'épiderme du blessé était froid et moite. Sa respiration et son pouls étaient faibles, son regard, égaré. L'état de choc laissait présager une hémorragie interne importante. Davidson s'en chargea d'urgence. Un deuxième blessé ne tarda pas à suivre. Une balle avait traversé l'avant-bras, évitant miraculeusement le radius et le cubitus. Le cas était moins grave, mais l'homme souffrait beaucoup. Macpherson s'occupa de lui. Le troisième homme à arriver sur un brancard avait déjà rendu l'âme. À partir de ce moment, les médecins ne connurent plus de répit.

Trois heures après le début de l'attaque, les armes se turent. Le dernier assaut avait été particulièrement violent, fusillant le régiment du Western Interior sur trois flancs pendant que celui de St. James prenait les rebelles par revers. Après vingt minutes de tirs nourris, les agitateurs avaient pris la fuite. Grignon interdit à ses hommes de les prendre en chasse. La nuit n'était favorable qu'aux nègres. Les vestes rouges garnies de dorure des soldats les feraient repérer rapidement. Beaucoup d'hommes étaient tombés. Pas moins d'une trentaine du côté des rebelles, selon les estimations de Grignon. Du côté de l'armée, il y avait eu un mort, deux blessés graves et plusieurs blessures sans conséquence.

Le fracas des combats s'était apaisé, mais se poursuivait la rumeur bourdonnante de l'activité des hommes. Des fusils claquaient encore çà et là, question de leur rappeler que les rebelles n'étaient pas loin et qu'ils pouvaient à tout moment leur retomber dessus. Les officiers s'étaient rassemblés et débattaient des mesures à prendre en cas d'une telle éventualité.

La frénésie qui avait animé la grand-case s'était calmée. Épuisé, Macpherson s'était écroulé et ronflait dans l'un des fauteuils qui encombraient le hall. Dans un coin de la cuisine, Sebastian lisait sur son lit de fortune. Davidson relaxait sur la véranda en fumant. Lorsqu'elle eut fini de tout nettoyer, Charlotte éteignit les lampes, ne laissant que deux faibles flammes jeter leur clarté sur les blessés correctement pansés et installés sur leurs paillasses. Elle avait appris que Nicholas était sain et sauf. L'esprit en paix, elle alla rejoindre le chirurgien assis dans l'escalier.

Elle se sentait à la fois satisfaite et troublée. Les effets de l'adrénaline s'estompaient. Une grande fatigue l'envahissait. Elle émergeait tranquillement de l'impression de rêve dans laquelle elle avait flotté. L'odeur du sang qui souillait ses vêtements formait, avec sa propre odeur corporelle, un parfum infect, ni mieux ni pire que celui que dégageait Davidson. La tête appuyée contre un barreau de la rampe, Charlotte repassa les dernières heures dans son esprit. Elle songea aux regards reconnaissants des blessés qu'elle avait réconfortés, aux gestes qu'elle avait faits. Un malaise avait saisi le docteur Macpherson au beau milieu d'une opération, l'astreignant à s'asseoir. Sebastian n'ayant jamais manipulé d'aiguilles auparavant, elle avait proposé de terminer de recoudre la lacération à sa place. Macpherson avait hésité. Le blessé, pressé d'en finir, lui avait donné son accord. Elle l'avait fait. À la perfection. Comme le lui avait appris Jonat. Jonat aurait été fier d'elle.

La nuit s'annonçait longue. Des hommes se reposaient devant les feux de camp. D'autres montaient la garde. Tous étaient tenus de rester en armes. L'entrepôt à bagasse flambait toujours derrière la haie de campêches. Les masses sombres de la sucrerie et du moulin se détachaient devant le mur de flammes qui avaient perdu en intensité. Pour l'instant, les principaux bâtiments avaient été épargnés. Toute cette fumée viciait l'atmosphère et rendait la respiration de Charlotte plus laborieuse. Le sifflement dans ses poumons et la toux qui l'accablait lui disaient qu'elle devait prendre du repos et éviter les coups d'émoi.

— Je vous félicite pour tout le sang-froid dont vous avez fait preuve, Miss Seton, fit tout à coup le chirurgien en tirant une bouffée de sa pipe.

— Merci, Mr Davidson.

Un éclat de rire s'éleva dans la nuit, détendit l'atmosphère.

— Nos blessés ont-ils à se plaindre du service ? demanda Davidson, un sourire dans la voix.

— Pas que je sache.

— Ils seraient bien mal venus de le faire, ma parole ! commenta-t-il plus sérieusement. Sur le front, les blessés ne bénéficient pas d'autant d'égards, ni du confort d'une auberge comme c'est le cas ici.

— Je suppose que ce qui se déroule dans un hôpital de campagne après une bataille d'envergure doit être très différent de ce qui s'est passé ici ce soir, observa Charlotte.

— Les conditions sont difficiles. Trop souvent désolantes. Bien qu'il y ait eu des améliorations notables dans le service médical, c'est encore le manque d'hygiène qui tue les blessés mieux que les blessures elles-mêmes.

— Parfois un petit peu d'ordre dans le chaos fait beaucoup, monsieur.

— Si notre emploi du temps nous le permettait…

— Que font généralement les femmes dans les hôpitaux de front ?

— Oh ! Elles subviennent spécifiquement aux besoins de base des blessés.

— Comme vider les pots de chambre, précisa Charlotte avec cynisme.

Le chirurgien la considéra.

— Comme vider les pots de chambre… quand cela est nécessaire, admit-il en souriant.

Jugé comme étant un travail de troisième ordre, celui de garde-malade en était un que remplissaient des femmes pauvres et illettrées. Toutefois, un peu plus de considération de la part de la société pour cet humble rôle pourrait être bénéfique pour tout le monde. Prendre soin de son prochain. Depuis l'aube de la chrétienté, des communautés religieuses avaient observé ce précepte. « J'ai eu faim et vous m'avez donné à manger, j'ai eu soif et vous m'avez donné à boire, j'étais un étranger et vous m'avez accueilli, nu et vous m'avez vêtu, malade et vous m'avez visité, prisonnier et vous êtes venu me voir.[8] » Au service de Dieu, ces communautés avaient offert le gîte et le couvert aux indigents et aux pèlerins, un refuge pour les pestiférés et les orphelins. Misère et maladie étant inextricablement liés, petit à petit, certains de ces hospices, où on soignait l'âme, et désignés sous le nom d'*almshouses*[9], étaient devenus des hôpitaux, où on s'occupait aussi des maux du corps. Ce ne fut qu'au XVIIIe siècle que les médecins et les chirurgiens commencèrent à occuper une place importante au sein de ces temples d'Asclépios, reléguant les religieux au simple rang d'aides soignants. On en avait maintenant fait des centres d'études et de recherches médicales. Mais à cause des conditions d'hygiène trop souvent déplorables, ils demeuraient le dernier refuge vers lequel ne se tournaient encore que les pauvres. L'hôpital n'était pas considéré comme un lieu de guérison, mais, ni plus ni moins, comme un mouroir.

Pour avoir maintes fois entendu son père le clamer, Charlotte savait que seules des conditions sanitaires acceptables offraient un contexte susceptible de favoriser la guérison. Francis Seton avait apporté des modifications aux plans du bâtiment de la Seton's Surgical Hospital pour s'assurer qu'une ventilation adéquate fût respectée. Le nombre de lits n'encombraient pas les salles des malades, quotidiennement passées à la serpillière avec de l'eau vinaigrée. Ce fut ce concept logique que Charlotte avait voulu appliquer à l'hôpital des nègres de Montpelier. Sir Robert avait accepté son idée de rendre l'établissement plus respectueux de son appellation. Ce n'était pas encore parfait, mais les améliorations avaient porté leurs fruits.

— Vous savez, les gardes-malades pourraient faire bien mieux, si on leur en donnait les moyens, releva-t-elle.

— Miss Seton, la plupart de ces femmes sont illettrées et, par malheur, fréquemment sous l'emprise de l'alcool.

Elle ne pouvait réfuter ce fait. Et celles qui travaillaient à l'hôpital de son père n'étaient pas différentes des autres. Pour un salaire de misère, on ne pouvait exiger mieux. Et les bonnes dames de la charité ne se risquaient jamais si près des malades. Combien de fois Charlotte

8. Matthieu 25, 35-36.

9. En Grande-Bretagne, l'*almshouse* était l'équivalent de l'hôtel-Dieu en France.

avait entendu son père avertir sa mère de ne pas mettre inutilement sa santé en péril. Charlotte devait admettre qu'en le faisant, sa mère aurait du même coup mis en jeu celle de tous ses enfants. Un geste altruiste ne devait pas en être un irréfléchi. Charlotte croyait qu'il fallait prendre le temps d'analyser intelligemment les besoins et les solutions qui se présentaient. Mais se dressait malheureusement entre certaines solutions et la réalité ce mur qu'était l'incompréhension. Le refus de la société d'évoluer sur des voies qui remettraient en cause toute sa structure en octroyant un peu du pouvoir des hommes aux mains des femmes. Car jamais les médecins n'accepteraient de céder à la gouverne des femmes une parcelle de leur royaume, aussi infime fût-elle. Et que cette opposition fût partagée par les deux sexes fortifiait les vieux préceptes moraux qui voulaient que chacun respecte la place que Dieu lui avait assignée. Comme le leur avait clairement rappelé le révérend Hall dans son sermon de Noël.

« Et chacun de nous doit regarder avec humilité la place qu'il tient dans la hiérarchie que Dieu a instaurée pour lui. Quiconque bouscule ces règles sème le chaos. Il va à l'encontre des lois de la création et s'attirera la foudre de Dieu. »

Resurgit dans la mémoire de Charlotte une conversation qu'elle avait eue avec sa mère qui tendait vers cette croyance. « Tu es et tu seras toujours une femme, Lottie. Quoi que tu fasses. Il existe une place pour chacun de nous dans ce monde et nous revient tous un rôle qu'il nous faut tenir pour en assurer l'équilibre. » Ce jour-là, Charlotte avait grondé contre celui qu'on lui imposait. Sa mère lui avait dit que rien ne lui était vraiment imposé. Qu'elle aurait des choix. Mais que ce n'était pas en se travestissant en homme qu'elle s'ouvrirait une voie dans leur monde. À vouloir être comme eux, elle n'y perdrait que le respect de son sexe. Sur le coup, Charlotte n'avait pas bien saisi la subtilité. Elle avait pensé que sa mère avait cherché à lui faire comprendre qu'elle devait humblement accepter son lot de femme. Maintenant, elle comprenait que sa mère combattait la prépotence mâle à sa façon. Une guerrière de l'ombre.

Quiconque bousculait les règles de l'équilibre de ce monde semait le chaos. Le problème était qu'il aurait fallu connaître les règles dictées à l'origine. Des siècles de civilisation patriarcale pouvaient les avoir interprétées à leur guise, modifiées et faussées. Comme l'avait déjà dit sa mère : ce sont les hommes qui ont mis sur papier la parole de Dieu. Comment savoir s'Il s'était bien fait comprendre ?

— Pourquoi ne pas mettre en place une organisation disciplinée et mieux formée sous la surveillance de gardes-malades plus compétentes ? lança brusquement Charlotte, forte de ses convictions.

Le chirurgien ne dit rien pendant quelques secondes.

— Vous voulez dire que des femmes effectueraient un travail d'assistance auprès des médecins ?

— Non ! Enfin... si on veut, rectifia-t-elle. Mais pas tout à fait. Il n'est pas question de prendre la place des assistants, mais de faire un travail mieux structuré, plus productif, qui soulagerait les médecins et les assistants de certaines tâches, ce qui leur permettrait de se vouer entièrement à leur art.

Elle avait pris soin de bien choisir ses arguments et de flatter la vanité de l'homme. Finalement, son éducation chez Mrs Hargrave lui était utile. Avant de commenter, le chirurgien la dévisagea d'un air songeur.

— Je dois dire que votre concours ce soir nous a été plus qu'utile. Votre efficacité nous a permis de travailler diligemment. Il est vrai que de ne pas avoir à se soucier de...

Un cri étouffé coupa court à la réplique. Charlotte et Davidson tressaillirent. Sous le coup de la peur, toutes les revendications secrètes de Charlotte se volatilisèrent. Dans l'encadrement de la porte, Sebastian paraissait alarmé.

— Mr Davidson ! Venez vite ! C'est Mr Macpherson... Il ne respire plus !

Le cœur du vieux médecin avait cessé de battre pendant son sommeil. Une mort paisible. Cette perte subite avait causé beaucoup de chagrin à Charlotte. Elle s'était attachée à cet homme affable et aux manières un peu bourrues. Elle l'avait pleuré avec Mary et Hannah, ses deux concubines. Sir Robert aussi était affecté.

Au lever du jour, Macpherson et deux soldats avaient été enterrés dans le cimetière des Blancs. À leur retour du cimetière, les officiers se rassemblèrent en conseil. Le colonel Grignon rencontra Sir Robert pour lui faire part de la décision qui avait été prise. Le cours des choses s'était précipité pour prendre un tournant inattendu. La nuit avait été tranquille. Mais ayant reçu de source fiable l'information que les rebelles se préparaient à attaquer massivement Montpelier au cours de la prochaine nuit, la 7e compagnie de St. James prit la décision de lever le camp et de rentrer à Montego Bay. Les vivres manquaient, comme les munitions. Mais on craignait aussi les nègres qui étaient restés à Montpelier. Malgré qu'ils avaient juré fidélité à leur massa, des hommes refusaient de boire l'eau qu'ils tiraient du puits s'ils ne l'avaient pas puisée eux-mêmes. La peur générait la peur, disloquait le sens de solidarité qui unissait les combattants. Les regards devenaient méfiants.

Se voyant abandonné avec ses seuls cent cinquante hommes pour défendre la vallée, à contrecœur, le colonel se trouvait dans l'obligation de conduire à son tour son régiment à Montego Bay. L'annonce du départ des troupes jeta la consternation dans la grand-case. Sir Robert s'occupa à rassembler les livres et les papiers importants. Charlotte prit l'initiative d'organiser leur départ et envoya chercher le buggy du médecin, seule voiture dont ils pouvaient disposer pour voyager confortablement.

On venait d'évacuer le dernier blessé vers le wagon d'ambulance. Les bagages étaient rassemblés dans les quelques voitures qu'avaient pu trouver les soldats sur la propriété. Seule dans le salon sur le beau tapis de Madame Eugénie tout taché de sang, Charlotte observait par la fenêtre les préparatifs du départ. Son regard ne cessait de dévier vers les montagnes. Qu'allaient faire Lucas et Othello lorsqu'ils trouveraient la grand-case de Old Montpelier vide à leur retour ? Elle imaginait les mêmes préoccupations tarauder Nicholas. Après les enterrements, il était retourné chez lui pour rassembler ses affaires. Elle ne l'avait pas revu. Nicholas continuait de lui en vouloir. C'était ainsi qu'ils se séparaient. C'était trop cruel.

⁂

Partir rendait Nicholas anxieux. Il y avait Lucas, qui n'était pas encore de retour. Il devait faire confiance à Eliza. Même si du sang buckra courait dans ses veines, elle ne laisserait rien arriver à son frère. Et puis, Othello les retrouverait et veillerait sur eux. Lui n'avait pas le choix. Il était tenu d'obéir aux ordres de Grignon et non plus à ceux d'Elliot. Il mit dans un grand sac de toile cirée les quelques objets qu'il désirait conserver. La miniature et sa correspondance, quelques livres et vêtements. Il ouvrait un à un les tiroirs de son secrétaire, prit ce qu'il fallait pour écrire et quelques articles personnels auxquels il tenait. Le reste pourrait partir en fumée. Il ne reviendrait plus à Montpelier. Il avait pris sa décision. Même sous la menace, Elliot ne pouvait l'y contraindre. Il devait s'occuper de Lucas, lui préparer un avenir. Il tomba tout à coup sur un tiroir vide, mais qui ne devait pas l'être. Ces sourcils s'abaissèrent sur l'incertitude. Avait-il changé la lettre de place ? Tant d'évènements avaient perturbé son esprit ces derniers jours, qu'il en perdait le fil. Il était pourtant certain de ne pas avoir retouché à cette lettre après l'avoir placée là. Pendant qu'un sentiment d'inquiétude grandissait en lui, il vérifiait tous les autres tiroirs. La lettre avait effectivement disparu. Fichtre ! Qui l'avait prise ?

⁂

Elle reconnut immédiatement la silhouette qui remontait l'allée bordée de crotons. Son cœur manqua un battement. Il venait… Elle sécha ses larmes, se prépara à le recevoir. Elle gagna rapidement un fauteuil. On frappa. Elle se leva d'un bond. La nervosité l'envahissait et elle ne tenait plus en place. Les lames de bois grincèrent dans le hall. S'ensuivit un silence.

— Miss Seton, fit Nicholas en inclinant la tête. Pardonnez mon intrusion. Je ne voulais pas vous déranger…

— Non, vous ne me dérangez pas, je… j'attendais que Sir Robert termine de récupérer ses papiers importants. Notre départ ne devrait plus tarder.

Nicholas déposa son sac.

— Comment vous portez-vous ? s'informa Charlotte pour rompre le moment d'embarras qui s'installait.

— Bien. Et vous ?

— Bien. Je suis fatiguée, mais je vais bien.

Il hocha la tête et lui demanda si Sir Elliot se trouvait dans son cabinet de travail. Il désirait lui signifier son départ. Il avait une lettre de démission à lui remettre. Elle le dévisageait maintenant surprise. La pomme d'Adam de Nicholas se souleva. Les mots ne venaient pas aussi librement qu'il l'aurait pensé. Il ajouta :

— Je le fais pour Lucas. Vous n'aviez pas tort… en regard à son éducation. Je l'ai négligée. Mais il n'est heureusement pas trop tard. Et grâce à vous, il aura moins de travail à abattre pour ratrapper les petits Anglais de son âge.

Elle était paralysée par l'intensité du regard sur elle. Elle n'avait qu'envie de pleurer et concentrait toute son énergie pour se retenir devant lui.

— Il y arrivera sans problèmes, l'encouragea-t-elle. J'aurais seulement aimé pouvoir lui dire au revoir avant de…

La voix se cassa, trahissant sa contenance. Il acquiesça et expira bruyamment. Il alla vers elle et la regarda avec gravité avant de se remettre à parler sur un ton plus bas.

— Miss Seton, je dois savoir… et cette fois, répondez-moi franchement. C'est important. Il y avait une lettre dans mon secrétaire. Elle portait, comme celle que Lady Elliot vous a écrite, la marque d'eau de… Dieu du ciel ! fit-il en la voyant perdre ses couleurs.

— Je ne l'ai pas prise, je… enfin, peut-être que je l'ai sortie du tiroir, croyant que c'était celle de Lady Louisa, mais quand j'ai compris que ce n'était pas le cas, je l'ai remise à sa place… Je vous le jure. Mr Lauder, je ne voulais pas fouiller vos affaires. Je cherchais un bec de plume. Je suis désolée…

Elle se sentait misérable. Les formules d'excuses venaient librement pour se sortir d'un moment critique. Nicholas Lauder s'attendait certainement à autre chose qu'à cette maladroite esquive.

Un bruit provenant du cabinet de travail de Sir Robert les alerta. Elle vit Nicholas hésiter. Prise de frissons, elle frotta énergiquement ses bras.

— Vous ne l'avez pas lue ? l'interrogea-t-il, incrédule.

— Non… enfin, seulement quelques lignes, confessa-t-elle finalement. Assez pour savoir que cette lettre ne s'adressait pas à moi, mais à Miss Susan. Rien de plus. J'ai été dérangée. Après je l'ai rangée dans le secrétaire… Mais que renferme cette lettre de si important, pour l'amour du Ciel ? Et comment est-ce qu'elle en est venue à se trouver en votre possession ? Mr Lauder, répondez-moi, je vous en prie.

Charlotte ne savait dissimuler ce qu'elle pensait et ressentait. Elle ne lui mentait pas. Il en éprouva un sentiment de soulagement intense et approcha la main de son visage pour le dégager d'une mèche de cheveux. Il attarda le toucher sur la tempe.

— Vous n'avez pas à le savoir, Miss. Ce que vous ne savez pas ne peut pas vous mettre en danger, murmura-t-il doucement.

Passèrent quelques secondes.

— C'est le secret, n'est-ce pas ? conclut-elle. C'est ça, le fameux secret des Elliot.

Sir Robert l'avait vue avec la lettre entre les mains. Il l'avait vue la lire.

— Ce que je ne sais pas peut aussi me rendre vulnérable, Mr Lauder, déclara-t-elle d'une voix empreinte d'émotion.

Nicholas cacha son trouble en retournant reprendre son sac. Il le mit sur son épaule.

— Je vous dois des excuses, dit-il en gardant son regard hors d'atteinte. Ce que je vous ai dit l'autre jour dans l'écurie était irrecevable.

— Mr Lauder, nous avons tous deux dit et fait des choses blessantes.

— Oui…

Il se décida à la regarder. La quitter devenait chaque fois plus difficile. Il était sur le point de lui demander de le suivre à Kingston. Il y avait songé. Elle, Lucas et lui, ensemble à Kingston.

— Miss Seton, vous pourriez… Ah ! s'exclama Sir Robert en remarquant la présence de son gérant dans le vestibule.

— Je garderai un bon souvenir de vous, lança Nicholas à Charlotte.

Sans plus attendre, il se dirigea vers le cabinet d'Elliot.

Le planteur le reçut en chemise froissée, cernée de transpiration, la cravate dénouée, la barbe négligée. L'allure de celui qui n'avait pas dormi de la nuit. Comment l'aurait-il pu, sachant que bientôt tous ses biens allaient se répandre sur l'étendue de la vallée en un nuage de cendres grises ?

Sir Elliot lui offrit de l'alcool, un cigare. Nicholas refusa tout. Il reboutonna le haut de son uniforme dans lequel il transpirait aussi. Il annonça le mobile de sa visite. Puis il présenta sa démission. Robert ne manifesta pas de surprise. Il le toisa en plissant les paupières.

— Quel est le fondement de cette décision, Lauder ? Vous êtes bien payé. L'un des gérants les mieux payés dans l'ouest de l'île, à ce que j'en sais.

— Mon fils, répondit laconiquement Nicholas.

— Votre fils ? Oui, nos enfants, la chair de notre chair… Ils valent bien quelques sacrifices, n'est-ce pas ?

Ricanement un peu triste. Robert esquissa un drôle de rictus et extirpa d'une caisse une chemise de carton. Reprenant place à son bureau, il rédigea un billet à ordre pour régler le salaire de Nicholas.

— Vous avez été un employé irréprochable, Lauder, dit-il en lui tendant le billet. Et certainement le plus discret que Montpelier ait connu.

Après quoi, il se leva et retrouva sa place devant la fenêtre, se plongeant dans le va-et-vient qui animait la cour.

— Je vois que vous êtes sur le point de partir, dit-il encore. Miss Seton et moi vous suivrons sitôt que le buggy sera chargé.

— Miss Seton pourrait accompagner le régiment, s'entendit dire Nicholas. Sa sécurité serait assurée.

Robert Elliot se retourna pour dévisager son interlocuteur qui n'avait pas bougé.

— Auriez-vous des raisons de penser qu'elle ne le serait pas avec moi, Mr Lauder ?

— Devrais-je en avoir, sir ?

L'expression du planteur était aussi insondable qu'un gouffre sans fond.

— Je saurai m'occuper de Miss Seton. Au péril de ma vie, je la défendrai de la main qui cherchera à lui faire du mal. Ça, Lauder, je peux vous le jurer sur la vie de ma fille. Et considérez que Mabel est ce qui me reste de plus cher.

Sur les derniers mots, une note de colère avait percé la voix. Un éclair de fureur avait animé le regard clair. Nicholas étudiait son opposant d'un air indécis. Un mince sourire courba tout à coup les lèvres de Robert.

— Si je faillis à cette promesse, je vous offre le pistolet de la vengeance, Lauder. Est-ce que cela suffit à vous convaincre ?

Rien ne servait plus de se parer de faux-semblants. Nicholas leva le menton et planta un regard lucide dans celui d'Elliot.

— Je possède mes propres armes, sir.

Le sourire de Robert s'effaça subitement, son expression s'assombrit de façon inquiétante.

— Vous ne les possédez plus, Lauder. J'aimerais seulement savoir comment cette lettre vous est tombée entre les mains.

Nicholas hésita. Il pensa que la vérité placerait Charlotte à l'abri.

— Elle se trouvait dans un message de Lady Elliot destiné à Miss Seton. Je l'ai subtilisée avant qu'elle en prenne connaissance. Miss Seton ne sait absolument rien.

— Mais vous si, Lauder. Vous avez ma parole de gentleman que rien n'arrivera à Miss Seton. Vous me connaissez. Cela devrait suffire pour vous rassurer.

Les deux hommes se jaugèrent en silence. Au prix d'un effort surhumain, Robert fit face au jugement silencieux de Nicholas Lauder. Il pensa qu'il aurait mieux agi en laissant la lettre à sa place. Cela lui aurait évité cette situation atterrante. Nicholas détourna enfin les yeux, s'inclina et, sans un mot, sortit. Tremblant, Sir Robert regagna son fauteuil et s'y laissa tomber. Il aurait préféré la mort à ceci. Mille fois la mort à ceci.

L'incertitude harcelait Nicholas. Pouvait-il faire confiance à Elliot ? Charlotte n'était ni dans le salon ni sur la véranda. Il descendit l'allée et leva les yeux vers les fenêtres à l'étage. Elles étaient toutes ouvertes et la brise faisait doucement onduler les voiles de gaze. Laquelle donnait sur la chambre de Charlotte ?

Le clairon et le tambour appelaient le rassemblement. Nicholas recula de quelques pas. Il ne se décidait pas à partir. Charlotte était là, il le sentait. Il n'aurait qu'à faire un signe. Il n'aurait qu'à appeler son nom. Elle viendrait le rejoindre. Au second appel, il se détourna enfin de la façade de la grand-case de Old Montpelier et s'éloigna, son sac sur son épaule.

Derrière le voile de gaze, Charlotte le suivit du regard jusqu'à ce qu'il se fonde dans la masse des soldats et du convoi. Sa vue se brouilla et elle étouffa un sanglot dans le creux de sa paume.

⁂

Rien ne bougeait plus dans la maison. Le silence avait fait de Montpelier son royaume. Royaume sinistre des duppies qui erraient maintenant tristement, sans plus personne à tourmenter. Le crevait momentanément le cri solitaire d'un corbeau, le chant languide d'une conque. La pendule indiquait deux heures. Les minutes s'étaient égrenées si indolemment. Le temps n'en finissait plus de s'écouler. Allongée sur son lit, il sembla à Charlotte que le néant avait avalé un océan de fractions de secondes. Qu'il n'en restait plus, que le temps s'était arrêté dans une immobilité perpétuelle. Et pourtant, Nicholas et le régiment n'avaient quitté Montpelier que depuis une demi-heure.

Elle ne cessait de repenser à cette lettre de Sir Robert. Comme elle l'avait soupçonné, Nicholas connaissait le terrible secret. Il ne lui en avait rien dit. Lui avait menti. Elle devrait lui en vouloir. Oui, elle s'efforçait de lui en vouloir. Mais il n'avait voulu que la protéger. De quoi ? De qui ? Sir Robert ? Elle n'en savait rien. Grâce à Nicholas, elle ne savait rien. Par conséquent, rien ne pouvait lui arriver. Cette idée la rassérénait.

Lasse d'attendre, elle alla se poster à la fenêtre. La cour était désolante à contempler. Piétinée, arrachée, brûlée, l'herbe avait perdu de sa brillance au soleil. Quelques chèvres évadées s'en satisfaisaient. Trois voitures avaient été abandonnées avec leur bagage de sacs et de barriques. Des esclaves de Montpelier les avaient sabotées en volant les brancards et les chaînes. Plus loin, les poutres calcinées de l'entrepôt à bagasse fumaient encore. S'imposaient l'odeur de la suie et le parfum poussiéreux de la terre. Expressions des douleurs de la Jamaïque. Les yeux fermés, Charlotte s'en imprégna pour mieux se souvenir.

Jeffrey Nelson terminait d'attacher une dernière caisse à l'arrière du buggy. Le colonel Grignon avait jugé bon de leur fournir une escorte pour les accompagner. Mais que pourrait faire Nelson contre une bande d'esclaves s'ils devaient se faire attaquer sur la route ?

Pendant qu'elle observait le contremaître s'affairer, une pensée horrible creusait son chemin dans son cerveau. Elle frissonna. Sir Robert l'avait surprise à lire la lettre. Elle se souvint brusquement de son malaise en la trouvant là. De sa décision de ne pas la laisser partir avec les autres femmes. La tristesse dans le regard de Susan juste avant de quitter Montpelier…

Un bruit dans la chambre la fit pivoter. Charlotte devint aussi grise que la cendre. Son pistolet dans sa ceinture, Sir Robert se tenait là et la dévisageait d'un air singulier. Cet air un peu égaré qu'il avait traîné tout l'avant-midi.

— Tout est prêt, annonça-t-il.

Il s'approcha d'elle, nota un frémissement de la nuque, la peur dans les yeux.

— Vous savez tout, n'est-ce pas ? murmura-t-il lentement.

— Tout de quoi ? bégaya-t-elle.

— Il y a deux jours. Cette lettre que je vous ai surprise à lire chez Lauder.

— Celle que je lui ai écrite, souligna-t-elle avec un accent qui trahissait sa nervosité.

— Celle que *j'ai* écrite à ma sœur, la reprit-il plus clairement en plongeant sa main dans une poche intérieure de son gilet.

Il s'avança vers elle, la lettre en question brandie comme une arme dirigée sur elle ; elle eut un mouvement de recul et rencontra le mur. Il s'immobilisa devant l'expression terrifiée de la jeune femme.

— Miss Seton, je ne désire qu'obtenir des réponses à mes questions, dit-il pour la tranquilliser.

— Je ne sais rien de ce qui est écrit dans cette lettre, Sir Robert. Je n'ai pas eu le temps de la lire au complet. Je vous le jure… Je ne l'avais jamais vue avant ce jour-là.

— Pourtant, vous me craignez, observa-t-il avec ironie.

Dans le silence qui suivit l'assertion de Robert s'éleva la voix de Nelson dehors. Charlotte profita du moment de distraction pour essayer de se faufiler hors de la chambre. Mais Robert la rattrapa. Ses bras solidement tendus de chaque côté de ses épaules l'emprisonnèrent entre le mur et lui.

— Vous me craignez depuis votre retour de Montego Bay. Miss Seton, dites-moi qu'est-ce que vous craignez ainsi ?

— Mais… rien. Que devrais-je craindre, Sir Robert ? le questionna-t-elle à son tour d'une voix mal assurée.

— Je vous ai fait la promesse solennelle de ne pas vous faire de mal, Miss. À Lauder aussi.

— Je vous le jure, je n'ai pas lu cette lettre.

Le regard qu'il lui fit lui apprit qu'il ne la croyait pas.

— Je pense qu'il est inutile de persister à jouer le jeu de l'innocence. Pour l'amour du Ciel, Miss Seton. Je sais que Louisa s'est confiée à vous.

— Comment le savez-vous ?

— Ça n'a pas d'importance. Je veux seulement savoir ce qu'elle vous a dit.

Elle refusa de répondre. Il força son visage vers lui. Le sonda. Anxieux, bouleversé, il répéta sa question sur un ton plus doux.

— Dois-je vous supplier ?

— Elle m'a avoué qu'elle n'était pas la mère naturelle de Mabel, finit-elle par répondre, presque honteuse.

— Elle vous a dit qui l'est ?

— Non…

Il ne la croyait pas. La tension commençait à éroder sa patience.

— Mais encore ? Elle a bien dû vous dire autre chose.

— Qu'elle était malheureuse.

Robert interrogeait les traits de Charlotte. Les siens se durcissaient au souvenir de son dernier entretien avec sa femme, de ses menaces de tout divulguer.

— Lady Louisa était malheureuse d'avoir été manipulée dans un mariage factice, fit Charlotte avec un brusque regain de hardiesse. Parce que vous vous êtes servi d'elle pour garder Mabel. Votre mère ne voulait pas de l'enfant. L'enfant d'un viol. Même si c'est son mari qui l'a forcée, cela n'en demeure pas moins une agression, non ?

Elle le fixait sans ciller et respirait par saccades. Comprenant avec horreur qu'elle venait de se démentir, l'envahissaient des remous d'émotions. De son côté, Robert restait incrédule.

— C'est ce que vous a raconté Louisa ?

— Non. Elle pensait que votre sœur était la mère naturelle de Mabel. Que le père était un Mr Innes. Moi, j'ai appris la vérité… par le journal intime de Miss Susan, avoua-t-elle enfin d'une voix mortifiée. Elle y a relaté la nuit où votre père a… abusé de sa femme avant que vous ne soyez intervenu. Puis le meurtre de Granny Polly et de Sally et les mois à attendre la délivrance à Spanish Town.

— Vous avez lu les journaux de Susan ?

— C'est arrivé par accident… si on veut.

— Cette lettre adressée à ma sœur que vous avez découverte chez Lauder se trouvait dans ce cahier, Miss Seton. Comment est-ce que vous pouvez ne pas l'avoir lue alors que par deux fois elle se retrouve entre vos mains ? insista-t-il. Et que fait Lauder avec ? C'est vous qui la lui avez donnée ?

— Jamais de la vie ! Je n'avais jamais vu cette lettre avant l'autre jour. Je vous le jure. Elle a dû glisser du cahier que j'ai feuilleté sans que je m'en aperçoive. Comment Mr Lauder l'a eue, je l'ignore totalement. Et je n'en ai pas terminé la lecture parce que vous m'avez surprise avant que je ne puisse le faire et qu'après votre départ j'ai jugé bon de ne pas poursuivre plus loin. Voilà la vérité, Sir Robert.

Il la libéra et ferma les yeux. Une tristesse infinie transforma sa physionomie. Il ne savait s'il devait la croire ou non. Si elle la connaissait, elle ne lui avouerait jamais toute la vérité. Et lui ne supporterait pas de vivre avec ce doute…

Charlotte sentit l'étau qui enserrait sa poitrine se relâcher doucement.

— Qu'allez-vous faire, maintenant ? demanda-t-elle. Me tuer comme les autres ?

— Je suis beaucoup de choses, mais pas un meurtrier, Miss Seton, murmura-t-il comme s'il s'adressait à lui-même avant de soulever les paupières pour la regarder. Je ne suis pas un meurtrier, répéta-t-il plus fermement.

— Alors, pourquoi m'avoir gardée ici sous un prétexte fallacieux ? Que votre volte-face se soit produite tout de suite après m'avoir vue chez Mr Lauder n'a rien d'une coïncidence, je suis prête à mettre ma main au feu.

Il ouvrit la bouche pour répondre, ne sut quoi lui dire au juste. Tandis qu'il tergiversait, Charlotte se remémora la scène dans le cabinet de Sir Robert. Si ses propos avaient été un peu nébuleux, en revanche, ses allusions sur ses sentiments pour elle avaient été explicites. La nuit qui avait suivi, il était venu la rejoindre dans son lit. Ses desseins devenaient soudain clairs comme l'eau de roche. Et maintenant qu'ils se trouvaient seuls… Sir Robert aurait délibérément retardé leur départ. Nelson ferait la sourde oreille. Plus personne ne répondrait à ses appels à l'aide. Elle esquissa un mouvement. Il anticipa ses intentions et la saisit de nouveau.

— Charlotte, non… Je serais incapable de vous faire du mal. Croyez-moi.

— Dites-moi alors qui a commis les meurtres de Lady Louisa et d'Aurelia ?

— Ma mère, avec la complicité de Loulou, je le crains, laissa-t-il tomber avec tout le poids que cela faisait peser sur sa conscience.

— C'est Madame Eugénie qui a tué Lady Louisa ? s'exclama Charlotte, atterrée. Doux Jésus… alors la stramoine dans le café…

— Elle était destinée à Louisa. Ma mère est une femme à l'esprit malade, Miss.

— Et sachant cela, vous n'avez rien fait pour protéger votre épouse ?

— Je n'aurais jamais imaginé que ma mère irait jusqu'à commettre… l'irréparable.

— Cette pauvre Louisa… Le piège que vous lui avez tendu est ignoble. Tout le mépris que vous lui avez témoigné ne méritait pas le sacrifice qu'elle a fait de sa vie pour garder secrètes les origines de Mabel.

— J'ai aussi sacrifié une part de ma vie pour protéger Mabel.

— Vous respirez toujours, Sir Robert. Et puis, protéger Mabel de quoi, au bout du compte ? Elle n'est pas une enfant illégitime ! Rien n'excuse ce que vous avez imposé à Louisa, qui ne savait rien de votre plan, releva Charlotte. Je veux bien essayer de comprendre que vous ayez voulu, par ce mariage, garder votre petite sœur auprès de vous. Mais pourquoi avoir choisi Louisa Wedderburn ? Elle n'était certainement pas la dernière femme célibataire dans l'île, Sir Robert. À défaut d'en trouver une que vous pourriez aimer, vous auriez pu vous efforcer d'en épouser une que vous auriez respecté. Mabel méritait au moins ça, non ?

— Épouser Louisa fut une erreur, je l'admets, se défendit-il avec véhémence. La nuit avant que je ne quitte Montpelier pour Kingston, je lui avais enfin accordé sa requête de vivre séparément. Mais tout à coup cela ne lui suffisait plus. Elle s'était mise en tête de nous faire chanter avec ce qu'elle venait de découvrir. Par cupidité. Par vengeance. Pour tout ce qu'elle avait vécu, elle avait juré de tous nous réduire à néant. Mabel incluse.

Mais de quoi les menaçait Louisa de plus pour que Madame Eugénie juge nécessaire de la supprimer ? Charlotte devinait qu'elle n'obtiendrait jamais de réponse à cette question. Elle posa les yeux sur la lettre que tenait toujours Sir Robert. La réponse se trouvait écrite là-dedans. Il nota l'objet de son attention et le fit disparaître dans son gilet.

Le bruit d'un coup de feu ricocha en écho dans le silence de la chambre, sidérant Charlotte et Robert. Un cri retentit : Nelson. Empoignant son pistolet, Robert s'élança vers la fenêtre. Son homme n'était plus dans la cour. Mais un mouvement au loin retint son regard. Sous le dalot qui reliait le moulin à la sucrerie, quelque chose avait bougé… Un frisson parcourut son échine raide d'appréhensions. Les esclaves n'avaient pas perdu de temps pour revenir finir leur travail. Une fumée grise montait déjà du deuxième entrepôt à bagasse. Dans quelques minutes, tous les bâtiments seraient la proie des flammes.

Ils se précipitèrent au rez-de-chaussée, où s'était barricadé Nelson. Robert s'empara de son fusil et se hâta vers l'une des fenêtres du salon. La voix grave d'une conque finit de pétrifier Charlotte contre le mur.

Une trentaine de nègres armés de fusils et de coutelas envahissait la cour. Trois des hommes portant des torches s'approchèrent de la grand-case. Installé dans l'entrebâillement de la porte, Nelson leva son arme vers eux et tira. Le coup raté ne fit qu'exciter davantage les rebelles. Ils hurlaient, proféraient des menaces, brandissaient le feu. Robert ordonna à Nelson de ne tirer qu'en cas d'absolue nécessité. Charlotte était terrifiée. Ils allaient mettre le feu à la maison pour les débusquer comme des rats de canne, puis ils les tailleraient en pièces. Robert l'attrapa par les épaules pour la secouer.

— Il ne nous arrivera rien si nous ne nous montrons pas une menace pour eux.

Rien n'était moins sûr. La seule couleur de leur peau représentait une menace pour les insurgés. Mais l'aplomb dans l'attitude de Sir Robert réussit à apaiser Charlotte.

— Je suis désolé que vous ayez à vivre ça, Miss Seton, dit-il plus doucement en la libérant.

Dehors, les chevaux hennissaient de frayeur. Robert retourna à la fenêtre. On avait libéré celui attelé à la voiture et l'un des hommes le montait en criant sa victoire, pistolet au poing. Il dominait le cheval du massa buckra. C'était maintenant lui, le maître. Puis l'homme sauta au sol et plaqua le canon de son arme entre les yeux de la bête. Le coup se répercuta jusque dans les os de Robert. Le cheval étant la propriété exclusive des Blancs, sa mise à mort était symbolique. Le cheval de Nelson connut le même sort quelques secondes après.

Des flammes commençaient à s'échapper du moulin et de la purgerie. D'autres esclaves sortaient de l'ombre comme les envoyés des ténèbres venus pour lui faire expier ses fautes. Robert comprit avec consternation qu'il ne quitterait pas Montpelier vivant. Les esclaves lui feraient payer les abus de son père. Il se tourna vers Charlotte, qui, paralysée, accroupie dans un coin du salon, respirait avec difficulté.

⁂

Du haut de sa monture, son fusil posé en travers de ses cuisses, Nicholas surveillait la route pendant qu'on s'affairait à la dégager d'une barricade de branchages. Il consulta sa montre : deux heures quarante-cinq passé. Des éclaireurs avaient localisé un autre barrage du même acabit deux *miles* plus loin. Le trajet s'annonçait pénible. Son regard rivé sur le chemin attendait avec impatience l'arrivée de Nelson et du buggy d'Elliot. Même si la présence de son ancien contremaître auprès de Charlotte le rassurait, il se faisait du souci pour elle. Il aurait dû insister auprès de Grignon pour que deux hommes les escortent.

Un nuage de fumée traversa son champ de vision. L'odeur piquante du tabac formait avec celui, capiteux, des fleurs d'un frangipanier tout près, un mélange agréable et apaisant. La chaleur et huit heures seulement de repos en deux nuits le rendaient indolent. Il combattait le sommeil en mâchonnant un morceau de tige de canne. Il ne put résister plus longtemps et laissa ses paupières tomber un moment. Lui apparut le visage de Charlotte. Ses joues parsemées de taches de rousseur. Et ses grands yeux gris… Il avait lutté pour ne pas céder à son désir d'elle.

— C'est le sourire d'un homme libre que je lis sur ce visage, Lauder ? Ou bien celui d'un idiot heureux ?

— Allez vous faire voir, Thompson.

— J'ai appris que vous aviez donné votre démission à Elliot ce matin. Félicitations !

— Les nouvelles voyagent plus rapidement que nous, à ce que je vois, commenta-t-il ironiquement en lançant un regard vers la barricade à moitié dégagée.

Frederick Thompson suivit son regard et forma une moue désabusée.

— C'était à prévoir. Il paraît que le chemin de Long Hill a été passablement abîmé. Il ne faudrait pas se surprendre d'avoir à rebrousser chemin.

Thompson marqua une pause pour tirer sur son cigare. Son regard se plissa sur la ligne d'horizon à travers son nuage de fumée.

— Quels sont vos plans d'avenir ? demanda-t-il pour revenir à ce qui l'intéressait.

— Retrouver mon fils. Pour la suite, il n'y a rien de précis.

— C'est parce qu'elle n'a pas voulu de vous, hein ?

— Quoi ?

— Miss Seton. Elle vous a éconduit. Allons, Lauder. Depuis le début de l'été que vous vous aspergez d'eau de rose. Mais vous savez, ce genre d'histoire ne finit toujours bien que dans les livres. Vous ne pouviez pas vous mesurer à la fortune d'Elliot. Pourquoi vous figurez-vous qu'il l'a gardée avec lui, alors que les autres femmes ont été envoyées en sécurité à Mo Bay ? Nelson raconte qu'Elliot passe ses nuits avec elle. Notre bon ami Shearer a relevé que la mort de la femme d'Elliot tombe drôlement à point. Si vous voyez ce que je veux dire. Je commence à penser qu'il ne fabule pas tant que ça…

Les sourcils arqués par la stupéfaction, Nicholas fixait l'air narquois de son confrère.

— Vous êtes vraiment stupide, Thompson. Vraiment… Je ne sais pas ce qui me retient de vous placer mon poing sur la gueule.

L'homme éclata d'un rire satisfait. Reposant son regard sur l'horizon, il devint subitement muet et son expression n'avait plus rien de malicieux.

— D'où ça vient ? demanda-t-il en pointant son index sur une colonne de fumée grise qui s'élevait en oblique vers l'ouest.

Devant la vision, le ventre de Nicholas se contracta. Il évalua rapidement la direction et la distance. Par rapport à eux, Mafoota Farm était située plus à l'est. Mais cela pouvait être les baraques de Shettlewood. Aussi les bâtiments de Montpelier… Les scénarios les plus sombres se mirent à tourbillonner dans sa tête. Il mit son fusil en bandoulière.

— Dites à Grignon que je vais vérifier, lança-t-il en éperonnant sa monture.

Son cheval se mit au galop. Il entendit des cris s'élever dans son dos. Puis le martèlement des sabots et ceux de son cœur emplirent tout l'espace dans son crâne.

⁂

Dehors les rebelles s'agitaient. La colère les gagnait. L'un d'eux alla jusqu'à lancer sa torche sur la véranda. Quelques secondes plus tard, les coussins d'un fauteuil s'embrasaient. Le mur de flammes grimpa devant la fenêtre. Robert écarta immédiatement les rideaux et referma complètement toutes les jalousies pour retarder leur propagation à l'intérieur. La peur s'emparait aussi inexorablement de lui. Ordonnant à Nelson de demeurer en poste, il demanda à Charlotte de le suivre à l'arrière. D'autres rebelles étaient là, à attendre sur le parterre, avec leurs armes et leurs torches. Ils étaient cernés.

Il saisit Charlotte par le bras et la ramena au salon, où il lui ordonna d'allumer une lampe. Elle le dévisagea un instant sans comprendre. Il répéta son ordre avec plus de rudesse. Elle obéit. Il s'immobilisa devant une table ronde qui servait d'étalage pour une collection de figurines de porcelaine. Une minute suffit pour la balayer de son contenu et la déplacer. Après avoir repoussé les deux fauteuils qui l'encadraient, Robert souleva le tapis pour mettre à jour une trappe dans le plancher. Un anneau de fer encastré dans le bois permettait de l'ouvrir. Il tira dessus. La trappe résistait. L'humidité avait gonflé le bois. Il tira de toutes ses forces. La trappe finit par céder et s'ouvrit à lui un profond gouffre noir exhalant une poignante odeur de moisissure. Il saisit la lampe et éclaira le passage. Dans la lumière jaune qui ruisselait sur les marches de pierre, quelques insectes rampèrent vers un abri obscur.

— Descendez.

Secouée d'un violent frisson, Charlotte posa le pied sur la première marche. Il lui rendit la lampe.

— C'est un passage souterrain. Il mène aux ruines de la vieille serre…

Une explosion dans la pièce les fit bondir. Charlotte cria de frayeur. Une balle avait été tirée et avait fait éclater le bois d'une jalousie. Il la pressa de partir.

— Vous me suivrez? Je vous attends à la sortie?

— Ne m'attendez surtout pas, Miss, murmura-t-il. Je vais tenter de négocier avec eux, sinon les retarder le plus longtemps possible.

— Mais… ils vont vous tuer! Sir Robert!

— Réfugiez-vous dans le village des esclaves. Ils ne savent pas que vous étiez avec moi. S'il vous arrivait de croiser des esclaves, restez calme. Je doute qu'ils veuillent vous faire du mal. C'est à ceux qui représentent l'autorité qu'ils en veulent.

— Sir Robert… fit Charlotte, des larmes dans la voix.

— Miss Seton, dit-il avec un fade sourire, de grâce, faites ce que je vous demande.

— Mais, où irai-je ensuite? Je n'ai ni cheval ni…

— Vous êtes pleine de ressources, vous en sortirez. Allez, bon sang!

La tête pleine de brouillard, elle descendit encore quelques marches et il commença à refermer l'abattant comme le couvercle d'un coffre sur elle. Charlotte sentit la panique s'emparer d'elle. Il ne pouvait pas la laisser seule dans ce trou noir! Elle repoussa l'abattant avec force, mais le panneau de bois se referma fatalement sur elle, assourdissant le vacarme des rebelles et l'enfermant dans l'étroit passage souterrain.

Elle appelait, toussait, étouffait. Elle avait quatre ans et était emprisonnée dans un vieux coffre puant. Elle sentait ses poumons se comprimer.

Elle allait mourir dans cette boîte noire et humide. Terrorisée, Charlotte décupla d'énergie pour frapper l'abattant.

— Partez ! vociféra Robert.

Son poids bloquait l'ouverture. Il prit son pistolet, vérifia qu'il fut bien armé. Une ombre furtive passa devant les jalousies. Nelson tira un coup de feu, sans faire mouche une fois de plus. Robert pesta contre la maladresse de son contremaître. On s'acharnait maintenant à coups de pieds sur la porte. Nelson appelait son maître en renfort. N'ayant pas le temps de recharger son vieux mousquet, il empoigna le couteau glissé dans sa botte. Tandis que son contremaître luttait dans un corps à corps, Robert demeura assis sur la trappe.

Un hoquet de surprise, le bruit d'une chute. L'éclat d'une lame souillée de sang. L'un des combattants se pencha sur le cadavre de l'autre et le fit rouler sur le dos. Puis il saisit l'oreille gauche et la trancha d'un seul coup. Lorsqu'il se redressa, un rire de triomphe éclata dans la grand-case. Le vainqueur brandissait son trophée, s'éleva dehors une clameur de joie. C'est alors qu'Ormond Trail porta son attention sur l'homme dans le salon qui avait tout vu de la scène.

— Massa 'obert...

Un regard horrifié devant l'arme qui se soulevait.

Charlotte entendit une détonation. L'air se bloqua simultanément dans ses poumons. Elle regarda le panneau de bois avec effroi, l'estomac noué comme jamais. Puis un silence de mort. Sans plus attendre, son être entièrement sous l'emprise de la terreur, elle dévala l'escalier, qui descendait encore sur une profondeur d'une douzaine de pieds. L'air était chargé d'humidité. Elle balança la lampe devant elle pour inspecter le long et sombre boyau. Elle toussait et suffoquait. La morsure de scolopendre encore bien fraîche dans sa mémoire ranimant le souvenir des répugnantes bestioles qui avaient fui la lumière à l'ouverture du passage, elle évitait de toucher aux murs de roc suintant. Le bruit de ses halètements et celui de ses pas qui froissaient le sol se perdaient dans les profondeurs du passage. Par endroits, elle devait baisser la tête pour avancer. De curieux glaçons de pierre descendaient du plafond et se prenaient dans sa chevelure. Elle criait de frayeur, imaginant des chauves-souris, pire, des duppies s'attaquer à elle.

Après quelques minutes, à bout de souffle, elle fit une pause et projeta sa lumière derrière. Au-delà du cercle lumineux, le noir complet. Elle était prisonnière des entrailles de la terre. Elle allait mourir ici et personne ne le saurait jamais. La toux l'accablait. Son asthme. Une crise se préparait. Pour se calmer, elle ferma les yeux et pensa à Weeping Willow.

— Je suis dans la cave de Weeping Willow. James et moi jouons à cache-cache…

Pour mieux se tromper, elle se mit à appeler James. Puis Janet. Sa voix lançait de troublants échos dans le souterrain. Elle entendit un clapotis et sentit ses chaussures se remplir d'eau. À partir d'ici, le passage était inondé, ralentissant sa progression. Ses pieds tâtonnaient les reliefs du sol qu'elle ne pouvait plus voir. Le niveau d'eau grimpait. Bientôt ses genoux furent immergés, puis ses cuisses. Une odeur nauséabonde se dégageait de l'eau infiltrée. Elle hésita à poursuivre. Puis elle repensa à ce qui l'attendait peut-être si elle retournait vers la grand-case.

Se concentrer sur sa respiration. La toux la harassait. Penser à des choses joyeuses… Rien ne lui paraissait suffisamment joyeux. Elle se fixa sur le visage de Nicholas et reprit sa marche. Son pied heurta une pierre en saillie et elle perdit l'équilibre. Par réflexe, elle chercha un appui sur les parois mouillées et glissantes. La lampe lui échappa et elle se retrouva immergée dans l'eau et dans une obscurité à trancher au couteau. Saisie par la température de l'eau, Charlotte se redressa d'un coup. Son cœur voulait exploser dans sa poitrine. Sa respiration sifflait comme un vent coulant dans le tunnel. Désorientée, affolée comme elle ne l'avait jamais été dans sa vie, elle effleurait précautionneusement les murs. Allait-elle ou revenait-elle ? Elle ne savait plus. Cette fois ses yeux se remplirent de larmes de découragement. Désespérée, elle éclata en sanglots.

⁂

Nicholas harcelait sa monture qui filait à bride abattue vers Old Montpelier. Il pouvait apercevoir les flammes, hautes et voraces, s'échapper de l'entrepôt à bagasse. Rendu devant les grilles du domaine, son cœur lui manqua. Une cinquantaine de nègres encerclaient la grand-case que les flammes commençaient aussi à envahir. Le buggy était garé devant. Les cadavres des chevaux gisaient dans la cour. Son cri de rage figea l'action. Les nègres se retournèrent sur son arrivée, s'écartèrent lorsqu'il fonça sur eux. Il sauta de sa monture encore en marche.

Un second cheval arrivait à vive allure derrière lui. Thompson sauta à son tour et saisit son fusil pour le braquer sur les rebelles. Ces derniers s'étaient reculés et gardaient le silence. Thompson leur cria de s'éloigner. L'ordre demeura sans effet. Les insurgés restaient là à les regarder sans bouger. Curieusement, personne ne pensait à les menacer de leur arme. Une section de la balustrade était en flammes et le feu léchait avec appétit le plafond de la véranda. Nicholas gravit les marches. Thompson s'accrocha à ses pas. La chaleur devenait intense, brûlait la peau du visage et faisait roussir les sourcils. Nicholas franchit le premier le mur de fumée et se retrouva face à face avec Ormond. Sous l'impulsion de la surprise, il ne dit rien, ne bougea pas. Puis il découvrit le corps ensanglanté de Nelson et comprit. Il rudoya le fiancé d'Eliza pour entrer. Le spectacle qui les attendait dans le salon les laissa bouche bée d'horreur. À travers un brouillard de fumée, Robert Elliot était affalé sur le plancher du salon, les yeux ouverts. Une partie de son crâne et de son cerveau avait éclaboussé le mur. Un pistolet reposait près de lui. Thompson proféra un blasphème.

— Massa fait ça, expliqua Ormond à Nicholas. Li ti'er balle dans tête. Comme ça ! fit-il encore en mimant le geste définitif qu'avait commis Robert Elliot.

— Sale menteur ! s'enflamma Thompson. C'est toi qui l'as abattu comme un chien. Espèce de sac à merde, je vais te faire sauter le peu de cervelle que tu peux avoir dans le crâne !

— Thompson, non ! hurla Nicholas en détournant le canon du fusil qui allait se décharger.

Ormond en profita pour prendre la poudre d'escampette.

— Mais qu'est-ce que vous fabriquez ? s'indigna Thompson.

— Efforcez-vous de démontrer que vous possédez un peu plus de cervelle que lui, fichtre !

— Cet enfoiré a tué Nelson et le patron !

— Et les dizaines d'esclaves qui attendent dehors nous feront connaître le même sort si vous touchez à leur chef. Ormond n'a pas tué Elliot. Elliot s'est suicidé.

— Vous n'en savez rien.

— Je le sais, c'est tout, dit Nicholas en se dirigeant vers le cadavre.

Il se pencha dessus un instant, allait se redresser lorsque son regard capta un bout de papier jaune sortir du gilet entrouvert. Thompson lui tournait le dos. Il n'hésita qu'un instant, prit la lettre et la fit disparaître à l'intérieur de sa veste. Puis il se lança dans l'escalier. Il gravit les marches quatre à quatre et inspecta chacune des pièces qui s'enfumaient rapidement en appelant Charlotte. Lorsqu'il regagna le rez-de-chaussée, Thompson revenait de la cuisine, un mouchoir sur le nez.

— Elle n'est pas ici, Lauder. Elle a dû se sauver. Pas de corps, pas de mort. Faut s'occuper de ces deux-là avant que le feu devienne trop intense. Ensuite on se tire. Le fils de pute ! Ce nègre lui a fait sauter une oreille.

— Oreille pour oreille, commenta Nicholas à mi-voix en saisissant les chevilles de Nelson.

Ils transportèrent les cadavres dans la cour. Les esclaves s'étaient retirés avec Ormond. Plus de traces d'eux. Mais ils les savaient là à les espionner.

— Il aurait mieux valu les laisser brûler avec la maison, fit froidement observer Nicholas.

— On n'a pas le droit d'abandonner les corps de ces hommes. Les nègres vont revenir les profaner. Ils ont le droit de reposer en terre comme il se doit, s'indigna Thompson.

Le sort des cadavres n'importait guère à Nicholas. Les morts le resteraient définitivement et ne souffraient plus de leur situation. Quant à Charlotte, si elle était encore en vie…

— Je vous laisse la tâche de creuser deux tombes à l'aide de vos mains nues.

En dépit des protestations de Thompson, Nicholas retourna dans la maison. Dans le salon, là où avait gît Elliot, il avait remarqué une trappe. Il pria le ciel de ne pas se tromper. La pièce était envahie d'une opaque fumée et il dut ramper sur le plancher pour ne pas suffoquer. Le feu avait brûlé son chemin jusque dans le salon. Les jalousies et les cadres des fenêtres flambaient joyeusement. Il devait faire vite. Dans quelques minutes, la pièce serait un four infernal. L'abattant se souleva sur un escalier obscur. Nicholas se pencha dans l'ouverture et appela le nom de Miss Seton.

⁂

Elle trébuchait sur les irrégularités du sol. Ses doigts s'écorchaient sur les aspérités des parois. Deux fois elle avait plongé dans l'eau. Elle avait maintenant regagné le sol sec et progressait avec difficulté. Elle appuya ses paumes et son front sur le roc frais et s'efforça d'inspirer et d'expirer. « Je n'y arriverai pas… » L'air avalé demeurait prisonnier de ses poumons, empêchait une nouvelle goulée de les recharger en oxygène.

Charlotte leva la tête pour ouvrir au maximum ses voies respiratoires et aspira un filet d'air. Un cri résonna faiblement dans le passage. Avait-elle entendu son nom ? Son souffle retenu, elle écouta. Une voix l'appelait effectivement. Sir Robert. Il n'avait pas été tué. Elle expira avec peine, s'agita. Elle aurait voulu lui répondre. C'était tout juste si ses poumons parvenaient à se gonfler. Cette compression devenait souffrante. Elle toussa, cracha un peu de salive et essuya ses yeux larmoyants. Une dernière tentative d'avancer se révéla inutile. À bout de force et de souffle, elle se laissa glisser jusqu'au sol. Morte ou vive, il finirait bien par la retrouver. Elle pensa qu'il avait réussi à se défaire des rebelles. Qu'il était à sa recherche pour rentrer à Montego Bay. Trop tard. Elle se dit qu'elle était trop épuisée pour faire le voyage. Elle se dit qu'elle ne reverrait jamais Montego Bay.

⁂

— Miss Seton !

Nicholas appelait en avançant courbé dans l'étroit tunnel. Sa tête heurtait douloureusement les stalactites qui se brisaient sur son passage. Il ne voyait rien. La noirceur la plus complète. « La mort doit ressembler à ça », songea-t-il. Le bout du canon de son fusil crissait sur la pierre. Ses semelles bruissaient sur le sol qu'elles exploraient. Il priait Dieu et la

Providence en souhaitant que l'un ou l'autre fût d'humeur à lui accorder sa demande. Il progressait rapidement, mais avec précaution. « L'enfer doit être plus agréable à vivre », pensa-t-il encore. Ici, c'était le purgatoire. S'il s'en sortait, il serait assurément digne d'accéder au paradis. Il ne pouvait plus rebrousser chemin. À l'instant même, le rez-de-chaussée de la grand-case devait n'être plus qu'un brasier.

L'eau le surprit. L'inquiéta. Une portion du tunnel se trouvait-elle complètement immergée ? Si oui, il n'y aurait pas d'issue. Si oui, Charlotte serait revenue sur ses pas. Si elle avait effectivement emprunté le passage. D'où venait cette eau ? D'une rivière souterraine ? Était-elle amenée par l'infiltration ? Ou provenait-elle d'une résurgence ? Lui revinrent soudain certaines caractéristiques du sol karstique. Les résurgences, les avens et les gouffres trouaient le sol calcaire comme un gros fromage gruyère. Il pouvait glisser dedans à n'importe quel moment.

À contrecœur, il ralentit et inspecta plus consciencieusement le sol avant d'y poser le pied. Charlotte savait-elle nager ? Il ressentit brusquement l'horreur de la découverte de son cadavre flottant dans l'eau.

— Miss Seton ! hurla-t-il, maintenant en proie à la plus vive angoisse.

Plusieurs minutes plus tard, l'inclinaison du sol remontait et l'eau régressait. Encore quelques clapotis, puis il marchait de nouveau sur le sol sec. Ses halètements résonnaient; leur écho lui revenait comme un sifflement aigu. Quelqu'un toussa devant. Il s'immobilisa, le cœur battant, l'oreille aiguisée et les nerfs à vif.

— Miss Seton, c'est vous ?

Le sifflement strident s'accéléra. Il n'eut que quelques pas à franchir avant de buter sur un obstacle mou. Elle était là, bien vivante, mais souffrante.

— Nicholas… fit-elle dans un souffle rauque qui se termina dans une quinte de toux.

Il se pencha et inspecta le corps de Charlotte avec une infinie précaution.

— Vous êtes blessée ? Vous avez mal ?

Elle se cramponna à lui comme à une branche au-dessus d'un précipice. Le soulagement était d'une intensité incroyable. Nicholas était revenu pour elle. Elle s'en sortirait. Charlotte appuya sa tête contre la paroi rocheuse et essaya enfin de se concentrer, de se calmer. Elle tenta de respirer profondément. De l'air. Elle ne voulait que respirer un peu d'air. Le sifflement produit alerta Nicholas. Charlotte suffoquait.

— Qu'est-ce qui vous arrive ? Miss…

Elle saisit ses mains, les serra avec toute la force qu'il lui restait. Entre deux quintes de toux, elle inspirait et expirait avec effort. L'exercice dura plusieurs minutes. Après quoi, Charlotte se détendit progressivement et sa respiration se fit moins laborieuse. Lorsqu'elle se fut suffisamment apaisée pour parler, elle le remercia. Il fallait remercier Dieu. Dans le silence et l'obscurité qui les enveloppaient, Nicholas guettait l'arrivée des rebelles. Ils ne pouvaient rester ici trop longtemps. Bien que la toux continuait de l'accabler, Charlotte l'assura qu'elle était prête à repartir; il l'aida à se remettre sur pied. Affaiblie par la crise, elle cheminait avec peine et ils durent s'arrêter à plusieurs reprises. Nicholas la souleva. Avancer dans l'étroit passage avec une femme dans ses bras et son fusil en bandoulière rendait le trajet plus hasardeux. L'apparition de fils de lumière diffuse leur procura un incroyable sentiment de soulagement. Ils avaient atteint le bout du tunnel.

Nicholas déposa Charlotte sur la première des marches qui menaient aux abattants. Pendant qu'il gravissait le reste à la hâte, Charlotte se rappela la tige de fer qui fermait les panneaux. Est-ce qu'elle l'avait replacée ?

— C'est bloqué, annonça Nicholas comme réponse.

Elle laissa échapper un soupir de déconvenue. Les fils de lumière jouaient sur ses mains et sur sa jupe détrempée. Une odeur putride flottait. Elle grelottait de froid. Nicholas était revenu près d'elle.

— Une seule barre de fer… glissée dans des anneaux… tient les portes fermées, lui apprit-elle d'une voix ténue. Mais il n'y a pas… de verrou cadenassé et le bois… est en mauvais état.

Il prit son visage entre ses mains et le déplaça sous les minuscules jets de lumière pour l'entrevoir. Les pupilles se contractaient normalement. Rassuré, il la serra contre lui, se retenant cependant de le faire avec toute l'intensité de son bonheur de la retrouver vivante. Charlotte se blottit et profita de sa chaleur. Il était si tendu qu'il en tremblait.

— Qu'est-il arrivé à Sir Elliot ? murmura-t-elle après un moment.

— Il est mort.

Il était mort. Qu'est-ce que cela lui faisait de l'apprendre ? Pour l'instant, elle était incapable d'en éprouver quoi que ce soit.

Nicholas l'écarta doucement. La respiration de Charlotte sifflait dans ses oreilles. Il fallait la sortir de cet endroit infect le plus rapidement possible. Une tenace odeur de pourriture soulevait le cœur. Il remonta la volée de marches et, avec toute la puissance de sa volonté, abattit la crosse de son fusil contre les planches les plus fragiles. En attendant, Charlotte promenait son regard autour d'elle. Sa vue s'ajustait graduellement à la pénombre laissant apparaître des formes çà et là. Les parois de pierres étaient perceptibles. Elle devinait les planches de bois que Nicholas avait bousculées en arrivant. Peut-être qu'un objet dans ce fatras pourrait leur faciliter la tâche. Du bout de ses pieds, Charlotte commença à inspecter le sol. L'endroit où ils se trouvaient était plus vaste que le passage. Sans doute avait-il été conçu pour recevoir plusieurs fugitifs. Ses quintes de toux résonnaient dans le tunnel. Elle fit une pause, s'efforça de respirer lentement et profondément avant de reprendre la fouille. Sa chaussure effleura un objet dur. Elle déplaça la planche avec son pied, fit dégringoler les autres. Le vacarme que faisait Nicholas s'arrêta.

— Miss Seton ?

— Oui… Je vais bien.

Au mépris des scolopendres qui pouvaient y ramper, elle fouilla à tâtons parmi les morceaux de bois. Des bouts de colombage et de planches rongés par la pourriture. Elle en déplaça quelques-uns. L'effort qu'elle mettait la fatiguait et la faisait tousser davantage. Elle allait abandonner lorsqu'elle effleura le froid de l'acier. La fébrilité lui redonnant de la vigueur, elle saisit l'objet. Une hache. C'était inespéré.

— Mr Lauder ! appela-t-elle.

Nicholas dégringola les marches. Ne la trouvant pas à l'endroit où elle devait être, il fut saisi de panique.

— Miss Seton ?

— Ici…

— Que faites-vous là ? Est-ce que ça va ?

— Oui, regardez ce que j'ai trouvé. Une hache.

Il la prit, vérifia si la tête était bien fixée au manche.

— C'est bon, j'en aurai pour seulement quelques minutes. Ne bougez pas de là.

Il avait escaladé la volée de marches et s'était remis à l'ouvrage. Charlotte allait retourner s'asseoir. En saisissant la hache, le bout de ses doigts avait caressé au passage la douceur d'une étoffe. Le tas de bois dissimulait autre chose. Intriguée, elle réintroduit son bras et palpa ce qu'elle devinait être un sac de toile. Elle voulut l'extirper, mais il était coincé. Elle mit plus d'énergie pour déplacer encore quelques pièces de bois. Pendant ce temps, la hache s'acharnait avec vigueur. Un filet de lumière jaillit et fit briller un objet métallique entre les planches. Charlotte plongea de nouveau son bras pour l'attraper. C'était une boucle. Une boucle de ceinture ? Celle d'un sac de voyage ? Que faisait-il caché ici ? Elle repensa à Lady Louisa et à son plan de fuite. Peut-être qu'elle connaissait aussi l'existence de ce souterrain…

Pendant qu'elle continuait de déplacer les pièces de bois qui l'empêchaient d'accéder à sa trouvaille, Nicholas introduisait son bras dans l'ouverture qu'il avait réussi à faire. Charlotte attrapa la boucle et tira de toutes ses forces pour dégager le sac. À l'aveuglette, Nicholas avait réussi à retirer la barre de fer. Les gonds des abattants grincèrent. Le filet de lumière devint rivière, éclaboussa les marches jusqu'à Charlotte. Un torrent de lumière blanche inonda la salle d'une clarté cendrée et donna forme à la matière.

— Mr Lauder, j'ai trouvé…

Il y eut un moment de silence. Le regard de Charlotte s'agrandit, absolument horrifié. Elle écarta les doigts et la boucle lui échappa. Elle étouffa son cri dans ses paumes. Quelques secondes plus tard, Nicholas plaquait sa main sur ses yeux pour lui cacher le spectacle. Trop tard. Elle avait vu… le crâne, ses orbites vides, son sourire carnassier, démesuré, grotesque.

— C'est un cadavre… J'ai cru que… Oh ! J'ai cru…

— Calmez-vous, Miss. De grâce, calmez-vous et respirez à fond.

Ce qu'elle fit pendant qu'il repoussait quelques morceaux de bois avec son pied. Il examina le squelette perdu dans l'ampleur de ses vêtements et remarqua à l'une des phalanges, un éclat rouge sang. Un rubis. Une chevalière. Puis il nota à la place du pariétal droit, sous les lambeaux de chevelure clairsemée, la sombre béance.

Dans ses bras, Charlotte tremblait. Il la souleva et lui demanda de s'accrocher solidement à son cou. Il la porta enfin hors de cet endroit infect. Avant de refermer les abattants, il lança la hache dans le gouffre et prit soin de replacer la tige de fer.

— Venez… Vous croyez pouvoir marcher ?

Charlotte ne bougeait pas, continuait de fixer hagarde les portes fermées. Il la tira par le bras. Elle se dégagea avec brusquerie, le dévisagea avec incrédulité.

— C'est Sir Thomas, n'est-ce pas ?

— Miss Seton, il faut partir.

— C'est le corps de Sir Thomas ?

Il tourna son visage vers l'une des fenêtres de la vieille serre pour surveiller les environs.

— Oui, répondit-il avec une placidité stupéfiante.

— Tout ce temps, vous saviez qu'il était mort dans ce souterrain… Et vous n'en avez rien dit ?

— Je n'en savais rien.

— Vous mentez ! La lettre… c'était ce qui y était écrit, n'est-ce pas ?

Il avait reporté son attention sur elle, la fixait avec gravité.

— Le contenu de cette lettre ne concerne pas Sir Thomas. C'est la vérité, Miss Seton. Seulement, comme tout le monde, je me doutais de ce qui était arrivé à Sir Thomas. Mais je ne savais pas qu'il se trouvait dans le souterrain.

Elle vit le trouble glisser sur ses traits.

— Un coup de hache. Cette hache près de lui. À votre avis, qui a fait ça ?

— Les morts emportent leurs secrets avec eux.

— Un coup de hache… et c'en est terminé.

Il s'éloignait vers la sortie. Ahurie, Charlotte le suivit un instant du regard avant de lui emboîter le pas.

Comme le reste des bâtiments, la grand-case flambait dans un ronronnement terrifiant, s'envolait en fumée. Tantôt la portant, tantôt la supportant, Nicholas conduisait Charlotte jusqu'au village des esclaves. Une détonation formidable les saisit. Au-dessus de la distillerie, une énorme boule de feu se forma au milieu d'une pluie de projectiles. Un alambic avait explosé.

Ils trouvèrent refuge dans la case vide d'Eliza. La porte refermée, la targette de bois fut tirée.

— Reposez-vous, lui suggéra Nicholas.

Charlotte s'allongea sur la couche de paille de canne dépouillée de sa natte. Encore sous le choc de ce qu'elle venait de vivre, elle était trop énervée pour fermer l'œil. Surtout trop bouleversée pour parler. Lorsqu'une seconde explosion fit trembler le sol, elle se recroquevilla sur elle-même. Son fusil entre les cuisses, Nicholas avait pris place sur un banc. Il était là, près d'elle. Elle était en sécurité. Elle ferma les yeux.

L'obscurité s'immisçait doucement dans la case. La faim commençait à tenailler Nicholas. Un coup d'œil sur Charlotte lui indiqua qu'elle avait fini par s'endormir. Sa respiration s'était régularisée, quoique encore sibilante. Tout en la contemplant, il se rendait compte de la chance qu'ils avaient eue. Sains et saufs tous les deux. Tous les deux, ensemble…

Il fallait maintenant se rendre jusqu'à Montego Bay. Si Thompson avait réussi à rejoindre le régiment, tout le monde devait être au courant de la mort de Sir Elliot. Inévitablement, on les croirait morts, eux aussi.

Il se leva et commença à fureter sur les étagères de la petite case. De la vaisselle, des ustensiles de cuisson, quelques épices dans des contenants de fer rouillé et de faïence, un reste de farine de manioc grouillant de fourmis, un savon de ménage fendillé et rongé par les souris… rien de consommable. Ils auraient à compter sur la nature pour leur fournir l'ordinaire.

Lorsqu'il se retourna, il croisa le regard brillant de Charlotte. Réveillée par son remue-ménage, elle l'observait silencieusement.

— Je sors un moment, lui dit-il.

Elle se dressa sur la couche, affolée.

— Je reste tout près, dans le jardin. Il faut bien manger.

Elle toussa, acquiesça et se recoucha. Des brins de paille s'accrochaient à ses cheveux et à ses vêtements. Il résista à l'envie de les retirer, de glisser ses doigts dans la chevelure en désordre. De la serrer contre lui. Dehors, une colombe roucoula tristement. Les feuilles bruissaient avec douceur. La vie gazouillait et bourdonnait autour d'eux dans le silence d'une nature paisible.

— Je ne laisserai personne vous faire de mal.

Elle acquiesça. Elle le savait.

Chapitre 7

Ils dînèrent frugalement de bananes, de mangues et d'une poignée de noix de cajou. Leur appétit perturbé s'en contenta. Plus tard, à la faveur de l'obscurité, ils firent le tour du village et fouillèrent chaque case pour trouver des objets qui pourraient leur être utiles. Ils dénichèrent un reste de tafia, un fond de mélasse, de l'huile de palme un peu rance, du poisson séché et quantité d'épices, de café et de sucre. Ils recueillirent une poule oubliée au fond d'un jardin. Craignant qu'ils fussent infestés de poux, Charlotte refusa de prendre les draps abandonnés. Mais une vieille couverture de laine roulée dans une petite armoire pourrait trouver quelque usage.

Lorsqu'ils rapportèrent leur butin à la case, la lune accrochée bien haut dans les ténèbres projetait sa clarté grise dans le chemin. Nicholas cala solidement un madrier sous la targette et déploya la couverture devant la fenêtre. Ensuite il glissa une mèche de sphaigne dans un peu d'huile de palme versée dans une lampe à bec. La flamme ne leur dispensait qu'un piètre éclairage, mais c'était mieux que rien du tout. Cette promiscuité nouvelle les installa dans un climat de malaise. Ils prenaient soin d'éviter tout contact physique et n'attardaient pas leur regard sur l'autre plus qu'ils ne le devaient.

Charlotte toussait encore beaucoup et son souffle raccourci restait bruyant. Elle lui avait expliqué sa maladie. Ses crises d'asthme n'étaient pas fréquentes et elle parvenait habituellement à les contrôler. Mais lorsque déclenchées par des coups d'émotions intenses, elles étaient fulgurantes. La tension des derniers jours et toute la fumée inhalée l'avaient fragilisée. Elle regrettait son chanvre dans son coffre resté à l'arrière du buggy. Quelques bouffées l'auraient aidée à dormir plus tranquille. Redoutant une seconde crise, bien qu'un feu pourrait trahir leur présence, Nicholas prépara du café. Elle lui avait dit que le café l'aidait parfois. C'était le mieux qu'il pouvait faire. Elle aurait à reprendre des forces pour marcher la distance jusqu'à Montego Bay.

Ils burent en silence, chacun plongé dans les vapeurs aromatiques qui montaient de leur calebasse. C'était réconfortant, apaisant. Quoique chacun vivait encore les horreurs de la journée à l'intérieur de lui-même. Après quoi, épuisée, Charlotte s'allongea sur la paillasse, où elle s'endormit rapidement. Seulement alors Nicholas s'accorda la liberté de la regarder comme il en avait envie. Ses vêtements étaient dans un piteux état et sa coiffure n'était plus qu'un amas informe de boucles rousses. Son visage et ses bras étaient sales. À la regarder ainsi, dans la petite lueur vacillante de la flamme, n'importe qui aurait pu la confondre avec une pauvre fille du East End de Londres.

Nicholas souffla la flamme et décrocha la couverture à la fenêtre. Après l'avoir étendue sur le sol, il retira sa veste et s'allongea. La main sur son pistolet, il ferma les yeux à son tour.

⁂

Des bruits d'agitation arrachèrent Nicholas à un sommeil sans rêves. Les yeux ouverts sur les ténèbres, il demeura aux aguets. Sur sa paillasse, Charlotte se débattait avec son cauchemar. Sa respiration était souffrante, hachée. Il n'osait intervenir. Un cri de terreur le décida à l'en délivrer enfin.

Charlotte repoussait les bras qui cherchaient à se refermer sur elle. De l'air… Elle manquait d'air. L'odeur qui l'enveloppait était âcre et forte. Elle s'affola. Le sourire cynique de Sir Thomas se penchait sur elle. Ses doigts squelettiques s'enfonçaient dans sa chair…

— Miss Seton, fit une voix forte. C'est moi, Nicholas Lauder.

Nicholas Lauder… le nom évoquait quelque chose. Nicholas. Elle cessa subitement de se débattre. Son cœur continua de lui marteler les côtes et les tempes. Sans que les mains la quittent, la prise sur ses épaules se relaxa. Aveugle, elle souffla un moment.

— Il voulait m'interdire… il voulait…

Elle s'interrompit. Elle ne se souvenait plus exactement de ce qu'il voulait.

— Il est parti et il ne reviendra pas.

— Non, il ne reviendra pas… il est mort.

Nicholas se troubla. Qui avait attaqué Charlotte dans son rêve ? Il lui demanda si elle se sentait mieux. Elle acquiesça d'une voix encore bousculée par la peur. Nicholas l'aida à se recoucher. Il s'apprêtait à regagner son coin ; elle empoigna solidement sa chemise.

— Ne me laissez pas seule. S'il vous plaît…

Après avoir hésité, il s'allongea près d'elle. « Le temps qu'elle se rendorme », se dit-il. La poule s'était réveillée. Ils l'écoutèrent caqueter nerveusement pendant de longues minutes. Blottie contre Nicholas, Charlotte se tranquillisait graduellement. À mesure que s'estompait la menace du spectre de Sir Thomas, s'imposait le souvenir des évènements de la journée. Elle ne cessait de repenser à Sir Robert et n'arrivait pas à croire à sa mort. Elle revivait ces instants, quand il la suppliait de se sauver dans le souterrain. La détonation. Puis le silence qui avait suivi. Avait-il été assassiné par les rebelles ? Elle n'avait pas demandé de détails à Nicholas. Elle repensait à ces derniers évènements avec une profonde tristesse. Sans Sir Robert, peut-être serait-elle morte aussi. Pauvre petite Mabel, désormais orpheline. C'était une tragédie. Montpelier, rasée au sol par les flammes. Le village des esclaves était singulièrement silencieux. N'y erraient plus que les duppies. Les âmes troublées des maîtres de Montpelier. Dans le noir, l'idée devenait presque réelle.

— Vous croyez aux duppies ? murmura-t-elle.

Le bras de Nicholas qui pesait sur elle bougea dans un soubresaut. L'avait-elle réveillé ?

— Autant que je crois aux fées.

— Vous croyez aux fées, Mr Lauder ?

— Autant que je crois aux fantômes. Et vous ? la questionna-t-il après quelques secondes de réflexion.

— Les morts ne me font pas peur. Ils me rendent tristes. Ils possèdent ce désespérant pouvoir de me rappeler que mon trépas sera aussi inévitable. Mon père disait toujours : la mort n'est qu'un processus de la vie organique… nous mourons un peu plus tous les jours.

— Des jours plus que d'autres, commenta pensivement Nicholas.

— Plus que d'autres, oui, sans doute, selon les épreuves, acquiesça-t-elle plus gravement. Mais dans l'épreuve, à mon avis, c'est l'âme qui souffre le plus, n'est-ce pas ? L'âme gouverne l'esprit. L'esprit tyranise le corps. En fin de compte… l'âme assassine le corps à petit feu, murmura-t-elle encore d'une voix que l'ensommeillement éraillait. Mais qu'est-ce que l'âme, au fond ? L'énergie de la conscience ? Elle se distingue de celle de la vie, qui est d'origine organique. D'où nous vient-elle, à notre naissance ? Où s'en va-t-elle, à notre mort ? Lavoisier a dit : rien ne se crée et rien ne se perd. Cela veut-il dire qu'à la mort, notre âme quitte notre corps pour errer jusqu'à ce qu'elle trouve un autre vaisseau à gouverner ?

— Que de grandes questions au beau milieu de la nuit, Miss ! Est-ce que vous ne mélangez pas spiritualité et matière ?

— Oh, certes oui ! ricana-t-elle. Les deux s'opposent naturellement. Mais j'ai toujours considéré… enfin, c'est l'avis de ma mère, et j'en fais le mien, que la vie lie intrinsèquement les deux. La matière, en l'occurrence notre corps, est le vaisseau de notre âme, qui elle, constitue l'énergie spirituelle de notre être. Or, si la mort détruit la matière, ou plutôt la transforme, qu'en est-il de l'âme, Mr Lauder ?

Elle avait remué contre lui, réveillant en lui des sensations qui le rendirent mal à l'aise. Il s'écarta légèrement.

— Tout dépend de l'angle sous lequel on aborde la question, répondit-il d'une voix qui marquait son agacement.

— Si on l'aborde de façon logique ?

— Vous devriez vous rendormir, Miss.

La poule avait cessé de faire du bruit. Le chant monocorde et grésillant des rainettes régnait désormais, maître du silence de la nuit qui les cernait. Charlotte ferma les paupières. Elle percevait la chaleur de l'haleine sur sa nuque et la puissance de l'odeur du corps allongé près d'elle. Elle avait terriblement envie de prendre la main de Nicholas et de la poser sur son cœur qui battait si fort. Comment dormir, le sachant là, tout contre elle ?

— Si on sait que rien ne se crée et que rien ne se perd, enchaîna-t-elle pour tromper le trouble qui la gagnait, que ce soit en parlant de la matière ou de l'énergie, l'existence des duppies, autrement dit, des fantômes, est possible, n'est-ce pas ?

— Sous cet angle, je le suppose, soupira-t-il.

Le souffle de Nicholas pénétrait sa chevelure et la bouleversait.

— Les esclaves disent que leurs âmes libérées retournent au pays de leurs ancêtres, reprit-elle. Le sentiment d'immortalité apporte celui de l'invincibilité. C'est ce qui fait la force du guerrier ashanti[10]. C'est Sarah Jayne qui me l'a dit. Son grand-père était un grand guerrier ashanti. Il s'est suicidé pour ne pas être refait prisonnier par les hommes de son maître. Son âme est retournée dans sa Côte d'or natale.

— Croire à l'immortalité de l'âme rend les rigueurs de la vie plus supportables, commenta-t-il avec une pointe d'ironie. Elle fait accepter la fatalité avec plus de souplesse.

— Croyez-vous à l'immortalité de l'âme, Mr Lauder ?

Elle s'était retournée pour lui faire face, mais sans le voir. Elle devinait leurs regards aveugles se chercher.

— Vous posez beaucoup de questions, Miss.

Dans l'obscurité totale, les sens s'éveillaient autrement. S'écoula un temps de silence embarrassé pendant lequel chacun respira le souffle de l'autre. Celui de Nicholas s'alourdit perceptiblement et il mit plus d'espace entre eux.

— Je vous embête, murmura finalement Charlotte en lui tournant de nouveau le dos.

— Vous devriez vous efforcer de dormir un peu. Nous avons tous deux besoin de repos.

— Je n'y arrive pas. J'ai envie d'entendre votre voix. Cela me sécurise.

— Vous n'avez rien à craindre.

Elle n'avait pas peur d'une attaque des rebelles. Ce qu'elle craignait était de rêver ce moment et de se réveiller seule.

---

10. La tribu des Ashantis était considérée comme étant l'une des plus puissantes appartenant au groupe de langues akans.

— Parlez-moi encore, le pria-t-elle. Racontez-moi quelque chose. N'importe quoi. Une anecdote de votre enfance. Cela m'aidera à me rendormir.

Que lui raconter ? Un fait anodin qui ne soulèverait pas son intérêt et ses innombrables questions. Nicholas pensa à une banale partie de chasse. Le récit dura plusieurs minutes, aussi bénéfiques pour lui. Le temps de son escapade dans la région du loch Lomond, il parvint à oublier la présence du corps de Charlotte si près de lui.

— Mr Lauder, est-ce que je vous ai remercié pour être revenu à Montpelier ? le questionna-t-elle lorsqu'il acheva son histoire.

— Peut-être, je ne m'en souviens plus.

Elle prit sa main et y déposa doucement ses lèvres pour ensuite la garder serrée entre les siennes.

— Merci, murmura-t-elle.

Puis elle se pressa plus étroitement contre lui. Ému, Nicholas lui chuchota bonne nuit. Le corps et l'âme torturés, il patienta le temps que la respiration de Charlotte se régularise.

⁂

Charlotte ouvrit les paupières la première. La fraîcheur de la nuit dans les collines traînait encore dans la case et elle frissonna. Elle fit le mouvement de remonter sa couverture et se rappela qu'elle n'en avait pas. Elle se retourna sur sa paillasse. Elle était seule… Se redressant vivement, elle découvrit, déçue et soulagée à la fois, Nicholas allongé sur sa couverture à l'autre bout de la case. Il dormait encore profondément. Elle se sentait un peu coupable de lui avoir volé de son précieux sommeil.

Sous la table, la poule paradait en émettant des petits caquètements et picorait sur le plancher quelques miettes. La faim travaillait le ventre de Charlotte. Il restait quelques fruits de leur repas de la vieille. Elle aurait quand même à sortir pour se soulager.

Le matin l'accueillit sous un ciel nuageux. Une brise animait la flore dans un doux bruissement de feuillage. Charlotte inspecta prudemment les alentours. Pas âme qui vive. Elle se dépêcha derrière un arbuste. Puis, repassant devant la barrique d'eau, elle renifla sa robe en grimaçant. Elle n'avait pas de vêtements de rechange. Le temps de pouvoir les nettoyer, elle aurait à endurer l'odeur de ceux qu'elle portait. Elle se contenta donc de rincer son visage et ses mains et de lisser ses cheveux.

À son retour dans la case, elle pigea une banane parmi les provisions et grimpa sur la paillasse. Elle commença tranquillement à peler le fruit. Son regard se fixa naturellement sur Nicholas. Il avait roulé sur le dos et ronflait doucement. Elle contempla son profil, les détails de son visage. Il était détendu. Elle nota toutefois que le sommeil n'avait rien altéré de l'expression ironique de sa moue. Lui revint le souvenir du jour où elle l'avait surpris de la même manière dans sa case. Des mois s'étaient écoulés depuis. Le temps et les évènements les avaient rapprochés. Il était maintenant indéniable que des sentiments les unissaient. Leur conversation de la nuit passée resurgit dans son esprit. Elle aimait écouter sa voix.

Ils n'avaient pas reparlé de Sir Thomas, pas plus qu'ils n'avaient évoqué l'attaque de la grand-case. Si les rebelles avaient tué Sir Robert, le contremaître Nelson devait aussi être mort. Le passage souterrain lui avait indéniablement permis d'échapper aux rebelles. Mais, que serait-il advenu d'elle sans le retour de Nicholas ?

« Il est revenu pour moi », se plut-elle à penser.

Un craquement se fit entendre dehors. Elle cessa de peler la banane et attendit. Rien d'autre ne se produisit. Une fausse alerte. Charlotte se détendit et mordit dans le fruit. Il n'était pas encore assez mûr. Elle mastiquait lentement la chair un peu trop ferme et laissa son regard se promener dans la case. La poule s'était tranquillisée dans un coin sous la table. Les meubles n'étaient en fait qu'un assemblage de planches grossièrement équarries. Les murs n'avaient pas été chaulés depuis longtemps et les lézardes avaient été bouchées au torchis. Elle était à constater le triste dénuement dans lequel vivaient les esclaves lorsque sa mâchoire s'arrêta brusquement de travailler. Sur le sol, une feuille de papier jaune qu'elle n'avait pas remarquée la veille. Sa bouchée passa de travers. Elle reconnaissait ce papier… Charlotte ramassa la feuille, retrouva en filigrane le blason des Elliot et l'écriture de Sir Robert.

« Doux Jésus ! » souffla-t-elle en prenant conscience de ce qui lui retombait entre les mains.

Après s'être assurée que Nicholas dormait toujours, elle retourna sur la paillasse.

Ma très chère sœur... Elle parcourut rapidement les lignes déjà lues et reprit plus attentivement là où sa lecture avait été interrompue.

Ce soir, devant moi sont posés sur le bureau ma plume et mon pistolet. Je me questionne : quel choix sera le plus lâche ? Je m'oblige à un dernier élan de courage. Je choisis la plume en espérant ta clémence. Tu prendras les années qu'il te faudra pour comprendre. Possiblement que tu prendras l'éternité pour le faire.
J'ai interrogé le ciel afin qu'il me dicte les mots les moins accablants pour te raconter ce qui me déchire. Il n'en existe pas. Même le plus banal, dans le contexte, prend un sens horrible. Je t'écrirai donc une histoire. C'est une histoire d'amour. L'amour d'un fils pour sa mère. D'une mère qui ne voulait pas l'être. D'un fils qui ne voyait qu'elle, qui ne savait qu'elle, qui n'obéissait qu'à elle. Qui, pour se faire aimer d'elle, devait l'apprivoiser. Lorsqu'elle paraissait triste, il la cajolait. Lorsqu'elle était irritable, il se faisait sage. Il lui offrait des fleurs et lui disait qu'elle leur ressemblait. Cela la faisait sourire. Il aimait la voir sourire. Elle le faisait si rarement. Elle était si belle. Elle sentait le lys et sa peau avait la douceur des pétales. Le fils ne pouvait penser mourir sans connaître l'amour de sa mère.
Le mari était une brute. Quand il frappait et blessait la mère, le fils la consolait. Quand le mari faisait du bruit avec ses maîtresses la nuit, le fils écoutait sa mère pleurer. Il n'aimait pas l'entendre pleurer. Son cœur se brisait et il allait la retrouver. Il plaçait ses mains sur ses oreilles pour qu'elle ne souffre plus. Il l'embrassait pour lui dire que lui l'aimait. Il l'enlaçait et lui promettait qu'il l'aimerait toute sa vie et que jamais il ne lui ferait de mal. Lui, son fils.
Les années filèrent et la mère finit par dire au fils qu'elle l'aimait de l'aimer ainsi. Ils ne se quittaient plus. Il devint son ombre. Il était sa lumière. Elle ne pouvait plus respirer sans lui. Son fils avait grandi et il était devenu fort. Il était devenu le héros qui la sauvait de ses cauchemars. Il était l'écran qui parait les coups du mari. Il était devenu un homme. Et quand le mari frappait,

l'homme qu'était devenu le fils continuait d'embrasser et de serrer sa mère dans ses bras pour la consoler. Et la mère l'embrassait en retour. Elle lui disait toujours qu'elle l'aimait de l'aimer. Par des caresses, elle le remerciait. Elle aimait le caresser. Il était devenu si beau et elle le lui disait. Le fils pensa d'abord que, comme lui, l'amour avait grandi. Et que, comme lui, il avait pris un nouvel aspect. Mais l'amour de la mère ne semblait pas vouloir s'arrêter de grandir. Elle l'aimait avec des caresses qui faisaient trembler son corps d'homme. Elle aimait ce corps d'homme. Cet amour commençait à gêner le fils. Mais il n'osait pas le repousser, de peur de le perdre à jamais. Alors, il le prit et y perdit son âme.
Cette histoire n'est pas un conte. Rappelle-toi cette nuit d'août 1824, celle où Père a forcé la porte de la chambre de Mère après être rentré ivre de Montego Bay. Celle où je me suis mesuré à lui. Susan, Père n'avait pas commis le vil acte *sur Mère. Il avait essayé, mais il était trop ivre pour arriver à se dresser suffisamment et il avait rejeté toute la faute de son échec lamentable sur elle. Alors, il l'a battue. Cette nuit-là, tu te souviens, elle avait beaucoup pleuré. Je suis allé la consoler, comme je le faisais toujours. Ce fut la dernière fois. Je suis le père naturel de Mabel. Ma fille est le fruit d'un amour incestueux que je regrette. Chaque jour que je la vois m'empêche d'oublier qui je suis et ce que j'ai fait. Elle est à la fois ma peine et mon bonheur. Quelle étrange chose, qu'un acte si ignoble, si laid, puisse engendrer une créature si belle et si innocente. Mabel m'a appris que je pouvais continuer de m'aimer malgré tout. Moi à travers elle. Un amour pur. Un amour chaste. Je n'ai plus jamais touché à aucune autre femme. Je crois que je ne le pourrai jamais plus.*
Il n'y a rien de plus à ajouter. Ma douce Susan, maintenant tu comprends pourquoi je ne peux plus retourner à Montpelier. Revoir Mère. Affronter Père. Et toi, à qui j'ai causé tant de chagrin. À qui je finis de briser le cœur. Comment pourrais-je arriver à te dire que je t'aime, maintenant que tu sais ? De ce que j'ai quitté, tu es ce que je regrette le plus. Pardonne-moi.

Ton frère, Robbie

L'intensité du choc de ce qu'elle découvrait était incroyable. Charlotte resta un long moment sans bouger, à méditer à tout cela. Elle revoyait le visage de Sir Robert, dans la chambre, quelques minutes avant le début de l'attaque. Son anxiété d'apprendre ce qu'elle savait. Et ses yeux, si pâles, si froids de haine quand il parlait de sa mère. Sa mère, qu'il ne pouvait s'empêcher d'aimer, en dépit de tout. Doux Jésus ! Comment est-ce qu'une mère pouvait commettre un tel acte sur son enfant ? Un père, cela s'était déjà vu. Mais une mère ? Comment cela se pouvait-il ? Mais encore, comment un homme adulte pouvait-il ne pas se défendre dans une telle situation ? Madame Eugénie était si menue. Est-ce que son emprise sur son fils était à ce point puissante qu'il…

Un léger bruissement lui parvint du fond de la case. Appuyé sur un coude, Nicholas l'observait. Depuis combien de temps ? Elle essuya ses yeux et s'empressa de replier la lettre.

— Je… je l'ai trouvée par terre, expliqua-t-elle avec un profond malaise. Je n'ai pas… Je…

Sa voix déraillait. L'émotion l'empêchait de poursuivre. Elle détourna le visage et cacha ses yeux derrière sa main. Nicholas se leva et ramassa sa veste pour la secouer. La lettre avait dû en tomber en la retirant avant de se coucher. Il ne s'en serait pas aperçu.

— Je suis le seul à blâmer, confessa-t-il. J'avais oublié que je l'avais sur moi. J'aurais préféré que vous ne la lisiez pas.

Elle gardait son regard dissimulé. Mais les joues se sillonnaient de larmes.

— Maintenant que vous savez, qu'éprouvez-vous, Miss ? demanda-t-il en s'assoyant près d'elle.

Elle haussa les épaules, hocha la tête. Que ressentait-elle ? De la tristesse, certainement. Du dégoût, de l'incompréhension, de la pitié, de l'horreur ? Les sentiments se mélangeaient.

— Je ne sais pas exactement, fit-elle en secouant la tête. C'est difficile… à définir. Doux Jésus !

Elle renifla et essuya ses yeux et ses joues. Il retira doucement la lettre d'entre ses doigts. Elle ne fit rien pour l'empêcher.

— Comment une telle chose peut-elle être parvenue entre vos mains ? l'interrogea-t-elle.

— Lady Elliot l'avait incluse dans le pli que vous avez trouvé dans la case de Quaco.

Charlotte écarquilla un regard sidéré. Il allumait son briquet.

— Vous n'aviez pas le droit ! s'écria-t-elle en se dressant sur ses genoux.

Il regardait, silencieux, le papier s'embraser. Elle l'observait, ahurie de son audace, furieuse qu'il ait osé subtiliser ce qui lui appartenait.

— Vous n'aviez pas le droit ! répéta-t-elle.

Nicholas ne broncha pas. Lorsque les flammes léchèrent ses doigts, il laissa tomber ce qui restait de la lettre entre ses pieds et la regarda finir de se consumer.

— J'aurais dû la brûler avec l'autre. Les morts devraient emporter leurs secrets avec eux, fit-il pensivement comme s'il n'avait rien remarqué de son indignation.

Elle lâcha un grognement de colère et bondit hors de la couche pour lui frapper l'épaule du poing avant d'aller se planter devant la fenêtre. Une main sur le front et l'autre sur son ventre, elle s'efforçait de conserver son sang-froid.

— Miss Seton, ce que j'ai fait est répréhensible, concéda-t-il d'une voix égale dans son dos. Mais je l'ai fait dans votre seul intérêt. Et si je n'ai pas brûlé cette lettre, c'est uniquement parce que je me méfiais d'Elliot. S'il vous avait le moindrement causé du tort, je ne l'aurais pas…

Sur le point d'avouer des sentiments qu'il préférait contenir, il cessa subitement de parler. Elle l'entendit marmonner un « À quoi bon ! », puis dégager la porte et sortir. Les bras croisés et les dents serrées à en avoir mal, elle le vit s'éloigner vers le jardin. Sa démarche nonchalante l'irrita. Sa vue se brouilla de larmes. À la colère s'ajoutait la frustration. Il l'embrassait et la rejetait ensuite. Il venait à son secours, lui sauvait la vie, la réconfortait, pour après la traiter avec une indifférence mortifiante. Charlotte se sentait tomber dans un abîme de sentiments désespérés. Oui, l'amour prenait tout son sens dans la souffrance.

⁂

La poule leur avait fait la surprise d'un œuf. Charlotte le mit de côté en espérant qu'elle serait généreuse et leur en pondrait un autre le lendemain. Après avoir déjeuné de fruits et d'eau croupie purifiée au tafia, Nicholas jugea qu'ils ne risquaient plus rien à retourner à la grand-case. Les nègres n'y reviendraient plus avant un moment. Les corps de Sir Robert et de Nelson avaient disparu. Deux nouvelles tombes avaient été creusées dans le cimetière des Blancs. Apparemment, Grignon avait jugé bon d'envoyer des hommes à Montpelier faire le travail. À moins que ce ne fût l'œuvre d'Ormond et de quelques rebelles. C'était sans importance.

Le ciel était toujours couvert et l'air saturé d'humidité. Assis sous le grand manguier, Nicholas gravait avec un couteau le nom des décédés sur des bouts de bois qui marqueraient les emplacements. De temps à autre, il observait Charlotte. Dans les jardins de Madame Eugénie, elle cueillait des fleurs pour garnir les sépultures. La chaleur la fatiguait. Sans son bonnet pour la protéger, sous le soleil, son visage s'était coloré et luisait de transpiration. Elle prenait de fréquentes pauses pour souffler et avaler quelques gorgées d'eau à la calebasse qu'elle avait pensé emporter. Il devenait clair qu'ils ne pourraient prendre la route aujourd'hui. Le contretemps l'agaçait.

Sereines au milieu de la désolation, des chèvres broutaient au gré de leur fantaisie. Plus personne ne venait s'occuper d'elles et c'est librement qu'elles allaient sur le domaine. Les inquiétudes de Nicholas se partageaient entre Charlotte et Lucas. Il avait choisi de se réfugier dans la case d'Eliza en espérant naïvement de voir son fils arriver avec sa sœur. Où étaient-ils ? Il ne pouvait qu'espérer qu'Othello les ait retrouvés. Othello les protégerait. À moins qu'Eliza et Lucas aient déjà rejoint Montego Bay et se soient réfugiés chez Christina. Il se faisait du souci pour rien. Peut-être… Il se leva et alla planter les croix sur les tombes.

Charlotte s'immobilisa à l'entrée du cimetière. Une botte dans sa main, Nicholas finissait d'enfoncer la deuxième croix à coups de talon. Elle alla près de lui et déposa les fleurs sur les tombes.

— Ne devrions-nous pas enterrer aussi Sir Thomas ? demanda-t-elle à mi-voix.

— Sir Thomas ? fit-il en estimant son travail. Hum… Personnellement, je n'ai pas envie de ramasser son tas d'os. J'aviserai les autorités de Montego Bay. Elles s'en occuperont.

— Est-ce une bonne chose de les aviser? Je veux dire, cela ne risquerait-il pas de soulever des soupçons? Madame Eugénie en serait très perturbée. Son état d'esprit est déjà… si fragile.

Nicholas enfila sa botte et retira son chapeau pour essuyer son front avec sa manche.

— Fragile?

— Si on peut le dire ainsi, dit pensivement Charlotte. Je me demande… qui a tué Sir Thomas. J'avais un moment pensé à Miss Susan, mais… Même avec une hache, il faut posséder une force certaine pour défoncer un crâne d'homme.

— Soudoyer un nègre pour le faire n'aurait pas été difficile, à ce que j'en sais.

— Sir Elliot m'a avoué que c'est Madame Eugénie qui a assassiné Louisa. Je présume qu'elle aura payé un esclave pour disposer du corps de façon qu'on croie à un suicide.

— Madame Eugénie?

Visiblement stupéfié par ce qu'elle venait de lui apprendre, Nicholas dirigea son regard vers le sentier qui menait à la vieille serre derrière les arbres.

— Ma parole… Oui, cela me revient. Un nègre a fait marron cette nuit-là. J'avais d'abord pensé qu'il aurait pu avoir commis le meurtre. Mais j'avais rapidement évacué cette idée de mon esprit. Si cela avait été le cas, on n'aurait pas retrouvé Lady Elliot pendue, mais plus vraisemblablement étranglée ou poignardée. Le suicide m'apparaissait la déduction la plus logique. Jamais je n'aurais pensé… Fichtre! Dans ce cas, Madame Eugénie peut avoir aussi organisé la mort de son mari. Qui l'en blâmerait? Je m'adresserai directement à Miss Susan. Elle saura quoi faire… selon les circonstances. Le reste ne nous regarde plus.

Il allait reposer son chapeau sur sa tête. Elle arrêta son geste.

— Prions pour eux.

Il plissa les lèvres, mais retint son soupir. Dans quelques phrases choisies, dans une attitude de recueillement, Charlotte confia à Dieu l'âme de Jeffrey Nelson et de Sir Robert Augustus Elliot. Se prolongea ensuite un silence de circonstance pendant lequel ni l'un ni l'autre ne bougea.

— Je peux? fit Nicholas en désignant son canotier.

— Vous pouvez le remettre, acquiesça-t-elle.

Elle s'accroupit pour lisser la terre autour de l'une des croix.

— Vous croyez qu'ils s'offusqueront si nous nous sommes trompés de nom sur les tombes ?

— Ma sœur disait toujours que c'est l'intention qui compte.

— Oui, sans doute.

Elle se releva, respecta un instant de silence avant de reprendre.

— Je vous demande de pardonner ma réaction de ce matin. Je sais que vos intentions étaient louables en voulant m'empêcher de lire cette lettre. Vous avez eu raison de le faire. Je ne cesse depuis d'imaginer... Sir Robert et Madame Eugénie. C'est affreux.

— N'en parlons plus.

Leurs regards se croisèrent. Chacun s'étant retranché dans l'embarras, depuis l'incident dans la case, ils s'étaient contentés jusqu'ici de se communiquer l'essentiel par des paroles brèves et courtoises.

— Et maintenant ? s'enquit Charlotte. Que faisons-nous ?

Nicholas projeta son regard vers les ruines fumantes des installations sucrières de Old Montpelier. Il n'en restait debout que quelques pièces de bois calcinées et les grandes cuves de cuivre rouge noircies et tordues. Quant à la grand-case, elle avait été entièrement rasée. Partout flottait cette écœurante odeur de caramel brûlé.

— Sait-on jamais, l'incendie peut avoir épargné quelques objets. Vous vous sentez capable de venir avec moi ?

— Je ne suis pas à l'article de la mort, Mr Lauder.

Elle lui offrit un beau et grand sourire.

— Dites-moi, Mr Lauder, êtes-vous un homme religieux ? demanda-t-elle en passant devant lui.

Jetée comme un gant, la question le prit au dépourvu.

— Pourquoi cette question ? Les athées ont une allure particulière ?

— Vous vous considérez comme athée ?

— Je considère la religion comme un lot de doctrines destinées à gouverner les âmes incultes entre le bien et le mal. Dieu est le nom que l'on donne au Bien et Satan représente le Mal.

— Selon vous, Dieu ne serait qu'un symbole ?

Elle avait pris un air scandalisé. Il la considéra un instant avant de répondre.

— S'il sait faire la différence entre le bien et le mal, quelle importance cela peut-il avoir qu'un homme intelligent croie en l'une de ces entités qu'on appelle Dieu, Allah, Yahvé, Brahman ou autre chose ? Il fera son chemin sur terre de la même manière.

— Pas nécessairement, commenta Charlotte. Dieu est beaucoup plus que le Bien. Il est un soutien moral. Un ami avec qui on peut converser quand plus rien ne va.

— Oui, et celui sur qui on peut jeter le blâme lorsqu'on n'a personne d'autre à rendre responsable de nos malheurs. Et encore, il peut être l'excuse qui justifie certains actes injustifiables.

— Il est vrai que la religion a souvent déresponsabilisé les hommes face à leurs actes. Mais cela questionne plutôt la morale et n'a rien à voir avec la religion.

— Les règles de la morale ne dérivent-elles pas des religions ?

— En partie, possiblement. Malheureusement, il existe des religions aux morales discutables. Il n'y a qu'à lire sur les horreurs qu'ont commis les musulmans lors des croisades et…

— C'est le point de vue de « votre » religion. Je suis prêt à parier que les adorateurs d'Allah entretiennent une opinion similaire des morales protestantes et catholiques. À chaque religion son dieu. Et pour le croyant, ce dieu ne peut être que l'unique. En ce sens, il exclut tous les autres. De là sont nés les hérétiques et les infidèles. Et ainsi, au nom d'un dieu, ont été justifiés certains actes injustifiables. La religion dicte les règles d'une morale qui lui convient. C'est pourquoi je préfère croire au Bien qu'en un dieu spécifique. Le Bien ne me restreint à aucun livre sacré discriminant, si ce n'est à une philosophie morale qui reconnaît ce qui est juste. Vous saisissez ?

Elle opina, quoique ses sourcils se fronçaient légèrement.

— C'est le point de vue de « votre » morale. Votre définition du bien est… très personnelle. Or, ce qui est juste pour vous ne l'est pas automatiquement pour un autre, Mr Lauder.

— Nous serons toujours l'hérétique d'un autre, répliqua-t-il avec un rire dans la voix. Je suis d'avis que la religion est un mal nécessaire à l'humanité. Les esprits indécis ont besoin d'une matrice idéologique pour former leurs pensées. Au fond, ce n'est pas le concept de Dieu que je mets en doute, mais de ce qu'en ont fait des hommes avides de puissance. En son nom, ils exercent un pouvoir dominateur sur la conscience des esprits sans lumière. Ils leur dictent leurs opinions, leur suggèrent une vérité et les obligent d'y croire sous la menace de connaître les flammes éternelles. Ils leur permettent des superstitions qui cernent l'intelligence et freinent l'élan du progrès. Dieu est l'asile de l'ignorance, a écrit Spinoza. L'ignorance engendre la peur et la peur nourrit l'imagination. Miss Seton, vous qui lisez tous ces livres de science, vous devriez soupçonner ces doctrines qui cherchent à diviniser tout phénomène naturel, à les expliquer comme étant autant de châtiments du Ciel. On fait de la volonté de Dieu la réponse à tout. Est-ce qu'une tempête, une maladie, la souffrance sont Ses ripostes face aux péchés de l'homme ? Et que dire encore de ces papistes qui, des derniers deniers d'un peuple affamé, dorent leurs palaces romains à la gloire de Dieu ? Ensuite, afin de justifier cet étalage d'opulence, ils distribuent de somptueux objets sacrés dans les églises de ce même peuple afin qu'il puisse admirer la puissance de leur Dieu pour lequel ils enlèvent trop souvent le pain de la bouche de leur enfants. N'est-ce pas là de l'idolâtrie ? Est-ce que ce Dieu a vraiment besoin de ce scandaleux faste ? Je dis que non, Miss Seton. Comme je dis non à un quelconque contrôle de ma conscience. La religion emprisonne la raison.

Elle s'était retournée pour le regarder. Il avait retrouvé tout son sérieux. Est-ce qu'elle ne s'était pas elle-même déjà interrogée sur certaines contradictions dans la Bible et cette aberration de l'Église qui accablait les femmes de la faute originelle ? Ne s'en était-elle pas indignée ?

— Je suis d'accord avec vous, Mr Lauder, pour dénoncer certaines absurdités religieuses, mais je ne pense pas qu'on doive condamner l'ensemble de la religion pour ces abus. Elle apporte aussi du bien à l'humanité. La Bible est la source des ressources pour faire le bien. Regardez les groupes antiesclavagistes qui…

— La philanthropie est aussi une vertu des esprits libres, Miss, énonça-t-il avec un brin de malice.

Un vague sentiment de trouble s'éprenant d'elle, Charlotte ventila son visage avec sa main. Il lui semblait avoir déjà entendu son père faire une remarque similaire. Le discours de Nicholas ressemblait étrangement à celui qu'il tenait parfois sur l'influence aliénante des religions sur l'esprit des gens.

Il détacha une feuille du manguier sous lequel ils avaient trouvé refuge contre les rayons du soleil et la lui offrit. Elle le remercia et s'en fit un éventail. La feuille lancéolée dégageait une désagréable odeur de térébenthine, mais faisait correctement son travail.

— Est-ce que vous croyez en Dieu, Mr Lauder ?

— Autant que je crois aux fantômes et aux fées, déclara-t-il avec une pointe d'ironie avant de se reprendre avec plus de profondeur. Euclide a dit : ce qui est affirmé sans preuve, peut être nié sans preuve. Est-ce que peut exister ce qui ne peut être prouvé ou nié ? Peut-on, dans cette logique, croire en quelque chose qui n'existe pas ? Croire est l'attestation d'une réalité. Mais quelle importance ? Dieu a-t-il besoin d'exister pour régner ? Le but des religions est de nous amener à croire en une entité, quelle qu'elle soit. Or... peut-être que je pourrais vous répondre en disant que je crois en Dieu qui n'existe pas. Dieu n'est qu'un mot. Devant le malheur, aussi bien gémir « table, chat, montagne ou noix de cajou, aidez-moi ! ». Le résultat sera le même que d'invoquer Dieu. Croyez-moi, je le sais, Miss. Je m'étonne que vous questionniez ma foi et non la vôtre devant tout ceci, dit-il en désignant les ruines fumantes d'un geste. Qu'en résultera-t-il ? Ne vous leurrez pas. Des hommes seront exécutés. Parce qu'ils sont Noirs. Parce qu'ils ont osé réclamer cette liberté que le Dieu des pasteurs leur promettait pourtant.

— Vous m'avouez ainsi être athée, monsieur, conclut-elle sans cacher une certaine déception.

Il émit un petit ricanement et fit promener son regard dans les jardins de Montpelier comme pour s'inspirer de ce qu'il voyait avant de formuler sa réponse.

— Cela prend un sacré courage pour un homme d'admettre un monde sans Dieu et où sa place n'a guère plus d'importance que celle d'un ver de terre. Mais, est-ce qu'un homme, même dégoûté par sa religion, peut ne pas croire en quelque chose devant les beautés de la création ? Non. Quoique, à mon humble avis, Miss, la vraie question devrait plutôt être : quelle est la raison de l'existence de tout cela et de la nôtre ?

— Vous en êtes venu à une réponse ?

— En existe-t-il une ?

— À « mon » humble avis, si vous me le permettez, Mr Lauder, m'appuyant sur la simple logique, je dirais que l'existence de la création confirme celle de Dieu. Quant aux raisons de tout cela, je ne m'y suis pas encore attardée. Pour l'instant…

— Hum… pour en finir, dites-moi, Miss Seton, est-ce que votre façon de me considérer serait différente selon que je sois croyant ou non ?

Lorsqu'il la consulta, l'expression changeante de Charlotte trahissait le fil de ses réflexions profondes.

— Non, pas dans la mesure où je vous connais déjà, répondit-elle après quelques secondes.

Un large sourire anima le visage de Nicholas.

— Parce que vous me connaissez suffisamment ?

— Dans la mesure de ce que je connais de vous, se corrigea-t-elle sérieusement. Ou plutôt, de ce que voulez bien me laisser connaître de vous. Vous vous efforcez tant de vous montrer inintéressant pour me décourager, Mr Lauder. C'est de la manipulation suggestive. Je pense qu'une personne fondamentalement inintéressante l'est sans effort. Vous ne m'avez pas découragée. Vous n'avez fait qu'attiser ma curiosité.

L'ironie modelait à son tour les traits de Charlotte.

— Voilà que cette insatiable curiosité s'interroge soudain sur ma religiosité. En quoi vous intéresse-t-elle véritablement ?

— Rien en particulier. Je ne me souviens pas de vous avoir vu aux baraques de Shettlewood Pen pour les offices du dimanche. Vous vous préoccupez peu de celle de Lucas. Et j'ai remarqué que vous n'avez pas prié avec moi tout à l'heure. Alors, je me suis posé la question. Ne pouvant y répondre moi-même, je vous l'ai posée… pour faire la conversation. J'ai estimé que le sujet était raisonnablement banal pour que vous acceptiez d'en discuter. J'en récolte le bonheur d'être invitée dans votre univers spirituel. Très intéressant.

— On appelle cela de la manipulation suggestive, Miss Seton. Je salue votre finesse d'esprit et je m'efforcerai à l'avenir d'être plus vigilant.

Il lui sourit, empoigna son fusil et s'inclina en lui présentant le bras. Charlotte le prit volontiers et accorda son pas au sien.

— Vous continuez de m'étonner, Miss Seton, dit Nicholas en scrutant le paysage à l'affût d'une présence hostile. J'ai connu des femmes ayant le double de votre âge et le triple d'expérience de vie et ne possédant pas la moitié de votre esprit.

— C'est que je lis beaucoup, monsieur. Ce que ne devaient pas faire ces dames dont vous me parlez.

Il la regarda, un peu gêné.

— Non, effectivement. Mais tout ne s'apprend pas dans les livres.

— J'observe aussi.

Ils marchaient maintenant sous les amandiers sauvages des jardins. Les massifs de fleurs et les parterres verdoyants provoquaient un triste effet contre toute la désolation qui les entourait. Affichant dès lors une mine plus solennelle, Charlotte se demanda ce qu'il allait advenir de Montpelier.

— Vous croyez qu'ils vont reconstruire ?

— Ils le feront. Comme tous les autres. La terre reste fertile et le sucre en demande.

— D'ici là, où iront Madame Eugénie, Miss Susan et Mabel ?

— Elles trouveront certainement un endroit. Il y a Caymanas. Et Mrs Henriques, l'autre fille Elliot à Spanish Town.

— Possiblement qu'elles ne reviendront pas, se prononça pensivement Charlotte. Après tout ce qui est arrivé. Je sais que je ne le ferais pas.

— Si Sir Elliot a pensé rédiger un testament, elles seront pourvues d'une rente qui leur permettra de vivre confortablement où bon leur semblera. Sinon, c'est William Elliot qui héritera des propriétés de son neveu. Lui reviendra de décider pour elles. Sir Elliot l'appelait le vieux grincheux. Un homme pingre, selon lui.

— Miss Mabel, pauvre enfant…

— Je ne m'inquiéterais pas pour Miss Mabel. Sa tante s'assurera qu'elle soit plus que bien dotée.

Lorsqu'ils atteignirent l'entrée des jardins, Charlotte s'immobilisa et embrassa l'ensemble de la vallée de Montpelier du regard.

— Tout ceci me rend si triste, murmura-t-elle. Malgré ce que je sais maintenant, je suis certaine que Sir Robert était un homme bien. Il a certes été un mauvais mari, mais il aimait profondément sa fille. Je crois qu'il a été tenté de se libérer d'une part de ses diables bleus en se livrant à moi… Ses propos me reviennent. Ils étaient plutôt confus. Il me parlait d'enfance assassinée. Des vices des adultes qui pervertissent la pureté des enfants. Je n'avais rien compris ce soir-là. Mais comment aurais-je pu concevoir une telle chose ?

Nicholas observait le visage de la jeune femme. Quel sentiment pouvait si subitement enflammer la peau de ses joues et agiter la feuille plus rapidement devant son visage ?

— Il s'est confié à vous ? Quand cela est-ce arrivé ? demanda-t-il.

— Le soir où vous avez fait irruption à la grand-case en croyant que j'avais voulu enlever votre fils.

L'éventail improvisé avait cessé de battre l'air. Charlotte le dévisageait avec un masque de reproche. Oui, cela revenait clairement à Nicholas. La mine égarée de la jeune femme, la froideur d'Elliot. Il avait eu cet affreux sentiment de les avoir interrompus au beau milieu de quelque chose. Puis le lendemain, les rumeurs qu'Elliot avait partagé le lit de Charlotte. Afin de laisser passer l'accès de jalousie qui recommençait à enfler en lui, Nicholas regarda au loin, en aval de la Great River; au-dessus des montagnes de Catadupa, de gros nuages noirs se massaient.

— Peut-être qu'il va pleuvoir, finalement, commenta-t-il un peu trop sèchement.

Sans lui donner le loisir de répliquer, il repartit d'un pas vif vers la grand-case, la laissant songeuse.

La maison de bois n'avait pas résisté au ravage des flammes. N'en subsistait plus qu'un tas de débris encore crépitant de chaleur. Les cadavres des chevaux et le buggy étaient demeurés à l'endroit où ils avaient été abandonnés. Les rebelles avaient éparpillé le contenu des bagages sur le sol tout autour.

Pendant que Nicholas faisait le tour des ruines, elle fouillait parmi les objets. Dans la chaleur, l'odeur putride était à peine supportable. Elle trouva une chemisette et la plaqua sur son nez. Puis, tentant vainement de tenir à distance les dizaines de mouches qui l'assaillaient, elle ramassa quelques vêtements que les insurgés n'avaient pas jugé bon d'emporter, ainsi qu'une bonne partie des documents de Montpelier. Un craquement sinistre la figea sur place. Elle vit avec horreur que Nicholas s'était mis en tête d'inspecter l'intérieur de la maison.

— Mr Lauder, c'est trop dangereux. Trouver quelque chose dans ces ruines tiendrait du miracle.

À l'endroit où s'était trouvée l'entrée du hall, du bout de son canon, il creusait les cendres. Il poussa avec son pied sa trouvaille jusque sur la véranda. Et d'un coup, la fit voler dans l'allée. L'objet tomba lourdement dans le gravier. Charlotte s'en approcha. Un coutelas noir de suie. Le manche de bois avait brûlé jusqu'à l'armature d'acier.

— Ça peut servir, fit-il d'un air triomphant.

— Certainement, répliqua Charlotte. Ça pourrait m'être utile pour creuser votre tombe si vous continuez de prendre des risques aussi téméraires, Mr Lauder. Le plancher aurait pu céder sous votre poids.

Il demeura longtemps debout à regarder ce qui restait de sa propre case. Il en avait fait le tour, mais n'avait pas jugé bon de s'aventurer plus loin. Ce qu'il avait voulu conserver, il l'avait déjà emporté avec lui. Quoique tout avait disparu avec son cheval. Lorsqu'il en eut assez, il suggéra de rentrer. Pendant que Charlotte remplissait le sac de voyage de Sir Robert avec son butin, Nicholas récupéra le coutelas qui avait refroidi. Avant de partir, ils lancèrent un regard vers les chevaux. Quel gaspillage ! Les bêtes leur auraient été plus qu'utiles.

— Tout ceci servira-t-il à quelque chose ? demanda tristement Charlotte face aux ruines. La mort de Sir Robert restera-t-elle vaine ?

— Des choses changeront sans doute. L'importance des changements sera proportionnelle à celle du désastre. Les hommes ne vont généralement pas au-delà de leur souffrance. Dans quelques jours, nous pourrons nous en faire une idée.

— Pourquoi faut-il en arriver à autant de violence pour que se réveillent les consciences ?

— Le goût et l'arôme du sucre sont de suaves et plaisantes douceurs, Miss. Elles font oublier l'amertume du café.

— Alors, il va falloir cesser d'en consommer.

— Ha ! Ha ! De retour chez vous, cesserez-vous aussi de vous habiller de coton pour protester contre l'esclavage des nègres d'Amérique et l'exploitation des ouvriers dans les filatures ?

— Pour les ouvriers, ce n'est pas la même chose !

— Non, évidemment, admit-il avec un étrange sourire après un moment de silence. Ils sont harnachés à des machines qui mènent un train d'enfer pendant douze à quinze heures par jour, et ce, six jours semaines, mais... ce sont des Blancs !

— Ce n'est pas la même chose, persista-t-elle. Est-ce qu'on flagelle les ouvriers parce qu'ils refusent de travailler ? Est-ce qu'on leur coupe une oreille parce qu'ils ne se sont pas présentés à l'usine ? Est-ce que les ouvrières doivent subir le désir de leur contremaître ?

Elle fit peser sur lui un regard vexé avant de tourner les talons.

— Miss Seton, la rappela-t-il, ne vous méprenez pas. J'ai visité des moulins à Manchester. Ceux qui refusent d'obéir sont mis à la porte sans autre forme de cérémonie. Des ouvriers abrutis de fatigue sont mutilés par l'équipement et ne reçoivent aucune compensation en retour. Et, oui, des femmes subissent parfois le désir de leur supérieur sous la menace de perdre leur emploi. J'ai traversé les quartiers ouvriers du Lanarkshire, puis de Manchester et Birmingham, dans le nord-ouest de l'Angleterre. Je vous assure que la plus forte majorité de ces gens vivent dans des conditions aussi misérables qu'ici, et s'ils franchissent le cap de l'âge adulte, arrivent rarement à celui de la quarantaine. Les logements construits à la hâte n'offrent aucun accès aux services d'eau ni d'égouts. Ils s'y entassent jusqu'à dix dans une seule pièce, parfois sans fenêtre. Des familles se partagent la moitié d'une ration quotidienne de pain parce que les Corn Laws qui avantagent les producteurs de blé britanniques le rendent hors de prix. Ils meurent précocement de maladies en laissant derrière eux une progéniture dont le tiers seulement survivra à l'enfance pour se retrouver sans éducation, privée de ses droits naturels, face à un destin identique. À Ancoats, j'ai vu une mère, un nourrisson accroché à son sein, m'offrir ses charmes pour pouvoir payer les médicaments de son mari qui délirait de fièvre à la maison. J'ai vu, Miss, et j'ai senti l'odeur de cette misère crasse. Qu'il soit noir ou blanc, je vous jure que le corps pue également. J'ai élevé la voix au nom de ces gens. J'ai écrit des libelles afin de décrier les injustices dont ils étaient victimes. J'ai dénoncé l'emploi abusif des enfants parce qu'on les paie un peu moins de deux shillings par semaine, alors qu'un adulte obtient jusqu'à dix fois plus. Ces petits usent leur enfance sous les métiers en marche à ramasser les peluches de coton. Beaucoup se font attraper par le mécanisme. S'ils n'en meurent pas, ils restent souvent invalides pour le reste de leurs jours. Et ces gens acceptent cette vie parce qu'ils n'ont d'autre choix que de le faire. À mes yeux, cela s'appelle aussi de l'esclavage. Je dois cependant me rendre à votre entendement pour une chose : les ouvriers n'appartiennent qu'à eux-mêmes. C'est une liberté illusoire, mais dont ils disposent tout de même pour leur permettre de rêver encore un peu. À mon avis, l'émancipation des esclaves ne proposera pratiquement qu'un transfert du fouet d'une main à une autre. La rébellion n'est qu'un rite de passage. Comme je viens de vous en donner l'exemple, la domination est l'immuable premier principe d'une société qui appuie ses bases sur la hiérarchie. Pour rendre plus acceptable l'idée de l'assujettissement, on la nuancera. Or, on ne parlera plus d'esclaves, mais d'ouvriers. De la servitude pure et dure, ils passeront à la servitude volontaire. À la base, ils resteront des gens exploités et privés de leur dignité et de leur pleine liberté.

— Cela doit-il rester comme tel ? s'enhardit Charlotte en se dressant devant lui. Cela ne pourrait-il pas changer ? Il me semble que vous vous plaisez à considérer les choses d'un seul œil fataliste, Mr Lauder. Moi je dis que si on donnait aux esclaves la chance de s'instruire…

— L'ignorance, Miss, se domine plus aisément.

Tandis que Nicholas lui faisait un air qui ne trompait pas sur son scepticisme concernant les améliorations qu'apporterait une émancipation, surgissaient bizarrement dans l'esprit de Charlotte des bribes des discours de Mrs Hargrave, des sermons du pasteur Kincaid, puis, plus frais dans sa mémoire, de celui qu'avait donné à Noël le révérend Hall. Il n'était jamais question que de soumission. Des hommes face à Dieu. Des femmes face aux hommes. De l'humanité dans l'ordre de la hiérarchie. Cette échelle sociale sur laquelle chacun trouvait une place selon son sexe, son rang et sa race. Pour cristalliser cette fragile pyramide, on avait maîtrisé les facteurs qui risquaient de l'ébranler. Dans ce dessein, on interdisait l'accès à la connaissance aux éléments qui formaient le squelette de cette structure sociale, en l'occurrence ceux qui constituaient la force de travail et qui en garantissaient la régénération. Le pouvoir, certes, était un mal nécessaire pour le maintien d'un certain ordre. Mais cela devait se faire dans le respect de l'être.

— Cette fois c'est à moi de me ranger du côté de votre avis, Mr Lauder, dit-elle avec un mélange de révolte et de résignation. Ainsi, l'ignorance domine l'ignorance. Parce que ceux qui règnent sont gouvernés par l'orgueil et la cupidité. *Dieu et mon droit*[11] devient la devise de tous les petits rois qui ne reconnaissent plus en Dieu que le pouvoir suprême.

Le commentaire arracha un sourire à Nicholas.

— La richesse leur achète le sentiment de ressembler à Dieu. Et cela leur confère l'impression de posséder la liberté de transgresser à leur guise et impunément celle des autres.

— Vous vous référez à votre Dieu qui n'existe pas ?

— Le mien, le vôtre, peu importe. Il n'en existe qu'un seul.

Elle hocha la tête.

— C'est à mon tour d'être étonnée, Mr Lauder, avoua-t-elle. Que faisiez-vous avant… d'échouer ici ?

L'expression de Nicholas se ferma.

— Je lisais moi aussi. Aujourd'hui, je me contente d'observer l'humanité d'un œil critique.

***

Un cochon égaré surgi des fourrés leur avait momentanément donné la frousse. Avec un goût de chair rôtie et juteuse sur la langue, Nicholas s'était mis à sa poursuite avec son coutelas. Sans succès. À bout de souffle, il avait laissé la bête s'enfuir dans les bois, préférant éviter de s'y aventurer, par prudence. Le reste de l'après-midi, Charlotte le passa à laver des vêtements et à les étendre sur les buissons. Pendant que sa chemise était mise à sécher, Nicholas s'occupa à trier les documents qu'elle avait rapportés. Il parla de faire rôtir la poule sur la broche. Mais Charlotte s'y opposa fermement. Alice, comme elle avait baptisé la volaille, leur donnait des œufs. Il pouvait essayer de leur chasser autre chose. Après qu'il leur eut déniché une couleuvre et une colombe, Charlotte songea que le sort d'Alice pourrait éventuellement être à reconsidérer.

Elle refusa de goûter au reptile et se contenta de la moitié du maigre volatile. La viande était coriace et sèche. Ils agrémentèrent le rôt de fruits à pain, de plantains et des fades chayotes rôties. C'était le premier repas substantiel qu'ils avaient à se mettre sous la dent depuis plus de trente

11. Devise de la monarchie britannique depuis Henri V. Elle est citée en français, qui était la langue d'usage à la cour anglaise à cette époque.

heures. Pendant que Charlotte rinçait la vaisselle, Nicholas s'installa devant les braises avec le cruchon de tafia. Après quoi, elle le rejoignit pour boire son thé.

Moins rétif à répondre aux questions de Charlotte, Nicholas lui parla des quelques mois passés à bord du *Cyprius*, le navire sur lequel il s'était embarqué avec Sir Longford. Il lui raconta brièvement ce qu'il avait vu de l'Australie. Sa flore et sa faune particulières. Un continent unique. Étonnamment, il évoqua la ferme sur laquelle il avait peiné. Il reconnaissait que pour un agent du système pénal gouvernemental, Mr Callaghan en était un assez honnête. Plusieurs d'entre eux étaient reconnus pour abuser de leur position de pouvoir. Surtout sur les femmes. Callaghan avait eu le seul défaut de trop boire et l'ennui de boire seul l'avait poussé à fraterniser avec ses forçats. Une chance pour Nicholas.

Et la famille ? Il avait une sœur, elle le savait déjà. Sa mère, il ne l'avait pas vraiment connue. Sur son père… Il demeura évasif. Son père était mort, qu'il lui dit. Il but son tafia et n'en parla pas davantage.

Elle l'interrogea sur ses études. Il avait entamé un cours en arts pour perfectionner sa technique de dessin. Il regrettait de n'avoir pu le terminer. Lorsqu'elle évoqua le Trustee's Academy d'Édimbourg qu'avait commencé à fréquenter son frère James, Nicholas se rembrunit et elle en déduisit qu'il l'avait possiblement aussi fréquenté. Pour une raison qu'elle ignorait, il persistait à refuser d'admettre qu'il avait grandi à Édimbourg.

Ils parlèrent de Lucas.

— Vous avez fait des projets pour lui ?

Nicholas marqua un temps avant de répondre.

— Je pourrais ouvrir une petite entreprise à Kingston. Une imprimerie, peut-être. Lucas y apprendrait un métier honnête et poursuivrait simultanément ses études.

— Vous avez déjà travaillé dans une imprimerie ?

— Pendant deux ans chez Lizars comme coupeur-plieur. Puis comme apprenti typographe pour mon oncle. Il possédait une imprimerie…

— Lizars ? s'étonna Charlotte. Les frères Lizars d'Édimbourg ?

Le nom lui avait échappé. Devant le fait accompli, Nicholas esquissa un piètre sourire.

Les braises ne fournissaient plus suffisamment d'éclairage et il alluma la lampe à huile de palme. Sans plus un mot, ils contemplèrent les ombres vaciller sur les murs. Le doux vacarme de la vie nocturne s'imposa dans le silence gênant qui s'était installé.

— Pourquoi êtes-vous resté aussi longtemps dans cette plantation ? Pourquoi ne pas être parti plus tôt avec Lucas à Kingston ?

Nicholas déplaça son regard vers Charlotte.

— L'idée ne m'était pas venue avant. Et puis… ici, j'avais Eliza pour s'occuper de lui.

— L'idée de… de vous marier ne vous a jamais traversé l'esprit ?

— Non.

— Pourquoi ?

Le regard de la jeune femme l'interrogeait.

— Maintenant que Lucas est plus vieux, je crois pouvoir envisager de l'élever seul.

— Une femme peut être autre chose qu'une mère.

Ils se tenaient immobiles, dans un état d'embarras oppressant. Nicholas lui fit la remarque qu'elle n'avait pas toussé de la soirée et lui proposa de partir dès le lendemain. Charlotte, consciente de sa maladresse, acquiesça en silence. Nicholas tira sur la targette et coinça en contrefort le bout de madrier. Alice avait trouvé refuge sous la table et caquetait doucement en les épiant de ses petits yeux luisants. La nuit s'annonçait plus fraîche. Le vent s'était levé et sifflait dans les arbres qui les cernaient. Comment reconnaître dans les craquements de branches l'approche des rebelles ? Timidement, Charlotte demanda à Nicholas d'attendre qu'elle se soit endormie pour éteindre la lampe. Malgré son état d'épuisement, le sommeil prit de longues minutes à venir la cueillir. Elle ne cessait de repenser qu'à Montego Bay, ils se sépareraient définitivement. Elle aurait souhaité éternellement prolonger ce plaisir qu'elle éprouvait à vivre ici avec Nicholas. Elle aimait le voir émerger tranquillement de son armure. L'homme était tel qu'elle l'avait imaginé après avoir lu de ses poèmes. Si différent du gérant aux manières bourrues qu'elle avait rencontré à son arrivée à Montpelier. Il subsistait encore toutefois tant de mystère autour de lui. D'où venait-il ? Son éducation, ses connaissances indiquaient qu'il était indéniablement issu d'un milieu aisé. Quelle avait été sa vie avant la Jamaïque ? Une fois de plus, elle s'interrogea sur la nature du crime qui l'avait condamné au bagne.

Nicholas consulta sa montre : quarante-cinq minutes passées la onzième heure. Dans une quinzaine de plus, ils allaient franchir l'aube de l'an 1832. Il avala une dernière gorgée pour fêter l'année qui se terminait et enfonça le bouchon dans le goulot du cruchon. Une araignée lui passa entre les pieds. Il l'écrasa d'un solide coup de talon et resta encore quelques minutes à contempler la jeune femme qui venait de s'endormir. Avec sa courte natte et ses joues de pêche mûrie au soleil, elle n'était plus qu'une enfant. Ainsi Hardin avait décrit la gouvernante des Elliot. Assez jeune pour jouer avec la poupée de Miss Elliot, suffisamment instruite pour avoir lu *Work Without Hope* de Coleridge et possiblement assez vieille pour y avoir pigé le sens de sa métaphore sur les oiseaux et les abeilles[12]. Miss Seton n'avait que quinze ans. Sur sa beauté, il n'avait fait aucune remarque. Hardin préférait les femmes mûres et sulfureuses.

Nicholas se souvenait, la première fois qu'il l'avait vue à l'ombre de la véranda de la grand-case. Assise dans l'un des fauteuils en compagnie de Miss Susan, Charlotte lisait à voix haute un passage de *The Revolt of Islam* de Percy Shelley. À son approche, elle s'était tue et avait levé son visage vers lui, l'observant avec ce regard perplexe, habituellement réservé pour l'étude d'un insolite spécimen de la nature. Agitant brusquement son éventail devant son visage, Miss Susan avait commenté le temps qu'il faisait. Oui, la chaleur était suffocante. Miss Seton avait brusquement levé le livre qu'elle tenait pour cacher le sourire qu'elle n'arrivait plus à réprimer, ne laissant que son grand regard exprimer une opinion peu flatteuse de lui. Comportement puéril, avait-il observé. Effectivement, la gouvernante des Elliot n'était qu'une enfant.

Après leur avoir adressé de brèves salutations, Nicholas était entré dans la grand-case. En entendant le léger tintement du ricanement dans son dos, il avait sur-le-champ détesté Miss Seton. Le jour de l'accident au moulin, quand elle avait voulu se mesurer à lui, il l'avait détestée un peu plus. Encore mieux, celui où elle s'était invitée dans sa case pendant

12. Un vers de ce poème de Coleridge est reconnu être à l'origine de la célèbre métaphore sur les abeilles et les oiseaux à laquelle les adultes avaient recours afin d'expliquer les relations sexuelles humaines aux enfants.

qu'il somnolait, aussi ivre qu'un bouchon sur les flots. Et davantage, chaque fois qu'elle occupait ses pensées au point de détacher complètement son esprit de son activité. Cette aversion pathologique cultivée pour la jeune femme avait culminé cet après-midi qu'elle lui avait demandé de lui enseigner les rudiments du golf. Puis, plus tard, sur la grand-route de Montego Bay, lorsqu'il l'avait retrouvée, ébranlée par ce qu'elle avait vu dans la vieille case de Quaco. Lorsqu'il l'avait hissée sur son cheval pour la ramener à la grand-case, en même temps que son corps avait glissé entre ses mains comme un rêve prenant forme sous ses doigts, s'était révélée à lui la cause profonde de toute cette hargne qu'il lui avait vouée depuis le début.

Sournoisement, sa candeur, ses sourires, son fascinant regard gris, avaient infiltré son cœur. Son cœur, qu'il avait pourtant juré, ne battrait plus que pour Lucas. Combien impuissant se retrouvait-il aujourd'hui, devant le fait accompli. Et combien consterné, aussi.

« Une femme peut être autre chose qu'une mère…

Certes, Miss Seton, mais vous n'avez que quinze ans. Et moi, j'en aurai bientôt trente-trois. »

Demain, il confierait Charlotte aux soins des Cox. Bientôt, elle ne serait plus pour lui qu'un souvenir. Il retrouverait Lucas et reprendrait le contrôle de sa vie. Peut-être trouverait-il enfin la raison de son existence ?

Les gouttes de pluie qui percutaient la toiture commençait à résonner dans la petite case. Comme la nuit précédente, il éteignit la flamme, décrocha la couverture accrochée devant la fenêtre, retira sa veste, arma son pistolet et s'improvisa une couche sur le sol.

⁂

Nicholas se retourna. Son dos endolori le fit grimacer et il bougea avec lenteur. Des voix. Encore pénétré de son dernier songe, il les entendait sans vraiment les écouter. L'une d'elles éleva le ton. Un accent chantant, créole. Les paupières de Nicholas se soulevèrent d'un coup. Une pénombre grise remplissait la case. Il devait être assez tôt. Sur le coup, il pensa à Eliza et à Lucas. Mais les voix étaient masculines et il ne reconnut pas celle d'Othello. Nicholas saisit son arme et tourna la tête vers la porte : le verrou et le madrier étaient bien en place. Se doutait-on que quelqu'un habitait la case ? Il essaya de se rappeler si des indices avaient été laissés autour, qui auraient trahi leur présence. Il avait stupidement négligé cette précaution. Puis il glissa un regard vers la paillasse où dormait encore Charlotte. Elle lui paraissait si calme. La nuit de sommeil dont elle avait bénéficié la disposerait à voyager. Il estimait qu'à un rythme modéré, mais régulier, ils prendraient une journée entière pour atteindre Montego Bay. Peut-être deux, si elle se fatiguait.

Les voix continuaient de converser. Aux intonations, un litige les divisait. Qui étaient ces gens ? Des esclaves de Montpelier qui rentraient au village ? Si oui, ils ne risquaient rien. Autrement…

Il se leva et, sous le regard attentif d'Alice, diligemment il se dirigea vers l'unique fenêtre. Quatre carreaux de verre la garnissaient. Un cadeau qu'il avait offert à Eliza quelques jours après la mort de Sukey. Il l'admettait, il avait employé cette méthode un peu malhonnête afin d'acheter ses services pour s'occuper de Lucas. Une action stupide. Il n'avait pas compté sur l'affection d'une sœur pour son unique petit frère. De plus, son cadeau avait été interprété comme une manœuvre de séduction. Par la précieuse vitre de verre, les villageois ne s'étaient pas gênés pour vérifier si le busha Lauder ne se vautrait pas sur la couche de la fille de Sukey. Eliza lui en avait longtemps voulu. « Pou'quoi vous pas juste demande ? 'liza di oui pou' Lucas. » Curieusement, il n'avait pas pensé commencer par lui demander directement si elle accepterait de prendre le rôle de la mère de son fils.

La vue par la fenêtre ne lui permettait pas de voir qui était là. Ouvrir la porte était trop risqué. Il ne pouvait qu'attendre.

Alice produisit un caquètement sonore qui le fit tressaillir. Charlotte remua et poussa un léger soupir. Ses paupières papillonnèrent. Il alla vers le lit. Pressentant qu'elle allait ouvrir la bouche pour parler, il plaqua sa main dessus. Elle ouvrit grands les yeux et voulu se libérer du bâillon, mais il le maintint fermement en place.

— Chut ! Il y a quelqu'un, fit-il dans un chuchotement.

Elle cessa de bouger dans l'instant et la peur troubla son regard. Dehors, les voix n'avaient pas cessé d'exprimer un désaccord. À travers les murs, les mots leur parvenaient incohérents et on perdait le sens de la discussion. Mais le désaccord était fortement senti dans le ton qui avait monté.

Assuré du silence de Charlotte, Nicholas retira sa main et retourna vers la fenêtre. Les hommes s'étaient déplacés. Il arrivait maintenant à en entrevoir un de dos et un autre de profil. Ils gesticulaient, se menaçaient par force gestes. Charlotte vint se poster près de lui. Enfin, l'un des hommes se tourna suffisamment pour qu'ils puissent le voir clairement.

— Vous le connaissez ? demanda Charlotte d'une voix presque inaudible.

Il fit non de la tête. Ce n'était pas un esclave de Montpelier.

— Qu'allons-nous faire ? Qu'est-ce qu'ils disent ? Ils savent que nous sommes ici ? C'est pour ça qu'ils sont là ?

— Chut ! fit-il en guise de réponse.

Elle reporta son attention sur les intrus. Ils portaient des coutelas. L'un d'eux était armé d'une faucille. Des rebelles. Que venaient-ils faire ici ? Les avait-on espionnés ? Les savait-on cachés ici ? Ces hommes n'étaient probablement venus que pour piller les cases. Et s'ils essayaient de forcer la porte de celle d'Eliza ? Un coup de fusil les tiendrait en respect. Après plusieurs minutes, voyant qu'aucun des rebelles ne portait attention à leur case, Nicholas déduisit qu'ils ignoraient tout de leur présence. Les hommes finiraient par s'éloigner.

Il se détendit et prenait maintenant progressivement conscience du corps qui se pressait contre le sien. Son attention se déplaça vers la nuque gracieusement courbée qui s'offrait à son regard. Sous la natte, le fin duvet à la base des cheveux accrochait la lumière qui le faisait scintiller comme de minuscules fils d'or. Les petits grains de beauté. Son parfum. Il n'y retrouvait plus la touche de camphre. Celui-là exhalait autre chose de plus chaleureux. Plus humain, physique. Corps de femme exotique. Irrésistible… La délicate saillie des vertèbres. Il fit glisser un doigt léger dessus, sentit le velours de la peau jusque dans le creux de l'épaule. Le frisson.

Sans le regarder directement, Charlotte tourna à moitié son visage vers lui. Elle fixait ce doigt caressant qui hésitait à aller plus loin. Sa joue avait pris la teinte d'une rose blanche dans les lueurs de l'aube. Irrésistible… Il se pencha dessus…

Dehors, un renâclement rompit la magie du moment. Nicholas vit un troisième nègre s'ajouter au tableau. Il tenait un cheval par la bride. Son cheval ! Il bondit brusquement, alarmant Charlotte, qui se retrouva de nouveau envahie par un sentiment de frayeur.

— C'est Blackford, murmura-t-il plein de colère.

Il s'écarta de la fenêtre, fit quelques pas pour y revenir, doublement frustré puisqu'il avait vu son bagage encore attaché au troussequin. Son cheval était là, à quelques pas de lui. Et il ne pouvait le récupérer sans risquer de mettre Charlotte en danger.

— Ils s'en vont, fit-elle, le nez collé à la vitre poussiéreuse.

Nicholas s'éclaircit les idées et se mit à réfléchir rapidement. Il se figura les alentours de la case. Les arbres, les buissons qui l'encerclaient. La palissade de bois qui entourait le jardin.

— Dans quelle direction ? l'interrogea-t-il.

— Vous n'allez pas… Mr Lauder ! Non !

— Fichtre ! Je ne vais tout de même pas les laisser partir avec mon cheval sans essayer de le reprendre, grinça-t-il en vérifiant les munitions qui lui restaient.

Il opta pour son fusil, plus imposant que son pistolet, et s'apprêta à dégager la porte. Complètement affolée, Charlotte se cramponna à son bras pour le retenir.

— Et moi ? fit-elle. S'il vous arrivait quelque chose ?

— Je ne prendrai pas de risques inutiles. Je n'oublie pas Lucas.

Elle le relâcha. Il n'oubliait pas Lucas… Oui, Lucas, sa seule raison de vivre.

Il lui confia le coutelas et entrebâilla la porte. Un œil dans la cour lui apprit que la voie était libre. En sortant, il lui ordonna de bien refermer derrière lui. L'instant d'après, il était parti et elle se retrouvait seule. Dans son ventre, mille nœuds se resserraient. Dans sa poitrine, un vacarme retentissait. Son cœur se débattait de peur, mais aussi encore de la passion qui l'avait follement animée un moment plus tôt. Il avait pensé à Lucas… Et elle en avait ressenti un vif sentiment de jalousie. C'était affreux ! Comment pouvait-elle être si égoïste ? Elle était d'une ignominie…

Avec fureur, elle barricada la porte et se jeta sur la paillasse pour pleurer. La caresse de Nicholas lui brûlait encore la peau du cou. Il avait été sur le point de l'embrasser. Et ce fichu cheval…

« Sotte ! Tu es égoïste et sotte, Charlotte Seton ! » se sermonna-t-elle en battant la paille de ses poings.

Ils avaient besoin de ce cheval.

La colère passa, mais demeurait en elle un diffus sentiment d'inapaisement. Les émotions qu'avait fait naître le toucher de Nicholas continuaient de l'habiter. Petites bêtes affamées, emprisonnées dans chaque parcelle de son corps, attendant d'être libérées pour la dévorer. Morsures de la passion. Le venin infiltrait son sang. C'était la première fois qu'elle ressentait le désir aussi violemment. C'était à la fois divin et infernal.

D'un doigt elle reprit le chemin qu'avait suivi celui de Nicholas sur sa peau nue. Un doux frisson la parcourut. Sa main poursuivit la caresse sur la poitrine et enveloppa un sein. Les yeux fermés, Charlotte imagina cette main appartenir à Nicholas. La main massait délicatement le sein. Elle défit quelques agrafes de sa robe. La main s'invita à l'intérieur du corsage. Cette main qui ne lui appartenait plus, réveillait en elle de nouveaux émois. Dans son ventre et entre ses cuisses. Son corps lui faisait la guerre. Ce qu'il lui demandait n'était pas bien. Elle entendait l'écho de la voix pleine de mépris du pasteur Kincaid condamner les actes d'Ève. La première femme à corrompre l'homme. Et elle pensa sans remords : « Je suis fille d'Ève… »

Un coup de feu détonna dans le silence, réveillant la nature qui s'anima dans un vacarme de cris et de piaillements énervés. Comme mue par un ressort, Charlotte se dressa subitement. Elle s'élança vers la porte. Le madrier écarté, elle mit la main sur la targette. Les rebelles… s'ils la trouvaient. Et si c'était Nicholas qui avait tiré du fusil. Elle était déchirée, s'affolait, allait et venait devant la porte. Quelques minutes s'égrenèrent. Le temps paressait cruellement. Un craquement de branche. Elle regarda par la fenêtre et découvrit la croupe sombre et luisante de Blackford. Cette fois, elle tira sur la targette et s'élança.

— Nicholas ! J'ai entendu un coup de feu ! s'écria-t-elle.

Il lui tournait le dos et vérifiait le contenu de son bagage.

— Il n'y a pas eu de mal. C'est moi qui ai tiré, dit-il en riant. Bon sang ! Je n'aurais jamais pensé le récupérer aussi facilement. Un jeu d'enfant ! Ils n'étaient que quatre et armés que de leurs coutelas. Je n'ai même pas eu à me montrer. J'ai sifflé. Blackford a commencé à s'agiter. Les nègres ont commencé à s'apeurer. J'ai tiré sur un arbre au-dessus de leur tête et ils ont fui comme des lapins. Mais où étais-tu passé, toi ?

La question s'adressait au cheval, qui s'ébroua pour répondre. Nicholas commençait à défaire les sangles de la selle. Il fit le tour de la bête. Charlotte, qui n'avait pas bougé, le regardait faire, incrédule.

— Il va falloir le laisser reposer un peu avant de…

Nicholas avait enfin levé les yeux sur elle. Son sourire disparut brusquement. Il remarqua le corsage relâché, l'épaule dénudée. La poitrine qui se soulevait à chaque halètement. Et les grands yeux remplis d'eau.

— Par tous les diables ! Miss Seton, qu'est-ce qui vous est arrivé ?

Elle disparut dans la case. Il l'y suivit. À son tour elle lui tournait le dos et essuyait ses yeux en reniflant.

— Je croyais… J'ai cru qu'ils… le coup de feu. Je croyais… gémit-elle dans ses paumes.

Elle secouait la tête, les sanglots coinçaient les mots dans sa gorge. Il vint vers elle mais n'osa pas la toucher.

— On vous a fait du mal ?

Elle fit non de la tête et renifla.

— Je suis navré d'être la cause de tant d'angoisse, Miss.

— Ne soyez pas désolé. C'est moi qui suis sotte de m'en être fait autant pour vous. Mais c'est fini… De toute évidence, vous vous êtes amusé et je m'en suis fait pour rien.

Il se sentait tellement stupide.

— En fait, je ne me suis pas vraiment amusé…

Les premières agrafes de la robe étaient défaites et le corsage bâillait légèrement dans le dos.

— Je me préoccupais de vous. Je craignais… que d'autres rebelles se présentent à la case et…

— Comme vous le constatez, cela n'est pas arrivé. Je vais parfaitement bien.

Il contemplait le sillon que dessinait la colonne vertébrale. Il imagina sa bouche suivre son prolongement jusqu'au creux de la chute des reins. Dieu ce qu'il voulait cette femme !

Charlotte remettait de l'ordre dans sa tenue. Elle secoua les brindilles de paille sur la jupe et lissait sa chevelure avec ses doigts. D'un coup consciente de l'image qu'elle offrait, la honte prit le pas sur l'angoisse. Nicholas restait là, derrière elle, sans bouger. Elle mesurait ses gestes, tourna à moitié son visage pour le voir. La respiration de l'homme se faisait plus forte, emplissait maintenant le silence, devint brusquement la seule réalité qui l'entourait. Le gazouillis des oiseaux, les cliquetis du harnais de Blackford qui s'impatientait dehors, même le caquètement agaçant d'Alice appartenaient à un autre monde.

L'espace qui les séparait se chargeait d'électricité. Nicholas fit le premier pas. Ses mains se posèrent sur les hanches. Elles glissèrent lentement autour de la taille. Charlotte bascula la tête vers l'arrière. Il se pencha sur la gorge qui se déployait dans un arc gracieux. Le souffle chaud sur sa peau la galvanisa. Caresse humide des lèvres. Effleurement rugueux des poils. Vertige de la raison. Charlotte prit la main de Nicholas et la posa sur son sein. La fille d'Ève offrait son fruit. Elle fermait les yeux pour ne pas être témoin de ce qu'elle faisait. Une plainte étouffée. Un soupir pesamment expulsé. La main s'anima. C'était différent. Plus violent. À travers l'épaisseur des étoffes, les doigts s'enfonçaient dans la masse ferme. Bouche avide dévorant ce sein. Affamée. Comme les lèvres qui attaquaient le cou.

Charlotte tira sur ses corsages. Les mains découvrirent la douceur de la peau nue, explorèrent les rondeurs. La bouche soufflait un ouragan dans les oreilles de Charlotte. Le vent fou emplissait sa tête et fragmentait toute pensée rationnelle qui cherchait à se former. Il n'y avait pas de place pour la raison. L'instinct maîtrisait les corps.

Il les guida vers la paillasse. La chute de l'homme. Son poids sur elle fit gémir Charlotte. Nicholas se souleva pour lui permettre de se retourner. Les langues, les regards s'entremêlaient. Les sexes se cherchaient dans un désordre de vêtements. Les jambes s'empêtraient dans les étoffes. Nicholas trouva le galbe d'un mollet. Les doigts glissèrent sur le bas, accrochèrent la boucle de la jarretière. Gagnèrent la cuisse, lisse. La naissance d'une fesse. Le corps de Charlotte se tendait, dégageait une odeur nouvelle. Enivrante. Terre humide, vierge et fertile, pleine de promesses.

Elle souleva son bassin, le pressa contre le sien, ondulant dans un mouvement si naturel qu'il en fut déconcerté. Les yeux fermés, elle soupirait et murmurait son prénom. Il contempla le désir graduellement la métamorphoser et prit brusquement conscience de ce qu'il faisait. Dans un gémissement de frustration, il l'écrasa de tout son poids pour l'empêcher de bouger encore. Les corps étaient faits pour s'unir. Mais, pour dompter la bête, avec un plaisir malin, la nature avait doté l'homme d'une implacable raison. Une raison qu'il avait à une certaine époque trop souvent refusé d'entendre. Cette fois, il ne voulait plus l'ignorer.

— Miss Seton, il faut… il faut s'arrêter là…

Elle voulut remuer le bassin de nouveau; il l'écrasa si fort qu'elle en eut mal.

— Non ! Je vous en supplie, restez immobile, murmura-t-il dans son cou. Cela va passer. Cela va passer.

« Cela va passer ? » Le cœur de Charlotte battait à tout rompre. Ses oreilles bourdonnaient du sang qui vrillait ses tempes. Elle vacillait, sur le bord du précipice, sur le point de se laisser emporter par le mal profond du bonheur ultime. Mal magnifique aux abîmes insondables où elle était maintenant prête à se perdre. Cela allait passer ? Cela allait PASSER ? Elle gémit. Elle râla de colère.

— Non ! Comment pouvez-vous me faire cela ! Comment pouvez-vous ?

Il s'arracha brusquement à elle. S'éloigna d'elle comme on fuit l'ensorceleuse qui veut nous leurrer vers le gouffre de la perdition. Elle gisait sur la paillasse, les jupes relevées sur ses cuisses blanches, les corsages débraillés sur ses seins crémeux. L'innocence violée d'une enfant. La sensualité débridée d'une femme offerte.

— Je ne peux pas ! Je ne peux pas faire ça. Vous ne ferez qu'en souffrir davantage.

— Je m'en moque ! lança-t-elle, éperdue.

— Pas moi ! Je sais ce que fait cette souffrance. Vous ne me le pardonnerez pas et moi non plus. Et avec le temps, on sera fatigué de souffrir. On dira de l'autre qu'il est responsable de notre malheur. Et on en viendra à ne plus ressentir que de la haine.

— Ça n'a pas besoin d'être ainsi.

— Réveillez-vous, Miss Seton ! Il ne peut rien exister entre vous et moi.

— Et pourtant il existe bel et bien quelque chose, n'est-ce pas ?

— Bon sang ! s'exaspéra-t-il. Regardez-vous et regardez-moi ! Nous n'appartenons pas au même monde. J'ai été condamné à quatorze années d'exil. Je me suis évadé. Je ne peux pas rentrer en Écosse comme on rentre de voyage. Regardez mes mains, cria-t-il encore en les lui présentant ouvertes et agressives. Vous ne savez pas ce qu'elles ont commis. Si vous le saviez, vous les craindriez.

— Je ne veux pas le savoir. Je n'ai pas besoin de le savoir.

— Vous devriez, pourtant. Car je les crains moi-même.

Bouleversé, il referma ses mains en des poings serrés. Il respirait bruyamment. Ses traits qui se crispaient dans le vain effort de dissimuler sa détresse. Conscient de ne pas y arriver, il se détourna, et dans un accès de colère, sortit de la case en lui lançant de rassembler ses affaires. Comme pour retenir les morceaux brisés d'elle-même, Charlotte replia les genoux et les embrassa de ses bras. Le visage caché dans sa jupe, elle pleura.

La rage au cœur, Nicholas dessella Blackford. Injustement brusquée, la jument regimbait.

— Ça va aller. Ça va aller.

Il lui prodigua une caresse et, le front contre l'encolure, il s'astreignit à recouvrer un peu de son calme. Puis, avec une claque sur la croupe, il la poussa vers les quelques brindilles d'herbe dans le jardin. Dans l'espoir de dominer le vacarme qui grondait dans son crâne, il s'imprégna de celui apaisant de la nature. Mais la voix de sa conscience ne le laissait pas tranquille. Il s'assit sur le banc près de la porte. Dans la case, tout était silencieux.

«Tu as le don de chercher le malheur, Nicky. Si tu ne choisis pas mieux tes fréquentations, un jour tu vas le trouver», lui avait prédit Camilla.

Et Camilla était clairvoyante. Il avait ce don de tomber amoureux des mauvaises femmes.

Il s'était écoulé près d'une heure. Nicholas avait fait l'inventaire de son bagage. Rien ne manquait. Il avait fait un brin de toilette et avait taillé sa barbe. Blackford sellée de nouveau, il était entré dans la case. Proprement habillée et coiffée, Charlotte attendait sagement assise sur le banc. À ses pieds, le sac ayant appartenu à Sir Robert était bouclé. Ses paupières étaient légèrement gonflées et ses yeux rouges, mais secs. Sans un mot, Nicholas saisit le sac et l'ajouta au bagage qui chargeait déjà son cheval. Il aida Charlotte à se hisser sur la selle. Les doigts de la jeune femme restèrent un moment agrippés aux siens. Il s'arracha à elle. Évitant de la regarder dans les yeux, il lui tendit Alice, qui, effrayée, s'agita violemment. Charlotte s'en montra craintive.

— Tenez-là par les pattes, sous votre bras. Elle se tranquillisera, lui suggéra Nicholas.

Puis, saisissant la bride, son fusil sur l'épaule, il mit Blackford en route.

Ils voyagèrent sous un ciel sans nuages. Près de Roehampton, ils rencontrèrent une vieille femme et son petit-fils qui se dirigeaient vers Montego Bay. Le garçon et elle avaient juré fidélité au massa Bailey. Des rebelles avaient exécuté un nègre blanc la nuit précédente. Ils cherchaient refuge et protection dans la ville. Nicholas leur demanda s'ils avaient vu un grand nègre et un garçon prénommés Othello et Lucas. Le garçon était accompagné d'un gros chien berger. Ils connaissaient un Othello de Montpelier, mais ils ne l'avaient pas vu dernièrement. Et le seul Lucas qu'ils connaissaient était un vieillard de Wakefield.

Les deux esclaves se joignirent à eux pour le reste du trajet. La mer fit sentir sa présence toute proche bien avant de se manifester. Ses effluves iodés piquaient les narines et soulageaient les poumons asséchés par la poussière que soulevait le vent sur la route. La tête couverte d'une chemisette, Charlotte se laissa imprégner de la beauté du paysage. Cette vastitude turquoise qu'elle n'avait plus revue depuis son séjour chez les Cox. Aujourd'hui, elle était lisse. Des navires mouillaient dans la baie. De grands oiseaux blancs les survolaient et faisaient de larges cercles. Leurs criaillements ponctuaient le mugissement des vagues qui se brisaient sur les rochers tout en bas de Long Hill Road. Ils découvrirent les hangars des quais de Montpelier rasés par le feu. Ils avaient passé les ruines encore fumantes d'Anchovy Bottom Estate, Prospect, Edge Hill et Belle Vue. Flottait sur la vallée de Montego une nappe de fumée grise. La vieille femme leur apprit que pas une propriété au sud de Montego River n'avait été épargnée.

Charlotte pensa qu'elle devrait écrire à Weeping Willow. L'annonce de la rébellion voguait assurément déjà vers la Grande-Bretagne. En prenant connaissance de la liste des propriétés attaquées, on s'affolerait d'imaginer ce qui lui était arrivé. Elle pensa aussi à Catherine. Son amie devait se faire beaucoup de souci pour elle. Les nouvelles de la destruction de Montpelier les avaient certainement précédés. Il lui tardait soudain de la retrouver, de regagner la tranquillité de leur petit cottage. Elle en avait besoin pour s'éclaircir les idées et se remettre de l'humiliation que lui avait fait subir Nicholas. Catherine saurait trouver les mots qui l'apaiseraient. Auprès d'elle, elle finirait par oublier. Il lui fallait préparer son retour en Écosse. Oublier la sensation qu'avaient laissée les mains et les lèvres de Nicholas sur elle. Oublier qu'elle était amoureuse au-delà de l'entendement. Le désirait-elle vraiment ? Elle ne savait plus ce qu'elle voulait. Quand le cœur était en jeu, la volonté de Charlotte se dissolvait comme une pierre dans l'acide. La constance de la détermination de son amie l'inspirerait.

Perdue qu'elle l'était dans ses pensées, elle ne portait qu'une vague attention aux deux esclaves qui marchaient devant eux. La femme fredonnait un air rythmé. « Ti bon Dieu ! Ti bon Dieu ! » scandait le garçon en tapant des mains et en balançant son corps de gauche à droite. Ils reprenaient à leur façon le troisième psaume. Puis ils entamèrent le sixième et le septième. Le rythme du chant était joyeux et finit par sortir Charlotte de son abattement. Elle se mit à chanter avec eux les prières des persécutés.

Ils franchirent le poste de garde de Montego Bay en fin d'après-midi. Les Cox étant absents, Nicholas n'eut d'autre choix que de conduire Charlotte chez Miss Mendez, où elle pourrait attendre le retour de ses amis. La belle dame les reçut avec joie. Ils avaient appris pour Montpelier, l'assassinat de Sir Elliot et de son contremaître, Mr Nelson. Tout le monde était atterré et Miss Mendez avait craint le pire pour Nicholas. Elle se montra accueillante et s'empressait auprès d'eux. Elle ordonna à un domestique de s'occuper du cheval et des bagages. Après avoir embrassé Nicholas, elle l'abandonna au salon et conduisit Charlotte vers une chambre, où elle pourrait se rafraîchir et se reposer avant le dîner.

Aujourd'hui, on célébrait le premier jour de l'an. Au milieu de toutes ces tribulations, Charlotte l'avait oublié.

— Miss Seton, dit-elle en l'introduisant dans la pièce, c'est un réel plaisir pour moi de faire enfin votre connaissance. Nico m'a tellement parlé de vous. Il apprécie vraiment tout ce que vous avez fait pour son fils…

Le reste se fondit dans l'esprit de Charlotte. *Nico, Nico !* La belle Cubaine se permettait une irritante familiarité avec le gérant de Old Montpelier. Charlotte imagina les longs tête-à-tête qu'ils avaient dû partager lors des visites de Nicholas à Montego Bay et cela l'agaça. Miss Mendez était trop belle, trop pulpeuse, et parlait avec un accent ensoleillé trop délicieux pour qu'elle la trouvât sympathique. Les ressentiments à l'égard de Nicholas refaisaient surface et s'aggravaient d'un sentiment de jalousie réveillée. En attendant qu'on lui prépare le bain d'eau chaude proposé, Charlotte s'allongea sur le lit.

À son retour dans le salon, Christina trouva Nicholas allongé sur l'un des canapés. La tête confortablement calée dans un coussin, les talons irrévérencieusement posés sur les accoudoirs de soie, il reposait, les yeux fermés, son visage n'exprimant que la fatigue du voyage. Tout en lui préparant un verre de rhum, elle lui raconta les derniers évènements. Les rebelles cernaient la ville et tenaient les habitants et les nombreux réfugiés en émoi. Mais pour le moment, ils se tenaient tranquilles. Une partie du régiment du Western Interior avait pris ses quartiers dans la propriété de Catherine Hall, située en périphérie de la ville. L'autre avait été posté à Fairfield Estate, que des rebelles avaient menacé d'attaquer. L'après-midi même, le major général Willoughby Cotton était arrivé à Montego Bay et avait inspecté les troupes. Le commandant en chef des armées régulières de la Jamaïque avait adressé aux esclaves de la ville une proclamation leur répétant qu'ils ne devaient pas ajouter foi aux mauvaises langues qui s'évertuaient à leur faire croire que le roi leur avait accordé une quelconque liberté. Ceux qui avaient pris les armes contre leurs maîtres, qui avaient pillé et brûlé leurs propriétés, seraient jugés et punis sans pitié. Les insurgés qui s'avouaient vaincus pourraient peut-être bénéficier du pardon du roi. Ceux qui résisteraient seraient condamnés à la peine de mort.

— Willoughby peut être assuré que son discours aura parcouru plusieurs lieues avant la fin du jour, ajouta-t-elle.

Nicholas n'avait pas bougé. Christina s'accroupit près de lui et caressa son visage. Les paupières tressaillirent.

— Tu ne m'écoutais pas. Tu es épuisé, fit-elle remarquer.

— Cela se voit à ce point ?

Il rit et se redressa à moitié pour prendre le verre qu'elle lui présentait. Il en but une longue gorgée et sentit la brûlure de l'alcool le revigorer.

— Merci, fit-il. J'en avais considérablement besoin.

Il s'assit et croisa les yeux noirs qui le regardaient avec insistance. Regard soyeux. Elle prit l'une de ses mains et y pressa sa joue avec douceur. Tout en Christina n'était que douceur. Les inflexions de sa voix, le chant de sa langue. Sa peau mate, qu'elle prenait grand soin de ne pas exposer au soleil. Elle brunissait si facilement.

Christina Mendez avait cinq ans de plus que lui. Ce n'était pas si mal. Leur relation s'était établie sur une base de réconciliations physiques. L'affection qui les avait unis n'avait toutefois pas évolué vers l'amour. Il ne l'avait pas désiré. Après que Nicholas eut trouvé cet emploi à Montpelier, ils étaient restés bons amis et se revoyaient régulièrement. Sans l'amitié de Christina, il ne croyait pas qu'il serait encore en vie. Elle l'avait soutenu et secoué dans ses moments les plus sombres. Elle était le lien qui le retenait encore avec ce qu'il avait laissé derrière lui. Elle était sa confidente. Il lui avait parlé de cette femme qu'il avait aimée au point de compromettre son âme, de cet enfant de lui qu'elle avait porté. Cet enfant, un fils, lui avait confirmé Camilla dans une lettre, il ne le connaîtrait jamais. Car cette femme ne l'attendait pas ni ne viendrait le retrouver. Elle avait épousé un autre homme. Ainsi, il avait dévoilé à Christina une part de ses secrets. « Enterre le reste », qu'elle lui avait murmuré. Sans doute que Christina entretenait elle aussi un petit cimetière.

— Je suis heureuse de te revoir entier, Nico. J'ai vraiment cru qu'il t'était arrivé quelque chose. La nouvelle de la mort de Sir Elliot s'est propagée comme feu dans un champ de cannes sèches. C'est l'un de ses nègres qui l'aurait tué, à ce que l'on dit ?

Nicholas demeura un moment silencieux. Quand Ormond Trail lui avait déclaré ne pas avoir tué son maître, il l'avait cru. La scène parlait d'elle-même. Il avait confiance en Christina. Mais lui dévoiler qu'Elliot s'était brûlé la cervelle ne changerait rien au sort de Trail. Ce dernier avait assassiné Nelson. S'il était pris, il serait pendu.

Sans étayer le fait avec sa propre opinion de ce qu'il avait vu, Nicholas lui résuma le déroulement des évènements dont il avait été témoin à Montpelier. Elle s'en ferait une idée. Puis, avec plus d'entrain, il lui parla de sa démission, de ses projets d'avenir, pour Lucas et lui. Elle le dévisagea d'un air perplexe.

— Tu veux reprendre ton ancien métier ?

— C'est tout ce que je sais faire, affirma-t-il d'un air penaud.

Elle sourit.

— Cela sera bien, pour vous deux. Et Miss Seton, fit-elle après un moment, qu'adviendra-t-il d'elle ? Elle devait rentrer en Écosse avec les Elliot. De toute évidence…

— Il faut lui trouver un chaperon. Elle ne peut pas voyager seule.

— Tu l'aimes, n'est-ce pas ? Qu'est-ce que tu vas faire, Nico ?

Sans lui répondre, il faisait tournoyer le rhum dans le verre. Un soupir s'échappa doucement de la gorge de Christina. Elle continuait de serrer la main de Nicholas entre les siennes et entrelaçait leurs doigts.

— Tu l'aimes vraiment, conclut-elle. Ah, Nico ! *Mi pobre querido…* Pourquoi est-ce que l'amour te fait si peur ? Parfois je me demande si tu ne préfères pas la souffrance.

— Tu sais que ça ne pourrait jamais fonctionner, Christina, se défendit Nicholas.

— *Evidentemente !* Puisque tu ne le désires pas.

— C'est plus compliqué que ça. Je suis enchaîné à l'exil.

— *El mundo es grande, Nico !* L'argent ne te pose pas de problèmes. Partez pour l'*América*, suggéra-t-elle.

— Une vie de fugitifs… Je ne peux pas lui imposer cela. Elle voudra rentrer en Écosse, revoir sa famille. Et puis, je te rappelle qu'elle n'a que quinze ans, Christina. Son père ne l'acceptera jamais. Il nous retrouvera et m'accusera du rapt de sa fille.

— Est-ce qu'elle t'aime ? demanda-t-elle plus sérieusement.

Les effets de l'étreinte de ce matin parcourant encore toutes les fibres de son corps, Nicholas tourna son visage vers la lumière du couchant que filtraient les jalousies à la fenêtre. Les rayons orangés traversaient la pièce comme des lames de fer rougi au feu et les nimbaient d'une atmosphère apaisante.

— M'aime-t-elle ? J'ose le croire…

— Alors, laisse passer un peu de temps. Attendez de voir ce qui va arriver. Elle écrira bien chez elle pour les rassurer. Elle pourrait arriver à convaincre son père. *Quién sabe ?* J'ai déjà vu des pères doubler la dot de leur fille pour s'en voir rapidement débarrassé.

— Au bras d'un criminel ?

Le ton avait été amer. Christina le regarda tristement.

— Est-ce qu'elle sait ?

— Non.

— Tu as peur qu'elle cesse de t'aimer à cause de ce que tu as fait. Et tu refuses de te laisser aimer pour le même motif. Nico, je ne vois aucune issue pour toi si tu persistes à te punir de cette façon. Personne ne peut vivre sans amour.

Elle s'approcha pour l'embrasser sur la joue, puis se leva et ouvrit un petit secrétaire. Elle en tira une enveloppe qui fit bondir le cœur dans la poitrine de Nicholas. Il reconnaissait le papier et la manière propre à sa sœur de ficeler ses paquets. Il se redressa promptement.

— Quand est-ce que c'est arrivé ?

— Mercredi de la semaine dernière. J'ai pensé le faire porter jusqu'à Montpelier, mais avec les troubles qui se préparaient, j'ai décidé d'attendre. Sans doute les meilleurs vœux de ta sœur pour la nouvelle année.

Elle attendit dans un fauteuil qu'il ait terminé sa lecture. Quand cela fut fait, Nicholas demeura songeur. Il vida d'un trait son rhum et s'appuya au cadre de la fenêtre. Dehors, la rue était animée. La rébellion avait attiré les gens de la paroisse vers la sécurité de la ville, qui s'était surpeuplée. Des navires ancrés dans la rade logeaient plusieurs familles de planteurs et leurs domestiques. Mais beaucoup de gens de couleur n'avaient pas trouvé un abri et déambulaient, mendiant quelques pièces pour un couvert ou un lit pour la nuit.

— Ma mère est mourante, déclara-t-il enfin. Possiblement qu'elle est déjà morte.

— Nico, *querido*, je suis désolée.

— Je ne le suis pas. Il était temps. Dieu l'avait oubliée dans cet asile. Ça fait plus de vingt ans qu'elle y est enfermée, Christina. Vingt années à rester assise dans le même fichu fauteuil à regarder par la même fichue fenêtre ces mêmes fichus arbres pousser. J'ai toujours pensé que ce sont les fous qui l'ont rendue folle. J'ai toujours cru que les choses auraient été différentes si mon père ne l'avait pas fait interner.

— Je suppose que votre père n'a pas jugé bon que votre mère reste à la maison. Vous étiez encore si jeunes.

— Il l'a lâchement abandonnée ! s'écria-t-il âprement. Ma sœur l'avait supplié de la laisser s'occuper d'elle. Mais il n'a rien voulu entendre. Il a préféré l'enfermer dans cette damnée institution pour déments pour ensuite… Dieu !

Il se tut brusquement et se détourna vers la lumière. Le sujet de son père avait toujours été tabou. Christina savait qu'il était préférable d'en rester là. Elle se leva et lissa sa jupe avec embarras. Troublé, Nicholas lui demanda d'excuser son emportement, murmura qu'il était fatigué et qu'il avait besoin de dormir.

— La chambre qui reste n'est pas libre, Nico. Les Morris de Williamsfield Estate l'occupent depuis hier. Ils sont sortis pour l'instant. Mais je t'offre la mienne…

— Ça va, je ne resterai pas. Je ne sais pas où se terre Lucas. À la vérité, j'avais espéré qu'Eliza l'emmène ici. Je dois partir à sa recherche, Christina.

Elle le considéra tristement.

— *Santa María !* Tu veux déserter ? Le pays est sous le régime de la loi martiale, lui rappela-t-elle implacablement. Où ira alors ton fils si on te met en prison, Nico ?

— Je ne dors plus tranquille.

— Je suis certaine qu'il va bien. Mais il n'a que toi. Alors, il serait plus sage d'attendre un peu.

Il eut un mouvement d'impatience. Rien n'allait plus dans sa vie. La main douce de Christina sur son épaule l'incita au calme.

— Monte dormir un peu. Tu verras les choses plus clairement après. Je te propose un dîner intime avec les Morris. Quelques amis viendront pour la soirée. Ça te changera les idées.

— Je dois me rapporter à mon régiment, trouva-t-il encore à prétexter ironiquement.

— Pas avant minuit, lui rappela-t-elle. Tu as peut-être oublié que nous sommes le premier de l'an ?

— Je serai une fort mauvaise compagnie pour tes invités.

Elle rit et l'embrassa sur la joue.

— Pour moi, Nico, tu ne l'es jamais. Et je pense que Miss Seton appréciera ta présence.

⁂

Au menu : *sopa de frijoles de negros*[13], un assortiment de grillades au fumet à faire saliver appelé *parilladas*, de la daurade aux poivrons, des racines de manioc et des plantains frits, du riz et une montagne de *fritura de maíz*[14].

Habitués depuis deux jours à un régime d'ascète, Nicholas et Charlotte furent très vite rassasiés. Ils parlèrent peu, répondant sans élaborer aux questions des Morris sur Montpelier. Voyant qu'ils n'obtiendraient pas de détails intéressants à propager, les Morris se lancèrent dans le récit de leurs propres mésaventures à Williamsfield.

— C'est humiliant de fuir comme des voleurs devant ses propres esclaves, observa Mrs Morris. Comment imposer le respect, après ça ?

— J'y arriverai bien assez rapidement avec mon fouet, grogna Mr Morris.

Charlotte grignotait un beignet à la noix de coco. Elle avait observé Nicholas tout le long du repas. Il était élégant dans la tenue de soirée que lui avait procurée Miss Mendez pour l'occasion. Mais il se montrait nerveux et impatient. Les Morris parlaient trop. Miss Mendez essayait de rendre l'ambiance festive. Elle versait du vin à Nicholas et lui touchait la main. Les doigts de Charlotte se crispaient sur le taffetas de soie crème de sa robe. N'ayant pas accès à ses malles qu'avait emportées Othello, la belle Cubaine lui avait prêté une toilette pour la soirée. Elle était magnifique. Mais c'était à peine si Nicholas l'avait remarquée.

13. Soupe cubaine aux haricots noirs.

14. Fritures de maïs.

Mr Morris s'était adressé à elle. Charlotte lui demanda poliment de répéter sa question. Avait-elle de la famille dans l'île ? Non, elle n'en avait pas. Ah ! Il avait cru comprendre que son père possédait des plantations. Oui, mais elles étaient administrées par un procureur, Mr Holland. Soudain, elle trouva autre chose pour la préoccuper. Est-ce qu'on savait si Kirkpatrick Hall, Tryall et Irwin avaient été attaquées ? Les propriétés étaient toutes situées au nord de la Montego River. Les rebelles ne s'étaient pas aventurés très loin de ce côté. Mais Kirkpatrick n'était qu'à environ cinq *miles* de Williamsfield. Les Morris soupçonnaient que la propriété eût pu subir quelques dommages. Pour les autres, ils pourraient s'informer dès le lendemain.

La soirée se prolongea au salon, où d'autres invités s'étaient joints à eux. Ils étaient une douzaine. Des voisins et des amis de Miss Mendez. Les domestiques noirs se faufilaient parmi eux comme des ombres, bouteilles de vin et d'eau-de-vie à la main, veillant à ce que les verres ne fussent jamais vides. Les lampes et les chandelles diffusaient une lumière dorée qui réchauffait l'ambiance et faisait étinceler le cristal, les bijoux, les sourires et les regards. Une jeune femme avait attiré deux gentilshommes autour d'un élégant piano carré orné d'un superbe ouvrage de marqueteries. Elle jouait des airs qui rappelaient aux invités les fêtes dans le vieux pays et qui rendaient nostalgiques ceux qui s'en languissaient.

La mine sombre, Nicholas écoutait d'une oreille distraite Joseph Apfell et Martin Waite imputer aux missionnaires baptistes les désagréments dont ils étaient victimes. Il les entendit vaguement mentionner que des mesures de représailles se préparaient contre les sectes.

— Est-ce qu'il n'y a pas un pasteur baptiste à Belvidere, Mr Lauder ?

— Non… c'est un révérend anglican, répondit-il évasivement avant de projeter son regard à l'autre bout du salon.

Charlotte conversait avec deux dames qui partageaient son canapé. Il la dévorait des yeux. La robe choisie par Christina soulignait parfaitement sa silhouette. Les volumineuses manches à béret et le large décolleté marquaient la finesse de la taille et du cou, que dégageait la coiffure. La couleur mettait en valeur le teint, rosi par le vin, qui faisait aussi pétiller les grands yeux gris. Mais il lui sembla que le sourire figé sur son visage se fatiguait.

— Les plaintes ont été envoyées au gouverneur, poursuivait Waite. Des directives ne devraient pas tarder concernant l'arrestation de ces sectaires.

— J'avais chargé un de mes employés d'assister aux services religieux du pasteur Cox. Il n'a rien pu relever de séditieux dans ses sermons, mais je vais continuer à le tenir à l'œil.

— N'est-ce pas celui-là dont l'épouse dirige une école pour les nègres libres ?

— Tout à fait.

— J'ai soumis au conseil de ville une demande de supprimer son droit d'enseigner dans Montego Bay... Au fait, où sont-ils passés ? Personne ne les a vus depuis le début des troubles.

— Les Cox sont à Falmount. William Knibb y a convoqué d'urgence tous ses missionnaires...

Nicholas fronça les sourcils. Apfell remarqua son intérêt subit.

— Vous connaissez les Cox, monsieur ?

— De renom, seulement, répondit-il.

Prétextant devoir se préparer à rejoindre son régiment, Nicholas s'excusa auprès d'eux.

Charlotte vit Nicholas se déplacer vers Christina, lui glisser quelques mots à l'oreille et s'éclipser vers l'escalier. Après quoi, la belle Cubaine se tourna dans la direction de Charlotte, qui fit mine de ne pas la voir en acquiesçant aux propos de Mrs Scarlet. Lorsqu'elle releva les yeux, Christina avait disparu.

Quinze minutes plus tard, ni la belle Cubaine ni Nicholas n'étaient reparus. Leur absence commençait à se faire remarquer. Il y eut quelques chuchotements derrière les éventails, des sourires entendus sur le bord des verres. Ce qui inquiéta Charlotte. Lorsqu'une dame parla de manquement aux convenances, elle se décida.

— Je vais voir ce qui retient Miss Mendez, dit-elle en se levant. Elle m'avait mentionné un léger mal de tête, pendant le dîner...

— Vraiment ? Elle m'avait pourtant semblé tout à fait bien, observa Mrs Morris.

— Ce serait dommage, se plaignit une femme près d'elles. Elle nous avait promis une représentation. Elle a la voix d'un ange. Vous l'avez déjà entendue chanter, Miss Seton ?

— Euh… non.

— Cela doit être le vin, commenta Mrs Scarlet. Ce vin commence effectivement à m'élancer les tempes. Pourtant, j'ai toujours bien supporté les vins d'Espagne.

Pendant que la femme commençait à mesquinement mettre en doute la qualité des vins de Miss Mendez, Charlotte grimpait jusqu'à l'étage. Une lumière jaune filtrait sous la porte de la chambre de la maîtresse de maison. Mais qu'y faisaient Nicholas et la belle Cubaine alors que la maison était pleine d'invités ?

Leurs murmures se détachaient distinctement de la rumeur de la fête. Mais Charlotte ne pouvait en comprendre les mots. Plantée devant la porte, son cœur se gonflait de déception. Il battait si fort. Il allait éclater de chagrin. Se résigner et annoncer que Miss Mendez avait eu un petit malaise… Le déclic du verrou. Elle n'eut le temps que de se plaquer contre le mur que la porte s'ouvrait. La mise impeccable, Miss Mendez lui passa sous le nez sans la voir. Elle allait rejoindre ses invités.

Le dos soudé au mur, Charlotte écoutait ce qui se passait dans la chambre. Rien. Les secondes s'écoulaient. Elle se pencha légèrement pour entrevoir. À la faible lueur d'un photophore, sur le dossier d'une chaise traînaient l'élégant frac noir de Nicholas et sa cravate. Sur le siège, la chemise et le pantalon. Le gilet de soie beige avait glissé au plancher. Elle se courba un peu plus bas. Près du lit, Nicholas lui tournait le dos. Il finissait de boutonner la braguette de son pantalon d'uniforme qu'avait fait nettoyer Christina. Il se rhabillait… dans la chambre que la belle Cubaine venait de quitter.

Un silence s'était fait dans la maison. Il y eut quelques raclements de gorge. Des notes s'échappèrent du piano. Puis une voix, douce, chaude, vibrante, sans faille. Les mains de Nicholas s'immobilisèrent. Il ferma les yeux et sourit. Il écoutait avec un plaisir évident cette voix d'ange qui s'élevait jusqu'à eux. Le chagrin fissura le cœur de Charlotte. Elle s'écarta de la porte et vola vers sa chambre.

Un bruissement de taffetas de soie. Nicholas tourna vivement la tête vers le tourbillon de crème qui disparaissait. Charlotte ! Il s'élança sur ses traces, se buta le nez contre la porte qu'elle venait de claquer.

— Miss Seton ! appela-t-il à travers la cloison.

— S'il vous plaît, Mr Lauder, laissez-moi. Retournez auprès de Miss Mendez…

Il n'hésita qu'une seconde, tourna la poignée. Elle n'avait pas verrouillé.

Il faisait noir. Nicholas localisa le bougeoir et alluma la chandelle. Charlotte avait gagné le coin le plus reculé de la chambre et avait replié les bras sur sa poitrine. Son visage exprimait la déception plus que la colère. Il alla vers elle. Elle eut un mouvement de recul.

— Miss Seton, vous avez mal interprété.

— Vous n'avez rien à m'expliquer… Ce qu'il y a entre Miss Mendez et vous ne me regarde pas.

Il n'avait pas à justifier ses actes envers Charlotte, c'était vrai. Mais, après ce qui s'était passé ce matin, il pensa qu'il lui devait tout de même quelques éclaircissements.

— Il n'y a rien de plus que de l'amitié entre Miss Mendez et moi. Elle a eu la générosité de me laisser disposer de sa chambre pour me changer. Je lui donnais des instructions vous concernant avant de partir pour Catherine Hall.

Charlotte ne dit rien pendant un moment, puis elle parla d'une petite voix :

— Vous repartez cette nuit ? Déjà ?

— Je le dois. Je suis toujours sur la liste d'appel du régiment.

— Vous seriez venu… me dire au revoir ?

Il avala sa salive. Comment lui dire, maintenant qu'elle se tenait devant lui, qu'il avait eu l'intention de partir lâchement, ses adieux pitoyables dans un mot que Christina lui aurait remis au matin ?

Durant quelques secondes, Charlotte attendit. La voix au timbre chaud et enveloppant de Christina interprétait un air joyeux. Immobile comme une statue de marbre, Nicholas ne répondait pas.

— Vous ne seriez pas venu… conclut-elle.

Charlotte était désemparée. Elle alla refermer la porte et s'y adossa pour lui faire face. Menton relevé, elle redressa le buste pour se donner meilleure contenance et le fixa avec détermination. Il fallait le retenir encore un peu. Une fois parti, elle ne le reverrait jamais plus. Ils ne pouvaient se quitter de cette façon.

— Embrassez-moi.

— Miss Seton...

— S'il vous plaît.

Dans le halo de la chandelle, les yeux de Nicholas étincelaient comme de l'ambre au soleil. Sa pomme d'Adam se soulevait et s'abaissait alors que sa respiration s'alourdissait.

— Miss Seton, ne me demandez pas cela.

— Pourquoi pas, si j'en ai envie ? lui demanda-t-elle pour le défier.

Il s'empourpra.

— Vous ne savez pas ce que vous faites. Ce genre de comportement ne vous sied pas, finit-il par dire.

Le ton avait été sec. Bien qu'une lueur de convoitise brillât toujours dans ses yeux, il la fixait avec un air de reproche. Elle ne réagit pas tout de suite, le dévisageant comme si elle n'avait rien saisi de l'insulte. Graduellement son expression se fit moins convaincue, perplexe, puis vexée avant que ne l'envahisse complètement la frustration.

— C'est ce que vous avez aussi pensé ce matin ? Vous n'avez semble-t-il pas éprouvé de scrupules d'en profiter quelque peu, Mr Lauder.

Il détourna la tête et serra les mâchoires.

— Parce que d'après vous, une femme qui a des désirs est forcément une...

La tempête se levant dans le regard, elle avait haussé le ton.

— Oh ! Vous êtes injuste ! Vous... tous les hommes, lui lança-t-elle. Vous vous plaisez tant à nous regarder du haut de votre grandeur masculine. Et ça, sur tous les plans ! Comme si nous étions inaptes à décider quoi que ce soit par nous-mêmes ! Comme si nous étions incapables d'assumer nos choix ! Vous vous trompez, Mr Lauder. Ce matin, je savais très bien ce qui aurait pu se produire. Je savais certainement ce que je voulais. Comme je sais ce dont j'ai envie en cet instant même. Vous croyez-vous constitué si différemment de moi ? La peau est la peau, Mr Lauder. Un muscle est un muscle et un nerf est un nerf – elle le pinça au bras avant de se pincer à son tour. C'est douloureux ? Je ressens la douleur aussi bien que vous. Comme je ressens aussi d'autres choses... lorsque vous me touchez. Lorsque vous m'embrassez. Ces sensations qui s'étaient faites si évidentes chez vous ce matin, je les vivais aussi, Mr Lauder. Mon sang est aussi chaud que le vôtre. Vous saisissez ?

— C'est là tout le problème, la coupa-t-il d'une voix où commençait à percer le trouble. C'est qu'il ne peut rien y avoir entre vous et moi. Dans quelques semaines, des milliers de *miles* vont nous séparer, Miss Seton.

— Et si je restais ? lança-t-elle sans trop réfléchir.

Ce fut au tour de Nicholas de demeurer sans voix.

À la vérité, se délassant dans son bain, Charlotte avait longuement réfléchi à cette alternative. Mais c'est qu'elle ne s'était encore arrêtée sur aucune décision.

— J'ai demandé à Miss Mendez de vous trouver une accompagnatrice pour rentrer chez vous. J'endosserai tous les frais que votre voyage encourra. Miss Mendez connaît bien les gens et saura à qui vous confier. Je suppose que plusieurs épouses de planteurs vont chercher à gagner l'Angleterre. Peut-être que l'une d'elles aura besoin d'une gouvernante pour le voyage et…

— Quoi ? s'écria Charlotte dans un mouvement de panique.

La panique céda rapidement à la colère.

— D'abord, ce n'est pas à vous de voir quand et comment je rentrerai en Angleterre, Mr Lauder !

— Qui d'autre le fera, sinon ?

Sur le point de répliquer que c'était l'affaire des Elliot, la désespérance de sa situation lui sauta aux yeux comme un retour de flamme. Il n'y avait plus que Nicholas en qui elle pouvait avoir totalement confiance. Sinon les Cox. Mais elle savait que la sagesse dicterait à Catherine de la confier au premier navire en partance pour l'Angleterre sous la protection d'un bon vieux capitaine aux allures de grand-père et d'un chaperon qui ne la quitterait pas d'une semelle.

Charlotte refusait de s'avouer vaincue. Revenait la colère dans ses bras qui ne savaient sur quoi frapper pour l'en libérer. Elle se martela la poitrine, là où cela faisait mal.

— Cessez cela, Miss Seton !

Il retenait les poings de frapper. Ce qui décupla la fureur de Charlotte. Elle les tordit, arriva à en libérer un. D'instinct, elle enfonça ses ongles dans la main qui retenait l'autre prisonnier. Nicholas grogna de douleur, la repoussa contre la porte pour l'immobiliser.

— De grâce, souffla-t-il après qu'elle eut cessé de se débattre, prenez sur vous, Miss Seton !

Complètement désarmée, elle abdiqua et fondit en larmes. Il la relâcha doucement et elle glissa jusqu'au sol, se repliant sur sa honte et son malheur. Misérable qu'elle était ! Quel spectacle pitoyable elle donnait ! S'abaisser de la sorte devant un homme. Quémander son amour d'une manière aussi déshonorante. Nicholas avait raison. Elle s'offrait comme une vulgaire prostituée. Une caresse contre le sentiment d'être aimée. Et s'il n'acceptait même pas cette aubaine, c'est qu'il ne pouvait que la mépriser. Méprisable qu'elle était ! De l'aimer autant. Elle détestait l'amour. L'amour rendait vil et bête. Elle pressa ses poings encore serrés contre son ventre et gémit pour ne pas hurler sa honte.

Il s'accroupit près d'elle et attendit en silence. Après quelques minutes, les sanglots s'espacèrent. Elle renifla, amorça le geste d'essuyer son visage dans la belle soie de sa jupe, y renonça. La robe… trop belle pour elle. Elle ne voulait pas la gâcher.

— Vous pouvez partir, dit-elle d'une voix presque inaudible. Dites à Miss Mendez que je ne redescendrai pas. Inventez le malaise qui vous plaira.

Mais Nicholas, l'air indéchiffrable, ne bougea pas. Le chant mélodieux de Christina les installa dans une atmosphère de calme.

— Mais partez donc ! Qu'attendez-vous ? gronda Charlotte, confuse et irritée d'être examinée de la sorte.

Telle une enfant, elle se recroquevilla sur sa blessure.

— Charlotte, dit-il doucement, vous devez comprendre que… mes sentiments pour vous…

Ses sentiments pour elle, il ne savait comment les exprimer. Alors que Charlotte criait les siens à tue-tête, lui les noyait dans le désenchantement d'un amour déçu. Christina voyait clair en lui. Il avait peur de l'amour. Il avait peur de Charlotte. Il ne savait comment dire « Je vous aime » sans le dire.

— Charlotte, regardez-moi.

Elle refusait. Déroutante Charlotte. Elle avait l'air d'une petite sauvageonne. Une enfant gâtée épuisée par sa crise. Une femme en pleine révolte devant les injustices faites à son sexe. Une femme amoureuse du plus imbécile des hommes. Et cet imbécile était amoureux fou d'elle.

Nicholas se pencha vers elle, caressa lentement le contour du visage qui se déroba. L'envie de la toucher l'aiguillonnait de plus en plus et il reprit sa caresse sur la peau moite du cou. Le feu latent du désir rejaillit, anima les sens. N'écoutant soudain plus que les commandements de son corps, il fit passer sa main sous la nuque et attira brusquement Charlotte vers lui pour l'embrasser. Elle se fit si légère que le geste le déstabilisa et il bascula, l'entraînant avec lui. Ils roulèrent sur le plancher dans un froufrou de soie et s'immobilisèrent contre le pied du lit, Charlotte sur le dos, lui l'écrasant de son poids. Un moment de silence les maintint dans cette position.

La robe et les jupons s'étalaient autour d'eux comme un vaporeux nuage de crème. L'odeur herbeuse de la chemise. Celle plus musquée de la peau. Charlotte enlaça la taille de l'homme, explora ses contours. Les muscles saillaient, durcissaient sur son passage. Elle tira sur la chemise pour la dégager du pantalon et fit glisser lentement ses doigts en dessous. Dans la moiteur de la pièce, les vêtements adhéraient à la peau. Nicholas abaissa une manche pour découvrir l'angle d'une épaule blanche comme le lait. Il y posa sa bouche. Charlotte cambra la nuque sous la délicieuse caresse qui trouva son chemin jusque dans le creux de son cou.

Un tonnerre d'applaudissements les fit tressaillir. Bravo ! Bravo ! On réclamait une autre chanson. Le piano entama un air différent et les invités se turent. Le tempo se fit plus langoureux, la voix plus grave, mélancolique.

Charlotte glissa ses doigts dans la chevelure de Nicholas. Elle souleva la tête de l'homme pour le regarder sévèrement. Ils ne pouvaient plus reculer. Depuis ce matin, elle ne pouvait penser se donner à un autre homme que lui. Elle était folle. L'amour déraisonnait.

— Nicholas, vous m'embrassez pour ensuite me rejeter chaque fois. Ne jouez plus avec mon cœur de cette façon.

Les sens à fleur de peau, désorienté, Nicholas restait indécis. S'ils ne s'arrêtaient pas là, ils franchiraient le point du non-retour. Charlotte n'était pas de ces femmes dont on disposait après une étreinte fugace. En la prenant, il s'engageait à la garder avec lui. Il s'engageait à l'aimer jusqu'au bout de leur temps et au-delà. C'était terrifiant.

— Vous seriez vraiment disposée à rester en Jamaïque avec moi ?

— Oui.

— Votre père…

— Il a un mal de mer terrible, annonça-t-elle avec un sourire.

— Votre famille.

— Je leur écrirai… enfin, je trouverai bien quelque chose.

Nicholas percevait les vibrations de l'incertitude dans la voix de Charlotte. La peur, l'attente dans ses yeux. Il sentait le désir dans les tremblements de peau sous ses doigts. Il voulait la croire, mais en son for intérieur, il savait qu'elle se lasserait d'une vie d'exil. L'amour ne suppléait pas à tout et, malgré que Charlotte fît preuve d'une maturité hors du commun pour son âge, elle était encore trop jeune pour vivre autant de sacrifices.

Elle souleva doucement son bassin. La pression, exquise sur son sexe, finit d'user sa résistance. Avant que sa raison ne l'arrête encore, il prit la bouche qui attendait. Douces, les lèvres. Doux, le lin, la soie, le coton. Mais les sens exigeaient plus, mieux. Plus soyeuse encore était la peau nue. Les agrafes, les boutons, les nœuds, rien ne résistait. Vite… La chemise, un ventre, un bras, le corset, le jupon, une cuisse, une hanche, le pantalon, la chemisette, un sein, un dos, un bas.

Accrochés l'un à l'autre, parmi les vêtements épars, ils roulaient sur le plancher dans un tendre corps à corps. Les coudes, les épaules, les genoux, les fesses s'éraflaient sur les planches, se heurtaient aux meubles. Chuchotements d'étoffe froissée, doux gémissements, grincements de bois et soupirs étouffés. Dans le mouvement, la peau miroitante de sueur emportait un bras de chemise, un bas, un pan de robe. Sur les lèvres piquait le sel et se fondaient des saveurs nouvelles. La pudeur de l'un encourageait l'audace de l'autre. À combat égal, ils donnaient et prenaient. Les corps étaient terres de conquête et chaque parcelle cédée apportait la griserie d'une victoire proche.

Ils oublièrent la fête et qu'à tout moment on pouvait les surprendre. Ils n'entendaient plus le chant mélodieux de Christina. Ils chantaient un air bien à eux, s'accordaient sur le même refrain. Je suis à toi comme tu es en moi. Avec toi je suis nous. Ils respiraient le désir et le retenaient dans leur souffle, le goûtaient, discernaient ses essences, apprivoisaient sa violence, s'en ébranlaient, s'en éblouissaient. Pur ravissement. L'urgence de la capture et de l'abandon.

Corps soudés, à la fois souples et tendus, ils se faisaient légers, puis lourds, et encore légers. Peur confiante. Fusion des sens au bord de la souffrance. Dire je t'aime sans le dire devenait si simple. Le gémissement d'un cœur trop longtemps oublié au fond d'une poitrine creuse. Qui remonte à la gorge, qui émerge des ténèbres. Don du cœur, don du corps. En un moment pareil, la chair devenait indissociable de l'âme. Comme la douleur s'associait au plaisir. Le mariage ultime. Comment ne pas y croire ? Sublime était l'amour.

L'aube les découvrit enlacés, les embrassa de sa tendre lumière. Sa douce caresse interrompit les songes de Charlotte qui, encore engourdie par le sommeil, remua lentement. Son corps douloureux lui rappela brusquement la nuit précédente. Un sourire courbant doucement sa bouche, elle allongea précautionneusement un bras. Ses doigts effleurèrent le soyeux d'une chevelure et se piquèrent aux poils qui recouvraient la joue. Avec précaution, elle posa sa paume sur cette joue et contempla le visage de son amant que zébraient les persiennes qu'ils avaient oublié de fermer correctement. La peau tannée par des années au vent et au soleil contrastait avec le reste du corps, d'un blanc crémeux. Les traits énergiques épousaient une solide ossature. À le regarder ainsi, elle pourrait le prendre pour un modeste laboureur du Perthshire ou un simple tailleur de tourbe du Caithness. Aux coins des yeux et aux commissures des lèvres se creusaient des rides. Charlotte les trouvait charmantes, belles, même. Elles lui rappelaient celles de son père… Lentement, elle écarta sa main du visage de Nicholas.

Une brise fraîche pénétrait par la fenêtre ouverte, soulevant le rideau, entraînant à l'intérieur un entêtant parfum de fleurs et le bourdonnement de quelques insectes. Dans la chevelure châtain qui se mêlait à la sienne sur les oreillers, la fine mèche de cheveux blancs de Nicholas attira son attention. Tout en écoutant le caquètement des poules dans la cour, Charlotte la caressa rêveusement. Rayon de sagesse. Pendant qu'elle l'enroulait autour de son doigt comme un anneau d'argent, un oiseau sous la fenêtre célébrait ses noces païennes.

Elle était Mrs Nicholas Lauder.

Le nom résonnait aussi singulièrement dans son esprit que le coup de la treizième heure.

Qu'allait devenir Charlotte Seton ?

Le temps d'une nuit, la vie avait pris un tournant si inattendu, décisif. Elle en mesurait brusquement toutes les conséquences. Pendant un instant elle s'en effraya. Elle ne reverrait plus les siens avant longtemps. Serrement de cœur. Le trouble creusa un petit pli entre ses sourcils. Elle fit courir un ongle sur l'épaule de l'homme, traçant un filet rose sur la peau en un arc élégant pour former la lettre C. Nicholas remua, souleva ses paupières. Elle accueillit son premier regard avec un sourire incertain. Il la regarda longuement, sérieux, l'air de se demander qui elle était. Puis il lui sourit à son tour, l'embrassa sur le front et souleva un bras. Elle se lova contre lui. La solidité et la chaleur du corps de son amant suffirent pour faire taire ses craintes naissantes. Ils étaient deux et ne feraient dorénavant plus qu'un. L'équation amoureuse par excellence. Si simple.

Dans la maison, le silence était maître. La fête était finie et les invités étaient partis. Bientôt, toute la société de Montego Bay allait spéculer sur ce qui avait retenu Mr Lauder et Miss Seton à l'étage chez Miss Mendez. Mais Charlotte s'en moquait. Elle était désormais à Nicholas Lauder. Il l'emmènerait avec lui à Kingston, où il referait d'elle une femme respectable. C'était le choix qu'elle avait fait en se donnant à lui. Sa mère lui avait dit : il n'existe pas de mauvais choix, seulement des chemins plus ou moins difficiles qui mènent vers le même but. C'était le labyrinthe inextricable du destin : une seule porte d'entrée et une seule porte de sortie. Entre les deux… Nicholas. Elle écrirait une lettre qui partirait pour Weeping Willow par le premier navire. Sans elle. Leur parvenaient les bruits de la ville en éveil. Les cris des oiseaux marins accompagnant les navires qui partaient pour un autre jour de pêche en mer. Les grincements des voitures et les martèlements des sabots. La voix chantante des esclaves qui vaquaient à leurs occupations. Dans la cour, les poules menaient leur vacarme matinal pendant que les domestiques ramassaient les œufs pour le petit déjeuner.

Nicholas resserra son étreinte sur Charlotte. Il respira cet indéfinissable parfum qu'elle dégageait.

— Je dois partir.

— J'attendrai votre retour, murmura-t-elle d'une voix presque inaudible.

Elle l'attendrait. Pouvait-il se permettre d'y croire? Qu'attendait-elle véritablement, à la fin?

— Qu'est-ce qui vous plaît tant chez moi? demanda-t-il.

Charlotte se retourna pour croiser son regard inquiet. Il était sérieux.

— Pourquoi cette question?

— Répondez-moi, je vous prie, Charlotte.

— Je ne sais pas, dit-elle après un temps de réflexion. Est-ce qu'on sait pourquoi on aime une couleur et pas une autre? Vous savez pourquoi vous aimez le saumon et pas le haggis?

— Vous avez déjà vu préparer le haggis?

— Oui, admit-elle en riant.

Elle demeura un moment à le dévisager.

— J'aime vos yeux. Ils dégagent… ce mystère. Ils me font penser à ceux de Dudley.

— Dudley? fit suspicieusement Nicholas.

— Dudley est un chat.

— Hum…

— J'aime deviner ce à quoi vous pensez. J'aime apprendre à vous connaître. J'aime ce que je découvre.

— Je devrais me méfier de ce regard disséquant. Qu'avez-vous découvert de si aimable en moi?

— Votre sensibilité.

Il haussa un sourcil.

— Je sais que sous votre apparente indifférence, vous cachez une âme sensible. On la sent dans vos propos, dans vos rapports avec votre fils et dans votre façon d'écrire…

— Ma façon d'écrire?

La mine de Charlotte se plissa.

— J'ai… c'est arrivé par accident. J'ai lu quelques-uns de vos poèmes, avoua-t-elle, contrite et rougissante.

Charlotte, trop curieuse, avait trouvé le livre rouge. Qu'avait-elle découvert d'autre?

— Vous avez aussi lu mes journaux et ma correspondance ?

Elle perçut son irritation et baissa le front pour fuir le regard qui la jugeait.

— Entendez-moi bien, Charlotte, murmura-t-il sévèrement. Ce que j'ai envie de partager avec vous, je le fais librement. Comme l'inverse s'applique. Mais ne cherchez pas à creuser ce que... ce que j'ai enterré. Mon passé m'appartient.

— Je n'ai pas touché à votre correspondance, je vous le jure.

Il la jaugea, troublé, sceptique. Envahie par le malaise, elle voulut s'écarter. Un bras autour de sa taille, il la ramena auprès de lui. Puis il la fit rouler sous lui et planta fermement son regard dans celui qui commençait à se mouiller.

— D'accord, je conviens que vous méritez quelques éclaircissements. J'ai été condamné à sept années de bagne plus sept autres d'exil pour...

— Quoi que vous ayez fait, l'arrêta-t-elle en pressant son index sur ses lèvres, Nicholas... je demeure convaincue que vous vous en repentez aujourd'hui.

— Et si ce dont je me repens n'a rien à voir avec ce dont on m'a accusé ?

L'amertume alourdissait le ton. Les traits s'étaient durcis. Un voile de mystère assombrit le regard.

— Cela concerne une femme ?

— En partie, admit-il.

Cette Camie ? aurait-elle voulu lui demander. La femme de la miniature ? Elle lui demanda plutôt si cette femme était son épouse. Il répondit par la négative. Il n'était pas marié.

— Vous l'aimez encore ?

— Je pourrais vous répondre oui ou non. Qu'en croiriez-vous ? La vérité est qu'elle ne fait plus partie de ma vie.

— Et moi ?

— Vous... Vous êtes là. Bien que je ne croie pas vous mériter. C'est pourquoi j'ai tout fait pour que ce qui nous arrive, n'arrive pas...

— Je sais, fit-elle en l'embrassant.

Un baiser auquel il répondit d'abord avec réserve. Puis les caresses libérant le désir dans ses veines, il y mit plus de fougue.

— Charlotte, mes sentiments pour vous sont certainement aussi profonds… que ceux que je vous devine pour moi, commença-t-il maladroitement avant de décider de s'y prendre autrement. Charlotte, depuis des mois… Je vous observe voltiger avec les papillons dans le pré en compagnie de Lucas. Et j'imagine… le monde ne contenir que vous. Vous, fragile petit paon blanc sous un soleil qui vous peint de crème et de vanille…

— C'est… c'est la plus belle chose qu'on m'ait jamais dite.

Il embrassa chacune des larmes qui perlaient à la pointe des cils en pensant : « Et vous, la plus belle chose qui me soit arrivée. » Cependant, il devinait que Charlotte allait compliquer sa vie. Avec elle, il avait l'impression de jouer l'imposteur. De mener une double vie. Il y avait trop de choses qu'elle ne savait pas et qu'il ne pouvait lui dévoiler sans risquer de la perdre. Il ne voulait plus la perdre. Plus maintenant.

— Je dois regagner mon régiment, murmura-t-il à regret avant de se dégager pour s'asseoir. À l'heure qu'il est, Grignon doit avoir été mis au courant de mon arrivée en ville.

Charlotte roula sur le côté. Appuyée sur un coude, elle lui faisait une moue d'enfant attristée.

— Combien de temps serez-vous absent ?

— Je ne le sais pas. Le temps que la rébellion soit résorbée. Que les rebelles aient tous été débusqués. Le temps de retrouver Lucas.

— Le temps que je me languisse de vous.

— Nous nous reverrons, lui affirma-t-il.

Il récupéra sa chemise sous la belle robe de soie toute chiffonnée sur le plancher. Elle aperçut le vêtement d'un air navré.

— Vous croyez qu'elle va me gronder ?

— Miss Mendez est habituellement une personne accommodante et conciliante, déclara-t-il avec un sourire énigmatique.

Charlotte fit glisser son index le long de sa colonne vertébrale, lui procurant de doux frissons, taquinant son désir d'elle.

— Vous la connaissez depuis longtemps ?

— Assez, répondit-il évasivement.

— Elle est l'un de ces sujets sur lesquels je ne dois pas vous interroger ?

Un brin d'irritation dans la voix. Il se retourna pour la regarder.

— Le navire sur lequel je m'étais engagé avait jeté l'ancre dans la baie de Montego. J'étais attablé au White Heron lorsqu'un monsieur a commencé à importuner une dame à quelques tables de moi.

— Miss Mendez, conclut Charlotte.

— De toute évidence, elle ne désirait pas la compagnie de cet homme et lui demandait incessamment de partir. Elle attendait quelqu'un. J'avais écouté leur conversation.

— Laissez-moi deviner la suite… la scène classique. Vous vous présentez comme étant cette personne qu'elle attend et faites fuir l'intrus.

Il lui décrivit la suite des évènements. Après que l'inopportun personnage fut enfin parti, Miss Mendez lui avait offert de s'asseoir à sa table. Il avait poliment décliné l'offre. Ils avaient dîné seuls, chacun de leur côté. Puis Nicholas avait quitté l'établissement le premier. À deux pas de l'auberge, deux marins qui n'en voulaient qu'à son portefeuille l'avaient abordé. Pendant que l'un le maintenait, une lame de coutelas sur la gorge, l'autre s'affairait à vider ses poches. Nicholas s'était débattu pour sauver le peu d'argent qu'il avait gagné. Le coutelas avait entamé la peau. Il s'était effondré sur les genoux et les malotrus avaient pris la fuite avec ses deux semaines de salaire.

— Je pissais le sang comme un cochon égorgé. C'est ainsi que Miss Mendez m'a découvert en quittant l'auberge à son tour. Elle m'a conduit chez elle et a fait prévenir d'urgence le chirurgien. Apparemment, j'ai connu une chance inouïe. La lame s'est arrêtée à un fil d'une mort certaine pour moi.

— Et vous êtes resté chez Miss Mendez.

— Par la force des évènements…

Une lueur de jalousie brillant dans ses yeux, Charlotte l'écoutait louanger la générosité de la belle Cubaine. Le lendemain, Nicholas était retourné au port. Trop tard. Afin de profiter d'un vent favorable qui s'était levé, le capitaine avait levé l'ancre plus tôt, sans lui. Ne possédant plus un penny, il était retourné chez Miss Mendez. Il y était resté trois mois, gagnant son pain comme homme à tout faire. Puis il avait entendu parler d'une place de contremaître à Montpelier. Deux années plus tard, il prenait la gérance d'Old Montpelier.

— M'aimez-vous ? demanda Charlotte lorsqu'il eut terminé son récit.

Un rayon lumineux adoucissait le regard qu'elle sondait. En cet instant même, Nicholas aurait voulu avoir quinze années de moins et retrouver toute cette insouciance de la jeunesse qui faisait faire des promesses d'amour éternel. Parce qu'à cet âge, le cœur, trop pressé de battre tous les rythmes, ne savait ce qu'était réellement l'amour.

— Ne posez jamais cette question à un homme dans un moment comme celui-ci. L'amour n'est pas un sentiment constant. Trop souvent, son aveu ne sert que des desseins égoïstes et sa sincérité n'est pas partagée.

— Ma question se conjugue au présent, Nicholas Lauder.

— Le présent ne dure pas.

— Je vérifierai la constance de votre sentiment à une prochaine occasion.

— Ça restera toujours le présent.

Elle le regardait, déçue, sceptique, la cuisse pudiquement repliée sur son intimité, mais le reste de son corps opalin candidement offert au soleil du petit matin sans chercher à le dissimuler autrement. La chevelure, broussaille flamboyante, tombait sur les épaules, trop courte pour cacher ses jolis seins couronnés de groseilles rouges. Un modèle exquis pour un maître peintre. Le réveil de Psyché. Tableau des splendeurs de l'innocence.

Il soupira de regrets devant ce charmant déploiement de féminité, puis enfila sa chemise.

— Écrivez-moi un poème. J'aimerais que vous écriviez pour moi, Nicholas.

Elle avait roulé sur le dos, avec cet air d'ingénue qui ignore tout des sensations qu'elle provoque dans le corps d'un homme.

— S'il vous plaît ! Un poème. Pour moi.

Elle prit la main de Nicholas et la plaça sur un sein.

— De votre plume, dit-elle en rougissant.

Elle rougissait facilement, souvent. Dieu ! Ce qu'il donnerait pour connaître ses pensées intimes à cet instant même. Sa main quitta le sein palpitant du cœur qui battait dessous pour caresser le soyeux de sa peau, aussi blanche que le plus fin des vélins. Vierge parchemin qu'il pourrait imprégner de l'essence de tout ce qu'elle lui inspirait. Son index, plume légère, dessina la délicate saillie d'une côte. Il se courba dessus pour l'embrasser.

— Charlotte. Vous *êtes* un poème.

Chapitre 8

Édimbourg

Francis replia son exemplaire du *Edinburgh Evening Courant*. Le nombre de victimes augmentait de jour en jour. Le choléra ravageait le Northumberland. En début de janvier, les autorités avaient pourtant prétendu que la maladie avait été circonscrite aux environs de Sunderland et qu'elle régressait. Les vents soufflaient vers le sud[15]. Ils tourneraient un jour ou l'autre dans d'autres directions. Combien de temps avant que la maladie frappe aux portes d'Édimbourg ? Combien de temps encore ?

— Par le Christ ! Quand cela finira-t-il ?

Le ciel s'effritait au-dessus de la tête de Francis et lui tombait dessus, fragment par fragment.

Il déposa le journal à côté des dernières factures à entrer dans le livre. Autre source constante de soucis. Il prit la pile et la passa en revue : £ 8 pour le maréchal-ferrant, £ 6 3s 11d pour le charron, £ 2 4s 5d pour

---

15. Jusque vers le milieu du dix-neuvième siècle, la communauté médicale entretenait l'idée que le choléra se contractait en respirant les miasmes des milieux pollués par son poison et que le vent contribuait à multiplier les foyers d'éclosion. L'attribution des infections aux microbes ne s'est pas faite avant les découvertes de Pasteur, 1822-1895 (pasteurisation en 1865), et de Koch, 1843-1910 (isolation de plusieurs germes).

l'épicier tandis que le grossiste réclamait £ 4 8s 3d. Plusieurs factures provenaient encore de chez l'apothicaire Quincey, une dizaine concernait les réparations de la toiture, enfin presque complétées. Encore trois étaient dues aux fournisseurs de charbon et d'huile de baleine et à la blanchisseuse. Ainsley's Wines and Spirits lui revendiquait les intérêts pour deux mois de retard sur le paiement de la dernière livraison. Les intérêts… il avait l'impression de ne faire profiter que ceux des autres. Il ne manquerait plus que Dieu lui réclame les frais de l'air qu'il respirait. En souhaitant qu'il ne soit pas chargé de cette pestilence qui les menaçait !

Le cuir du fauteuil craqua sous son poids et il se laissa pénétrer de la musique que jouaient Janet et James sur le pianoforte. La fatigue commençait à peser sur sa volonté. Avec l'incendie de l'hôpital, il se retrouvait face à des milliers de livres en pertes et dommages et un estimé de plusieurs autres milliers pour la reconstruction. Au début, il avait pensé tout abandonner. Prendre ce que la compagnie d'assurances lui accorderait, rembourser la plus grosse part de ses dettes et passer à autre chose. Il pourrait se contenter de sa pratique privée et recommencer à donner des conférences à l'université. Mieux, il pourrait retourner au Royal Infirmary. Thomson l'avait assuré qu'on l'y accueillerait. Il demeurait un bon clinicien et un habile chirurgien. L'établissement en avait toujours besoin. Mais espérer réintégrer le conseil d'administration ne lui paraissait plus possible. Non, rien ne serait plus comme avant. L'incendie avait fait plus que de raser son rêve jusqu'aux cendres, il avait détruit sa crédibilité au sein de la population.

L'enquête policière avait échoué dans une impasse. Trois suspects dont l'apparence corroborait la vague description qu'on avait faite de l'incendiaire avaient été interrogés. Deux avaient fourni un alibi irréfutable. Quant au troisième, un voleur à la tire de vingt-quatre ans qu'on avait surpris dans le quartier, personne n'avait pu l'identifier avec certitude. Après deux jours de détention, il avait été libéré. Ainsi était faite la justice. Puis la police avait modifié son tir. Des rumeurs avaient soulevé des doutes. On commençait à interroger Francis, à examiner à la loupe sa situation financière. On remuait son passé. La compagnie d'assurances démontrait certaines réticences. On le soupçonnait maintenant d'être responsable du désastre. C'était insensé. Pour faire taire les mauvaises langues et prouver sa bonne foi aux yeux de la compagnie d'assurances, il n'avait d'autre option que de reconstruire. Mais pour cela, Francis avait désespérément besoin d'argent. Il tournait en rond dans un cercle infernal. Pas d'issue. Devant son insistance, mais à la condition qu'il ne touche pas aux titres cotés de chez Elphinstone, Cooper avait fini par céder et il s'était départi de quelques valeurs mobilières. Avec bien peu il pouvait bien peu.

Et ça n'était qu'une part de ses problèmes. Il y avait deux jours, son procureur Holland lui confirmait par courrier ce qu'ils avaient appris par les journaux. La rébellion tant redoutée avait éclaté dans la nuit du vingt-sept décembre dernier. Moins d'une semaine plus tard, plus de deux cents propriétés dans les paroisses de Hanover, de Westmorland, et principalement dans celle de St. James, avaient été rasées au sol et leurs récoltes saccagées. Des trois que possédait Francis, seule Kirkpatrick Hall avait été détruite. Irwin et Tryall n'avaient par chance subi que quelques dommages. Les journaux les avaient rassurés : les occupants blancs avaient pour la plupart gagné la sécurité de Montego Bay, que les rebelles n'avaient pas osé approcher. Le nom de Montpelier figurait sur la liste des propriétés touchées. Francis ne doutait pas que Sir Robert ait placé Charlotte à l'abri du danger dès les premiers signes d'hostilité.

Personne n'avait parlé de choléra en Jamaïque. Ce qui les inquiétait maintenant, Dana et lui, était qu'ils n'avaient reçu aucune nouvelle pour les rassurer sur Charlotte. Ils avaient convenu d'attendre encore. Les troubles pouvaient avoir causé quelques retards dans le processus des postes. Mais aussi, Charlotte pouvait fort bien être déjà en route pour l'Angleterre avec les Elliot. Francis avait demandé à Logan de surveiller les arrivées des navires provenant des Indes occidentales. Il lui avait aussi demandé de lui faire parvenir toute information qu'il pourrait glaner sur Montpelier. Ils vivaient dans l'attente depuis une semaine.

Un bruit de sabots dans les gravillons de l'entrée l'arracha à ses pensées et il tourna son attention vers la fenêtre. Le courrier. La musique s'arrêta brusquement. Une note discordante résonna longuement dans le hall, se mêlant aux bruits des pas du majordome et de la voix de James qui se précipitaient. Quelques murmures. L'arrivée du courrier était fébrilement attendue par toute la maisonnée. Quelques minutes plus tard, Halkit se présenta avec le plateau sur lequel étaient déposées quelques enveloppes. Le domestique les laissa sur le bureau. Francis reconnut rapidement les expéditeurs.

— Alors ? demanda James, sur le seuil de la bibliothèque.

— Rien en provenance de la Jamaïque. Mais il y en a une de Londres.

Il fit sauter le sceau. Au fil de sa lecture, son cœur se mit à battre plus rapidement. Les nouvelles que lui rapportait Logan étaient atterrantes, inattendues.

— Papa ! s'écria James devant la pâleur du visage de son père.

Dana releva la tête de l'orchidée qu'elle soignait. Les ciseaux qu'elle tenait tombèrent sur le dallage de pierre de la serre dans un tintement assourdi qui sembla résonner comme le son du glas. Elle avait entendu le postier arriver. Et le silence qui s'était ensuivi. Toujours ce même silence qui se prolongeait. Elle chercha sa canne, l'échappa dans son énervement.

— Francis ? appela-t-elle.

— Mama !

James, dans l'entrée de la serre, le front plissé, se mordait les lèvres. Derrière lui surgissait Francis, une lettre à la main.

— C'est Charlotte ? demanda-t-elle.

— Logan a appris du bureau de la Colonial Office… Lors de l'incendie de Old Montpelier…

Francis vit sa femme faiblir. Il accourut pour la soutenir jusqu'au fauteuil le plus près.

— Non, pas Charlotte ! gémit-elle.

— Dana, il n'y avait pas de corps parmi les décombres. Pour l'instant, rien n'indique qu'il soit arrivé un malheur à notre fille. Apparemment, elle se trouvait encore à Montpelier avec Robert quand les rebelles se sont présentés à la grand-case. On croit qu'elle aurait fui par une trappe qui mène à un souterrain sous la maison. Mais ils ne savent pas encore ce qui est advenu de Charlotte. Mais… Robert a été tué. On rapporte aussi que Lady Louisa serait morte quelques semaines plus tôt. Un accident. On ne sait rien de plus.

— Dieu tout-puissant ! C'est un véritable massacre ! Et notre Charlotte… là-bas, seule désormais…

Sur le tabouret du pianoforte, Janet fixait les touches d'ivoire et d'ébène devant elle. Pendant qu'elle écoutait les plaintes de sa mère, défilaient dans son esprit des images atroces de corps dépecés à coups de coutelas. Les yeux fermés, lentement elle effleura les touches du clavier. Les blanches et les noires, côtes à côtes, en harmonie, un filet d'air les séparant.

« Les yeux fermés, elles sont toutes pareilles. Dans la joie, dans la tristesse, ensemble elles jouent. En harmonie. Les yeux fermés... » Elle ouvrit les paupières. Il était arrivé quelque chose à Charlotte. Un sentiment qu'elle ne pouvait nommer lui étreignant le ventre, Janet écrasa rudement une touche noire. Alors que continuait de résonner sourdement la note, elle referma lentement le couvercle du clavier.

⁂

— S'il lui est... arrivé quelque chose... je... me pardonnerai jamais.

— Tu n'y es pour rien. Nous ne pouvions pas prévoir...

Dana émit un grognement d'impatience. Elle grognait souvent. Quand l'envie de tout brusquer lui prenait. Quand elle ne pouvait agir à sa guise, faire les choses à sa façon. Régler les problèmes sur-le-champ. C'était l'un des aspects de sa nouvelle personnalité. Elle ne possédait plus de patience.

— Je dois y aller, annonça Francis d'une voix éteinte.

Dana et Jonat le fixaient. Il s'était dirigé vers la fenêtre derrière laquelle tombaient depuis quelques minutes de gros flocons duveteux. Une tempête s'amorçait. Sans doute la dernière neige qu'ils auraient avant la fin de l'hiver, qui avait été plus clément cette année.

— Tu ne supportes pas... de naviguer, Francis. Seulement... monter à bord d'un navire... à quai... te rend malade. Comment feras-tu ?

— J'irai, lança promptement Jonat en se levant. Et puis, il y a l'hôpital. Les architectes vont bientôt soumettre leurs suggestions. Tu ne peux pas partir...

— Au diable l'hôpital ! vociféra Francis en pivotant vers eux, incrédule. Bon sang ! Il s'agit de ma fille ! MA fille ! Qu'elle soit vivante ou morte, personne ne pourra m'empêcher d'aller là-bas et de la ramener ici chez elle. Pas même la mer. J'ai traversé la Manche pour voir des étrangers crever sur les champs de bataille de la Flandre. Je peux bien traverser l'Atlantique pour retrouver Charlotte en Jamaïque.

Silence lourd de scepticisme. Résonnaient jusque dans le salon les pleurs de Jonathan à l'étage et les voix de Janet et de Mrs Wilkie qui s'évertuaient à le consoler. Dehors, une bourrasque de vent souleva un voile de neige folle et fit vibrer la vitre. Dana frissonna en pensant aux conditions de navigation qu'aurait à affronter Francis en cette période de l'année. Et personne pour s'occuper de lui. Mais elle convenait qu'il fallait que quelqu'un aille là-bas retrouver Charlotte. Et aussi, elle pouvait admettre que Francis était celui tout désigné pour le faire. Seul, sans l'appui constant de Jonat qui l'encourageait à poursuivre la reconstruction de l'hôpital, il laisserait le premier obstacle l'abattre. Il paraissait si fatigué.

La main serrée sur le pommeau de sa canne, elle se leva et s'approcha de lui.

— D'accord, fit-elle doucement. Mais à la condition que… Halkit t'accompagne.

— Je n'ai pas besoin de Halkit ! protesta Francis, avec emportement.

— Allons, nous pourrons très bien… nous passer de lui pendant… trois ou quatre mois. Tout ira bien… pour moi, murmura-t-elle pour le tranquilliser. Jonat sera ici.

— Oh ! Dana…

Le temps que prendrait le retour de Francis leur parut tout à coup une éternité à vivre. Les épaules de Francis s'affaissèrent brusquement. Il y avait Charlotte. Il y avait Dana qui avait besoin de lui et que le choléra menaçait. Et lui était déchiré entre les deux. Il serra les poings de colère et d'impuissance.

⁂

Trois jours plus tard, Francis montait à bord d'une diligence en route pour Glasgow, d'où il s'embarquerait pour Liverpool, puis les Indes occidentales. Quatre jours après son départ parvenait à Weeping Willow du courrier de la Jamaïque. Une lettre de Charlotte que Dana s'empressa de lire. Dieu soit béni, elle allait bien ! Elle racontait être obligée d'attendre qu'une occasion de traverser convenablement accompagnée s'offre à elle. Pour le moment, elle profitait de l'hospitalité des Cox. Ses angoisses désormais apaisées en regard à sa fille, des nouvelles plus consternantes préoccupaient maintenant Dana. La mise en quarantaine des navires ayant transité par Sunderland n'avait pas réussi à circonscrire le choléra à l'est du Northumberland. Le 12 février, la terrible maladie faisait une première victime à Haddington, situé à quelques *miles* d'Édimbourg qu'elle finit par atteindre dans les semaines suivantes. Presque en même temps, la maladie s'attaquait aux quartiers du East End de Londres. Comme partout en Grande-Bretagne, le Board of Health d'Édimbourg émit des recommandations concernant la propreté de la ville. Le Collège des chirurgiens convertit le Surgeons' Square dans Drummond Street en hôpital pour les cholériques. Tous étaient prêts pour la crise, disait-on. Le serait-on assez ?

Mais qu'était donc au juste ce nouveau mal dont on faisait tant de cas ? On le disait particulièrement fulminant et meurtrier. Le choléra avait fait ses premiers ravages en 1817, au Bengale, où il avait décimé l'armée britannique établie à Jessore. On avait suivi sa progression depuis le delta bengalais jusqu'en Russie, en 1823, puis à Hambourg, en 1831. Tous les navires provenant des ports baltiques étaient étroitement surveillés, leurs malades mis en quarantaine. Partout des hôpitaux cholériques étaient organisés. Les autorités se tenaient sur le pied d'alerte. Malgré que la tuberculose tuât à elle seule plus de gens, on craignait encore davantage l'impressionnante virulence du choléra. Il pouvait tuer en quelques heures à peine dans d'horribles souffrances.

Toutefois, les cas déclarés à Édimbourg avaient été délimités dans les vieux lands décrépits de la vieille ville, ce qui avait eu pour effet de donner raison aux branlantes théories médicales concernant sa propagation dans les atmosphères viciées. Jusqu'à ce jour, leur nombre n'avait pas dépassé un total de cinquante. Mais il augmentait invariablement de jour en jour, causant un mouvement de panique parmi la population. Le souvenir de l'affaire Burke et Hare était encore bien présent dans l'esprit des gens et on accusait des chirurgiens de laisser mourir des malades soupçonnés d'avoir le choléra afin d'obtenir des sujets d'étude pour leurs salles de dissection. S'installait un véritable mouvement de folie collective. Les familles ne déclaraient pas systématiquement leurs malades. On suspectait les apothicaires de profiter des rumeurs d'une épidémie de choléra pour s'enrichir. On soupçonnait les marchands des comtés du nord du pays de chercher à nuire au commerce au sud en exagérant les faits. On disait même que le gouvernement avait délibérément empoisonné l'eau des quartiers pauvres afin de réduire le nombre de ses indésirables habitants, qui ne cessait de croître. Les riches invoquaient l'œuvre de Dieu, qui envoyait ce fléau pour nettoyer la société de sa lie. Qu'en était-il vraiment?

Le *London Medical Gazette* avait écrit qu'il s'agissait d'une maladie grave et qu'il était impérieux que des mesures soient prises pour la contraindre. Sans toutefois apporter des solutions concrètes. Pour calmer l'opinion publique, les autorités médicales clamaient que le mal ne se contractait pas par contact physique. Pour rassurer Dana, Jonat confirmait qu'il ne se développait que dans les atmosphères viciées et stagnantes, et n'attaquait que les personnes prédisposées. Il suffisait d'éviter de respirer l'atmosphère de ces quartiers d'Édimbourg où les gens vivaient encore avec leurs cochons et où le fumier s'empilait quotidiennement dans les ruelles au mépris des règlements du Bureau sanitaire qui exigeaient qu'il soit régulièrement nettoyé. Weeping Willow était une maison saine. L'air environnant de la campagne était exempt de miasmes pestilentiels. Dana et ses enfants n'avaient pas à s'inquiéter. Ils étaient à l'abri.

C'est ce que crut Dana, jusqu'à ce soir de début de mai. Peu après le dîner, James se plaignit de maux de tête. Ne le trouvant pas fiévreux, elle lui suggéra simplement de se mettre au lit plus tôt. Ce qu'il fit. Mais lorsqu'il rendit son repas une demi-heure après, Dana commença à craindre le pire. Jonat isola le jeune homme et l'examina scrupuleusement. Pour calmer plus rapidement les spasmes gastriques et vider l'estomac de l'agent infectieux, il lui administra une boisson émétique. Voyant que James continuait de vomir des humeurs bilieuses, Jonat procéda à une saignée. On disait le sang des cholériques noir et épais, qu'il coulait en un faible filet. Celui de James était normal. Après deux heures, les spasmes se calmèrent enfin et il put lui faire avaler quelques gorgées de brandy additionné de laudanum. Souriant, l'air confiant, il lui certifia que son fils ne souffrait que d'un dérangement gastrique, et qu'après une bonne nuit de repos, il serait sur pied. Dana se rasséréna. Oui, Jonat savait.

Mais Jonat ne savait pas. Il lui mentait. Comme tous les autres médecins, il supputait. Le *cholera nostra*[16] existait depuis toujours. Le *cholera morbus* n'en était-il qu'une forme altérée ? Il ne savait que ce qu'il avait entendu et lu sur cette maladie encore mal connue. Diarrhées et vomissements abondants, très liquides et avec des mucosités suspendues ressemblant à des grains de riz. Faciès caractéristique de la maladie, avec yeux enfoncés au fond des orbites et peau collée aux os. Soif inextinguible. Extrémités froides, cyanose. En quelques heures seulement, la maladie pouvait déshydrater le corps jusqu'à le dessécher comme une momie. Jusqu'à la mort. Voilà ce qu'il savait du choléra. Sur son mode de transmission, sur ses causes, sur l'efficacité des traitements prescrits : rien. L'ignorance, l'impuissance.

Lorsqu'au bris du jour James fut saisi de douloureuses crampes abdominales accompagnées de violentes diarrhées, Jonat lui administra du calomel et il le saigna une nouvelle fois de plusieurs onces de sang. Il n'était pas encore stagnant. Il ne pouvait rien faire de plus qu'attendre. Les heures passant, la peur commença à investir Jonat. Il veillait son neveu et surveillait l'apparition des symptômes caractéristiques.

***

Jamaïque

À la fin de janvier, la rébellion avait finalement été matée. L'ordre régnait de nouveau dans l'île et le six février la loi civile fut restaurée. Les miliciens avaient parcouru les paroisses et débusqué les rebelles en cavale. Il en arrivait tous les jours à Montego Bay. Parfois un seul, parfois une demi-douzaine. L'heure était à la vengeance. On procédait aux jugements. On flagellait, exilait et exécutait. Lorsque les principales figures impliquées dans la rébellion eurent à peu près toutes rencontré leur destin, le spectacle commença à perdre de l'intérêt et les violences vengeresses se tournèrent graduellement vers les missions qu'on accusait

16. En Angleterre, on désignait de *cholera nostra* (ou encore de cholera anglais) toutes les formes d'affections gastriques et intestinales qui allaient de la simple intoxication alimentaire à la dysenterie. Ce qui n'avait rien à voir avec le cholera morbus (choléra asiatique, malignant) qui était la cause de la pandémie.

d'avoir instigué les idées séditieuses ayant mené à ce drame. Plusieurs ministres du culte furent l'objet de menaces ou carrément attaqués physiquement. D'autres furent emprisonnés. Certains, de couleur, se virent condamnés à la peine capitale pour leur rôle initiateur. C'est pourquoi, sentant sa vie menacée, le pasteur Matthew Cox suivit l'exemple de plusieurs autres missionnaires et s'embarqua sur un voilier avec son épouse Catherine. La société blanche avait commencé à mettre en pièces les lieux de culte des sectes visées. Seulement dans Montego Bay, six chapelles connurent le même sort que les dizaines de plantations, dont celle du pasteur Burchell.

Elles ne s'étaient retrouvées que depuis une semaine que Charlotte et son amie se disaient déjà adieu, se promettant encore une fois de s'écrire. Après quoi, Miss Mendez offrit son hospitalité à Charlotte, qui regagna la petite chambre dans la maison de Church Street. Bien que la belle Cubaine se montrât avenante et accommodante à son égard, Charlotte se sentait incapable de développer une amitié aussi franche avec elle qu'avec Catherine ou même Susan. Pour Charlotte, confier ses élans du cœur avec la femme qu'elle soupçonnait avoir été l'ancienne maîtresse de l'homme dont elle était amoureuse était une chose impensable. Mais ironiquement, de vivre sous le toit de cette femme lui offrait l'avantage de revoir Nicholas chaque fois que cela leur était possible.

⁂

Le ciel était éblouissant. Dans la touffeur de la chaleur qui rendait indolent, l'odeur des corps devenait écœurante. Le large ne leur apportait pas un soupçon d'air pour dissiper le nuage de poussière qui asséchait la gorge et irritait les yeux. Le square était bondé de curieux venus pour assister aux procès des rebelles qui se poursuivaient. À cette foule avide de vengeance s'étaient ajoutés quelques hommes libres de couleur, propriétaires de petites fermes dans la paroisse. Ces derniers, parce qu'ils s'étaient réfugiés dans l'enceinte de la ville, avaient, comme les Blancs, vu leurs récoltes et bâtiments dévastés. Ils en étaient au cent soixante-douzième justiciable en quarante-deux jours de procédures.

Tous les matins d'audience, Charlotte se faisait un devoir de se présenter avant l'arrivée des prisonniers. Elle craignait de voir un jour

Othello enchaîné aux autres. Parmi la dizaine qu'on menait ce matin vers la Cour de justice, elle reconnut deux hommes de Shettlewood Pen : un meneur d'équipe aux champs et un maçon. Mais aussi Ormond Trail. L'esclave passa près d'elle. Leurs regards se croisèrent brièvement. Celui d'Ormond était resté indéchiffrable, puis il lui sourit. Un sourire plein d'une désinvolture qui frisait l'arrogance. Il leva la tête et se détourna. « Regardez-moi bien, Miss Seton. Mon sacrifice ne sera pas vain », lui disait sa contenance hautaine. C'est le cœur triste que Charlotte le regarda escalader les marches de l'édifice sous les cris injurieux de la foule.

Ormond serait le huitième des onze esclaves de Montpelier à être jugés pour leur participation à la rébellion. Il avait été capturé par les miliciens une semaine plus tôt avec trois autres compères à plusieurs *miles* de Montpelier, quelque part sur le bord de l'Orange River.

Elle aurait voulu lui demander s'il avait vu Lucas. Dès la mi-janvier, les esclaves de Montpelier avaient graduellement regagné leurs cases, épargnées par les troubles. Nicholas était retourné sur les lieux pour les interroger. La plupart étaient restés muets devant le busha buckra. Mais Nicholas avait deviné que leur silence ne cachait rien de plus que l'ignorance. Personne ne savait vraiment où se cachait son fils. Et il commençait maintenant à craindre sérieusement pour Lucas. Eliza ne l'aurait pas sciemment laissé sans nouvelles aussi longtemps. Combien d'esclaves avaient été abattus dans les champs et les forêts pour être abandonnés sur place par les miliciens lors de la campagne punitive ? Lucas pouvait fort bien être du nombre.

Charlotte priait très fort pour que cela ne fût pas le cas.

— Miss Seton ? fit une petite voix derrière elle.

Elle pivota sur les talons et son cœur fit un bond dans sa poitrine. Devant le sourire qu'elle afficha, rassurée, l'enfant s'élança. Charlotte n'eut que le temps de se pencher et d'ouvrir les bras pour y recevoir Mabel.

— Miss Seton, j'ai cru que je ne vous reverrais jamais ! Je pensais que vous ne m'aimiez plus.

— Miss Mabel… ma petite puce. Que pensez-vous là ? fit Charlotte, étreinte d'un intense mélange de joie et de tristesse. Même loin de moi vous conservez une place toute spéciale dans mon cœur.

Elle embrassa la fillette et la porta à bout de bras pour la regarder. Mabel avait grandi et paraissait en pleine santé. Un sourire percé lui donnait un air espiègle. Elle avait perdu une incisive. Déjà ? Combien de temps s'était écoulé depuis leur séparation ? Huit, dix semaines ? Elle se remémora brusquement la mort de Sir Robert. Comment l'avait-on annoncé à l'enfant ? Et qu'en savaient exactement Susan et Madame Eugénie ? Comment se portaient-elles ? Après son arrivée à Montego Bay, Charlotte avait fait parvenir les papiers récupérés à Montpelier chez les Bradford, où logeaient les Elliot. Mais elle n'avait pas cherché à les revoir. Elle n'avait tout simplement pas pu, même pour la fillette.

— Que faites-vous ici toute seule ? demanda-t-elle à Mabel.

— Je ne suis pas seule. Je suis avec ma tante. Elle voulait voir l'esclave qui a fait du mal à Papa.

Charlotte aperçut Susan, debout en retrait sous l'ombre d'un arbre à pain et tenant Sir Wallace en laisse. Élégante comme toujours dans une toilette jaune serin, la jeune femme faisait tournoyer une ombrelle appuyée sur son épaule. Elle restait là à les contempler, sans démontrer le moindre désir de s'approcher. Sans doute que la jeune femme ressentait autant de malaise à la revoir. Charlotte devinait la profondeur du chagrin que la mort de son frère devait avoir laissé chez Susan. Ne serait-ce que pour cela, elle devait lui témoigner ses sincères condoléances. Elle prit la main de Mabel et se dirigea vers elle. L'ombrelle s'arrêta de tourner et la silhouette se raidit de façon perceptible. Impassibilité dans l'expression, une certaine froideur dans le ton, Susan lui adressa le bonjour. Un ange passa. On s'informa réciproquement de banalités. Mabel réclama un verre de sirop de roselle. Elle avait chaud. Lorsque Charlotte se prépara à les quitter, Susan l'invita à se joindre à elles.

— Merci, mais…

— J'ai à vous parler, Miss Charlotte.

En l'espace de quelques secondes, tout dans le visage et dans la voix de Susan avait changé. Une note de chaleur, un tressaillement de la lèvre, la supplique dans le regard gris tacheté de vert.

— Nous sommes venues pour vous dire au revoir.

— Au revoir ?

— Nous quittons la Jamaïque.

Charlotte accepta de les suivre à l'abri du soleil dans ce même petit café où elle s'était rendue avec Lady Louisa le jour de leur arrivée en

Jamaïque. Mabel s'assit sur un banc près de l'entrée et suivit l'étourdissant va-et-vient sur la place en partageant avec son chien un cornet de petits beignets au maïs tout chauds. Susan suggéra à Charlotte une table à l'ombre de l'établissement, loin des oreilles indiscrètes et d'où elles pourraient garder un œil sur la fillette.

— Je suis sincèrement heureuse de constater que vous allez bien, commença Susan.

Il fallut encore laisser passer quelques secondes pour que s'installe un confort relatif.

— Je vous offre mes condoléances les plus profondes, annonça Charlotte.

— Merci, fit Susan, le regard vague perdu dans la foule bigarrée, puis son visage se durcit comme la pierre. Ce Ormond Trail recevra ce qu'il mérite… Je serai là pour le regarder dans les yeux au moment où il sentira le sol s'ouvrir sous ses pieds.

Malaise. Ormond allait aussi être jugé pour le meurtre de Jeffrey Nelson.

— Je suis triste pour sa fiancée. Elle attend un enfant de lui.

— Eliza ? fit Susan, comme si elle sortait d'un rêve. Quel gâchis ! Quel gâchis que tout ceci, Miss Charlotte. Et que Dieu S'en réjouisse !

— Ne dites pas ça, Miss Susan. Ce qui arrive n'est pas Son œuvre. Mais uniquement celle du choix des hommes.

— Le résultat reste le même, Miss Charlotte. Mon frère est mort.

Un petit hoquet de dérision s'échappa de sa gorge et elle plongea son nez dans son verre de sirop tiède et trop sucré.

— Où partez-vous ? demanda Charlotte pour changer de sujet.

— Je rentre en Écosse, murmura Susan. C'est curieux, se reprit-elle après un temps de silence, je parle toujours en terme de rentrer chez moi, alors que je n'ai jamais mis les pieds en Grande-Bretagne. Je suis née et j'ai grandi ici. Vous réalisez, Miss Charlotte, que de tout ce que le monde a à offrir, je n'en ai vu que cette petite île ? Et encore…

— Vous vous rendez à Hawick House ?

— Oui. Je pense que Mabel a besoin de stabilité. Hawick House lui revient légalement. C'est son monde.

— Et Montpelier ? Qu'en ferez-vous ?

Le regard de Susan s'ombragea.

— J'ai pris des dispositions afin que mon frère reçoive une sépulture digne de lui. Nous nous rendrons Mabel et moi à Montpelier pour une brève cérémonie. Ce sera la dernière fois. Il n'est plus question que je remette les pieds à Montpelier. Robbie a légué la plantation à sa fille. Elle en tirera une rente plus que confortable qui sécurisera son avenir. Mon oncle William s'occupera de remettre la propriété en état. Il administrera l'héritage de Mabel en Jamaïque conjointement avec un procureur de mon choix. Je dirigerai Hawick House. La propriété est entourée de bois, de champs et de quelques fermes. Avec l'aide du régisseur du domaine, j'arriverai à m'en sortir.

— Je n'en doute pas. Comment s'en tire Mabel ? s'informa Charlotte.

— Il y a des jours noirs et des jours moins sombres. Que peut-elle comprendre de tout ce qui arrive ? Elle était très attachée à son père. Mais elle finira par s'en remettre. Ce qui n'arrivera pas avec ma mère, je le crains. Pour être honnête, Miss Charlotte, ma mère est au plus mal. Je crois que sa raison a basculé avec la mort de… de Robbie. J'ai décidé de l'emmener avec nous en Écosse. Je ne peux me résigner à la laisser ici. À Hawick House, elle pourra s'éteindre doucement. Je m'attends à une traversée difficile… mais je sais que c'est ce qu'aurait voulu Robbie…

Un trémolo dans la voix, les lèvres prenaient un pli amer. Susan détourna ses yeux qui commençaient à se remplir de larmes.

— Il disait que vous feriez une bonne mère pour Mabel, dit-elle sans regarder Charlotte.

— Il me l'a dit.

Susan hocha la tête et pencha son visage sur ses mains qu'elle tortillait nerveusement sur ses cuisses.

— Il vous aimait, vous savez. Est-ce qu'il vous l'a aussi dit ?

— Pas explicitement. Mais il a su me faire comprendre qu'il éprouvait des sentiments pour moi.

— Je l'ai averti qu'il risquait de vous causer du tort en vous retenant seule avec lui à Montpelier. Cela ne se fait pas. Je me suis inquiétée pour votre… réputation. Est-ce que Robbie a agi correctement ?

— Votre frère a agi comme le gentleman qu'il a toujours été.

— Hum… J'ai honte d'avoir douté de ses intentions. Pendant les derniers jours, il était presque obsédé par vous. J'ai cru qu'il allait vous demander en mariage. C'était trop tôt. Et vous êtes si jeune. Puis, il y a notre mère… elle n'aurait jamais accepté que Robbie vous épouse. Elle avait tant d'emprise sur lui. Une influence néfaste.

En disant cela, Susan avait levé son visage vers Charlotte. Devinait-elle qu'elle connaissait la vérité ?

— Robbie était un être sensible… trop, je me dis parfois. Mabel… pauvre enfant, hoqueta Susan dans sa paume d'une voix serrée par l'émotion.

— Je suis certaine qu'elle retrouvera le bonheur auprès de vous, la tranquillisa Charlotte en lui touchant la main. Elle vous aime.

— Je le souhaite de tout mon cœur. Et moi, à travers elle, je retrouverai un peu de Robbie.

Elles entendirent le rire de Mabel, qui faisait danser Sir Wallace pour une bouchée de beignet. Charlotte observa l'enfant avec attendrissement.

— Je vous suis reconnaissante pour les papiers que vous m'avez fait parvenir, poursuivit Susan en épongeant ses yeux avec son mouchoir. C'est une chance inouïe qu'ils n'aient pas été tous perdus dans l'incendie. D'en avoir récupéré la plus grosse partie nous sauvera bien des tracas. Je sais, j'aurais dû venir quérir de vos nouvelles tout de suite après, mais… je n'ai pas trouvé le courage.

Silence éloquent. Soupir lourd de regrets. Les deux jeunes femmes évitaient de se regarder.

— J'ai appris ce qui est arrivé à votre amie, Mrs Cox. Où habitez-vous depuis leur départ ?

— Miss Christina Mendez m'offre gracieusement son hospitalité.

— Miss Mendez… oui, je sais qui elle est. Je… Miss Charlotte, votre situation me gêne. Je me sens un peu responsable de vous. Enfin… Robbie n'est plus là. Il est temps que je prenne mes responsabilités face à vous. Nous rentrons en Écosse. Cette nouvelle doit certainement vous réjouir. L'atmosphère ici… avec tous ces procès et ces exécutions. C'est désolant… vraiment. Voilà ! Je vous ai réservé une place à bord du navire…

— Votre sollicitude me touche, Miss Susan, répliqua Charlotte, mais je ne rentre plus en Écosse.

Cette fois, les regards gris s'accrochèrent solidement. Celui de Susan s'agrandit, presque horrifié.

— Vous voulez rester ici ? Pourquoi ? Il n'y a plus rien pour vous en Jamaïque.

— Il y a… il y a Lucas et…

L'embarras couvrit les joues de Charlotte d'un rouge violent. Susan ouvrit la bouche de surprise. Puis un fin sourire vint courber ses lèvres.

— Et… Mr Lauder ?

La mine épanouie de Charlotte, son aisance et son regard brillant prirent soudain tout leur sens. Charlotte était amoureuse du gérant Lauder. Charlotte s'enfuyait avec un criminel. L'idée était des plus romantiques. N'y avait-elle pas déjà songé elle-même ? Elle avait déjà éprouvé une certaine attirance envers cet homme. Après avoir découvert son livre rouge et lu ces mots qui avaient trouvé un écho dans son cœur. Elle avait souvent rêvé de lui. De ses yeux d'ambre. De ses larges mains calleuses. Mais Nicholas Lauder ne s'était jamais montré intéressé à elle.

Dans un geste instinctif, Susan cacha dans les plis de sa jupe les vilaines pinces que formaient ses mains. Elle enviait Charlotte.

— Mr Lauder doit sans nul doute éprouver beaucoup d'attachement pour vous. Mr Thompson m'a raconté comment il s'est précipité dans la maison en flammes pour vous retrouver. Il a vainement attendu qu'il en ressorte… Nous n'avons jamais compris ce qui s'est exactement passé. Comment avez-vous fait ?

— Le passage souterrain, dit Charlotte en l'observant.

Le temps qu'un groupe de femmes passe en jacassant bruyamment devant l'établissement, Susan demeura sans réagir. Puis elle prit une gorgée de son sirop de roselle avant de déposer lentement son verre sur la table. Elle garda les yeux rivés dessus.

— Comment Mr Lauder pouvait-il connaître l'existence de ce passage ? Il était bien dissimulé sous le tapis. Personne ne s'en était servi depuis des années…

— En fait, c'est votre frère qui me l'a montré. Quand les esclaves ont commencé l'attaque, il m'a obligée à y descendre.

— Et Mr Lauder vous y a suivie, conclut Susan.

— Oui.

Le souvenir du cadavre de Sir Thomas revenait hanter Charlotte. Quelque chose lui disait…

— Par chance que nous avons trouvé cette hache. Sans elle, sortir de là aurait été un exercice fastidieux.

— Fastidieux, oui, répéta rêveusement Susan.

Sa physionomie se modifia brusquement pour ne devenir qu'un masque de marbre froid.

— C'est moi qui ai laissé là cette hache. Je voulais profiter du vacarme d'une tempête pour dégager les portes du souterrain et quitter Montpelier en catimini au cours de la nuit suivante. J'avais un passage sur un navire pour l'Angleterre. Je voulais partir pour Hawick House, mais... mon père l'a su.

Elle souleva un regard sans équivoque pour croiser celui qui l'étudiait. Flottèrent quelques instants de malaise pendant lesquelles Charlotte se demanda si Sir Robert savait ce qu'elle risquait de découvrir au bout de ce souterrain. Susan s'éclaircit la voix, qui retrouva ses notes chaleureuses.

— Ainsi, Mr Lauder et vous... Je me demandais pourquoi vous n'étiez pas partie avec les Cox. Comment croyez-vous que votre père accueillera cette nouvelle, Miss Charlotte ? Vous n'avez que quinze ans. Mr Lauder est si vieux.

Charlotte chassa la question d'un haussement d'épaules. Elle n'aimait pas qu'on lui rappelle ce à quoi elle aurait à faire face un jour ou l'autre. Le courroux de son père. Son mépris. Elle l'avait même imaginé débarquer avec une paire de pistolets de duel. Alors, elle aurait à choisir.

— Je dois partir, annonça-t-elle d'un coup en accordant son geste à ses paroles.

Susan s'accrocha à elle.

— Pourrons-nous nous revoir ? Nous prenons la mer dans deux semaines à bord du *Southwark*. Cela ferait tant plaisir à Mabel.

— Je ferai ce que je peux...

— Miss Charlotte, fit encore la jeune femme en la retenant fermement auprès d'elle, je ne veux pas que vous conserviez un mauvais souvenir de nous.

Charlotte regarda attentivement Susan. Elle avait soudain pitié d'elle. Comme Robbie, elle était victime de la folie de sa mère. De la violence de son père. Elle pressa la main de la jeune femme et dégagea doucement son bras.

— Je ne garderai pas un mauvais souvenir de vous, Miss Susan. Maintenant, je dois vraiment partir. J'ai promis à Miss Mendez de ne pas m'attarder.

Muselée par l'émotion, Susan acquiesça de la tête. Elle se leva et serra Charlotte dans ses bras. Puis, le cœur gros, Charlotte fit ses adieux à Mabel. Voilà ! C'était fini ! Elle pouvait enfin tourner le dos à Montpelier et aux Elliot.

Miss Mendez lui apprit que Nicholas était rentré à Montego Bay. Elle l'avait manqué de quelques minutes. Il venait d'être démobilisé. Enfin ! Où était-il allé ? Il avait quelqu'un à voir. Il avait mentionné qu'il se préparait maintenant à partir à la recherche de son fils. Nicholas n'avait rien dit de plus. Il était pressé. Tout le reste du soir, Charlotte attendit impatiemment son retour. Puis, convaincue qu'après avoir glané quelques informations pertinentes, il s'était décidé à pister Lucas sans venir la retrouver, elle se mit au lit, le cœur tout chaviré.

Elle avait attendu chacune de ses visites avec la même fébrilité. Quelques courtes heures partagées dans l'intimité de sa chambre, à l'insu de tous. Temps volé sur ses heures de service pour apprendre à se découvrir et à s'aimer un peu plus. Nicholas n'avait jamais autant parlé. Elle l'écoutait sans presque l'interrompre. Elle aimait entendre sa voix dans le noir. Grave et vibrante des émotions qui l'imprégnaient. Une débâcle de mots nuancés de regrets et de colère. Le réveil brutal d'une conscience anesthésiée par une vie abrutissante. Elle l'écoutait et s'en pénétrait.

Il lui fit le récit des opérations de ratissage pour purger la paroisse des derniers rebelles. D'une embuscade qu'ils leur avaient tendue et qui avait fait un blessé de leur côté. D'une chasse aux nègres dans un champ de cannes. Des chiens qui traquaient les fugitifs et qui, excités par les exhortations de leurs maîtres, leur arrachaient la chair des jambes. Avec aigreur, il parla encore. D'un négrillon trouvé mort, le visage méconnaissable mangé par les rats, les insectes pénétrant et sortant de sa bouche et de ses oreilles. L'enfant avait à peu près le même âge que Lucas. Nicholas en parla avec émoi. Et de sa colère face à la froide indifférence des miliciens qui avaient enterré le petit cadavre. De sa propre indifférence devant l'amputation de la jambe d'un milicien, qui avait trop longtemps négligé une blessure. De sa tristesse face à ce qu'il découvrait quotidiennement sur la nature des hommes.

Des miliciens de couleur s'étaient joints aux brigades de reconnaissance. En leur présence, les Blancs ne s'empêchaient pas d'échanger des propos méprisants. Un jeune contremaître avait jeûné pendant vingt-quatre heures pour ne pas accepter la viande que leur avait fournie un éleveur noir de Running Gut. Un ostracisme omniprésent entretenait les injustices séculaires. Les choses ne changeraient-elles jamais ?

Il raconta, un brin ironique, la fureur des planteurs qui se plaignaient de ce qui leur en coûterait pour rebâtir ce que leurs nègres avaient détruit. Et la réaction du reste du monde, dont on commençait à prendre connaissance par le biais des journaux arrivant de Londres, de Paris, de Boston et de New York. Plus que jamais, l'émancipation des esclaves devenait *la* solution pour pacifier les colonies. Nicholas se ralliait à cette conclusion. Les sociétés amies des esclaves servaient la rébellion en exemple et faisaient de l'évènement un étendard sous lequel se rassemblaient de plus en plus de militants prêts à se battre pour leur cause. Il se disait disposé à se joindre à eux, à les soutenir en imprimant des pamphlets, des tracts, des témoignages, des preuves. Décrier dans un mémoire les injustices auxquelles il avait pris part. Pour son fils. Pour la femme qui le lui avait donné. Pour Eliza, Ormond, Othello et tous les autres. Une amende honorable, en quelque sorte. Il avait trop longtemps fermé les yeux sur les horreurs de l'esclavage. Un converti… pourquoi pas ? Cette idée le réconciliait avec une part de lui-même.

Il revenait souvent sur Lucas, dont il était sans nouvelles depuis plus de deux mois, et sur ses craintes face à l'avenir de son fils, des limites que les préjugés lui imposeraient invariablement. Il interrogea Charlotte sur les livres qu'il devrait lui procurer. Lucas s'intéressait aux sciences naturelles. Il en ferait venir d'Angleterre. Il lui confia plus amplement son projet d'imprimerie qu'il voulait mettre sur pied pour eux à Kingston. Il lui parla du recueil de poèmes qu'il rêvait d'imprimer. Il publierait sous un nom d'emprunt. Forcément. Un ouvrage qui s'exprimerait sur les différents concepts philosophiques de la liberté. Liberté, notion relative à chacun, selon ses besoins. De la nécessité de son existence à l'intérieur des cadres contraignants de la loi. De ses paradoxes. La liberté n'était-elle pas ce droit de choisir son propre servage ? La liberté de ses choix. Othello avait dit ça. C'était un sage. Charlotte était d'accord et elle se serrait contre Nicholas.

Chaque fois qu'il nommait son fils, sa voix devenait fragile. Il avait vu un papillon rouge, superbe, survoler les ruines de Hampton Estate. Il l'avait poursuivi dans l'espoir de l'attraper. Pour Lucas. Lorsqu'il apprendrait que sa collection avait été perdue dans l'incendie, il serait triste.

« Plus je le regarde grandir, plus je me rends compte combien il me ressemble. »

Nicholas avait aussi eu un chien qui avait grandi avec lui. Pixie, un gros terrier qu'il avait dû abandonner pour son départ en exil. Sa sœur lui avait écrit que le chien s'était laissé mourir. Il évoqua encore brièvement sa sœur, qu'il n'avait plus revue depuis des années. Elle avait été un peu la mère qui lui avait fait défaut. Sa sœur était une artiste. Elle peignait merveilleusement. Elle ne s'était jamais mariée, avait consacré sa vie à leur mère, enfermée depuis des années dans un hôpital. Sa mère était mourante. Elle comprenait sa peine.

Avant que ne s'éteignent complètement les étoiles, Nicholas la serrait contre lui, l'aimait sans plus laisser un mot franchir ses lèvres, attendait qu'elle s'endorme. Au petit matin, à son réveil, Charlotte était seule. Quand les Morris descendaient pour le petit déjeuner, la place qu'avait occupée Nicholas dans son lit était déjà froide. Et les effets de la nuit se dissipaient dans la chaleur du jour suivant.

Entre leurs rencontres, elle ressassait les beaux projets qu'elle imaginait. La maison qu'ils partageraient. Modeste, entourée de jardins colorés que sèmerait le vent et qu'entretiendraient les oiseaux, les abeilles, le soleil et la pluie. Une vue sur la baie de Port-Royal. L'odeur des épices dans la cuisine. Sa cuisine. Tout en supervisant les leçons de Lucas, elle y préparerait le curry de Quamina. La recette d'Eliza. Ils attendraient ensemble le retour de Nicholas de l'imprimerie. Ses mains seraient perpétuellement tachées d'encre. Elle sentait déjà l'odeur qui imprégnerait ses vêtements, sa peau, ses baisers, les draps de leur lit. Son quotidien. Sa vie. Elle l'aimait déjà. Cette vie rêvée. Teintée de bleu turquoise et au parfum de mer. Vie de rêve. Trêve dans la réalité. Oui, elle en rêvait.

L'inaccessible faisait rêver. Qui, un jour, lui avait raconté ça ? Sa raison ? L'inaccessible prenait une éternité à atteindre. Chaque jour passant lui apportait cette impression qu'elle s'éloignait un peu plus de son rêve. L'envahissait peu à peu une émotion bizarre, de plus en plus poignante. Paralysante. Nicholas retrouverait Lucas et s'en irait à Kingston, sans elle. Pour la première fois, l'envahissait la peur qu'il la quitte pour ne plus lui revenir. Mort, fuite, le résultat serait le même. Elle se retrouverait seule en Jamaïque, sans famille, sans véritables amis, sans argent, sans adresse, sans espoir, sans plus d'avenir, son rêve brisé, son cœur volé.

Elle dormait, roulée en boule, les draps refoulés aux pieds, toute pâle dans sa chemise de nuit. Petite chenille recroquevillée dans son cocon de coton blanc. Un songe secouait ses doigts de soubresauts, agitait ses paupières légèrement gonflées et rouges. Nicholas déposa sa surprise sur la table de nuit. Attendri, il se courba sur Charlotte, huma sa chevelure, son haleine humide, sa peau sucrée, effleura sa chaleur, embrassa le front et le bout du nez. Il murmura doucement son prénom, vit les cils se décoller, encadrer un regard égaré. Puis les fossettes creusèrent délicieusement les joues. Avec une langueur féline, Charlotte enroula les bras autour de son cou. Il se laissa attirer dans le lit, se moula au corps tiède qui l'accueillait tendrement, se confia à lui. Passa un moment de silence et de baisers. Refaire connaissance. Le temps que les pouls s'accordent. Le temps de se souvenir de quoi était fait l'amour.

— Où étiez-vous passé? Nicholas… J'ai cru… soupira Charlotte dans le creux de son cou.

— J'ai réussi à parler avec Ormond Trail. Les procédures, l'attente, vous savez…

Il avait attendu des heures dans les corridors de la Court House que quelqu'un daigne le recevoir. Et encore, pour qu'on lui accorde le droit de s'entretenir avec le prisonnier. Puis on l'avait fait monter à bord d'une barque et conduit jusqu'au navire-prison ancré dans la baie. Le bâtiment empestait la mort. L'odeur avait accroché ses vêtements et pénétré son cœur. Il était triste.

Ormond Trail avait vu Lucas à Mafoota Farm. Le garçon lui avait semblé en bonne santé. Il était effectivement sous la protection d'Othello et d'Eliza. La fidèle Nanny était avec eux. Othello avait l'intention d'emmener Lucas jusqu'en territoire marron. Dans le pays des Cockpits. Après avoir appris la mort du massa Elliot, le géant d'ébène n'avait tout à coup plus eu envie de rentrer à Montpelier. Se rendre à Montego Bay était risqué. Il avait vu des nègres se faire abattre à vue. Quant à Eliza, elle demeurerait à Mafoota Farm jusqu'à la délivrance. Ce qui laissait suggérer que le bébé était possiblement déjà né.

— Ormond sera exécuté dans deux jours.

— Je l'ai aperçu ce matin.

Charlotte se pressa contre Nicholas.

— Vous repartez quand ?

— Au lever du jour.

— Si vite ? fit Charlotte sans parvenir à cacher sa déception.

— C'est la dernière fois, murmura-t-il dans son oreille.

— Je veux partir avec vous.

— Non. Parcourir le Cockpit Country est trop harassant. Je le ferai plus rapidement tout seul. Charlotte, je vous veux ici à mon retour avec Lucas. Ensuite, nous partirons tous les trois pour Kingston.

Elle acquiesça d'un léger mouvement de tête. Tous les trois, à Kingston. C'était encore si loin…

Nicholas la couvrit de son corps, l'embrassa. Douce Charlotte, veloutée comme de la crème fraîche. Elle avait le goût du miel gorgé de soleil et d'amour. Amour magnanime, naïf. Charlotte, aussi jeune qu'il se sentait vieux. Vieux rafiot peint de souffrances. Et Charlotte, son havre. Chaque fois qu'il reprenait le large, il repartait revigoré d'un peu de sa jeunesse. Une jeunesse qui ne l'avait pas vraiment quitté, qu'il avait seulement négligée. Charlotte, son soleil, sa lune. Lumière de toutes ses heures. Elle gouvernait son cœur. Le guidait sur le fil d'or de l'aube entre la nuit et le jour.

Il avait encore de la difficulté à accepter la présence de cette femme dans sa vie. Comme Pandore, elle jouait à entrouvrir son cœur pour en faire sortir tous les maux de son passé. Il résistait encore. Diktat que lui imposait son sens commun. Parce qu'il payait dans l'exil un crime bien pire que celui pour lequel il n'avait jamais cherché à se défendre devant les tribunaux. Pour l'amour d'une femme, il avait mis ses rêves, sa vie en pièces. Et maintenant, contre toute attente, une autre en ramassait les morceaux et tentait de les recoller, s'imbriquant parmi eux.

Il embrassa encore Charlotte, longuement, avec émotion, avec l'espoir que le destin ne leur joue pas de mauvais tours. Ces dernières semaines avaient défilé comme un rêve pour lui. Un rêve où avaient alterné violence et douceur. Une violence qu'il ne supportait plus qu'en sachant qu'il l'oublierait bientôt dans les bras de Charlotte. Son amour l'enveloppait de son halo éblouissant, le coupait des aberrations du monde. Il s'y blottissait en tremblant sous le poids du mépris qu'il avait de lui, se disant : « m'aimera-t-elle encore si... »

Si elle savait. Ces mains souillées. Ces mêmes mains qu'il promenait maintenant jalousement sur la douceur d'une peau immaculée. Il accapara son regard, y lut les tourments qui l'agitaient.

— Je reviendrai bientôt, lui dit-il encore. Deux ou trois semaines, tout au plus.

— Je suppose que l'instant est encore mal choisi pour vous demander si vous m'aimez, susurra Charlotte en l'attirant vers elle.

— Juste, répondit-il avec un sourire narquois avant de redevenir sérieux.

Les mots lui brûlaient cependant les lèvres. Il n'avait jamais dit « je vous aime » à une femme ailleurs qu'entre des draps. Il croyait fermement que ces mots n'avaient eu de sincérité que dans l'aspect charnel de l'amour. La conséquence d'une réaction épidermique. L'affirmation de sentiments bien éphémères, trompeurs, qui ne duraient que le temps que durait le plaisir. Ceux qu'il éprouvait véritablement pour Charlotte méritaient d'être exprimés dans un contexte plus approprié.

« Je vous aime », lui dit-il tout de même par une caresse sur les cheveux. « Pour vos faiblesses qui m'obligent à me montrer fort, pour cette force que vous possédez et qui me fait défaut », ajouta-t-il par un baiser dans l'angle du cou. Il fit traîner ses lèvres jusqu'entre les seins, qu'il prit en coupe et pressa délicatement. « Pour cette naïve confiance que vous me témoignez et cette tendresse que vous me réservez si généreusement », voulut-il lui dire aussi en les embrassant à tour de rôle.

La douleur de l'absence la taraudait déjà. Charlotte prit la tête de Nicholas entre ses mains et la pressa contre son cœur qui battait fort. « Écoutez-le, c'est pour vous qu'il patiente », espérait-elle qu'il entende.

Dans le silence, le carillon sonna deux heures.

La chandelle, presque toute consumée, faisait danser une lumière falote sur les murs. Les ombres creusaient davantage les visages. Les âmes n'étaient pas tranquilles. Pressentiments indiscernables, mais partagés. Dieu les avait unis parce qu'ils étaient faits l'un pour l'autre. Mais subsistait ce doute insaisissable.

⁂

Un rayon de soleil oscillant taquina ses paupières. Charlotte les ouvrit. À travers la fenêtre, les branches d'un palmier se balançaient doucement dans la brise matinale qu'apportait la mer. Elle se sentait seule. Comme à chaque réveil, après le passage de Nicholas. Désolation après le ravage d'une tempête. La paix étant revenue dans leur propriété, les coupables des troubles châtiés, les Morris avaient regagné Williamsfield. Compréhensive, complice, Christina se faisait discrète. Charlotte et Nicholas vivaient leur amour sans plus de retenue. Avec la fougue des amants païens une nuit de Beltane. Avec la tendresse des vieux amoureux. Le couple formait tranquillement son nid.

Une lame de soleil perça cruellement sa prunelle. Charlotte roula sur le côté et promena son regard dans la chambre. Elle était exiguë. Un nid n'avait besoin que de l'espace pour contenir ses tourtereaux. Deux, trois semaines de plus à y attendre. Le temps que Nicholas retrouve Lucas. Elle pria pour que le garçon fût en bonne santé. Il lui manquait beaucoup. Lucas, son beau-fils. C'était la première fois qu'elle pensait à lui ainsi. En ressentait-elle un malaise ? Une gêne à l'idée de devenir la mère de l'enfant d'une autre ? La mère d'un enfant noir ? Elle refoula ce sentiment qui lui enserrait le cœur. Ils en auraient possiblement d'autres. Des enfants à eux, qui leur ressembleraient. Blancs. Et Lucas ? Comment se sentirait-il parmi eux ? Étranger ?

Les petits pains qui cuisaient dans le four dans la cour emplissaient l'atmosphère d'effluves sapides qui eurent le bonheur de détourner l'attention de Charlotte de ses pensées troublantes. Elle s'assit dans son lit et étira ses membres un peu ankylosés. Son regard capta un bout de papier sur la table de nuit. Elle le prit. L'écriture de Nicholas. Quatre lignes. Des vers. Un poème…

Thus my soul is now a butterfly,
Bright and beauteous angels, for they art!
And in my Lover's hand will give its last sigh,
As it spreads its wings in the shape of a heart[17].

Nicholas

Un poème pour elle, de la main de Nicholas. Elle le relut. Une autre fois. Encore. À s'en user les yeux. À ne plus pouvoir distinguer les mots qu'il avait choisis pour elle. Jusqu'à ce qu'elle n'ait plus besoin de les lire. Ils s'inscrivaient dans son cœur. Ces quatre vers. Son poème. Pressant le bout de papier sur sa poitrine, elle laissa couler des larmes de bonheur. Nicholas évoquait Psyché. Son âme papillon qui renaissait. Pour elle…

Elle plia le papier en deux, en quatre. Replia un coin ici, un autre là. En résulta une sorte de cœur qu'elle plaça dans le creux de sa paume et qu'elle embrassa avec amour.

« Et dans la main de mon amour, il rendra son dernier soupir », murmura-t-elle trémulante d'émoi.

⁂

— Attention, monsieur. La passerelle est glissante.

— C'est moi qui devrais me préoccuper de vos vieux os, Halkit, lança Francis en riant sans plaisir.

Il se retenait d'une main crispée au pommeau de sa canne et de l'autre au cordage qui le séparait de l'eau. Il n'aspirait plus qu'à sentir la terre ferme sous ses semelles. Une violente averse les avait accueillis à leur entrée dans la rade de Montego Bay et avait retardé d'une heure le moment du débarquement, ajoutant au supplice que vivait Francis

---

17. Ainsi mon âme sera papillon, anges brillants et magnifiques qu'ils sont ! Et dans la main de mon Amour rendra-t-il son dernier soupir, étendant ses ailes en forme de cœur.

depuis son départ et étirant les angoisses qui ne le quittaient plus depuis que l'île était en vue. Où était Charlotte ? Cette question obnubilait son esprit jour et nuit.

Tantôt suaves, tantôt poignantes, les odeurs chargeaient l'air tiède et humide du port. Lorsqu'il posa enfin le pied sur le sol immobile, Francis laissa échapper un soupir de soulagement intense. Il y était, enfin. La Jamaïque. Et Charlotte…

Des nègres s'empressèrent auprès d'eux. Ils parlaient vite dans un dialecte que déchiffrait à peine Francis. Avec force gestes, il finit par saisir qu'on voulait s'occuper de ses bagages.

— Halkit, engagez celui que vous arrivez à comprendre, lui ordonna Francis.

Halkit choisit George, un grand échalas aux cheveux presque gris, mais qui possédait une charrette tirée par une mule. Il dispersa le reste de l'attroupement, qui fondit sur le prochain passager. Moins d'une heure plus tard, les malles descendues à quai étaient hissées sur le véhicule chambranlant.

— M'sieur che'che end'oit pou' mange et do'mi' ?

Francis lui montra une adresse inscrite dans un carnet. C'était celle des Cox, le seul endroit où il leur était logique d'amorcer les recherches. George plissa les paupières et fixa la page placée sous ses yeux.

— Mwen pas li' ça là, m'sieur.

— Vous ne savez pas lire ? Je vois, fit Francis

Il lui indiqua l'adresse et ils se mirent en route. Encore saisi de vertiges, Francis suivait la voiturette d'une démarche incertaine à travers une foule compacte.

— Est-ce que ça va, monsieur ? l'interrogea Halkit.

— Je suis à terre, n'est-ce pas, Halkit ?

— Oui, monsieur.

— Alors, ça va aller.

À la vérité, rien n'allait en lui. Francis avait les jambes en coton, et son cœur battait à lui rompre les côtes. Malgré la fatigue du voyage, c'était la détermination de retrouver sa fille qui l'incitait à aller de l'avant. Rien d'autre n'importait plus.

Les nuages se dispersaient rapidement et le bleu du ciel s'approfondissait au fur et à mesure que le soleil déclinait. Comme sur les quais, ce qui marqua le plus Francis était les odeurs. Fortes et tenaces, elles enveloppaient les étals, suivaient les passants, s'échappaient de chaque établissement et habitation qu'ils croisaient. Aromatiques, corporelles, végétales, organiques, elles pouvaient envoûter comme rebuter. Et les couleurs, telles que les avait décrites Charlotte, une explosion de teintes vivantes qui éclaboussait la nature et les gens. L'architecture, à la fois familière et différente, n'avait pour sa part rien de spectaculaire. Les bâtiments étaient modestes et manquaient souvent d'entretien. On retrouvait partout la rigueur du style géorgien, qu'allégeaient des éléments d'ornementation insolites. Partout des jalousies de bois peint, des piazzas, des balcons ceinturés d'ouvrages de ferronnerie, des treillis croulant sous les lierres et les fleurs.

Dans les arbres, des feuilles aux dimensions imposantes, aux formes nouvelles et curieuses, aux textures variées, cireuses, coriaces, plumeuses, duveteuses. Les palmiers royaux étaient majestueux, les fougères arborescentes, splendides. Francis s'étonna de reconnaître quelques variétés végétales qu'avait peintes James. Comme les bougainvillées, les passiflores et les flamboyants oiseaux du paradis. Mais aussi des aloès aux feuilles en lames d'épées dentelées et les hibiscus, ces arbustes arborant d'énormes fleurs allant du jaune pâle au rouge vif. La Jamaïque. Il y était. Et Charlotte…

— Pasteu' Cox 'ci, annonça spontanément George en immobilisant sa mule.

Pendant que le nègre s'apprêtait à descendre le bagage, Francis lança un regard au petit cottage de bois recouvert de chaume et aux jalousies fermées. De l'autre côté du muret de pierres sèches, les herbes folles envahissaient les giroflées et les marguerites du jardin. Les passiflores fanées restaient accrochées aux sarments qui embrassaient la charmille. Quelques branches brisées, rompues par les vents, gisaient sur le parterre qui n'avait pas été taillé.

— Attendez, fit-il en levant la main pour stopper le charretier.

George obéit et repoussa le grand coffre dans le petit véhicule. Francis franchit la grille et se dirigea vers la porte d'entrée. Par deux fois il frappa. Personne ne vint lui ouvrir. Déçu, il contempla la façade du cottage. La cheminée ne fumait pas. Tout était d'un immobilisme et d'un laisser-aller qui indiquaient que personne n'habitait ici depuis un certain temps.

Il se retourna vers son majordome, complètement désemparé. Curieusement, il n'avait pas prévu se heurter à une porte fermée. Il s'adressa au nègre.

— Vous êtes bien certain que c'est ici qu'habite le pasteur Matthew Cox ?

— Sû' m'sieur.

— Il me semble alors qu'ils aient changé d'adresse ou qu'ils soient partis en voyage.

— Pasteu' Cox pa'ti su' navi' pou' Lond', m'sieur.

— Londres ? fit Francis avec un froncement de sourcils. Vous saviez que les Cox n'étaient pas ici et… Vous ne m'avez rien dit ? Par le Christ ! gronda-t-il en s'avançant vers l'homme, qui recula derrière son véhicule.

— Vous pas demande à mwen, m'sieur, se défendit George.

— Fallait-il que je vous le demande ?

— Monsieur, s'interposa Halkit en voyant le teint de son maître s'empourprer. Ça ne servira à rien. Trouvons une auberge et une table acceptables. Ensuite, vous vous reposerez et je commencerai les recherches.

Francis fulminait. Il lança un regard furieux vers le nègre et serra les lèvres. Puis il ferma les yeux et s'efforça de respirer profondément. Il devait écouter la sagesse de Halkit. Il n'avancerait à rien en abattant sa colère sur cet homme qui, de toute évidence, avait gardé le silence par crainte de voir un client lui échapper. Il souleva son chapeau pour essuyer la sueur qui s'accumulait dessous.

— D'accord, George, fit-il d'une voix plus posée. Il ne reste plus qu'à nous conduire jusqu'à l'auberge la plus confortable de Montego Bay.

— Geo'ge di Finlay's House co'ec pou m'sieur. Là bon lit et pas beaucoup 'avets.

— Des… quoi ?

— 'avets, fit encore le nègre en bougeant les doigts pour imiter la démarche répugnante d'un insecte.

— Bon, va pour Finlay's House, décréta Francis dans un soupir en refermant la grille du jardin des Cox.

Au moment où cliquetait le loquet, lui vint l'horrible idée que Charlotte pouvait voyager avec les Cox. Que leurs navires s'étaient possiblement croisés en mer. Un long frisson lui parcourut l'échine lorsqu'une voix venue du ciel le héla.

— Si vous cherchez le pasteur, il n'est pas là.

À l'une des fenêtres de la maison voisine, une femme corpulente penchait son visage bouffi et luisant vers eux.

— Je suis déjà au courant, débita-t-il en coulant un regard irrité vers George, on vient malheureusement juste de me l'annoncer.

— Ils ne rentreront pas avant un certain temps, je le crains. Ils sont retournés au pays, le temps que les choses se tassent ici. C'est dommage… ils faisaient tant pour la communauté. Des gens très corrects et…

— En fait, ce n'était pas les Cox que je venais voir, l'interrompit Francis, impatient de repartir, mais une amie de Mrs Cox. Miss Charlotte Seton. Est-ce qu'elle les accompagnait pour le voyage ?

— Miss Seton ! s'exclama la voisine. Ha ! Vous avez de la chance, elle se trouve encore à Montego Bay.

— Elle est ici ? Elle va bien ?

— Elle allait bien la dernière fois que je l'ai vue. Ça fait trois jours de ça.

Puis elle considéra l'étranger avec circonspection.

— Êtes-vous un ami de Miss Seton ? Je ne lui connais aucune famille dans l'île. Et les Elliot sont tous repartis. Que Dieu les protège et veille sur l'âme de ceux qui sont restés.

— Je suis son père, madame…

— Webster. Mon nom est Mrs Webster. Oh ! Mr Seton, je suis enchantée de faire enfin votre connaissance. Vous arrivez donc tout juste de voyage ? Miss Seton m'a beaucoup parlé de vous et de Weeping Willow. C'est bien comme ça que s'appelle votre propriété, n'est-ce pas ?

— Mrs Webster, vous savez où habite Miss Seton ?

— C'est Miss Mendez qui la loge. C'est une maison de briques rouges dans Church Street. George sait certainement laquelle. Tout le monde ici connaît Miss Mendez.

— Merci, Mrs Webster !

— Vous lui direz bonjour de ma part, fit encore la femme. Une charmante jeune femme que votre fille, Mr Seton. Vraiment délicieuse.

— Oui, je le lui dirai.

Les muscles subitement tendus d'une énergie qu'il n'avait pas ressentie depuis des semaines, Francis se remit en marche. Dans Church Street, un homme à la peau aussi noire que la poix lui ouvrit. Francis demanda d'abord à voir Miss Mendez. Le majordome aiguisa ses yeux au blanc un peu jauni et veiné comme du marbre, l'évalua comme s'il allait décider s'il était digne de sa maîtresse. Les visites d'après-midi étaient terminées, lui annonça-t-il. Miss Mendez ne recevait plus avant huit heures, ce soir. Il fallait revenir. Francis insista.

— Je m'appelle Francis Seton. J'ai des raisons de croire que ma fille habite ici.

— Miss Seton ?

L'attitude du majordome changea du tout au tout. Pendant que Halkit et George attendaient dans la rue, Francis était invité à passer dans le salon de Miss Mendez. Le majordome lui offrit un rafraîchissement. Non, merci, il n'avait pas soif. Quoiqu'il eût la gorge incroyablement sèche. Le majordome l'abandonna au milieu de la pièce et grimpa l'escalier. Des voix féminines résonnaient à l'étage. Un rire étouffé. Francis, immobile et anxieux, se demandait soudain pourquoi Charlotte n'avait pas accompagné les Cox en Angleterre. Pourquoi ne leur avait-elle pas écrit qu'elle allait bien. Pourquoi…

Un cri interrompit ses pensées. Charlotte dévala l'escalier dans un bruit terrible, s'arrêtant subitement à l'entrée du salon.

Dans la pénombre, Francis ne distingua d'abord que sa silhouette aussi gracile que celle de Dana. Elle était si grande. Si…

— Papa ?

Elle avait l'impression de ne pas avoir prononcé ce mot depuis des siècles.

— Papa, fit-elle encore en se précipitant vers l'homme qui ouvrait ses bras.

Ils s'étreignirent si fort que le souffle leur manqua. Ou bien c'était la trop forte émotion. Le visage de l'un blotti dans l'odeur réconfortante de l'autre, ils demeurèrent sans rien dire. Puis un hoquet secoua les épaules du père.

— Charlotte. Enfin. Nous avions cru… Nous avions cru…

Les mots ne venaient pas, se coinçaient avec les sanglots de soulagement qu'il essayait de ravaler. Il serra solidement sa fille contre lui. Sa fille, une femme. Il avait l'impression d'avoir raté un épisode important de sa vie. Cette fois, il ne la laisserait plus partir. Il la ramenait à la maison, à Weeping Willow.

Un mouvement dans l'escalier, un chuchotement de soie les obligèrent à se séparer. Christina s'avançait en souriant vers eux.

— Oh ! fit Charlotte encore tout étourdie par l'apparition, Miss Mendez, venez que je vous présente à mon père…

Christina souhaita la bienvenue à son hôte, lui demanda s'il logeait déjà quelque part, l'invita à faire entrer ses bagages. Bien sûr, elle avait une chambre disponible. Puis elle les laissa seuls pour donner ses instructions à George, qui patientait dehors.

— Nous avons appris la nouvelle de la rébellion, commença Francis d'une voix altérée.

Il s'était laissé tomber sur un canapé. Charlotte l'y suivit.

— Nous n'en pouvions plus de ne pas savoir… Ta mère est morte d'inquiétude. Dans son état…

— Mais, j'ai écrit et…

Elle s'interrompit d'un coup. Doux Jésus ! Sa lettre… La réalité la frappait. Son père était venu pour elle. Au mépris du terrible mal de mer dont il souffrait, il avait bravé la traversée de l'océan pour venir la chercher. Mais qu'avait-elle imaginé ? Que ses parents la laisseraient seule sur une île qu'une rébellion venait de dévaster ?

— Oh ! Elle ne sera arrivée qu'après mon départ, conclut Francis. Au moins, cela soulagera une part des angoisses de ta mère.

— Comment… va-t-elle ?

Un temps de silence pendant lequel Francis demeura pensif. De ne plus rien savoir sur la progression du choléra le taraudait autant qu'il appréhendait une rechute de Dana.

— Mieux. Elle va mieux, raconta-t-il dans un soupir. Toutefois, son état me cause encore des soucis. C'est pourquoi je ne désire pas m'attarder ici.

— Elle n'est pas encore remise de son malaise ? Tante Harriet m'avait pourtant dit que ce n'était rien de grave.

— Elle ne voulait pas t'inquiéter. Ta mère est hors de danger. Le pire est derrière nous. Quoique… me retrouver aussi loin de Weeping Willow ne me laisse pas l'esprit tranquille. C'est pourquoi je tiens à repartir avant la fin de la semaine prochaine.

— La semaine prochaine? Un vent de panique souffla en Charlotte tout son bonheur de retrouver son père. Il ne savait rien de sa relation avec Nicholas. D'une journée à l'autre, son amour allait revenir avec Lucas. Tous les trois, ils allaient partir pour Kingston. Sa vie était désormais avec eux. Son destin était lié à celui de Nicholas. Ils avaient des projets. Une vie à vivre ensemble.

— Je ne peux pas…

— Tu ne peux pas quoi?

— Je ne peux pas…

Les mots ne venaient plus. Comment dire à son père, qui avait franchi des milliers de *miles* d'océan pour venir la chercher, qu'elle ne pouvait pas rentrer à Weeping Willow avec lui? Se levant, elle fit quelques pas et secoua la tête, incrédule de ce qui lui arrivait. Il fallait trouver quelque chose. Elle n'avait rien prévu de ceci. La situation la prenait totalement au dépourvu.

— J'aurais aimé revoir Lucas, murmura-t-elle en prenant appui sur le dossier d'un fauteuil.

— Lucas?

— Oui… le fils du gérant de Old Montpelier. J'aurais aimé le revoir… avant de…

Non, cela ne se pouvait pas. Elle n'allait pas se séparer de Nicholas maintenant!

— Je ne t'en empêcherai pas, Charlotte, fit Francis. Si tu y tiens. Il est à Montego Bay?

— Non…

— À Montpelier?

Le bruit des coffres qu'on déposait sur le plancher les interrompit un instant. Halkit, le charretier et le majordome surgirent dans le hall avec une partie des bagages. Dans la tête de Charlotte, les idées se bousculaient. Elle cherchait une porte de sortie. Une raison suffisamment valable pour que son père lui permette de rester. Lui dire la vérité demeurait pour l'instant une option impensable. Mais elle ne voulait pas lui mentir. Charlotte avala un filet de salive. Les domestiques de

Miss Mendez montaient à l'étage les bagages que Halkit et le charretier venaient d'entrer.

— Il n'est pas à Montpelier. Son père est parti à sa recherche. Il a disparu au début de la rébellion. Je m'étais beaucoup attachée à lui. Je me sentirais mieux de le savoir sain et sauf.

— Tu comprendras, Charlotte, que je ne peux pas retarder notre retour en Écosse pour ça, dit Francis d'une voix fatiguée. Mon désir est de retourner le plus rapidement auprès de ta mère. Elle s'en fait énormément pour toi. Après tout ce qu'elle a souffert…

Elle regarda son père, nota soudain sa maigreur, son teint trop pâle, ses cheveux gris. Ils étaient presque tous gris. Ce qui restait de sa jeunesse avait quitté son visage. Sa physionomie racontait d'insondables tourments. Près de dix-huit mois s'étaient écoulés depuis son départ de Weeping Willow. Cela aurait pu être dix-huit ans qu'il ne lui aurait pas paru plus vieux. Sa mère devait être plus gravement malade qu'on avait voulu lui laisser croire.

— De quoi a souffert Mama au juste ?

— Une attaque d'apoplexie du cerveau dont elle subit encore des conséquences.

Le sang monta d'un coup au visage de Charlotte. Attaque d'apoplexie du cerveau… Elle demeura muette le temps d'enregistrer ce que venait de dire son père. Apoplexie du cerveau ! Elle savait ce que cela signifiait.

— Mais… Papa, murmura-t-elle frappée par la soudaine gravité de la situation. Pourquoi ? Pourquoi m'avoir caché la vérité ?

— Charlotte, dit Francis en haussant les épaules, ta tante croyait plus sage de ne pas t'inquiéter avant de savoir exactement ce qu'il en serait de l'état de ta mère.

— Je serais rentrée ! Je me serais occupée d'elle !

— Ta tante et Janet étaient à son chevet. Puis, te rappeler en Écosse n'aurait rien changé à ce qui était.

— Mais, si elle était morte ! Je sais que la mort peut survenir dans les jours suivant une telle attaque.

— Charlotte, ta mère n'a pas succombé, la tranquillisa Francis.

— Vous auriez tout de même pu me prévenir de son véritable état, lui reprocha-t-elle. Du moins, dans les semaines suivantes.

— Tu oublies le temps que prend une lettre à voyager jusqu'ici. Tu devais rentrer en Angleterre au début de janvier.

Oui, il avait raison. Quoiqu'elle ne pouvait s'empêcher de se sentir indignée de ne pas avoir été informée de ce qui était vraiment arrivé à sa mère.

Elle abandonna le dossier du fauteuil pour faire quelques pas. Elle se souvenait d'une définition de l'apoplexie lue quelque part : la mort, sinon la perte de tout sentiment, de l'entendement et du mouvement dans tout le corps.

— Où est Mama ? demanda-t-elle brusquement.

— À la maison.

— Elle est alitée ? Elle peut parler ? Elle rit ? Dites-moi qu'elle peut encore peindre, Papa. Est-ce qu'elle peint encore ?

Il baissa les yeux.

— Elle est paralysée ?

— Partiellement du côté droit. Mais ses membres ont repris de la vigueur depuis. Elle travaille fort pour guérir…

Avec horreur elle écoutait son père lui décrire l'état actuel de sa mère. Elle revit en pensée les paralytiques de Montpelier, leurs membres flasques, tordus par l'atrophie musculaire. Elle ne pouvait imaginer sa mère ainsi. Elle ne le voulait pas.

— L'annonce de la rébellion lui a toutefois causé un grand choc émotif et je crains…

Elle l'interrompit pour s'excuser, l'abandonnant pour fuir ce qu'elle ne voulait pas entendre. Dans la cuisine, les mains à plat contre le mur, elle ferma les yeux en attendant de se calmer. Les secondes passaient, mais ses idées continuaient de se brouiller. Sa vie basculait. Il y avait Nicholas qui n'était pas de retour. Il y avait sa mère qui avait frôlé la mort de peu. Elle était déchirée. Elle désirait retourner auprès de sa mère, s'assurer qu'elle allait vraiment mieux. En même temps, elle ne voulait pas partir. Toutes les fibres de son corps demandaient à rester. Nicholas… C'était un sentiment si horrible. Si… égoïste. Dans un accès de frustration, elle grogna sourdement et frappa sa tête contre le mur.

— Je comprends que cette visite soit aussi impromptue que gênante.

Charlotte pivota sur elle-même. Elle n'avait pas remarqué la belle Cubaine au bout de la table devant un plateau qu'elle garnissait de biscuits et de petits gâteaux. Christina alla au fourneau et remplit une théière d'eau bouillante. Charlotte ouvrit la bouche pour répliquer. N'en sortit qu'un gros hoquet. Puis un sanglot. Elle enfouit son visage dans ses mains et, désespérée, elle fondit en larmes.

— Allons, *mi querida amiga.* Il ne faut pas pleurer comme ça. On trouvera bien une solution.

— Vous ne savez... pas...

Christina était maintenant tout près d'elle et lui tapotait le dos.

— Vous croyez que je ne saisis pas ce qui arrive? Je me tromperais beaucoup si je disais que cela concerne Mr Lauder?

— Mon père ne sait rien sur lui.

— Il est clair qu'il faudra le mettre au courant, commenta Christina en caressant les cheveux de Charlotte d'un geste tendre. Laissez passer quelques jours. Réfléchissez. Peut-être que Mr Lauder vous fera le bonheur de rentrer d'ici là. Il pourrait peut-être discuter avec votre père. Qui sait?

— C'est inutile... je n'ai pas d'autre choix que de partir pour l'Écosse, sanglota Charlotte, qui ne voyait plus comment les choses pourraient s'arranger pour elle. C'est à cause de ma mère. Mon père vient de m'annoncer qu'elle est gravement malade.

— Je suis désolée de l'entendre, fit doucement Christina.

Francis fit irruption dans la pièce, surprenant sa fille qui pleurait amèrement dans les bras de Miss Mendez. La belle Cubaine rendit la jeune femme à son père et s'éclipsa discrètement. Francis prit sa fille contre lui.

— Je sais, c'est difficile à accepter, lui chuchota-t-il dans l'oreille. Mais ta mère est forte et déterminée à marcher à nouveau. Je suis certain qu'avec ton retour à Weeping Willow, elle trouvera la force nécessaire pour y parvenir. Elle sera comblée de te retrouver. Tu lui as tant manqué pendant tous ces mois. À nous tous, Charlotte...

⁂

Francis avait réservé deux cabines à bord du *Florence*. Le voilier devait appareiller dans huit jours. Ce délai ne faisait qu'exacerber le sentiment d'angoisse qui le tourmentait. Un arpenteur fraîchement arrivé de Londres lui avait confirmé ses pires craintes. Le choléra avait investi la capitale anglaise comme celle d'Écosse. Le fléau faisait chaque jour des dizaines de morts. L'homme n'avait pris la mer que deux semaines après lui. Qu'en était-il à l'heure actuelle ? Des milliers de victimes ? Est-ce que Weeping Willow avait été touchée ?

Pour occuper son esprit et son corps, Francis partit visiter ses plantations situées dans l'est de la paroisse. Il avait loué une voiture et avait pris la route de bon matin accompagné de Halkit. Restée chez la charmante Miss Mendez, Charlotte préparait ses malles. Francis avait rejoint son procureur dans la propriété de Kirkpatrick Hall, où il avait constaté avec consternation l'importance des dégâts. Holland avait rédigé l'inventaire des bâtiments et de l'équipement détruits. Les chiffres des pertes s'additionnaient dans les colonnes des dépenses à venir et Francis ne savait comment il allait faire pour trouver les fonds nécessaires pour tout remettre en état. Cela prendrait des mois avant que Kirkpatrick Hall recommence à produire du sucre.

Heureusement, dans Irwin et Tryall Estates, le travail avait repris normalement. La saison des pluies avait ravivé le vert des champs où les équipes s'occupaient à couper les cannes. Les primeurs s'achevaient et le sirop s'évaporait par les lanterneaux, infusant l'air d'effluves sucrés. Francis y avait été accueilli en roi par ses esclaves, qui voyaient leur massa pour la première fois. Il avait dîné de rôtis de bœuf et de porcelet en compagnie des onze employés blancs de Irwin. À Tryall, on lui avait préparé un festin typiquement jamaïcain de soupe à la tortue de mer et de crabe soldat, de tourterelles grillées et de ragoût de porc pimenté qui mettait le feu à la gorge, comme disait Charlotte, mais qu'avait adouci une délicieuse tarte aux ananas et grenadilles.

Pour l'occasion, les esclaves avaient eu droit à un jour de congé spécial et c'est au rythme des chants et des tambours qu'ils avaient fêté le passage du massa Seton chez lui. Sur l'avis de son procureur, Francis avait distribué lui-même les cadeaux qu'il avait emportés. Il avait entendu les plaintes, examiné les requêtes de ses esclaves, pris connaissance des règlements de conduite internes, avait démontré un peu de sa bonne volonté de voir ses nègres heureux en les assouplissant quelque peu. Un contremaître blanc un peu trop violent avait été remercié et remplacé par un mulâtre. Quatre autres esclaves de Tryall avaient été récompensés pour leur courage et leur fidélité envers leur massa. Ils avaient repoussé un groupe de rebelles qui avait voulu mettre le feu aux entrepôts à bagasse dans les premiers jours de la rébellion. Francis avait signé trois affranchissements : des artisans qui poursuivraient leur travail sur ses propriétés en retour d'un salaire et d'un petit lot qu'ils pourraient exploiter à leur guise.

Six jours de pluie consécutifs qui avaient rendu les chemins boueux et difficiles à parcourir, avaient failli l'empêcher de revenir à temps à Montego Bay. À son retour dans Church Street, Charlotte l'attendait, ses malles bouclées, prête à s'embarquer. Le navire, un ancien négrier, devait lever l'ancre le lendemain.

⁂

Les manœuvres d'embarquement allaient bon train. Bondissant d'un cordage à un autre comme des singes, les marins s'activaient avec célérité à préparer les voiles pour l'appareillage. On terminait de monter à bord les marchandises et les provisions nécessaires pour le voyage. Poussant des cris effrayés sous les coups de bâtons, porcs et bœufs grimpaient la passerelle qui menait aux ponts inférieurs. Les poulets caquetaient et faisaient voler leurs plumes autour de leurs cages qui se balançaient dans les airs, au-dessus de l'eau. Halkit s'assurait que George dépose leur bagage dans leurs cabines tandis que Francis procédait à leur enregistrement auprès du commissionnaire. Il n'avait pas encore fini de combattre son mal de terre, qu'il allait revivre les affres du mal de mer. Depuis son retour à Montego Bay, obnubilé par ses propres préoccupations, il n'avait rien remarqué des agitations de sa fille.

Le cœur lourd, Charlotte se tenait accoudée au bastingage du *Florence* et surveillait les allées et venues sur les quais. Elle se cramponnait à l'infime espoir de revoir Nicholas. Elle ne pouvait croire qu'elle s'en allait sans pouvoir l'embrasser une dernière fois. Sans être rassurée pour Lucas. Elle avait fait ses adieux à Christina. Dans un mot qu'elle lui avait remis pour Nicholas, elle expliquait ce prompt départ et lui faisait la promesse de revenir sitôt qu'elle le pourrait. Avec ou sans le consentement de ses parents. Elle aurait bientôt seize ans. Ceci n'était qu'un malheureux contretemps. Malheureux…

Elle ne cessait de scruter le quai. Une larme de sueur lui coula dans le cou. Elle sortait son mouchoir pour s'éponger lorsqu'un claquement sec suivi d'un sifflement aigu la fit pivoter dans un tressaillement. Une agitation soudaine s'empara du navire. Des marins s'éloignaient de la grande écoutille de chargement en criant et fuyant dans toutes les directions. Charlotte leva le nez juste à temps pour voir la palanquée suspendue au cartahu tendu entre le mât de misaine et le grand mât tomber en chute libre et s'écraser sur le pont dans un fracas épouvantable d'éclats de bois et de citrons verts. Un marin évita de peu l'énorme palan qui se mit à rebondir sur le pont avec les fruits.

Nicholas avait atteint la passerelle au moment où se rompait le câble dormant du palan. Il leva les yeux et découvrit avec horreur l'énorme appareil de levage se diriger droit sur Charlotte, paralysée d'effroi contre la rambarde.

— Charlotte !

Le cri détacha le regard écarquillé de Charlotte du monstrueux objet qui venait de s'immobiliser à ses pieds. Des marins accouraient. Parmi eux, un visage exsangue, terrifié sous une chevelure ébouriffée au vent. Avant même qu'elle comprenne ce qui venait de se produire, les bras de son père lui coupaient le souffle.

— Charlotte, Charlotte ! ne cessait-il de dire.

Nicholas avait atteint le pont supérieur et se dirigeait vers l'arrière du clipper quand il vit Charlotte quitter les bras d'un homme. Il freina son élan. Le père de Charlotte se retourna vers lui, sans le voir, son regard allant au-delà, vers la proue. Un sentiment étrange s'empara de Nicholas. Cette impression de déjà vu. Oui, il avait déjà vu cet homme, mais où ? Seton… Francis Seton, lui avait dit Christina. Le chirurgien… Son ventre se noua brusquement, solidement. Le poids d'une pierre à l'intérieur. Il retira son canotier et se poussa derrière deux hommes en discussion. Broyant son chapeau entre ses mains, il fit mine d'observer l'activité sur les quais. Ses yeux ne voyaient rien. Son cœur battait la chamade. Le chirurgien Seton. Par tous les diables ! Comment cela se pouvait-il? Pourquoi n'avait-il jamais fait le rapprochement? Charlotte lui avait souvent répété que son père était chirurgien.

Il tourna la tête, les épia du coin de l'œil. Oui, c'était bien cet homme qui était venu l'interroger dans sa cellule en septembre de 1819. Francis Seton clamait que John William Gordon avait disparu avec une somme importante lui appartenant. Personne n'avait jamais retrouvé cet argent. Comme John William Gordon n'avait jamais redonné signe de vie...

Un malaise envahit Nicholas, son ventre se crispa davantage. Il eut soudain la nausée. Lui savait. Il savait où était l'argent de Seton. Il savait qu'il ne pourrait jamais le dévoiler. Un ricanement près de lui. L'un des deux hommes prit un air amusé devant le teint livide de Nicholas.

— En voilà un qui va trouver le voyage bien long, commenta-t-il à son interlocuteur.

Nicholas se précipita vers la passerelle. Les derniers passagers la remontaient tranquillement saluant de la main quelques amis ou parents restés sur le quai. À peine une dame venait de mettre le pied sur le pont que, ne pouvant plus attendre, Nicholas bouscula l'homme qui la précédait pour s'y engager à son tour en sens inverse. Le passager s'indigna vivement, n'évita de plonger dans l'eau qu'en se retenant à la rambarde. À quai, Nicholas enfonça son canotier sur son crâne et se fondit rapidement dans la masse grouillante.

— Est-ce que ça va?

— Oui, ça va, ça va... Je n'ai rien, murmura Charlotte en secouant la tête.

— Miss! Êtes-vous blessée? s'enquit à son tour le capitaine.

— Non, monsieur. Je vais bien. Juste un peu secouée, mais je vais bien.

— Que Dieu soit loué!

Des marins s'étaient rassemblés autour d'elle. Trois d'entre eux s'affairaient à soulever le palan pour l'emporter. Charlotte sourit à tout le monde. Rassurés, tous retournèrent à leurs occupations. Le capitaine constatait les dégâts, lançait des ordres pour que tout soit ramassé et stocké convenablement. L'incident n'avait fait aucun blessé. Flottait sur le pont la fraîcheur de l'arôme acidulé des agrumes.

Charlotte se pencha pour prendre un citron qui avait roulé jusqu'à elle. Elle portait le fruit à son nez quand l'éclat d'un canotier fendant la foule sur les quais stoppa son geste. Les contours de sa silhouette avaient quelque chose de familier. Les larges épaules, la longue chevelure. Sa démarche… Son cœur battant d'espoir, elle se précipita vers la rambarde.

— Tu es certaine que tu n'as rien ? lui demanda son père, qui l'avait rejointe.

Agrippée à la lisse de pavois, Charlotte ne l'avait pas entendu. Le nom de son amour sur les lèvres, elle vit la foule en constant mouvement avaler la silhouette.

— Charlotte… Qu'est-ce qui se passe ? s'inquiétait sérieusement Francis.

Il suivait le regard de sa fille. Qu'avait-elle vu ? Lucas ?

On procédait au retrait de la passerelle. L'homme ne reparut pas. Charlotte se dit qu'elle l'avait probablement imaginé. Elle ne put contenir davantage ses larmes. Elle ne reverrait pas Nicholas. Perplexe, Francis observait sa fille éponger ses yeux. Il ne dit rien et entoura ses épaules de son bras. Se lovant contre lui, Charlotte pleura.

Le soleil venait de glisser derrière l'horizon. Le ciel se colorait de teintes brûlantes, qui mettaient le feu à une mer étale. Bientôt la nuit allait tout recouvrir de noir. Avec ce jour, s'éteindrait le soleil. Replié sur son mal, les pieds dans le sable chaud, Nicholas contemplait la mer. Au loin, à la frontière des eaux et du ciel, des voiles miroitaient comme les feux d'un phare. Parmi elles, celles du *Florence*. Il porta la bouteille à sa bouche. Un dernier filet de rhum coula entre ses lèvres. L'alcool ne diluait pas sa colère. L'ivresse ne le rendait que plus amer. D'un geste rageur, il lança la bouteille vide à la mer. Il était temps de rentrer. Nicholas vacillait sur ses jambes. Il se traîna jusque dans Church Street. Les arômes du dîner flottaient encore dans la maison. Il écouta un moment Christina et Lucas discuter dans la cuisine. Le ton était gai. Trop gai pour lui. Il avait besoin d'être seul. De mourir. Mais, pour son fils, il devait faire acte de présence. Un peigne fin à la main, Christina et Jemima s'affairaient à dépouiller la tête de Lucas. En le voyant, ils avaient cessé de parler.

— Où est Miss Seton ? l'interrogea son fils. Elle n'est pas revenue avec toi ?

Sans répondre, Nicholas se dirigea vers lui, posa la main sur sa chevelure fraîchement coupée. Puis il croisa furtivement le regard sombre de la belle Cubaine.

— Nico...

— Je monte me coucher.

— Tu devrais manger un peu. Il reste du poulet.

Il sortit.

— Miss Seton ne peut pas revenir, Lucas, expliqua Christina. Sa mère est très malade. Elle n'a pas le choix de rentrer en Écosse.

— Mais elle reviendra ?

Christina confia le garçon aux mains de sa servante et suivit Nicholas à l'étage. Il s'était réfugié dans l'ancienne chambre de Charlotte. Elle le trouva allongé sur le lit. S'asseyant près de lui, elle attendit qu'il prononce les premiers mots. Il mit plusieurs minutes à le faire.

— Je ne lui ai pas parlé. Elle ne m'a pas vu. Mais le docteur Seton sait qui je suis. Inutile de poursuivre cette histoire. Elle se termine ici.

Elle le regardait sans comprendre. Les yeux injectés de sang la suppliaient de ne pas insister. Elle opina tacitement. Lorsqu'il serait prêt, Nicholas finirait par tout lui raconter. Elle voulut lui dire qu'elle était désolée, estima préférable de garder le silence.

— Merci, murmura-t-il. C'est de toi que j'aurais dû tomber amoureux.

Il essayait de lui sourire. Elle voyait bien qu'il faisait des efforts prodigieux pour dominer ses émotions.

— Tu m'aimes, *mi querido*. Et je t'aime aussi. Mais nous nous aimons de ce genre d'amour trop doux, trop sage pour nous faire la guerre. Et nous avons tous besoin de vivre nos guerres, n'est-ce pas ? Ne serait-ce que pour se sentir exister dans la souffrance des défaites ou découvrir dans les moments de victoire la raison de notre existence.

Après cela, elle l'embrassa sur la joue et le laissa seul. Nicholas s'isola derrière ses paupières. À cet instant précis, il cherchait plutôt une raison d'exister dans la souffrance de la défaite.

Chapitre 9

Océan Atlantique

À contrecœur, Charlotte se laissait emporter sur les flots. Contre son gré, elle se laissait dériver vers le néant. L'océan s'ouvrait, vaste, sans fin, comme le ciel. Un gouffre de silence, avaleur de rêves. Regarder vers la poupe, les voir disparaître. Leur dire adieu. Charlotte frissonna. L'air du large piquait ses yeux. Elle se retenait de pleurer. Devant les marins et les autres passagers. Devant son père. Il l'observait depuis leur départ. Il devinait un chagrin. Il n'en connaissait pas la source. Ne posait pas de questions.

Le vent d'alizé gonflait les voiles, faisait claquer les cordages, grincer les drisses, gémir les mâts. Le vent l'emportait au large, loin de son amour. Nicholas. Le nom résonnait dans ses oreilles comme le tintement d'un carillon qu'estompait aussi le vent. Six jours en mer et déjà cette impression de ne l'avoir que rêvé. Elle emportait pourtant bel et bien quelque chose en elle. Les souvenirs n'étaient pas la preuve d'un passé vécu ?

Sur le pont supérieur, une flûte jouait un air gai, agaçant. Plus près d'elle, la voix souffreteuse de son père. Il essayait de lui faire la conversation. Le seul équilibre des mots lorsque l'ancre était levée. Le mal de mer l'essoufflait. Amarinés dès les premiers jours, Charlotte et Halkit le soulageaient du mieux qu'ils le pouvaient. Repas réguliers, alimentation légère, maigre et solide. Périodes de repos alternant avec, à la suggestion du capitaine, de fréquentes promenades sur le pont, au centre du navire, là où le roulis se ressentait le moins. Et le regard constant sur la mer. Seul élément immobile. Aujourd'hui la mer était calme et il avait pu monter prendre un peu d'air. Vacillant, instable, comme le mouvement du navire, il enveloppait ses épaules d'un bras et elle s'appuyait contre son torse.

— Tu remarques la courbe de l'horizon ? disait-il.

Toute l'attention de Charlotte était tournée vers l'horizon. Engloutie, la Jamaïque. Noyé, son amour dans l'immensité bleue. Que quelques petits nuages blancs et l'écume jaunâtre des vagues pour mettre en perspective.

« Je reviendrai... »

Que le vent emporte aussi sa promesse vers celui qu'elle aimait. Nicholas l'attendrait. Elle se le répétait tous les jours. Il lui écrirait. Cette séparation n'était que temporaire. Elle s'en était fait le serment. Le renouvelait chaque fois que le doute l'envahissait.

— C'est la preuve que la terre est ronde, continuait la voix de son père. Quelle que soit la direction que tu prends, si tu continues toujours tout droit, tu reviens à ton point de départ.

Serait-ce dire que toutes les directions étaient la bonne ? Entre le début et la fin, mille routes, mille jours et mille incertitudes. Et la peur de se perdre dans la dérive. « Ai-je fait le bon choix ? » s'interrogea soudain Charlotte. Entre sa mère, son père et Nicholas, en avait-elle eu un ? Aimer lui paraissait brutalement comme une absence de libre choix. Il était un sacrifice.

⁂

Les jours passaient. Pour Charlotte comme pour Francis, toujours la mer berçait, déséquilibrait, désorientait. Chaque matin qu'ils ouvraient les yeux était une épreuve de plus. Ils auraient à se forcer encore. À manger, à boire, à parler et à marcher. À vivre leur mal. Charlotte vivait le sien en silence. Pour Francis, c'était différent. Sueurs froides, vertiges, vomissements et déshydratation. Après deux semaines, affaibli au point où respirer pour vivre devenait pénible, il refusa de sortir de sa couchette.

Charlotte commençait à sérieusement craindre pour lui. Il avait les traits tirés et le teint gris d'un moribond. Ses lèvres étaient crevassées. Halkit la tranquillisait en lui disant qu'il en avait été de même à l'aller. Le mal avait pris plus de trois semaines à se calmer. Alors soit ! Nuit et jour, le temps que cela passe, elle ne quitterait pas son chevet. Elle s'isola avec lui dans le petit monde de leurs douleurs. La douleur empêchait de penser.

Pour écouler le temps, quand Francis s'en sentait la force, ils discutaient et jouaient aux cartes ou au crible avec Halkit. C'était bizarre de partager leurs moments d'intimité avec le majordome de Weeping Willow. Charlotte découvrait derrière la placidité imperturbable du domestique un homme sensible et très attaché aux Seton. Sa dernière sœur étant morte deux ans plus tôt, les Seton constituaient dorénavant sa seule famille. Il lui raconta longuement son enfance dans une petite ferme du comté de Dumfries et sa passion pour la musique. Un après-midi que Francis somnolait, d'une voix fragile il lui avait parlé de son épouse et de son jeune fils, morts dans un accident de la route. La mort d'un enfant était une épreuve terrible. Cela l'amena à évoquer Lydia, la demi-sœur que Charlotte n'avait jamais connue. Halkit lui fit part des dernières semaines de la vie de cette fillette si étrange et charmante à la fois. Pourquoi Dieu accablait-il des personnes aussi gentilles de si terribles maladies pendant que des truands sans scrupules allaient librement avec une santé de fer ? C'était comme pour la maladie de sa mère, qui l'avait laissée à moitié paralysée. Par lui elle apprit qu'elle éprouvait encore de la difficulté à marcher seule et souffrait toujours de problèmes d'élocution. Mais son esprit était aussi clair et vif qu'avant. Les progrès allaient lentement. Quoiqu'au moment de quitter l'Écosse, elle se portait déjà beaucoup mieux.

— Surtout depuis que Monsieur votre père reste à la maison…

— La présence d'Oncle Jonat doit certainement lui procurer plus de temps libre.

— La présence du docteur Cullen est une bonne chose, en effet, spécifia Halkit avant de se taire.

Charlotte ne remarqua pas le malaise du vieux majordome. Elle se réjouissait de savoir que son père s'accordait plus de temps à la maison. Qu'il en consacre plus à sa mère, cela ne pouvait que lui être bénéfique.

Lorsqu'elle disposait de moments de liberté, Charlotte faisait des patiences, lisait ou écrivait dans son journal de bord. Et des lettres. À Catherine et à Lucas. À Nicholas. Elle en avait déjà rédigées pas moins d'une dizaine, qu'elle relisait de temps à autre, avec le poème. Son poème.

Quand l'étouffait trop le vase clos dans lequel ils vivaient, elle s'évadait par le hublot et admirait la mer. Sous la lune, sous le soleil, elle était grise, céladon, blanche, turquoise, noire, rose, bleue, argentée. Elle pouvait se faire calme, chuchoteuse. Nourrie par les pluies, elle crépitait, se hérissait de millions de clous. Poussée, grossie par les vents, elle désespérait.

Comme l'avait prédit Halkit, Francis commença à connaître un peu de répit à partir de la troisième semaine. Son estomac avait recommencé à accepter les aliments. La quatrième semaine, encore faible et tremblant, il accompagnait à nouveau Charlotte dans ses promenades, son bras enlacé au sien. Elle lui parlait de la Jamaïque, la voix douce, souriant aimablement ; il l'écoutait, tête penchée, songeur. Il trouva enfin le courage de lui parler de l'épidémie de choléra. *Cholera nostra* ? Non, *cholera morbus*. Il s'agissait d'une nouvelle forme de choléra qui n'avait encore jamais attaqué la Grande-Bretagne. Charlotte ne pouvait concevoir ce qu'était ce nouveau choléra. Les craintes ne se fondaient que sur ce que l'esprit connaissait déjà. Elle imagina plutôt quelques cas isolés de dysenterie. Un mal qui ne pourrait jamais s'inviter à Weeping Willow. Alors, ils parlaient de choses plus gaies ou demeuraient silencieux, respirant la pureté de l'air marin, regardant l'écume floue éclabousser le lustre moiré de la mer, ou mieux, admirant la course d'une famille de dauphins, le salut d'une baleine au loin.

Un jour, Francis lui dit, plein de reconnaissance :

— Sans toi, je ne serais pas passé à travers ce deuxième voyage.

— Sans moi, vous n'auriez pas eu à faire ce voyage.

Il rit pour la première fois depuis des semaines.

— Non, c'est juste, murmura-t-il en redevenant sérieux. Je me dis que si je ne l'avais pas fait, tu ne serais pas rentrée à Weeping Willow. Je me trompe, Charlotte ?

Elle fit le geste de retirer son bras. Son père pressa sa main dessus pour le retenir sur le sien.

— Depuis notre départ, je te vois triste et non heureuse de revenir à la maison, Charlotte.

— Je suis heureuse, Papa, fit-elle en appuyant son affirmation d'un large sourire.

— Alors pourquoi n'as-tu pas accompagné les Cox lors de leur retour ?

Le visage de Charlotte se congestionna subitement.

— Qu'est-ce qui te retenait en Jamaïque, Charlotte ?

Elle soupira pour étirer le temps avant de trouver une explication. Pour convaincre Catherine de la laisser en Jamaïque, elle avait raconté qu'une lettre de Weeping Willow lui avait annoncé l'arrivée imminente de son père en Jamaïque. Elle n'avait jamais prévu que la supercherie se concrétiserait.

Ils s'étaient arrêtés de marcher. Francis la regardait plus attentivement. Un changement s'était opéré. La Jamaïque avait fini de fragmenter l'enfant en Charlotte, avait laissé émerger la femme qu'elle était devenue. Le découvrir lui avait donné un choc, l'avait fait vieillir d'un coup. Filiforme et gracieuse comme sa mère, elle soignait davantage sa tenue, se coiffait et s'habillait avec élégance, mais avec une seyante simplicité. Il devait reconnaître que ce séjour en Jamaïque avait réussi là où l'Académie de Mrs Hargrave avait échoué. Charlotte était magnifique. Toutefois, ses grands yeux gris ne pétillaient plus du même éclat qu'avant. Manifestement, elle rentrait en Écosse contre son gré. À cause de Dana. Il pensait qu'elle était possiblement amoureuse. Préférait ne pas trop y accorder de crédit.

— Mrs Cox dirigeait une école à Montego Bay, commença Charlotte.

Elle réfléchissait à une justification à laquelle ne pourraient s'opposer ses parents et qui lui permettrait de retourner en Jamaïque.

— Tu projetais y enseigner ?

Elle haussa les épaules. Il fallait laisser jouer les mots, les insinuations dans les esprits.

— À Montpelier, j'enseignais à Lucas et à Miss Mabel. J'aimais les voir s'épanouir. Ils étaient heureux d'apprendre. C'était bien.

— Lucas, c'est le fils du gérant de Montpelier, releva Francis.

Charlotte se détourna vers le large. Ses joues étaient rouges d'émotion, du soleil et du froid. Elle acquiesça d'un rapide signe de la tête.

— C'est ton cœur qui est demeuré en Jamaïque, Charlotte ?

Plus une constatation qu'une question. Charlotte regarda son père. Il était sérieux. Il lisait en elle comme à travers une eau limpide.

— Vivre en Jamaïque m'a ouvert les yeux sur beaucoup de choses, laissa-t-elle tomber pour éviter de répondre. Sur la nature des hommes, sur l'injustice et la pauvreté. Les besoins affectifs des gens, aussi. Un enfant cajolé guérit plus rapidement qu'un enfant vivant au milieu de l'indifférence. Travailler à l'hôpital de Old Montpelier m'a apporté tant de satisfaction. J'avais l'impression d'y faire quelque chose d'utile. J'y étais comblée, Papa. Sarah Jayne est une femme admirable, intelligente. Elle est dotée d'une patience d'ange que j'envie. Elle m'a tellement appris, vous savez. Le médecin du domaine n'était disponible qu'occasionnellement. Il fallait se débrouiller seules avec les malades et les blessés. Les conditions étaient si affreuses, Papa. Si vous aviez vu !

Pour avoir constaté l'état des bâtiments qui faisaient office d'hôpitaux dans ses propriétés, Francis savait exactement de quoi parlait Charlotte.

— C'est une turpitude de traiter des êtres humains de la sorte, enchaîna-t-elle en le dévisageant sérieusement. L'esclavage est une tache sur l'humanité. Je dois admettre que j'ai honte de penser que je dois mon confort à l'exploitation de centaines de nègres. Vous est-il déjà arrivé d'y penser, Papa ?

— Parfois, admit-il.

— Et cela ne vous rebute pas de vous enrichir de cette façon ?

Il mit un moment avant de répondre.

— Si, cela m'est arrivé à l'occasion. Ces plantations ont longtemps été la source principale de revenus de mes ancêtres. Les vendre ne changera rien à la situation de mes nègres. Un autre prendra ma place pour les exploiter. Et que tu cesses de sucrer ton thé ne fera pas disparaître l'esclavage, Charlotte. Le monde ne vivra pas sans sucre.

S'installa un malaise. Charlotte se détacha de son père et s'appuya contre le bastingage.

— Je ne voulais nullement vous culpabiliser, Papa, s'empressa de dire Charlotte.

— Je le sais, la tranquillisa Francis en lui touchant le bras.

— Je pense seulement qu'il faut faire quelque chose pour améliorer la situation de ces gens. Ce que j'ai vu en Jamaïque me fait tellement honte. Chez nous, les chiens et les chevaux sont mieux considérés.

Charlotte se pencha sur ses mains. « Mes mains sont Ses gants; mes pieds sont Ses chaussures. Dieu est en moi parce que je le désire. » Aider son prochain. Être l'instrument de Dieu. En Jamaïque… Lui revenait spontanément cette force de conviction qui l'avait ébranlée le jour de sa visite à la prison de Montego Bay. Cette détermination qu'elle avait enviée à Catherine Cox et qui l'avait inspirée, guidée vers sa propre voie. Au moindre soubresaut émotif, elle oubliait tout. Et plus d'une fois elle s'était semoncée pour son inconstance.

— Vous saviez que le médecin de Montpelier était aussi le vétérinaire du domaine ? déclara-t-elle avec plus d'aisance.

— Non. Je ne le savais pas.

— Vous vous souvenez de cette femme morte des suites d'un accident au moulin ? Elle s'appelait Felicity. Je vous en avais parlé dans l'une de mes lettres.

— Je m'en souviens.

— Ce que je ne vous avais pas dit est que le médecin avait refusé de venir au moulin parce qu'il était occupé à accoucher une jument. Une jument, Papa. Le contremaître Nelson a procédé lui-même à l'amputation. Un solide coup de machette. Est-ce que vous considérez cette situation acceptable ?

— Non, s'obligea-t-il à admettre.

— Si Felicity avait eu la peau blanche, je suis certaine que Mr Macpherson aurait réagi différemment et Mr Nelson ne se serait pas montré aussi pressé de lui couper le bras.

— Charlotte, prêcher la tolérance est une chose, mais tenter de changer les mentalités…

— Non, je ne suis pas assez naïve pour croire que, pour le bien de l'humanité, les hommes finiront un jour par accepter leurs différences, se reprit-elle rapidement. Je ne désirerais que rendre ces différences moins lourdes à vivre. Quelles que soient la couleur de la peau, la nationalité, le statut social… Pourquoi un riche mériterait-il des soins médicaux plus adéquats qu'un pauvre ?

— Parce qu'il peut se les payer, commenta Francis avec une trop cruelle sagacité.

L'ironie avait dessiné un sourire sur son visage au teint de cendre.

— Dispensez-vous des soins à vos seuls clients fortunés, Papa ?

— Non, murmura-t-il sombrement en prenant place à ses côtés.

— Vous avez toujours eu le souci du bien-être de vos malades comme s'il s'était agi de vos propres enfants, releva Charlotte en se détournant vers l'horizon.

— C'est dans la nature de ma vocation.

— Une vocation… oui, je suppose que c'est ce que c'est. Une mission humanitaire que Dieu vous a confiée. C'est quelque chose que l'on ressent, n'est-ce pas ? Ce besoin d'aider, de soulager la souffrance des autres ?

— En effet.

Elle leva le menton et, les yeux fermés, huma la mer. L'air frais piquait la peau. Elle en fit pénétrer un plein paquet dans ses poumons et sourit. Une idée prenait lentement forme dans son esprit. L'espoir renaissait.

— Vous vous souvenez de ce carnet que vous avez découvert sous les combles du hangar. Celui qui renfermait les notes de dissection ?

— Je m'en souviens. Des notes prises par James. Mais j'ai compris depuis que ton frère n'avait pas… la vocation, confessa-t-il.

— Non, dit-elle sans se détourner de la mer, en fait, il avait plutôt horreur du sang.

— Comment… mais pourquoi alors a-t-il fait… ?

— Ce n'était pas James, Papa, l'éclaira-t-elle. James n'a fait que prendre en note… ce que je lui dictais.

Elle se tut et baissa la tête. Francis demeura un instant silencieux. Curieusement, il n'était pas surpris de ce qu'elle lui racontait. C'était Charlotte qui avait toujours demandé à emprunter ses livres médicaux. C'était elle qui lui posait mille et une questions à son retour du travail. Qui s'informait de ses malades, qui le questionnait sur les opérations qu'il avait exécutées. Il se souvenait encore clairement de cette fois où elle l'avait retenu avant une sortie au théâtre avec Dana. Ils étaient en retard. Mais Dana avait accepté de retarder leur départ d'encore quelques minutes. Charlotte les avait entraînés dans le cabinet de travail. Toute fière, elle avait récité par cœur tous les noms des os qui formaient la main de Fergus le squelette. Il l'avait embrassée sur le dessus de la tête en la félicitant, sans plus. Dana le lui avait rappelé avec une pointe de ressentiment. Charlotte n'avait que neuf ans.

La curiosité de Charlotte. Sa soif insatiable de tout apprendre, de tout savoir. Il avait cru qu'en vieillissant elle se serait tournée vers des intérêts convenant mieux à son sexe. Il avait même reproché à Dana de l'encourager sur une voie qui ne lui appartenait pas. Mais Charlotte n'avait jamais aimé manipuler les aiguilles à broder... Il observa les mains de sa fille agrippées à la lisse du pavois. Elles étaient longues et fines. Comme les siennes. Il les imaginait mieux suturer une plaie, tenir un scalpel avec confiance, palper délicatement la peau pour localiser une protubérance à exciser, les viscères à éviter. Le sexe de Charlotte. Là résidait tout le problème. Et il ne pouvait rien y changer.

— Peut-être, commença-t-il d'une voix empreinte de toute la fierté qu'elle lui inspirait, peut-être qu'au fond, sans vouloir me l'avouer, je le savais.

Il la vit se mordre les lèvres et courber la nuque plus avant.

— J'avais tant voulu assister à la dissection du corps de Burke, Papa. C'est parce que James y allait à ma place que j'ai détruit tous ses dessins.

— Charlotte... fit Francis, sincèrement chagriné de ce qu'il entendait, pourquoi n'avoir rien dit avant ?

Elle le regardait, son menton tremblotant et ses yeux s'emplissant de larmes.

— Pour être honnête, Papa, dit-elle sans parvenir à refouler l'élan d'amertume qui lui venait au cœur, cela aurait-il modifié votre vision des choses ? Vous ne m'auriez pas permis d'assister à cette dissection. Vous vous seriez évertué à me faire comprendre que les filles ne font pas de médecine. Que les filles ne vont pas à l'université. Que les filles font des épouses obéissantes et mettent au monde des enfants. Voilà ce que vous m'auriez raconté !

Francis ne pouvait la contredire. C'était exactement ce qu'il aurait fait. Il secoua la tête, se souvenant de ce que lui avait déjà lancé Dana à ce propos. Qu'il ne voyait en Charlotte qu'une fille à marier. Mais était-ce vraiment ce qu'il voyait en Charlotte ? Il ne le pensait pas.

— Je ne veux pas être qu'une simple épouse et me contenter d'élever des enfants. Je veux vivre comme je...

Elle mit ses mains sur sa bouche, brusquement épouvantée de ce qui venait d'en sortir. Elle souffla un « doux Jésus ! » entre ses doigts et songea à Nicholas. Elle prenait conscience de n'avoir jamais réfléchi plus longuement à ce que serait son avenir avec lui. Ils n'en avaient jamais vraiment discuté. Son amour représentait tout ce qui lui importait, tout ce qu'elle avait recherché. Lorsqu'il lui avait dévoilé son désir de s'impliquer plus activement dans la lutte contre l'esclavage, elle s'était tout de suite vue se battre debout à ses côtés. Et en retour, elle avait naturellement pensé qu'il l'aurait appuyée dans la réalisation de ses idéaux. *Ensemble*. Comme Matthew et Catherine. Voilà ce qu'elle avait imaginé de ce que serait leur vie de couple. Et si Nicholas n'avait vu en elle qu'une mère pour s'occuper de Lucas, et peut-être éventuellement aussi une amante qui lui donnerait d'autres enfants ? Cette lucidité soudaine la bouleversa profondément.

Devant son désarroi, Francis ouvrit les bras. Elle se réfugia contre lui.

— Charlotte, je ne te forcerai jamais dans un mariage dont tu ne voudras pas, lui chuchota-t-il contre son oreille. Je t'en fais la promesse. Ta vie t'appartient.

— Ma vie ne m'appartient pas, hoqueta Charlotte. Pas dans ce monde. Pas tant que je serai une femme…

— Charlotte, dit doucement Francis en la portant à bout de bras pour la regarder dans les yeux. Je conviens que le mariage réclame certains sacrifices de part et d'autre, mais ça n'a rien d'une prison.

— Je me demande si Mama serait du même avis que vous. Elle a sacrifié une carrière d'artiste pour nous élever pendant que vous faisiez ce dont vous aviez envie, releva-t-elle avec acrimonie.

Se murant derrière une expression impossible à déchiffrer, Francis la relâcha. Frottant ses bras, il s'éloigna de quelques pas et s'abîma dans la contemplation des flots que soulevait un vent du sud-ouest.

— Ne crois surtout pas que les hommes sont maîtres de leur destinée.

Tant de souffrance avait imprégné le ton de Francis. Le cœur gros, Charlotte s'approcha de lui et, dans un geste maternel, remonta le col de sa redingote. Leurs regards se croisèrent. Elle vit toute la tristesse dans celui de son père.

— Vous savez que les refroidissements ne sont pas bons pour vous, Papa.

Elle l'embrassa tendrement sur la joue. Voilà qu'elle cherchait à se faire pardonner d'avoir dit le fond de sa pensée. Une réaction absolument féminine. Il y avait des choses qui ne changeraient jamais.

— Je sais que je ne réformerai pas la nature du monde demain matin. Mais il faudra que l'homme que j'épouserai m'accepte comme je suis. Papa, vous croyez qu'un tel homme existe ?

— Il doit exister quelque part, Charlotte.

Elle éclata d'un rire incertain.

— Vous parlez comme si je devais m'attendre à parcourir la moitié du monde pour le trouver, lança-t-elle, parvenant avec son trait à lui arracher un sourire. Et si cet homme… ne vous plaisait pas ? avança-t-elle plus prudemment.

— C'est que tu n'auras pas déniché le bon.

— Mais si je l'aime ?

— Je le provoquerai en duel.

— Papa ! s'indigna Charlotte.

Francis éclata de rire.

— Il faudra bien savoir ce qu'il a dans le ventre, non ? S'il accepte de se mesurer à moi, alors je comprendrai que je devrai m'en faire une raison.

— Parce que vous vous croyez être un adversaire si redoutable ?

— Pour ton bonheur, je peux l'être. Tu te souviens de Master Murray ? répondit-il, puis il marqua un moment d'hésitation. Parce que je suis ton père, c'est mon devoir de voir à ce que tu sois heureuse.

— Votre devoir ?

L'intonation s'était faite incrédule. Francis tourna les yeux vers Halkit et deux marins occupés à taquiner le poisson avec les restes d'un requin capturé la veille et dont les ailerons avaient fait les délices des invités de la table du capitaine qu'ils avaient partagée. Le temps de demoiselle qui perdurait depuis quatre jours désœuvrait une partie de l'équipage, qui en profitait pour s'adonner à des activités plus agréables.

— En fait, c'est plus que ça, fit-il. C'est un geste naturel de rechercher le bonheur de ceux qu'on aime. Plus particulièrement lorsqu'il s'agit de nos enfants. Les voir souffrir est difficile à supporter. Te voir souffrir, toi… m'est particulièrement éprouvant.

Il avait dit cela la voix alourdie par le sentiment de honte qui l'assaillait. L'étau sur l'estomac, il notait le changement dans le bruit de la respiration de sa fille tout près. Elle ne disait rien. Il se décida à la regarder, vit l'attente dans ses yeux. Il savait très clairement ce qu'elle attendait de lui. Ce qu'elle lui avait depuis toujours réclamé.

— Charlotte… J'ai toujours pensé que mes gestes suffisaient à te prouver combien je t'aime. Je reconnais aujourd'hui mon erreur.

Charlotte se mordait les lèvres, secouait la tête. L'émotion l'empêchait de parler. Pour dire quoi, en fin de compte ? Qu'il était temps ? Qu'il n'était jamais trop tard ? Pourquoi dire je t'aime était si difficile à faire pour un homme, alors que cela coulait naturellement pour une femme ? Comme si la signification des mots était différente selon le sexe. Elle repensa à Nicholas. Elle aurait seulement aimé l'entendre…

Son père essuya une larme qui coulait sur la joue de Charlotte. Puis il la serra contre lui, laissant parler sa tendresse dans son étreinte.

— Je me suis toujours senti si démuni face à toi, lui apprit-il près de son oreille. Tes attentes… je n'ai jamais su comment faire pour les combler. Tu demandes tant de la vie, Charlotte.

— Je ne demande pourtant rien de plus que James ou même vous, Papa. Seulement, je trouve si injuste, parce que je ne suis pas un homme…

— Je sais, murmura-t-il en la pressant plus fort.

— J'aurais tant voulu devenir médecin comme vous.

— Tu aurais fait un merveilleux médecin. Et un chirurgien admirable, Charlotte. Certainement meilleur que moi.

Elle enfouit son visage dans le col de la redingote de son père et éclata en sanglots.

— C'est trop injuste. Pourquoi ?

— Parce que c'est ainsi.

« Parce que c'est ainsi ! » L'expression de la désillusion. De ceux qui ne croient plus au rêve. Le joug du fatalisme. « Parce que c'est ainsi ! » La phrase lui revenait comme l'écho d'une sentence irrévocable. Tristesse et colère formaient un nœud dans son ventre.

— C'est ainsi parce que vous le voulez bien ! s'enflamma-t-elle d'un coup. Parce que cela *vous* arrange !

Sous le coup de la frustration, elle s'était détachée de lui avec brusquerie. Voyant l'ampleur de la peine que son accusation causait à son père, elle se sauva pour regagner sa cabine. Moins de dix minutes plus tard, Francis frappait à la porte. Il entra doucement et la trouva roulée en boule sur sa couchette. Elle ne pleurait plus, mais ses yeux étaient gonflés de chagrin. Il s'assit près d'elle. S'écoula un long moment de silence que remplissaient les grincements des barrots du navire. Par le hublot ouvert pénétraient dans la pièce l'odeur de la mer et les doux clapotis des flots contre la coque. Apaisant.

— Pardonnez-moi, Papa. Je n'aurais pas dû m'emporter de la sorte contre vous.

— Tu es une jeune femme intelligente, Charlotte. Plus que la moyenne des jeunes femmes de ton âge et… possiblement même des garçons. Mais tu sais qu'on ne change pas le monde dans un claquement de doigts. Peut-être… que tu pourrais trouver un poste d'institutrice dans une école pour filles. Il y en a quelques-unes autour d'Édimbourg. Tu pourrais trouver à y mettre tes connaissances en valeur.

« Possiblement même des garçons ! » Le doute soulevé. Charlotte ne dit rien pendant quelques secondes, ravala le sentiment de révolte qui remontait dans sa gorge. Respira profondément.

— J'ai envie de faire quelque chose de constructif, Papa. Pas que d'enseigner à des jeunes filles ne peut pas l'être, mais… je ne pense pas que ces jeunes filles qui n'attendent rien d'autre de la vie qu'un mari les entretiennent et que des enfants les occupent aient véritablement besoin de moi. Sinon si peu.

Elle essuya ses joues et s'assit sur le bord de sa couchette, contemplant rêveusement la ligne d'horizon osciller par le hublot.

— Je ne vous ai pas encore raconté la bataille qui a eu lieu à Old Montpelier, déclara-t-elle tout à coup.

Charlotte se lança dans le récit de l'attaque des rebelles sur les régiments qui campaient à Old Montpelier. Elle lui raconta son rôle au sein de l'équipe médicale. Bien modeste, mais combien gratifiant et vraiment utile. Sa première vraie expérience en tant que garde-malade. Le sentiment du devoir accompli que cela lui avait procuré. Sa conversation avec le chirurgien Davidson sur les soins infirmiers, ses vues sur le rôle que tiennent les femmes dans un hôpital. Leur manque de formation. Voilà sa véritable préoccupation. Tous les médecins s'accordaient à dire que le système médical était truffé de lacunes qui handicapaient son bon fonctionnement. Si chaque intervenant y occupait une place mieux définie, les malades ne pourraient que mieux s'en porter, non ?

— Il faudrait éduquer adéquatement ces femmes, conclut-elle en observant son père. N'y avez-vous jamais songé ? Je veux dire, pour votre hôpital, cela ne rendrait pas les soins que vous y prodiguez plus efficaces ? lui fit-elle valoir. Imaginez seulement avoir à votre service une équipe de femmes sur lesquelles vous pourriez compter sans vous préoccuper de savoir si l'une d'elles s'est endormie, saoule au chevet d'un mourant, ou si une autre a volé la médication d'un malade pour la revendre dans la rue pour son bon profit. Je vous parle de femmes dotées d'une conscience professionnelle, Papa. Pourquoi ne pas faire des services infirmiers une profession respectable, rémunérée comme l'est celle d'institutrice ? Cela attirerait nombre de jeunes femmes de condition modeste, mais responsables, qui y verraient, j'en suis certaine, une façon honorable de gagner de l'argent. Une option aux emplois dans les manufactures, où elles sont odieusement exploitées. Il existe beaucoup de femmes qui doivent subvenir seules aux besoins de leurs enfants parce que leur mari ne leur a rien laissé. Ou tout simplement parce qu'ils les ont abandonnées.

Charlotte s'interrompit en remarquant le changement dans l'expression de son père. Elle vit un frémissement de la joue et la ligne soudain rigide des sourcils aggraver ses traits.

— Vous n'êtes pas d'accord ? Vous trouvez que je suis trop ambitieuse, n'est-ce pas ?

— Non ! Ta vision des choses est tout à fait lucide et coïncide avec mes propres pensées.

Afin de dissiper les craintes de Charlotte, il s'efforça de lui offrir un sourire.

— Merci Papa, dit-elle d'une voix pleine de reconnaissance.

— Je vois que tu as en tête de réformer le système médical britannique, conclut-il.

— Parler de réforme est un peu prématuré, je pense. Changer des choses… améliorer la qualité des soins.

— C'est vraiment ce que tu aimerais faire ?

— Oui, dit-elle, convaincue. En fait… j'avais… en Jamaïque…

— En Jamaïque ?

— Il y a tant à faire dans cette île, Papa. Tout est à reconstruire dans St. James et je prévois pour les esclaves encore des mois difficiles à venir. Les planteurs ont beaucoup perdu dans cette rébellion. Leur colère leur tombera immanquablement dessus. L'émancipation n'est pas pour demain, je le sais. D'ici là… Les conditions de vie sont si déplorables dans les plantations, enchaîna Charlotte en démontrant de plus en plus d'enthousiasme, je doute qu'elles s'améliorent avant longtemps. Et les hôpitaux… si vous aviez vu celui de Old Montpelier à mon arrivée ! Heureusement, Sir Robert a eu la bonté de me laisser y apporter quelques améliorations. Les installations étaient si rudimentaires et dirigées par des femmes qui ne savent même pas déchiffrer les noms sur les flacons dans la pharmacie. Mais, par chance, Sarah Jayne est une femme intelligente et efficace. Elle apprend vite et possède une mémoire phénoménale. Toutefois, je doute que ce soit le cas partout. Je me dis qu'un minimum de connaissances apporterait un bien énorme pour ces esclaves, Papa. Il faudrait enseigner les éléments de base à ces gens. Sur l'hygiène, surtout. Mon amie Catherine dit que les sortir de l'ignorance leur permettrait de s'émanciper intellectuellement. Elle croit que c'est un pas important à franchir avant une émancipation définitive. Sinon, primordial.

— C'est pourquoi tu désirais rester là-bas ? l'interrogea Francis.

— Cela vous choque ? demanda prudemment Charlotte.

— Pas du tout ! s'écria Francis, soulagé de découvrir qu'il s'était trompé sur ce qui retenait le cœur de sa fille en Jamaïque.

— Je n'osais pas vous en parler, dit-elle en rougissant. Je croyais, enfin, que vous ne seriez pas d'accord avec mon idée. Elle est un peu… hardie, je vous l'accorde. Je voulais mieux établir mon projet avant de vous le soumettre. Mon séjour à Weeping Willow me permettra de le faire. Alors, vous comprendrez mon désir de retourner dans les Antilles.

Son cœur cognait fort d'excitation. Elle jubilait à l'idée d'avoir trouvé le subterfuge parfait qui lui permettrait de retourner vers Nicholas sans éveiller de soupçons.

— Tu voudrais réorganiser les hôpitaux de mes plantations ?

— Vos plantations ? Oui... il faudrait commencer par celles-là, je suppose, admit-elle en se demandant comment elle ferait si Nicholas s'établissait à Kingston. Peut-être... Toutefois, ça ne serait pas plus efficace si j'organisais une école où viendraient s'instruire les gardes-malades ? Qu'en pensez-vous ?

— Mais ce n'est pas une tâche un peu titanesque pour une si jeune femme ?

— Oh, Papa ! Je n'ai pas la prétention de me croire suffisamment armée pour entreprendre seule un projet aussi audacieux. Jamais de la vie ! Je me ferai seconder par Catherine et son mari. Je pourrais aussi demander au docteur Davidson de m'épauler. Je lui ai parlé de mon idée. Il pourrait intervenir auprès des planteurs, les convaincre d'investir dans la santé de leurs esclaves, de la nécessité de mieux former les gardes-malades.

— Et où trouveras-tu les fonds nécessaires pour démarrer ton entreprise ?

— Les fonds... oui. Il faudra nécessairement en trouver, murmura-t-elle avec agacement. Je suis certaine que les Églises locales accepteraient d'investir dans le projet. Évidemment, mes attentes devraient demeurer modestes. Mais Mr Davidson pourrait demander une subvention auprès du gouverneur. À moins que l'Assemblée vote un budget pour ça.

Francis rit.

— On dirait que ton petit projet commence à prendre de l'envergure. Décidément, je crains qu'il s'agisse d'une véritable réforme. Je ne sais pas, Charlotte. Il faudra en reparler. Je te trouve bien jeune pour une si vaste entreprise. Et l'idée que tu retournes là-bas ne m'enchante guère. Il y a ta mère...

Elle se rembrunit.

— Je vais rester à Weeping Willow le temps que Mama soit suffisamment rétablie, soit quelques mois. Ne m'avez-vous pas dit qu'elle était sur la bonne voie ? Mais il me faudra écrire à Catherine pour connaître ses intentions quant à son retour en Jamaïque. Je pourrais faire le voyage avec elle et son mari. Entretemps, j'en profiterais pour parfaire certaines connaissances médicales… Enfin, si vous acceptez que je fréquente votre hôpital. Je me ferais très discrète, Papa, je vous le promets, ajouta-t-elle devant la mine brusquement troublée de son père.

Passa dans le couloir le vacarme des enfants Macaulay qui coursaient jusqu'à leur cabine. Puis les regagnèrent le silence du pont inférieur et le soporifique grincement des barrots. Pendant tout ce temps, Francis garda le regard rivé sur le sol. Charlotte remarqua ses lèvres s'amincir, accentuer leur courbure dans un sourire qui ne cachait rien du sentiment d'amertume qui resurgissait en lui.

— Vous refusez… murmura-t-elle, étreinte par un sentiment analogue. J'aurais dû le deviner. Si ça avait été James ou même Blythe, vous auriez été enchanté de…

— Ça n'a rien à voir…

— Oh, mais si ! s'écria-t-elle en sautant de sa couchette. Parce que je suis une fille, vous m'avez toujours refusé la permission de visiter les étages de l'hôpital, lâcha-t-elle en laissant s'exprimer son aigreur. Ce que je ne m'explique pas est que vous reconnaissez que je ferais un bon médecin, mais vous vous obstinez à me refuser l'accès de votre hôpital. Pourquoi, Papa ? Auriez-vous honte de moi ? Craignez-vous les qu'en-dira-t-on ? Si ce n'est que ça, je peux très bien m'habiller en homme. Je peux vous assurer que tout le monde n'y verra que du feu. C'est comme ça que j'ai pu assister aux cours d'Oncle Jonat.

— Tu as quoi ?

Elle affronta son père du regard le temps de se souvenir qu'il n'en savait rien. Tant pis ! La révolte l'emporta encore une fois.

— Oncle Jonat se moquait bien que je sois une fille, *lui*.

Froide et cruelle, la déclaration de Charlotte avait claqué sèchement. Elle vit la meurtrissure dans les yeux de son père, regrettait déjà ses mots comme on regrette une gifle gratuitement donnée.

— Je suis sincèrement désolé de constater que c'est ce que tu penses de moi, Charlotte.

— Non… ce n'est pas ça, murmura-t-elle, contrite. C'est qu'il y a tant de colère en moi. Contre ces stupides conventions qui régissent le monde. Contre moi-même, aussi. Pourquoi est-ce que je ne me contente pas de faire comme les autres filles ? gronda-t-elle en revenant vers sa couchette. Tout ce que je veux dans la vie semble me mener à l'encontre de ce que le monde attend de moi. La pensée dominante est un tel joug pour l'intelligence des femmes, Papa.

Il secoua la tête et passa une main sur son visage. Soupira. Son attention se perdit parmi des vêtements mis à sécher sur une corde avant de se reporter sur sa fille.

— Tu me crois de ceux qui écoutent cette pensée dominante ?

Tinta quelque part au-dessus d'eux la cloche annonçant le changement de quart des marins. Ensuite Charlotte répondit un non troublé. Francis l'observa pendant un long moment, puis il se leva et alla jusqu'au hublot. La brise qui pénétrait dans la cabine souleva quelques boucles de ses cheveux et rafraîchit agréablement la peau de son visage.

— Tu aurais pourtant raison de dire oui.

Charlotte garda le silence. Dans son corps, le sang circulait à une vitesse inouïe.

— Est-ce que ta mère savait pour les cours de Jonat ? l'interrogea Francis en se retournant vers elle.

Il n'y avait ni reproche ni colère dans sa voix.

— Pas au début. Mais je pense qu'Oncle Jonat l'a mise au courant à mon retour de Londres.

— Hum… fit-il pensivement. Aimais-tu assister à ses cours ?

Un magnifique sourire éclaira le visage de Charlotte. Elle acquiesça et sur son invitation, se lança dans le récit de cet été merveilleux qu'elle avait passé chez son oncle. Elle lui raconta Charles Reid et ses premières expériences de dissection sur des cadavres humains. Francis l'écoutait attentivement, tantôt sérieux, tantôt souriant. Il vit le feu de la passion dévorer le regard de sa fille. Il perçut en elle cette même flamme qui l'avait allumé alors qu'il découvrait lui aussi, dans ses jeunes années, la science de la vie. Charlotte était construite de la même fibre que lui, il ne pouvait que le reconnaître. Mais de plus, elle était dotée de l'entêtement et de la sensibilité de sa mère. Oui, Charlotte possédait tous les atouts qui font les meilleurs cliniciens. Pour la première fois de sa vie, il se prit à admettre la stupidité des hommes et à imaginer ce que pourraient apporter au monde médical des femmes telles que Charlotte.

Lorsqu'elle eut terminé de raconter l'excision d'un ganglion cervical cancéreux que Jonat lui avait laissé pratiquer sur le corps d'une femme, il revint s'asseoir près d'elle.

— Charlotte, crois-moi, rien ne me ferait plus plaisir que de te laisser visiter l'hôpital. Je te proposerais même de m'accompagner dans mes visites. Mais, c'est que… voilà, il n'y a plus d'hôpital. Il a été incendié.

— Incendié ? Que voulez-vous dire, Papa ?

— Je veux dire qu'il a été rasé. N'en subsistent plus que les quatre murs.

Elle reçut la nouvelle comme un bloc de pierre en pleine poitrine, demeura sans voix. L'hôpital rasé ? Elle regarda son père de nouveau, comprit ce qui avait fait fuir sa jeunesse. Avec sa mère qui avait frôlé la mort de près, ces quelques mois avaient assurément été pour lui un véritable calvaire.

— Oh, Papa ! fit-elle en cherchant ses mains pour lui communiquer son empathie. Pourquoi m'avoir caché cela ?

Il haussa bêtement les épaules et esquissa un drôle de sourire.

— Parce que je savais que cela te ferait mal de l'entendre. Parce que ce n'était pas ce qui importait pour le moment.

Elle serra très fort ses mains entre les siennes.

— Vous avez passé des moments si difficiles. Je comprends que Dieu n'a pas été tendre avec vous, fit tristement observer Charlotte.

— Mais, dans Sa très grande magnanimité, Dieu ne m'a pas enlevé ta mère. C'est l'essentiel.

Il lui sourit. Un sourire dénué de toute ironie, éloquent de la sincère reconnaissance qu'il vouait au Tout-Puissant pour sa générosité. Il secoua la tête et laissa ses paupières se fermer avant que ne commencent à s'écouler les larmes.

— Ta mère me manque terriblement.

La force de ce manque se traduisit par celle qu'il mit en serrant à son tour les mains de sa fille. Et Charlotte pensa quel bonheur pour une femme cela devait être d'être aimée à ce point d'un homme.

— Oui, je sais, chuchota-t-elle en ressentant l'empreinte encore toute fraîche de l'amour de Nicholas peser sur son cœur et la douleur que lui causait leur séparation. Je sais combien elle vous manque, Papa.

Moi aussi, je m'ennuie d'elle. Nous allons la retrouver bientôt. Le capitaine a estimé encore à deux semaines le temps nécessaire avant d'accoster à Gravesend.

Un filet humide parcourait la joue décharnée de Francis. Sa maladie l'avait terriblement amaigri. Charlotte le vit soudain si fragile. Son père, cet homme inébranlable, qui connaissait tout de la vie et de la mort. Celui dont le seul son de la voix suffisait à la tranquilliser. Maintenant, c'était sa voix à elle qui l'apaisait. Toute saisie d'émoi, elle essuya la coulisse et l'embrassa tendrement.

Francis s'accrochait à sa fille. Il ne retenait plus les larmes de mouiller son visage. Il était aux anges. Il retournait vers Dana avec leur fille. Les femmes de sa vie. Sa famille réunie. Les siens. Sa vie. Sa plus grande richesse. Ses raisons de continuer en dépit de tout. Il ressentait maintenant la force. Oui, puisqu'il possédait l'essentiel. L'amour.

Édimbourg

Lorsque le *Florence* accosta au vieux quai de Gravesend sous un ciel bleu de début de juin, rien ne laissait présager le drame qui se déroulait dans le pays. À leur grand soulagement, les Indes occidentales étant considérées saines de toute invasion cholérique, on leur évita la quarantaine. Après avoir laissé le soin à Halkit de récupérer les bagages, Francis loua deux chambres au Falcon, un hôtel confortable où ils pourraient se sustenter et se reposer avant d'entreprendre la dernière étape de leur voyage. Le lendemain de bonne heure, juste avant de prendre le *stage coach* qui transitait par Londres, c'est vacillants du mal de terre qui les prenait au revers qu'ils firent un saut au comptoir de poste. Francis espérait que sa missive les devance d'un jour ou deux à Weeping Willow. Il avisa l'épaisse enveloppe que lui avait présentée Charlotte. Elle était adressée à Miss Mendez. Il fallait bien faire part à son hôte de sa traversée sans désagréments majeurs. Elle lui dit qu'elle y avait aussi inclus quelques lettres pour Lucas.

Onze jours de plus cela leur prit pour arriver à Édimbourg. La diligence prit la route de Carlisle. Défilèrent des campagnes miroitantes sous des soleils écrasants ou noyées sous des pluies diluviennes. Au début, les douces teintes bucoliques des paisibles paysages de Constable faisaient oublier un peu l'appréhension qui les accompagnait. Mais à chacune des escales, le choléra obnubilait leur esprit avec plus d'emprise. Francis se procurait les journaux locaux et prenait connaissance des derniers évènements. Selon le *London Times*, cinq nouvelles victimes avaient succombé dans les deux derniers jours, portant leur nombre à mille six cent dix-huit dans la grande cité. À Warrington, une affiche dans l'auberge annonçait que les bals aux Assembly Hall étaient annulés jusqu'à nouvel ordre. Les grands rassemblements dans des lieux fermés étaient propices à la propagation du choléra. Pour les mêmes raisons, la magistrature locale suggérait aussi fortement la fermeture des établissements publics à dix heures tous les soirs. Le *Liverpool Mercury* donnait le compte rendu d'une émeute organisée par des ouvriers irlandais devant un hôpital qu'on soupçonnait de commerce de cadavres des morts du choléra. Partout sur leur trajet, les localités déploraient des morts. Et comme en Angleterre et en Irlande, l'Écosse connaissait son lot de malheur.

Onze éprouvants jours à supporter chaleur et promiscuité, à souffrir de courbatures et d'angoisse, à suspecter le moindre mal physique ressenti, à mettre en doute leur immunité. Autant d'arrêts à inspecter de nouveaux lieux et de nuits écourtées par les plus sombres scénarios imaginés se dérouler à Weeping Willow. À tous les *miles* parcourus, l'insidieux doute se cramponnait plus fermement à leurs tripes. Ils évitaient d'en parler. Le silence conjurait le mauvais sort.

Lorsque la voiture de louage s'engagea dans l'allée de Weeping Willow, une surcharge d'émotion régnait dans l'habitacle. Le nez collé à la fenêtre, Charlotte vit Blythe, Frances et petit Joe courir sur le parterre en direction de la maison. Elle s'étonna de constater combien ils avaient grandi. Un chien gambadait joyeusement derrière eux, un bout de bois dans la gueule. Ils exécutaient d'amples mouvements de bras dans leur direction. On pouvait entendre leurs cris appeler le reste de la maisonnée, qui ne tarda pas à se déverser sur les marches de l'entrée principale. D'abord les enfants, que Janet se hâtait de placer par ordre de grandeur le long de l'allée. Francis et Charlotte les comptèrent, les nommèrent.

Ils étaient tous là. Vêtus de couleurs sombres. Derrière eux, l'entière domesticité de Weeping Willow aussi. Où étaient Dana et Jonat?

La voiture s'immobilisa devant le porche. L'estomac étreint par un mauvais pressentiment, Francis en descendit. Les regards se braquèrent sur lui, si grands, comme incrédules de le voir leur revenir vivant. Un hoquet s'échappa de la bouche de Frances, à qui Janet interdit de s'élancer. Lorsque Charlotte se manifesta à la portière, n'en pouvant plus, Blythe transgressa le décorum. Tout le monde se précipita. Un essaim sur un pot de miel. Pleurs et cris de joie. Étreintes et embrassades. Les yeux de Charlotte se remplirent d'eau et bientôt elle ne distingua plus que des ombres floues, sentit la chaleur des mains, des bras qui la retrouvaient.

Francis cherchait désespérément Dana. L'émotion grimpa à son comble lorsqu'il la vit apparaître au bras de Jonat. Ils étaient tous là. Rassuré, il prit sa femme dans ses bras. Son odeur, sa douceur, sa chaleur. Antidotes au plus grand épuisement qui faisait trembler ses genoux. Elle lui souriait curieusement, essuyait constamment ses yeux.

— Que Dieu bénisse… ce… ce jour merveilleux, ne cessait de dire Dana. Vous êtes rentrés sains et saufs! Tu l'as ramenée… à la maison. Que Dieu soit béni! Nous voilà… tous réunis. Enfin!

— Tous réunis… J'ai cru, pendant un moment… Dana, murmura Francis en désignant le noir du deuil qu'elle portait aussi.

— Maisie est morte, lui annonça-t-elle avec tristesse. Le choléra l'a emportée à… la fin du mois de mai. Scotty en a miraculeusement réchappé. Les autres ont été épargnés.

— Je suis désolé…

Il n'arrivait pas à l'être vraiment. Égoïste, il ne pouvait que se réjouir de son bonheur. Après tous ces mois d'anxiété, il pensait qu'il en détenait le droit.

— Nous avons eu plus de chance, poursuivait Dana. James nous a donné une terrible peur… une intoxication… alimentaire.

Les yeux brillants de se retrouver, mère et fille s'étreignirent à leur tour. Il fallut que petit Joe s'immisce entre elles pour qu'elles se séparent afin de se regarder enfin.

Des mains anxieuses saisirent celles de Charlotte pour l'entraîner à l'intérieur, où se déplaça toute cette bruyante compagnie. Des fleurs et des banderoles colorées égayaient le rez-de-chaussée. On la poussa au salon et l'accabla de questions. « Alors, ils sont vraiment grands les palmiers ? Tu m'as apporté une feuille pour mon herbier, comme je te l'ai demandé ? Dis, les nègres, ils étaient méchants ? Est-ce que tu as les dents gâtées ? Mrs Dawson dit que trop de sucre gâte les dents et le ventre. Papa t'a dit que nous avions un nouveau chien ? Il s'appelle Fritz. Il est gentil, mais il a mangé la plus belle poupée de Frances. Charlotte, tu m'as apporté une surprise ? Tu savais que Rachel va avoir un bébé ? Est-ce que les nègres ont des chiens ? Mrs Dawson nous a fait un curry d'agneau en suivant la recette que tu lui avais envoyée. Tu avais ton esclave pour toi toute seule ? C'était celui qui s'appelait Lucas ? »

Charlotte ne répondait qu'à moitié et ses réponses ne firent qu'exacerber la curiosité de ses frères et sœurs. Mettant en œuvre son sens de l'organisation, Janet les fit asseoir par terre. Les questions seraient posées à tour de rôle. Charlotte se prêta au jeu jusqu'à ce que sa mère démontre des signes d'agacement. Janet leur ordonna de se taire pour laisser parler les adultes. Que c'était bon de rentrer chez soi, pensa Charlotte, le cœur gonflé de toute cette attention qu'elle recevait. En fin de compte, ce n'était pas si mal de revenir à Weeping Willow. Cela lui permettrait de refaire le plein de souvenirs pour pouvoir repartir la tête heureuse, sans plus de remords. Par l'entremise de Miss Mendez, comme elle le lui suggérait dans le mot qu'elle lui avait laissé, Nicholas lui ferait connaître sa nouvelle adresse à Kingston. Dans quelques mois, elle irait le rejoindre.

— Tu es… radieuse, Lottie, lui dit sa mère, assise à ses côtés.

— Vous êtes aussi resplendissante, Mama, la complimenta Charlotte en retour. Vraiment, vous avez l'air bien.

Dana perçut le malaise de sa fille et elle ne put s'empêcher d'en ressentir du chagrin. Charlotte aurait à composer avec une image nouvelle de sa mère.

— Ça va mieux… Beaucoup mieux. Maintenant, raconte-moi… Je veux tout savoir.

Pour atténuer l'effet disgracieux de son hémiplégie, Dana s'efforçait de ne pas trop sourire. Elle avait ajouté cette habitude à bien d'autres. Comme celle de ne parler que lorsqu'elle était obligée. Et encore, ne dire que le strict nécessaire. Pendant les mois d'absence de Francis, elle avait fait des progrès marqués. Elle arrivait maintenant à faire plusieurs pas sans avoir à se servir de sa canne. Elle en était fière. Tous ces efforts déployés à se battre contre le découragement portaient enfin leurs fruits.

Jusqu'au dîner, dont les arômes de cuisson embaumaient la maison, Charlotte fut le point de mire. Pendant que Mrs Dawson et Rachel, alourdie par une grossesse avancée, distribuaient des boissons et des biscuits, elle décrivit Montpelier, les installations sucrières, la grand-case et ses jardins. Elle commenta le paysage et le climat, la constance de la chaleur, comme celle des jours trop courts. La diversité des oiseaux et des insectes. Là-bas les perroquets volaient librement et les esclaves les chassaient pour leur beau plumage coloré. Lorsqu'elle raconta sa mésaventure avec la scolopendre, les plus jeunes frissonnèrent, leurs yeux ronds d'effroi. Et la mer !

— Mama, dans les Caraïbes, il existe tant de nuances insoupçonnées de bleus, du turquoise le plus brillant au violet le plus profond.

Et les nègres ? Ils ressemblaient à ceux qu'on rencontrait parfois à Édimbourg ?

— Non, ceux d'Édimbourg sont bien habillés et n'ont certainement pas à travailler autant que sur une plantation.

Charlotte leur fit une démonstration de leur patois créole, ce qui fit rire tout le monde. Elle entama avec plus de sérieux le récit d'une journée typique d'un esclave sur une plantation. Personne ne commenta lorsqu'elle dénonça les mauvais traitements perpétrés par les planteurs. Près d'elle, James lui rappela discrètement que leur père était planteur. L'avait-elle oublié ?

— Papa se serait tout autant indigné s'il avait vu ce que j'ai vu, répliqua-t-elle.

Son père et elle en avaient discuté sur le navire. Il lui avait assuré que leurs nègres étaient bien traités. Comment pouvait-il en être si certain ? Que pensait-il des mouvements abolitionnistes ? Il ne savait trop. Il ne s'était jamais vraiment arrêté à la question. Que dirait-il si elle adhérait au mouvement ? À cela il avait souri et, sans hésitation, lui avait répondu qu'elle ferait certainement une militante éloquente et que si elle s'y mettait, elle arriverait probablement à le convaincre de boire son thé sans sucre.

Lorsqu'elle aborda le sujet plus délicat de la rébellion, un silence monacal se fit dans le salon. Pour ne pas perturber les enfants, Charlotte choisissait ses mots. Pour ne pas inquiéter les grands, elle passa sous silence certains évènements. Puis on annonça le dîner et on se déplaça dans la salle à manger. Éreintée par le voyage, Charlotte monta tôt dans sa chambre. Elle fut soulagée de constater que le contenu de ses bagages avait été rangé et la pièce débarrassée des malles. Elle avait presque oublié le confort d'un service de domestiques.

Elle terminait de disposer à sa guise quelques articles de toilette lorsqu'on frappa à la porte. James se tenait là, une toile cachée derrière lui. Charlotte le fit entrer.

— C'est pour toi, Charlotte, débuta-t-il, la voix modulée par les émotions qui s'emparaient soudain de lui.

— Un présent ? Pour moi ?

Il la repoussa lorsqu'elle tenta de le contourner pour voir de quoi il s'agissait.

— Avant, j'aimerais te dire quelque chose. Tu te souviens de mes dessins que tu as déchirés ?

— Oui, fit Charlotte plus sérieusement en se remémorant ce triste épisode qu'elle regretterait toujours du plus profond de son cœur.

— Je t'en ai beaucoup voulu, tu sais. Encore plus que pour mon général Wellington en plomb que tu as égaré et que Papa n'a jamais trouvé à remplacer.

— Tu étais en droit de me renier pour le reste de mes jours.

— Après que tu es venue t'excuser, j'ai réfléchi et j'ai compris pourquoi tu avais fait ça.

— Tu as cessé de m'en vouloir ?

— À moitié, dit-il avec un sourire taquin. Il y avait parmi ces dessins ceux de Daisy. De les perdre m'a fait beaucoup de peine. Mais c'est peut-être justement ma souffrance devant cette perte qui m'a fait voir les choses autrement. Il a fallu que tu me détestes vraiment pour vouloir détruire tous mes dessins. Après ça, il a fallu aussi que tu m'aimes beaucoup plus pour venir t'excuser.

— Je ne t'ai jamais détesté, James.

— Je sais. Tu étais jalouse parce que Papa m'avait emmené voir l'exécution de Burke. Et tu rêvais d'assister à la dissection du corps.

— Oui, admit-elle avec une pointe d'amertume dans la voix.

— Malgré tout ça, tu m'avais aussi dit que je ferais probablement un meilleur artiste que tu pourrais être médecin. Parce que je possédais ce sixième sens, comme Mama. Tu te souviens ?

— Celui qui sait sentir les choses qu'on ne voit pas.

— Oui, exactement, confirma-t-il la gorge serrée d'émoi. C'était la plus belle chose que tu m'aies jamais dite. Je pense même que c'est le plus merveilleux compliment qu'on m'a fait. Parce que moi, je t'admirais pour ton intelligence et cette détermination que je n'avais pas. Si tu pensais ça, c'est certainement parce que c'était vrai. Tu vois les choses avec lucidité, simplement et telles qu'elles sont, belles ou laides. Tandis que moi, je dois toujours les compliquer, leur inventer un sens, une raison d'être différente de celle du commun.

— C'est la beauté de ton art, Jamie. Comment serait la vie sans le regard des artistes ? Elle serait justement… si commune.

Il sourit, ironique.

— Vois, encore, tu as raison.

Plus triste, elle hocha la tête.

— Tu vivras ton rêve, alors. Tu seras un artiste.

— Grâce à toi, Charlotte. Je ne t'ai jamais remerciée pour ça. Voilà pourquoi je voulais que mon premier vrai tableau soit pour toi. Tu m'as inspiré des couleurs aussi belles et vives que tu peux l'être. Alors… voici, pour toi, Charlotte, ma muse.

Ce disant, James avait retourné le tableau pour le lui montrer. Charlotte ouvrit la bouche devant le tourbillon de teintes brillantes. Souvenirs de la Jamaïque se fondant dans un entrelacs de végétation que parsemaient comme des bijoux des oiseaux, des fleurs et des papillons. Au centre, la mer bleue, telle qu'elle l'avait vue.

— Jamie…

Le coup d'émoi était si fort. Nicholas. Il était si loin. Elle se mit à pleurer.

— Alors, tu l'aimes ? Les fleurs et les arbres sont-ils fidèles à ce qu'ils sont vraiment là-bas ?

— Oh, oui ! Identiques. Et l'arbre duppy. Et les hibiscus. Et l'ara. Oui, ils sont exactement comme je les ai vus. Jamie ! C'est… le plus beau cadeau de toute ma vie.

— Je suis ravi de l'entendre.

Fier de son succès, son frère posa le tableau contre le mur en face d'eux et prit place à côté d'elle. Il était devenu si grand, son petit Jamie. Maintenant bien plus grand qu'elle. Cela faisait si bizarre à Charlotte de constater qu'ils n'étaient soudain plus des enfants, que James était déjà presque un homme, qu'il entrait dans le monde des grands, son rêve entre les mains, alors qu'elle, tout lui échappait. Le chagrin l'envahit et elle cacha son visage entre ses mains.

— Je suis heureuse pour toi, Jamie, sanglota-t-elle. Tu désirais tant peindre comme Mama.

Il entoura ses épaules de son bras et la pressa affectueusement contre lui, l'embrassant tendrement sur la joue.

— Et ça te fait pleurer ? murmura-t-il.

Elle sourit, essuya ses joues et l'embrassa à son tour ; il reprit à mi-voix, presque honteux :

— Je n'ai pas oublié. Alors que moi je rêvais de peindre comme Mama, tu rêvais d'être médecin comme Papa.

— Ça n'arrivera jamais. Je le sais maintenant. Il y a des rêves qui ne se vivent qu'en rêve.

Passa un moment de silence.

— J'ai l'intention de retourner en Jamaïque, Jamie, lâcha enfin Charlotte.

Il la regarda avec surprise.

— Pourquoi ? Les Elliot sont morts. Tes amis les Cox sont rentrés en Angleterre. Tu ne connais plus personne là-bas.

— La rébellion est terminée. Dans quelques mois, les Cox vont bien retourner chez eux.

— Peut-être, mais… pourquoi vouloir retourner dans cette île ? Tu as toi-même dit ne pas te sentir à l'aise parmi les planteurs. Que l'esclavage te dégoûtait et… Charlotte, chez toi, c'est ici.

— Je ne resterai pas toute ma vie à Weeping Willow.

— Certainement pas. Mais après ce qui s'est passé là-bas, je serais surpris que Mama accepte de te laisser y retourner.

Elle secoua les épaules dans un mouvement d'impatience. Il l'observa, se sentit soudain triste.

— Ces temps où on partageait nos plus grands secrets me manquent, tu sais.

Il prit sa main, y déposa un tendre baiser, puis lui souhaita bonne nuit. Seule, Charlotte resta un moment pensive.

« À moi aussi… Jamie. »

Chapitre 10

Édimbourg

Avec un bonheur coupable, Charlotte redécouvrait les soubresauts des étés écossais, ses pluies spontanées, rafraîchissantes, et le retour aussi subit du soleil qui faisait chanter les oiseaux dans les bassins et briller comme des tapis d'émeraude l'herbe des prés dans lesquels paissaient les troupeaux de moutons. Elle avait renoué avec ses vieilles habitudes et se baladait quotidiennement au bras de James le long des pâturages de Grange Farm ou dans Hope Park que fréquentaient de plus en plus de gens de la bonne société. Ils parlaient beaucoup. De la famille. Des arts et de la Jamaïque. De l'esclavage et de la rébellion. Du choléra. De la vie et de la mort.

— Quand tu as été malade, tu as eu peur de mourir ? demanda Charlotte à son frère.

Accoudé à un muret de pierres, James observait un collie des Borders rassembler son troupeau.

— Je ne sais pas, dit-il. Je pense que j'ai plutôt pensé à la peine que je ferais à Mama si je mourrais.

Elle hocha la tête.

— Quand Papa était malade sur le bateau, il disait parfois vouloir mourir. À l'hôpital de Old Montpelier aussi, il arrivait que des malades appellent la mort. Quand on a mal, je pense qu'on n'en a plus vraiment peur. On ne veut que se délivrer de la souffrance. Et la mort, forcément... délivre l'âme qui a mal. Tu connais le mythe de Psyché ?

— La Psyché du conte d'Apulée ?

— Mr Lauder m'a un jour raconté que Psyché était souvent représentée comme un papillon pour symboliser l'âme délivrée du corps à sa mort.

James avait remarqué que Charlotte évoquait souvent ce Mr Lauder. Elle en disait peu, mais le gérant de Old Montpelier semblait être constamment dans les pensées de sa sœur.

— Il est comment, Mr Lauder ?

— Euh... gentil.

Le rouge avait brusquement ravagé les joues de Charlotte et ses yeux fuyaient vers l'horizon.

— Tu le voyais souvent ?

Ses doigts bougeaient nerveusement et elle forma une moue agacée. Remarquant le trouble de sa sœur, James l'observa plus attentivement.

— Obligatoirement, puisque j'enseignais à son fils Lucas. Jamie, je ne t'ai jamais parlé de mon projet ? enchaîna-t-elle.

James lui dit que non. Elle lui parla longuement de son projet d'école de gardes-malades.

— C'est dommage que l'hôpital de Papa ait été incendié, dit-elle pour finir.

— Tu crois vraiment que Papa accepterait que tu travailles à son hôpital, Charlotte ? Le choléra, tu y as pensé ?

Le passage d'un merle capta momentanément leur attention.

— De toute façon, fit Charlotte pensivement, la question ne se pose plus, n'est-ce pas ? Des mois s'écouleront encore avant que la reconstruction soit achevée.

Une lettre pour Charlotte arrivée de Lichfield, lieu de résidence des Dryden dans le Staffordshire, donna à penser que des mois pourraient aussi s'écouler avant que se présente l'occasion pour elle de retourner en Jamaïque. Catherine lui racontait que son père était gravement malade. Mais il n'y avait pas que la maladie du père de Catherine qui retenait le couple en Angleterre. Son amie lui annonçait attendre la venue d'un nouvel enfant. La naissance était prévue pour décembre. C'était un cadeau du Ciel qu'elle ne voulait pas risquer de perdre en entreprenant la longue traversée de l'Atlantique. Leur retour en Jamaïque en serait inévitablement retardé. Des mois d'attente stérile. Perdus. Charlotte pourrait en faire quelque chose, les mettre à profit, s'instruire, se rendre utile. Se rendre utile. Elle repensa à son projet. Il existait nombre d'établissements hospitaliers dans la ville. Charlotte songea au Royal Infirmary. Elle en glissa un mot à sa mère. L'horreur. Mais que pensait-elle là ? Et le choléra ? C'était hors de question ! Une jeune femme de son rang ne travaillait pas dans un hôpital. Charlotte s'obstina. Dana lui tint tête. C'est pleine de ressentiment et en pleurs que Charlotte gagna sa chambre.

Voyant sa fille chaque jour plus languissante, Dana commença à s'inquiéter. Elle se mit en devoir de la divertir. Il lui fallut pour cela se fouetter pour oser se montrer de nouveau en public. « Tu ne peux pas vivre recluse le reste de ta vie », l'encourageait Francis. Les efforts qu'elle mettait pour parler et ne pas vaciller au bras de sa fille l'épuisaient. Des sorties en voiture à la campagne, à la ville, pour visiter Harriet, entendre des récitals au St. Cecilia's Hall ou pour simplement prendre le thé dans le chic Prince's Street. Parfois, quand le temps le permettait, elles remontaient Leith Walk, jusqu'au port de Leith pour admirer de loin les navires et la mer. Elles prenaient soin de ne pas approcher les lieux insalubres où l'air stagnant et corrompu pouvait être un foyer du germe du choléra. À l'occasion, elles se rendaient à Liberton, chez Mrs Arnott. Petit à petit, le bienfait de ces escapades fit son œuvre. Le moral de Charlotte s'éleva et le teint de Dana retrouva presque tout son éclat de naguère.

Elles parlaient beaucoup. De choses et d'autres. De la maladie de Dana. De ses progrès surprenants. Du mariage de Jonat et de Margaret Arnott. La date de la célébration avait été fixée au vingt juillet. Il restait encore tant à faire. La toilette, le traiteur, les fleurs dont il fallait s'occuper. Les goûts de Margaret étaient simples. Une robe en taffetas de soie brochée bleu ciel. Et un bouquet de lys blancs. Pour son propre mariage, Charlotte dit qu'elle choisirait des hibiscus géants. Rouges comme des soleils couchants dans la mer des Caraïbes. La remarque avait fait sourciller Dana, qui pensa que sa fille était possiblement mûre pour effectuer sa sortie dans le grand monde. Elle aborda le sujet en lui suggérant le bal du printemps organisé par le Assembly Hall, dans George Street. Charlotte dit qu'elle y penserait.

La nouvelle du mariage de son oncle avait surpris Charlotte, mais Dana l'avait rassurée sur les raisons de cette union. Raisons que comprenait difficilement sa fille. L'important était qu'ils fussent heureux, lui disait-elle. Mais après avoir elle-même connu la félicité des caresses d'un amant, Charlotte se questionnait sur le genre de bonheur que pouvait apporter une union au caractère chaste comme celle de Jonat et Margaret. Quoique… Mrs Arnott était clouée dans son fauteuil roulant et avait passé l'âge d'avoir des enfants.

Charlotte se demanda soudain. Un corps impotent pouvait-il encore vivre le désir ? Elle s'interrogea sur sa mère. Mais il y avait des questions qui ne se posaient pas. Depuis l'attaque, ses parents se contentaient-ils exclusivement d'amour tendre ? Dana lui avait expliqué que c'était cet élan naturel du cœur que partageaient Jonat et Margaret. Plus durable que l'amour-passion.

L'amour-passion. Tout la ramenait vers Nicholas. Que faisait-il ? Elle aurait dû recevoir une réponse de lui. L'avait-il déjà oubliée ? Le courrier prenait du temps à traverser l'océan. Parfois, il s'y engloutissait. Comment savoir ? De son côté, elle lui écrivait une nouvelle lettre tous les jours, les rassemblaient dans une enveloppe qu'elle expédiait une fois toutes les deux semaines. Pour éviter les questions, elle se rendait elle-même au comptoir postal et payait de sa propre bourse les frais d'envoi.

« Patience », s'encourageait-elle.

À Weeping Willow, les souvenirs d'une enfance douillette lui revenaient avec les odeurs et les bruits familiers, la réconfortaient pendant l'attente. Une attente qui devenait chaque jour plus difficile à vivre. Pour la tromper, Charlotte aidait Rachel avec son nouveau-né. Un gros garçon plein de santé qui laissait bien peu de répit à sa mère. Elle s'étourdissait dans des activités qu'elle organisait avec ses frères et sœurs. Pique-niques, chasses aux papillons, une pièce de théâtre qui devait être jouée lors de la fête prévue avant le départ pour Londres de ses cousins Nasmyth, en septembre.

Le mariage eut lieu à Liberton comme prévu. Une cérémonie intime. Quelques amis. La famille. Les Seton, les Nasmyth. Deux des sœurs de Margaret et son frère cadet, William Balfour. Sans doute pour démontrer leur désapprobation, Thomas Cullen et le frère aîné des Balfour n'avaient même pas daigné répondre à l'invitation. L'évènement en fut un triste et heureux. Le souvenir de la mort tragique de Maisie était encore trop présent.

Septembre : Charlotte fêta ses seize ans. Octobre : les arbres se coloraient graduellement dans un spectre allant du jaune vif au noisette doré. Les frondaisons ajoutaient des lueurs ambrées à la lumière qui perdait chaque jour en force. Bien que les journées connussent un reste de tiédeur automnale, les nuits étaient nettement plus froides. Charlotte désespérait de voir le temps filer. Elle triait le courrier qui arrivait. Mais rien ne lui parvenait de la Jamaïque. Voyant sa fille inexorablement sombrer dans la mélancolie, Dana consulta Francis. Elle croyait que leur fille souffrait d'un spleen passager dû au changement de climat. Aussi, Charlotte s'ennuyait de son amie et d'un quotidien monotone. Il fallait l'occuper. Les enfants avaient repris le chemin de l'école. S'était brisée la routine estivale. James n'était plus aussi souvent à la maison. Amuser petit Joe et Frances ne suffisait pas à soutenir l'effervescence intellectuelle de Charlotte. Il lui fallait une activité plus prenante.

Miss Fraser's Boarding School recherchait une institutrice. L'école était située dans Wilson's Close, dans le quartier de la Cowgate. Loin de posséder la classe de Mrs Hargrave, Miss Fraser était une dame au visage dur et craquelé comme un sol aride, sèche et tordue comme un vieil arbre rabougri par les attaques répétées du temps. Et elle était dotée d'un caractère trempé que n'osait défier aucune institutrice ou élève. Les jeunes bénéficiaires se présentaient à l'établissement dès sept heures du matin. Elles étaient lavées, habillées de propre, leur chevelure était inspectée et passée au peigne fin. Enfin, après un petit déjeuner substantiel de gruau et de tartines à la mélasse, elles se présentaient dans les salles de cours. Un déjeuner léger interrompait les classes, qui se terminaient à quatre heures trente de l'après-midi. Ensuite, elles avalaient un dernier repas composé d'un peu de viande et de légumes bouillis, revêtaient leurs habits personnels et quittaient l'école vers six heures.

Le douzième jour d'octobre, Charlotte intégra l'équipe d'institutrices et s'adapta rapidement au strict horaire. Elle fut chargée de dispenser les cours à une classe de quinze élèves, filles d'ouvriers, et dont plus de la moitié savait à peine écrire leur nom. Plusieurs étaient Irlandaises nouvellement immigrantes et ne parlaient que très peu d'anglais. Sa tâche de leur apprendre l'histoire de l'Angleterre et de l'Écosse se révéla être un défi plus ardu qu'elle ne l'avait imaginé. Mais elle l'accepta avec grâce, décidée d'en retenir une expérience qui lui serait profitable.

L'énergie que devait quotidiennement déployer Charlotte réussit à l'écarter de ses principaux soucis. Du moins, le temps que durait le tumulte de l'école. Jusqu'à ce qu'un incident vienne tout remettre en cause. Le matin du dernier jour du mois, désirant profiter du soleil qui brillait radieusement, Charlotte fit le trajet jusqu'à l'école à pied. À son arrivée dans Wilson's Close, elle trouva un attroupement inhabituel des élèves de Miss Fraser accroupies autour d'une charrette remplie de fumier. Sans doute une bête quelconque blessée réfugiée là.

— Miss Farquard, dit-elle en s'adressant à la plus vieille d'entre elles, vous connaissez les règlements sanitaires qui prévalent depuis le choléra.

— Oui, Miss Seton. Mais c'est…

— Je vous suggère d'entrer tout de suite avant que Miss Fraser vous voie. Elle pourrait vous interdire l'accès à l'école pendant une semaine.

Comme si elle n'avait rien entendu, la demoiselle Farquard lui tourna le dos et se pencha sous la charrette. Mais, qu'est-ce qui attirait autant l'attention des filles ? Elle s'approcha.

— C'est Miss Seton, Sarah. Tu n'as rien à craindre. Allez, donne-moi la main…

— Qui est caché là-dessous ? s'enquit Charlotte.

— Sarah Dunn, Miss.

— Que fait Miss Dunn sous ce tas d'immondices ?

À son approche, soudainement silencieuses, les élèves s'écartèrent. Charlotte s'accroupit à son tour tandis qu'une fétide odeur d'excréments l'enveloppait. Recroquevillée sur elle-même et secouée de tremblements, Sarah Dunn gémissait faiblement.

— Sarah, vous m'entendez ? C'est Miss Seton. Que vous arrive-t-il ?

La fillette souleva son menton ; Charlotte laissa échapper un cri étranglé.

— Doux Jésus ! Entrez toutes à l'intérieur, ordonna-t-elle brusquement aux filles. Miss Farquard, alertez Miss Fraser.

La directrice de l'école surgissait au moment où Charlotte réussissait à extirper l'enfant sanglotant de sous le véhicule en tirant sur le col de son manteau. Son visage était couvert d'ecchymoses et barbouillé de sang. La lèvre inférieure était fendue. Elle devait s'être réfugiée là depuis un bon moment. Elle grelottait et claquait convulsivement des dents.

— Qui vous a fait ça, Sarah ? demanda-t-elle.

— C'est certainement son sauvage de père, la renseigna Miss Fraser. Un ivrogne et une brute, celui-là. Ce n'est pas la première fois qu'il la corrige de cette manière. Allons, Miss Dunn ! Vous savez qu'il vous faudra finir par casser ce caractère qu'est le vôtre. Votre père ne vous laissera pas tranquille autrement. Venez, un bain et un gruau bien chaud vous remettront d'aplomb !

Elle empoigna la fillette par le bras pour la forcer sur ses jambes. Sarah lâcha un hurlement strident qui figea les deux femmes. Sous le coup de la douleur, le visage de Sarah devint aussi blanc que la craie, accentuant la teinte bleutée de ses lèvres.

— Elle est blessée, observa Charlotte.

Pendant qu'elle palpait précautionneusement la fillette, Miss Fraser s'écartait avec une expression de dégoût et de peur. Les jupes étaient souillées d'urine et d'excréments. Charlotte le remarqua à son tour, hésita.

— Ne la touchez pas, Miss Seton ! s'affola la directrice. Elle a attrapé le choléra. Entrez immédiatement dans l'édifice, je vais envoyer Miss Macdonald à l'Infirmary. On viendra la chercher.

— On ne peut pas l'abandonner ici toute seule ! protesta Charlotte.

— Si, on le peut ! Qui viendra la toucher ? Allez, d'autres filles ont besoin de votre assistance. Vous ne pourrez qu'attraper le mal à votre tour si vous vous entêtez à rester ici.

Charlotte hésitait toujours. Elle observa plus attentivement Sarah, qui gémissait sur les pavés à ses pieds. Dieu ! Elle ne pouvait tout de même pas laisser cette enfant à ses souffrances comme un chien ? C'était inhumain.

— Je ne veux pas, s'opposa-t-elle.

— Je vous l'ordonne, Miss Seton. Pour notre sécurité à toutes.

— Sarah n'est pas cholérique, déclara Charlotte, envahie soudain d'une assurance nouvelle.

— Qu'en savez-vous ? Elle trempe dans ses déjections ! Vous savez ce que ça veut dire, non ?

Elle n'en savait rien. Elle souleva les jupes de Sarah. La pauvre enfant voulut l'en empêcher, mais Charlotte lui dit qu'il fallait s'assurer qu'elle n'avait pas le choléra. Elle nota des selles d'apparence normale. La fillette affirma ne pas avoir mal au ventre ni avoir vomi. Sarah ne présentait aucun des symptômes typiques connus de la maladie.

— Elle a fait dans ses jupes parce qu'elle souffrait trop pour faire autrement, en déduisit-elle.

— Laissez les médecins en décider. Maintenant, entrez, Miss Seton.

— Non !

— Je pourrais vous congédier pour votre impertinence.

— Alors, faites, Miss Fraser. Parce que je reste ici avec Sarah jusqu'à ce qu'arrivent les secours. Maintenant, si vous avez un peu de cœur, allez dire à Miss Macdonald de courir jusqu'à l'hôpital. Cette enfant souffre beaucoup.

L'œil brillant du défi lancé, Charlotte s'était dressée pour affronter la dame. Cette dernière la toisa avec dédain, se détourna et se dirigea vers l'établissement. Sur le seuil, elle se retourna et lui lança :

— Vous êtes renvoyée, Miss Seton.

Tout en sécurisant la petite Sarah avec des paroles réconfortantes, Charlotte suivit les brancardiers jusqu'au Royal Infirmary, qui n'était qu'à quelques coins de rue de là. Le portier les conduisit jusqu'à la salle d'inspection. Un médecin passerait. Quand ? Haussement d'épaules. Habituellement avant-midi. Charlotte s'indigna. Cette enfant souffrait !

— C'est ce que font tous les autres qui attendent, lui signifia l'un des brancardiers avant de s'éloigner.

Des malades attendaient sur les bancs. Charlotte les dévisagea tour à tour. Une femme allongée gémissait doucement. Un garçon dormait dans un coin, seul. Un homme âgé, un linge ensanglanté enveloppant son front, discutait avec entrain avec son voisin, qui semblait, lui, souffrir d'un excès d'alcool. Charlotte prit place près de Sarah et patienta. Après une heure, elle s'impatienta. Elle se dirigea d'un pas ferme vers le poste de garde. Il devait bien se trouver un médecin disponible dans cet hôpital pour traiter cette pauvre enfant !

— Excusez-moi, madame, mais vous ne pouvez circuler ici. C'est réservé au personnel.

Charlotte pivota pour voir qui avait parlé. Elle se retrouva face à face avec un jeune homme d'apparence fort charmante, une pile de dossiers sous le bras.

— Mr Collins ? Mr Guy Collins ? Est-ce bien vous ? fit-elle, incertaine de s'adresser à la bonne personne.

Le jeune homme la dévisageait avec le même étonnement.

— Miss Seton ?

— Mr Collins, que faites-vous ici ?

— Je… Mais, je travaille ici, lui répondit-il. Je suis copiste. Et vous alors ?

— Je cherche un médecin.

Il éclata de rire.

— Votre père n'est-il pas médecin ?

— Oui, fit-elle confusément. C'est qu'il s'agit d'une urgence. Une fillette blessée…

Le feu couvrit subitement les joues de Charlotte. Ce qu'il avait grandi, Guy la mouche ! C'était maintenant un homme. Et il était franchement plus séduisant que dans ses souvenirs.

— Je suis… enfin, j'étais institutrice à l'école de Miss Fraser dans Wilson's Close. C'est tout près. L'une des élèves a été sévèrement maltraitée. Je crains qu'elle n'ait un bras fracturé.

Le jeune homme lança un regard embarrassé vers la salle d'attente. Le docteur Lettsom ne commençait pas avant midi. Il était présentement occupé aux étages. C'était la procédure habituelle. « La procédure, pensa Charlotte, pouvait parfois être assouplie. » Elle pêcha dans son réticule une couronne d'argent qu'elle lui tendit. Guy baissa les yeux sur la pièce. Son expression se ferma brusquement. Elle découvrit trop tard la blessure dans le regard.

— Je suis navré, Miss Seton. Mais je ne peux pas accepter votre argent. Si vous désirez faire un don pour l'établissement, la boîte prévue à les recevoir est juste là, près de la porte.

Il allait se détourner ; Charlotte l'accrocha par le bras.

— Mr Collins. Veuillez accepter toutes mes excuses. Je ne voulais pas vous vexer. C'est que Sarah souffre beaucoup. Je suis certaine qu'elle a passé une partie de la nuit dans la rue. Si elle ne reçoit pas de soins immédiats, son état empirera.

Le jeune homme la dévisagea gravement. Resurgirent dans l'esprit de Charlotte les cours à l'école du dimanche du pasteur Kincaid. À cette époque, l'attention que lui portait Guy Collins l'irritait. Elle lui trouvait la mine vilaine et il était presque aussi maigre que Fergus le squelette dans le cabinet de son père. Quatre années s'étaient écoulées depuis. La silhouette avait pris des proportions plus athlétiques. La voix avait pris des inflexions plus basses et de longs favoris et une mince barbe brune soulignaient une mâchoire à la ligne vigoureuse. Seule la mouche… le nævus qu'il portait au-dessus de son sourcil droit, lui avait indiqué qu'il était le frère de son amie Anna. Charlotte l'appelait méchamment Guy la mouche pour se moquer de ce nævus. Elle reconnaissait l'avoir trop souvent intentionnellement blessé pour se débarrasser de sa présence. Lui offrir de l'argent dans le but de l'inciter à enfreindre les règlements était une insulte de plus. Les Collins n'étaient pas des gens très fortunés. Mais c'étaient des gens respectables.

— Mr Collins, je suis sincèrement désolée, murmura-t-elle encore devant l'impassibilité que conservait le jeune homme.

Elle empocha sa pièce de cinq shillings et retourna auprès de Sarah, qu'elle entendait gémir. La fillette avait vomi un filet de bile. Elle transpirait et délirait tant elle avait mal. Les doigts de sa main gauche commençaient à cyanoser. Déjà les regards qui se posaient sur elle se remplissaient de suspicion.

— Laissez-moi la regarder, fit une voix dans son dos. Je suis étudiant en deuxième année de médecine. Peut-être… enfin, je verrai ce que je peux faire.

Guy l'avait suivie et se penchait sur la fillette. Lorsqu'il eut terminé, il jeta un regard inquiet à Charlotte et lui dit qu'il en glisserait un mot au docteur Lettsom. Elle le remercia. Il lui fit un sourire et s'en alla. Moins d'une heure plus tard, Sarah Dunn était admise à l'étage chirurgical, où le chirurgien de garde s'occuperait d'elle. Charlotte obtint la permission de veiller l'enfant jusqu'à ce qu'on la prenne en charge. En attendant, avec mille précautions, elle retira les vêtements souillés et nettoya soigneusement les cuisses de Sarah, qui pleurait d'humiliation et de douleur.

— Est-ce que j'ai attrapé le choléra comme l'a dit Miss Fraser ? Mon père sera terriblement en colère et Miss Fraser ne voudra plus me prendre dans son école.

— Non, tu n'as pas le choléra, Sarah, la tranquillisa Charlotte en rabattant la chemisette sur les frêles jambes grelottantes. C'était un accident. Des accidents, ça arrive à tout le monde. On ne le dira à personne, d'accord ?

Sarah hocha la tête. Charlotte la recouvrit d'une chaude couverture. Ce qu'avait subi cette enfant était inadmissible. Charlotte ne pouvait imaginer qu'un père pût lever aussi durement la main sur l'un de ses enfants. Et pourtant, elle savait pertinemment que cela se vivait tous les jours dans des centaines de foyers, pauvres ou riches.

Elle effleura les joues meurtries, caressa la chevelure emmêlée dans laquelle s'accrochaient des brins de paille. La douleur dans le bras causait des soubresauts, plongeait Sarah dans un état de torpeur. Charlotte l'apaisait de mots doux. Sarah finit par s'assoupir d'épuisement.

Charlotte quitta le chevet de Sarah deux heures plus tard. Pendant qu'elle traversait la salle, un sentiment étrange l'envahissait. Un véritable hôpital. Son père ne lui avait jamais permis de s'aventurer plus loin que le hall. Les odeurs et les bruits qu'elle percevait réveillaient des souvenirs. Ses pas se posaient probablement sur les traces de ceux de son père, de son grand-père et même peut-être de son arrière-grand-père. Trois générations de Seton avaient œuvré au Royal Infirmary et siégé à son conseil d'administration. Jusqu'à ce que son père décide de fonder son propre hôpital. Elle toucha les murs, la rampe de chêne de l'escalier, effleurait le bois de chaque porte qu'elle passait. Son cœur se remplissait de tristesse à l'idée qu'elle ne pourrait jamais y travailler à son tour. Simplement parce qu'elle était une femme. Tout ce que son sexe lui refusait… quelle injustice.

Au moment où elle plongeait dans le flot de lumière qui inondait la sortie, Charlotte entendit appeler son nom. Guy Collins venait vers elle. Il lui offrit gentiment de la tenir informée de l'état de santé de sa petite protégée. Elle le remercia. Elle reviendrait demain. Elle l'avait promis à Sarah. Guy ne lui cacha pas le plaisir que cela lui causait de la revoir. Elle était de retour de Londres ? Non, de la Jamaïque. Vraiment ? Il avait lu qu'il y avait eu un soulèvement d'esclaves. En effet. De toute sa vie, c'était ce qu'elle avait vécu de plus angoissant. Comment allait Anna ? Anna venait de se fiancer avec Mr Gilford, un jeune pasteur de Dalkeith. Guy réitéra son bonheur de la revoir. Charlotte lui fit savoir qu'elle avait déjà trop tardé. Elle devait partir. Au moment de se séparer, Guy pêcha dans sa poche une poignée de caramels mous qu'il lui offrit. Charlotte s'empressa de refuser. Mais le jeune homme insista.

— C'est ma mère qui les a confectionnés. Vous vous rappelez, vous les adoriez.

Il se souvenait du penchant de Charlotte pour ces confiseries. Elle finit par en prendre un, qu'elle dégusta sur le chemin du retour à Weeping Willow.

Encore troublée par les évènements de la journée, oubliant de frapper pour s'annoncer, Charlotte fit irruption dans la serre, où ses parents prenaient le thé. Sans remarquer qu'elle interrompait leur discussion, elle demanda si du courrier était arrivé pour elle.

— Pas aujourd'hui, répondit Dana.

Elle replia lentement les feuilles de papier qu'elle tenait ouvertes sur ses genoux et fit observer à sa fille qu'elle entrait plus tôt que d'habitude. Une migraine, mentit Charlotte. Ça avait débuté un peu avant le déjeuner. Sa mère lui suggéra de monter dormir un peu. Elle serait tranquille jusqu'au dîner. Janet et James aidaient Frances et Blythe à créer des masques dans la nursery. Ce soir était soir d'Halloween. Les enfants allaient sortir masqués et armés des lanternes de rutabagas évidés et sculptés de faciès grotesques que leur avaient fabriquées Mr Dawson et Will'O. La nuit de la Samhain, le monde des morts se mêlait à celui des vivants. L'idée était d'effrayer les esprits qui viendraient rôder autour de la maison. Bien entendu, les enfants s'amusaient mieux à donner la frousse aux voisins avec leurs hurlements démentiels et leurs fous rires.

— Je me demandais, dit Charlotte à son père juste avant de prendre congé, si votre hôpital n'avait pas été incendié, m'auriez-vous permis d'y travailler ?

La question prit Francis de court. Il se rappela la conversation qu'ils avaient eue à bord du *Florence*. Il lui avait dit que rien ne lui ferait plus plaisir que de la laisser visiter l'hôpital. Qu'il lui proposerait même de l'accompagner dans ses visites. Mais, de là à accepter qu'elle y travaille.

— Je ne crois pas que le contexte actuel m'aurait permis de te laisser approcher les malades.

C'était la réponse à laquelle Charlotte s'attendait. Elle ne commenta pas. Comme elle passa sous silence la mésaventure de Sarah, son licenciement et sa rencontre avec Guy Collins à l'hôpital. Elle ne s'en sentait pas l'humeur. Elle n'avait surtout pas envie de subir les foudres de son père parce qu'elle s'était exposée à toutes ces terribles maladies auxquelles il s'exposait lui-même tous les jours. Charlotte se dirigea plutôt vers la cuisine, d'où s'échappait un envoûtant fumet. Un peu du curry de Quamina qui mijotait dans la marmite de Mr Dawson la réconforterait.

Après le départ de leur fille, le silence retomba sur le couple Seton. Dana alla refermer la porte restée ouverte et se retourna vers Francis. Ce dernier avait pris le document qu'elle avait déposé sur la table en se redressant.

— Tu crois qu'elle est… satisfaite de sa place chez Miss Fraser ? demanda-t-elle.

— Pourquoi ne le serait-elle pas ?

Parcourant le document, il avait parlé distraitement.

— Si le choléra n'avait… pas menacé, si… si le feu n'avait pas… rasé l'hôpital, tu l'y aurais laissée travailler ?

Cette fois il leva les yeux, la considéra sérieusement.

— Reconnaître les qualités de ma fille dans le domaine médical ne signifie pas que je pense que ce genre de travail lui convient.

— Pourtant, tu ne t'opposais pas… à ce qu'elle travaille à l'hôpital de Montpelier.

— La Royal Infirmary ne se compare pas à un petit hôpital de plantation où une poignée de nègres cherche principalement un refuge pour éviter de travailler pendant un jour ou deux.

— C'est vraiment… comment vois-tu… les choses ?

Francis grogna. Il détestait être confronté de la sorte. Et d'autres préoccupations obnubilaient son esprit.

— Non, évidemment. Je suis du même avis que Charlotte sur la façon dont on traite les esclaves. Mais je ne pense pas que les deux situations soient comparables. Dana, tu sais comment ça se passe dans un hôpital public. Les gens qui s'y rendent le font parce que c'est leur dernier recours. Les salles sont surpeuplées, encombrées, mal entretenues. Les maux dont souffrent les malades sont le plus souvent contagieux et se propagent d'une aile à l'autre. De toute façon, tant que le choléra ne sera pas complètement éradiqué de la Grande-Bretagne…

— Moi, je pense finalement que les situations ne sont pas… si différentes que ça, poursuivit Dana, si ce n'est… le nombre de lits. En Jamaïque, il y a… les fièvres tropicales. Et le pian. Et quoi d'autre encore ?

Elle voyait juste et tous deux le savaient.

— Charlotte veut être garde-malade, insista Dana. Tu connais… son projet. Tu t'es montré d'accord avec son… son idée. Alors, où est le problème ? Une jeune femme de la qualité de Charlotte… doit-elle se contenter de visiter les enfants dans… dans les *poorhouses*[18] ou les orphelinats comme je le faisais avec la Ladies Association ?

— Ce n'est pas ça et tu le sais, Dana ! Charlotte a en tête de bouleverser les règles d'un monde régi par des principes qui datent de la nuit des temps.

— Justement ! La nuit des temps… est révolue. Francis, faut commencer à voir… plus loin. Tu as admis que Charlotte ferait… ferait un bon médecin. Dieu merci, elle n'en demande pas tant. Quoique… la place qu'elle revendique dans ce monde… demande une bonne dose de courage. Notre fille est plus solide… que tu veux le croire. Elle possède ce courage et… la détermination qu'il faut pour atteindre son but. C'est une battante. Et le plus important… Francis, c'est que tu sais qu'elle… a raison.

— Je le sais.

— Alors, où est le… problème ?

— Elle a en tête de réformer tout le système, Dana. Rien de moins ! Par le Christ ! Des hommes mieux aguerris qu'elle se sont brisés à moins.

---

18. Les *charity poorhouses* (*workhouses* en Angleterre) étaient des maisons de charité qui assuraient un gîte et un couvert aux indigents en échange d'un travail manuel.

Dana s'appuya au tronc du frangipanier qui la surplombait et marqua une pause pour reprendre son souffle avant de poursuivre.

— J'avoue ne pas être entièrement… d'accord avec ses idées… révolutionnaires. Mais je suis consciente que mon… opinion repose sur des bases purement égoïstes. Francis, on ne peut pas toujours… protéger ceux qu'on aime de la souffrance. Il y a des parcours… difficiles, plus gratifiants que certaines routes… pavées d'or.

Francis la dévisagea un instant sans rien dire. Esquivant son regard, Dana fit mine de pincer quelques fleurs fanées sur la branche qui se courbait au-dessus d'elle.

— Je pense qu'il faut en reparler… une autre fois. Tu es énervé… à cause de la réponse… de la compagnie d'assurances. Que vas-tu en faire ? demanda-t-elle pour revenir au sujet qui les préoccupait avant d'être interrompus par l'arrivée de Charlotte.

— Je ne sais pas, Dana, murmura-t-il en secouant sa tête avec lassitude. Je ne sais pas.

— Où en sont les travaux ?

— Les plans sont terminés. Les portions de murs jugés trop affaiblies ont été jetées au sol et reconstruites. Les autres jugées satisfaisantes ont été solidifiées. Jonat m'a affirmé que les ouvriers attaqueraient la charpente des étages et de la toiture la semaine prochaine. Il estime que la structure sera achevée dans trois semaines. Pour le moment, c'est tout ce que nos moyens nous permettent d'accomplir.

— Au pire, combien estimez-vous qu'il vous faille… encore pour… achever l'hôpital ?

— Au bas mot, un peu plus de quatre mille livres… murmura-t-il. Bon sang, Dana ! Où vais-je trouver une telle somme en si peu de temps ?

Francis reprit la réponse de la compagnie d'assurances et la parcourut une autre fois avec le naïf espoir de découvrir qu'il l'avait mal interprétée. Pendant ce temps, Dana enregistrait l'énormité du montant, s'efforçait de paraître sereine.

— Je peux organiser un dîner-bénéfice. Je suis certaine… que la paroisse de St. Cuthbert est disposée à organiser une nouvelle collecte de fonds.

— Tu sais que tu n'es pas en mesure de t'attaquer à une tâche aussi fastidieuse, Dana.

— Charlotte et Janet me seconderont, répliqua Dana en dissimulant sa vexation.

— Quand même. Ça ne suffira pas, et tu le sais, Dana. Les trois collectes de fonds qu'a accepté d'organiser la paroisse au cours des quatre derniers mois ont récolté près de cinq cents livres. Les gens ont fait ce qu'ils ont pu. Je ne peux abuser davantage de leur générosité.

— Et les bienfaiteurs ?

— Nous avons reçu quatre cent vingt-sept livres et une poignée de shillings. Le tiers de nos anciens donateurs n'ont pas donné suite à la demande. Et les dons de succession ne pleuvent pas.

— Weeping Willow... est évaluée à combien ?

Francis leva un regard circonspect.

— La dernière estimation l'évalue à huit mille sept cent quarante livres, mais ne possédant plus suffisamment de garanties, je ne peux alourdir l'hypothèque sans risquer de la perdre. Dana, avec ton frère j'ai exploré toutes les avenues possibles.

— Le gouvernement a refusé... la subvention ?

— Je n'ai encore reçu aucune réponse. Mais je ne me permets pas d'être optimiste. Notre nouvel élu à la Chambre, Sir Dalrymple, se rappelle certainement que les Seton ont toujours soutenu les tories. Vendre mes propriétés jamaïcaines à l'heure actuelle est impensable. Je dois me rendre à l'évidence, je me retrouve dans une impasse. J'avais espéré... qu'après avoir complété son enquête et constaté les faits que la compagnie d'assurances aurait enfin...

— Je vois, fit gravement Dana.

Elle promena un regard dans la serre tandis qu'un nœud se formait dans sa gorge.

— Dans ce cas, je suis d'accord... pour vendre Weeping... Weeping Willow si c'est ce qu'il faut, Francis.

— Vendre...

Pendant que son regard se posait sur le logotype de la Insurance Company of Scotland étampé à l'en-tête de la lettre, dans son esprit, il jonglait avec les chiffres. On l'avait officiellement lavé de tout blâme en ce qui concernait l'incendie. Mais, compte tenu de la nature criminelle du feu, la compagnie refusait de lui accorder la totalité du montant de sa réclamation. Or, ce qu'on lui accordait était nettement insuffisant pour garantir le parachèvement de l'hôpital. S'il abandonnait tout maintenant et se décidait de vendre ce qui avait été ressuscité des cendres de l'hôpital, il pourrait récupérer une bonne partie de l'argent que le nettoyage des ruines avait englouti jusqu'ici et continuer de vivre de ses rentes tout en espérant que le marché du sucre reprenne et le sorte du marasme. Mais, ce faisant, il risquait de perdre l'estime de ses pairs. Il foulerait des pieds tous les sacrifices faits par les siens. Pour poursuivre... La propriété de Weeping Willow était hypothéquée à plus de trois mille livres. Une fois le manque à gagner prélevé du montant de la vente, il ne leur resterait que de quoi acheter une modeste propriété. Dans le but unique de réaliser son rêve, pouvait-il faire subir une telle humiliation à ceux qu'il aimait ?

— Je ne sais pas, Dana, souffla-t-il dans sa paume.

Elle vint vers lui. À chacun de ses pas, elle prenait le temps de retrouver son équilibre. Dana ne serait jamais plus la femme qu'elle avait été il y avait quelques mois à peine. Mais il ne pouvait qu'admirer celle qu'elle était devenue à travers toutes ces épreuves. Et il ne l'en aimait que davantage.

— Cet hôpital est le rêve de... ta vie.

— Je ne le réaliserai pas aux dépens de ton bonheur et celui des enfants, affirma-t-il catégoriquement en la regardant dans les yeux. Plus jamais, Dana.

Un élan d'amour poussa Dana vers son mari. Elle enchevêtra ses doigts à la chevelure et attira la tête de Francis contre son ventre. Puis, caressant doucement ses boucles grises, elle ferma ses paupières.

— Weeping Willow n'est... pas tout. Nous pouvons être... heureux autrement, Francis. À Duddingston... dans l'une des maisons que tu loues. Elles sont jolies et... la campagne est belle. Bientôt... la ville et son vacarme cerneront Weeping Willow.

— Si j'avais pu vendre l'une de ces damnées plantations pendant qu'il était encore temps.

— Ce n'est pas arrivé. Et là... c'est trop tard.

Francis attrapa une main de sa femme, en pressa la paume sur sa joue avant de l'embrasser amoureusement. Puis il s'écarta, quitta son fauteuil et fit quelques pas. Il faisait chaud dans la serre et l'humidité avait embué les panneaux vitrés de la toiture. Il ouvrit l'une des fenêtres pour permettre à l'air frais de pénétrer. Que ferait Dana sans cet endroit merveilleux, plein de vie et de lumière, imprégné de tant de souvenirs ? Pendant son absence, elle avait recommencé à y peindre.

Dehors, Mrs Wilkie surveillait petit Joe et Frances qui s'amusaient dans la balançoire suspendue à l'une des branches du grand saule. Il se souvenait d'un autre saule, il y avait bien des années de ça, qui avait poussé à quelques yards de celui-là. Une balançoire y avait aussi été suspendue. Ses sœurs avaient eu l'habitude de la garnir de marguerites et de fleurs à papillons.

Son attention se projeta au-delà de l'arbre, vers les Pentland Hills qui s'empourpraient sous un soleil couchant. Ses épaules s'affaissèrent. Vendre Weeping Willow. Il avait beau se répéter la phrase, l'idée ne perçait pas sa raison.

⁂

Après avoir récupéré quelques effets personnels et touché le salaire qui lui était dû chez Miss Fraser, Charlotte se rendit au Royal Infirmary s'enquérir de l'état de santé de Sarah. La petite avait très peu dormi. La fièvre avait commencé à grimper en début de soirée et n'avait pas baissé depuis. Pouvait-elle la voir ? Est-ce qu'elle était de la famille ? Non, une… amie. La petite aurait sans doute besoin de la présence d'une amie. Personne n'était venu pour Sarah. « Quelle honte ! » pensa Charlotte en s'accrochant au pas de Miss Hill, une garde-malade assignée à l'étage chirurgical.

Sarah était brûlante et sa peau était couverte d'un voile de transpiration. Un peu hagarde, la fillette lui sourit. On lui avait administré du laudanum. Son bras gauche, immobilisé entre deux planchettes, était horriblement enflé et marbré de bleu. Comme le petit visage. Qu'avait fait Sarah pour mériter un tel châtiment ? L'enfant trempait dans son urine et sa chevelure n'avait pas encore été démêlée. Des brins de paille y étaient toujours fichés. Charlotte observa le manque flagrant de soins.

Miss Hill lui demanda si elle était une surnuméraire. Il y avait deux types de gardes-malades. Les ordinaires et les surnuméraires. Ces dernières étaient habituellement des femmes agréables et honnêtes, engagées par des patients qui possédaient les moyens de s'offrir un service de soins privés. Elles pouvaient travailler à n'importe quelle heure du jour ou de la nuit et obtenaient un bien meilleur salaire. Charlotte répondit par la négative. La dame haussa les épaules.

— Nous faisons ce que nous pouvons, expliqua-t-elle un brin irrité. Une garde-malade viendra s'occuper d'elle avant le déjeuner.

Miss Hill ouvrit la fenêtre près du lit. Le courant d'air qui s'engouffra poussa à l'intérieur le parfum de transpiration qu'elle dégageait. Charlotte demanda si elle pouvait lui fournir des draps propres et de quoi laver l'enfant. Elle s'en chargerait. Le visage large et rougeaud de la femme se tourna vers elle. Il était marqué par la variole et l'abus d'alcool. Mais le regard brillait d'une lucidité peu commune.

— Vous saurez comment vous y prendre ?

Miss Hill promena un regard circonspect sur la visiteuse, s'attarda sur les vêtements de qualité et les mains trop blanches et lisses. Elle semblait en douter.

— Je saurai, attesta Charlotte, qui n'en prit pas ombrage.

Elle sourit à la garde-malade. Elle s'occuperait de Sarah. Elle n'avait que ça à faire. On la croyait à l'école de Miss Fraser.

Les odeurs accumulées pendant la nuit stagnaient dans les salles. Des femmes vêtues de robes noires et de tabliers d'un blanc douteux ouvraient les fenêtres. Leurs jupons froufroutaient doucement. Elles se déplaçaient sans hésitation, d'une armoire à un lit, d'un lit à un autre. Elles étaient jeunes et vieilles. Sans âge. Elles la dévisageaient sans curiosité, sans sourire. Elles s'adressaient aux malades tantôt avec rudesse, tantôt avec douceur, les traitaient selon leur humeur. Charlotte les observait, fascinée. Ces femmes trop souvent méprisées. Combattantes sur le front des préjugés. Comme les fantassins, on ne pouvait s'en passer. Suffirait de mieux les armer. De leur témoigner un peu plus de gratitude. De reconnaissance pour leurs capacités.

Le service infirmier était généralement constitué de veuves désargentées, de vieilles filles sans moyens et de domestiques qui ne trouvaient pas meilleure place ailleurs. C'étaient des femmes rudes, sans éducation, abandonnées, parfois brutales, brutalisées, souvent sans foi. Mais chez qui les nécessités de la survie avaient développé un sens de la débrouillardise et un sens aiguisé de l'observation. Observer était une tâche importante dont devait s'acquitter une garde-malade. Elles étaient le regard sur lequel s'appuyaient les médecins. La maladie était un processus de guérison qui s'accompagnait de symptômes divers et souvent de souffrance. Il fallait tout noter, signaler.

Le chirurgien fit son apparition vers dix heures. Il voyageait d'un lit à l'autre, examinait l'occupant, l'interrogeait, prenait des notes dans un registre, donnait des instructions à son assistant, qui passait ses ordres aux employés subalternes. Vers onze heures, Miss Hill revint en compagnie d'une petite femme. *Sarah, deux vies plus tard*, songea immédiatement Charlotte en notant la ressemblance sous les traits tirés par le temps et les misères. Mrs Dunn la remercia. Elle prendrait la relève. Il lui avait fallu attendre que sa voisine puisse s'occuper des trois plus jeunes à la maison. Un regrettable accident, dit la mère pour expliquer l'état consternant de sa fille. Sarah était si maladroite.

Charlotte consulta l'horloge. Des heures à tuer. Qu'en ferait-elle ? Rentrer à Weeping Willow et avouer qu'elle avait été renvoyée de l'école ? Se morfondre encore des jours en attendant des nouvelles de Nicholas ? Elle avait longuement réfléchi à ce qu'elle ferait maintenant de son temps. Une idée avait timidement pris forme. C'était une idée terriblement audacieuse. Charlotte restait cependant partagée entre la crainte et le désir de la mettre à exécution.

Elle laissa son regard errer dans la salle. Tous ces malades, ces blessés. Miss Hill passait par là avec un pot de chambre. Il y avait tant à faire… L'hôpital n'accueillait pas les cholériques. Au moindre soupçon, on transférait les malades vers l'établissement provisoirement organisé depuis le début de l'épidémie dans Drummond Street.

Le nombre de cholériques se réduisait de jour en jour. Le mal s'essoufflait, se repliait, guérissait lentement, laissait derrière lui cette stupeur dans le regard de l'humain face à sa mortalité. Chacun, suspendu au fin fil de sa vie, soudain conscient de sa fragilité. C'était ainsi, toujours, après des temps de grands malheurs. Finalement, le choléra avait causé plus d'émoi que de mal. Les houillères et les manufactures tuaient plus d'hommes, de femmes et d'enfants. L'influenza avait déjà frappé plus cruellement. Ce qui terrifiait était la force avec laquelle le choléra frappait. L'aveuglement de la foudre. Le temps de ne rien voir, la Mort avait fauché. Plus souvent les miséreux. La pauvreté et la condition humaine étaient des vecteurs indubitables de la maladie. Lorsque l'épidémie serait complètement résorbée, assisterait-on à l'éveil d'une nouvelle conscience sociale ?

Le cœur battant, Charlotte se décida et appela Miss Hill.

— À qui dois-je m'adresser pour être garde-malade ?

— Votre tâche consiste à assister les médecins et à soulager les maux que fait tomber Dieu sur l'humanité. Et là elle s'arrête, lui apprit pompeusement Mrs Smith, la matrone de l'hôpital.

Leurs pas résonnaient dans la cage d'escalier. Quelque part dans l'édifice, on entendait les hurlements d'une femme.

— En aucun cas, Miss Reid, devrez-vous chercher à contrer la volonté de notre créateur. Pas même les médecins. Car Lui seul décide de la vie et de la mort.

Une porte s'ouvrit. Charlotte leva la tête. Une lumière diffuse fit pâlir la lueur des lampes, une ombre glissait sur le mur. Mrs Smith et Charlotte s'écartèrent pour laisser passer un homme portant un plateau chargé de bouteilles et d'instruments variés. Les cliquetis du verre et du métal s'estompèrent graduellement tandis qu'il s'éloignait vers le bas. Rendues au deuxième étage, Mrs Smith fit signe à Charlotte de passer devant. L'escalier débouchait en face d'une petite pièce. Elle était réservée aux gardes-malades, lui indiqua la matrone. À elles d'entretenir le feu. C'était là qu'elle pourrait se réchauffer et prendre ses repas. Tout alcool était prohibé. Qu'on la surprenne avec un flacon d'eau de vie et elle serait congédiée sur-le-champ.

— Votre santé est bonne, Miss Reid ?

— Excellente !

— Des enfants ?

La femme surveillait ses moindres expressions.

— Non. Je ne suis pas mariée, Mrs Smith.

— Comme s'il fallait l'être ! commenta l'autre. Alors, qu'est-ce qui vous oblige à travailler ?

— Mais… rien ! Je le fais parce que j'en ai envie.

— Une fille comme vous devrait avoir envie d'autre chose.

— Comme d'aider son prochain.

— Vous avez la foi ?

— En Dieu. En l'humanité, Mrs Smith.

— Vous en aurez besoin. Nos prières sont souvent le dernier remède des moribonds.

Tout de suite Charlotte aima cette dame, orgueilleuse et rébarbative comme l'avait été Sarah Jayne. Autant que cette dernière qui se méfiait de l'air trop sûre d'elle de la jeune nouvelle qu'on lui imposait. Que pensait accomplir ici cette fille de riches ? Gagner la rédemption divine pour une offense quelconque ?

Mrs Smith lui fit voir l'aile des servants, qu'occupaient des domestiques malades envoyés ici par leurs employeurs qui craignaient la contamination. Charlotte y serait affectée. La matrone lui énuméra les tâches dont elle serait chargée. Il fallait voir à tout ce que les médecins ne voyaient pas. Exécuter sans discuter chaque tâche qui lui serait assignée. Veiller à ce que l'aération des pièces soit adéquate. Tous les jours, de neuf heures à quatre heures, les fenêtres devaient être maintenues ouvertes pour chasser les miasmes accumulés pendant la nuit. L'atmosphère était purifiée deux fois par jour en faisant bouillir du vinaigre dans les salles. Une fois par semaine, les matelas étaient sortis dans la cour et battus pour être dépouillés des vermines. Lorsque sales, les lits devaient être changés et aussi avant chaque nouveau patient. Il fallait distribuer les repas et s'assurer que chaque bénéficiaire reçoive la diète qui lui était prescrite. Enfin, vider les pots de chambre, laver les malades et administrer leurs traitements.

Autant pour les gardes-malades que pour les patients, l'usage d'un langage vulgaire était proscrit, ainsi que la consommation d'alcool autrement que sous prescription. Toute nourriture introduite par les visiteurs et ne convenant pas au régime établi devait être confisquée. Les irrégularités devaient être rapportées à Mrs Smith ou à un employé mâle de l'établissement. La modestie et la patience étaient des qualités nécessaires chez une bonne garde-malade, fit valoir Mrs Smith avec un accent pointu affecté. À ça, Charlotte répondit avec un sourire ironique qu'elle cultivait la patience. La dame acquiesça, lèvres pincées dans une attitude suspicieuse. Elle en jugerait par elle-même, lui fit-elle savoir en lui plaçant une serpillière entre les mains.

— Vous commencerez par la salle des femmes. C'est celle à votre droite. Lorsque vous en aurez terminé avec le plancher, descendez les boîtes à médicaments chez l'apothicaire pour le renouvellement des ordonnances.

⁂

Encore fébrile de son audace, Charlotte se jeta sur son lit. Elle examina ses mains à la lueur de la chandelle. Des ampoules couvraient l'intérieur de ses pouces et les paumes. C'était douloureux ! C'était merveilleux ! Miss Charlotte Reid, garde-malade au Royal Infirmary. Combien de temps est-ce que cela pourrait durer ? Quelqu'un finirait bien par la démasquer. Plusieurs des médecins qui travaillaient au Royal étaient des connaissances de son père. Guy Collins avait promis de garder le silence. Elle lui avait permis de l'accompagner jusque dans Wilson's Close, où Will'O venait la prendre en voiture. Ils s'étaient quittés à deux maisons de Miss Fraser's School. Salut du chapeau; au revoir de la main. Elle l'avait regardé s'éloigner, songeuse, en suçant un caramel mou.

Un bruit à la porte. Charlotte cacha instinctivement ses mains sous sa jupe. Sa mère, le maintien un peu fatigué, mais souriante, entra. Contre sa poitrine, une enveloppe de carton solidement ficelée.

— C'est arrivé ce matin. C'est ce que tu attendais depuis des… des semaines, je crois ?

Charlotte bondit, se précipita, se retint d'arracher l'enveloppe des mains de sa mère. Elle lut le nom de l'expéditeur, elle fit oui de la tête.

— Les réponses de Lucas et de Miss Mendez, expliqua-t-elle dans un demi-mensonge.

Un mot de Nicholas. Enfin ! Charlotte pressait ses espoirs contre sa poitrine. Pourquoi gâcher la joie de sa fille ? se dit Dana. Elle lui annoncerait la mise en vente de Weeping Willow plus tard.

— J'espère qu'il va bien, fit-elle. Le dîner sera servi à… sept heures trente.

Sa mère partie, son cœur qui battait follement, Charlotte ferma la porte. La journée ne pouvait pas mieux s'achever. Le contenu de l'enveloppe se déversa sur son dessus-de-lit. D'autres enveloppes. Elle en prit une, la vit couverte de sa propre écriture. Perplexe, elle en prit une autre. Stupéfaite, elle en vérifia une troisième. *Pourquoi?* Estomaquée, elle les regarda. Toutes ces lettres qu'elle avait postées à son débarquement à Gravesend. Elles lui revenaient, le scellé intact. *Pourquoi?* Nicholas ne les avait même pas ouvertes. Aucune d'entre elles. Charlotte les contemplait, incrédule, ahurie, le souffle coupé. Un mot de Christina accompagnait le renvoi. Un mot d'excuses. Mr Lauder ne s'était pas montré chez elle depuis son départ pour le Cockpit Country. Personne ne savait où il se trouvait. Elle ne pouvait garder ses lettres plus longtemps et les lui retournait. Elle ferait de même avec toutes celles qu'elle recevrait subséquemment. Elle lui suggéra de ne plus rien envoyer. Elle comprenait tout le chagrin que cela allait lui causer. Elle lui transmettait toute son amitié.

Voilà!

Charlotte ouvrit quelques enveloppes. Elle en relut les premières lignes. *Pourquoi? Pourquoi? Pourquoi?*

«Que s'est-il passé, Nicholas? Pourquoi n'êtes-vous pas rentré?» murmura-t-elle, les mains pleines de son courrier retourné.

L'esprit engourdi par le choc, elle se laissa tomber sur le matelas. Nicholas n'avait pas encore retrouvé Lucas. Ça n'avait pas de sens. Deux mois s'étaient écoulés depuis le départ de Nicholas et la date indiquée sur le mot de Christina. Même s'il n'avait pu retrouver son fils, il serait rentré bien avant. Mais alors?

Il était arrivé quelque chose de grave à Nicholas. Il ne pouvait en être autrement. Le Cockpit Country était un territoire si hostile. Combien s'y étaient aventurés et n'en étaient pas revenus. On y découvrait de temps à autre des cadavres dévorés par les vautours, pour la plupart impossibles à identifier autrement que par les vêtements. C'était affreux. Trop horrifique à imaginer.

Elle s'efforçait de retenir son chagrin, regarda les lettres dans ses mains. Ses doigts se crispèrent dessus. Nicholas ne pouvait être mort. Et Lucas. Elle revoyait ses magnifiques yeux verts, fermés à jamais. Le sang commençait à lui marteler les tempes, provoquant des élancements dans son crâne. Son ventre lui faisait mal. Et dans sa poitrine, un serrement atroce. Elle devait se contrôler. Paupières serrées, elle s'efforça de respirer lentement. L'air s'étranglait dans sa gorge. Encore quelques secondes. Ses joues se baignaient de larmes.

Ses mains relâchèrent de la tension et s'en échappèrent les lettres froissées comme des feuilles mortes. Les mots d'amour s'éparpillaient sur le plancher à ses pieds. Elle les regarda à travers un brouillard humide. Elle n'y croyait pas. Ceci n'arrivait pas. Et pourtant, la douleur qui lui perçait le cœur était là, bien réelle, paralysante. Elle avait l'impression que tout son être s'ouvrait en deux.

Charlotte s'effondra sur le lit. Un gémissement, fort de toute la souffrance qui l'habitait. Insoutenable. Elle se recroquevilla sur elle-même, sur ses lettres, sur son infortune. Et elle sanglota.

⁂

Les enfants s'impatientaient autour de la table. Les domestiques attendaient qu'on leur ordonne de commencer le service. Une place demeurait vide. Francis consulta l'heure : sept heures quarante-cinq. Que faisait Charlotte ? Dana fit le geste de se lever. Janet bondit hors de son siège. Elle irait voir ce qui retenait sa sœur. Janet se précipitait toujours au-devant des désirs de sa mère. Sa promptitude en devenait parfois agaçante. Mais Dana ne disait rien. Janet aimait se sentir utile dans la maison. Elle aurait bientôt treize ans. Peut-être qu'il était temps de penser à l'envoyer en pensionnat. Janet souffrait souvent d'accès de rigueur. Un environnement strictement réglementé lui conviendrait.

La jeune fille disparut hors de la salle à manger. Ses talons heurtaient la pierre des marches du grand escalier, s'estompèrent dans le hall à l'étage. Francis et Dana se lancèrent un regard incertain.

Trois coups frappés. Janet s'annonça. Cinq secondes d'attente et la porte s'ouvrit. Il faisait sombre dans la chambre que se partageaient les trois filles Seton. Trois lits, trois petites armoires vitrées, deux commodes, deux armoires plus grandes et un bureau de correspondance encombraient la pièce. Le retour de Charlotte avait encore rapetissé l'espace et Janet avait parfois l'impression de devoir désormais y calculer ses respirations. Charlotte prenait beaucoup de place. Son arrivée avait bouleversé la routine de la maisonnée. Et leur mère n'en avait plus que pour elle. Charlotte s'imposait. Trop exubérante. Dérangeante. Accaparante. Comme partout où elle allait, Charlotte attirait tous les regards, retenait toute l'attention. C'était agaçant, frustrant, que de devoir se retrouver de nouveau reléguée à sa place de cadette.

Elle se dirigea vers le lit de sa sœur. Charlotte s'était endormie. Elle la trouva roulée en boule au milieu d'une multitude d'enveloppes. Sans doute le courrier qu'elle avait reçu de la Jamaïque. Ses parents avaient parlé d'un colis provenant des Caraïbes. Charlotte s'était fait des relations là-bas. Quelle chance elle avait eu de voyager aussi loin. Ça devait être excitant. Impressionnant.

Janet se pencha pour réveiller sa sœur. Son œil capta au hasard le nom sur l'une des enveloppes. Il était inscrit Mr Nicholas Lauder. Froncement de sourcils. Elle en regarda une seconde. Le nom du destinataire était partout le même. L'écriture était celle de Charlotte. Comment s'appelait le petit nègre avec qui Charlotte correspondait ? Lucas… Lucas Lauder. Nicholas Lauder était le père de Lucas. C'était le gérant de Old Montpelier. Charlotte adressait son courrier au père du petit garçon. Ces lettres lui revenaient, ou est-ce qu'elles n'avaient pas encore été envoyées ? La main de Janet les survola un instant. Elle replia ses doigts dans sa paume et se mordit les lèvres. Que pouvait bien raconter Charlotte à un petit nègre ? Quelques lettres entrouvertes exposaient une partie de leur contenu à son regard. Elle n'aurait pas à les toucher. Janet pensa qu'il n'y avait pas si grand mal à jeter un œil. Rien que pour se faire une idée.

Ses yeux plongèrent dans l'interdit. Les quelques mots qu'elle put lire racontaient d'abord les impressions de Charlotte concernant une punition infligée à un marin. Un jeune homme de dix-sept ans. Il s'était endormi sur son quart de travail. Poignets attachés à la claire-voie, il avait reçu dix coups de bâton sur les reins. De l'eau et du pain rassis pendant deux jours. *Pauvre garçon*, disait Charlotte. Plus loin, elle parlait du temps qui se gâtait, de la mer qui grossissait. Son père était trop malade pour se lever. *Quelle chance j'ai de ne pas souffrir de ce mal affreux!* Plus loin : *voyage interminable, je n'en vois plus la fin.* Et encore… *Je m'accroche à l'idée d'un retour en Jamaïque avant la fin de l'année. J'ai pensé offrir à Lucas mon spécimen de* papilio homerus. *Cela lui plaira certainement. J'espère qu'il a aimé l'empereur bleu que j'ai laissé pour lui à Miss Mendez. Dites-lui que je l'embrasse.*

La missive n'était manifestement pas adressée à Lucas. Cette fois Janet ne put résister et elle la prit.

Cher Nicholas... était écrit en guise d'introduction. Janet en lut les derniers mots : *et je m'endors avec les mots de votre poème sur mon cœur comme un gage de votre amour.* Charlotte écrivait une lettre au contenu des plus intimes à un homme ? Cela ne se faisait pas. À moins qu'il s'agisse d'un fiancé ou d'un mari. Charlotte défiait le décorum. Elle défiait toujours scandaleusement le décorum.

Des bruits de pas dans le hall l'alertèrent. Immédiatement Janet replia la feuille de papier. Elle n'eut le temps que de la fourrer dans la poche de son tablier et de s'écarter du lit, que Francis faisait irruption dans la chambre. Il était trop tard pour cacher les autres lettres.

— Janet ?

— Papa ?

Le bruit réveilla Charlotte, qui souleva légèrement la tête. Une feuille de papier restée collée sur sa joue tomba mollement. Dans la pénombre, elle découvrit une silhouette près d'elle.

— Qu'est-ce qui se passe ? fit la voix de son père.

— Elle dormait...

Janet chuchotait. Charlotte cligna des yeux et s'assit.

— Je m'apprêtais justement à la réveiller, dit Janet, puis, s'adressant à Charlotte avec un accent de reproche : tout le monde attend que tu descendes pour commencer le dîner.

— Je n'ai pas vraiment faim, leur dit Charlotte. Je suis fatiguée.

— Mrs Dawson s'est fait un devoir de préparer ton dessert favori, fit sèchement remarquer Janet.

Le regard de Francis notait le fouillis de papier.

— Tu n'as pas envie de venir nous raconter ce que t'écrit Lucas ?

Janet vit le dos de Charlotte se raidir perceptiblement.

— Ce sont... mes lettres à Lucas.

— On te les retourne ? s'étonna Francis.

— Lucas n'est pas revenu à Montego Bay. Miss Mendez ne sait pas où il se trouve.

Elle n'avait même pas eu à mentir. Francis constata soudain la mine défaite de sa fille.

— Je suis navré de l'apprendre, fit-il doucement. Peut-être qu'il est rentré directement à Montpelier.

— Peut-être…

— Je demanderai à Mrs Dawson de te faire monter une collation.

Les deux sœurs écoutèrent leur père s'éloigner. Leurs regards se croisèrent pendant quelques secondes. Mais l'obscurité ne permit pas à Charlotte de voir la déception dans celui de Janet. Elle rassembla les enveloppes sur son lit. Sa sœur la regardait faire sans rien dire. Agacée de se sentir épiée de cette manière, Charlotte se retourna vers elle.

— Pourquoi ne vas-tu pas les rejoindre ? Tu n'as pas compris que j'ai envie d'être seule ?

Le ton avait été rude et plein d'impatience. Janet ouvrit la bouche pour répliquer. Elle aurait voulu dire quelque chose. Mais elle n'en fit rien. Valait mieux que Charlotte ne sache pas qu'elle se doutait qu'elle avait un amant.

Elle pivota sur ses talons, sa longue natte brune rebondit dans son dos. Elle partit. Enfin seule, Charlotte fit un paquet de ses lettres. Elle trouva un bout de ruban dans un tiroir et le noua autour pour le retenir. Elle souleva son matelas. Non, les domestiques le découvriront là. Elle fouilla son armoire, opta pour une boîte sur le dessus du meuble. Elle contenait son chapeau de paille. Personne ne penserait à l'ouvrir avant l'arrivée des beaux jours.

⁂

Après avoir cru Nicholas mort, le temps passant, l'espoir revenait à Charlotte. S'il n'était pas de retour à Montego Bay, c'est qu'il devait avoir des motifs valables. Elle jonglait avec les hypothèses les plus folles, l'imaginant malade ou blessé. Perdu, capturé par des rebelles et emprisonné dans une grotte des cockpits. Tout était dans le domaine du possible. Bientôt il allait lui écrire pour lui raconter sa mésaventure. Il lui annoncerait qu'il avait déniché cette jolie petite maison en périphérie de Kingston. Qu'en l'attendant, il organisait son imprimerie.

Elle patienta. Des jours, des semaines. Un mois passa et rien ne lui parvenait. On attribua son air morose à cette fatigue qui accompagnait souvent les changements de saison. L'automne écourtait les jours, faisait durer l'attente. Une attente langoureuse que déjouait Charlotte en s'abîmant dans son travail au Royal Infirmary. Il y avait toujours quelque chose à faire. Quelqu'un dont il fallait s'occuper.

Pour Charlotte, le monde de l'hôpital en était un distinct de celui de Weeping Willow. C'était un monde à part, enclos sur la douleur, le malheur et la misère. Un endroit où on échappait à son propre mal de vivre. S'y laisser engloutir l'aidait à oublier sa propre réalité. Elle remerciait Dieu de n'avoir pas été démasquée. Jusqu'ici, personne ne soupçonnait encore son subterfuge. Avoir réussi à négocier avec Mrs Hill un horaire similaire à celui qu'elle avait chez Miss Fraser l'avait grandement aidée.

⁂

L'année 1832 s'acheva avec l'arrivée d'une seconde enveloppe de la Jamaïque, identique à la première. Dans une vingtaine de mots, la belle Cubaine priait Charlotte de rompre définitivement cette correspondance inutile. Nicholas Lauder, lui apprenait-elle, avait quitté la Jamaïque avec son fils.

Nicholas n'était pas malade. Il n'avait pas été fait prisonnier par les rebelles. Il ne se morfondait pas à l'attendre. Il n'avait pas déniché une gentille maison à Kingston en l'attendant. Il ne l'attendait pas. Il avait quitté la Jamaïque. Pour aller où ? La Grande-Bretagne lui était interdite. Pendant des jours, Charlotte nagea dans l'incompréhension la plus complète. Puis lui vint soudain cette merveilleuse idée que, se désespérant d'elle, Nicholas s'était embarqué sur un navire pour l'Écosse. Il voulait lui faire la surprise de venir la retrouver. Il allait venir lui demander sa main. Comme cela devait se faire. Oui, c'était ce qu'il allait faire. Dans le plus grand respect des règles. Oui, Nicholas Lauder, bagnard évadé, imprimeur et poète, père d'un négrillon illégitime, allait affronter Francis Seton et demander la main de sa fille aînée.

Pendant des jours, Charlotte se raconta cette romanesque conclusion. Jusqu'à ce qu'elle sonne faussement. Impossible. Irréalisable. À moins qu'il ne l'enlève, qu'il ne l'emporte à la faveur d'une nuit d'encre ? Il viendrait incognito. Ils fileraient jusqu'à une petite église perdue quelque part dans la vaste campagne du Lothian. Il paierait un pasteur, le soudoierait, s'il le fallait, l'épouserait devant Dieu, en lequel il ne croyait pas. Rien que pour lui prouver qu'il croyait en elle, en leur amour. Elle avait seize ans. Le mariage consommé, selon les termes de la loi écossaise, l'engagement serait irrévocable. Oui, c'était cela.

Les nuits de lune, debout à la fenêtre, elle fouillait l'obscurité. Elle écoutait le silence, attendait un martèlement de sabots, le crissement des gravillons de l'allée. Janet la questionnait, la voix ensommeillée, râpeuse, le ton irrité.

— Que fais-tu encore à la fenêtre ?

« Je rêve… »

— Que fais-tu debout au beau milieu de la nuit ?

« Je l'attends… »

— Retourne donc te coucher !

La voix de Janet dans les ténèbres. Ses inflexions trahissaient de l'ironie. Toujours. Charlotte devinait son expression habituellement statique se froisser, son regard l'épier, ses lèvres se pincer. Les narines de son long nez étroit frémir. Janet ne savait pas rêver. Depuis quelque temps, sa sœur la reniflait comme un chien à l'affût. Charlotte commençait à penser qu'elle connaissait son secret. Peut-être qu'elle parlait dans son sommeil. Qu'elle avait prononcé un prénom. Il lui arrivait encore de se réveiller, le corps secoué par des sensations. Un an s'était écoulé depuis cette nuit dans la petite chambre de la maison de Christina Mendez où elle s'était donnée pour la première fois à Nicholas. Avec toute son âme et conscience. Sans retenue. Un moment magique. Un an. Des impressions, des fragments d'images, réminiscences un peu floues auxquelles ses espoirs se cramponnaient, le temps d'un frisson, d'un battement de cœur. Cela devenait angoissant. Elle ne voulait pas oublier. Elle refusait de penser que tout était terminé.

— Ferme les rideaux, le froid envahit toute la chambre.

Avant d'obéir à sa sœur, Charlotte regarda les délicates fleurs de givre illuminées par le clair de lune. Jardin de Sélène. Au petit matin, le soleil les ferait fondre. Il n'en resterait plus rien. Qu'un fugace souvenir.

⁂

Si son travail au petit hôpital de Montpelier avait bien su remplir ses journées, entre deux hystériques à calmer, un vérolé imbibé de salive et de sueur à changer, un amputé à déplacer, le Royal Infirmary maintenait Charlotte dans une routine infernale qui l'empêchait de trop penser à Nicholas Lauder.

Les tuiles de Hollande résonnaient sous la fermeté de ses pas. Un lot de bandages, un plateau repas, des boîtes d'ordonnances, une pile de draps tantôt sales, tantôt propres sur les bras, elle parcourait en trottinant les escaliers et les longs couloirs des quatre étages de l'édifice. Le quartier des soldats, celui des servants. La section destinée à l'enseignement, que visitaient régulièrement, de novembre à avril, des professeurs entourés de nuées bourdonnantes d'étudiants. Le troisième étage, consacré aux cas chirurgicaux et où était aménagé le théâtre d'anatomie qu'elle avait secrètement visité. Les combles, où étaient relégués les vérolés.

Partout le même décor. Murs nus, blancs de chaux. Des rideaux et six pieds d'espace séparaient les lits, offrant une illusion d'intimité. À la tête de chaque lit, une étagère pour recevoir les effets personnels du malade et sa boîte d'ordonnance. Un pot de chambre en faïence dissimulé sous chacun d'eux. Toujours prêt à être vidé.

Chaque jour, le même quotidien. Nettoyer les plaies, ramasser les vomissures, essuyer les souillures, changer les pansements, les chemises, les draps chargés de sanies. Respirer les miasmes, la transpiration, la putréfaction, la souffrance. Ouvrir et fermer les fenêtres, couvrir et découvrir les fiévreux, allumer et entretenir les feux pour les faire suer encore mieux. Frotter les articulations enflammées d'un arthritique aveugle, qui en profitait pour la peloter. Brosser les cheveux d'une jeune lavandière atteinte de jaunisse, aux mains crevassées et lui dire qu'elle est jolie. Retirer le pantalon mouillé d'un ramoneur emphysémateux qui n'avait pu trouver la force de se rendre jusqu'au pot. Lui chuchoter que ça n'était pas grave. Personne ne remarquerait. Caresser la joue d'une fillette malade d'une infection bronchique. En la consolant, écouter son râle sibilant, sentir sa peau brûlante. Sa mère, une tisserande, venait de mourir d'une pneumonie. L'atelier où elles travaillaient douze heures par jour n'était pas chauffé. Partager son malheur et pleurer avec elle.

Faire de chaque lit un petit nid. Avec douceur. Avec tendresse. Avec mansuétude. Mais toujours, par des gestes fermes, disciplinés, sûrs, convaincus de leur utilité. Puis quérir dans les regards des malades cette lueur de gratitude. Ce filet d'amour qui la retenait de tomber plus bas dans son gouffre à cause de Nicholas.

Charlotte plaisait par sa promptitude, étonnait par son audace. On s'émerveillait de sa grâce, on louait sa perspicacité. Aucune tâche n'était trop modeste pour elle. Chaque bénéficiaire méritait son attention. Étonnamment, Mrs Smith n'avait rien trouvé à lui reprocher, sinon son zèle. Miss « Reid » était dorénavant le modèle à suivre. Les autres gardes-malades s'en inspiraient ou la jalousaient.

Guy Collins l'admirait. Même qu'il lui avait avoué des sentiments plus profonds. Il lui avait dit des choses qui l'avaient bouleversée. Cela s'était passé un jour de pluie, après qu'un incident eut ébranlé tout le personnel du rez-de-chaussée. Un climat anormalement froid et pluvieux perdurait depuis le début de l'hiver et remplissait la salle d'attente de gens grippés. Sitôt un lit se libérait qu'il trouvait un nouvel occupant. Charlotte terminait sa journée et récupérait sa redingote lorsqu'un homme fit irruption dans le hall, entraînant une femme par le bras, manifestement, contre son gré. Le portier qui les talonnait les sommait de quitter immédiatement les lieux. Les heures d'admission étaient terminées. Il fallait revenir demain. Sourd aux ordres, l'homme se dirigea vers la salle d'attente. La femme le suppliait de la libérer. Lorsqu'elle lui donna un coup de pied dans le tibia, il riposta en la frappant au visage. Alerté par les cris, le médecin de garde fit irruption, sembla reconnaître le couple.

— Mr Willis, que veut dire tout ce vacarme ?

— Docteur MacEwan, je veux que vous l'examiniez.

— Comme Mr Janson vient de vous l'apprendre, les consultations sont terminées.

— J'ai une lettre de recommandation, insista Mr Willis en fouillant la poche de sa veste pour en tirer un bout de papier qu'il remit au médecin. Elle est du grossiste Murchinson. C'est un homme honnête.

— Revenez demain.

— Ma femme est malade !

— Je ne suis pas malade ! s'écria Mrs Willis en cherchant vainement à se dégager.

— Si votre femme s'entête à refuser de se laisser examiner, je ne peux rien y faire.

— Cette fois, elle va se laisser faire. Elle n'a pas le droit de refuser ! Nous avons sept enfants, dont le dernier n'a pas encore deux ans.

— Je ne suis pas malade ! renchérit Mrs Willis.

— Si t'es pas malade, explique-moi c'est quoi cette plaie qui...

La femme avait poussé un hurlement et plaquait sa main sur la bouche de son mari.

— Tais-toi ! Ça regarde personne. Ça regarde personne d'autre que moi !

— C'est pas normal une plaie comme ça ! Il faut laisser le docteur la regarder.

— Le docteur me touchera pas ! Plutôt mourir !

— Parce que c'est ce que tu veux ?

Le mari avait de nouveau frappé sa femme. Le plat de sa large main derrière la tête avait fait plier la nuque. Suivit une autre gifle sur la joue.

— Parce que c'est ce que tu veux, dis ? Tu veux abandonner tes petits ? Tu veux en faire des orphelins ? C'est pas chrétien de faire ça !

La main frappa encore le visage, le marquant de rouge. Bientôt la femme se recroquevilla sous les coups qui pleuvaient. Si la fureur du mari était égale à son désespoir, celui-ci devait être considérable, car il fallut les efforts conjoints du portier et du médecin pour le contenir.

— Cela suffit ! cria Charlotte, révoltée.

Tout le monde se tut et on n'entendit plus que les halètements du mari et les pleurs de la femme. Charlotte alla vers elle. Farouche, la femme s'enfuit vers une porte ouverte. Mr Willis se préparait à l'y suivre, mais Charlotte lui barra le chemin.

— Laissez-moi lui parler. Elle entendra peut-être un langage différent, lui débita-t-elle en le fixant froidement.

Mr Willis se fit soudainement plus docile et il battit en retraite. Charlotte entra dans la pièce et ferma la porte. Mrs Willis s'était réfugiée dans un coin. Repliée sur elle-même, elle sanglotait. Charlotte se courba sur elle et lui parla doucement. La femme s'entêtait à refuser de se laisser examiner par un médecin, un homme.

— Et si c'est moi, qui le faisait ? Me laisseriez-vous vous examiner ?

— Vous n'êtes pas médecin. À quoi bon ?

— Je suis garde-malade. J'ai quelques connaissances médicales, osa dire Charlotte.

La femme hésitait.

— Cela pourrait rassurer votre mari. Ce n'est peut-être pas grand-chose.

Mrs Willis renifla et essuya son nez avec sa manche. Des traits moins tendus sous le teint cireux rendaient à son visage une partie de sa joliesse. Mrs Wilson était encore très jeune. Avec des gestes tremblants, elle se leva et se mit à la tâche de déboutonner sa redingote. Charlotte l'aida à la retirer. La femme lui demanda de l'aider à dégrafer sa robe. Elle détourna le visage, abaissa son corsage et la chemisette tachée de cernes brunâtres. La poitrine était enveloppée dans des bandelettes de coton, imbibées d'un liquide sanguinolent au niveau du sein gauche. À l'odeur qui en émanait, Charlotte comprit que la plaie était purulente. Elle demanda à Mrs Willis si elle pouvait les retirer. L'opération prit quelques minutes et se révéla douloureuse pour la femme, qui retenait difficilement ses gémissements.

— Doux Jésus ! souffla Charlotte devant ce qui se révélait à elle. Depuis combien de temps endurez-vous ça ?

— Quelques mois…

— Mrs Willis, pourquoi ?

— Jamais je ne me dévêtirai devant un autre homme que mon mari, raconta la femme. Si Dieu m'afflige d'un mal, c'est que je le mérite.

— Les maladies ne sont pas des punitions, Mrs Willis. Elles sont causées par des agents microscopiques en suspension dans l'air que nous respirons.

— Nous respirons grâce à Dieu. Et ces choses… microscopiques, font aussi partie de Sa création.

— Allons, Mrs Willis !

Charlotte l'examina attentivement. Une masse ulcéreuse avait gangrené le sein en son centre sur la profondeur de la moitié d'un doigt. Les tissus en marges étaient tuméfiés, suintants, sans aucun doute très sensibles à la moindre pression. Pour le reste, la femme était d'une extrême maigreur et sa respiration était courte et légèrement sibilante. Consternée, Charlotte recouvrit doucement le sein avec la chemisette.

— Me permettez-vous au moins d'aller faire part de mes observations au médecin ?

La femme acquiesça. Charlotte la laissa seule, revint au bout d'un moment.

— Si je reste auprès de vous, accepteriez-vous que le docteur MacEwan vous voie ?

— Non ! fit la femme en se dépêchant de se couvrir.

— Il ne vous touchera pas. Il ne fera que regarder et…

— Je ne subirai pas cette humiliation pour me faire dire que je suis condamnée ! Puis éclatant en sanglots, elle confessa : je sais… le mal me ronge en dedans. Il a commencé à dévorer mes poumons. Je crache le sang et j'ai des fièvres récurrentes. J'aurais dû consulter un médecin avant. Mais, même pour l'amour de mes enfants, c'était au-dessus de mes forces. Je préfère mourir…

— Oui, je comprends.

Ce qu'en comprenait Charlotte l'attristait beaucoup. Elle aida Mrs Willis à se revêtir, à retoucher sa coiffure. La femme la remercia et quitta dignement la pièce. Triturant nerveusement son chapeau, la mine défaite, son mari l'accueillit. Sans un mot, les Willis prirent la direction de la sortie. Les gens attirés par le raffut se dispersèrent. Le calme retomba dans le hall. On n'entendit plus que le tambourinement de la pluie contre les vitres.

L'air sincèrement désolé, le docteur MacEwan fit glisser dans sa poche la lettre de recommandation que lui avait remise Mr Willis. Lorsqu'il ne s'agissait pas d'un cas d'urgence, ces lettres étaient exigées à l'admission, sinon le malade était refoulé vers la sortie. Cette pratique visait à décourager les patients en quête d'un simple gîte et d'un couvert. À l'approche des temps froids, ils devenaient plus fréquents.

— Merci, Miss Reid, dit le docteur à Charlotte avant de se tourner vers un collègue pour poursuivre. D'après ce que m'a détaillé Miss Reid, je soupçonne un carcinome invasif du sein. Mais je ne pourrais le confirmer qu'en le voyant. Je crains qu'elle ait attendu trop longtemps et qu'il n'y ait plus rien à faire pour elle. J'en ai informé Mr Willis…

La voix du médecin était aspirée par le corridor dans lequel les deux hommes s'engouffraient.

— Est-ce que ça va ? Peut-être devriez-vous vous asseoir un peu avant de partir. Une lampée d'eau-de-vie vous fera du bien.

Charlotte se retourna. Guy Collins l'observait depuis la porte du local où il travaillait.

— C'est contre le règlement.

— Ce sera un secret de plus entre nous, dit-il avec un clin d'œil en l'invitant à entrer.

Trois bureaux, où travaillaient trois employés, et une multitude de grands classeurs en chêne encombraient la petite pièce. Des lampes éclairaient chacune des surfaces de travail couvertes de livres et de registres et doraient le bois blond et les garnitures de laiton brillant. L'atmosphère était apaisante. On se serait plutôt cru dans une salle d'étude que dans un hôpital. Sur le bureau de Guy, le registre dans lequel il écrivait était resté ouvert, la plume couchée dessus, en travers. Aussi, un reste de fromage et une pomme, des cahiers de notes de cours, des dossiers médicaux ainsi que des tickets d'étudiants pour les cours d'enseignement clinique de l'établissement.

Guy lui offrit un siège, puis il sortit d'un tiroir un flacon en argent, le déboucha et le lui présenta. Les trois autres jeunes hommes avaient repris leur travail et ne leur portaient plus ouvertement attention. Elle but une petite gorgée. Du whisky coupé adouci d'un peu de miel. C'était agréable.

— C'est pour ma gorge, expliqua-t-il. Une recette de ma mère. C'est efficace.

Elle hocha la tête, voulut lui rendre le flacon. Il lui fit signe qu'elle pouvait en boire encore.

— Le docteur MacEwan m'a dit ce qui s'est passé. Ça fait trois fois qu'ils viennent comme ça. Mais on ne peut pas contraindre Mrs Willis à se laisser examiner.

— Elle m'a laissé le faire.

Le grattement des plumes sur le papier meubla le silence qui suivit.

— Elle aurait laissé une femme médecin l'approcher, chuchota Charlotte.

— Une femme médecin ? Possiblement.

Guy se détourna du regard qui voulait lui imputer une part du malheur de Mrs Willis. Le malaise gagna aussi Charlotte. Elle se leva et déposa le flacon sur le bureau en le remerciant.

— Miss Seton, non ! Ne partez pas tout de suite…

Guy la rattrapa dans le couloir. Dans le regard qui la suppliait, Charlotte découvrit autre chose qui la rendit mal à l'aise.

— Je voulais vous dire. Vous avez raison. Je veux dire… Pour Mrs Willis. Si elle avait pu consulter une femme médecin. Je comprends la gêne que peuvent ressentir les femmes. C'est… c'est parfois aussi embarrassant pour moi. Je vous le jure…

Charlotte le dévisageait, perplexe.

— Vous… vous… bégaya-t-il, mal à l'aise. Miss Seton, je vous admire. Depuis toujours, je vous admire… votre intelligence, votre sens de la repartie…

— Je n'ai pourtant jamais été méchante qu'envers vous.

— Je sais, admit-il en souriant. Mais vous ne l'êtes plus, n'est-ce pas ?

— Mr Collins, de grâce.

— Non, attendez… Vous êtes la seule femme qui comprend tout ce que je dis. Je veux dire, quand je parle de mes cours, de ce qui me passionne. La chimie, la médecine. Vous me fascinez. Vous savez tant de choses et pourtant…

— Pourtant, je ne suis jamais allée au collège. Pourtant, je ne suis qu'une femme, laissa-t-elle âprement tomber.

Un employé passa près d'eux, ce qui les obligea à se distancer. Leur silence se prolongea jusqu'à ce qu'une porte claque au fond du couloir. Guy refit un pas vers elle, attrapa le bout de ses doigts. Pendant qu'il les caressait, elle sentit son pouls accélérer le rythme.

— Je sais, c'est injuste. Miss Seton, je suis d'avis que les femmes devraient avoir le droit de fréquenter les écoles supérieures et… Je suis persuadé que vous auriez su comment correctement traiter Mrs Willis. Si vous étiez médecin. Je sais que c'est ce que vous vouliez être.

— Je ne me suis jamais confiée à vous, murmura-t-elle un peu surprise.

— C'est Anna qui me l'a dit.

— Je suis en retard, s'agita d'un coup Charlotte, imaginant tout ce que son amie avait pu raconter d'autre à son frère. On va s'inquiéter. Le cocher me fera demander chez Miss Fraser et mon père découvrira inévitablement que je ne travaille plus chez elle. Je ne veux pas perdre mon poste ici, Mr Collins. J'aime ce que je fais.

Le jeune homme parut embêté. Il lança un regard vers le local des copistes, lui demanda d'attendre quelques secondes. Il revint vêtu de sa redingote et de son chapeau.

— Venez…

— Mr Collins ! Votre travail ?

— Je le finirai plus tard. Il pleut des cordes. Je vous accompagne jusque dans Wilson's Close.

Elle allait protester de nouveau. Guy avait déjà franchi l'entrée et ouvrait son parapluie. Ils parcoururent North College Street en courant. La voiture était garée à la hauteur de Wilson's Close. Faisant les cent pas sous la pluie, Will'O surveillait l'arrivée de Charlotte par l'étroite ruelle.

— Je ne peux pas arriver de ce côté, gémit Charlotte, qui se voyait prise au piège. Par un temps pareil, je n'ai aucune excuse.

— Par ici !

Guy entraîna Charlotte de l'autre côté de la rue. Pendant qu'ils progressaient le long du parapet de l'édifice de l'université, il réfléchissait.

— Que faisons-nous ? demanda Charlotte, anxieuse.

Il l'arrêta contre le mur et observa le cocher. L'homme se penchait pour vider le rebord de son haut-de-forme de l'eau accumulée.

— Prenez par College Wynd et empruntez la première ruelle à votre droite. Un passage donne sur Wilson's Close. Je m'occupe de votre cocher. Il n'y verra que du feu.

Le temps qu'elle saisisse la ruse, un sourire se dessina sur le visage de Charlotte.

— C'est si simple ! fit-elle.

La pluie martelait les parapluies qui les protégeaient. Dans l'ombre de leur petit abri, les yeux de Guy luisaient de ravissement. Leurs corps se touchaient presque. Dans une situation normale, leur position aurait été inadmissible. Charlotte sentit que Guy prenait plaisir à en profiter.

— Si je dois courir nu dans la rue pour retenir l'attention de votre cocher, je le ferai, Miss Seton, dit-il en souriant.

Elle éclata de rire.

— Cela me gênerait beaucoup, Mr Collins.

— Pas autant que moi, ricana-t-il. Mais pour vous garder à l'hôpital…

Il redevint sérieux. Le silence se remplit du vacarme de la pluie. Guy bougea. Son corps toucha celui de Charlotte. Le visage du jeune homme se pencha un peu plus. Elle ferma les paupières à demi, fixa sa bouche entrouverte. Au moment où elle crut qu'il allait l'embrasser, il s'écarta brusquement et lui attrapa la main.

— Dépêchons-nous avant qu'il ne se décide à descendre la ruelle jusque chez Miss Fraser.

Quelques minutes plus tard, Charlotte prenait place au sec dans le landau, qui se mit aussitôt en route. À travers l'eau ruisselant sur la vitre, elle vit la silhouette de Guy sur le trottoir. Comme la voiture passa près de lui, il se retourna et leurs regards se croisèrent. Elle le salua de la main.

— Merci, Mr Collins, firent muettement ses lèvres.

Il inclina le chef et disparut sous son parapluie et le rideau de grisaille. Troublée, Charlotte se cala dans la banquette. Doux Jésus ! Guy Collins éprouvait toujours des sentiments pour elle. C'était un homme intelligent, séduisant, galant, plein d'avenir. Elle devrait en être flattée. Elle n'en ressentait qu'une étrange impression d'angoisse et un sentiment de ne pas mériter son attachement. Parce qu'elle en attendait un autre. Parce que Nicholas allait lui revenir.

⁂

Le douzième jour de l'an 1833 apporta à Charlotte des nouvelles de Lichfield. Son amie Catherine avait mis au monde sa seconde fille. Julia Elizabeth Cox avait vu le jour le 17 décembre. Mère et fille se portaient à merveille. Catherine était comblée. Charlotte partageait son bonheur. Son amie le méritait. Hormis le climat humide et froid qui donnait quelques rhumatismes à Matthew, la vie à Lichfield était douce et plaisante. Le révérend Dryden se remettait lentement de sa maladie.

La maison recommence à accueillir la cohorte de membres de la société antiesclavagiste que mon père fréquentait. Des soirées divertissantes. Parmi les intéressantes rencontres que Matthew et moi y avons faites, celle de Thomas Buxton[19] *a été l'une des plus impressionnantes. Mais je dois admettre que celle qui a vraiment retenu mon attention a été celle de Mrs Gilbert. Certainement que vous la connaissez mieux sous son nom de jeune fille, Ann Taylor. Cette femme est aussi douce que la musique de sa poésie.*

Charlotte se souvenait des poèmes des sœurs Taylor qu'elle avait achetés dans une brocanterie de Montego Bay. Catherine continuait en écrivant que Mrs Gilbert avait fondé à Nottingham une association de femmes militant contre l'esclavage. Plusieurs autres groupes féminins s'étaient formés dans diverses villes du pays. Charlotte avait entendu parler de Jane Seal, qui avait fondé une association similaire à Glasgow.

Elle m'a dit que le regretté révérend Thomson avait soulevé la question de fonder une section féminine dans la Edinburgh Society for the Abolition. Édimbourg s'est toujours si bien distinguée par le ton intellectuel de sa société qui brille d'une éducation aux penchants philanthropiques. Dans le respect de cet esprit libéral qui vous honore, je me demandais si la Ladies Association avait mobilisé ses énergies dans la lutte contre l'esclavage ?

À Édimbourg, il existait la Edinburgh Society for the Abolition of Negro Slaves. L'un de ses plus éloquents orateurs avait été le révérend Andrew Thomson. En octobre de 1830, dans toutes les Assembly Rooms de la ville, il avait adressé à des centaines de gens un discours qui avait enflammé leur fibre religieuse et réveillé leur conscience. Pratiquer l'esclavage était pécher. L'esclavage était un crime contre Dieu. Mais Charlotte n'avait pas encore entendu parler d'une association anti-esclavagiste féminine à Édimbourg. Si les organisations abolitionnistes admettaient les femmes en tant que membres, le rôle qu'on leur permettait de tenir en demeurait toutefois un restreint au sein des groupes

19. Sir Thomas Buxton (1786-1845) a été membre du Parlement britannique de 1818 à 1837. Homme influent dans le milieu des antiesclavagistes, il a pris la tête du mouvement après que William Wilberforce s'eut retiré en 1825. Comme son prédécesseur, jusqu'à sa mort il n'a cessé d'œuvrer pour l'émancipation des esclaves.

mixtes. En fondant leurs propres associations, les femmes se donnaient le droit d'agir et de prendre librement la parole en face de la population.

> *Je crois que l'esclavage est avant tout une affaire de moralité. Toutefois, les hommes en font une affaire politique et il est notoire que les femmes perdent toute leur crédibilité dans ce domaine. Évidemment, notre sentimentalité tyrannise nos sympathies et fait de nos discours un interminable coq-à-l'âne. Elle nous rend inconstantes et l'inconstance est un sol mouvant qui engloutit la détermination. Nous savons toutes, nous, pauvres créatures frileuses du cœur que nous sommes, que ces emportements passionnés des hommes qui se lèvent, crient et se querellent en Chambre ne sont dus qu'à un simple débordement de rationalisme. Inclinons-nous ! Qu'un homme revendique avec impétuosité son droit au suffrage, on dira qu'il est déterminé. Qu'une femme tente la même chose et on dira qu'elle est hystérique. Que les hommes bannissent l'hystérie féminine des Communes, je peux l'accepter. Quoiqu'à mon avis, ils sous-estiment l'influence que peuvent avoir les femmes sur la voix du peuple. Mon opinion s'y fera tout de même entendre dans l'une des pétitions qu'on nous (les femmes) permet enfin de signer. Charlotte, avec le temps je prends conscience que la vie n'est rien de plus qu'une arène où se joue le pouvoir. Celui des forts sur les faibles. Dans le règne animal, ça s'inscrit comme un mode de survie. C'est ce qu'on appelle la sélection naturelle. Comment désigner ce rapport de forces chez les humains ? Domination, tyrannie, oppression, suprématie ? Je pense qu'après avoir réglé le cas de la prédominance des planteurs sur les esclaves, il va falloir s'attaquer à celle des hommes sur les femmes. S'il faut unir deux sexes pour créer l'humanité, logiquement, les deux sexes devraient aussi s'unir pour la gouverner. Qu'en pensez-vous, ma chère amie ?*

Ce qu'en pensait Charlotte ? Que pour en arriver là, les hommes devraient d'abord admettre l'existence de l'intellect féminin et que l'identité des femmes soit enfin reconnue dans le mariage. Mais vivre cette utopie demandait de remettre en cause le principe de *coverture*[20], de bousculer des siècles d'endoctrinement qui avaient fini par inscrire le point de vue patriarcal dans les fibres mêmes du tissu social. Ce système oppressif et discriminatoire ne se basait que sur une idéologie phallocrate, selon laquelle les femmes n'étaient plus rien sans l'homme, l'être suprême à l'image de Dieu. Ce qui reléguait forcément la femme à celle de Satan. Le Bien n'existant que par le Mal, comment ces chers hommes pouvaient penser faire sans leur autre moitié ? Avec la découverte de cet œuf minuscule qu'on appelait ovule, est-ce qu'un naturaliste russe[21] ne venait pas de remettre en cause la théorie qui disait que l'homme portait en sa semence une minuscule reproduction préformée de sa race ? La femme n'était soudain plus le simple réceptacle destiné à recevoir la semence du géniteur. Elle produisait des œufs. Comme les oiseaux et les serpents. Et dans les œufs prenait forme la vie. Danger ! Il y avait là de quoi ébranler sérieusement l'intégrité de l'identité masculine. Par conséquent, des hommes s'étaient empressés d'expliquer que cet œuf féminin n'était encore qu'une enveloppe destinée à accueillir le germe masculin. D'autres, que leur semence infusait l'œuf femelle de la matière masculine par laquelle seule venait l'intelligence. Personne ne réfutait la découverte de von Baer. On l'adaptait au paradigme déjà existant. Ne rien perturber. Un simple pli dans le tissu social qu'on lissait du revers de la main. Charlotte pensa que seule une révolution des femmes à l'échelle planétaire ferait changer les choses. Mais toutes les femmes le désiraient-elles ?

---

20. Sous la *common law* britannique, le *coverture* est le concept légal selon lequel les droits des femmes n'existent que par ceux de leur époux. Dans ses *Commentaires sur les lois anglaises* publiés en 1765, William Blackstone explique que : par le mariage, l'homme et la femme deviennent une seule personne aux yeux de la loi; c'est-à-dire que l'être même ou l'existence légale de la femme est suspendue pendant le mariage, ou du moins incorporée et renfermée dans celle du mari, sous la protection, l'abri, le *couvert* duquel elle agit en tout point : aussi l'appelle-t-on dans le vieux français de nos lois une *feme-covert, f{oe}mina viro co-operta;* on la désigne par l'expression *covert-baron*, comme étant sous la protection et l'influence de son mari, de son *baron* ou seigneur; et son état, pendant le mariage, est appellé [sic] sa *coverture.*
21. Carl Ernst von Baer a fait en 1826 la découverte de la présence de l'ovule chez les mammifères.

… Cela serait agréable de vous voir à Lichfield quelque part au printemps. J'aimerais vous présenter ma petite Julia. Elle est un amour. Nous tenons hebdomadairement une soirée littéraire. La société de Lichfield est divertissante et l'atmosphère du presbytère est apaisante. Cela vous plairait. On y rencontre des membres du cercle local des literati. *Mais aussi des gens influents qui militent pour diverses causes humanitaires. Nous pensons Matthew et moi retarder notre retour à Montego Bay. Nous croyons fermement qu'il serait possible de faire plus pour la cause en demeurant ici quelques mois de plus. Matthew est fortement sollicité pour jouer un rôle plus actif dans la campagne en cours. Depuis que la question épineuse de la représentation du peuple en Chambre a été réglée*[22]*, les choses avancent plus rapidement à Westminster. Libre de se tourner vers d'autres problèmes, le Parlement semble prêt à aborder positivement la question de l'abolition de l'esclavage. Inutile de vous dire que la révolte de Noël de 1831 a joué pour beaucoup en notre faveur. N'est-ce pas ironique, ma chère Charlotte ? En Jamaïque, loin de l'Angleterre, je ne constatais pas l'ampleur que prennent nos efforts réunis. La voix du mouvement prend toutes les formes, tous les tons. Les nombreuses assemblées publiques soulèvent petit à petit l'indignation du peuple face à l'abominable institution de l'esclavage et des pétitions sont continuellement présentées à la Chambre des communes. Le boycott du sucre, du café et de l'indigo fabriqués par les esclaves provoque aussi ses effets. Et je n'oublie pas le travail de ces polémistes acharnés tels que Mr Zachary Macaulay et Lord Henry Brougham, et toutes ces publications qui ont un impact direct sur la population. En passant, je vous envoie un exemplaire de l'autobiographie de Mary Prince, une esclave des Bermudes. Il est impératif que vous la lisiez. Je suis certaine qu'elle vous inspirera quelques sentiments susceptibles de vous pousser à vous engager activement dans le mouvement. Aussi, j'ai pensé que le dernier pamphlet de Mr Nicholas Lauder vous intéresserait…*

22. Reform Act de 1832.

Le regard de Charlotte s'immobilisa sur le nom. Elle le fixa pendant quelques secondes, interdite, pendant que son cœur s'emballait. Elle se dépêcha de poursuivre.

> *... Il y rend hommage à tous les nègres morts pour leur liberté. Je trouve son texte particulièrement touchant. Mais peut-être que vous saviez déjà que l'ancien gérant de Old Montpelier se vouait à la cause. Il a anonymement imprimé plusieurs tracts qui ont été distribués dans les environs de Montego Bay...*

Montego Bay ? Comment cela se pouvait-il ? Christina lui avait affirmé qu'il avait quitté la Jamaïque ! Charlotte trouva le pamphlet inséré entre la couverture et la page de garde de l'autobiographie de Mary Prince. Il était intitulé : *All Blood is Red.* Le papier du pamphlet était de piètre qualité et les caractères imprimés présentaient les manques d'une encre trop fluide qui n'accrochait pas aux caractères de fonte. Christina lui aurait menti ?

> *... Mr Macaulay serait intéressé à publier ses textes futurs dans le* Anti-Slavery Reporter. *Apparemment, Mr Lauder ne serait pas retourné à Montpelier. Mrs Webster (vous vous souvenez certainement de ma voisine) nous a fait savoir qu'il logeait depuis quelque temps avec son fils chez Miss Mendez. Dois-je souligner que cela fait jaser ? J'ai toujours soupçonné Mr Lauder et Miss Mendez d'entretenir une relation plutôt intime. Vous comprenez pourquoi, comme l'avait aussi fait Sir Elliot, je ne vous encourageais pas à vous investir plus avant dans cette amitié que vous éprouviez pour lui. Malgré que j'honore l'humanisme de l'homme, je déplore son manque de gouverne...*

Coup de masse. Le reste de la lettre se brouillait devant les yeux de Charlotte. Les sentiments se bousculaient en elle. Sa raison la rattrapait, anéantissait ce qui lui restait d'illusions. Nicholas ne viendrait pas. Il vivait ouvertement en concubinage avec la belle Cubaine. C'était pire que tout. Elle aurait préféré que Nicholas fût mort. Oui, qu'il fût mort et dévoré par les vautours. Pendant tous ces mois, elle n'avait fait qu'attendre la treizième heure de l'horloge. Dans le creux de son ventre, se développait cette vague pulsion de fureur qui l'empêchait de respirer...

La teinture alcoolique d'opiacé et d'acide benzoïque camphrée, l'oxymel de narcisse, le chanvre et le café noir ne venaient pas à bout de ses serrements de poitrine et du chant d'oiseau dans ses poumons. Le froid et l'humidité n'aidaient en rien. L'asthme attaquait Charlotte. Elle dut se résoudre à rester à la maison. Un billet envoyé par sa mère chez Miss Fraser avait bien failli la démasquer. Charlotte avait intercepté à temps la réponse de la dame qu'avait rapportée Will'O. Cette fois, Charlotte comprit qu'il était temps qu'elle mette fin à son stratagème. Elle avait subtilisé le billet pour un autre de sa propre composition. On souhaitait prompt rétablissement à Miss Seton. Elle manquerait certainement à ses élèves. Quant à son poste à l'hôpital, ayant décliné une fausse adresse à Mrs Smith, elle ne craignait pas qu'on vienne s'enquérir de son absence prolongée.

Elle écrivit aussi un mot pour Miss Anna Collins, lui expliquant sa santé défaillante, la priant de transmettre ses meilleures amitiés à son frère. Charlotte souhaitait que le jeune homme comprenne la situation. Ce qu'il en saisit ne fit que plonger Charlotte dans un désarroi plus profond. Le lendemain, Miss Collins accourait à Weeping Willow avec un billet secret de la part de son frère.

Chère Miss Seton,

Je viens de recevoir l'information de votre fâcheux état. Je suis sincèrement désolé de l'apprendre et m'en impute toute la responsabilité. Je suis malheureux de vous avoir offensée de quelque façon que ce soit et vous en demande pardon. Mon empressement à vous faire connaître mes sentiments a manqué de retenue et dépassé toutes les limites permises. Soyez assurée que je ferai amendement en respectant dorénavant comme il se doit les règles prescrites. Toutefois, si votre cœur devait déjà être pris ailleurs, un mot de votre part à Anna m'obligerait à me plier à vos désirs. Je suis et resterai toujours, Miss Seton, votre très humble serviteur,

Guy Collins

Trois crises en cinq jours avaient épuisé Charlotte. Elle ne quittait plus sa chambre, restait prostrée dans son lit. Sa tête s'égarait, son cœur déraillait. Voilà qu'encore une fois sa volonté se dissolvait dans le désespoir. L'appétit l'avait abandonnée. Elle ne se nourrissait que de douleur et de remords.

Distante, engoncée dans son air de reproche, Janet était chargée de veiller à ce qu'elle ne manque de rien. Pendant que Charlotte picorait dans les plateaux de Mrs Dawson, elle l'interrogeait sur la Jamaïque. Elle espérait en apprendre plus sur le mystérieux Mr Lauder. Finement, par propos nuancés, elle questionnait et étudiait les réactions de sa sœur. Est-ce qu'elle projetait vraiment d'y retourner un jour ? Avait-elle reçu des nouvelles du petit Lucas ? Non ! Dans l'accent de Charlotte, un fond de colère. Une pointe de mépris. Le pli amer de sa bouche, le rouge qui couvrait subitement ses joues. Suspects aux yeux de Janet.

Pauvre Charlotte. Les cœurs naïfs souffraient toujours de leurs faiblesses. Peut-être que ce Mr Lauder avait appris pour Master Murray. Peut-être que c'était pour ça qu'il lui retournait tout son courrier. Toute la planète devait maintenant être au courant de ce qu'avaient fait le fils du lord de Mayfield et la fille du chirurgien Seton.

Janet l'avait appris par un incident qui s'était produit quelques semaines après le départ de Charlotte pour Londres. À la foire annuelle, petit Joe dans ses bras, elle s'était arrêtée devant le kiosque de la femme à barbe à s'interroger sur l'authenticité de son incroyable pilosité pendant que le reste de la famille se rendait assister au concours de tonte de mouton. Elle avait entendu prononcer son nom. À quelques pas d'elle, trois garçons beaucoup plus vieux qu'elle et qu'elle ne connaissait pas l'observaient.

— Hé ! Vous ne seriez pas la jeune sœur de Charlotte Seton ?

Intimidée, elle avait acquiescé d'un mouvement incertain de la tête.

— Elle est avec vous ? Ça fait un bout de temps qu'on ne la voit plus dans le coin.

Janet avait levé le menton et avait toisé les jeunes hommes. Ils étaient plutôt bien habillés : vestes et pantalons de bons lainages, sans traces d'usure, bottes de cuir de qualité, épingle dorée piquée dans une cravate nouée selon les règles de l'art, ongles propres et cheveux correctement taillés. L'un d'eux dégageait même un agréable parfum d'eau de toilette.

Des fils de bourgeois. Ils devaient assurément connaître de réputation les meilleurs pensionnats pour filles de la Grande-Bretagne.

— C'est parce qu'elle est à Londres, à l'Académie de Mrs Hargrave.

— À Londres ? C'est vrai ? Alors, c'est qu'elle ne sera pas de retour avant quelques mois.

La remarque avait fait rire les jeunes hommes. L'un d'eux avait alors lorgné vers petit Joe avant de lancer :

— Quand elle sera de retour, vous lui direz qu'on aimerait bien voir à quoi ressemble le rejeton de Murray.

Ils s'étaient éloignés et Janet avait serré petit Joe contre elle, perplexe. Puis elle était allée rejoindre sa famille. Elle entendait encore le rire cinglant des garçons. Un rejeton, c'était un bébé. Elle ne savait pas que Master Murray avait un bébé. Il fallait pourtant être marié pour avoir le droit d'avoir un bébé et Master Murray était encore trop jeune pour se marier. De plus, que ferait Charlotte avec le bébé de Master Murray à Londres ? Cette question sans réponse en avait soulevé un tas d'autres.

N'osant s'adresser à sa mère, elle avait interrogé Mrs Wilkie sur la provenance des bébés. La gouvernante avait recraché son thé dans sa tasse et son visage était devenu tout rouge. On ne parlait pas de ces choses-là, qu'elle lui avait répondu avant de s'excuser pour aller vérifier si petit Joe était réveillé. Janet avait alors questionné Betty, la fille de cuisine. Les servantes parlaient habituellement tout le temps des sujets dont il ne fallait pas parler. Betty l'avait jaugée en hésitant, puis elle l'avait entraînée dans le garde-manger. Les détails avaient dégoûté Janet. S'expliquait pourquoi Charlotte lui avait fait promettre de tenir sa langue sur sa fréquentation secrète avec Master Murray. L'envoi impromptu de sa sœur à Londres aussi. Tout s'était décidé si vite. Évidemment, ses parents devaient avoir encore été mis au fait du comportement dissipé de Charlotte en Jamaïque. Sir Elliot l'aurait appris et il les en aurait informés dans une lettre. Peut-être que c'est ce qui avait déclenché l'attaque de sa mère. Charlotte avait toujours su accaparer l'attention de leurs parents. Par tous les moyens. Janet en avait toujours voulu à sa sœur de les inquiéter autant.

— Ah, oui ! J'oubliais. Miss Collins est venue porter ceci pour toi…

Des caramels mous dans une jolie boîte. Charlotte les déposa sur la table de nuit. Dans le respect du code des civilités, Guy Collins envoyait sa sœur s'enquérir de sa santé. C'était la quatrième fois en deux semaines. Charlotte n'avait pas trouvé le courage de le décourager.

« Je ne suis pas digne de son estime », pensait-elle. Comment décevoir un homme aussi pourvu de principes que pouvait l'être Mr Collins ? Il lui fallait oublier Nicholas Lauder, remercier le ciel de l'avoir empêchée de se commettre davantage avec lui et de la perdre dans une vie de dépravation.

Chapitre II

« Par le Christ ! » grinça Francis entre ses dents.

Trois heures quarante-cinq. Il rangea sa montre dans son gousset et grimpa à la course l'escalier qui menait aux portes de la British Linen Company. Il était en retard. Très en retard. Pourvu que le garçon d'écurie eût livré le billet qu'il lui avait remis pour Mr Dunlop. Pourvu que le riche marchand eût bien voulu patienter près d'une heure de plus.

Francis avait dû effectuer deux visites à domicile avant son rendez-vous. L'ablation chirurgicale d'une efflorescence de papillomes n'avait pris que quelques minutes. Mais le nettoyage d'une fistule recto-vésicale avait été plus long et plus délicat. Mr Young, un capitaine de l'armée à la retraite, se révélait un homme particulièrement imprévisible et violent face à la douleur. Malgré ses soixante-six ans bien sonnés, il pouvait se montrer d'une force incroyable, comme il l'avait appris à ses dépens lors de la lithotomie qu'il avait pratiquée sur l'infortuné deux ans plus tôt. Au moment où, d'un doigt inséré dans l'anus, Francis pressait la vessie contre la paroi sus-pelvienne afin de mettre en évidence le noyau calcaire à extraire, dans un hurlement de douleur le patient avait brisé un lien qui le maintenait dans sa délicate position et lui avait assené un solide coup de poing à la mâchoire. Après quoi Mr Young s'était répandu en excuses et avait subi le reste de l'intervention, fermement retenu par trois de ses domestiques les plus vigoureux.

Francis en avait été quitte pour une dent ébranlée, une vilaine ecchymose et une compensation monétaire plus que généreuse de la part du capitaine. Par malchance, une infiltration d'urine dans la plaie avait fini par former une fistule. Puis le retour d'urines glaireuses et fétides, parfois sanguinolentes, et d'une dysurie accompagnée de douleurs avaient obligé l'indocile capitaine à retourner sous le scalpel. Bien que le patient fût passablement abruti par une quantité phénoménale d'alcool ingurgitée dans la matinée, cette fois Francis n'avait pas voulu prendre de risques et l'avait fait trousser aussi solidement qu'une volaille à enfourner avant de procéder.

Une exploration à la sonde et une palpation du périnée lui avaient confirmé la présence d'un nouveau calcul vésical. Cette fois, gros comme une noisette, il s'était logé à l'intérieur du canal fistulaire. Ce qui n'était pas commun ni commode à extraire. L'opération avait pris plus de temps que prévu. À cause de cela, il risquait de manquer son rendez-vous avec son bienfaiteur.

Francis venait d'apprendre qu'un certain Joshua Dunlop, un riche négociant de soie et d'opium natif de Craigmillar, voulait faire un important don à la Seton's Hospital Foundation. Six ans auparavant, Francis avait procédé avec succès à l'excision d'une méningocèle occipitale sur son unique petit-fils, alors âgé de trois ans. La hernie avait atteint huit pouces et quart de diamètre, de sorte que l'enfant ne pouvait s'asseoir, encore moins apprendre à marcher. Le crâne avait aussi augmenté de volume et le garçon était sujet à des crises convulsives, laissant supposer qu'une infiltration du liquide rachidien dans les ventricules commençait à comprimer plus sérieusement le cerveau. Rares étaient les enfants qui survivaient à cette affection. De mémoire, Francis ne connaissait qu'un cas, une fille qui y avait survécu jusqu'à l'âge de quatorze ans, mais tétraplégique et atteinte d'une déficience intellectuelle sévère.

Francis avait d'abord pratiqué des ponctions dans le but de soulager la pression, mais la hernie du jeune Henry Dunlop avait continué de progresser. Si elle n'était pas enlevée, l'enfant courait vers une mort certaine. Si Francis procédait à l'ablation, l'enfant risquait invariablement une méningite fulminante aux conséquences tout aussi tragiques. Choix dramatique. Il y avait eu des cas de survie à l'intervention. Francis n'avait pas décelé de lamelle de tissu cervical à l'intérieur du pédicule à la base de la masse herniée. Il considérait l'opération envisageable. Il n'avait toutefois pas osé se prononcer sur les chances de réussites. Désespérés, les parents avaient donné leur accord. L'opération elle-même s'était relativement bien déroulée. Par la suite, des fièvres tenaces avaient accablé le petit Henry pendant six jours. Grâce à Dieu, il s'en était remis.

Aujourd'hui, quoique le développement de l'enfant était plus lent que celui des autres de son âge, il se portait à merveille. Il faisait surtout le bonheur des vieux jours de Dunlop, rentré pour de bon des exotiques contrées d'Orient, où il avait passé les dix dernières années de sa vie. C'est pourquoi, lorsqu'il avait entendu parler des problèmes financiers qu'éprouvait l'hôpital Seton, le négociant avait décidé de faire un don au nom de la fondation. Joshua Dunlop ne demandait rien d'autre en retour que son nom soit donné au théâtre anatomique de l'hôpital. Rien que ça !

Tout était arrivé si vite que Francis avait encore peine à y croire. Deux jours plus tôt, alors qu'il nageait encore dans son marasme financier, un employé de la British Linen Company lui avait fait parvenir un mot lui apprenant que l'un de ses clients désirait le rencontrer. Un don important. Il n'avait pas spécifié le montant, seuls le nom du client et ses disponibilités. Le rendez-vous avait été fixé à trois heures à la succursale de la banque dans St. Andrew Square. Pourvu que Mr Dunlop fût un philanthrope patient.

Mr Auchinleck, le courtier de Mr Dunlop, l'invita à prendre place dans l'un des deux larges fauteuils installés en face du magnifique bureau d'acajou sur lequel était bouclée une chemise de cuir. Mr Dunlop, qui occupait déjà le second fauteuil, se leva à son arrivée pour l'accueillir. Sourire affable.

— Pardonnez-moi… Je suis confus…

— Nous avons reçu votre mot, docteur Seton. Nous comprenons très bien. Un médecin n'est jamais maître de son temps.

Sueur dans le cou, entre les omoplates. Paumes moites. Francis les essuya sur son pantalon, souhaitant que personne n'eût remarqué son geste. Une franche poignée de main fut échangée. Auchinleck procéda immédiatement. Il avait aussi d'autres affaires à régler. C'était un homme occupé. Voilà ! Des actions d'une valeur de mille livres sterling seraient transférées dès aujourd'hui au nom de la fondation. Mr Dunlop avait pris la liberté de le faire préalablement enregistrer auprès de la compagnie. Est-ce que cela convenait à Francis ? Haussement de sourcils. Combien ? Il n'avait pas bien entendu. Mille livres ! Le montant tintait dans le cerveau de Francis comme les cloches du paradis. Il hochait la tête, encore plus confus, signait là où on le lui indiquait. Il faisait chaud dans la pièce. Mille livres ! Un cadeau si inattendu. Un rêve ! Un miracle ! Francis vérifia à la dérobée la valeur de l'un des certificats. Cinquante livres. Il y en avait combien ? Il n'arrivait pas à les compter.

Un don de cette importance ne s'était pas vu depuis… 1755. Dieu ! C'était une succession. Un certain docteur Kerr avait péri en mer sur son retour des Caraïbes. Il avait légué au Royal Infirmary sa plantation de Redhill, située sur la côte ouest jamaïcaine, près de Morant Bay. Francis se souvenait clairement d'avoir entendu son père bénir ce docteur Kerr. Cette plantation avait rapporté annuellement quatre cents livres en location. Une source de revenu appréciable.

— Merci ! Merci !

— C'est plutôt à moi de vous remercier, docteur Seton. Pour être franc, je suis un peu pingre. La vie de mon petit-fils vaut bien plus que mille livres. Or, je garde bonne conscience. La fondation pourra vendre les titres ou les conserver comme source sûre de revenus. À votre guise. Je pense que vous ferez ce qu'il faut. Une once d'or et une once d'intelligence suffisent pour posséder le monde. J'ai bâti ma fortune sur cette devise.

— Je verrai avec mon homme d'affaires. Il saura ce qu'il conviendra de faire.

— Un coulissier ? interrogea Mr Auchinleck en bouclant la chemise de cuir avant de la rendre à Francis.

— Non. C'est un gestionnaire. Mais il fait inévitablement affaire avec diverses maisons de courtage.

— Oui… fit le courtier après s'être éclairci la voix.

Ce dernier enveloppa Francis d'un regard comme s'il cherchait à évaluer son degré de naïveté. Si ce n'était pas carrément son niveau d'intelligence.

— Il y a un problème, Mr Auchinleck ? demanda Francis, légèrement vexé.

— Des coulissiers sont soupçonnés d'avoir manipulé les cours de la Bourse ces derniers mois. Une enquête tente à l'instant où je vous parle de faire la lumière sur toute cette affaire, qui ne sera rendue publique que si des accusations de fraude sont officiellement portées. C'est pourquoi, docteur Seton, je pense qu'il vaut mieux que vous vous absteniez de vendre ces titres pour le moment. Si c'est ce que vous décidez de faire.

— Oui, je suivrai votre conseil, murmura Francis.

Quelques paroles furent encore échangées. Nouvelles poignées de main. Cinq minutes plus tard, Francis marchait dans Prince's Street, léger, la chemise de cuir serrée contre sa poitrine. Elle renfermait mille bonnes raisons de chasser le malaise qui l'avait gagné à la fin de l'entrevue. Mille excuses pour se réjouir. Mille livres en actions dans la East India Company. Des valeurs sûres. La paix. Enfin ! Il entrevoyait un ciel clair au-dessus de lui.

Encore sous le coup de l'émotion, il croisait les passants sans les voir. Il y avait foule. On fermait boutique. On hélait des fiacres. On se pressait, se bousculait, vers un café, la maison, une taverne. Les voitures circulaient bruyamment, les sabots frappaient la pierre des pavés. Les cochers évitaient les obstacles qui surgissaient sans cesse devant eux. Un homme annonça le dernier départ de la diligence pour Glasgow. Francis avait brusquement envie de profiter de la belle journée. Il marcherait jusqu'à la maison.

Un cri perçant l'arracha à ses rêveries. Une jeune femme poursuivait un enfant qui s'était élancé dans la rue. Elle agrippa solidement le bras du garçonnet et l'entraîna derrière elle. Le vacarme de la circulation avala rapidement les pleurs et les reproches. Francis s'arrêta à l'angle de Hanover Street. Il attendait qu'une brèche s'ouvre dans la circulation. La joyeuse rumeur de la clientèle du Alexander's Coffee Shop résonnait derrière lui. Face à lui se dressait l'édifice de la Royal Institution[23] dont la construction s'achevait. Une lumière jaune en lavait la pierre. Lourd et massif, avec ses austères colonnes d'ordre dorique, l'édifice se voulait un véritable temple du temps de Périclès dédié aux arts et donnait tout son sens à l'appellation d'Athènes du Nord qu'on attribuait à Édimbourg.

---

23. Aujourd'hui appelée la Royal Scottish Academy.

James rêvait d'y exposer un jour ses œuvres. Ce serait bien… Oui, vraiment bien, se dit-il en souriant.

Les coïncidences, le hasard, devaient être déterminés quelque part dans le grand livre du temps. Pendant qu'il gravissait le Mound, semblait à Francis que tout redevenait possible. Sur son visage, le soleil avait perdu de sa force et la fraîcheur des soirs de fin de mars lui piquait agréablement la peau. Il pourrait passer par Lawnmarket, faire un saut chez Cooper and Mellis. Les allégations d'Auchinleck le rattrapèrent tandis qu'il avançait vers la Old Town et ses pinacles qui s'élevaient sur l'autre rive. Cooper était-il au courant de cette affaire de fraude ? Certainement. Cooper avait une bonne connaissance du milieu des finances. C'était un homme ordonné, méticuleux et prudent. Il buvait modérément, ne fréquentait pas le théâtre ni les cercles amidonnés des bourgeois. Une vie sans éclat qui était tout à l'opposé de celle qu'avait menée John William Gordon, son ancien agent. Il faisait confiance à Cooper.

Son attention se déplaça vers l'édifice de la Bank of Scotland qui, à la tête du Mound, se parait lentement de chaudes teintes d'ocre et de rouge. Majestueuse et fière sur son socle, la plus vieille banque d'Écosse dominait le vallon et Prince's Street. Francis repensa aux mille cinq cents livres qui avaient disparu avec Gordon. Cet argent perdu au début de l'année 1819 l'avait obsédé ces derniers mois. Qu'en était-il advenu ? Puis, comment est-ce qu'un homme aussi flamboyant que John William Gordon pouvait arriver à s'évaporer aussi parfaitement dans le monde ? Gordon avait le goût du faste dans le sang et il n'était surtout pas le genre à s'exiler sur une île perdue loin des belles sociétés. En quatorze ans, aucun indice n'était venu aider à percer le mystère.

L'enquête policière avait révélé que le 8 février 1819, Gordon avait quitté l'institution bancaire vers six heures du soir pour se rendre chez Hugh Sutherland Stockbroker and Fund Manager. Le portier avait demandé à Gordon s'il désirait une chaise[24]. Gordon avait décliné l'offre, prétextant qu'un peu d'exercice ne le tuerait pas. La maison de courtage était seulement située à quelques minutes de là, dans Blair Street. Toutefois, en chemin, Gordon avait fait un arrêt au Clerihеugh's Tavern,

24. Chaise à porteur. De la fin du XVIIe siècle jusqu'au milieu du XIXe siècle, elles ont été le mode de transport le plus populaire dans Édimbourg, où l'étroitesse de la plupart des ruelles ne permettait pas le passage d'une voiture hippomobile.

dans Parliament Close. Le tenancier de l'établissement avait affirmé qu'il n'était resté que le temps d'avaler trois tranches de rôti de bœuf et de vider deux pintes de bière, puis il était reparti seul avec sa mallette. Un cocher en attente dans High Street avait déclaré avoir aperçu un individu portant une redingote à double pèlerine et une mallette aux environs de Bell's Wynd. À cette heure, il y avait bien peu de passants. Mais cela pouvait être un autre homme. La ruelle ne se trouvait qu'à quelques pas de Blair Street. L'agent d'affaires n'avait jamais franchi le seuil de la maison de courtage et plus personne ne l'avait revu après cela.

La première hypothèse avait été celle de l'enlèvement. On se souvenait encore du meurtre crapuleux en 1806 de William Begbie, un messager de la British Linen Bank. Il avait été poignardé à mort alors qu'il devait transférer entre deux succursales de l'institution une somme s'élevant à plus de quatre mille livres. Son corps inanimé avait été découvert à la tombée de la nuit, dans Tweedale's Close, un couteau planté dans le cœur. L'argent avait disparu avec le meurtrier.

L'idée que son ancien agent eût pu lui aussi être attaqué et volé à sa sortie de la taverne avait effleuré l'esprit de Francis. Les malfaiteurs surveillaient ceux qui commettaient l'imprudence de transporter avec eux de fortes sommes. Les ruelles étaient souvent mal éclairées. Même en plein jour. Aucun corps correspondant à la description physique n'avait été trouvé. Puis le temps avait passé et les plaintes contre Gordon s'étaient accumulées sur le bureau du shérif. L'agent d'affaires, fortement endetté, avait laissé derrière lui bon nombre de créanciers mécontents.

Les huissiers avaient débarqué à Braid Hill House et procédé à la saisie de biens. Des matrices de faux billets de banque dissimulées dans un superbe secrétaire de citronnier et d'ébène avaient été découvertes et avaient intrigué les policiers. L'agent d'affaires aurait été contrefacteur ? Stupéfiant ! Comme tout le monde, Francis avait été estomaqué. Le scandale avait éclaté dans les journaux. Le bureau du shérif avait émis un mandat d'arrêt contre Gordon. Braid Hill House avait été mise sous séquestre et fouillée des combles à la cave. L'enquête avait pris une nouvelle direction. De victime probable, Gordon devenait brusquement un criminel recherché pour un crime passible de la peine capitale. Son fils, un imprimeur-graveur, avait aussi été mis aux arrêts.

Francis se rappelait. À aucun moment le jeune Gordon n'avait cherché à défendre l'innocence de son père. Pas plus qu'il n'avait cherché à nier sa propre culpabilité. Lorsque Francis l'avait visité dans sa cellule pour l'interroger sur ses mille cinq cents livres perdues, le jeune Gordon avait seulement répondu, l'air troublé : « Mon père devait beaucoup d'argent à beaucoup de monde. Qui sait ce qu'il en a fait ? »

Francis était resté avec l'impression que le jeune homme en savait beaucoup plus qu'il ne voulait le prétendre. Il se souvenait de cet irritant stoïcisme dont il avait fait preuve tout au long de son procès. Seul avait réussi à briser son imperturbabilité le cri de détresse qu'avait poussé sa sœur, présente dans la salle d'audience au moment du rendement du verdict. Quant au père, avait-il pris la fuite avec d'autres matrices ? Il pouvait fort bien s'être installé sous une nouvelle identité sur le continent ou encore dans cette vaste et sauvage Amérique pour s'adonner librement à ses activités illicites et exporter clandestinement en Grande-Bretagne son produit. C'est ce que tout le monde avait conclu. Toutefois, dans l'esprit de Francis, des éléments ne collaient pas au scénario final. Si Gordon fabriquait de l'argent, pourquoi était-il si endetté ?

Il en était là dans ses réflexions lorsqu'une voiture lui passa sous le nez, le frôlant dangereusement. Il leva le visage, prêt à interpeller le cocher. Une figure de l'autre côté de Lawnmarket vola son attention. Devant l'édifice qui abritait les locaux de Cooper and Mellis Business Agents, le bras tendu vers le ciel, Joseph Cooper sifflait une chaise à porteurs. Son appel fut rapidement entendu et une chaise laquée de rouge et ornée de dorures sans lustre s'immobilisa devant lui. L'agent d'affaires ouvrit la porte du véhicule et s'inclina tandis qu'une gracieuse silhouette surgissait hors de l'ombre pour s'y engouffrer. Francis capta la blondeur d'une chevelure, la blancheur de la peau. Il plissa les paupières pour mieux discerner la femme. Un visage apparut par la portière, un regard croisa le sien. Sans ses lunettes, à cette distance, Francis ne pouvait rien distinguer. Mais il y avait quelque chose de familier, dans le maintien, dans les gestes. Pendant un bref instant, il aurait juré... Amy Carlyle ? Cela faisait plus d'une fois qu'il la croisait ici.

Lorsque la chaise se remit en route, Cooper avait disparu.

Surpris en train de manger un sandwich, le signore Galvani se redressa prestement. La bouche pleine, il se hâta de retirer la serviette coincée dans son col de chemise et d'en recouvrir son goûter.

— *Signore* Gordon… Oh ! *Signore* Seton ? *Signore* Cooper ne vous attendait pas !

— Il n'est pas là ? Je l'ai vu en bas il y a à peine deux minutes.

— Il est… parti… pour le reste de la journée, *sono desolato, Signore.* Vous désirez lui laisser un message ?

— J'avais une bonne nouvelle à lui apprendre. Un don important de mille livres en titres, fit-il souriant béatement en tapant de son index sur la chemise de cuir. Je voulais ses conseils concernant ces actions… Mais cela ne presse pas encore. On m'a recommandé d'attendre. *Signore* Galvani, est-ce que par hasard vous n'auriez pas entendu parler d'une affaire de fraude dans le milieu boursier ?

Avant de répondre, Galvani fit mine de réfléchir en rangeant quelques papiers.

— *No, signore* Seton. *Perché ?*

— Je me demandais… On vient de me prévenir qu'une enquête cherchait à mettre à jour certaines activités illicites parmi des coulissiers.

L'Italien demeura silencieux un moment. Il balaya nerveusement quelques miettes de la surface de son bureau.

— J'en avertirai les *signore* Cooper et Mellis.

— Oui… on n'est jamais trop prudent.

Il allait repartir, revint sur ses pas. Tandis que le comptable dévisageait Francis avec gravité, une larme de sueur coulait sur sa tempe.

— Je me demandais… Est-ce Mrs Amy Carlyle qui vient de quitter ce bureau avec Mr Cooper ?

— Le *signore* Cooper est sorti seul.

Puis Francis se rappela : en décembre dernier, lorsqu'il avait croisé Amy dans l'escalier, elle lui avait dit venir visiter une amie qui habitait l'édifice. Tout s'expliquait.

— *Signore* Galvani, Mr Cooper sera de retour bientôt ?

— Il… ne sera pas ici avant la fin de la journée.

— Dans ce cas, je ne vous dérangerai pas plus longtemps.

Plusieurs caisses remplies de dossiers encombraient les locaux. Des tiroirs de classeurs étaient ouverts, des chemises de carton traînaient sur le sol. Par la porte entrouverte du cabinet de Mr Mellis, Francis pouvait apercevoir d'autres boîtes débordant de papiers. Le cabinet de Cooper était fermé. Flottait un silence inhabituel, singulier. Francis revint vers Galvani, qui attendait qu'il parte pour reprendre son goûter.

— C'est le grand ménage ? remarqua-t-il en souriant.

— *Si, si*… le grand ménage, fit bêtement le comptable en lui retournant un sourire incertain.

— *Buon appetito, signore Galvani !*

— *Grazie, signore Seton…*

Il s'apprêtait à saisir la poignée de la porte lorsqu'elle s'ouvrit brusquement d'elle-même. La collision fut évitée de justesse. L'homme arborant l'élégance raffinée d'un dandy s'excusa et lui céda le passage en s'inclinant.

— Bonne journée, monsieur, fit l'inconnu en soulevant son chapeau.

— Bonne journée, monsieur… répondit Francis avec un moment d'hésitation.

Leurs regards s'accrochèrent pendant quelques secondes. Il connaissait cet homme. Mais son souvenir restait vague. Tenant la porte ouverte pour lui, l'inconnu patientait dans le couloir. Francis sortit sans plus attendre. De retour dans la rue, la présence de la chemise de cuir entre ses mains reprit toute son importance. Soudain, il lui tardait de rentrer chez lui et de partager la bonne nouvelle avec Dana. Il héla un fiacre.

Lorsque Francis fut parti, le visiteur referma la porte. Galvani l'observait avec des yeux écarquillés.

— *Signore* Gordon ! fit l'Italien dans un souffle. Vous savez que c'était…

— Le docteur Seton. Oui, je l'ai reconnu, fit l'homme avec désinvolte. Et après ?

Ses joues rondes s'empourprant, le comptable fit mine de retourner à ses affaires. Un grincement résonna dans le local. La porte du cabinet de Cooper s'entrouvrit.

— Pour l'amour du ciel, Leslie ! Vous êtes en avance, s'exclama Joseph. Quelques minutes plus tôt et c'était la catastrophe !

— Bah ! La dernière fois que j'ai croisé Seton c'était au procès de mon cher cousin. Il y a des années de ça.

— Je ne parlais pas de Seton, Leslie. Je me moque qu'il vous ait reconnu ou non. Il y a quelques minutes à peine, Amy Carlyle quittait ce bureau.

Gordon émit un sifflement.

— Seton l'a croisée ?

— Par la grâce de Dieu, non. Mais il croit l'avoir aperçue dans la rue en ma compagnie. Mon fidèle Galvani ci-présent l'a confondu.

— Merveilleux, mon ami ! fit Gordon en frottant ses paumes ensemble. Si nous passions tout de suite à ce petit problème dont vous me parliez. J'ai un dîner ce soir et je n'aime pas faire attendre mes hôtes.

⁂

— Il nous a vus ensemble ! Il vous posera inévitablement des questions !

Amy tournait en rond autour du fauteuil dans lequel Cooper prenait place. Dans le silence, les talons scandaient un rythme nerveux.

— J'aidais une jolie femme à se trouver une chaise. Et alors ? Cela se fait régulièrement. Un geste courtois qui n'a rien de répréhensible.

Elle se planta devant lui, plus déterminée que jamais.

— Je ne peux pas rester à attendre qu'il découvre tout de nous, Joseph. Il est temps d'en finir avec lui !

— Le temps est venu de laisser tomber, Amy. Weeping Willow ne sera pas à vendre et le Seton Hospital est sur le point de rouvrir ses portes au public. C'est terminé. Seton vient de recevoir pour la fondation de son hôpital un don important qui le hisse hors de son gouffre financier. Je ne vois plus pour vous le moyen de l'atteindre.

Estomaquée, elle le dévisageait. Terminé ? Toutes ces années pour obtenir quoi, à la fin ? Rien ? Rien qu'une écrasante défaite ? Cela ne se pouvait pas. Cela ne devait pas l'être.

— Oh, mon jeu n'est pas épuisé de cartes bonnes à jouer, Joseph !

— Laquelle allez-vous tirer cette fois, Amy ? Vous allez mettre le feu à Weeping Willow ? Tuer Seton ?

— Le tuer serait trop simple. Je veux le voir souffrir comme il m'a fait souffrir.

— En tuant sa femme et ses enfants ?

Il avait lâché la remarque dans un éclat de rire incrédule. Amy lui opposa un masque impénétrable.

— Ma parole ! Vous êtes complètement folle ! Cette fois votre jeu diabolique va trop loin.

— Je n'ai pas dit que c'est ce que je projetais de faire, murmura Amy avec une soudaine douceur.

— Diable non ! Mais je connais vos regards, Amy. Et celui que je discerne présentement est trop calme, trop froid, trop décidé pour me rassurer.

Elle rit.

— Soyez tranquille, mon cher Joseph ! Je pensais plutôt à mettre la main sur ces titres qu'il vient de recevoir en dons. Il vous les confiera assurément pour les vendre et…

— Il n'en est pas question !

— Allons, mon cher ami, l'édifice de votre fortune s'est bâti sur celle des autres. Je bâtis mon bonheur de même. Me le reprocheriez-vous ?

Cooper se leva, la considéra tristement.

— Nous avons cela en commun, madame, de n'avoir de cesse de toucher le ciel dans nos édifices. Le mien s'effondre aujourd'hui. Mon confrère Gregory Panmure vient de se faire arrêter, avoua-t-il enfin. Il est actuellement interrogé. Je suis dans l'obligation de fuir la ville. Vous comprendrez que je ne peux plus me permettre d'hameçonner les dupes. Demain, ce sera votre tour de vous écrouler. C'est inévitable. Pour ma part, je supporterai le poids de mes débris. L'argent n'a jamais été l'objet de mes passions réelles. Il ne sera jamais que des chiffres et du papier. Un défi, sans plus. Qu'en sera-t-il pour vous ?

Elle ne répondit pas, se fit songeuse. Il choisit ce moment d'hésitation pour tenter une dernière fois de la convaincre. Il s'approcha, caressa de son index la courbe de sa joue.

— Amy, faites vos bagages et venez avec moi. Allons en Grèce. Il y a là-bas des îles blanches dans un décor turquoise fabuleux où on pourrait se retirer tranquilles. Emmenez Andrew et sa gouvernante. Soyons heureux enfin.

— Je n'irai nulle part. Mon fils souffre d'une vilaine fracture à la jambe. Et pourquoi devrais-je fuir, Joseph ? En ce qui me concerne, je n'ai absolument rien à voir avec vos petits stratagèmes boursiers. C'est votre problème et celui de votre ami Mr Panmure.

Gregory Panmure, un coulissier employé à la Eastern Bank, avait appris de source sûre que les propriétaires d'une importante mine d'or située quelque part au Mexique, dans la province d'Oaxaca, avaient décidé de mettre fin à son exploitation après que des sources souterraines eurent inondé une partie des galeries. En fait, ce n'était qu'une excuse. Selon John Maclure, l'un des clients de Panmure, les rendements de la mine s'étaient révélés assez pauvres. Mais pourquoi ne pas profiter de cette information privilégiée avant de tout liquider, avait suggéré Panmure. C'était facile. Il maîtrisait l'art d'opérer le cours de la Bourse au profit de ses clients. Petit commerce d'influence dont profitait aussi Cooper à l'occasion.

Il suffisait d'agir rapidement. Mettre les titres en vente tout de suite après la fermeture du Stock Exchange. Faire circuler les rumeurs. Cooper, jouant celui qui est persuadé qu'il va faire le coup du siècle, achetait plusieurs parts. L'effet n'était jamais long à se faire sentir dans la coulisse et les titres trouvaient rapidement preneur. Les haussiers avaient commencé leur travail. Les soubresauts des valeurs donnant son relief à la spéculation, personne ne se questionnait. On transigeait, le tintement de l'or assourdissant toute raison de prudence. Chacun y trouvait son bénéfice. Une douceur que se permettait Cooper à l'occasion. Le métier était si ingrat. Ses clients qui roulaient carrosse d'or et l'ignoraient lorsqu'ils le croisaient dans la rue ne valaient souvent pas mieux que la corde qui risquait de le pendre. Quoiqu'elle risquait maintenant de vraiment le pendre. L'information reçue par Panmure n'était en fait qu'un canular. Soupçonnant que des manipulations illicites avaient lieu sur le parquet, des limiers avaient mis au défi la probité des courtiers. Panmure s'était fait coincer.

— Amy… Prenez le temps d'y réfléchir.

— C'est inutile, Joseph. Nous avions passé un marché. Vous ne tenez plus votre part. Il en sera de même pour moi.

Silence.

— Après toutes ces années ? Amy…

Elle s'écarta. Sur le visage de Cooper, la douleur et la déception. L'âge le rattrapait d'un coup, creusait plus profondément ses rides.

— C'est votre dernier mot ?

— C'est ma décision.

Il savait qu'elle ne reviendrait jamais sur sa parole.

— Adieu, Mrs Carlyle, dit-il gravement.

Sur ce, il saisit son chapeau et son frac, attrapa sa canne, s'inclina bien bas et s'en alla. Amy resta longtemps debout à regarder l'espace vide du vestibule. La vacuité de sa vie. Elle gravit l'escalier jusqu'au premier et pénétra dans la chambre d'Andrew. Le garçon s'était endormi d'épuisement. Le médecin avait prescrit un sirop opiacé, mais cela ne suffisait pas à endormir la souffrance qui crispait ses traits. Tout cela à cause d'un stupide accident. À la fin des classes, le garçon avait suivi un groupe d'amis jusqu'à une carrière désaffectée, où ils s'étaient amusés à escalader les murs rocheux. Andrew avait fait une mauvaise chute qui avait résulté en une fracture de la jambe gauche.

Elle toucha le front du garçon. La tiédeur de la peau la rasséréna. Elle alluma une chandelle neuve avec celle qui finissait de se consumer et l'inséra dans le photophore.

— Il est parti ?

Une ombre se tenait dans l'embrasure de la porte.

— Tu ne dormais pas ? demanda Amy.

— Non.

La silhouette se détourna. Amy la suivit dans la chambre qui jouxtait la sienne. Elle respira l'odeur de lavande qui parfumait agréablement la pièce. Alison Mackay traversa la chambre jusqu'au lit. Passant devant la lampe, les formes de son corps se dévoilèrent à travers la fine baptiste de la chemise de nuit. Amy en apprécia les rondeurs.

— Cette fois il ne reviendra pas, promit-elle. Est-ce que cela ne te fait pas plaisir ?

— Oui...

Amy s'assit sur le lit près d'elle et replaça quelques boucles rousses autour du joli visage. Elle contempla les lèvres rouges et charnues de la jeune femme, songeuse.

— Tu ne l'as jamais aimé, n'est-ce pas, Alison ? Les hommes, tous des... *brùid*[25]. C'est ainsi que tu prononces le mot dans ta langue ? Que faire de la brutalité et de l'ignorance d'un homme quand on peut posséder la tendresse et le savoir d'une femme ? fit doucement Amy en caressant le visage d'Alison. Des brutes et des infidèles. Pour les hommes, la fidélité n'est souvent rien qu'un concept du cœur féminin aussi plaisant à violer que nos corps. Je n'ai pas besoin de Joseph Cooper, n'est-ce pas ? Puisque je t'ai, toi, douce Allie.

— Je ne crois pas que Mr Cooper était une brute.

— Non, il ne l'était pas, concéda Amy, après un bref instant de réflexion.

— Pas plus que le docteur Seton, lui signifia Alison.

Amy la considéra avec gravité.

— Je n'ai pas envie de parler de Seton ce soir. Mon cœur a soudain mieux envie d'une douceur pour se calmer de tous les émois de ce jour...

Elle s'était penchée sur la bouche d'Alison. Doucement elle l'avait effleurée de la sienne. Alison se montra d'abord rétive, puis lentement ses lèvres s'entrouvrirent pour l'accueillir. Le baiser se fit tendre. Comment refuser ce que lui demandait Amy ? Amy, qui lui avait témoigné tant de gentillesse. Qui l'avait aimée. Qui savait si bien contrôler son esprit et son corps. Amy Stanfield s'était assurée qu'Alison Mackay ne pourrait plus vivre sans elle. Elles partageaient tant d'inavouables secrets...

Tout avait débuté en octobre 1818. John William Gordon avait invité un groupe d'amis à Braid Hill House, dont Adam Carlyle. L'avocat était ce soir-là accompagné d'Amy Stanfield, une amie de longue date. Dans les semaines qui avaient suivi, à l'invitation de son hôte, l'actrice était à plusieurs reprises revenue honorer Braid Hill de son éblouissante présence. Comme à Weeping Willow, Alison, maintenant domestique à Braid Hill, n'avait jamais cherché à cacher son antipathie face à l'actrice, qu'elle soupçonnait d'entretenir des relations de nature intime avec son employeur, Mr John William Gordon. Cette croqueuse d'hommes n'avait en tête que de torturer le cœur des hommes mariés. Même si Mrs Gordon vivait en institution, elle et Mr Gordon étaient toujours

25. Brute en gaélique écossais. Se prononce « brouj ».

officiellement mariés. Puis, en février de l'année suivante, était survenue la mystérieuse disparition de Mr Gordon. Amy Stanfield n'était plus revenue à Braid Hill. Jusqu'au 19 mars 1819.

Alison se souvenait de l'état d'agitation extrême de l'actrice à son arrivée ce jour-là. Le frère de John William, Stuart Gordon, l'épouse de ce dernier, leurs deux fils, Leslie et Rodrick, ainsi que leur charmante fille, Isabel, étaient venus dîner à Braid Hill afin d'égayer un peu Mr Nicholas, plongé dans un état de profond abattement. Les rumeurs qui commençaient à circuler concernant les circonstances de cette disparition étaient consternantes et ternissaient le nom des Gordon. Alison se rappelait combien cette situation était difficile à vivre pour Mr Nicholas, le fils unique de son employeur. Le jeune homme était taciturne et s'isolait de plus en plus de la brillante société qu'il avait eu l'habitude de fréquenter. Mangeant à peine, refusant de se laver, il buvait trop et passait des journées entières au lit. En dépit des protestations de son neveu, c'est inquiet pour sa santé que Stuart Gordon avait annoncé sa visite à Braid Hill. Ce qui avait obligé Mr Nicholas à prendre un bain et à rester sobre, du moins, jusqu'au dîner.

Ainsi, ce jour-là, Miss Stanfield avait fait irruption au manoir juste un peu avant que le dîner soit servi. Elle devait s'entretenir de toute urgence avec Nicholas Gordon. En privé. Au grand déplaisir de sa tante, le jeune homme et Miss Stanfield s'étaient enfermés dans la bibliothèque pendant près d'une demi-heure. Outrée par une conduite si peu convenable, la dame avait envoyé sa fille Isabel écouter à la porte. Miss Gordon était revenue quelques minutes plus tard, la mine consternée, et avait glissé quelques mots dans l'oreille de sa mère, qui avait considérablement pâli. Au retour de son neveu, arborant un air fallacieusement complaisant, Mrs Gordon avait insisté pour que Miss Stanfield honore de sa présence la table du dîner.

Après le repas, comme d'habitude, les hommes s'étaient retirés dans le fumoir avec leur cognac et leurs cigares pour parler politique tandis que les dames passaient au salon, où, manifestement, Mrs Gordon avait l'intention de tirer toutes les informations qu'elle pouvait de Miss Stanfield. L'interrogatoire n'avait de toute évidence pas donné les résultats escomptés, car les dames Gordon s'étaient retirées tôt, irritées.

Amy était entrée dans la chambre que préparait Alison pour elle. Rêveusement, les doigts entrecroisés sur son ventre, sans ambages, l'actrice lui avait confié qu'elle attendait un enfant.

— Si je te le dis à toi, Alison, c'est parce que je te connais depuis des années et que je sais que je peux compter sur ta discrétion. Je n'avais pas envie de donner à ces horribles pies jacasseuses le bonheur de salir ce bonheur inattendu, avait-elle ajouté avec un brin de méchanceté.

Puis elle lui avait gentiment demandé de lui préparer une infusion de camomille pour l'aider à dormir. Elle se sentait très fatiguée depuis quelques jours. Le docteur Farquart lui avait conseillé de se reposer. Elle avait pris une décision. Elle se retirait de la scène. C'était le bon moment. Il ne fallait pas attendre le début du déclin.

Ne trouvant plus de camomille dans le garde-manger, Alison était descendue dans la réserve pour en chercher. En bas de l'escalier, elle avait croisé Leslie Gordon, qui remontait avec une bouteille de vin. À peine l'homme l'avait remarquée. Protégeant sa flamme de sa main, Alison s'était pressée. Elle détestait descendre dans la réserve. Pendant qu'elle cherchait la camomille parmi les fagots à sécher suspendus au plafond, dans l'escalier, des voix d'hommes avaient résonné. L'une d'elles s'était esclaffée. Alison avait reconnu le rire aggravé par l'ivresse de Nicholas Gordon. Puis, la flamme de sa chandelle laissée sur la table s'était éteinte d'un coup. Le temps de se retourner, une force l'avait alors violemment projetée contre les étagères. Voulant s'y accrocher, elle les avait fait basculer dans un grand vacarme avec tout leur contenu. Le temps de recouvrer son souffle, une main la forçait sur les genoux tandis que l'autre cherchait à soulever ses jupes. Elle s'était débattue farouchement, mais ses coups n'avaient pas porté. Puis elle avait senti une pression de plus en plus forte sur sa trachée. Alison s'était alors faite plus docile.

L'homme l'avait prise sauvagement. Elle n'avait pas crié; il n'avait laissé échapper aucun gémissement. Seul un souffle rauque dans ses oreilles avait cadencé chacun des assauts. Lorsque l'homme eut fini de jouir de son ignoble besogne, il s'était redressé, avait fait tinter des bouteilles quelque part sur une étagère, puis il l'avait abandonnée par terre dans le noir, sans plus de considération.

Pour se donner le temps de retrouver une certaine contenance, Alison avait rangé le cellier. Puis, oubliant l'infusion d'Amy, elle était montée à sa chambre. Après s'être vigoureusement frotté l'entrecuisse avec un pain de savon, afin de s'assurer qu'aucune trace de l'immonde souillure ne subsistât en elle, elle était restée longtemps à trembler, assise dans la bassine d'eau glacée. C'est ainsi que, s'impatientant, Amy l'avait découverte. Devant le visage meurtri et les marques violacées sur le cou que lui avait dévoilé la lueur de sa lampe, l'actrice avait refoulé ses réprimandes et s'était approchée pour l'examiner de plus près.

— L'alcool possède ce malicieux pouvoir de transposer la bête humaine dans l'homme, avait-elle subtilement commenté en la recouvrant d'une couverture. Qui t'a fait ça ?

— Personne… avait murmuré Alison, les yeux fixes sur la flamme dansante.

— Tu ne veux pas me le dire ?

— Le fils du maître… Je crois… avait-elle sangloté, maintenant morte de honte. Mais je ne l'ai pas vu… Il faisait trop noir dans le cellier.

Alison n'avait jamais vu le visage ni entendu le son de la voix de son agresseur. Elle n'avait pu le deviner en touchant les étoffes des vêtements qu'il portait. Elle avait entendu Nicholas Gordon arriver au moment où son cousin Leslie partait. Cela ne pouvait donc qu'être le fils de son employeur. Il était ivre. Les hommes ivres devenaient souvent des brutes…

— Il fait ça souvent ?

Dans l'intonation d'Amy, Alison avait perçu un fond de froide colère. Elle secoua négativement la tête. Bien qu'il eût souvent usé de l'arrogance de sa jeunesse et de son rang lorsqu'il s'adressait aux domestiques, Mr Nicholas avait toujours agi correctement avec elle. Mais… depuis des jours, il n'était plus lui-même.

— C'était la première fois. C'était la première fois… N'en dites rien à personne, je vous en supplie, Miss Stanfield. Personne ne doit savoir ce qui m'est arrivé.

— Je resterai muette, avait déclaré Amy après un moment de réflexion. Sache, Alison, que tu n'es pas la première à qui cela arrive ni ne seras la dernière, crois-moi.

Les deux femmes s'étaient alors dévisagées. Dans le regard d'Amy, Alison avait vu quelque chose qui ressemblait à de l'empathie. Il avait semblé à cet instant à Alison qu'Amy Stanfield savait exactement ce qu'elle ressentait. Elle partageait la douleur de son malheur. Reconnaissante, Alison avait pensé offrir en échange le secret de ce qu'elle avait découvert dans le cellier en le rangeant après l'agression.

Le lendemain, Alison quittait Braid Hill House avec Amy Stanfield, qui la confia à la femme de charge de Carlyle Hall, à Haddington.

Moins d'un mois plus tard, un mandat d'arrêt était émis contre J. W. Gordon. Une perquisition avait été faite à Braid Hill House. Nicholas Gordon était arrêté pour contrefaçon de billets de banque. La couronne confisquait tous les biens des Gordon. En même temps qu'Alison comprenait qu'un enfant allait grandir dans son ventre profané, commençait le procès du jeune Gordon. Elle avait secrètement prié Dieu pour que Sa justice triomphe du mal…

En janvier 1820, Amy mit au monde un fils mort-né. Moins de deux mois plus tard, c'était au tour d'Alison de délivrer son bébé dans des souffrances qu'elle n'avait encore jamais connues. L'évènement avait arraché Amy à la torpeur dans laquelle l'avait plongée le deuil de son enfant. Elle s'était occupée du nourrisson, s'était rapidement attachée à lui, l'appelant du prénom de son enfant mort-né. Andrew. Elle s'était occupée d'Alison. Avec tendresse, comme l'aurait fait une grande sœur aimante, une mère. Comme l'avait fait Lizzie, la grande sœur d'Alison. Alison avait appris à découvrir un visage différent de la belle actrice. Petit à petit, dans son esprit, ses gestes de tendresse avaient donné une nouvelle dimension au sens de l'amour. Elle avait appris à l'aimer en retour. Entre la violence crue des hommes et l'ineffable douceur d'une femme, ce que Dieu approuvait et ce qu'il condamnait, Alison avait eu à choisir. C'était une question de survie. Mais rien n'échappait à Dieu, l'avait toujours mise en garde Lizzie. Lizzie avait toujours été clairvoyante. Alison l'avait seulement oublié entre des draps parfumés à la lavande. Et maintenant, elle risquait de perdre son Andrew. Son accident était un signe que lui envoyait Dieu. Un avertissement l'invitant à reprendre le droit chemin.

Amy reposa ses lèvres sur celles de la jeune femme, en apprécia le goût. Jalouse, elle en savoura leur jeunesse. Lentement elle dénoua le ruban de la chemise de nuit d'Alison, entrouvrit le vêtement sur la peau claire. Alison se troubla lorsque la main d'Amy caressa la courbe de son sein. Un frisson parcourut sa peau, qui se couvrit de chair de poule. Elle trembla lorsque les lèvres chaudes et humides enveloppèrent le mamelon dressé. Le sein qui avait nourri son fils d'amour, nourrissait l'amour d'Amy pour elle. Pourrait-elle vivre sans ? Son corps, son cœur s'accordaient à lui dire qu'elle ne le pourrait plus. Son amour pour Amy dépassait les limites de la raison.

Amy leva son regard vers son amante. Des larmes brillaient dans ses yeux. Cette étrange petite créature, à la langue rude et aux lèvres si douces, à l'esprit étroit, mais au cœur de femme, immense. Son cœur à elle, sous ses agréables atours, était aussi dur que celui d'un homme. Peut-être était-ce la cause de leur attirance. Leurs blessures respectives trouvaient leur origine dans le même mal. Tourments de l'ironie. Alison Mackay, la servante des Seton, lui avait révélé à elle-même toutes ses faiblesses soigneusement dissimulées sous cette cuirasse d'acier trempé qu'elle avait pris des années à se forger. Sans cette protection, elle se sentait trop vulnérable. Il n'y avait qu'avec Alison qu'elle pouvait s'autoriser à redevenir cette petite fille qui avait couru les champs d'avoine, le vent tissant ses cheveux, la tête pleine de romances.

Romances déçues. D'abord avec Mr Tait, son professeur de chant. Il avait bien flatté son orgueil. Sa voix, disait-il, ne pouvait venir que du ciel. Sa beauté, que de l'enfer. Elle serait le tourment des hommes, qu'il lui avait dit encore, éveillant sa vanité. Il lui avait offert un bracelet. Elle n'avait jamais encore possédé de vrais bijoux. Il avait obtenu pour elle un petit rôle dans la pièce qui serait jouée par la troupe ambulante à la foire annuelle. Il lui avait dit penser pouvoir lui obtenir quelque chose de plus sérieux sur une grande scène. Elle ne savait plus où exactement. Elle l'avait embrassé de joie. Il avait voulu mesurer plus profondément son degré de reconnaissance pour tout ce qu'il faisait pour elle. Deux jours après, il avait fait parvenir chez son père une note lui exprimant ses plus grands regrets. Son horaire étant trop chargé, il ne pourrait guère plus lui dispenser ses cours. Abusée, avilie, elle s'était enfuie à Glasgow, où elle avait survécu grâce à de petits rôles minables sur des scènes tout aussi misérables. Ses ressources s'épuisant, elle avait vendu le bracelet. On ne lui en avait donné que trois pence. Ainsi, Amy avait appris que l'or véritable ne ternissait pas. Mais aussi, qu'une gratitude habilement exprimée pourrait lui ouvrir plus vite les portes du succès.

Elle soupira. Alison et Cooper avaient raison. Mais elle n'avait jamais voulu l'admettre. Il était temps de lâcher prise. Comme elle avait voulu, par son silence sur ce qu'elle savait à propos des matrices de fausse-monnaie découvertes dans le secrétaire saisi à Braid Hill House, faire payer à Nicholas sa trahison après le viol d'Alison, persister à imputer à Seton l'échec de sa vie était inutile. Sa quête de vengeance l'avait usée. Cooper avait voulu lui offrir une vie paisible. Elle avait été un instant tentée. Mais cela n'aurait été qu'une erreur de parcours de plus. Elle n'aimait pas Cooper. Avait-elle aimé un seul des hommes qui avaient traversé sa vie ? Ils s'étaient servis d'elle comme elle s'était servie d'eux. Elle n'avait aimé de ces hommes qu'ils l'aiment. Un sentiment d'auto-satisfaction. Quand rechercher l'amour devenait le misérable but d'une vie, il était voué à l'échec. L'échec d'avoir su d'abord s'aimer soi-même. Sa vie lui faisait horreur.

Alison… Quand elle caressait son corps rond et tendre, quand elle l'embrassait, les sentiments qui la submergeaient étaient si différents. Elle aimait aimer Alison. Elle lui apportait ce repos de l'esprit qui autorisait une expression plus humaine de ses sentiments. Aujourd'hui, au bord du gouffre de sa vie, Alison lui tenait la main, lui permettait de se pencher sur le vide sans craindre de s'y précipiter. Quelle curieuse chose. Trouver sa destinée, son salut dans le péché. Avec Alison. Par leurs corps périssables s'accordant, naissait une chose plus durable. Dans la brèche d'un mur de pierres, une petite fleur bleue. L'entretenir. Andrew. Leur fils. Sa beauté serait le fruit de leurs efforts. C'était si simple à comprendre.

Un bruit à la porte. C'était Mary, sa fidèle servante. Il y avait en bas quelqu'un qui demandait à voir Mrs Carlyle. Un homme. Mr Cooper aurait-il rebroussé chemin ? C'était un étranger. Les aiguilles de la petite pendule de bronze sur la cheminée de marbre rose indiquaient onze heures. Alison était tombée amoureuse de cette cheminée. C'est pourquoi Amy lui avait laissé prendre cette chambre, qui était la plus belle. Elle rappela à Mary sur un ton irrité qu'elle ne recevait pas passé huit heures.

— Je le lui ai dit, Madame. Mais le visiteur insiste. Il dit qu'il ne partira pas sans vous avoir parlé. C'est Mr Gordon. Il dit que vous savez qui.

Gordon. Le nom ricocha dans le crâne des deux femmes, fit frémir autrement leur chair soudain refroidie. Affolée, Alison referma sa chemise de nuit. Amy rajusta promptement sa tenue. Dans les yeux pers de son amante, pour la première fois, Alison vit passer la peur. Amy ouvrit à Mary, ordonna à la servante de dire à ce Mr Gordon qu'elle le recevrait. Puis elle se tourna vers Alison.

— Surtout, mon amour, ne bouge pas d'ici, je te reviens.

Seule dans le lit, Alison attendait pleine d'angoisse. Elle n'était pas tranquille. Elle avait vu un homme rôder devant la maison quelques jours plus tôt. Elle n'avait pu le distinguer, mais il y avait eu quelque chose de familier dans son maintien, dans sa façon de marcher. Ce Mr Gordon, s'il était… Le fils du maître de Braid Hill ? Impossible, il était confiné à l'exil à l'autre bout du monde. Quoique… Un frisson la parcourut.

À pas de loup, Alison descendit l'escalier. En bas, résonnaient les voix feutrées d'Amy et du mystérieux visiteur. Dans le halo poudreux qui auréolait la lampe du vestibule, brillait sur la console le feutre lisse d'un haut-de-forme noir. La paire de gants de cuir fin et la canne d'ébène surmontée d'une tête d'éléphant sculptée dans l'ivoire soulignaient une certaine aisance chez l'homme.

Alison descendit quelques degrés de plus. Elle entendit prononcer les noms Blackford Mains et Jamaïque. Encore quelques marches. Debout dans l'embrasure, le visiteur lui tournait le dos. Il était assez grand, large d'épaules. Sa chevelure brillait de pommade. Oui, elle reconnaissait cette silhouette, mais… Deux autres degrés… Lui faisant face, Amy adoptait un air préoccupé. Dissimulée dans l'ombre, Alison prit garde de ne pas faire craquer le bois. Sa main glissait sur la rampe polie par les ans. Ses doigts rencontrèrent la douceur d'une étoffe. Du cachemire. Auprès d'Amy, elle avait appris à connaître les différentes qualités de la laine et apprécier la finesse de l'art des tisserands. Amy lui avait offert des bas et un châle tissés dans les moulins de Johnstons of Elgin qui fabriquaient le plus beau cachemire d'Écosse, aussi doux que celui du foulard qu'elle froissait distraitement entre ses doigts pendant qu'elle s'intéressait à la voix masculine dans le salon.

— Il me faut trouver un endroit pour cacher ma presse. Je suis certain qu'il est revenu pour se venger, Mrs Carlyle, dit Leslie Gordon.

— C'est ridicule ! Si Nick avait quelque preuve contre vous, il l'aurait fait savoir bien avant !

Leslie Gordon allait et venait nerveusement dans le salon. Il y avait des années qu'Alison ne l'avait pas revu. En fait, depuis qu'elle avait quitté Braid Hill House. On racontait qu'il était devenu un homme riche. Oui, avec son élégance de bon goût, Leslie Gordon était l'image même de la réussite sociale. Un noble bourgeois. Un homme respecté. À la mort de son père, il avait donné un second souffle à la petite imprimerie dans Milne's Square dont il avait hérité. Il avait modernisé son équipement et innové en intégrant de la couleur aux images. C'était maintenant un homme très, très riche.

— Néanmoins, ce mauvais pressentiment me hante depuis son retour, reprit Gordon. J'ai pensé que je pourrais peut-être faire transporter tout mon équipement à Haddington. Vous possédez une maison là-bas que vous a léguée Mr Carlyle.

— Il n'en est pas question ! Je ne veux en rien être mêlée à cette histoire de fabrication de fausse monnaie. Ce que vous trafiquiez avec mon mari ne me regarde pas.

— Qu'il ait employé cet argent pour soudoyer les fonctionnaires chinois qui surveillaient le trafic d'opium dans le port de Huangpu[26] ne vous regarde en rien ? Vraiment, Mrs Carlyle ! fit Gordon avec ironie en désignant dans un ample mouvement des bras tout le luxe de la pièce.

— Je ne veux plus avoir à faire avec vous, Leslie, s'indigna Amy. Je croyais avoir été claire sur ce point à la mort d'Adam.

— Et si Nick ne revenait pas que pour moi, Mrs Carlyle ? Vous étiez sa maîtresse, non ? Même enceinte de lui, et sachant qu'il était innocent, vous ne vous êtes pas levée pour prendre sa défense pendant son procès. J'avoue que j'ai eu peur que vous le fassiez. Puis j'ai toujours trouvé curieux que vous ne l'ayez pas fait. Vous saviez pourtant qu'il

---

26. Des édits proclamés successivement en 1729, en 1796 et en 1800 par la cour impériale chinoise interdisaient la culture et la consommation de l'opium en Chine. Les Britanniques qui cultivaient la drogue dans leurs colonies des Indes orientales en firent un commerce illicite très lucratif.

n'avait rien à voir avec les matrices trouvées dans le secrétaire saisi par les huissiers. Pauvre Nick. Doublement roulé.

Les yeux d'Alison s'écarquillèrent. Ces maquettes de cuivre trouvées dans le cellier… Elles n'appartenaient pas à Mr Nicholas ? Est-ce que Nicholas Gordon aurait été innocent dans cette affaire de faussaire ? Innocent ! Et Amy l'aurait su ? Comme elle savait que Leslie Gordon avait fabriqué de la fausse monnaie pour Adam Carlyle ? Qu'il en imprimait toujours ?

Ses doigts se crispèrent sur le foulard de cachemire. « Ne sommes-nous pas vengées, ma chère Allie ? » avait seulement dit Amy après que fut prononcée la sentence de Nicholas Gordon. Oui, vengées, avait innocemment cru Alison.

— Vous saviez qu'il était venu jusque devant votre porte ? reprit Leslie Gordon. Il désirait apercevoir son fils. Il me l'a avoué. Je vois que vous avez omis de l'avertir que son fils repose dans un cimetière de Haddington. Que vous ayez épousé Carlyle alors qu'il venait de prendre l'exil l'a rendu très, très amer, Mrs Carlyle… Pourquoi ne pas le dénoncer avant qu'il soit trop tard ?

— Je juge qu'il a suffisamment payé.

— Ce qu'il vous a fait doit être d'une ignominie sans nom pour que vous le laissiez condamner au bagne sans ciller.

Amy croisa les bras sur sa poitrine.

— Vous le dénoncerez, Mrs Carlyle. Dans mon intérêt… et le vôtre. Que croyez-vous que fera ce cher docteur Seton en apprenant ce qui vous a attiré chez mon oncle, son agent d'affaires ? Et l'amant qui a suivi, Mr Cooper, comme par hasard, était aussi son agent.

— Qui vous a raconté ça ? avait demandé Amy dans un souffle.

— Joseph Cooper lui-même. Il ne vous a jamais parlé de moi ? C'est pourtant un bon ami à moi. Nous avons fait l'école de grammaire ensemble. Devrais-je me demander pourquoi Cooper vous craignait, Mrs Carlyle ?

Amy était devenue soudainement très pâle. Estomaquée par ce qu'elle apprenait, Alison étouffa un gémissement dans le foulard de cachemire. Ses narines s'imprégnèrent subitement du parfum qui traînait sur le soyeux lainage. Un sentiment désagréable l'envahit aussitôt. Où avait-elle déjà senti cette odeur ? Ce parfum à la fois boisé et animal, elle le respira profondément, encore et encore. Une douleur crispa son ventre. Dans son esprit surgissaient des images floues d'une lutte dans le noir. Une bête, ses griffes lui enserrant la gorge. Son souffle rauque bruissant dans ses oreilles tandis qu'il déchirait sa chair, s'enfonçait, la saignait. En même temps lui revenait la honte ressentie du pieu se fichant en elle comme une lance dans le cœur.

⁂

Ils étaient venus en grand nombre. Souscripteurs, employés, anciens bénéficiaires, artistes et amateurs d'art, issus de tous les milieux. Les ouvriers avaient mis les bouchées doubles afin de finir le rez-de-chaussée de l'hôpital à temps pour l'évènement. Il restait encore une couche de peinture à donner sur les murs, quelques portes à vernir, mais dans l'ensemble, tout était prêt pour accueillir les invités. Des ruines du Seton's Surgical Hospital naissait le Seton and Cullen's Public Hospital. Il en avait été décidé ainsi. Cela ne pouvait être autrement. Un geste de reconnaissance. Sans le soutien de Jonat et de la population, Francis n'y serait jamais arrivé.

En novembre, malgré l'avis défavorable de son mari, Dana s'était adressée au responsable du presbytère de St. Cuthbert. Usant d'arguments religieux et humanitaires, elle leur avait fait valoir l'urgence de la réouverture du Seton's Hospital. Un flux sans cesse croissant de gens était attiré vers la ville avec l'espoir d'y trouver un travail plus rémunérateur. Édimbourg avait pris considérablement d'expansion. Le dernier recensement avait compté pas moins de cent trente-six mille âmes. C'était cinquante mille de plus qu'il y avait vingt ans. L'explosion démographique avait entraîné une augmentation de la pauvreté. Les pauvres étaient perpétuellement exposés à la maladie. Le choléra en était un rejaillissement. Par conséquent, le nombre de lits qu'offraient les hôpitaux de la région ne suffisait plus à la demande. Tout ça, tout le monde le savait. Mais, comme une tache sur une chemise propre, tout le monde faisait mine de ne pas le voir.

Le comité des anciens de St. Cuthbert s'était réuni et les sessions locales avaient été consultées. Le mois suivant, la Seton's Hospital Foundation voyait le jour. Dès l'office de Noël, des boîtes destinées à recueillir les dons avaient été placées en permanence dans les différentes églises de la paroisse. Les dons recueillis étaient aussitôt engloutis. Il restait toujours quelqu'un à payer. Les plâtriers et les menuisiers n'avaient pas terminé leur travail. Le théâtre d'anatomie et le laboratoire étaient encore à pourvoir de leurs installations.

De son côté, Jonat avait mieux employé les arguments économiques dans une nouvelle demande d'aide financière au conseil municipal. Un homme en santé était un travailleur productif, solvable, donc un bon payeur de taxes. Après l'incendie, en dépit qu'elle fût au bord de la faillite, la ville avait accepté d'abaisser substantiellement les taxes sur la propriété dans North Richmond Street. L'exonération complète de l'obligation leur fut accordée pour la durée exclusive de six mois, et une réduction de quarante pour cent pour le deuxième semestre. Pour ajouter à ce geste de générosité, chacun des membres de la magistrature locale déboursa le montant du coût d'un lit de fer sur lequel serait identifié le nom du donateur. Une filature de coton de Musselburgh leur promit 600 livres de draps. De quoi garnir environ une centaine de lits pour quelques mois.

Curieusement, on commençait à faire du Seton's Surgical Hospital une affaire publique. Fort de cet appui, Francis avait fait parvenir une nouvelle demande de subvention au bureau du député du comté d'Edinburghshire, Sir John Dalrymple. Elle leur avait finalement été accordée. Avec le don de Mr Dunlop et la générosité de la population, les assises financières de l'établissement se consolidaient. Weeping Willow était sauvée.

Le bonheur faisait briller les yeux de Dana. Ils arrivaient de si loin. Un chemin plein d'embûches. Ils avaient trébuché, s'étaient relevés. Jonat et Francis se tenaient l'un près de l'autre. Droits, fiers, avec toute l'élégance de leur cinquantaine. Affermis par tout leur savoir, leur vécu. Les hommes de sa vie. L'avenir leur promettait encore beaucoup. Ils serraient des mains, recevaient les félicitations. Cette fête serait différente. Elle n'effacerait pas le désastre de l'anniversaire de l'hôpital. Il ne fallait jamais oublier les erreurs du passé. Mais aujourd'hui tournerait la page d'un épisode éprouvant de leur vie. Ce serait un jour magnifique. Parfait !

La rumeur feutrée des conversations. Des éclats de rire. Le bruissement des chaises, le chuchotement des robes. Un violon jouait doucement. L'odeur pénétrante du bois brut et du plâtre frais dominaient les derniers relents de suie. Flottaient déjà les effluves chimiques des substances médicinales. Partout la pierre avait retrouvé sa blancheur d'antan. Les vernis brillaient sous les feux des lampes. Des fleurs et des banderoles donnaient un ton festif à l'endroit.

Pendant deux semaines, Charlotte s'était entourée d'égayantes chutes de soie colorée et de papier aux teintes de l'arc-en-ciel. Elle s'était mise à la tâche de fabriquer les banderoles avec Miss Collins. Les visites régulières de son amie avaient été sa seule distraction pendant cet affreusement long et ennuyeux hiver. Pendant que les autres patinaient sur l'étang gelé de Bruntsfield Park ou glissaient sur les pentes enneigées des Salisbury Crags, elle était confinée à l'intérieur de la maison. La fragilité de ses poumons l'avait aussi empêchée de retourner au Royal Infirmary.

Avec les premiers jours de beau temps, Charlotte avait recommencé à assister aux offices du dimanche. Après les services, pendant que ses jeunes frères et sœurs étaient à l'école du dimanche, elle prenait un chocolat chaud en compagnie de Mrs Collins et d'Anna. Elles parlaient du mariage d'Anna, qui devait avoir lieu en septembre prochain. La jeune femme exhibait avec excitation les pièces de son trousseau : des napperons de dentelle au crochet, des taies d'oreillers brodées d'arabesques de fleurs ou de monogrammes, de belles pièces de porcelaine anglaise ou d'argenterie que lui avait fait parvenir une tante ou une cousine. Elles avaient feuilleté des revues de mode, choisi quelques modèles de robes de mariées. Anna la voulait raccourcie au cou-de-pied, selon les nouvelles tendances. Quand il était là, Guy se joignait à elles. Alors, les conversations se tournaient vers ses études universitaires, vers ses projets. Devant Charlotte, Mrs Collins se mettait en devoir de faire valoir les qualités de son fils. Qualités que Charlotte reconnaissait de jour en jour. Elle se surprenait à espérer chaque dimanche la présence du jeune homme. La fin du semestre le retenant dans l'étude, elle ne l'avait plus revu depuis trois semaines. La déception de son absence la troublait. Se pouvait-il qu'elle fût en train de tomber amoureuse ? Elle recommençait à rêver… Enfin.

— Serait-ce le fiancé de Miss Collins que je vois là-bas en compagnie de ton amie et de Mrs Collins ?

— Oui. C'est Mr Gilford. Il est pasteur.

Dana se tenait au bras de sa fille aînée. Ainsi, elle pouvait marcher sans sa canne.

— Tiens, continua Dana, je vois aussi le jeune… Mr Collins en train de discuter avec le docteur Liston. Le… le docteur Thomson a beaucoup d'estime pour lui. Il dit que c'est un jeune homme très intelligent et… particulièrement réceptif aux besoins des malades.

Un valet en livrée chargé d'un plateau passa près d'elles. Charlotte arrêta le serviteur, prit deux verres de punch et en offrit un à sa mère.

— Oui. Je suis certaine qu'il fera un merveilleux médecin, dit enfin Charlotte en trempant ses lèvres dans le liquide épicé.

Dana regarda sa fille. Le rouge aux joues, Charlotte observait le jeune homme par-dessus son verre. C'était effectivement du jeune Mr Collins que leur fille était amoureuse. Malgré tout le bien qu'en disait le docteur Thomson, Guy Collins n'avait que vingt ans et ne détenait pas encore sa licence en médecine. Sans doute que Francis avait prévu pour elle un homme plus mature et mieux établi, tel le docteur James Young Simpson. Charlotte allait bientôt avoir dix-sept ans. Toutefois, rien ne pressait. Elle ferait ses débuts dans le monde au bal du printemps, qui aurait lieu dans trois semaines au Assembly Hall. Des invitations suivraient. Inévitablement. Déjà Charlotte attirait l'attention de nombreux jeunes hommes. Elle aurait le choix. Elle avait le temps. Elle avait toute sa jeunesse.

— Mama ! Ils n'ont pas mis le bon titre ! Mon poème devrait s'intituler *The Healing Temple* ! Pas *The Healer's Temple* !

Le visage rouge d'indignation, Janet arrivait en brandissant le catalogue des œuvres mises aux enchères.

— Ça ne veut pas dire la même chose ? demanda Charlotte.

— Pas du tout ! Tu n'y connais rien en poèmes !

— Ce n'est qu'une petite erreur d'imprimerie, Janet, voulut la tranquilliser Dana.

Janet était irritable. L'angoisse. Son premier poème à être publiquement récité. James lui avait demandé de le composer pour accompagner son croquis de l'hôpital. Il avait passé des heures à esquisser l'édifice.

Une surprise pour leur père, mais aussi pour James, qui avait découvert à travers les lignes plus rigides de l'architecture, un mode d'expression nouveau, une philosophie, une poésie culturelle, des perspectives édifiantes, qui portaient l'œil au-delà du monde intérieur dans lequel il avait l'habitude d'évoluer. Une manière plus concrète de rendre le monde plus beau. Accessible au regard de tous.

Charlotte abandonna sa mère aux jérémiades de Janet et partit en quête de son amie et de son fiancé. Elle les trouva en train de contempler le tableau d'un paysage que commentait Mrs Collins. Charlotte les salua, embrassa chaleureusement son amie, la complimenta sur sa toilette. Anna fit les présentations.

— Mr Gilford, vous vous souvenez de Miss Seton ?

Mr Gilford louangea l'originalité de l'idée d'allier l'art des mots à celui des images. Deux dimensions qui se complétaient à merveille. Une idée de Jonat. Vingt-six artistes locaux avaient répondu à l'invitation. Une ébauche de l'architecte David Bryce ainsi qu'un fusain de l'illustre révérend Thomson de Duddingston, qu'accompagnait un texte manuscrit de son regretté ami, l'écrivain Walter Scott, promettaient de partir pour une somme intéressante.

On annonça le début de l'encan dans les prochaines minutes. L'estrade avait été installée dans l'angle de l'escalier. Les groupes se brisaient, les gens se dirigeaient vers les rangs de chaises qui remplissaient tout le hall. Un frôlement de main sur celle de Charlotte. Guy Collins se tenait là, près d'elle.

— Le rose vous va à merveille, Miss Seton.

— Mais je ne porte pas de rose, Mr Collins !

Il rit, ajouta à mi-voix pour elle seule :

— Je ne parlais pas de la couleur de votre robe.

— Mr Collins ! ricana-t-elle derrière son éventail.

— Serait-ce inconvenant si je vous demandais de vous joindre à nous pour le temps que dure l'encan ?

Il n'y avait rien de répréhensible à ce qu'elle prenne place près de son amie, Anna. Ils choisirent des sièges au bout du dernier rang. Charlotte s'assit entre Anna et Guy. Le silence se fit. Francis s'adressa à l'assemblée. Un bref discours. Puis ce fut au tour de Jonat.

— Comment se déroulent vos examens ? chuchota Charlotte vers Guy.

— Bien. Très bien. Je pense même pouvoir me libérer dimanche prochain.

On s'apprêtait à dévoiler la première œuvre au public. Une petite huile de Mr David Selby, un professeur de botanique. Un travail de qualité. Le violon s'accorda à la voix de Margaret, qui lisait des vers choisis de l'*Hymne à Asclépios*. Dans la lumière tamisée, les ruines grecques représentées dans le tableau transportaient les spectateurs dans le monde d'Homère. On entendit des murmures appréciateurs. On applaudit.

Le crieur fixa la mise de départ à six livres. Les enchères débutèrent, les bras se levaient. Au bout de cinq minutes, on adjugea le tableau à un homme de la deuxième rangée. Quinze livres. Une somme tout à fait respectable.

Les œuvres se succédaient. À chacune d'elles, Guy Collins se penchait vers Charlotte pour partager son opinion à voix basse, son épaule se pressant contre la sienne, son haleine lui chatouillant la joue. Le moment était plaisant, excitant. Charlotte l'appréciait, le goûtait. Absorbés par ce qui se déroulait à l'avant, personne ne leur portait attention. À quelques occasions, le bout de leurs doigts s'effleura. Charlotte se livrait sans plus de réserves aux jeux de la séduction. Elle en savourait tous les effets et en oubliait Nicholas.

— S'il fait beau, dimanche prochain, Anna, Mr Gilford et moi irons en promenade du côté de Musselburgh, lui souffla Guy tandis qu'on apportait la prochaine toile sur l'estrade.

Une œuvre de Miss Camilla Maclaren, de Blackford Mains. Il y eut un silence appréciateur pendant qu'on découvrait le tableau. Allongée sur un lit de mousse sous un arbre, une femme semblait abandonnée au sommeil. Le corps s'arquait avec la grâce des déesses romaines, ses charmes à peine dévoilés par un drap qui avait glissé. Un bras replié protégeait le visage des rayons de lune qui traversaient le feuillage. Baignée de lumière, la peau bleutée contrastait dans le décor obscur.

— Ah ! On raconte qu'elle aurait souffert du choléra, commenta Anna à sa droite.

— Qui ? s'enquit Charlotte.

— Mais, Miss Maclaren ! Elle s'en serait réchappée de justesse.

— J'aimerais que vous vous joigniez à nous, poursuivit Guy à sa gauche. Vous aimez les courses de chevaux ? J'avais pensé aller jusqu'à Musselburgh Links.

— *Sacrifice to Love*, commençait à réciter Margaret.

O death ! come deep in me you sweet mole,

Burrow, burrow anguished flesh to dry bones,

Burrow till thee find my embowered soul[27]*...*

— J'aime assez ce tableau, continuait Anna de l'autre côté. La femme dégage cette aura de mystère, de... je-ne-sais-quoi. Je vois Junon se languissant de son infidèle Jupiter. Qu'en pensez-vous, Miss Seton ?

Elle acquiesça de la tête. Laisser languir l'amoureux. Sentant le regard de Guy sur elle, Charlotte fit mine d'examiner plus attentivement le tableau.

— *Nibble on this heart of lulling cold stone;*

Eat away all torments and ghastly fears...

— Mais le poème est si triste, dit encore Anna. C'est certainement le cœur brisé par un quelconque amoureux que Miss Maclaren a écrit cela.

— Vous viendrez, Miss Seton ? demandait Guy.

— Mr Collins, fit Charlotte dans un léger gloussement de plaisir, je devrai me faire accompagner d'un chaperon.

— *Shall languid Psyche the lurid light kiss,*

Unfurl her wings and flutter in pure bliss

Set for flight on the great music of spheres...

Le nom de Psyché vola l'attention de Charlotte. Elle se reporta sur la toile sur l'estrade qui devait évoquer Psyché à son réveil, embrassée par la lumière sélène. Dans son esprit, elle se figura Psyché ailée, s'envolant dans le jet de lumière. Cette image la rappela au souvenir de Nicholas et elle se rembrunit. Elle s'était cru guérie...

— Elle ne s'est jamais mariée, poursuivait Anna. À cause de sa mère, qu'on raconte. Il paraît qu'elle est folle.

— Miss Maclaren ?

— Non, sa mère. Mais je crois qu'elle est morte depuis peu...

---

27. Le poème est traduit intégralement à la fin de sa récitation.

Guy avait saisi sa main mollement abandonnée dans les plis de sa jupe et l'avait discrètement fait passer entre leurs deux chaises, là où personne ne pourrait la voir serrée dans la sienne. Il lui communiqua sa chaleur, caressa de son pouce le creux de sa paume et l'intérieur de son poignet.

— J'avais pensé que vous auriez pu chaperonner ma sœur et son fiancé, lança-t-il dans un murmure. Je vous aurais retrouvée là-bas... tout à fait fortuitement.

Charlotte ouvrit la bouche pour répliquer.

— *Thus my soul is now a butterfly*, résonna simultanément la voix juste et forte de Margaret.

Dans ses souvenirs, le vers trouva son écho et elle se sidéra.

— *Bright and beauteous angels, for they art!*

Ses yeux s'agrandissant, elle pressa fortement la main de son compagnon. Son cœur se mit au galop.

— *And in my Lover's hand to give its last sigh...*

— *As it spreads its wings... in the shape of a heart*[28], termina-t-elle en même temps que la narratrice.

Pendant que les applaudissements fusaient, elle fixait, estomaquée, le tableau.

— C'est à moi ! fit-elle d'une voix étranglée. Ce poème est à moi !

— Qu' y a-t-il, Miss Seton ? demanda Anna.

Sa main toujours prisonnière de celle de Guy, Charlotte se leva de sa chaise.

— Miss Seton ?

— Ce poème m'appartient ! annonça-t-elle tout haut. C'est mon poème ! Comment est-ce possible ?

— Vous voulez dire que c'est vous qui l'avez écrit ?

Le jeune homme la libéra. Elle pressa ses mains sur sa poitrine, sur sa bouche. Le silence s'était graduellement fait dans le hall. Tous les regards étaient maintenant tournés vers elle, étonnés, interrogateurs.

28. Sacrifice à l'amour : Ô mort ! Viens à moi, chère taupe; creuse, creuse la chair angoissée jusqu'aux os; creuse pour trouver mon âme emmurée; gruge ce cœur de pierre assoupi; dévore les tourments et l'horrible peur; que la languide Psyché embrasse la lumière; déferle ses ailes et volette béate; puis s'échappe sur une musique céleste; ainsi mon âme sera papillon, anges brillants et magnifiques qu'ils sont ! Et dans la main de mon Amour rendra-t-il son dernier soupir; déployant ses ailes en forme de cœur.

Charlotte vit son père, inquiet. Sa mère et James, perplexes. Janet, agacée. Elle ouvrit encore la bouche, respira, prit brusquement conscience qu'elle était le point de mire de tous. Qu'elle avait gâché la magie du moment. Qu'on attendait la suite. Des explications. Elle n'en avait aucune de convenable à offrir sans faire scandale.

Rouge de confusion, Charlotte s'excusa et s'enfuit. Guy s'élança derrière elle. Puis Francis et Anna. James retint Dana de les imiter. Janet fondit en larmes. Sa sœur avait réussi à tout saboter. Plus personne ne porterait attention à son poème.

Charlotte poussa la porte, surgit hors de l'hôpital dans l'air frisquet des premières soirées d'avril. Elle s'en remplit les poumons à grands bols. À les faire éclater. Encore. Les imprégner de l'âcreté de la fumée de charbon, des fétides effluves des égouts. Son esprit s'éclaircit un peu.

— Miss Seton ! Que vous arrive-t-il ? Ai-je commis un impair ? Je ne voulais pas…

— Charlotte !

Guy Collins, Francis et Anna l'entouraient. Il fallait qu'elle se calme.

— Je vais bien… Je vais bien !

Son père voulut s'en assurer. Elle respira profondément pour lui prouver qu'elle ne subissait pas une nouvelle crise d'asthme. Il se tranquillisa, la questionna.

— J'ai cru… pendant un moment… le poème de Miss Maclaren.

— Vous avez dit qu'il était de vous ! fit Anna en lui prenant la main.

— Je me suis trompée. Dans un instant d'agitation. Il ressemble en fait à un poème que j'ai déjà lu.

— Dans ce cas, c'est que Miss Maclaren l'aurait aussi lu.

— Il faut retourner à l'intérieur, Charlotte, dit Francis. Il fait froid. Où est ton châle ?

— Le voici, docteur Seton.

Guy s'était avancé, le vêtement à la main. Francis considéra le jeune homme, prit le châle et en enveloppa les épaules de sa fille. Elle tremblait, s'agitait.

— Je préfère rentrer à la maison, Papa.

— Mais Charlotte ! La soirée ne fait que commencer.

— Je la raccompagnerai, fit Dana.

Tous se retournèrent. Dana et James se tenaient dans l'entrée. Derrière eux, des visages curieux se pressaient. Dans le hall, les gens murmuraient.

— Restez, Mrs Seton, décida Anna. Miss Seton sait combien cette soirée est importante pour vous et le docteur. Je suis certaine qu'elle serait désolée de vous obliger à la manquer. J'irai avec elle. Je veillerai personnellement à ce qu'elle se mette au lit en arrivant.

Francis regarda Charlotte, puis Mr Collins, demeuré en retrait, silencieux depuis son arrivée. Il nota sa mine anxieuse.

— Tu es certaine que tout va bien, Charlotte ?

— Oui. Ce n'est que le poème de Miss Maclaren… il m'a bouleversée.

— Que le poème ?

Elle saisit l'objet réel de son inquiétude.

— Que le poème, Papa. Croyez-moi, j'étais en agréable compagnie, entourée de mes amis. Rien d'autre n'aurait pu me causer cet émoi. Je suis vraiment navrée. Je ne sais pas ce qui m'a prise.

Comme promis, Anna veilla sur Charlotte.

— Dites à votre frère qu'il n'y est absolument pour rien, ne cessait de s'excuser Charlotte, complètement chavirée. Je sais qu'il croit avoir mal agi. Rassurez-le sur mes sentiments pour lui. C'est moi qui me suis mal conduite. Je me suis laissée emporter. À cause de ce ridicule poème. Ce poème ridicule… Ce n'est rien… Oubliez ça.

Les quatre derniers vers avaient été récités dans leur intégralité. Charlotte les connaissait par cœur. Comment Miss Maclaren aurait-elle pu les connaître aussi si Nicholas les avait écrits pour elle ? L'explication qui lui venait à l'esprit était qu'il les avait empruntés à un autre. Il l'avait bernée jusqu'au bout, lui faisant croire qu'il les avait rédigés pour elle seule.

— Est-ce que Miss Maclaren a déjà publié ? demanda Charlotte.

— Publié, ce poème ? Pas que je sache, répondit Anna.

— Vous la connaissez ?

— Pas personnellement. Tout ce que je sais est ce qu'on raconte sur elle. Qu'elle habite Blackford Mains, qu'elle vit seule depuis des années et qu'elle peint plutôt bien. Elle élève des chevaux. J'en conviens, c'est un métier assez déconcertant pour une femme de sa classe. Mais on dit qu'elles sont de fines bêtes. Assez pour que le *lord provost* Spitall lui en achète deux. Mary Sinclair, tu sais, l'épouse du menuisier, elle affirme que la comtesse d'Argyle serait venue visiter son haras l'été dernier. C'était le jour où Mr Sinclair livrait à Blackford Mains une armoire qu'elle lui avait commandée et la comtesse aurait laissé entendre qu'elle serait intéressée par l'une de ses pouliches. Elle dit aussi que Miss Maclaren a la tête forte et qu'elle négocie âprement le prix de ses bêtes. Et il paraît, selon Mrs Rankillor, qu'elle porte la culotte sous ses jupons et qu'elle monte comme un homme ! Quelle vulgarité ! Pour une femme de son rang, vous voyez ça ? s'exclama la jeune femme en haussant les sourcils, puis elle réfléchit : ça me revient… oui, il me semble qu'un scandale a éclaboussé sa famille il y a des années de ça. Monsieur mon père en reparle parfois. Cela concernait le beau-père de Miss Maclaren… Une affaire de vol de billets de banque. Je ne me souviens plus très bien. Mais c'est sans importance…

Charlotte ne l'écoutait plus. *Thus my soul will now be a butterfly…* Les quatre vers la harcelaient. D'où venaient-ils ? Qui en était le véritable auteur ? Lorsque Anna la laissa enfin seule, Charlotte se rua vers les rayons de sa bibliothèque, mit la main sur sa pharmacopée d'Édimbourg que lui avait donnée son père. Elle secoua le livre. S'en échappa un cœur de papier. Ses doigts tremblants d'émotion, elle le prit. Le souvenir de la nuit où Nicholas lui avait offert ce poème revenait aussi vif dans son esprit que dans sa chair.

⁂

L'esprit agité par mille questions, Charlotte fixait le filet de ciel visible entre les pans de rideaux tirés. Il était pâle de l'aube naissante. Dans la chambre traînait encore l'obscurité de la nuit passée. Nuit d'insomnie. Elle jeta un regard vers le lit de Janet. Elle lui tournait le dos, sa longue natte brune sur l'oreiller comme un sombre et menaçant serpent. Endormi. Certaine qu'elle ne l'épierait pas, elle inséra son bras sous son oreiller et en extirpa le cœur de papier. Puis elle se leva en douce et s'habilla. Ensuite, elle tira sans faire de bruit un tabouret jusqu'à l'armoire et grimpa pour atteindre la boîte à chapeau. Elle y retrouva le paquet des lettres à Nicholas solidement attaché avec le ruban. Elle le prit et, le poème en poche, elle descendit à la cuisine où ronronnait doucement le fourneau. Mr Dawson avait fait le plein de charbon pour le petit déjeuner que préparerait bientôt Mrs Dawson. La porte de fonte s'ouvrit dans un timide grincement. Charlotte fit ce qu'elle aurait dû faire bien avant : livrer ses lettres aux flammes. Pendant que le feu dévorait ses mots d'amour, ses doigts tripotaient le cœur de papier. Elle ne se décidait pas à le brûler lui aussi.

Revinrent les émotions. Marcher lui ferait du bien. Cela l'aiderait à lui débrouiller les idées. Charlotte referma le fourneau, enfila sa redingote de promenade et ses bottillons, mit son grand bonnet de velours de tous les jours. Elle cherchait ses gants. Un bruit provenant de la chambre des Dawson l'obligea à y renoncer. La vieille domestique ne la laisserait jamais sortir seule sur les chemins déserts de si bonne heure. S'efforçant de ne pas faire craquer les lames du plancher et grincer les gonds, elle sortit dans la grisaille du petit matin. Le ciel menaçait. De gros nuages gris s'amenaient du sud-est. La crudité du froid lui mordit la peau. Son haleine formait des petits nuages de vapeur se fondant dans la brumasse qui l'enveloppait et mouillait ses joues. Elle respira la pureté de l'air. La campagne dormait encore dans un calme serein sous une couverture de brume vaporeuse. Les groupes d'arbres et les bâtiments en émergeaient comme de petits îlots.

Charlotte emprunta le chemin qui traversait les vastes pâturages et menait jusqu'à Grange Farm. Des moutons se tenaient regroupés serrés près du mur de pierre. Leur toison brune de boue s'ornementait de chardons, de brins de paille et de billes d'excréments. Quelques bêtes firent tinter leur clochette. Le terrain s'élevait légèrement jusqu'à la ferme de Grange. Il redescendait ensuite en pente douce jusqu'à Grange House. Charlotte s'immobilisa au sommet de la crête. Cessa brusquement le crissement des cailloux sous ses semelles. Tomba un profond silence. Tout au fond du vallon qui la séparait des collines de Blackford et de Braid, nichait Blackford Mains sur les berges de la Pow Burn. D'où elle se tenait, elle n'en apercevait que les pignons et les cheminées émergeant derrière l'écran des arbres qu'un léger brouillard rougeâtre commençait à couvrir. Des filets de fumée grise s'en élevaient.

Charlotte glissa ses mains sous ses aisselles pour les réchauffer et leva son regard vers le crâne chauve de Blackford Hill. Elle se souvenait des excursions dominicales qu'elle y faisait le printemps avec son père et James pour trouver des nids de linottes et cueillir des primeroses. Le sommet de la colline était facile d'accès et par temps clair on pouvait voir aussi loin que les Lomond Hills, dans le Fife. Oubliant les nids d'oiseaux, un jour ils s'étaient assis sur un affleurement. Leur père leur avait montré les initiales qu'il avait gravées dans le roc des « siècles auparavant ». Enfant, leur père y venait souvent pour admirer le paysage. James s'était demandé à quoi avait pu ressembler Édimbourg de vrais siècles auparavant, alors que la forteresse sise sur le socle volcanique de Castle Rock n'était qu'une tour de guet et que Hope Park n'était encore que le marécageux South loch dans lequel se déversaient les eaux usées de la ville. À l'époque du système féodal, Morningside et Tipperlinn n'étaient que des hameaux. Les Napier dominaient Merchiston, les Foulis régnaient sur Colington, les Fairholme possédaient Greenhill tandis que les terres du Grange appartenaient aux Dick, descendants directs de la famille royale des Plantagenêts.

— Du temps du roi David 1er, leur avait dit leur père en embrassant d'un ample mouvement des bras tout le district de Burghmuir[29], tout ça était recouvert par la forêt royale de Drumsheugh, où foisonnaient les sangliers et les cerfs rouges. Puis le roi Jacques III a décidé un jour de céder une grande partie de la forêt aux nobles de la région. Ces derniers, pour en tirer bon profit, l'ont fait défricher et en ont fait des communes pour leurs paysans.

Leur père leur avait raconté que c'était dans les communes de Burghmuir que le roi Jacques IV avait réuni sous ses étendards pas loin de trente mille soldats écossais dans le but d'envahir l'Angleterre. Cela s'était déroulé à l'époque de la *Auld Alliance* avec la France.

— C'était censé être une stratégie destinée à détourner les troupes anglaises de leur campagne en Europe contre la France. Vous connaissez l'issue. En septembre de 1513, les troupes écossaises traversaient la frontière anglaise…

---

29. Partie sud de la ville d'Édimbourg comprenant aujourd'hui les secteurs de Merchiston, Bruntsfield, Marchmont, Grange et Morningside.

La bataille de Flodden avait été la plus sanglante de toute l'histoire écossaise. Le roi, la plus grande partie de l'aristocratie écossaise et près du tiers de leur armée y avaient trouvé la mort, contre moins de deux mille soldats anglais. Un désastre.

Les terres de Burghmuir, principalement consacrées à l'élevage et à la culture, connurent au fil des siècles un développement plutôt lent. Elles avaient aussi servi alternativement de lieu de ralliement aux troupes écossaises et de territoire de quarantaine lors des épidémies de peste. Puis la demande incessante de lots pour la mise en chantier de nouveaux quartiers résidentiels avait incité les propriétaires terriens à les morceler.

Charlotte souffla un nuage de vapeur vers le ciel. Puis elle abaissa son regard en direction de Grange House. Une seule de ses cheminées fumait. N'y habitait plus que le gardien du domaine. Sir Thomas Dick Lauder, 7e baronnet de Fountainhall, lui préférait Relugas House, dans le Morayshire, pour les beautés de ses paysages. Grange House, une sorte de maison-tour flanquée de trois cheminées et d'une tourelle, datait sans doute de l'ère baronniale et avait sérieusement besoin d'être restaurée. Quand elle était petite, Charlotte avait été très impressionnée par les deux immenses vouivres qui gardaient les grandes grilles de la propriété. Jamais elle ne les avait franchies. Elle se souvenait cependant d'avoir espionné à travers les lierres des enfants jouant au croquet et aux quilles sur les vastes terrasses gazonnées.

Elle songea : Nicholas Lauder ! Était-il apparenté à cette branche de la famille ? Probablement pas. Toute de même ! Bien que son éducation eût su la convaincre qu'il avait grandi dans un milieu aisé, de là à être un membre de l'aristocratie écossaise…

Un grondement sourd se fit entendre au loin. Le vent soulevait les rubans de son bonnet, faisait ondoyer l'herbe dans les prés. Charlotte lui offrit son visage à caresser. Un frisson la décida à rentrer. Elle souffla sur ses doigts, pivota et commença à rebrousser chemin. L'esprit plus tranquille, elle admira les cheminées d'Édimbourg qui hérissaient la crête que grimpait High Street jusqu'à l'esplanade de la forteresse. Cette vue… Elle s'immobilisa. Un déclic se fit brusquement dans sa tête. La perspective ! Elle était sensiblement la même que sur la gravure qui ornait le couvercle de la boîte à correspondance de Nicholas. Cette personne avec qui Nicholas correspondait… Peut-être. Doux Jésus !

Camie ! La dédicace dans le recueil de cuir rouge. Charlotte se rappela cette femme brune sur la miniature qu'elle avait souvent contemplée dans son cabinet de travail. Lucas avait dit que son père lui écrivait parfois. Camilla Maclaren !

« Je peux me tromper… Mille endroits dans cette région offrent une vue similaire de la ville et on n'y compte plus les Lauder. Mais combien existe-t-il de Camie ? »

Blackford Mains… Blackford était le nom du cheval de Nicholas. Indubitablement, le domaine signifiait quelque chose d'important pour lui. Il ne pouvait en être autrement. À quel point cette Miss Maclaren et lui avaient-ils été proches ?

Elle reprit sa marche. Au bout de l'allée bordée de grands platanes lui apparut enfin Blackford Mains. Elle s'arrêta près d'un banc sans doute placé là pour le plaisir du visiteur afin de lui permettre d'admirer le tableau bucolique avant de s'y intégrer. C'était un vaste domaine entouré d'arbres et que traversait en son centre la Pow Burn. La pelouse, d'un vert vif, formait un tapis luxuriant autour du bâtiment principal. À l'instar de la plupart des résidences qui longeaient le chemin de Grange Loan, celle de Blackford était cossue, construite en belles pierres extraites dans les carrières qui minaient Burghmuir. De style seigneurial avec des pignons à redans, la maison de deux étages faisait cinq baies de façade. Comme à Weeping Willow, de nombreux sarments rampaient sur ses murs, enlaçaient amoureusement les tuyaux de plomb des gouttières et pendaient librement devant les fenêtres à croisillons. Le domaine comprenait aussi plusieurs autres dépendances, dont une spacieuse écurie. Dans les enclos, plusieurs chevaux et moutons paissaient tranquillement. Des oies blanches qui se dandinaient tranquillement dans la cour emportèrent leur bruyant cancan derrière un bâtiment de bois recouvert de chaume. Il est certain que Miss Maclaren n'avait pas à compter sur un mariage profitable pour vivre confortablement.

« Qu'est-ce que je fais ici ? » se demanda Charlotte.

Elle hésitait encore. Il n'était pas trop tard pour retourner chez elle. Mais alors, elle ne saurait jamais la vérité sur l'origine du poème. Et elle ne trouverait plus le courage de revenir.

Résolue à en avoir le cœur net, Charlotte traversa le ponceau. Des coussins de mousse tendre en garnissaient le garde-fou. Comme sur les murets, ils formaient une jolie tapisserie aux nuances de verts et de bruns roussâtres. Des lambeaux de brume rampaient sur les berges et s'effilochaient doucement au-dessus du cours d'eau. Les gravillons sous ses semelles crissaient clairement dans le silence. Elle coupa à travers la pelouse gorgée de rosée. Elle s'arrêta à mi-chemin. Ses mains étaient glacées. Comment aborder la dame ? Quelle attitude adopter ? Miss Maclaren savait-elle qui elle était ? Nicholas lui écrivait-il toujours ? L'anxiété s'emparait d'elle. Et si elle se trompait ? Quelle humiliation elle s'infligerait ! Non, valait mieux rentrer…

Un claquement de porte. Des chiens se mirent à japper. Sur un pied d'alerte, Charlotte surveillait les alentours. Une voix de femme fit taire les bêtes. L'action se déroulait derrière la maison. Charlotte allait partir lorsqu'un chien se remit à aboyer plus furieusement.

— Baxter ! Ralph ! Revenez ici tout de suite !

Un chien avait surgi à l'angle ouest de la maison. Un second animal, identique au premier, apparut à son tour. Des chiens d'arrêt de taille moyenne, blancs marqués de marron. Ils avaient flairé Charlotte, maintenant pétrifiée sur place. Lorsque la femme apparut, Charlotte détala, les chiens à ses trousses. La femme les rappela. Mais les chiens n'écoutaient que leur instinct de chasseurs.

— Arrêtez seulement de courir, s'il vous plaît ! Ils ne vous feront pas de mal !

En quelques secondes, les deux bêtes avaient rejoint Charlotte, qui s'immobilisa sur-le-champ. Haletante, les chiens à l'œil, elle attendit. La queue frétillante, ils se mirent à lui tourner autour en la reniflant.

— Vous voyez, Baxter et Ralph sont inoffensifs. Est-ce que ça va ?

Sans quitter les bêtes des yeux, Charlotte hocha la tête.

— Puis-je vous demander ce qui vous amène à Blackford Mains de si bonne heure ?

La femme portait, appuyé contre sa hanche, un panier contenant des œufs frais et un pichet de lait mousseux. Plus petite que Charlotte, elle était simplement vêtue. Une robe de laine verte et un vieux spencer de velours brun au col et aux manches élimés. Sous le bonnet de coton parfaitement blanc, une chevelure brune et bouclée encadrait un visage aux lignes agréables. Les yeux, grands et d'un bleu profond, étaient identiques à ceux qu'avait pu admirer Charlotte sur la miniature dans la case de Nicholas.

— Pardonnez-moi cette intrusion, bafouilla-t-elle. Je crois que… je me suis égarée.

— Eh bien… fit la dame en la considérant d'un œil perplexe. Il fait froid. Pourquoi ne pas entrer vous réchauffer un peu ? Ensuite, je demanderai à mon palefrenier de vous raccompagner jusque chez vous. Vous n'habitez certainement pas à des lieues d'ici.

Sans attendre sa réponse, la femme se dirigeait vers la maison.

— Êtes-vous Miss Maclaren ? osa enfin Charlotte.

La femme se retourna.

— Je me nomme Miss Camilla Maclaren, s'entendit-elle confirmer. Et vous ?

Camie, la confidente de Nicholas. Quoi d'autre encore ? Sa maîtresse ? Le cœur de Charlotte se mit à cogner rudement contre sa cage thoracique et le sang martelait ses tempes.

— Miss… Reid, répondit-elle après une brève hésitation.

— Eh bien, Miss Reid, venez ! Du café est en train de chauffer sur le fourneau.

Avec un sourire avenant, elle invita Charlotte à la suivre. Cette dernière allait prendre la direction opposée lorsqu'elle repensa au poème. Il suffirait d'amener subtilement Miss Maclaren sur le sujet. Elle saurait enfin la vérité. Les deux braques danois sur les talons, elles passèrent derrière la maison où allaient librement quelques poules. Flottaient les arômes réconfortants du pain et du café noir. Timide et curieuse, Charlotte demeurait debout dans l'entrée. La cuisine était plus petite que celle de Weeping Willow, mais elle dégageait cette même atmosphère chaleureuse. Un feu dans l'âtre de la cheminée éclairait la pièce. À l'autre bout, un énorme fourneau de fonte des fonderies Carron diffusait sa bienfaisante chaleur. Une marmite de porridge fumait doucement. Dans un grand buffet de chêne étaient disposées de belles pièces de porcelaine ornées de paysages monochromes, rouges ou verts. Partout rutilaient les cuivres et l'argenterie parfaitement astiqués. Il y avait un grand garde-manger et d'autres meubles de rangement. Au centre, sur la longue table de noyer, des assiettes, du fromage, du pain et du beurre, ainsi que trois couverts attendaient des convives pour le petit déjeuner.

Apparemment, Charlotte n'allait pas tarder à les voir faire irruption. Des voix résonnaient à l'étage.

— Je m'apprêtais à préparer une omelette. Acceptez-vous de vous joindre à nous ?

— Je ne devrais même pas être ici, fit Charlotte. J'avais seulement envie de prendre un peu d'air, et... je crois m'être aventurée trop loin.

— Vous habitez Morningside ?

— Non... Sciennes Road, de l'autre côté de Grange.

Les interrompit momentanément l'arrivée d'une jeune fille, le poids d'un sceau d'eau lui allongeant le bras et lui courbant le dos. Miss Maclaren soulagea la servante de son fardeau et l'envoya ranger les chambres à l'étage.

— De belles maisons bordent Sciennes Road, commenta-elle ensuite. Ce n'est qu'à quelques minutes de marche d'ici.

Trop près pour s'être égarée. Elle considéra Charlotte un instant, presque suspecte. La main dans sa poche, Charlotte jouait avec le poème. Aucun tableau qui lui aurait permis de plonger dans le sujet n'ornait les murs de la pièce. Si elle parlait de l'encan, Miss Maclaren devinerait immédiatement qu'elle n'était pas arrivée à Blackford par hasard. Elle la questionnerait. Le courage lui manquait soudain. Charlotte ne savait plus exactement pourquoi elle était venue. Elle se sentait si ridicule. Elle se confondit en excuses.

— Je dois repartir. On va s'inquiéter...

À quoi bon, tout bien considéré, que Nicholas eût d'abord écrit ces vers pour Camilla Maclaren ou une autre ? Rien ne renverserait la situation. Puis, il y avait Guy Collins, qui était amoureux d'elle.

Un vacarme dans l'escalier pressa Charlotte vers la porte. Elle s'excusa encore du dérangement.

— Tante Camie ! Tante Camie ! appela une voix fluette. Est-ce qu'on va visiter les... Oh !

Cette voix, cet accent chanté. La main de Charlotte figea sur la poignée. Le coup de sang lui donna un vertige. Le regard émeraude du négrillon la fixait, aussi rond de surprise que le sien. Quelques secondes après, les cheveux courts, le visage rasé de près et la mise impeccable,

Nicholas se présentait dans la porte, raide de stupeur. Camilla, enregistrant le profond malaise qui s'installait, réagit la première.

— Oh, Nicky, voici Miss Reid... Elle s'est égarée sur notre chemin alors j'ai...

— C'est pas Miss Reid, c'est Miss Seton ! C'est Miss Seton ! s'écria brusquement Lucas, transporté par un élan de joie.

Camilla consulta le visage affreusement pâle de son frère. Elle comprit trop tard ce qui arrivait. Saisissant le bras de Lucas, elle força le garçon à la suivre et referma la porte derrière elle. Les protestations de l'enfant cessèrent rapidement, plongeant la cuisine dans un silence pesant.

Pour éviter de regarder Charlotte, Nicholas se dirigea vers la citerne de cuivre fixée au mur au-dessus de l'évier de pierre et fit couler un filet d'eau pour s'asperger la nuque. Pour peu, il se serait plongé la tête dans le bassin d'eau glacée pour se ressaisir. Pour s'y noyer... Dieu ! Il avait imaginé des dizaines de scénarios dans lesquels il revoyait Charlotte. Les sentiments qu'il était si difficilement parvenu à refouler avec le temps ressurgissaient, aussi vifs qu'au début. Le dos tourné, il l'interrogea de sa voix la plus détachée.

— Que faites-vous ici ? Qui vous a dit que j'étais ici ?

— Personne... je ne le savais pas... en fait, je venais pour... pour... Je ne le savais pas...

Un mélange singulier de bonheur et de colère envahissait Charlotte. Il était là devant elle, vivant et apparemment en pleine forme après tous ces mois de silence. Ce silence qui l'avait rendue folle d'inquiétude, qui lui avait volé nuit sur nuit de sommeil et miné sa santé. La colère prit le pas.

— Ce serait plutôt à moi de vous poser cette question, observa-t-elle plus froidement.

Il se tourna enfin vers elle, composé, imperméable et hermétique.

— Ma mère est morte et ma sœur a été gravement malade, expliqua-t-il calmement. Je suis venu pour régler quelques affaires.

— Quelques affaires ? fit Charlotte, incrédule. Dites-moi, Mr Lauder, je fais partie de ces affaires à régler ou en suis-je une réglée il y a déjà longtemps ?

Incapable de soutenir davantage le gris assombri par la colère des yeux de Charlotte, Nicholas abaissa les siens. À la vérité, il n'avait pas prévu cette rencontre. Son séjour à Blackford Mains ne devait durer tout au plus que trois semaines. Même si sa sœur lui avait répété être complètement remise du choléra, il avait voulu s'assurer qu'elle allait bien. Elle avait frôlé la mort de si près. Il avait pris le risque. Un risque stupide, qu'elle lui avait fait remarquer avec colère le soir où il avait débarqué à Blackford Mains. Mais de se retrouver après toutes ces années avait été si bon. Avec Lucas, Camilla était tout ce qu'il lui restait sur terre.

— Répondez-moi ! Je suis une affaire réglée ? C'est ça ?

Il ouvrit la bouche. Les mots ne trouvaient pas le chemin du cœur à la bouche. Ils lui retombaient dans le ventre comme des pierres. Il pensa qu'il aurait préféré nettement faire face à la justice une seconde fois que de contempler tout le mal qu'il avait fait à Charlotte.

— Quel genre d'homme êtes-vous donc, Mr Lauder ? J'avais confiance en votre honneur et vous avez outragé le mien. Qu'êtes-vous donc ? Quel genre d'homme ai-je aimé et si mal jugé ?

Elle s'était approchée, les traits façonnés par la haine.

— Celui qui ne vous convenait pas, Miss Seton.

Cette placidité qui désarçonnait ! Cette ironie qu'elle lui connaissait ! Dont il usait avec tant d'aisance ! La fureur répondit à la douleur. Ainsi, Charlotte contrôlait sa souffrance. Depuis toujours. Elle fondit sur lui, plaça sous son nez le bout de papier. Les quatre vers, comme un morceau de sa vie, presque un lambeau.

— Ça ! Vous vous souvenez de ça ?

Il prit quelques secondes à le reconnaître. Elle ne vit pas l'immense chagrin passer dans les yeux qui se détournaient. Elle rageait.

— À combien de femmes les avez-vous offerts avant et après moi ? Combien d'autres femmes avez-vous aussi ignoblement dupées, Mr Lauder ? J'ai l'âme violée, monsieur. Ce qui est certainement le pire de tout ce que vous m'avez pris. Je croyais que ce poème m'appartenait ? Mais… Oh ! Quelle ne fut pas ma surprise, hier à l'encan, de l'entendre réciter devant tous ces gens pendant que le tableau de Miss Maclaren était présenté au public !

Nicholas souleva le menton, les sourcils abaissés sur un regard incertain. Il s'y perdait. De quel encan parlait Charlotte ?

— *Sacrifice to love !* lâcha-t-elle âprement. C'est le texte duquel vous avez tiré ces quatre misérables petits vers. Un poème que vous n'avez jamais composé pour moi !

Comprenant d'un coup de quoi il était question, Nicholas ferma les yeux et secoua la tête.

— Ces quatre vers, Miss Seton, je les ai écrits pour vous. Le reste leur a été greffé plus tard. Bien plus tard, après votre départ. Et si vous l'aviez bien écouté, vous auriez compris que ce poème n'a plus rien d'une éloge amoureuse. Il fait plutôt référence au sacrifice de l'amour…

Au *sacrifice* de l'amour ! Le ton était froid et tranchant. Une lame incisant une cicatrice à peine refermée.

— Ce qui est pire, quand on sait ce que vous m'avez fait ! Et ce fut une ignominie sans égale qu'il soit récité publiquement. D'une indécence ! Après cela, comment pouvez-vous encore oser paraître devant moi, Mr Lauder ?

— C'est vous qui êtes venue jusqu'à Blackford Mains, je vous ferai remarquer, Miss Seton ! Autrement vous n'auriez rien vu de moi.

Charlotte, qui allait poursuivre sur la même lancée, reconnut la justesse de son assertion. Elle fit des efforts pour ne pas se laisser démonter.

— Pourquoi ? éclata-t-elle alors pour faire passer le moment de déroute. Pourquoi avez-vous laissé Miss Maclaren choisir ce texte ? Je commençais enfin à vous oublier. J'étais sur le point de… Oh ! Pourquoi m'avoir fait ça ? Vos promesses, nos projets ? Que représentaient-ils pour vous ? Qu'étais-je pour vous, à la fin ? Que du vent ? Que du bon temps ?

Elle le braquait du regard, les dents serrées pour ne pas éclater en sanglots, attendant, pour le moins, une piètre excuse. Nicholas demeurait stoïque. Ce qui décupla sa rage. Il ne méritait pas ses larmes. Tout tourbillonnait dans sa tête. Les émotions s'entrechoquaient, se faisaient une guerre qui provoquait un vacarme incroyable l'empêchant de raisonner. Elle tournait en rond, s'étourdissait. Les mains sur la poitrine, elle essayait de se calmer. Mais la rage enflait, inexorable, impitoyable.

Elle prit au hasard un gobelet de faïence sur la table et le lança en direction de Nicholas, le manqua de peu.

— Salaud ! Je vous hais ! hurla-t-elle en s'emparant ensuite d'un objet plus lourd. Espèce de… de…

Comme pour le gobelet, le pichet n'atteignit pas sa cible, alla se fracasser sur le mur. Charlotte contempla les coulures de lait s'allonger vers le sol tandis qu'un sentiment de soulagement commençait à alléger la douleur qui lui comprimait la poitrine. Mais encore ! Mais encore ! Elle avisa une paire de superbes vases de facture orientale sur le buffet. Merveilleux !

— Non, Miss Seton ! N'y touchez pas ! Ils ont une valeur…

Un sourire vicieux lui déformant les lèvres, l'un des précieux objets au-dessus de sa tête, Charlotte lui fit face.

— Je le vaux bien, non ? déclara-t-elle en le projetant au sol avec toute la force de sa frustration.

— Vous êtes folle ! Qu'avez-vous fait ? Ce vase…

— Ce vase ? fit Charlotte, le feu dans les yeux et l'amertume sur la langue. Et moi ? Et moi ? On me brise bien, moi !

Le deuxième vase allait suivre le premier quand Nicholas l'immobilisa. Le précieux objet demeurait encore dans une position précaire entre elle et lui. Ils luttèrent un moment, se mesurèrent du regard, chacun cherchant à percer les intentions de l'autre. Charlotte comprimait la porcelaine dans l'espoir de la faire éclater.

— De grâce, ces vases sont un cadeau de l'ambassadeur de Chine à mon grand-père et ils appartenaient à ma mère.

— Je m'en moque ! hoqueta Charlotte en ramenant l'objet vers elle.

— Ce vase ne m'appartient pas. Il est à ma sœur Camilla.

Camilla, sa sœur ? Surprise, elle ne le lui céda qu'à contrecœur. Mais la colère et la révolte continuaient de tendre tous ses muscles. Sitôt que Nicholas eut replacé le vase, elle se rua sur lui avec un cri de rage. Il intercepta la gifle; elle voulut le griffer de l'autre main. Il l'empoigna résolument. Elle se débattit pour se dégager. Le visage haineux de Charlotte ne se retrouva qu'à quelques pouces de celui de Nicholas.

— Vous m'avez brisée, Nicholas ! On me brise toujours et on s'en moque. Et moi, je suis chaque fois à ramasser seule mes morceaux… et je ne sais qu'en faire… comment les recoller… Dites-moi que vous revenez pour moi. Je vous ai attendu si longtemps. Pendant des mois… des mois, j'ai guetté… la nuit, en vain…

Se détendant progressivement, pleurant doucement, elle avait détourné son visage. Plusieurs secondes s'écoulèrent avant que Nicholas mette une bonne distance entre leurs corps qui se touchaient. La hargne redonna le ton à la voix de Charlotte.

— Ce que vous m'avez fait est si cruel ! Pendant tous ces mois, je vous ai imaginé blessé, prisonnier des rebelles ou perdu quelque part dans les montagnes. Puis j'ai appris… que ce n'était pas le cas. Vous étiez en parfaite sécurité avec Lucas chez Miss Mendez. Pourquoi, Nicholas ? s'écria-t-elle à travers ses larmes. Vous m'avez prise comme votre femme. Je ne vous aurais jamais cru aussi cruel. Vous auriez au moins pu m'écrire pour me dire que Lucas allait bien. Mes lettres, vous ne les avez même pas ouvertes. Aucune !

Il secoua la tête. Il n'avait pas pu les lire. C'était trop douloureux. Il avait remis les lettres à Christina, qui les avait conservées jusqu'à ce qu'il se décide à les retourner avec le mot qu'il lui avait lâchement demandé d'écrire.

— J'ai pensé que c'était mieux de rompre entièrement les liens dès le départ. Il ne peut rien exister entre nous. Notre histoire est terminée, Miss Seton. Votre vie, votre famille sont ici. Votre père… Il ne le permettra jamais.

— Il ne sait rien de vous, argumenta-t-elle encore. Je n'ai pas à…

— Pour l'amour de Dieu, Miss Seton, soyez réaliste ! Faites votre vie et oubliez-nous ! Aimez un autre homme…

— Aimer un autre… ! ? Vous avez fait de moi votre femme, Nicholas Lauder ! Maintenant, vous voulez faire de moi la femme de tous les hommes ?

— Ce fut une erreur très, très regrettable. Je reconnais tous mes torts. Mais, nous ne pouvons donner de suite à notre histoire. Mettez-vous cela dans le crâne une fois pour toutes ! C'est terminé !

Ces mots, des dagues dans le cœur de Nicholas. Il devait les prononcer pour finir de charcuter l'espoir dans celui de Charlotte, pour assassiner l'amour qu'elle s'entêtait à nourrir pour lui. L'inavouable crime passionnel.

Elle ne dit rien pendant quelques secondes.

— Dites-moi que vous m'avez aimée ! Que ce que nous avons vécu en Jamaïque n'était pas qu'un moment d'égarement ?

La voix suppliante de Charlotte trahissait la plus vive émotion. Méprisable ! Se rabaisser si bas pour un homme qui ne la méritait pas !

— Vous êtes retourné auprès de Miss Mendez, c'est ça ?

Nicholas baissa les yeux.

La maison était une tombe silencieuse. Dehors grondait le tonnerre au loin. Le lierre claquait sur la vitre. Vacillante sur ses jambes molles, Charlotte essuya ses yeux et ses joues, rajusta sa tenue, se composa une contenance plus digne. Puis elle regarda cet homme devant elle, qui l'avait trompée, abusée. La chevelure convenablement coupée, agréablement parfumé, il avait belle allure. L'image parfaite du gentleman en retraite à la campagne. Elle pourrait la mettre en pièces à coups de griffes et de dents. Elle en avait une envie irrépressible. Mais elle savait que cela ne dissiperait pas la douleur de l'humiliation. Cela ne changerait rien à ce qui était.

— Si je vous ai aimé un jour, aujourd'hui je ne peux que vous haïr avec la même ardeur !

Sur ses mots, elle s'enfuit. Voilà ! C'était vraiment terminé. Le vent sifflait dans la cuisine. Nicholas laissa passer quelques minutes avant d'aller fermer la porte restée ouverte. Puis il ouvrit le buffet et y dénicha une bouteille de whisky. Il s'empara d'un verre. Ses mains tremblaient. Il déposa les objets sur le buffet et ferma les yeux. Camilla était maintenant près de lui et ramassait les morceaux de porcelaine chinoise. Elle les déposa à côté du verre et de la bouteille d'alcool, l'air navré.

— J'ai sauvé le deuxième vase, dit-il platement sans la regarder.

Elle fit glisser ses doigts dans la chevelure de son frère.

— Ce n'est pas grave. Nicky… je suis désolée…

— Oui, nous le sommes tous, n'est-ce pas ? Désolés !

— Elle m'a dit s'appeler Miss Reid. Si j'avais su qui elle était véritablement…

Il braqua sur elle un œil noir.

— Quel poème as-tu choisi ?

Elle le regardait sans comprendre.

— Pour ton tableau ! l'éclaira-t-il.

— Tu m'as dit que je pouvais choisir celui qui me plairait, Nicky. Tu te moquais bien de savoir lequel.

— Il a fallu que ce soit celui-là ! Elle était là, à l'encan ! Elle l'a entendu réciter, Camie ! J'avais composé ces vers pour elle, tu comprends ?

— Je ne le savais pas, Nicky ! se défendit Camilla. Comment aurais-je pu le savoir ?

En effet ! Il s'excusa et ajouta dans un petit rire plein de dérision :

— Tu m'as toujours dit que je faisais les mauvais choix en amour. Je dois admettre que tu avais raison.

— Avec le temps, j'ai appris que l'on n'aime pas qui on veut, Nicky. On ne fait pas de choix, en amour. C'est l'amour qui choisit pour nous.

— Quand as-tu changé de philosophie ? demanda-t-il avec une pointe de cynisme.

— Il y a quelques années, murmura Camilla en détournant légèrement son regard.

Une contraction musculaire de la mâchoire de Camilla le fit soupçonner un drame sentimental. Il eut envie de la questionner, égoïstement, rien que pour ne plus penser à Charlotte. Il s'empara de la bouteille, arracha le bouchon de liège avec ses dents.

— Nicky... tu n'aurais pas dû revenir, dit-elle en secouant la tête.

— Je m'inquiétais pour toi, Camie. Vas-tu me le reprocher ? Dans ma vie, il n'y a plus que toi et Lucas. Et tu avais besoin de moi.

— À la mort de Mama et quand j'ai été malade. Mais ça, c'était il y a des mois. Jusqu'ici, pour le reste, je me suis assez bien débrouillée toute seule, lâcha-t-elle un peu amère.

Devant l'expression de son frère, elle regretta aussitôt sa flèche.

— Nicky, c'est vrai, je t'en ai longtemps voulu. Et il m'arrive encore à l'occasion de maudire le sort qui nous a frappés. Comme quand je devais m'occuper seule de Mama.

— Et sa famille ? Je croyais que les Lauder se préoccupaient d'elle.

— Ils veillent sur l'héritage. Ils se sont occupés de tout après sa mort. Mais avant... Jusqu'à il y a trois ans, Tante Florence venait une fois tous les six mois. Jusqu'à la fin, Oncle Thomas m'a régulièrement demandé par écrit de ses nouvelles. Mais il n'a pas cherché à la voir. Allons, Nicky ! Une folle dans la famille Lauder ? Comment pourrais-je le leur reprocher ? J'ai moi-même pensé cesser de lui rendre visite. Elle ne me reconnaissait plus et délirait la plupart du temps. C'était si difficile de la voir comme ça, son esprit à la dérive, son corps dépérissant. Elle ne souffrait plus de son état, mais moi… J'ai continué d'aller la visiter parce que personne d'autre que moi ne le faisait. Elle me faisait pitié, Nicky, et j'ai prié Dieu de venir la chercher. Il en a mis du temps pour rappeler son âme à lui. Elle mérite maintenant son repos et moi… le mien.

— Tu ne m'as jamais raconté cela dans tes lettres, lui reprocha-t-il plus doucement.

— Je ne voulais pas te préoccuper inutilement. Qu'aurais-tu pu faire, dis-moi ?

— Pourquoi ne t'es-tu jamais mariée, Camie ? Un homme à tes côtés t'aurait soulagée. Avec le domaine, l'élevage et tous ces tracas…

Camilla haussa ses épaules.

— J'ai eu quelques amoureux. Mais je n'ai pas besoin qu'on me dicte ma vie, débita-t-elle avec un demi-sourire. Je l'aime telle qu'elle l'est. Je suis égoïste et grincheuse la plupart du temps. La solitude ne me pèse pas tant que ça. Je t'assure, je ne suis pas malheureuse.

— Qu'as-tu fait de tes amoureux ?

Ils se regardèrent un moment sans parler.

— Le premier est mort. Le deuxième était marié. Le troisième est parti s'enrichir au Brésil. Je ne voulais pas quitter Blackford Mains. Voilà ! Ma vie n'a rien de vertueux.

Nicholas soupira.

— Je m'en veux… Si je t'avais écouté. Rien de tout ceci…

— Non, pas de ça, je t'en prie, l'arrêta-t-elle avec fermeté.

Tourmenté par mille remords, il s'abîma dans la contemplation du whisky dont les effluves terreux l'invitaient. Camilla s'appuya contre le buffet et observa son frère. Nicholas avait incroyablement changé. Avant le drame, il avait entretenu un mode de vie axé sur le plaisir et l'insouciance. C'était un jeune homme influençable qui n'avait jamais su choisir ses relations. Des radicaux aux idées révolutionnaires, de jeunes héritiers désœuvrés, portés sur le vice, des femmes aux mœurs scandaleuses, pour la plupart mariées… Nicholas n'avait cherché qu'à confronter son père. Mais John William était trop profondément perdu dans son chagrin pour remarquer la dérive de son fils. Elle avait essayé de raisonner son frère. Comment faire pénétrer le bon sens dans le crâne d'un garçon qui découvre d'un coup tous les délices que sa jeunesse et l'argent pouvaient lui offrir ? Il n'avait fait que tomber dans le piège de l'illusion. Il en avait chèrement payé le prix. Le jeune étourdi plein de suffisance qu'elle avait vu partir pour l'exil lui revenait tempéré, plus réfléchi, mature. La dureté de la vie avait bonifié son caractère impétueux. Son fils l'avait responsabilisé. On disait que les survivants devenaient des sages. Elle devait admettre qu'elle aimait l'homme qu'il était devenu. Et elle devait se résigner à le revoir la quitter encore.

— Tu dois devancer la date de ton départ, Nicky, lui recommanda-t-elle par prudence. Ton cousin Leslie nous a assuré que nous pouvions compter sur sa discrétion. Mais maintenant que Miss Seton sait que tu es ici…

— Elle ne parlera pas.

— Comment peux-tu en être aussi certain ?

Nicholas prit un air contrit.

— Au fond, tu n'es pas revenu pour moi, n'est-ce pas, Nicky ?

Silence. Il n'avait pas envie de parler de Charlotte.

— Tu l'aimes et, de toute évidence, elle t'aime aussi. Malgré tout. Je ne te comprends pas. Il doit exister un moyen pour que…

— Je me suis rendu dans Heriot Row, confessa-t-il gravement pour changer le sujet.

Camilla le dévisagea, ahurie.

— Tu as… Nicky ! Qu'as-tu fait ? Pourquoi es-tu allé là-bas ? Après tout ce que cette femme t'a fait endurer ?

Elle avait dit cela avec un fond de haine dans la voix.

— Pourquoi, Nicky ? Troubler la vie de cet enfant ne fera que vous faire du mal à tous les deux. Il ne sait certainement rien de toi. Tu as Lucas. Ton fils, c'est lui !

— Je voulais l'apercevoir ! clama-t-il avec colère. Voilà maintenant près de quatorze années que j'imagine son visage, la couleur de ses cheveux, le son de sa voix. Voir s'il me ressemble. Tu peux comprendre cela ?

Nicholas emporta la bouteille jusqu'à la table, remplit son verre à ras bord et fit cul sec.

— Parce qu'il est blanc ? s'enquit soudain sa sœur plus bas.

Nicholas émit un grognement.

— Il n'y a pas de honte à ressentir cela, tu sais, poursuivit-elle doucement.

Il reprit la bouteille. Camilla lui interdit de se servir un second verre.

— Il est trop tôt et tu es à jeun.

— J'en ai besoin !

Elle lui confisqua le verre. Il avala directement au goulot.

— L'alcool ne réglera rien, Nicky.

Le regard dur, il lui fit comprendre de ne pas insister.

— D'accord, c'est comme tu veux, dit-elle sans cacher sa désapprobation. Fais comme ton père, cherche l'amnésie au fond de ta bouteille.

— Ne me compare jamais à lui, tu entends ? Je te l'interdis !

— Nicky…

Il lui tourna le dos.

— Je serai dans l'écurie, lança-t-il avec aigreur. À moins que la vue d'un homme ivre indispose tes chevaux.

— Nicky ! Ce sont *tes* chevaux !

Mais il avait déjà claqué la porte.

Chapitre 12

Transie, tête baissée, Charlotte coupait court à travers le pré. Le vent gonflait sa jupe et lui glaçait les jambes. Courir. Courir loin de Blackford Mains. Loin de Nicholas. Elle trébuchait sur les pierres. Son pied trouva un enfoncement; elle plongea dans l'onde verdoyante. Le temps de reprendre haleine, elle se releva, essuya ses paumes sales sur sa jupe et reprit sa course vers l'échalier. Un clou mal enfoncé accrocha ses vêtements, écorcha sa cuisse. Elle tira sur sa jupe pour se dégager. Le tissu céda. Tant pis ! Elle descendit de l'autre côté du muret pour atteindre la route.

— Charlotte ! Charlotte !

Le vent l'appelait. Elle tourna la tête. À travers ses larmes, un cheval venait vers elle. Le cavalier ralentit sa monture, sauta au sol et se précipita vers elle. Charlotte s'immobilisa. Nicholas ! Il revenait pour elle. Il revenait pour... C'était James ! Elle voulut fuir, mais il la rattrapa rapidement par les épaules.

— Charlotte ! Que fais-tu ici, pour l'amour du Ciel ? Papa, Mr Dawson et Will'O sont partis à ta recherche.

Il nota la robe sale et déchirée, les yeux rouges et gonflés.

— Que s'est-il passé ?

— Je suis tombée.

Il regarda par-dessus l'épaule de Charlotte, dans la direction d'où il l'avait vue arriver.

— Tu es allée à Blackford Mains, c'est ça ?

Silence coupable. Elle le dévisageait, une expression qui ne mentait pas sur le visage. Les mains jointes sur sa poitrine, son menton tremblotait dans l'effort de retenir les sanglots.

— Qu'es-tu allée faire là-bas ? C'est à cause de ce qui s'est passé hier ? Allez, monte sur Windstream. Il faut rentrer avant que l'orage éclate.

Il allait aider sa sœur à se mettre en selle, vit son visage se décomposer. Charlotte attrapa le col de la veste de James.

— Il l'avait écrit pour moi, Jamie. C'était mon poème… ça ne l'est plus.

— Qui a écrit ce poème, Charlotte ?

— Nicholas… Il me disait qu'il m'aimait… Il m'a menti. Tout est fini.

Pendant qu'elle sanglotait sur son épaule, James ruminait une conclusion.

— Il s'agit de Nicholas Lauder ?

— Promets-moi de ne rien dire, s'agita-t-elle soudain. Promets-moi, Jamie !

— Charlotte…

Elle le fixait dans les yeux.

— Tu dois me le promettre, Jamie !

Sa voix avait pris le ton autoritaire de leurs années d'enfance. Celles où il la suivait aveuglément partout et où elle l'obligeait à garder le silence sur leurs frasques.

*

« Un chien errant ! » murmura Francis, encore sous l'emprise de la colère qui avait succédé au soulagement.

Il secoua la tête et alla se planter devant la fenêtre. Le grondement du tonnerre et le tambourinement de la pluie faisaient vibrer les vitres. Un vent coulis s'infiltrait dans le salon, rampait sur le plancher, caressait les chevilles. L'orage avait éclaté quelques minutes après le retour de Charlotte à Weeping Willow.

Sa disparition avait provoqué une incroyable commotion dans la maison. À son arrivée avec James, elle leur avait raconté avoir eu envie de respirer l'air frais du petit matin. Mais, sur la route de Grange Farm, un chien l'avait pourchassée. Elle avait cherché refuge sur un échalier, où le chien l'avait maintenue perchée jusqu'à l'arrivée de James, qui avait fait fuir la bête.

Un frisson parcourut Francis à l'idée de ce qui aurait pu arriver si Charlotte avait été mordue. Un chien errant depuis des jours autour de Weeping Willow l'avait mordu à la main alors qu'il était encore un petit garçon. Son père l'avait fait abattre séance tenante. On avait craint qu'il fût porteur de la rage. Ce qui n'avait heureusement pas été le cas. Il soupira, quitta le paysage orageux pour regarder sa femme.

— Elle a eu de la chance, commenta-t-il. Tu sais que Mr Dawson a tué un renard qui a osé s'aventurer jusque dans le potager le mois dernier ? Les animaux enragés qui rôdent aux abords des villes ne craignent pas les gens. Bon sang ! Quelle idée saugrenue que d'aller se promener toute seule à cette heure ! Qui sait qui elle aurait pu rencontrer sur la route ?

Dana ne cessait de repenser à l'agression qu'avait subie Charlotte, trois années plus tôt. Leur fille leur avait caché le drame pendant des mois avant qu'une rencontre inopinée avec Master Murray lui délie enfin la langue.

— Rien de tragique ne s'est produit, dit-elle, plus pour se convaincre elle-même que pour tranquilliser son mari. Elle est encore toute chavirée. Je suis certaine qu'elle a compris son imprudence.

— J'ai le sentiment que tout la chavire depuis quelque temps. Hier encore, ce poème…

Il grogna en revenant vers le gris du paysage. Le vent et la pluie fouettaient les branches nues des arbres. Un éclair le fit cligner des yeux. Le tonnerre gronda sourdement, étouffant le bruit des talons de Janet qui revenait de la cuisine. Elle s'apprêtait à escalader le grand escalier lorsque l'immobilisa la voix de ses parents dans le salon. Elle s'approcha en prenant soin de ne pas être vue…

— Cela me rappelle que le tableau de Miss Maclaren a rapporté quarante-cinq livres à la fondation. C'est un don très généreux de sa part.

— Ces quarante-cinq livres sont bien loin des mille cinq cents que m'a volées son beau-père.

— Ne soit pas injuste envers Miss Maclaren, Francis. Elle a aussi été une victime de ce scandale. Encore heureux que les Lauder eussent prévu de placer Blackford Mains à l'abri. Elle aurait été dépouillée de tout.

Francis ne dit rien. Son regard perdu dans le vague, il songeait.

— Si je me souviens bien, son frère était plutôt doué avec les rimes, observa encore Dana. Mrs Edin de Canaan Cottage m'a confié que c'était lui qui signait les vers macaroniques dans les satires que publiait Adam Carlyle. Elle connaissait bien les Lauder. Elle prenait régulièrement le thé à Grange House. Elle y avait à quelques occasions croisé… comment s'appelle-t-il déjà ? Nicholas, oui, cela me revient. Le triste sort du jeune homme a beaucoup chagriné Mrs Edin. Elle dit qu'il était…

— Il a connu le sort qu'il méritait. C'était un libertin et un fraudeur. Le fils de son père, maugréa sourdement Francis en regardant la pendule. Bon sang ! Je donne une conférence à onze heures. Je dois filer. Tu projettes de rentrer tout de suite après le concert au St. Cecila's ?

— J'emmènerai possiblement les filles faire quelques emplettes…

Janet s'était précipitée vers l'escalier.

⁂

Le mouvement de son corps qui glissait réveilla Nicholas dans un sursaut. Les bras écartés, il haletait. Des voix résonnaient dans l'écurie. Les frères Crawley nettoyaient les stalles. Le lancinement dans son crâne lui rappela ce qu'il faisait là. La bouteille de whisky se trouvait toujours entre ses cuisses, presque vide. Le tonnerre grondait encore, mais la pluie avait diminué. Un coup d'œil par la fenêtre lui indiqua qu'une partie du jour avait progressé sans lui. Il avait dû dormir pendant un bon moment. Il cala sa tête douloureuse contre la paroi de la stalle vide où il s'était réfugié et referma les yeux.

L'odeur de l'écurie. Les bêtes, le foin et le cuir. Fétide, musquée, terreuse. Il y puisait un certain réconfort. Comme Camilla, il avait toujours aimé les chevaux. Des créatures sans problèmes dotées d'une intelligence surprenante. Les chevaux possédaient ce sixième sens qui leur permettait de percevoir les émotions des humains avec une grande acuité. Ils communiquaient avec un langage corporel et tactile qui leur était propre. Nicholas avait appris à le décoder, pendant ces années où leur mère avait l'habitude de les emmener à Blackford Mains, Camilla et lui.

À cette époque, on y faisait principalement de l'élevage de mérinos. Mais Mr Turnbull, le régisseur, avait convaincu les Lauder d'acheter trois pur-sang anglais. Deux ans plus tard, s'ajoutaient à l'écurie deux juments yorkshire coach horse. Cette race était réputée pour sa force et son agilité et, croisée avec le pur-sang, elle donnait des chevaux d'attelage à la fois élégants et endurants. À mesure que s'était organisé le haras, s'était réduit le troupeau de moutons. En même temps s'était développée la passion de Camilla et de Nicholas pour ces magnifiques bêtes.

Puis un jour, les visites à Blackford Mains avaient cessé. Sujette à des périodes de grisailles plus ou moins longues, sans signe préalable, Elizabeth Dick Lauder Gordon était tombée dans un état neurasthénique profond qui alternait avec des épisodes d'agressivité destructrice intenses. Nicholas avait neuf ans. Sous prétexte de vouloir protéger les enfants, J. W. Gordon avait fait interner son épouse au Edinburgh Lunatic Asylum, de Morningside. Le séjour avait duré quatre mois. Sept mois après son retour à Braid Hill, Elizabeth essayait d'étrangler sa femme de chambre. C'était une femme imprévisible et dangereuse. Qui savait ce qu'elle pourrait encore tenter ? Ainsi, sa mère avait passé les vingt dernières années de sa vie prisonnière d'une chambre aux fenêtres munies de barreaux.

Blackford Mains, une propriété des Dick depuis des générations, avait été offerte en cadeau à Elizabeth par son grand-père, Sir Andrew Lauder of Fountainhall, à l'occasion de son premier mariage avec le premier lieutenant, Alexander Maclaren of Strathearn. Ce dernier était mort avec tous les honneurs en 1797 des suites de blessures reçues au cours de la bataille navale du cap Saint-Vincent, alors qu'il servait sur le *HMS Excellent*. Elizabeth Dick Lauder Maclaren s'était retrouvée veuve alors que sa fille, Camilla, n'avait que deux ans. Remise de la longue période d'abattement qui avait suivi, elle avait fait la rencontre de

John William Gordon. Ce dernier avait réussi à capturer le cœur de la belle et riche veuve éplorée, au grand désespoir des Lauder.

Les Lauder n'avaient jamais totalement admis Gordon au sein de leur clan. Ils soupçonnaient sa réputation de séducteur invétéré, doublée de celle de gros joueur. Le mariage avait tout de même été accordé à la condition qu'un arrangement au contrat de mariage octroie à Elizabeth le droit exclusif de propriété sur son douaire, dont Blackford Mains faisait partie. De cette façon, Camilla avait pu continuer d'en jouir confortablement après que tous les biens de Gordon furent confisqués.

Le mal de tête empirait et il avait soif. Nicholas porta le goulot à ses lèvres et avala le fond de liquide ambré. « Fais comme ton père, cherche l'amnésie au fond de ta bouteille. » Après l'internement de sa femme, John William Gordon s'était mis à boire. Contrairement à ce qu'avaient cru les Lauder, il avait profondément aimé Elizabeth. Il n'avait jamais accepté sa maladie. Chaque fond de verre était un pas de plus vers l'oubli, vers une folie dans laquelle il avait l'illusion de rejoindre celle qu'il aimait.

« Quelle vie misérable tu mènes, Nicky ! Tu te noies dans tes propres illusions. Tu te caches dans ta propre demeure… »

Il éclata de rire. Ce qui accentua le lancinement dans son crâne et le fit larmoyer. Blackford Mains devrait lui appartenir. Les Lauder avaient établi ainsi l'héritage d'Elizabeth. À la condition que le fils de Gordon adopte leur nom. Mais son statut d'exilé lui réfutait son droit à son héritage. Malgré tout, Camilla considérait que Blackford Mains était à lui. Depuis cinq ans, à la mort de Mr Turnbull, elle gérait seule le domaine. Elle l'entretenait avec amour et en avait fait un élevage prospère, aujourd'hui reconnu pour la valeur de ses holsteiners, une race de chevaux allemande intégrée au haras huit ans plus tôt. « Tu auras un endroit où revenir, Nicky », qu'elle lui avait écrit. Il n'estimait pas avoir le droit de le lui reprendre. De plus que l'idée de vivre un jour à Blackford Mains lui paraissait improbable. Il y était depuis seulement deux semaines que déjà le passé revenait le hanter. La nuit, il se réveillait en transe, trempé de sueur, grelottant de froid. Comment avait-il pensé pouvoir revenir vivre ici ? Après tout ce qui était arrivé ? Après ce qu'il avait fait ? Avec le poids de ce secret qui le coulait au fond des plus sombres abîmes ?

Comment vivre à Blackford Mains tout en sachant que Weeping Willow était située à peine à un *mile* de là ? Qu'il pourrait croiser Charlotte n'importe quand…

Charlotte. Elle occupait toutes ses pensées. Elle l'habitait, le hantait. C'était atroce. Elle empoisonnait son sang d'une ivresse qui le rendait chaque jour plus malade. Une douleur que même l'alcool n'arrivait pas à anesthésier. Nicholas laissa tomber la bouteille vide dans la paille. Camilla avait raison. Il n'était pas vraiment revenu pour elle, mais pour Charlotte. Il avait espéré l'entrevoir, ne serait-ce que pour constater qu'elle allait bien. Il avait rôdé autour de Weeping Willow, la nuit, scrutant les fenêtres, se demandant laquelle était celle de la chambre où elle dormait.

Il se leva avec difficulté, réprima une nausée. Le décor tournoyait autour de lui comme un manège. Il s'appuya contre le mur, puis ferma un instant les yeux pour retrouver son équilibre. Il avait grandement besoin de prendre un peu d'air avant de rentrer à la maison. Il ne voulait pas que Lucas le voie dans cet état. Sentant sa présence toute proche, Fairweather renâcla. C'était une bête magnifique. Une holsteiner impétueuse, mais obéissante. Elle était la préférée de Nicholas. Il s'était tout de suite entendue avec elle. Il lui caressa les nasaux. La jument retroussa les babines, fouilla la main en quête d'une gâterie.

— Je n'ai rien pour toi, ma belle… Ça te dirait d'aller faire un tour ? Allez… Avec un temps pareil, qui pourrait-on bien rencontrer sur la route ?

Seller la bête se révéla être un exercice fastidieux. Sans le secours des frères Crawley, Nicholas n'y serait pas arrivé. Il enfila la redingote de cuir du palefrenier, aperçut le pistolet et le fusil suspendus au mur. Après une brève hésitation, il s'empara du pistolet, vérifia qu'il était armé et le coinça dans sa ceinture. Puis il enfonça un chapeau sur sa tête et quitta l'écurie sous une bruine froide. Il leva son visage vers le ciel anthracite. Puis vers le sommet de Blackford Hill. Il devinait les collines de Braid juste derrière. Nichée dans la vallée entre les deux, il y avait Braid Hill House. Nicholas fit brusquement pivoter sa monture et l'éperonna.

⁂

Lorsque Janet pénétra dans la chambre, Charlotte s'évertuait à agrafer seule sa robe. Son impatience guidait maladroitement le crochet dans son dos. À ses pieds, des vêtements sales formaient un tas.

— Je sais qui a écrit le poème de Miss Maclaren, annonça-t-elle triomphalement en se jetant sur son lit.

Le geste de Charlotte s'immobilisa d'un coup.

— Qui ? demanda-t-elle en s'efforçant de contrôler le timbre de sa voix.

— Le frère de Miss Maclaren. J'ai pensé que ça pouvait t'intéresser de le savoir.

Dans les inflexions flottait un reste de ressentiment que Charlotte ne releva pas. Se mordant les lèvres pour s'empêcher de recommencer à pleurer, elle se remit à l'œuvre. Elle essayait d'atteindre la prochaine agrafe, mais le crochet ne cessait de glisser.

— Aide-moi, tu veux ? demanda-t-elle d'une voix détachée.

Janet observait sa sœur, finit par obéir.

— Mama a dit que le frère de Miss Maclaren savait faire des rimes.

— Mama a dit ça et toi tu as fait tes déductions ?

Cédant sous la force des émotions, Charlotte lança le crochet sur son lit avec une brusquerie qui fit sourciller Janet. Elle enjamba le tas de vêtements sales et attrapa son châle. Se dirigeant vers la sortie, elle marqua une pause devant le miroir pour retoucher rapidement sa tenue. Janet allait lui signifier qu'il restait encore une agrafe à attacher.

— Ce n'est pas parce que Mr Lauder sait faire des rimes qu'il sait nécessairement écrire des poèmes, lui apprit rudement Charlotte en même temps que se croisaient leurs regards dans la glace.

Janet découvrit celui de Charlotte rouge et bouffi. Songeuse, elle s'assit sur son lit et écouta sa sœur dévaler l'escalier. Charlotte devait être drôlement à l'envers pour appeler le frère de Miss Maclaren du nom de Mr Lauder. Et comme d'habitude, elle ne rangeait jamais rien. Ce n'était pas parce qu'on avait le privilège d'avoir des domestiques qu'on devait vivre comme des porcs ! Janet pinça les lèvres et ramassa les vêtements abandonnés sur le plancher pour les plier. Par habitude, elle fouilla la poche de la robe, en retira un morceau de papier chiffonné qu'elle déposa sur la table de nuit. Puis elle avisa les taches de boue et d'herbe et l'accroc à la jupe. Dans sa mésaventure de ce matin, Charlotte avait malheureusement gâché une bonne robe. Sur le jupon, elle nota des taches rouges. Du sang ? Oui, c'était bien du sang, reconnut-elle. Il faudra demander à Rachel de blanchir le jupon et de réparer la robe. Les vêtements soigneusement empilés sur la commode, elle se mit à sa toilette. Elle inspecta la chambre. Elle aimait que tout soit bien rangé avant de partir. Le papier chiffonné sur la table de nuit était irritant à voir. Elle le prit…

Quelques minutes plus tard, Charlotte faisait irruption dans la chambre. Elle avait oublié son éventail. Il lui serait utile pour dissimuler une brusque montée de larmes au concert. Prétextant que la sortie lui ferait oublier sa mésaventure, sa mère l'obligeait à les accompagner. Charlotte n'avait rien trouvé à redire sans soulever de soupçons. Elle avisa sa sœur encore sur son lit.

— Mama demande de te dépêcher.

— Je suis presque prête, fit Janet. Dis… tu sais comment il s'appelle le frère de Miss Maclaren ?

— Pourquoi le saurais-je ?

Une faille dans la voix. Janet vit le sang quitter le visage de sa sœur.

— Pour rien, je me posais la question, c'est tout.

En fait, elle s'en posait des dizaines.

— Le chien, ce matin, il t'a mordue ?

— Non, il ne m'a pas mordue. Tu vas cesser de me poser toutes ces questions stupides ?

Janet attendit d'être seule de nouveau avant de retirer des plis de sa jupe le bout de papier. Quatre lignes, puis une signature : Nicholas. Les vers évoquaient vaguement quelque chose en elle. Quant au nom de l'auteur…

Nicholas. Le prénom ricochait dans sa tête. Janet creusait sa mémoire. Elle était sûre de l'avoir lu ailleurs. Elle alla jusqu'à son armoire, trouva son exemplaire de *Lucasta* de Lovelace. Elle avait choisi ce livre parce qu'elle savait que Charlotte ne s'y intéresserait jamais. Elle y avait caché la lettre dérobée à sa sœur.

Cher Nicholas… Connaissant presque par cœur le contenu de la lettre, elle en vint tout de suite à la fin : *et je m'endors avec les mots de votre poème sur mon cœur comme un gage de votre amour.* À n'en pas douter, Charlotte se référait à celui inscrit sur le papier. Et ce poème… Il lui semblait familier… Elle se concentra.

Thus my soul is now a butterfly…

Le poème de Miss Maclaren ! Elle en était certaine. Il s'agissait du même poème que celui qui avait été lu lors de la présentation de l'œuvre de Miss Maclaren. Autre stupéfiante coïncidence : le frère de Miss Maclaren de Blackford Mains et Mr Lauder de Montpelier portaient le même prénom. C'était vraiment bizarre. Janet essayait de mettre les éléments en place dans son esprit, mais rien ne prenait de sens. Tout demeurait d'une confusion irritante. Une énigme à résoudre…

⁂

Camilla déposa le couteau et la pomme de terre qu'elle épluchait. L'horloge indiquait quatre heures de l'après-midi. Elle s'inquiétait. Depuis son réveil, Nicholas n'avait eu que sa bouteille de whisky à se mettre dans l'estomac. Et il n'était pas rentré de sa promenade. Elle l'avait vu quitter l'écurie chancelant sur le dos de Fairweather. Une heure s'était écoulée. Le vent reprenait de sa force. Le ciel s'obscurcissait, se zébrait d'éclairs aveuglants. Nicholas aurait dû être rentré. Fairweather avait peur des orages. Il le savait.

Elle se leva et alla aux fenêtres pour sonder les alentours. Dans le pâturage, des moutons avaient trouvé un abri sous la futaie de chênes. Mais nulle part n'apercevait-elle une présence humaine.

Assis au bout de la table devant un livre d'images, Lucas l'observait. Elle lui sourit pour le rassurer. Lucas était un gentil garçon, vif et curieux comme une belette. Elle l'aimait bien. Mais quelle étrange chose cela faisait de voir Nicky avec un enfant noir. N'aurait-il pas mieux fait de le laisser en Jamaïque, parmi les gens de sa race ? Ici, le garçon ne serait jamais considéré mieux qu'un domestique. L'esclavage était interdit en Grande-Bretagne, mais, dans l'esprit des gens… Elle-même ne se sentait pas très à l'aise avec la couleur de la peau du garçon. « C'est le fils de Nicky », qu'elle ne cessait de se répéter. Son neveu, le fils d'une esclave africaine.

— Il est rentré ? l'interrogea Lucas dans son accent créole.

La musique de la langue teintait aussi maintenant les mots de Nicholas.

— Non. Mais il ne devrait pas tarder.

Camilla reprit sa place devant le sac de pommes de terre. Kate s'occupait des navets. La jeune fille était concentrée sur le légume qu'elle parait et essayait de ne faire qu'un seul ruban de la pelure. Kate travaillait lentement. Mais c'était une fille obéissante, honnête et toujours d'humeur égale.

Le tic tac de l'horloge comptait les minutes qui s'égrenaient. Un éclair fulgurant illumina les fenêtres en même temps qu'une explosion fit trembler la maison et bondir Kate de frayeur. Cette fois, la foudre était tombée très près. Camilla se décida.

— Je vais faire un tour, rien que pour m'assurer qu'il n'est rien arrivé de fâcheux à Mr Gordon. Kate, garde un œil sur Lucas.

Nicholas immobilisa sa monture sur la route qui menait à Biggar. Devant lui, deux grandes portes de fer ouvragées tenues fermées par un cadenas bloquaient l'accès à la vallée de Braid. Elles avaient rouillé et le lierre commençait à les envahir. De l'autre côté, les mauvaises herbes abondaient en bordure du chemin qui s'enfonçait dans les sous-bois. Il menait à Braid Hill House. La maison où il avait grandi. Personne ne l'habitait plus. Un certain Mr Steel s'en était porté acquéreur après sa mise aux enchères. Il avait occupé le petit manoir pour l'abandonner après six ans. Il était de nouveau à vendre. Camilla lui avait raconté que les gens de la région commençaient à murmurer que Braid Hill House était hantée. Hantée !

Il remit Fairweather au trot vers le sud. Arrivé en haut de la pente, il la fit bifurquer vers la gauche et quitta la route. Un sentier surplombait la vallée de Braid, longeait le muret de pierres qui marquait la frontière d'une fermette. De ce point, Blackford Hill escamotait Arthur's Seat de sa vue. S'il dirigeait son regard vers l'ouest, il pouvait encore apercevoir Castle Rock et sa forteresse briser la ligne d'horizon. Il revint vers le sentier, hésita. La dernière fois qu'il avait passé par là… Un frisson courra le long de son dos. Il ferma les yeux et respira profondément avant de se décider. Il parcourut un demi-*mile* avant d'arrêter son cheval. Les cheminées et les pignons du manoir étaient maintenant visibles derrière les futaies. Il retrouva le vieux châtaignier. C'était un arbre impressionnant. Son tronc, pourfendu par la foudre avant même le jour de sa naissance, était tordu et déformé par une multitude de nœuds, lui donnant une allure effrayante. Il l'avait choisi comme repère d'un second sentier. Un accès discret à la propriété de Braid Hill House qu'il avait l'habitude de prendre au retour de ses virées nocturnes pour éviter de réveiller le gardien. Les arbustes l'avaient envahi, mais il était encore praticable.

— Allez, ma belle, dit-il en poussant la jument sur la pente.

La descente était abrupte et le sol était boueux. Le cheval glissa à quelques reprises. Résonnaient dans les grands hêtres le cri aigu du bruant jaune et le toc toc d'un pic-bois. Plus il approchait, plus le cœur de Nicholas cognait fort. Il n'avait pas remis les pieds ici depuis si longtemps. Il avait juré de ne pas le faire. Mais quelque chose l'y incitait. Il devait s'assurer…

Il contourna la vieille glacière souterraine que commençaient à recouvrir les grandes frondes plumeuses des fougères et traversa une éclaircie verdoyante, où des jonquilles pastillaient la pelouse. Il se souvenait qu'à la fin de février elle se couvrait de perce-neiges et de crocus mauves. Il avait eu l'habitude d'en cueillir avec sa mère. Il franchit le ponceau de pierres qui enjambait la Braid Burn. Devant lui, Braid Hill House se dressait à travers les arbres encore dépourvus de leur feuillage, isolée du reste du monde par une épaisse végétation et les remparts rocheux des collines qui les cernaient. Avec ses parapets crénelés, ses mâchicoulis et ses petites tourelles en corbeilles, elle avait l'austère allure d'un château fort du même style qu'avait dû être celui de Sir Henry de Brade[30]. Des fortifications érigées par le premier laird de Braid ne subsistaient que le vieux colombier et une portion du muret de pierres qui entourait présentement les jardins du manoir.

Nicholas avait aimé autant qu'il détestait aujourd'hui cet endroit. Après que sa mère fut internée à l'asile, pour faire fuir le silence de sa solitude, son père y avait entretenu une société bruyante. Nombreux

30. Henry de Brade a été shérif d'Édimbourg au début du XIIIe siècle. Son nom est resté à la région.

avaient été les dîners qui s'étaient prolongés autour d'une table de jeu, où des sommes scandaleuses d'argent avaient passé de main en main. Il était arrivé que des femmes agrémentent la compagnie. Nicholas se rappelait les avoir souvent écoutés s'enivrer jusqu'au bris du jour. Il avait toujours détesté les matins qui avaient suivi ces fêtes. L'odeur de l'alcool et du tabac empestait le rez-de-chaussée, où parfois des invités ronflaient dans les fauteuils. Très rarement des femmes avaient passé la nuit à Braid Hill. Ses maîtresses, J. W. Gordon avait toujours pris soin de les tenir éloignées de ses enfants, préférant leur donner rendez-vous dans sa garçonnière de Grass Market. Et ce, jusqu'à ce que Nicholas eût atteint ses dix-sept ans. Après, il lui était arrivé de croiser de jolies dames à la table du déjeuner. Parfois trop jolies pour le laisser indifférent…

Au pas, Nicholas fit le tour de la résidence. Les souvenirs affluaient, certains heureux, d'autres moins. Il repéra la cime du grand saule qui grandissait sur le bord de la Braid Burn dont il entendait les gargouillements. Il s'y dirigea. Entre les ramures ondulantes, le banc de pierre couvert de mousse verte et de lichen gris était à sa place. Le banc des fées. Camilla et lui avaient eu l'habitude de passer des heures ensemble à cet endroit. Pendant qu'il pêchait dans le ruisseau, elle lui racontait des histoires de fées et d'elfes vivant dans un monde magique sous les collines de Braid. Elle disait que, toutes les nuits, le vieux saule se métamorphosait en belle fée et pleurait sur le banc tous ceux qui venaient de mourir dans le monde. L'histoire avait inspiré le tout premier poème de Nicholas.

Murmures d'une pauvre fée éplorée, le vieux saule bruissait. Un étroit sentier suivait le cours du ruisseau. Il hésita un instant avant d'y diriger Fairweather. Lorsqu'il vit la grosse pierre parmi les branchages, il n'alla pas plus loin. Elle se trouvait toujours au même endroit. Le chant d'une grive le tira de sa contemplation. Un éclair dessina un zigzag lumineux dans le ciel plombé. Le grondement du tonnerre suivit dans les secondes. Fairweather s'énerva. Nicholas la tranquillisa d'une caresse. Baignant dans la grisaille, l'endroit était des plus lugubres et n'évoquait plus rien d'un décor de conte de fées.

Un craquement de brindilles, un froissement de feuilles mortes. Les branches d'un fourré remuèrent. Le cœur de Nicholas se mit à battre très fort. Il fit pivoter sa monture et plongea sa main sous sa redingote.

Le canon de son pistolet pointé vers le fourré, il sonda les profondeurs des bois avec cette angoissante impression d'être épié. Il n'allait tout de même pas ajouter foi à ces histoires de lieu hanté. Les secondes s'égrenaient. Le vent sifflait à travers les branches qui craquaient. Un mouvement entre les branchages. Son doigt nerveux sur la détente, Nicholas attendit. Fairweather s'énervait. Un renard roux fit irruption, s'immobilisa pour les regarder, puis reprit tranquillement sa route pour disparaître sous un taillis de jeunes marronniers. La peur lui courant encore dans les veines, Nicholas ferma les yeux et avala le filet de salive dans sa bouche asséchée. Le temps était venu de quitter cet endroit.

Il engageait Fairweather sur le sentier parcourant la face nord de Blackford Hill lorsqu'une détonation extraordinaire pétrifia la nature qui les entourait. Une lumière blanche, aveuglante. Simultanément, une explosion fit vibrer l'air et trembler le sol. Fairweather hennit, se cambra. Folle de terreur, elle s'élança au galop. Son équilibre encore fragile de tout l'alcool qu'il avait ingurgité, Nicholas avait peine à rester en selle. Les branches des arbres fouettaient son visage, écorchaient sa peau. Impossible de faire ralentir la bête affolée. Elle filait à bride abattue. Un bruit mat. Un claquement sec. Soudain Nicholas se sentit propulsé dans les airs. Le monde vira sens dessus dessous. Le choc de l'impact fut terrible. Une douleur fulgurante au genou, à l'épaule et à la tête. Il roula dans l'herbe, s'immobilisa sur le dos, bras en croix.

Pendant que la fine bruine mouillait son visage, un peu sonné, Nicholas resta allongé. Près de lui, un renâclement, les cliquetis d'une bride. Il prit conscience de ce qui venait d'arriver et tourna la tête vers Fairweather, un peu plus bas sur la pente. Couchée sur son flanc, elle essayait de se relever. Nicholas bougea précautionneusement. Quoiqu'il ressentit quelques vifs élancements, ses membres répondaient bien. Il alla vers le cheval, constata par la plaie ouverte la blancheur de l'os et son cœur se serra. Il s'accroupit sur la bête souffrante et caressa sa tête pour la calmer.

« Oh, Dieu, non ! Fairweather… ça va aller. Je m'occupe de toi. Ça va aller… »

Dans sa ceinture, le pistolet avait disparu. Il chercha des yeux autour de lui, ne le voyait nulle part. À quatre pattes, il fouilla l'herbe. Il rebroussa chemin, sonda les abords du sentier. Rien ! Il avait perdu son arme dans la course. Et Fairweather qui souffrait atrocement. Nicholas revint auprès d'elle. Elle renâclait, s'agitait. Il lui parla doucement, caressa le velours humide de sa robe baie. Ses oreilles pointaient vers le son de sa voix. Après quelques minutes, elle se tranquillisa. Nicholas ne pouvait la laisser souffrir comme ça. Mais comment la soulager sans son pistolet ? Retourner à Blackford Mains et revenir prendrait du temps.

« Pourquoi tu me fais ça, hein ? murmura-t-il, en colère. Pourquoi tu m'obliges à faire ça ? »

Son regard accrocha une grosse pierre. Il la fit rouler jusqu'à l'animal.

« Tu ne me donnes pas le choix ! Qu'est-ce que je vais dire à ma sœur, après ça ? Fichu animal ! »

Nicholas n'avait encore jamais tué un cheval. Une fois, à Montpelier, une bête s'était brisé un canon après s'être coincé le sabot entre deux pierres dissimulées dans l'eau vaseuse d'un fossé d'irrigation. Il avait envoyé Nelson exécuter la sale besogne à sa place. Pour les sales besognes, il avait toujours préféré déléguer à des subalternes. Sauf une fois. Une seule fois il n'avait pu le faire.

Nicholas banda tous ses muscles pour soulever la pierre au-dessus de la tête de la jument. Elle restait soudain étonnamment calme. Son œil brillant le fixait, attentif, presque suppliant.

« Ne rate pas ton coup », qu'elle semblait lui dire.

Il ferma les yeux pour ne rien voir.

« Pardonne-moi. C'est de ma faute. C'est de ma faute… »

Le bruit sinistre du crâne qui éclate. Le corps de l'animal s'agita. Le sang gicla. Fairweather était secouée de soubresauts. En même temps, dans la tête de Nicholas, des images refaisaient surface. Des doigts se crispant dans la terre noire. Son estomac se contracta. Il rugit, souleva la pierre de nouveau. Il y mit toute son énergie et frappa encore, ne s'arrêta que lorsque les forces lui manquèrent. Ensuite, il s'effondra pour vomir dans l'herbe près de la bête immobile.

⁂

— Nicky ! Nicky !

Camilla sauta de son cheval et se précipita vers son frère. Recroquevillé sur lui-même, hagard, il tremblait comme une feuille. Elle avisa le sang sur ses mains, son visage, sa chemise. Puis Fairweather, la patte brisée, le crâne ensanglanté.

— Nicky ! Pour l'amour du Ciel !

— Je l'ai tué… C'est moi qui l'ai tué.

Elle se pencha sur son frère, vérifia qu'il n'était pas blessé.

— Par la grâce de Dieu, tu n'as rien, murmura-t-elle.

— C'est moi qui l'ai tué… répéta-t-il.

— Je sais. Il fallait le faire, Nicky. Viens, rentrons à la maison. Tu es complètement transi. J'enverrai John et Randy s'occuper d'elle.

— Camie !

D'une main obstinée, Nicholas écartait les bras qui cherchaient à lui porter secours. Il dévisagea sa sœur avec colère.

— Tu as entendu ce que je viens de te dire ? Je l'ai tué !

— Nicholas, cesse de te tourmenter pour ça. Elle avait une jambe brisée. Tu ne pouvais plus rien pour elle…

— Mon père ! Pour l'amour de Dieu ! Je te parle de John William Gordon !

Au loin, les cloches de St. Giles sonnaient. Camilla examina les yeux de son frère. Ils étaient sombres, fatigués, et son haleine dégageait une forte odeur d'alcool.

— Nicky… que me racontes-tu là ? Tu es ivre. La police a dit…

— La police ne sait rien. Mon père ne s'est pas enfui. Il se trouve toujours à Braid Hill.

Les traits déformés par tout le dégoût qu'il avait de lui-même, il secouait la tête.

— Il est mort ! Je ne l'ai jamais dit à personne. Je ne le pouvais pas… pendant toutes ces années. C'était trop effroyable. Camie… gémit-il.

Elle avait plaqué sa paume sur la bouche de son frère pour lui interdire de poursuivre. Il la retira vivement, la regarda fixement.

— Je ne peux plus garder ça pour moi. Tu dois m'entendre.

— Non ! Rentrons. Tu le feras plus tard.

— Camie, je t'en prie… Tu dois m'entendre enfin.

Il la retenait fermement.

— Je t'en prie… avant que je ne trouve plus le courage de le faire…

Il était désespéré. Elle acquiesça mollement. Tournant le dos au cadavre de la jument, elle s'assit près de lui dans l'herbe mouillée. D'une voix étreinte par les émotions, l'estomac malade, Nicholas se lança dans le récit de ce qui était véritablement arrivé le soir du 8 février 1819. L'expression de Camilla s'altérait au fur et à mesure que la pénétrait toute la monstruosité de ce qu'il lui racontait.

— Quand j'ai commencé à l'enterrer, mon père a remué la main. Il a écarté les doigts... Et malgré cela, j'ai continué de l'ensevelir. Oh Dieu ! J'ai tué mon père... Et il le sait. Il m'a vu... Il m'a vu le tuer... Oh Dieu ! Il avait les yeux ouverts et me regardait !

— Nicky... murmura Camilla, horrifiée. Il faisait noir. Et dans un tel moment, un esprit agité nous joue souvent des tours. Il était probablement déjà mort. Vous n'aviez pas vérifié s'il respirait toujours ?

— Je ne sais pas... Je ne me souviens pas, peut-être que je l'ai fait. Nous étions saisis de panique. Nous n'arrivions pas à réfléchir normalement.

À la vérité, Nicholas ne savait plus. Il avait dû voler un tombereau de fumier, le vider, y placer le corps et le recouvrir. Il avait agi comme un automate, trouvant sa force dans les poussées d'adrénaline. Entre le moment de l'incident et celui où il avait jeté la première pelletée de terre, il s'était écoulé plus de trois heures. Tout ce temps, le corps était resté inerte. Si son père n'avait été qu'inconscient, il serait nécessairement revenu à lui dans l'intervalle. De cette nuit-là, il ne retenait que quelques images éclair qui revenaient le hanter de temps à autre et un sentiment effroyable qui ne le quittait plus. La tête de son père, à moitié recouverte de terre. À travers la barbouille de sang qui avait commencé à sécher, il avait vraiment eu l'impression que les yeux sombres brillants le fixaient, l'air de ne pas comprendre ce qui arrivait. Et les doigts qui avaient bougé. Une illusion ? Tout cela lui avait semblé si réel.

— Je sais... j'aurais dû faire venir la police et simuler un cambriolage. Dieu ! J'étais jeune et stupide. Camie, j'ai tué mon père. Pendant les jours qui ont suivi, je me suis enfermé dans ma chambre. Je ne sais plus... J'ai dormi. Oui, j'ai dormi et j'ai vécu mes pires cauchemars. Je devais être très agité pour que les domestiques t'envoient chercher. Tu es venue. Tu te souviens ? Tu croyais que j'avais trop fumé d'opium ou avalé quelqu'autres substances illicites.

— Nicky…

— Je crois qu'à un moment donné, la raison m'a quitté. Je n'étais plus moi-même. Chaque pelletée de terre que je soulevais me donnait la force de soulever la prochaine… Dieu ! Camie, j'ai commis le plus horrible des crimes. J'enterrais vivant mon père. Comme il a enterré vivante notre mère en l'enfermant dans ce damné hôpital. Je l'ai tant détesté pour ça. Il m'a enlevé ma mère et m'a abandonné par la suite. J'ai voulu qu'il en bave autant que j'en avais souffert. Alors, je l'ai provoqué, je lui ai désobéi. Il disait blanc, je répondais noir. Je l'ai humilié en prenant sa maîtresse et me suis mépris sur le plaisir que me procuraient mes petites victoires. Je n'ai compris que trop tard que je n'avais jamais cherché qu'à attirer son attention sur moi. Je n'avais demandé qu'il… qu'il me voie enfin.

Il pleurait et secouait la tête.

— J'aimais mon père… J'ai reporté sur lui toute la colère que j'avais contre notre mère. Parce que c'est elle qui nous a véritablement tous abandonnés. Père vivait comme nous sa douleur, et par mon comportement, je n'ai fait que m'éloigner de lui au lieu de me rapprocher.

— Tu étais si jeune, tu ne pouvais pas comprendre, Nicky.

— C'est horrible… Je ne voulais rien te dire, Camie. J'avais trop peur que tu me repousses. Je n'avais plus que toi.

— Tu as maintenant aussi Lucas.

— Lucas… J'ai toujours eu peur de l'aimer. Je ne fais que blesser ceux que j'aime. Et pire… J'ai tout gâché. Ma vie, la tienne. Charlotte… Tout le mal que je lui fais. Impossible de réparer. J'en souffre tant, Camie…

— Nicky… comment as-tu fait pour supporter ça tout seul pendant toutes ces années ? murmura Camilla.

Il se replia sur lui-même avec un gémissement. Elle exécuta un geste vers lui, prit sa tête, la cala contre sa poitrine et chuchota doucement près de son oreille :

— Ce qui est arrivé ne peut être changé, Nicky. Et ce n'est pas à moi de te juger. Pas plus qu'il m'appartient de te pardonner. Tu es le seul à pouvoir le faire. Mais tu peux être assuré que je resterai près de toi. Tu sais, j'ai toujours été là pour toi. Je ne te laisserai pas tomber. Tu peux compter sur moi.

À bout de force, il se laissa enlacer, se pressa contre elle. Comme lorsqu'il était enfant, quand leur mère, enfermée à clé dans sa chambre, vociférait des obscénités et que son père s'isolait dans la sienne avec une bouteille de whisky. Alors, il s'accrocha et pleura.

⁂

Le nez dans le petit bouquet de jacinthes sauvages que lui avait offert Guy, Charlotte écoutait Anna décrire le service à thé *blue italian* de porcelaine de Spode que venait de lui envoyer sa tante. Les suivaient sur la route Guy et James. Charlotte entendait leurs voix, mais le babillage d'Anna l'empêchait de comprendre la teneur de leur conversation. Fritz le chien courait devant récupérer la balle qu'avait lancée James au loin. Ses oreilles claquaient au vent et cela lui rappela tristement Daisy.

— Il n'est pas neuf, mais il est impeccable. Il sera parfait…

— Qu'est-ce qui sera parfait ? fit Charlotte, en revenant vers son amie.

— Mais, le service à thé.

— Oui, le *blue italian* est un motif recherché.

— C'est du Spode authentique, reprit Anna avec enthousiasme. Pas de ces copies qu'on retrouve à bon marché…

Le languide parfum des jacinthes. Celui plus poignant du fumier de mouton que charriait jusqu'à eux un vent léger. Charlotte ferma les paupières. S'en laissa imprégner. Et du soleil qui réchauffait ses joues. Elle se sentait triste. Les Collins étaient venus lui rendre visite. Ils s'inquiétaient de ne pas recevoir de ses nouvelles. Après l'incident de l'encan, ils avaient attendu que s'écoule une journée. Sa mère les avait reçus au salon. Ils s'y étaient tous assis, Mr et Miss Collins, Dana et elle. Un silence embarrassé avait plané pendant qu'ils avaient bu le thé et grignoté les petits gâteaux. Puis Dana avait interrogé Anna sur son mariage prochain. Anna s'était animée. La conversation s'était engagée. Tout le long, Charlotte avait senti le regard de Guy peser sur elle, lourd de questions. Elle n'avait pas trouvé la force de le rassurer sur ses sentiments.

Dana leur avait suggéré de profiter de la clémence du temps. Janet, qui devait jouer le chaperon pendant la promenade, avait mystérieusement disparu. James fut appelé à prendre sa place. Fritz rapportait la balle. Son frère la lança de nouveau.

— J'ai envie d'aller jusqu'à l'étang. J'ai vu des cygnes dans le ciel ce matin. Ils doivent y être. Ils y font toujours halte, annonça subitement Anna en se retournant vers les deux jeunes hommes.

On consulta Charlotte du regard. Oui, pourquoi pas. Admirer les cygnes l'empêcherait de penser à Nicholas. Poussant discrètement son frère vers Charlotte, Anna prit sa place près de James et entreprit la conversation. Était-ce vrai que son dessin avait rapporté huit livres à l'encan ? Mr Collins lui avait déclaré que c'était Mrs Kelly de Pleasance qui s'en était portée acquisitrice. Quel honneur ! Anna s'extasiait tandis que James rougissait de fierté. Mrs Kelly était une amatrice d'art chevronnée et elle possédait une collection d'œuvres enviée. On disait qu'elle possédait même un Van Dyck et des esquisses de Rembrandt. Elle demanda à James s'il connaissait Van Dyck et l'entraîna plus loin devant.

Guy présenta son bras à Charlotte. Lorsqu'elle appuya sa main, il appliqua la sienne dessus pour la retenir.

— Vous êtes fatiguée ? Vous voulez rentrer ?

— Non…

— Vous êtes si pâle. Vous voulez vous reposer ?

— Je vous assure, Mr Collins, je vais bien. Votre sollicitude me touche beaucoup.

Les questions eurent l'effet d'obliger Charlotte à faire un effort pour paraître gaie.

— Alors, chère Miss Seton, mon bonheur est complet.

Il avait pressé le dos de la main qu'il retenait fermement dans un geste équivoque. Satisfait, le jeune homme ne l'interrogea pas plus loin sur le malaise qu'il sentait l'habiter.

Les cygnes étaient au rendez-vous. Bondissant dans l'herbe d'un beau vert brillant, Fritz fila vers l'étang en aboyant joyeusement. Anna s'élança à sa suite, laissant traîner derrière elle son rire cristallin avec les rubans de satin rose de son bonnet. Les grands oiseaux d'un blanc lumineux s'agitèrent, quelques-uns s'échappant vers le ciel lavande. Tandis que Charlotte suivait distraitement la scène, son esprit retombait dans l'état de chaos indescriptible où l'avait plongé sa visite à

Blackford Mains. L'ombre d'un majestueux châtaignier qui poussait près de l'eau invitait au repos. Guy les y dirigea. Charlotte referma son ombrelle et s'adossa au tronc. Sept cygnes se détendaient sur l'onde lisse où flottait aussi le reflet de quelques nuages blancs. Charlotte s'imprégna du rassérénant spectacle.

— C'est à vous que je pensais en les cueillant dans le jardin ce matin, commença Guy pour voler son attention.

Il lui désignait les jolies fleurs bleues qu'il lui avait offertes. Elle les contempla un moment pensivement, en retira une du bouquet.

— C'était une délicate attention de votre part, dit-elle en la glissant dans la boutonnière du frac du jeune homme. Mama a beaucoup apprécié les jonquilles que vous lui avez apportées.

— J'espère que vous me pardonnerez. Mais j'ai pensé qu'à ce stade-ci de notre relation, il serait plus convenable d'offrir un plus gros bouquet à Mrs Seton. Votre mère est une dame charmante. Je suis heureux d'avoir fait sa connaissance… avant celle de votre père.

Charlotte ne manqua pas de percevoir la note de fébrilité qui avait modulé la voix de son cavalier. Elle devinait que Guy Collins se préparait mentalement pour une entrevue prochaine avec son père.

— Miss Seton, ma sœur m'a dit que je n'étais pour rien dans ce qui est arrivé l'autre soir. Mais je persiste à croire que…

— Mr Collins, je vous le confirme, si cela peut vous tranquilliser, dit-elle en joignant un sourire à ses paroles.

— Cela me tranquillise en effet, murmura-t-il. Je croyais sincèrement vous avoir offensée.

— Vous n'avez rien fait en ce sens. À la vérité, Mr Collins, depuis que je vous connais, jamais vous n'avez fait ou dit quelque chose qui ait pu m'offenser. Vous n'avez jamais été que gentillesse envers moi. Contrairement à moi… Je ne mérite pas cette affection que vous me portez.

Elle le pensait sincèrement. Il ne dit rien à cela et observait Anna et James qui se disputaient un bout de bois avec Fritz. Le chien s'excitait et grognait. Personne ne se préoccupait plus d'eux. Il se tourna vers sa compagne.

— J'ai toujours eu de l'estime pour vous. Je ne vous l'ai jamais caché. Et mon admiration que je vous ai jusqu'ici si maladroitement exprimée… Mes sentiments pour vous sont…

Il s'interrompit. Pour savoir si le moment était bien choisi, il consulta l'expression de Charlotte dans l'ombre de la grande capote du chapeau sous lequel elle tentait, sans y arriver complètement, de dissimuler son état de profonde émotivité.

— Je m'étais promis d'attendre encore pour vous en parler. Mais ces sentiments me rongent et me rendent impatient au point où je ne dors plus la nuit. Miss Seton, depuis que je vous sais de retour à Weeping Willow, je ne cesse de penser à vous, confessa Guy en se rapprochant d'elle.

Il allongea le bras et prit sa main dans la sienne. Ses gestes ne présentaient soudain plus rien de timide. Ils témoignaient de la passion qu'il ne parvenait plus à contenir.

— Chère Miss Seton, laissez-moi vous faire maintenant l'aveu de tout l'amour que je ressens pour votre personne.

Il baisa amoureusement la main. La bouche s'attarda, laissa l'empreinte de sa chaleur sur la peau. Troublée plus que tout, Charlotte figea dans cette position. Il y avait quelques jours, quelques heures à peine, cet honneur qu'il lui faisait l'aurait portée sur un nuage jusqu'au paradis. Elle avait fini par découvrir qu'elle éprouvait une affection bien réelle pour Guy Collins. Mais, depuis la veille, depuis qu'elle avait revu Nicholas, elle ne savait plus comment interpréter les sentiments qui l'habitaient.

— J'obtiendrai ma licence dans un an. Je prévois poursuivre ma formation en obstétrique. Je sais, ce sera long avant que les revenus de ma pratique nous accordent un confort suffisamment digne de vous. Mais je ne suis pas complètement dépourvu. Miss Seton, il y a deux ans un oncle m'a légué sa propriété de Cramondfield. Oncle Edmund était directeur à la Cramond Iron Works. La maison est plus modeste que Weeping Willow, mais elle est bien construite avec quinze pièces sur trois étages, un bon toit d'ardoises et quatre cheminées. Les dépendances sont en bon état. Le terrain de trois acres est partiellement boisé et il y a un étang. Selon mes souvenirs, on a de la maison une vue imprenable sur la Forth et la campagne environnante. Jusqu'à ce que j'en prenne possession, ma tante et ses trois filles l'habitent. Leur situation n'est pas à déplorer. Mon oncle les a raisonnablement pourvues. Mais, les biens qu'ont acquis les Collins doivent rester chez les Collins. Parce qu'il n'avait pas de fils et que je suis l'aîné de ses neveux, il s'est prévalu du droit de fidéicommis. Évidemment, ce genre de legs m'interdit de vendre Cramondfield. Mais, si elle ne vous plaît pas, la rente annuelle que j'en tirerais me permettrait de louer une maison qui conviendrait mieux à vos goûts, si jamais…

Guy se déclarait… Guy allait proposer… Un sentiment de panique anima Charlotte. Elle lança un regard désespéré vers James et Anna.

— Ce n'est pas bien de les laisser seuls aussi longtemps, murmura-t-elle en esquissant le geste de partir.

— Miss Seton, la retint Guy. Ils n'ont pas besoin de nous. Encore moins nous d'eux. Accordez-moi quelques minutes de plus, je vous prie…

Il se déplaça de façon à pouvoir garder un œil sur leurs chaperons et la repoussa doucement contre l'arbre.

— Mr Collins, s'il vous plaît…

— Écoutez-moi jusqu'à la fin, je vous le demande humblement. Je ne manque pas d'audace, vous penserez, de vous demander de m'épouser si tôt. Mais… Miss Seton, je vous aime. À un point tel que je crains parfois que mon bonheur ne dépende que de vous. Je ne suis pas riche. Mais je ne suis pas pauvre non plus et vous n'êtes pas du genre extravagant. En toute bonne foi, je pense que, ma pratique établie, j'arriverai à nous procurer une vie honorable.

Charlotte se dit qu'elle ne pouvait pas décemment accepter la demande de Guy. Du moins, pas pour le moment. Elle était encore trop ébranlée. C'était bien terminé avec Nicholas. Toutefois, elle pensait qu'elle aurait besoin d'un peu de temps et d'espace pour s'en remettre.

— Mr Collins, jusqu'à ce jour, vous m'avez donné toutes les raisons du monde de vous apprécier à votre juste valeur. Je ne peux que louanger votre bon caractère, votre humour et votre intelligence. Cependant, m'affirmer avec autant de conviction que votre bonheur dépende exclusivement de moi pourrait me pousser à faussement vous exprimer des sentiments que je ne discerne pas encore avec exactitude. Et je serais affreusement mortifiée de vous tromper et vous causer du chagrin. Pourrais-je affirmer que l'estime que nous éprouvons réciproquement l'un pour l'autre puisse nous conduire vers quelque chose de plus profond ? Mais…

— Vous m'affirmez éprouver des sentiments à mon égard ?

— Mr Collins…

Tout allait de travers. Elle fit une pause, le temps de remettre ses idées en place et trouver les bons arguments.

— Je n'ai pas encore dix-sept ans. Et comme vous venez de me le confier, au stade où nous en sommes dans notre relation, je pense que cette proposition que vous me faites est effectivement un peu prématurée.

— Je suis disposé à attendre, Miss Seton. Nous prolongerons les fiançailles, un an, deux, s'il le faut. Tout ce que je désire est une promesse d'engagement de votre part.

Se penchant sur elle, il osa sa main sur la taille de Charlotte. L'autre s'appuyait sur le tronc au-dessus d'elle.

— Et pour me faire patienter… peut-être… un gage de votre bonne foi ?

L'inertie apparente de Charlotte l'encouragea à procéder. Un bref regard lancé vers James, il plongea sous la capote du chapeau de la jeune femme. Un effleurement des lèvres. Contact bouleversant. L'arôme, la douceur de sa féminité. Lorsqu'il s'écarta, elle ne bougea pas et garda les paupières baissées. Impossible de lire ses pensées. Quoique ses joues se coloraient du rose le plus violent et son sein se soulevait par à-coups. Il prit plaisir à imaginer qu'elle devait vivre le même émoi que lui.

Depuis des semaines qu'il rêvait de ce moment. Embrasser Miss Seton. Elle occupait tout son esprit. Tant, qu'il peinait à se concentrer sur ses études. Il aimait Charlotte Seton. Il l'avait compris le jour où Master Murray lui avait témoigné son intérêt. Le sentiment de jalousie qu'il avait alors ressenti chaque fois qu'il avait observé le fils du lord raccompagner Miss Seton chez elle. Il connaissait la réputation de Murray. Un prétentieux, un blanc-bec qui avait arraché de bon gré ou de force le baiser de plus d'une jouvencelle. Le départ de Charlotte pour Londres avait heureusement mis fin à cette idylle. Après une absence de trois ans, son apparition au Royal Infirmary avait été pour lui un moment de pur bonheur. Il avait compris sa chance. Une chance qu'il ne voulait pas laisser passer.

Il courba de nouveau la nuque, prêt à recommencer.

— Pour sceller notre engagement, chuchota Guy.

Charlotte ne montra pas d'opposition. À peine si elle remua. Cette fois, les lèvres s'entrouvrirent, le bout des langues se toucha. Plus encore, s'enroulèrent l'une autour de l'autre. Miss Seton savait embrasser. En s'écartant, Guy repensa à Master Murray.

La voix aiguë d'Anna les fit tressaillir. Elle frappait frénétiquement des mains tandis que Fritz, immergé dans l'étang jusqu'aux oreilles, revenait vers la berge à la nage avec le morceau de bois dans sa gueule. Les cygnes avaient gagné l'autre extrémité du plan d'eau. Assis dans l'herbe, James tournait légèrement la tête vers eux. Rien ne se passa pendant un moment. Puis Guy se détourna.

Charlotte, les yeux fermés, se mordait les lèvres. Une larme traçait un sillon humide sur sa joue. La main de Guy quitta sa taille et, gauchement, il se dégagea d'elle.

— Je regrette infiniment, fit-il déconcerté, je croyais… Je veux dire, vous ne me repoussiez pas, alors…

Il la regarda d'un air désolé, se dit qu'au final les femmes étaient plus compliquées que sa sœur lui avait donné à penser. Charlotte secoua la tête, lui rendit son regard, frappée par la nette sensation d'avoir commis une terrible faute.

— Non, c'est moi qui regrette…

— Que regrettez-vous ?

Charlotte se mit à arpenter un carré d'herbe. Son cœur tambourinait si fort qu'elle se sentait tout étourdie. Elle s'immobilisa, son regard se perdant dans le paysage, vers Blackford Hill. Guy la dévisageait, tentait de décoder dans les traits qui se crispaient, l'explication qu'elle ne verbalisait pas. S'égrenèrent des secondes de silence. Déjà Charlotte se peinait du chagrin qu'elle causerait à Guy.

— De ne pouvoir vous donner mon cœur comme vous le méritez. Je ne suis pas digne de vous, Mr Collins… Vous méritez mieux que moi. Je ne ferais que vous décevoir, croyez-moi, lui révéla-t-elle avant de s'enfuir en courant.

Guy Collins avait été sur le point de se mettre à sa poursuite, mais, était revenu à sa mémoire ce qu'il avait entendu Sydall raconter sur Miss Seton et Master Murray. Il n'avait pas voulu donner crédit aux ragots. Aux allusions sur les raisons du départ précipité de la jeune femme pour Londres. Il se questionnait soudain. Et si Charlotte Seton n'était pas la jeune femme respectable qu'il avait imaginée ?

⟡

Accroupie derrière un enchevêtrement de branchages qui se couvraient de minuscules feuilles d'un vert acide, Janet regardait sans être vue. D'un pas souple, l'homme traversait la cour vers le tas de bois à fendre. Il lui paraissait robuste et sa peau basanée laissait soupçonner qu'il passait ses journées au plein air. Un employé de Miss Maclaren, sans doute. Des crampes commençaient à élancer ses mollets. Mais Janet s'efforça de demeurer aussi immobile qu'un rocher. Elle n'avait trop su ce qu'elle était venue découvrir ici. Trop de coïncidences l'avaient poussée à investiguer du côté de Blackford Mains. Qui était ce Nicholas qui avait écrit le poème trouvé dans la poche de la jupe de sa sœur ? Sa similitude avec celui de Miss Maclaren était troublante. Il devait exister un lien. Charlotte cachait des choses. Depuis son retour de promenade hier matin, elle n'était plus la même. Il s'était produit un incident plus grave que ne voulait l'admettre Charlotte. Janet espérait en avoir le cœur net. Était-elle venue jusqu'à Blackford Mains ? Il y avait des chiens sur le domaine. Était-ce l'un d'eux qui l'avait attaquée ? Janet ne cessait de jongler avec les éléments, mais elle n'arrivait pas à les mettre en place pour composer une histoire logique.

— Mr Nicholas ! Est-ce que je peux monter Misty ?

Le dos de Janet se raidit en même temps que se dressa celui de l'homme qui bûchait dans la cour. Nicholas ? Le frère de Miss Maclaren ?

— Plus tard. Je suis occupé.

Mr Nicholas s'était adressé à l'ombre qui venait de se dessiner dans l'entrebâillement de l'écurie. Il souleva sa hache, s'arrêta dans une attitude de réflexion avant de la reposer.

— Lucas, reprit-il. Demande à Randy. Il est dans le paddock.

Les yeux ronds d'étonnement, Janet vit un négrillon surgir de l'écurie. Il se dirigeait en courant vers le pré où paissaient tranquillement trois juments et un poulain. Lucas ? S'écoula un temps pendant lequel les rouages de son esprit tournaient à une vitesse folle. Tous les éléments semblaient soudain se placer d'eux-mêmes dans le puzzle. Comme la pièce manquante, vint s'emboîter à la robe déchirée et au jupon taché de sang, la présence à Blackford Mains d'un négrillon prénommé Lucas et d'un Mr Nicholas.

Janet bascula sur son postérieur, sa bouche pendante d'ébahissement. Si l'homme qu'elle espionnait était celui qu'elle croyait maintenant être... Pauvre Charlotte! Le sang sur le jupon. Le chien ne l'avait pas mordue... Le chien n'avait pas mordu Charlotte!

La servante Betty lui avait mentionné que du sang s'écoulait entre les cuisses de la femme après qu'un homme ait fait... la *chose*. C'était comme ça que Betty nommait le vil acte. Et la *chose* n'avait apparemment rien de plaisant. *Ça* faisait plutôt mal. Betty en savait quelque chose. Prétextant vouloir lui offrir des rubans pour ses beaux cheveux noirs, le mari de la modiste, où elle travaillait comme couturière, l'avait invitée à venir les choisir dans l'arrière-boutique. Puis il avait commencé à la peloter et à la menacer de raconter qu'il l'avait surprise à voler si elle se refusait à lui.

Par les taches sur son jupon, la mère de Betty avait deviné ce qu'avait fait sa fille. L'apprenant à son tour, le père de Betty l'avait frappée, la traitant de catin à deux pennies, et l'avait jetée à la rue. Betty raconta à Janet que parce que de riches épouses se permettaient de se refuser, de pauvres filles acceptaient pour deux pennies de faire la *chose* avec des hommes. Parfois un bébé grandissait dans leur ventre et elles s'en débarrassaient en voyant des faiseuses d'anges. Et par crainte d'être dénoncées, elles taisaient leur secret. Apparemment, les hommes ne pouvaient s'en passer. Mais Betty n'était pas de ces filles-là. Elle n'aurait jamais accepté de faire la *chose* avec des hommes pour deux pennies. Ni pour des rubans ou même sous la menace d'être faussement accusée de vol. Devant son refus de se soumettre, le mari de son employeuse l'avait violée. Mais parce que Betty était jolie, personne n'avait voulu la croire.

Le bruit de la hache fendant la bûche se répercuta dans la cour et fit sursauter Janet. Sans quitter l'homme des yeux, elle prit une profonde respiration avant de crier à pleins poumons : Nicholas Lauder!

La lame s'enfonça dans le rondin de bois. L'homme redressa le dos et fit mine d'écouter.

Nicholas crut entendre son nom ricocher sur les murs des bâtiments. Une voix féminine. Il vérifia du côté de la maison. Camilla n'était pas en vue. Plissant les paupières, son rythme cardiaque s'accélérant, il fouillait des yeux la végétation qui l'entourait. Il saisit tranquillement le manche de la hache, l'arracha au bois et fit quelques pas vers un bosquet de genêts, plus touffu. Quelqu'un l'espionnait.

Planquée au sol, la peur commençant à lui retourner l'estomac, Janet vit les bottes boueuses s'arrêter à quelques yards de sa cachette. Un brillant rayon de soleil fit fugacement étinceler l'acier de la hache qui pendait mollement le long d'une jambe.

— Miss Seton ? Est-ce vous ?

C'était lui ! C'était Nicholas Lauder ! L'erreur de Charlotte sur le nom du frère de Miss Maclaren n'en avait pas été une. Les deux hommes n'étaient en réalité qu'un seul. Et ce méchant Mr Lauder l'avait séduite. Comme l'avait fait Master Murray, qui lui avait mis un bébé dans son ventre et l'avait obligée à se cacher à Londres pour s'en débarrasser. Nicholas Lauder avait écrit un poème pour Charlotte. De jolis rubans de mots. Pauvre Charlotte ! Voilà où menait sa vanité. Et si leur père l'apprenait, Charlotte allait comme Betty se retrouver à la rue parce que personne ne la croirait. Comme Betty. Rien que d'imaginer que sa sœur eût eu à subir *ça* une seconde fois donnait la nausée à Janet. Pauvre Charlotte ! Les cœurs naïfs souffraient de leurs faiblesses.

Le sang battait furieusement ses tempes. La saisit une horrible envie d'uriner et de vomir. Les yeux à l'affût de la hache qui se balançait doucement, elle pensa soudain avoir commis la plus grave erreur de sa vie. Un geste follement téméraire. Elle n'osait imaginer tout ce que lui ferait subir Mr Lauder s'il la découvrait. Mais pour le bien de Charlotte, elle avait voulu vérifier ses déductions. Tout se confirmait. Charlotte était venue jusqu'ici confronter Mr Lauder à propos du poème qui avait été publiquement lu à l'encan. Son affolement, sa détresse et le silence qu'elle gardait depuis son retour s'expliquaient clairement. Mr Lauder en avait abusé. Il l'avait menacée. Son père avait raison. C'était vraiment un méchant homme. Un libertin et un fraudeur, qu'il avait dit. Et les criminels tuaient parfois pour ne pas qu'on les dénonce. Il fallait faire quelque chose pour faire partir ce vilain. Mais comment agir pour que l'affaire ne s'ébruite pas ? Personne ne devait penser que Charlotte était une catin à deux pennies. C'était une chose honteuse et sa mère en éprouverait trop de chagrin.

— Nicky ? fit la voix d'une femme. Quand tu auras terminé, tu diras à Randy de sortir Mandy. Elle a besoin d'un peu d'exercice.

— Je le ferai moi-même. Randy est occupé avec Lucas. C'est toi qui viens de m'appeler ?

— Tout juste, là ? Oui.

— Et il y a deux minutes ?

— Non, pourquoi ?

Du regard, Nicholas fouilla une dernière fois les boisés qui encerclaient la propriété.

— Pour rien, lança-t-il en retournant vers la pile de bois.

Il ficha la hache dans une grosse bûche, attendit, immobile, écoutant les bruits de la nature. À quel jeu jouait donc Charlotte ? Que cherchait-elle à faire en revenant ici ? Le tourmenter pour se venger ? Il se dirigea vers l'écurie.

Un vacarme grandissant détourna son attention vers la route. Un équipage s'amenait. Nicholas hésita. Ils n'attendaient aucun visiteur avant ce soir. Son cousin Leslie devait s'arrêter pour dîner sur son retour de Glasgow. À moins qu'il eût décidé d'écourter son voyage.

Quatre cavaliers escortaient la voiture noire. Des hommes en uniformes. Des dragons.

— Qui c'est ?

Nicholas sentit la présence de Lucas près de lui. Attirés eux aussi par le bruit, les garçons d'écurie et le palefrenier s'étaient rassemblés dans la cour.

— Je ne sais pas…

— Nicky ?

Camilla venait de faire irruption sur le perron avec Kate. Elles constataient l'arrivée des visiteurs.

— Qui c'est, Mr Nicholas ? redemanda Lucas, plus anxieux en cherchant la main de son père.

La voiture avait déjà pris le virage qui menait dans la cour. Nicholas vit les barreaux aux fenêtres. Le souffle lui manqua et il sentit ses genoux fléchir. Il comprenait trop tard ce que venaient faire ici ces hommes.

— Fuis, Nicky ! Ne reste pas là ! Sauve-toi ! hurlait Camilla de désespoir.

Paralysée derrière le faisceau de branches, Janet assistait incrédule à toute la scène. L'homme se mit à courir vers l'endroit où elle se planquait, les dragons sur ses talons. Entre ses cuisses, elle sentit un liquide chaud se répandre et ses yeux se remplirent de larmes. Les soldats étaient venus pour l'arrêter et Mr Lauder leur indiquait où elle se cachait. Paralysée de terreur, elle s'était urinée dessus. Puis, contre toute attente, les chevaux stoppèrent la course de l'homme, l'encerclant, les dragons l'immobilisèrent à la pointe de leur sabre. Janet comprit brusquement que c'était Mr Lauder qu'on était venu chercher. Elle formula une brève prière pour remercier Dieu.

La voiture s'arrêta à quelques pas de l'attroupement. Trois hommes sombres en descendirent. L'un d'eux se présenta à Nicholas comme étant le shérif du comté d'Edinburghshire et lui demanda s'il était le dénommé Nicholas Dick Lauder Gordon of Braid. Il acquiesça d'un mouvement de la tête. L'homme produisit le mandat d'arrestation et commença à lire à haute voix.

— Que lui voulez-vous ? s'interposa Camilla. Laissez-le ! Pour l'amour de Dieu !

L'un des hommes en noir lui interdit d'approcher. Elle le repoussa avec rudesse et braqua le shérif, le visage révulsé, soufflant de colère.

— Nous appliquons la loi, madame. Ne nous obligez pas à vous emmener aussi. Rentrez chez vous et emmenez vos… domestiques, ordonna l'officier en désignant Lucas qui cherchait à rejoindre son père.

— Ce n'est pas un domestique, encore moins un esclave, cracha Nicholas à la face du shérif. C'est mon fils !

Sous un front imprimé de plis indélébiles, l'homme souleva un nuage blanc de sourcils. Il posa sur Nicholas son regard creux où se lisait le mépris.

— Votre fils ? Alors, pour son bien, monsieur, dites-lui d'entrer dans la maison.

— Lucas, fais ce qu'il te dit, commanda Nicholas.

Les joues de Lucas étaient baignées de larmes. Le garçon le dévisageait sans comprendre, l'air terrifié. Mais il finit par obéir. Pendant qu'il s'éloignait et que le shérif reprenait sa lecture, Nicholas se mit à étudier froidement sa situation. Il pourrait arriver à se faufiler entre les lames des sabres, mais les dragons étaient aussi armés de pistolets, sans nul doute prêts à se décharger. Il ne pouvait qu'espérer qu'ils ne le blessent pas mortellement. Il tourna la tête vers l'endroit où il avait entendu appeler son nom. À cette distance, il ne pouvait rien distinguer, mais il devinait une présence. « Elle est là. Tu l'as mésestimée. Elle t'a dénoncé. Voilà sa vengeance. »

Charlotte. La fureur distillait son sang qui commençait à bouillonner et il serra les poings jusqu'à la douleur. Petit animal désespéré, son cœur cognait vigoureusement contre sa cage.

— C'est ce que vous vouliez, Charlotte ? rugit-il dans sa direction. Comment avez-vous pu faire ça à Lucas ?

Le bruit des chaînes le fit tressaillir. Les pleurs de son fils. À partir de ce moment, tout se déroula très vite. Nicholas écarta vigoureusement l'un des deux soldats qui s'apprêtaient à lui passer les fers. Il se débarrassa du second d'un fabuleux coup de pied dans l'aine. Un coup de feu partit sans faire mouche. Lucas et les femmes hurlèrent d'effroi. Nicholas n'avait pas franchi six enjambées qu'un violent coup dans les reins le projeta au sol. On l'immobilisa en un tournemain et lui tordit les bras dans le dos. Tandis qu'une pointe d'acier se fichait dans sa nuque, menaçant de la transpercer au moindre mouvement, ses poignets furent entravés. Vaincu, il ne résista plus autrement à son arrestation et des fers furent aussi promptement installés à ses chevilles. On le poussa sans ménagement vers le véhicule. Lucas voulut se précipiter. Face aux armes qui se soulevaient, Camilla le retint d'aller plus loin. Sans plus de cérémonie, le shérif et ses hommes s'inclinèrent courtoisement devant les dames et remontèrent à bord de la voiture qui s'ébranla. À travers le grillage de fer, Nicholas vit Lucas et Camilla chercher le réconfort dans les bras l'un de l'autre. Tous les autres gens de Blackford Mains se tenaient rassemblés, sidérés par ce qu'ils venaient de voir. Puis le domaine disparut définitivement derrière l'écran des arbres. Il se laissa aller contre le dossier de la voiture et ferma les paupières, anéanti.

« Pourquoi, Charlotte ? »

⁂

— Que fais-tu là ?

Le souffle coupé, Janet pivota sur son axe. Son père l'interrogeait du regard, fronçait les sourcils devant les chiffons qui flambaient sur le bûcher de branchages et de feuilles mortes qu'avait préparé Mr Dawson après le nettoyage printanier du verger.

— Ce n'est qu'un vieux jupon sale, expliqua-t-elle rapidement en se plaçant devant le feu.

Francis trouva son attitude suspecte. Que concoctait Janet ? On faisait habituellement des chiffons des vieux jupons. Janet aurait la première désapprouvé ce gaspillage. Elle le dévisageait, l'air affolé. Il nota alors les feuilles de papier froissées entre ses mains crispées.

— Et ça ?

Janet restait muette.

— Qu'est-ce que c'est ? Une lettre ?

Main tendue, son père lui signifiait de la lui remettre. Elle fit passer les feuilles de papier dans son dos. Elle ne pouvait lui donner la lettre de Charlotte. Que faire ? Personne ne devait savoir. Absolument personne ! Surtout pas son père.

— Janet ! Donne-moi ça immédiatement !

Elle recula un peu plus, son cœur battant follement.

— Janet ! insista plus fermement Francis.

Le feu chauffait le dos et les doigts de Janet. Si elle pouvait s'approcher un peu plus. Juste assez près et laisser tomber la lettre dans les flammes. Elle en serait quitte pour une bonne punition, mais elle sauverait Charlotte de la disgrâce…

Le visage de Francis exprima d'un coup la surprise, puis une horreur indicible. L'ourlet de la robe de Janet s'embrasait. Il l'attrapa par les épaules et l'envoya rouler dans l'herbe. Janet émit un hurlement strident qui attira le garçon d'écurie et Will'O. De ses mains nues, Francis tentait d'étouffer les flammes. Les deux jeunes hommes coururent chercher de l'eau. Francis couvrit le corps de sa fille avec le sien. Il l'enveloppa serrée, sentit la chaleur du feu traverser ses propres vêtements et il pensa qu'ils s'enflammaient à leur tour.

L'eau glacée le fit tressaillir. La brûlure s'estompa doucement, ne persistait qu'une douleur diffuse dans ses cuisses et ses mains. Dans ses oreilles bourdonnait son sang et résonnaient les sanglots de Janet.

— C'est fini, lui chuchota-t-il en la serrant plus fort. Le feu est éteint. C'est fini. Tu es sauve, Janet. Par la grâce de Dieu, tu es sauve…

Il s'écarta, constata l'étendue des brûlures. L'épaisseur des jupons avait empêché les flammes d'atteindre la peau de Janet. La longue tresse sentait le roussi. Plus de peur que de mal pour elle. Par contre, ses paumes à lui étaient rouges et cloquées, comme ses cuisses qu'il pouvait entrevoir à travers le tissu brûlé de son pantalon. Il ordonna à Will'O de transporter Miss Janet à l'intérieur. Il ramassa, intrigué et furieux, les feuilles de papier tombées intactes sur le sol.

— Mama, je ne peux pas accepter la demande de Mr Collins, sanglotait Charlotte.

— Il n'est pas question que tu l'acceptes, non plus, Lottie. Je pense qu'il serait bon d'attendre encore quelques mois…

— Des mois ou des années, cela n'y changera rien. Je ne peux pas lui faire cet affront.

— Quel affront cela serait d'accepter de l'épouser ? Explique-moi.

— Vous ne pouvez comprendre !

— Tu me penses incapable de comprendre ?

— Ce n'est pas ça, Mama.

— Qu'est-ce, alors, Lottie ? Quel affront y aurait-il à accepter une demande en mariage ?

— Je ne peux pas aimer suffisamment Mr Collins pour le marier.

— Pourquoi ? insista Dana, qui s'y perdait.

Charlotte s'effondra en larmes sur son lit où elle était venue se réfugier après avoir quitté Mr Collins sur le bord de l'étang. Si elle ne s'était pas rendue à Blackford Mains, elle n'aurait jamais revu Nicholas. Elle aurait continué d'aimer le jeune homme. Elle aurait été heureuse en ce jour. Elle aurait…

Des appels résonnèrent spontanément dans la maison. Le cri de Mrs Dawson les alerta. Charlotte et Dana dressèrent la tête. On appelait Mrs Seton. Dana demanda à sa fille de l'aider à descendre. La cuisinière et la femme de charge arrivaient à leur rencontre, complètement affolées.

— La robe de Miss Janet est en feu ! Miss Janet est en flammes !

Les jambes de Dana se dérobaient sous elle et elle se cramponna à Charlotte pour ne pas plonger dans l'escalier. Halkit, toujours au bon endroit au bon moment, lui porta secours. Ils franchissaient la porte de la cuisine au moment où Will'O surgissait, Janet dans ses bras. Une affreuse odeur de poils roussis et de coton brûlé. La robe en lambeaux carbonisés. De visu, Janet ne souffrait d'aucun mal. Ses pieds touchant le sol, elle courut vers sa mère.

— Mama, c'était un accident ! pleurait-elle. Je ne voulais pas vous causer autant d'angoisses. Je voulais tout brûler. Mais… Mais…

Elle se remit à pleurer de plus belle. Dana lui demanda ce qu'elle avait voulu brûler. La réponse vint avec Francis, qui faisait irruption dans la maison, aussi pâle qu'un spectre, ses vêtements en tout aussi piteux état. Son regard se fixa aussitôt sur Charlotte. Il brandissait deux feuilles de papier. Son expression se fit à la fois souffrante et mauvaise.

— Ça ! hurla-t-il. Qu'est-ce que ça veut dire ?

Ne saisissant pas ce qui rendait son père si furieux, Charlotte demanda de quoi il s'agissait. Tout le monde se tut. On n'entendait plus que les sanglots étouffés de Janet. Francis s'approcha de sa fille aînée et lui montra la lettre. Elle reconnut son écriture, lut quelques mots. Cette fois, Charlotte sentit le sang se retirer de son visage et un vertige la fit vaciller. D'où venait cette lettre ? Elle s'était assurée que les flammes les avaient toutes entièrement dévorées avant de refermer la porte du fourneau. En avait-elle oubliée une ? Non, elle y avait soigneusement veillé. Alors… Elle se tourna vers Janet. Janet, la fouine, la petite voleuse, qui l'épiait depuis son retour de la Jamaïque. Sa sœur l'avait trahie. Le sang lui revint au visage d'un coup, propulsant dans ses membres la force de son incroyable fureur. Elle se rua sur elle.

— C'est toi qui l'as prise ? Qu'as-tu fait ? Tu n'avais pas le droit ! Espèce de petite voleuse !

— Je voulais tout brûler avant qu'ils découvrent la vérité, se défendit la jeune fille en se réfugiant contre le ventre de sa mère.

Les coups pleuvaient. Dana mit abruptement fin à la désolante scène. Le souffle et le regard chargés de haine, Charlotte battit en retraite.

— Je te déteste, Janet Seton ! siffla-t-elle. Tu n'as toujours eu en tête que d'empoisonner ma vie !

— C'est faux ! Je n'ai jamais cherché qu'à t'éviter des bêtises. Ne vois-tu pas tout le chagrin que tu fais à Mama et à Papa ? Mama en a perdu la santé. C'est à cause de toi qu'elle a eu son attaque.

— C'est faux ! Je n'ai rien à y voir !

— Janet ! intervint Dana. Je t'interdis de répéter cela ! Charlotte n'est pas responsable de ma maladie.

— Elle ne fait que vous causer des soucis… recommença-t-elle à sangloter. Depuis… Depuis que… que Master Murray…

— Tout le monde hors de cette cuisine ! explosa Francis à tous ceux qui assistaient, stupéfiés, à la scène.

Charlotte regardait les gens de Weeping Willow obéir. Elle rêvait certainement cette scène. Elle avait l'impression que l'air quittait la cuisine avec les domestiques. Dans le vide qu'ils laissaient résonnaient les inepties de Janet…

— Tout le monde sait pour le bébé, à Londres…

— Le bébé ? fit Charlotte.

Toute l'attention était tournée vers Janet. Elle se mit en devoir, autant que le lui permettaient ses larmes, de raconter ce qu'elle avait entendu à la foire. Le poing rageur de Francis s'abattit sur la table, faisant vibrer la vaisselle. Il plia de douleur, s'effondra à moitié. Dana poussa une chaise sous lui, constata l'état de ses mains. Lançant un regard dur vers ses filles, elle alla vers le buffet et prit une jatte, la présenta à Janet.

— Remplis ça d'eau et… occupe-toi de ton père. Maintenant, que cela soit clair, ce que t'ont raconté ces garçons… n'est que médisances. Il n'y a pas de bébé. Je t'interdis de… répéter cette sottise à qui que ce soit. Et que le nom de… de ce jeune homme ne soit plus prononcé sous ce toit !

Elle se détourna vers le mur et ravala ses larmes. Un silence pénible était retombé sur eux. Dans son dos, les reniflements de Janet, le grincement du robinet de la citerne, le clapotis de l'eau. La respiration de Charlotte se faisait plus sifflante. Dana prit le temps de se composer une expression plus sereine. Quand elle se retourna, Janet baignait les mains de son père. Le cœur de Dana se serra. Francis avait l'air si dévasté, si dépassé par les évènements.

— Que cherchais-tu à brûler, Janet ? demanda-t-elle avec plus de pondération.

— Son jupon et la lettre à Mr Lauder.

Francis fit onduler la ligne de ses sourcils. Il pencha son attention perplexe sur les pages devant lui.

— Mon jupon ? s'écria Charlotte, ahurie. Pourquoi mon jupon ?

— Je ne voulais pas que… Je ne voulais surtout pas que tu gâches tes possibilités d'un bon mariage avec Mr Collins. Ça aurait fini par tranquilliser Mama. Crois-moi, je n'ai voulu que ton bien, Charlotte.

— Je n'épouserai pas Mr Collins ! Je n'épouserai personne ! Plus jamais !

— Qui est ce Mr Lauder à qui s'adresse cette lettre ? demanda brusquement Francis.

L'appréhension l'envahissant, il interrogea d'abord Charlotte du regard. L'air buté, sans répondre, elle marcha jusqu'à une chaise et s'y laissa tomber. Puis elle ferma les yeux et serra ses paupières et ses lèvres jusqu'à la douleur. Quand elle les rouvrirait, tout le monde aurait disparu. Elle serait seule dans la cuisine. Rien de tout ça ne serait arrivé…

— C'est le Mr Lauder de Montpelier, répondit Janet à sa place. Il est revenu à Blackford Mains, chez sa sœur, Miss Maclaren…

Soufflé par ce qu'il entendait, Francis ouvrit la bouche sans qu'un son en sorte. Le gérant de Montpelier à Blackford Mains… Miss Maclaren, sa sœur ? Par le Christ !

— Ce Mr Lauder est un homme mauvais… poursuivait Janet à l'adresse de Charlotte. Un libertin qui écrit des poèmes d'amour à une jeune femme de ton rang ne peut être qu'un homme avec des visées malveillantes.

— Je sais très bien ce qu'est un libertin, Miss Janet Seton, et je peux t'assurer que Nicholas n'en est pas un et que ses intentions étaient…

En même temps que la rendait muette l'incertitude de ce qu'avaient vraiment été les intentions profondes de Nicholas, elle remarquait le teint soudain très gris de son père.

— Elle le désigne même par son prénom ! se formalisa Janet, en consultant l'expression de ses parents. Ce Mr Lauder n'est ni un membre proche de la famille et encore moins son fiancé déclaré ! En lui écrivant, Charlotte s'est compromise.

— Ce n'est pas à toi de juger ta sœur, Janet, la sermonna Dana avec fermeté. Cette affaire ne te regarde plus. Monte à ta chambre et demande à Mrs Wilkie de t'aider avec tes vêtements.

— Son nom n'est pas Nicholas Lauder ! rugit Francis en bondissant sur ses pieds. Son nom est Nicholas Gordon et c'est le fils de John William Gordon !

Tout le monde se sidéra. Charlotte cligna des yeux. Nicholas Gordon... Son père devait confondre deux hommes.

— Vous vous trompez, il...

— Non ! C'est toi qui as été trompée, comme il a certainement berné Sir Elliot. Lauder est le nom de sa mère. Et lui n'est qu'un criminel condamné à quatorze années d'exil pour avoir fabriqué de la fausse monnaie avec son coquin de père, qui a disparu avec plus de mille livres m'appartenant ! Je constate qu'on aurait mieux fait de le pendre.

Nicholas, fabriquer de la fausse monnaie ? Il... au fond, au diable la nature de son crime ! Il y avait pire. Il lui avait menti. Sur son identité. Sur son amour pour elle. Il l'avait trompée. Pis encore ! Il l'avait... Il l'avait... Charlotte en perdait contenance.

— Combien de lettres comme celle-ci lui as-tu écrites ?

Son père était là à la regarder avec cette rage presque haineuse dans les yeux. Et soudain, cela lui fit mal.

— Je ne sais pas...

Francis se rappela vaguement ces enveloppes retournées de la Jamaïque répandues sur le lit de Charlotte. Et son abattement pendant les semaines qui avaient suivi. Ça n'avait finalement rien à voir avec la fatigue et le changement de climat comme l'avait suggéré Dana. Ils n'avaient rien vu, rien deviné de ce qui avait vraiment miné leur fille. Il se remémora encore l'attitude de Charlotte à son arrivée à Montego Bay. Ses réticences et sa tristesse de partir. Tout devenait clair. Charlotte était amoureuse de Nicholas Lauder Gordon. Depuis combien de temps ? Elle l'avait côtoyé pendant plus d'un an. Par le Christ ! Sir Robert n'avait donc rien vu de ce qui se tramait ? À moins que l'idylle n'eût pris forme qu'à la fin ? Cet homme l'avait sauvée de l'attaque des nègres. Il l'avait protégée, l'avait conduite en lieu sûr. Un héros à ses yeux de jeune femme. Ensuite, la promiscuité qu'ils avaient partagée. Suivait l'inévitable romanesque conclusion. L'amour rendait vulnérable. On y succombait trop aisément. Une proie facile pour un homme qui avait presque le double de l'âge de sa fille, qui avait trop souvent versé dans les plaisirs futiles et que les rudesses de la vie avaient rompu.

Maintenant, que faire ? Que dire ? Désemparé, il regarda sa femme. Dana, immobile, aussi désarmée qu'il l'était, restait muette. Le silence. Comme un mur de pierre infranchissable entre chacun d'eux.

— Où sont ces lettres ?

— Brûlées.

La voix avait déraillé. Charlotte appliqua ses paumes brûlantes et moites sur la surface douce et lisse de la table.

— Charlotte, est-ce qu'il… Est-ce que Gordon a… Je veux dire… Est-ce que ce chien de bâtard t'a… ?

— Francis !

— C'est ce qu'il est ! Si cet homme a séduit notre fille, je le tue de mes propres mains !

Il plaça la pièce à conviction entre les mains de sa femme, l'astreignant à lire.

— Cette lettre ne prouve rien.

— Janet, pourquoi voulais-tu brûler le jupon ?

Janet, que personne n'avait remarquée, était restée dans un coin près de la porte.

— Je ne peux pas le dire…

— Pourquoi avoir brûlé le jupon ? gronda Francis.

Devant le visage qui s'empourprait dangereusement, Janet baissa le front et répondit d'une voix à peine audible.

— Il y avait du sang dessus.

Charlotte déployait tous ses efforts pour ne pas lui sauter à la gorge et lui arracher les yeux et la langue.

— Je me suis écorchée sur un clou à l'échalier, regimba-t-elle. C'est la vérité !

— De toute façon, ils sont venus l'arrêter ce matin, lança Janet d'une voix chargée d'émotion avant de se sauver.

— Francis, ne saute pas aux conclusions. Les jupons sont souvent tachés de…

— Jure-moi qu'il ne s'est jamais rien passé entre Mr Gordon et toi en Jamaïque ! tonna Francis en ignorant l'intervention de sa femme. Jure-moi, Charlotte, que cet homme ne t'a pas… touchée.

La question qui ne se posait pas. La question fatale. Francis fixa sa fille aînée. L'horreur sur son visage exsangue, puis la mortification. Sans un mot, elle baissa les yeux. La réponse qu'il ne voulait pas entendre. Le pieu dans le cœur d'un père. Il poussa un terrible rugissement. La jatte d'eau alla se fracasser sur le plancher.

— Il t'a violée ? Il… Il t'a violée, Charlotte ? C'est ça ? Par le Christ ! Tu t'es laissée séduire comme une fille de rien ? Est-ce tout ce que nous avons réussi à faire de toi ?

Avait-elle répondu à ses accusations ? Peut-être qu'elle avait bougé la tête. Charlotte ne savait plus vraiment ce qui se passait. Expulser l'air emprisonné dans ses poumons devenait fastidieux. Un sifflement accompagnait chacune de ses inspirations.

— Calme-toi ! Cela ne servira à rien… disait sa mère.

— Tu veux que son crime reste impuni ? vociférait encore son père. Ce fils de pute est un criminel, Dana !

« L'amour n'est pas un crime. »

Avait-elle prononcé cette phrase ou l'avait-elle pensée ? Dans le crâne de Charlotte, les voix, les sons se confondaient, bourdonnaient comme la rumeur d'une foule lointaine et elle ne retenait que des bribes qu'entrecoupait l'écho de la dernière déclaration de Janet.

— … une peine qu'il n'a pas complétée. En revenant ici, il a enfreint sa sentence.

« Ils sont venus l'arrêter ce matin… »

— Francis !… provoquera un scandale… inutile… Mr Collins…

— … me moque des scandales !… suffisamment subi pour… ne tuent pas.

— … mieux de laisser la poussière retomber…

« Ce matin, ils étaient venus l'arrêter… »

On avait arrêté Nicholas. On l'avait jeté en prison. Qu'allait-il lui arriver ? Et à Lucas ? Une foule de conclusions se pressaient dans l'esprit de Charlotte. Une mauvaise impression la submergeait. Le comble de l'horreur !

— Mama… Mama…

Elle n'arrivait plus à respirer.

Chapitre 13

Les secondes : des heures. Les jours : des mois. Le temps perdait sa dimension entre les murs humides de la prison de Calton. Nicholas le comptait en nombre de rondes de garde, par les heures des repas et des visites. Mais aussi, le son des cloches de St. Giles et de la Tron Kirk. Les bruyantes périodes d'éveil de la ville et les silences de la nuit. Six nuits. Toutes mauvaises. Pour tenir compte de ce temps dont on lui faisait la grâce, Nicholas marquait chaque jour d'une encoche dans la pierre le mur de sa cellule. Il avait usé deux boutons à le faire. En restait encore huit à son frac.

Le temps de l'attente. Attente de son procès. Celle de son exécution. Dans l'heure suivant son arrestation, il avait comparu devant un magistrat. Sa cause serait entendue en première instance à la Haute Cour de justice dans les jours prochains.

Camilla venait régulièrement à la prison. Mais on lui refusait le droit de visite. Elle lui avait apporté quelques effets personnels et un peu de nourriture. Des livres, tout ce dont il avait besoin pour écrire et une bonne couverture de laine. Une vilaine toux l'accablait. Depuis ce matin, il se sentait un peu fiévreux. Chaque fois, elle avait inclus un mot, une promesse qu'il sortirait bientôt. Elle lui trouverait un excellent avocat. Il lui demandait en retour des nouvelles de Lucas.

Lucas est inconsolable. Je ne sais comment le réconforter. Ce pays trop froid et humide n'est pas le sien.

À la fin de chacun de ses messages, Camilla lui demandait s'il désirait quelque chose pour le lendemain.

« Quinze ans de moins, Camie. Fais-moi reculer de quinze années… »

Il y avait quinze ans, il en avait dix-neuf. Il possédait la vie, la fougue de sa jeunesse, la folie de l'ignorance et la maîtresse de son père.

Il était surpris de constater, après les avoir refoulés au fond de lui pendant des années, combien tous les détails de sa première rencontre avec Amy Stanfield pouvaient lui revenir si vivement. C'était à Braid Hill House, un sublime matin d'octobre 1818. Ses esprits encore légers de la nuit de dissipation qu'il venait de vivre avec des amis dans les plaisants établissements d'Édimbourg, Nicholas était rentré à cheval à Braid Hill. Il était à se diriger vers l'écurie lorsqu'un rire cristallin avait attiré son attention vers le jardin. Une dame accompagnait John William dans sa balade matinale. Il avait conclu avec un peu d'irritation que son père allait leur imposer une nouvelle maîtresse. Une lady, veuve et désargentée, cherchant un homme plus fortuné pour faire reluire son blason. Ou était-ce la fille ambitieuse d'un riche bourgeois en quête d'un titre pour ajouter de la superbe à son panache ? Après avoir confié son cheval aux mains du palefrenier et mis un peu d'ordre dans sa tenue, poussé par l'envie de juger la dame de plus près, il avait fait le détour pour lui présenter ses hommages.

La lumière était magnifique, les couleurs franches. Lorsque son regard de chatte alanguie avait croisé le sien… Contre toute attente, il avait tout de suite été séduit. Le grand vertige. Dans sa cervelle gélatineuse, des idées folles d'audace l'avaient fait rougir. Comment ce ventripotent de John William Gordon pouvait-il encore séduire une créature si divine alors que lui… ?

— C'est à cette heure que tu rentres ? lui avait reproché son père.

— Je suis rentré tôt, selon vos désirs, maître. Il est tôt, non ? N'est-ce pas qu'il est tôt, Miss Stanfield ?

Sans lui répondre, elle avait baissé les yeux et caché un sourire derrière son éventail. Éblouissante ! Son père avait-il remarqué ?

— Tu empestes la barrique jusqu'ici.

— Mon souvenir me rappelle que vous appréciez habituellement l'odeur des fonds de barriques d'Angus, Père. Il m'a justement demandé de vos nouvelles...

— Insolent ! Entre te laver et avale un morceau pour diluer cette haleine qui ne peut qu'indisposer Miss Stanfield.

— Dans ce cas... je serais affligé d'offenser la délicatesse d'une si charmante invitée...

Sous son grand chapeau de paille, elle lui avait souri. Un sourire éclatant, intoxicant.

La maîtresse de son père allait devenir son obsession. Il désirait cette femme pour lui. Un défi. Une fin. Il n'avait pas eu envie d'attendre qu'elle se lasse de John William. Il avait voulu précipiter la fatalité. Sa fatalité.

Il avait revu Miss Stanfield à quelques reprises à Braid Hill House. Elle aimait faire la conversation, se distraire en compagnie agréable. Il se rendait divertissant, engageait la discussion, lui racontait des histoires drôles. Elle riait merveilleusement, bougeait avec une grâce exquise. Il dévorait ses sourires, buvait ses paroles, sans jamais se rassasier d'elle. Il s'était décidé à passer aux actes au dîner de la Martinmas. Pendant que John William soignait un accès de dyspepsie acide avec un cigare dans le fumoir en compagnie de gentlemen, lui l'avait invitée à danser avec ceux qui préféraient s'amuser au salon. L'effleurer, chaque fois qu'il passait près d'elle, humer sa peau de lys parfumée. À chaque demi-tour de moulin, en épaulée, retenir son regard quelques secondes plus longtemps. Jeu de séduction, corruption. « Vous êtes un bon danseur, Nicholas », lui avait-elle murmuré. « Oui, j'aime... Miss Stanfield », qu'il lui avait répondu sans subtilité dans un frôlement de lèvres contre son oreille. Elle lui avait souri sans plus de candeur.

L'alcool avait coulé et noyé la retenue des convives. Son pouvoir soporifique faisant son œuvre, John William, comme à son habitude, s'était endormi dans son fauteuil à l'écart de la fête qui s'était poursuivie. Pendant que les invités, un peu ivres, s'amusaient à jouer aux charades et aux cartes dans le salon, Nicholas avait attiré Amy dans la salle d'étude pour lui faire admirer sa collection d'estampes japonaises. Alors qu'elle était à examiner plus minutieusement l'une d'elles, il s'était penché et avait soufflé sur sa nuque.

— On appelle l'art de l'estampe japonaise le *uyiko-e*. Celle-ci est un *shunga*... littéralement, une image du printemps. Je crois que le nom fait référence au palais du printemps en Chine, où ce genre d'estampe a connu ses origines. On dit que le prince héritier y vivait une vie douce...

Le frisson qui avait soulevé le fin duvet blond. Elle n'avait pas levé les yeux de la gravure, qui représentait un couple d'amants dans une position des plus explicites.

— La technique des estampes de brocart est intéressante. En japonais, on l'appelle le *nishiki-e*. C'est un procédé long et délicat. Mais le résultat reste inégalé. Celle que vous admirez est la plus ancienne de ma collection et a été produite par Suzuki Harunobu. Les autres, de Hokusai et de Utamaro, sont plus récentes. Ce sont de grands maîtres de l'art du *nishiki-e* d'Edo[31].

— C'est... fascinant... avait-elle alors murmuré en tournant à moitié son visage vers lui.

Faisant mine de vouloir déplacer les estampes étalées sur le bureau, il avait effleuré au passage son épaule. Elle avait laissé un soupir s'échapper de ses lèvres entrouvertes et cambré la nuque dans un geste langoureux. Alors, il avait laissé son audace le guider plus loin. De l'autre côté de la porte, les éclats de rire racontaient que la fête continuait sans eux. Depuis cette nuit, ils s'étaient retrouvés chaque fois que l'occasion le leur avait permis. Puis leur ardeur à s'aimer les avait poussés à prendre des risques. Le danger n'avait fait qu'exacerber leur passion et qu'anéantir toute raison. En couchant avec la maîtresse de son père, il était clair que Nicholas mettait carrément son héritage en jeu.

À cette époque, les relations entre John William et lui n'étaient pas à leur meilleur. John William refusait le choix de carrière de Nicholas, qui désirait poursuivre des études en sciences naturelles. « Tu n'en as que pour la chasse aux papillons volages et aux polémiques. Tu passes des heures à écrire des rimettes pour tes amis cloportes ! » Papillon volage et cloporte désignaient à la fois les insectes et les fréquentations de Nicholas, que désapprouvait John William. Ils en avaient souvent discuté, pour chaque fois se quereller. L'argent se faisait avec de l'argent, avait

31. Edo est l'ancien toponyme de Tokyo.

clamé son père, pas à quatre pattes le nez dans une fourmillière. « La misère va aux misérables. La fortune va aux fortunés. Ainsi est faite la justice terrestre ! » Nicholas s'était entêté à lui prouver le contraire. « L'argent, je préférerais me contenter de l'imprimer », avait-il lancé en conclusion de l'une de leurs orageuses altercations. Le mépris de ce qu'il n'avait pas à gagner. Le reste de sa vie, il aurait à regretter ce trait d'humour sombre.

Nicholas toussa et cracha par terre. Avaler devenait douloureux. Allongé sur sa couche, il fixait un bout de ciel à travers les barreaux de sa cellule. Le bleu s'approfondissait. Bientôt les cloches de la ville sonneraient la sixième heure du matin. Son procès allait commencer dans quelques heures. Mais les hommes qui le jugeraient se trompaient sur la véritable nature de son crime. Pourquoi, le soir du 8 février 1819, en quittant la Cleriheugh's Tavern pour se rendre à la maison de courtage dans Blair Street, son père avait-il eu l'idée de passer dans Milne's Square ? L'objet de cette visite impromptue lui resterait à jamais inconnu...

Il était brusquement de retour dans la petite imprimerie où il travaillait à l'époque. L'atelier était plongé dans la pénombre. Seule brillait encore la flamme de la lampe qui éclairait son coin de travail. Nicholas terminait souvent des heures après les autres. Son oncle lui avait accordé l'accès illimité à l'équipement à la condition que ce qu'il en faisait ne nuise ni à son travail ni au renom de l'entreprise. Il avait rangé tous les caractères de plomb dans leurs cassetins respectifs et préparé le matériel pour les textes à composer le lendemain. Il était apprenti typographe depuis un an. Mais c'était la gravure qui l'intéressait vraiment. C'était justement sur une gravure de Blackford Mains que Camilla désirait voir orner ses cartes de visite qu'il travaillait ce soir-là lorsqu'il avait vu Amy lui faire des signes par la vitrine. Un geste irréfléchi. On pouvait les surprendre. Elle s'en moquait. Elle revenait du théâtre où elle avait répété tout l'après-midi et avait soudain eu envie de le voir. Elle avait eu envie de lui.

Et l'envie d'Amy était telle que... Ah ! Elle lui faisait perdre la tête. Cette femme l'avait parfaitement ensorcelé et avait contrôlé jusqu'à sa raison. L'excitation d'être aperçus par les vitrines qui donnaient sur le square. Le risque d'être surpris par Leslie, à qui il arrivait à l'occasion de faire un saut après le dîner quand il se trouvait dans le coin. En moins de deux, Nicholas avait dégagé la grande table de coupe des rognures de papier et des couteaux qui l'encombraient. Il y avait fait basculer Amy et soulevé ses jupes. Ses traits angéliques modelés par le plaisir, ses lèvres rouges entrouvertes, gémissantes. Pour la première fois, ils avaient joui presque simultanément. Amy s'était redressée et avait enroulé ses bras autour de son cou pour l'embrasser. Ses yeux subitement agrandis, affolés, fixant quelque chose par-dessus son épaule, à jamais gravés dans sa mémoire. Une force impressionnante avait alors tiré Nicholas derrière et projeté contre la casse. Il s'était écroulé sur le plancher, à moitié assommé sous une avalanche de caractères de plomb. Coupable comme le premier fils de Dieu, il avait vu dans le regard vitreux de son père cette fureur nourrie de la souffrance.

Avant qu'il n'ait eu le temps de réagir, les mains de John William l'avaient rattrapé par la chevelure et soulevé du sol. Son poing, masse d'acier propulsée par un élan de rage incroyable, s'était enfoncé dans son ventre, l'avait vidé de son air pour ensuite le cogner à la mâchoire. Nicholas s'était effondré au pied de la grande presse. Les cris et les supplications d'Amy résonnaient dans son crâne lancinant, se mêlant à la douleur atroce, au goût du sang sur sa langue. Malheureusement, John William n'en avait pas fini avec lui.

Nicholas effleura la peau de son cou, la protubérance de la trachée qu'il avait senti céder sous la pression. Dans ses cauchemars, avec une sensation de suffoquer, combien de fois il avait revu ces yeux exorbités par la force inouïe qu'avait déployée son père pour l'étrangler. Il s'était senti perdre conscience, avait vraiment cru son heure arrivée. Puis d'un coup, miraculeusement, l'air s'était remis à circuler dans ses poumons. Sous le poids du corps effondré sur lui, Nicholas était demeuré inerte à essayer de comprendre ce qui venait de se produire. Ce ne fut que plusieurs secondes plus tard qu'il avait aperçu Amy, haletante, hagarde, secouée de tremblements convulsifs. Dans ses mains, l'énorme poignée en fer de la vis de presse. Encore étourdi par les coups reçus, il avait repoussé le corps de son père, qui avait mollement roulé sur le plancher. Lui revenait cette fade mais écœurante odeur qui avait supplanté celles costaudes de l'encre et du verni. Du sang. Partout, sur sa chemise et le visage de son père.

La panique s'était emparée d'eux. Il fallait se débarrasser du corps, avait insisté Amy. Ils ne pouvaient pas le laisser là et filer. À cette heure, les rues étaient obscures et Milne's Square habituellement désert. Les chances que quelqu'un ait pu voir J.W. entrer dans l'atelier étaient minces. Pendant que Nicholas avait rangé l'atelier et s'était mis en quête d'un moyen pour transporter le corps, Amy avait nettoyé tout le sang sur le plancher. Ils avaient récupéré la mallette de cuir de John William et l'avaient dissimulée avec le corps sous le tas de fumier dans le tombereau.

Elle avait suggéré de le laisser dans une ruelle. Nicholas ne se résignait pas à abandonner son père comme un chien sur la route. Le jeter à la mer ? Encore sous le choc, il avait peine à réfléchir. Le faire disparaître complètement… La meilleure solution, avait tranché Amy. Le corps de son père. Son père, qu'Amy avait tué pour lui sauver la vie. Croyant que cette dernière solution effacerait à jamais le crime, Nicholas avait acquiescé. L'enterrer, mais où ? Il avait attelé son cheval au véhicule et l'avait conduit jusqu'à Braid Hill. Le seul endroit où il était certain qu'on ne le prendrait pas sur le fait. Il avait emprunté le sentier qui longeait la fermette et garé le tombereau sous le vieux châtaignier. Transporter le corps dans le sentier n'avait pas été une mince affaire. Alerté par les bruits provoqués par sa périlleuse descente, le gardien s'était pointé, l'obligeant à rester tapi au sol. Macgregor avait fait balancer sa lanterne dans sa direction. Le cœur battant follement, Nicholas avait attendu, priant pour qu'il reparte bientôt. Il n'avait eu le temps que de faire rouler le cadavre sous les frondes rousses d'une talle de fougères desséchées. Dans un jet de lumière, la pâleur de la toile trahirait rapidement sa présence.

Après quelques minutes à scruter de loin les boisés, Macgregor était enfin reparti. Nicholas avait laissé s'écouler encore de longues minutes avant de bouger. Il avait traîné le corps jusqu'au bord du ruisseau, où le sol serait suffisamment meuble pour lui permettre de le creuser. À grands coups de pelle, maîtriser la peur qui lui coulait dans le sang. La peur avait enflammé sa raison. Sous une lumière de cendre, dans le gouffre de son délire, faire basculer le crime de ses passions. Sa folie, état des sens aux vertus soporifiques qui avait aussi coulé dans le sang de sa mère.

Sa sale besogne accomplie, Nicholas était remonté chercher le tombereau. Il l'avait abandonné dans un fossé et était rentré à cheval chez lui comme à son habitude après une nuit de beuverie. Lorsqu'il avait passé le seuil de l'écurie, l'aube avait commencé à étendre son voile irridescent dans la vallée. Il n'avait pu éviter de croiser le palefrenier, qui s'était inquiété devant son aspect pitoyable. Nicholas avait oublié tout le sang qui maculait sa chemise. Il avait expliqué sa dégaine en racontant qu'il avait porté un pauvre terrier blessé à mort par les rats. Les combats de chiens contre les rats n'étaient pas illégaux en Grande-Bretagne, mais ils le dégoûtaient. Nicholas s'était par la suite enfermé dans sa chambre, avait retiré ses vêtements et les avait jetés sur les charbons. Il avait attendu qu'ils se soient consummés avant d'effacer ce qui restait de trace de son crime sur son corps. Celles qui souillaient son âme, il avait tenté de les diluer dans l'alcool avant de sombrer dans un sommeil proche du coma éthylique.

Puis, n'ayant pas dessaoulé dans les jours qui avaient suivi, il avait vécu comme porté dans une sorte d'espace intemporel où ses souvenirs n'avaient pas d'emprise sur son esprit. Lorsque l'obligation de répondre aux besoins de la domesticité, leur questionnement sur l'absence inexpliquée du maître avait forcé sa conscience à graduellement émerger de son chaos émotif, s'était alors révélée à lui toute l'obscénité de la situation dans laquelle il s'était logé. Sous l'enseigne de l'amour… de l'amour? Il résidait à la même adresse que l'aveuglement. De l'amour, il n'avait rien connu. L'esprit gangrené par les remords, il avait commencé à voir les choses plus clairement, à considérer son attachement envers Amy sous un nouvel angle. Il ne retrouvait plus entre ses bras le même plaisir qu'avant. Après la mort de son père, l'acte primitif de l'invasion territoriale n'avait plus de sens et s'était perdu le sentiment de satisfaction du barbare. Il découvrait n'avoir fait d'Amy que le réceptacle complaisant de ses ressentiments.

Quelques semaines après le drame, elle lui avait annoncé qu'elle portait son enfant. Curieusement, cela ne l'avait pas ému. Cet enfant était le fruit de son égarement. La cristallisation de tout l'odieux de ses actes. Il lui avait quand même proposé le mariage, par devoir plus que par désir. Puis on avait découvert ces matrices dans le petit secrétaire et il s'était retrouvé incarcéré à Calton. Amy n'avait pas cherché à le voir. Elle ne lui avait jamais écrit. Il n'avait jamais su pourquoi. Il s'était dit qu'elle n'avait pas voulu être associée au scandale. Des mois plus tard, il avait appris par Camilla qu'Amy avait épousé Adam Carlyle et qu'elle avait accouché d'un fils. C'était un sentiment étrange de penser qu'il avait un autre fils, aujourd'hui presque un homme, qu'il n'avait jamais vu et dont il ne connaissait même pas le nom.

Un cliquetis métallique. La voix du gardien qui résonnait de l'autre côté de la porte le ramena dans sa cellule. Dans le corridor où il était enfermé, trois autres hommes attendaient leur procès. Camilla avait engagé Sir Paul Hope. Sir Hope. Un nom prédestiné ? Il avait éclaté de rire. Sir Hope ? C'était hilarant.

Tu n'as pas le droit de baisser les bras, lui avait-elle écrit. *Tu n'es coupable de rien ! Ni de la disparition de ton père, ni de contrefaçon.*

Que ce fut lui ou non qui ait tué son père n'avait plus d'importance. Avec lui disparaissait le seul élément de preuve de son innocence dans l'affaire des matrices. Or, qu'y avait-il à espérer de plus ? Un cas comme le sien faisait perdre le temps des jurés et coûtait inutilement l'argent de Camilla. Une dépense qui serait plus profitable pour l'avenir de Lucas. Le procès l'expédierait rapidement. Quelques minutes de délibération et son sort serait fixé. Il s'était évadé. Il avait regagné le pays avant la fin de la durée de sa peine. La sentence pour retour de déportation était la peine capitale. Il allait finir sur l'échafaud.

Entretemps, il ne cessait de réfléchir à Charlotte. Pour mieux justifier la bassesse de ses actes, il avait voulu sa haine. Maintenant qu'il la gagnait, cela lui était intolérable. Elle ne le pleurerait pas. C'était égoïste de penser ainsi. Mais c'était humain. Comme la jalousie. Charlotte était désormais libre d'aimer un autre homme que lui. Curieusement, jusqu'à ce jour, cette idée ne l'avait pas tourmenté. Il avait naïvement continué de penser que malgré tout, elle n'avait jamais cessé de l'aimer. De savoir qu'elle allait l'oublier un jour dans les bras d'un autre devenait insupportable.

Certainement que Charlotte devait avoir lu dans les journaux tous les détails concernant l'affaire Gordon. Qu'en pensait-elle ? Qu'il payait pour ses crimes. Le seul dont il pouvait s'accuser hors de tout doute était d'avoir aimé avec insolence au mépris de l'amour lui-même. Mourir le cœur si lourd de regrets était pénible. Tout le mal qu'il avait répandu, il ne l'avait pas désiré. Il avait besoin de réfléchir à ça.

Quelque part pleurait un homme. On aurait dit les geignements d'un petit enfant. Ça avait duré une bonne partie de la nuit, dérangeant son sommeil. Dormir l'empêchait de penser. Penser à sa mort devenait une obsession. Nicholas posa sa main sur son cœur pour le sentir battre. Ce geste le sécurisait. Puis il fouilla sous son matelas et trouva l'exemplaire des Psaumes que lui avait apporté Camilla. Il avait pris l'habitude d'en lire deux ou trois par jour et d'écrire dans un carnet les réflexions qu'ils suscitaient en lui. Un exercice de conscience. Il avait dédié ses pensées profondes à Lucas. Se redressant et appuyant son dos contre le mur, il commença à tourner les pages du vieux psautier. Habituellement, ouvrir le livre sur une page au hasard décidait du texte sur lequel il travaillerait. Mais aujourd'hui, il avait envie d'en trouver un qui pourrait l'éclairer sur ce qui le troublait. Il trouva un poème de David : *L'aveu libère du péché...*

Il éclaircit sa gorge enflammée avant de lire à voix haute : « *Heureux qui est absous de son péché, acquitté de sa faute ! [...] Je me taisais, et mes os se consumaient à rugir tout le jour; la nuit, le jour, ta main pesait sur moi; mon cœur était changé en un chaume au plein feu de l'été*[32]*...* »

Il acheva sa lecture, referma le livre et replongea dans le bleu du ciel qui s'approfondissait. Bientôt les cloches d'Édimbourg allaient sonner la première messe du matin. De combien de jours bénéficierait-il encore? Pendant quelques secondes, rien ne se passa dans son esprit. Puis, il comprit ce qu'il avait à faire. Le psautier ayant regagné sa cachette, Nicholas prit son écritoire sur ses cuisses. Un frisson le parcourut et il couvrit ses épaules de sa couverture de laine, chargea sa plume d'encre et la tapota délicatement sur le bord de l'encrier. Puis il frotta ses paupières brûlantes de fièvre et se mit à l'ouvrage.

⁂

32. Psaume 32 :1; 3-5.

Le déclic du verrou. La porte de sa cellule grinça.

— Mr Gordon, annonça le gardien. Vous avez droit à de la visite aujourd'hui.

Nicholas se redressa.

— Nicky…

Camilla cachait mal sa peine et elle l'embrassait trop fort. Ils se dévisagèrent en se tenant les mains. À deux heures du début du procès, il n'y avait rien qu'ils puissent se dire pour les soulager de l'affliction qui les habitait. Camilla sentit un léger tremblement agiter son frère. Elle remarqua qu'il n'avait pas touché à son repas du midi.

— Il faut manger, Nicky.

— Je n'ai pas faim.

Un drôle de sourire se dessina un instant sur le visage aux traits aggravés dans l'épreuve.

— Comment se porte Lucas ?

— Ni mieux ni pire. Il pleure moins souvent, mais il est très triste. Il ne mange pas beaucoup lui non plus et parle très peu.

— Promets-moi de bien t'occuper de lui.

— Nicky, ne parle pas comme ça…

— Camie, il le faut.

Il avait durci le ton. Retenant ses larmes, elle hocha la tête. Ils ne disposaient que de très peu de temps et il ne fallait pas le gaspiller en sanglotements. Nicholas invita sa sœur à s'asseoir sur sa couchette. Il fouilla dans son écritoire.

— J'ai peu de choses à te demander. Voici, d'abord, mon recueil de poèmes. J'aimerais que tu trouves un éditeur. Il y a une dédicace à la dernière page. Elle est pour Lucas. Et… voici des lettres. Il y en a une pour Christina et une pour toi. Voici ce que je veux que tu fasses avec les deux autres…

⁂

— Mr Seton n'est pas là, annonça Halkit à la femme qui le demandait.

— Quand doit-il rentrer ?

— Je peux demander à Mrs Seton de vous recevoir.

— Non… surtout, ne la dérangez pas, je…

Une présence coupa court aux excuses de Camilla. Elle leva la tête vers la silhouette qui venait de se profiler dans l'escalier. Elle saisit sa chance.

— Miss Seton ? Est-ce que je peux avoir un entretien avec vous ? Quelques minutes…

— Miss Maclaren, je présume ?

L'intervention était de Dana, qui avait tout entendu depuis le salon, où elle prenait le thé avec Jonat. Elle piqua la dame d'un regard sans chaleur, pour qu'elle comprenne qu'elle n'était pas la bienvenue à Weeping Willow. Camilla s'y était attendue. Au minimum, on aurait la civilité de ne pas la mettre carrément à la porte. Valait mieux en venir directement au fait. Elle tira une enveloppe de sa besace et la présenta à Mrs Seton. Dana hésita quelques instants, puis s'avança.

— C'est pour Mr Seton. Que cela lui soit remis en mains propres. C'est important. Vous le ferez, Mrs Seton ?

Dana prit l'enveloppe et l'examina.

— Qu'est-ce que c'est ?

— C'est de Mr Gordon.

L'effet fut immédiat. Charlotte, qui n'avait pas bougé, étouffa un cri et s'enfuit vers l'étage. Dana garda le regard rivé sur l'enveloppe jusqu'à ce qu'ils entendent claquer une porte. Avant de refaire face à la dame, elle demanda à Halkit de les laisser seules.

— Vous avez du culot de venir ici après… après ce qu'a fait Mr Gordon à ma fille.

— Je vois que Miss Seton vous a parlé de mon frère.

— Nous n'en savons que ce qu'elle a bien voulu nous divulguer. Ce qui est très peu et déjà trop. Elle a été profondément blessée. Elle prendra certainement du temps à s'en guérir.

— Je peux vous assurer que Mr Gordon n'a jamais voulu causer de préjudices à Miss Seton… à tout le moins, délibérément. Et qu'il ignorait, jusqu'au jour où il a vu Mr Seton en Jamaïque, qu'elle était sa fille. Vous comprenez alors, Mrs Seton, qu'après cela, il ne pouvait plus donner de suite à leur relation.

— Une relation qu'il n'aurait jamais dû laisser prendre place au départ, Miss Maclaren, dit Dana fortement ébranlée. Mr Gordon a presque deux fois l'âge de Miss Seton et… il ne pouvait ignorer qu'étant un bagnard, fréquenter une jeune femme de la qualité de Miss Seton devenait impossible. Vous feriez mieux de partir, maintenant.

— Mon frère n'est pas l'homme que vous croyez, Mrs Seton, persista hardiment Camilla. Si les circonstances... Si les circonstances avaient été autres.

— Elles ne le sont pas !

— Très juste, murmura Camilla. Les circonstances, nous ne les gérons point, nous n'en sommes que les victimes. Sachez qu'en ce qui concerne Mr Gordon, elles n'ont été que des plus malheureuses.

Dans un mouvement de colère, elle replaça sa capote et secoua la vieille redingote de chasse qu'elle portait toujours pour monter à cheval. L'enveloppe serrée entre ses mains, les traits crispés, Dana attendait tête haute qu'elle parte. Camilla hésitait encore. Elle sortit une seconde enveloppe de sa besace, moins grande que la première. Elle s'efforça de mettre plus de douceur dans sa voix.

— Mrs Seton, puis-je vous demander de remettre ceci à votre fille ?

Dana lorgna l'enveloppe sans bouger.

— Je ne crois pas que les intentions de mon frère soient de lui faire plus de mal qu'il en ait fait malgré lui. Si vous sentez qu'il est de votre devoir de la lire avant, faites, il n'y voit pas d'objection. Si vous jugez que ce qui y est écrit ne mérite pas la considération de Miss Seton, ce sera votre affaire. Mais mon frère aimerait qu'elle sache la vérité.

Dana accepta de prendre l'enveloppe.

— Promettez-moi de veiller à ce que Mr Seton reçoive son pli en mains propres. Ce sont les consignes de Mr Gordon.

— J'y veillerai personnellement.

— Merci.

Camilla écrasa discrètement une larme qui perlait au coin de son œil. Elle avait de plus en plus de mal à cacher son chagrin. Le geste, que Dana remarqua, réussit à faire fléchir la rigueur de ses sentiments.

— Je peux comprendre tout le tourment que cela vous cause, Miss Maclaren, et soyez assurée que je ne me réjouis pas de ce qui arrive à votre frère, dit-elle d'une voix qui se voulait compatissante.

« Je ne le crois pas », pensa Camilla en esquissant un sourire chargé d'ironie. Puis elle dit :

— Bonne journée, madame, *et adieu* !

Sur ce, elle fit demi-tour et sortit dans la lumière tamisée de fin d'après-midi rejoindre Mandy, qui l'attendait comme une gentille fille en tondant l'herbe tendre de la pelouse. Après avoir prodigué une caresse à sa jument, elle empoigna les rênes et la monta. Dana demeura plusieurs minutes dans le vestibule à regarder la cavalière et sa monture s'éloigner au trot. La présence des deux enveloppes dans ses mains la ramena au moment présent et elle ferma la porte. Jonat l'attendait dans l'embrasure de l'entrée du salon.

— Pourrais-tu monter voir comment va Charlotte ? J'en ai pour quelques minutes, demanda-t-elle avant de se diriger vers la bibliothèque.

⁂

— Frances, allez jouer avec les autres dans la nursery, commanda Jonat en entrant dans la chambre des filles.

— Les garçons ne veulent pas. Ils font la guerre et ils disent que c'est pas un jeu pour les filles.

Couchée en travers de son lit, Charlotte leur tournait le dos. L'oreille tendue, Jonat tentait de déceler un quelconque signe de détresse respiratoire. Elle reniflait, manifestement, se retenait de pleurer.

— Ils ont dit ça ? répliqua Jonat, agacé. Dites-leur que c'est le général Cullen de l'armée des Fées bleues qui leur envoie son meilleur soldat, la colonelle Bluebell.

Les yeux aussi ronds et brillants que ceux de la poupée avec laquelle elle s'amusait, la fillette éclata de rire.

— Colonelle Bluebell ! Vous êtes drôle, Oncle Jonat. Colonelle Bluebell ! Blythe va dire qu'il n'existe pas de colonelle Bluebell. Il faut avoir un nom de vrai soldat pour jouer. Lui, c'est le général Wellington et petit Joe…

— Allons, ma puce, s'impatienta Jonat en entendant un sanglot provenir du fond de la chambre, allez jouer dans la nursery…

Une moue d'agacement creusant des fossettes dans ses joues rondes, Frances ramassa ses jouets.

— Elle pleure tout le temps, lança-t-elle en sortant.

Jonat ferma la porte, puis il s'assit sur le lit de Charlotte, que les sanglots secouaient maintenant violemment. Il la laissa pleurer quelques minutes avant de se risquer à la toucher. Depuis le triste évènement avec Marsac, la belle complicité qu'ils avaient développée pendant les mois qu'elle avait passés à Londres avec lui s'était perdue. Il en était d'autant plus affligé qu'il se sentait responsable. Et depuis son retour de la Jamaïque, il ressentait douloureusement la distance qu'elle s'évertuait à conserver entre eux.

— Miss Charlotte, murmura-t-il en pressant doucement son épaule. Je comprends votre…

— Non ! s'écria-t-elle en se retournant vivement. Vous ne pouvez pas comprendre !

Devant le visage plein de ressentiment qu'elle lui révélait, blessé, il allait se retirer.

— Je ne peux pas tout comprendre, c'est vrai, rectifia-t-il plus rudement. Nous vivons tous nos émotions différemment. Mais la trahison, j'ai déjà connue, Miss Charlotte. J'ai d'abord souhaité mourir. Puis j'ai eu envie d'assassiner. Celui qui m'avait fait tant de mal. Et les autres, qui continuaient de vivre heureux alors que moi je ne l'étais plus. Mais voilà, contrairement à vous, moi je ne pouvais me confier à personne.

Elle le dévisageait avec tant de désespérance, qu'il regretta son accent de reproche et eut envie de la serrer contre lui.

— Je le hais pour ce qu'il m'a fait ! Je souhaite qu'il reçoive ce qu'il mérite, déclara-t-elle en jetant ses poings contre lui, pourquoi est-ce que je dois toujours tomber amoureuse des mauvaises personnes ? C'est trop injuste.

Il encaissa quelques coups, puis doucement il l'entoura de ses bras pour la tranquilliser.

— Je ne sais pas, Charlotte.

— Pourquoi est-ce que Mr Lauder m'a fait ça ? Nous devions nous marier. Il voulait ouvrir une imprimerie à Kingston. Puis… puis Papa est arrivé à Montego Bay et j'ai dû m'embarquer. Je ne sais pas ce qui est arrivé après ça. Pourquoi Mr Lauder n'a pas répondu à mes lettres ? Je lui avais dit que je reviendrais en Jamaïque. Quelques mois, seulement. Il m'aimait. Je le sais. Je le sentais. Ces choses-là se sentent, non ? Puis… il me dit que ce n'est plus le cas. Je ne peux le croire. On ne cesse pas d'aimer quelqu'un parce qu'il est loin de nous. Oh ! Oncle Jonat ! Pourquoi est-ce que ça m'arrive à moi ?

Il la pressa fort contre lui, caressa le soyeux de la chevelure, laissa les sanglots s'espacer. La voir aussi triste le chagrinait et le ramenait vers ses propres déceptions.

— J'aimerais sincèrement pouvoir vous apporter des réponses, Charlotte. Mais je ne peux le faire. Je peux cependant vous dire ceci : ne laissez pas la haine détruire ce que l'amour vous a apporté de beau. Vous ne ferez que vous détruire vous-même. Un jour, je vous le promets, vous verrez autrement cette période de votre vie.

— C'est si difficile…

Sur l'épaule de Jonat, elle déversa toutes ces larmes qu'elle refoulait depuis des jours. Il ne dit rien, la berça simplement comme elle aurait aimé que son père le fasse. Mais son père ne comprendrait pas le chagrin qu'elle vivait. Jamais il ne le pourrait.

— Vous ne direz rien à Papa et à Mama, Oncle Jonat, n'est-ce pas ? Ils seraient encore une fois déçus de moi. Et cette fois serait pire que les autres. Au final, Janet a raison. Je ne suis bonne qu'à leur causer des soucis. Papa a tellement vieilli. Et Mama… Malgré ce qu'elle en dit, je suis certaine d'y être pour quelque chose dans sa maladie.

— Je vous interdis de penser cela, Charlotte.

— Promettez-moi quand même de ne rien leur dire.

— Je n'ai jamais parlé du bébé de Daisy que vous aviez mis en bocal. Ce que vous me confiez reste entre vous et moi, Charlotte. Il en sera toujours ainsi, vous le savez.

Elle le regarda. Malgré le passage du temps, le sourire de Jonat n'avait rien perdu de son charme. En dépit de ce qu'elle savait maintenant sur lui, ne serait-ce que pour tout ce qu'il avait fait pour elle, pour tout ce qu'ils avaient partagé à Londres, elle l'aimait et se sentait soulagée de lui avoir confié son lourd secret. Jonat ne l'avait jamais jugée.

— Vous vous souvenez de cette Hogmanay que nous avons fêtée ensemble dans Soho Square.

— Oh ! Je me souviens de l'affreuse mine que vous aviez le lendemain. Je vous l'avais prédite.

— Vous vous rappelez ce que je vous avais dit avant de m'endormir ?

— Que vous aviez passé la plus belle Hogmanay de votre vie.

— Ça, mais aussi que vous feriez un merveilleux père.

L'émoi le rendit muet.

— Je le pense encore.

— Bon, fit-il dans un étranglement de gorge, je pense que je ferais mieux de redescendre rassurer votre mère.

Il s'écarta, elle attrapa son bras, étira le cou et déposa un baiser sur sa joue.

— Merci, Oncle Jonat.

Il hocha la tête et quitta la chambre. Restée seule, Charlotte replongea dans sa morosité. Nicholas… On allait le juger. « Je le hais ! Je le hais ! » On allait le condamner. On allait le pendre. Le pendre…

Depuis que Janet avait annoncé son arrestation, cette idée l'obsédait. Nicholas, mort. Oh, Dieu ! Son corps, rigide et froid. Elle revoyait les cadavres sur la table à dissection de Jonat. Celui de Nicholas… sur celle de l'université d'Édimbourg. Des images insoutenables défilaient dans sa tête. Guy Collins allait sans doute assister au spectacle. Une idée horrifique. Et le pire était qu'elle allait lui survivre. Survivre à son amour. Et revivre inlassablement ces images le reste de ses jours. « Je te hais ! Je te hais de me faire vivre ça ! »

Elle se recroquevilla sur son lit. Se fit très petite. Retourner dans le giron de sa mère. Là où rien ne la rejoindrait. Pas même les pensées. Dans la nursery, sa sœur et ses frères se faisaient la guerre. Elle les entendait rire et ses yeux se remplirent d'eau.

⁂

Dana déposa les enveloppes sur le bureau de Francis et après s'être assise dans le fauteuil, elle regarda longuement celle destinée à Charlotte. Devait-elle en parler à Francis ? Devait-elle la lire ? Devait-elle la remettre à Charlotte ? Elle soupira d'indécision, prit l'enveloppe et la secoua comme pour en faire tomber quelques indices, puis la reposa. À la vérité, elle aurait préféré que Miss Maclaren soudoie un domestique pour faire passer le message entre les mains de sa fille. Elle n'aurait pas eu à se battre avec sa conscience. Elle se serait tranquillement mise à la conciliation des livres du mois. Elle aurait mieux dormi cette nuit.

Qu'avait à raconter Mr Lauder Gordon ? Dieu tout-puissant ! « Qu'avez-vous fait à ma petite fille ? » Charlotte n'avait que seize ans. À cet âge, Dana ne rêvait que d'univers romanesques où elle pourrait fuir celui où elle vivait. Celui que régissait son père. Celui auquel on la destinait. Mais personne ne pouvait vivre sa vie en marge de la société. Pour ses filles, elle essayait de créer un environnement où leurs opinions avaient autant de valeur que celles de leurs frères. Sans le savoir, Charlotte était une jeune femme privilégiée. À treize ans, elle avait obtenu le droit de vivre un été sans accompagnatrice chez son oncle à Londres. Jonat lui avait donné accès à un monde habituellement réservé aux hommes. Et à quatorze ans, en lui permettant d'accompagner les Elliot en Jamaïque, Francis et elle avaient poussé plus loin les frontières de l'univers de Charlotte. Une chance que n'avait jamais même encore connue Dana. Avaient-ils bien fait ? N'aurait-il pas été plus sage de la tenir à l'abri à Weeping Willow comme cela se faisait communément pour les jeunes filles de son rang ? Dans un cadre plus restreint, il devenait plus facile… « Plus facile de dompter », pensa Dana avec une soudaine amertume.

Elle rit de l'ironie. Comment en était-elle venue à former de telles pensées ? Elle se leva, fit quelques pas vers la fenêtre et s'appuya au chambranle. Le beau temps avait attiré des dizaines de promeneurs dans Hope Park. À cette distance, ils n'étaient que des petits points mouvants sur le tapis vert. Un cerf-volant rouge voltigeait doucement au-dessus de la cime des arbres qui le bordaient. La longue queue de rubans flottait comme des rayons d'arc-en-ciel. Elle se laissa distraire un moment par le charmant spectacle avant de se replonger dans ses réflexions.

Dompter les petites filles dans des enclos pendant que les petits garçons couraient librement dans les champs. Pour les rendre dociles. Pour en fabriquer des femmes obéissantes. Elles bougeraient comme on le leur aurait appris. Elles diraient ce qu'on leur aurait dicté de dire. Revint à Dana la conversation qu'elle avait eue avec Charlotte quelques semaines avant son départ pour la Jamaïque. Elles avaient fait un pique-nique sur Echoing Rock. Elles avaient parlé des pensionnats pour filles. Et du mariage. Charlotte s'était fermement opposée à sa « mise en marché ». Tous les dîners et les bals auxquels elle devrait assister, pour faire étalage de ses charmes devant tous ces jeunes hommes et les laisser apprécier son tempérament discipliné. « Des autruches paradant devant une bande de gorilles dans un parc zoologique ! » qu'elle avait déclaré. Et encore, de la fierté de l'homme de ses chiens, ses chevaux et sa jolie femme. Une charmante ménagerie dressée pour lui obéir et lui être fidèle. Non, Charlotte n'était pas née pour vivre dans un enclos. Ils avaient fait les bons choix la concernant.

Le cerf-volant disparut derrière les arbres. Elle quitta le paysage pour revenir vers le bureau où attendaient les livres de comptabilité. Elle reprit le pli pour Charlotte. Mr Gordon était la raison pour laquelle elle ne pouvait accepter l'amour de Mr Collins. Charlotte était amoureuse. Envers et contre tous. Contre sa propre volonté. Et cette enveloppe renfermait indubitablement les aveux de Mr Gordon. Peut-être que si Charlotte les connaissait… Mais d'un autre côté, le contenu de cette lettre pourrait la bouleverser davantage. Francis s'opposerait à soumettre sa fille à un tel risque et Dana ne pouvait moralement aller à l'encontre des promesses qu'ils avaient échangées. Ne plus se mentir ni se faire de cachotteries.

— Dana ?

Jonat était entré dans la bibliothèque sans qu'elle l'entende venir. Elle fit rapidement disparaître l'enveloppe destinée à Charlotte dans les plis de sa jupe avant de le suivre au salon où avait refroidi leur thé.

Une demi-heure plus tard, Jonat rentrait chez lui. Margaret recevait un ancien collègue de travail de son premier mari à dîner. Il n'aimait pas dîner avec les fantômes. Le défunt Mr Arnott habitait les mêmes pièces qu'eux. Il partageait leurs meubles. Margaret entretenait son souvenir en continuant de fréquenter ses anciens amis. Jonat n'appréciait pas et s'en était ouvert à Dana. Elle n'avait pas commenté. Il avait compris l'origine de son silence, s'en était agacé.

— Je ne suis pas malheureux, Dana.

— Et Margaret ? avait-elle alors demandé.

— Je fais ce que je peux. Elle doit être patiente.

— Toi aussi.

Il avait sourit, puis l'avait embrassée. En partant, il avait croisé un messager qui arrivait de l'hôpital. Francis était appelé d'urgence dans Heriot Row. Il s'y rendait avec le docteur Macneil. Il dînerait en ville et rentrerait plus tard que prévu. Se demandant quel nouveau stratagème avait inventé Mrs Carlyle pour jeter le trouble dans son couple, Dana alla à la cuisine avertir Mrs Dawson que le maître ne mangerait pas avec eux. Après quoi elle s'enferma dans la bibliothèque pour mettre les livres à jour. Une heure avait passé lorsqu'elle ferma les registres et pensa sortir prendre un peu d'air avant le dîner. Avant, elle voulait vérifier comment s'en sortait Charlotte. Sa fille n'avait pas quitté sa chambre depuis la visite de Miss Maclaren. Dana monta à l'étage. Seule avec son air morne, Janet se tenait dans le hall, bras croisés sur une chaise. Dana l'interrogea sur ce qu'elle faisait là. Elle attendait que Mrs Wilkie aille chercher le châle de laine qu'elle avait oublié dans la chambre. Mrs Wilkie était occupée avec Joe qui avait sali sa culotte.

— Pourquoi ne pas y aller toi-même ?

— Parce que Charlotte est là.

Les deux sœurs évitaient de se retrouver dans la même pièce. Elles ne se parlaient plus.

— C'est ta chambre autant que la sienne, fit valoir Dana, exaspérée par cette situation qui devenait impossible. Vous n'êtes plus des enfants, Janet.

Elle ne pouvait s'empêcher de regretter ce temps où elles l'étaient encore. La vie était beaucoup plus simple.

Dana trouva Charlotte assise dans son lit en train de feuilleter un livre. Une caresse sur le dessus de sa tête, puis sur la joue. Dana se courba pour l'embrasser. Nota avec soulagement l'absence de sifflement dans sa respiration. Les crises d'asthme s'étaient répétées depuis quelques jours.

— Mrs Dawson a fait des beignets aux pommes. D'habitude tu aimes les tremper dans le sirop de miel pendant qu'ils sont encore tout chauds.

— Mama, soupira Charlotte, je n'ai pas faim.

— Qui te demande d'en manger ?

Elle referma son livre et le déposa sur le lit à côté d'elle.

— Que voulait Miss Maclaren ? demanda-t-elle.

— Elle voulait remettre une enveloppe à ton père.

Charlotte fit rouler ses lèvres entre ses dents. Un pli se creusa entre ses sourcils.

— Que contient-elle ?

— Je ne le sais pas, Lottie. C'est personnel. Pourquoi ne pas m'accompagner dans le jardin ? Un peu d'air frais te ferait le plus grand bien. Il faut mettre un peu de couleur sur ces joues.

— Elle voulait me parler ?

— Elle ne m'a rien dit de ce qu'elle voulait te dire.

— Il n'a rien envoyé pour… moi ?

Dana redressa les épaules. S'égrena un moment de silence. Elle murmura que non.

Le visage fermé, Charlotte reprit son livre, l'ouvrit au hasard et fit mine de s'absorber des images d'oiseaux d'Audubon.

— Mama, j'ai pris une décision. Je voudrais partir dans le Staffordshire. Cela fait un moment que Mr et Mrs Cox m'invitent. Je pourrais y séjourner quelques semaines.

— C'est ce dont tu as vraiment envie, Charlotte ? l'interrogea Dana, qui avait appréhendé cette décision.

— Oui.

— Concernant Mr Collins…

L'expression de Charlotte s'assombrit. Le livre se referma sur ses cuisses.

— Je lui écrirai. Je lui exposerai honnêtement les sentiments que j'éprouve pour lui. Et mes besoins présents. Je ne suis pas prête pour le mariage, Mama.

— C'est l'engagement qui te fait hésiter ou bien est-ce le prétendant ?

Le regard de Charlotte plongea dans les couleurs du tartan de sa robe.

— Tu aimes encore Mr Gordon.

— Il m'a fait beaucoup de mal. J'ai besoin de temps.

Dana acquiesça de la tête. Elle se leva et récupéra le châle de Janet sur le dossier d'une chaise. Dans la poche de sa jupe pesait tout le poids de la petite enveloppe. Pendant un bref instant, elle pensa la lui donner. Mais les foudres de Francis qu'elle aurait à subir lorsqu'il l'apprendrait retinrent son geste.

— Même si tu n'as pas faim, j'apprécierais ta présence à la table pour le dîner, dit-elle avant de s'en aller.

Halkit déposa sur le bureau devant son maître le plateau que Mrs Dawson avait gardé au chaud pour lui. Sans quitter l'article qui l'absorbait, Francis le remercia et lui donna son congé. Le majordome s'inclina, lui souhaita bonne nuit et s'en alla. Un long silence suivit le déclic de la poignée. Francis déposa enfin le journal sur ses genoux. Il venait de terminer la lecture d'un texte qui relatait l'affaire des coulissiers soupçonnés d'avoir manipulé les cours de la Bourse. L'enquête avait abouti. Parmi les noms cités, celui de Joseph Cooper. Un mandat d'arrestation avait été émis contre lui. On avait perquisitionné dans les locaux de son agent, comme dans sa maison dans Gilmour Place. Les deux endroits avaient été trouvés vides de leur contenu. Comme pour J. W. Gordon, Cooper avait disparu sans laisser d'adresse. Mais cette fois, sans l'argent de Francis. Ainsi, c'était sa fuite que préparait Cooper lors de sa dernière visite dans Lawnmarket. Toutes ces caisses et ces cartons remplis de documents qu'il avait aperçus dans le cabinet. Galvani lui avait paru embarrassé. Le mystère s'élucidait. Cooper avait senti la soupe chaude. Par le Christ ! Comment pouvait-il s'être laissé berner aussi stupidement une seconde fois ?

Le journal replié fut mis de côté. Francis n'avait pas envie de penser à ça ce soir. Il était fatigué et les arômes du ragoût le tentaient. Il piqua un cube de bœuf et l'enroba de l'onctueuse sauce. La viande fondait dans la bouche. Il la mastiqua lentement, se concentra sur la texture et le goût. La nourriture, le meilleur des remèdes pour l'âme, préconisait Mrs Dawson. Forte de cette conviction, la cuisinière les gavait avec amour. Elle n'avait pas compris que c'était justement tous ses sentiments d'affection dont elle assaisonnait à doses massives sa cuisine qui guérissaient ses « chers petits affamés » ? Cette bonne vieille Mrs Dawson. Elle souffrait d'arthrite depuis quelques années. Elle ne s'en plaignait pas, mais Francis voyait les efforts qu'elle faisait pour s'assurer que sa cuisine soit toujours à la hauteur des attentes auxquelles elle les avait habitués. Francis l'adorait et redoutait le jour où sa mauvaise santé l'obligerait à prendre sa retraite.

Il avait avalé la moitié de son plat lorsque les douze coups du carillon se mirent à résonner dans le hall. Déjà ? Dana et les enfants devaient dormir depuis un moment. La mâchoire décrochée par un bâillement, il jeta un œil rapide sur le courrier. Des notes de fournisseurs, un mot d'un patient. Une autre invitation, sans doute, du Royal College of Surgeon à présenter une conférence. Une lettre en provenance d'Amérique retint mieux son attention. Il comptait sur des nouvelles réjouissantes de Bella pour adoucir ses humeurs. Il avait vécu une journée harassante et forte en émotions.

Il y avait eu cette urgence au nº 17 de Heriot Row. Quelques jours auparavant, le fils de Mrs Carlyle avait subi une fracture ouverte du tibia et du péroné juste au-dessus de l'articulation tibio-tarsienne. Le docteur Macneil avait installé un appareil pour immobiliser le membre. Malgré l'application répétée de cataplasmes et de liniments, l'inflammation n'avait pas diminué et avait progressé jusqu'à la jambe entière. La plaie était maintenant purulente et une fistule s'était formée à quelques pouces au-dessus du foyer d'infection. Le garçon se plaignait fortement dès qu'on le touchait. Il était fiévreux et ne s'alimentait presque plus. Sa langue était chargée et son haleine, cadavéreuse. Ses deux dernières nuits avaient été sans sommeil. Macneil avait tout de suite constaté un cas probable de pyohémie. Il avait avisé Mrs Carlyle que, malheureusement, seule une amputation était envisageable pour sauver la vie du garçon. Elle avait absolument refusé que les couteaux du chirurgien effleurent la peau de son fils.

Devant son incapacité à la raisonner, Macneil était venu le consulter. Francis savait que si le garçon ne subissait pas cette amputation, il mourrait dans les heures qui allaient suivre. Il avait fait prévenir Dana. Puis il avait attrapé son coffret d'instruments et sa trousse médicale et avait suivi Macneil dans Heriot Row. D'abord, l'étonnement de découvrir Miss Alison Mackay auprès du malade. Il avait compris qu'elle était la gouvernante du garçon. La situation ne lui avait pas permis de la questionner plus avant. L'opération avait été pénible. Les foyers de pus s'étendant jusque sous le genou avaient prescrit l'amputation à la cuisse, là où les tissus étaient encore sains. Le choc traumatique avait failli emporter le jeune malade. Il avait fallu ranimer la mère à deux reprises. Tout ce temps, la servante n'avait cessé de pleurer. Alison, étonnamment calme, avait serré la main du garçon jusqu'à la fin de l'intervention. Quand la douleur devenait trop intense, elle lui insérait une pièce de cuir entre les dents et pleurait silencieusement avec lui. Quant à Amy, dévastée, elle avait hurlé sa souffrance, implorant Dieu à tue-tête de ne pas lui prendre son Andrew. L'enfant n'avait pas à expier ses fautes. S'Il lui accordait Sa grâce, elle jurait de se racheter.

Singulièrement, Francis ne ressentait plus que de la pitié envers cette femme. Pitié de sa misérable solitude et pour le malheur de son enfant unique. Il lui avait promis de revenir s'enquérir de l'état du jeune Mr Carlyle le lendemain. Si la fièvre devait grimper de manière fulgurante pendant la nuit, qu'elle le fasse prévenir.

Afin de relaxer la tension, Macneil et lui étaient rentrés à pied dans North Richmond Street. Dans Parliament Square, une foule rassemblée devant la High Court of Justiciary hurlait, des poings revendicateurs scandant leur cris : « Donnez-nous Hatton ! Qu'on nous donne Hatton ! » Macneil avait interrogé un procureur de la couronne de sa connaissance qui passait par-là.

« Oh ! Je présume que le verdict a été rendu et qu'ils attendent la sortie du condamné. C'est Hatton ? Hum… Il fera certainement un sujet intéressant pour vous, messieurs les chirurgiens, avait-il lancé avec une pointe de mépris en lorgnant le coffret d'instruments. L'homme a été surpris en train de violer une vieille femme de soixante-seize ans. Vous imaginez ? Une femme de cet âge ! Bon sang, il faut vraiment être un simple d'esprit pour en tirer du plaisir. C'est la petite-fille de la dame qui l'a découvert au beau milieu de son acte monstrueux. J'aurais jugé la jolie demoiselle de vingt-deux ans un choix plus intéressant. Tout de même ! Où s'en va le monde ? »

L'avocat s'était excusé. Il était en retard pour le procès de Gordon of Braid. L'affaire Gordon suscitait moins l'intérêt de la population. Plus tard dans la soirée, Francis avait envoyé le jeune Howard aux nouvelles. La sentence avait été prononcée moins de quarante minutes après le début du procès et elle serait mise à exécution dans deux jours. Devait-il s'en réjouir ?

Francis avait vraiment besoin de changer ses humeurs avant de monter rejoindre sa femme. Il allait ouvrir la lettre de Bella lorsque son regard capta une note qu'il n'avait pas encore remarquée, appuyée contre l'encrier.

Une enveloppe est arrivée pour toi vers trois heures de cet après-midi. Miss Maclaren m'a demandé de te la remettre en mains propres. Puisque tu rentrais tard, je l'ai déposée dans le tiroir des registres.

C'était signé : D. Seuls Dana et lui possédaient la clé du tiroir des registres. Il le déverrouilla et l'ouvrit. Une enveloppe brune s'y trouvait. Aucune inscription dessus. Il fit sauter le sceau avec la pointe de son coupe-papier. Il y glissa la main, en sortit une feuille de fin vélin blanc et un billet bancaire. Il lut la somme inscrite dessus et cligna des yeux.

« Qu'est-ce que ça veut dire ? » fit-il avant de lire la note qui l'accompagnait.

Calton Gaol, avril en douze, six heures du matin

Monsieur,

Je sens qu'il est de mon devoir de corriger une situation qui aurait dû être prise en considération il y a bien des années de cela. Mais, étant retenu hors du pays pour les raisons que vous connaissez, ma position ne me le permettait pas. Comme vous ne pouvez l'ignorer, ma situation présente n'est guère plus appréciable. J'ai donc chargé ma sœur, Miss Maclaren, de remédier à cette affaire qui traîne depuis quatorze ans. Vous trouverez joint à cette missive un billet bancaire rédigé à votre nom au montant de deux mille trois cents guinées. Il est authentifié du sceau de la Forbes, Hunter & Co. Je crois sincèrement que ce montant suffira pour rembourser les mille cinq cents livres que vous avez perdues en même temps que la confiance que vous accordiez à mon regretté père...

Francis sentit son pouls s'accélérer. Cette lettre avait été rédigée ce matin même. Il étudia longuement le billet avant de vider son verre de vin et de reprendre sa lecture.

... Sachez, Monsieur, qu'il vous estimait particulièrement. En aucun cas il ne vous aurait délibérément causé préjudices. Comme moi, mon père a malheureusement été victime d'un regrettable concours de circonstances.

Vous serez certainement suspicieux, sinon étonné par ce geste inattendu. Je serai honnête, Monsieur. Par cette présente, il n'est nullement mon ambition de chercher à vous diriger vers de meilleurs sentiments en ce qui me concerne. Dieu est et sera toujours mon unique juge et Sa justice est la seule que la vie m'aura appris à reconnaître. Je compte sur le seul sentiment du devoir accompli pour soulager les tourments que me feront vivre mes dernières heures.
Veuillez recevoir, Monsieur, mon plus grand respect,

Nicholas Dick Lauder Gordon

Nulle part il ne faisait mention de Charlotte. Mais alors, pourquoi le ferait-il ? Contrarié, Francis regarda le billet de banque. Qu'est-ce que ça voulait dire ? À la veille de son exécution, Mr Gordon désirait s'amender aux yeux du Tout-Puissant ?

Dana dormait. Un peu déçu, Francis se déshabilla et, frissonnant, s'insinua entre les draps. Voilà que quelqu'un occupait sa place. D'un coup de genou, il délogea Dudley le chat, qui se mit en quête d'un endroit plus sûr. La chaleur du corps de sa femme l'attira. Lorsqu'il se colla à elle, elle remua doucement. Il l'embrassa dans le cou. Elle lui marmonna un vague bonsoir et prit sa main, la tira jusqu'à son ventre, où elle l'appliqua.

— Comment ça s'est passé ? murmura-t-elle d'une voix molle de sommeil.

— Je suis éreinté.

— Dans Heriot Row, précisa Dana.

— Difficile. C'était l'amputation ou une mort atroce dans quelques jours. J'appréhende l'apparition d'autres abcès purulents dans les jours prochains. Pour l'instant, il est impossible de savoir si le sang a transporté le poison ailleurs dans l'organisme.

— Un si jeune garçon, fit tristement observer Dana en pressant sa main. Comment se porte Mrs Carlyle ?

— Elle est très ébranlée.

Ils ne dirent plus rien pendant quelques minutes.

— Alison Mackay se trouvait là.

Francis sentit Dana se tendre contre lui. Puis elle se retourna dans ses bras.

— Allie ?

— Elle est au service de Mrs Carlyle. Connaissant tes sentiments à son égard, c'est sans doute pourquoi elle n'a jamais voulu te parler de sa nouvelle situation.

— Je n'arrive pas à y croire… Comment cela est-il arrivé ? Alison n'aimait pas Amy Stanfield. Elle la détestait de… t'écarter du droit chemin.

— Il faut supposer que ses sentiments ont changé.

Revenait à Dana la singularité du comportement de son ancienne amie lors de leurs rencontres précédentes. Son grand malaise, son refus de renouer.

— J'ai longuement pensé à elle, murmura Francis. Le jour où elle est venue ici. Le billet dans le vestibule…

— Tu crois que… ?

La question se posait. C'était Alison qui avait découvert ce billet qu'il avait obstinément nié avoir reçu. Il avait juré avec tant de conviction. En dépit de cela, Dana ne l'avait pas cru. Survenait soudain le doute sur le fortuit de sa rencontre avec Alison au théâtre. Par une curieuse coïncidence, Mrs Carlyle avait profité de son absence de la loge pour approcher Francis. La nervosité d'Alison, ses nombreux regards vers l'entrée du boudoir. Dana en eut tout à coup mal à l'âme.

— Je ne peux croire qu'elle se soit prêtée aux jeux mesquins de Mrs Carlyle.

— De toute façon, c'est terminé.

Dans la faible clarté que dispensaient les braises du charbon, elle vit les yeux de Francis briller. Elle sentit sur son visage son haleine épicée et la pression de sa main lovée dans le creux de sa taille. La chaleur de sa cuisse, immobile contre la sienne. La frappa brusquement toute leur vulnérabilité. Le complot d'Amy, s'il en fut un, avait bien failli les briser irrémédiablement. *Que l'homme ne sépare pas ce que Dieu a uni !*[33]

— Je t'aime, murmura-t-elle.

---

33. Marc; 10, 9

De pouvoir se le dire encore. Leur plus grande victoire. Elle chercha sa bouche, la baisa tendrement. Elle caressa son torse, ses épaules. Faire durer l'amour était l'inexorable épreuve du couple. Encore, elle lui dit « je t'aime », comme on pose une question, ferma les paupières et laissa les couleurs des sentiments l'envahir tandis qu'il lui répondait avec les gestes qu'elle attendait. Il soupira, s'écarta. De ce qu'il craignait, elle en avait spontanément envie. Sentir leur amour prendre vie et grandir en elle. Une dernière fois.

— Dana…

— Je t'aime…

Dans la pénombre, il sonda le visage qui se tendait. L'expression du désir sans retenue. Alors, il l'aima en retour. D'abord, avec la tiédeur de l'hésitation. La possibilité d'une nouvelle grossesse le contraignait. Après l'attaque, malgré qu'elle s'en fût bien remise, Dana restait fragile. Puis la peau réchauffée par le réveil des sens, il abandonna ses réserves.

Après, leurs corps encore vibrants des émotions partagées, leurs souffles se mélangeant dans le même air, ils se reposèrent. Le sommeil ne venait pas. L'effet de l'ivresse s'estompant graduellement, dans les esprits commencèrent à germer quelques pensées qui les remirent en contact avec la réalité.

— Tu as trouvé l'enveloppe ?

— L'enveloppe… oui.

— Alors ?

— Mr Gordon m'envoie un billet de plus de deux mille guinées. Ce geste me rend perplexe. Il tente de réparer les torts que m'a causés son père, mais il ne fournit aucune explication. Et pas un mot concernant Charlotte…

— Mr Gordon n'oserait jamais placer Charlotte dans une situation compromettante.

— C'est déjà fait, non ? fit-il valoir plus sèchement.

— Que sait-il de ce que nous savons ? Et puis, que savons-nous exactement, Francis ? Charlotte refuse de me parler de lui.

— Comment se porte-t-elle ?

— La visite de Miss Maclaren l'a beaucoup perturbée. Elle a à peine avalé la moitié de son dîner. Sa santé m'inquiète, Francis. Je crains que ce qu'il y a eu entre elle et cet homme est plus qu'une simple amourette.

Il roula sur le dos et, les mains sous la nuque, fixa le plafond dans le noir. Dans le noir, les choses devenaient parfois plus claires.

— Gordon a été condamné à la peine capitale en fin de journée, annonça-t-il sombrement. Par une voix de majorité.

— Dieu tout-puissant ! souffla Dana. Le vie peut ne tenir qu'à cela ? Une seule voix prononcée ? Celle de l'indifférence ? De l'ignorance ? Il a tout de même purgé sa peine dans l'exil jusqu'à quelques semaines. Honnêtement au regard de Dieu, j'en suis persuadée. Dans quelle pire abomination le jetait son crime que ceux de ces hommes qui enchaînent des êtres humains pour en faire des bêtes dans les champs ou dans les usines ?

— Je n'y puis rien, Dana, murmura Francis.

Elle posa sa joue sur son torse. Le cri d'une chouette perça le chant mélancolique du vent. Dans la tête de Dana se bousculaient encore quelques pensées troublantes. Elle repensa au billet de Mr Gordon caché dans un tiroir entre deux mouchoirs. « Ai-je le droit de l'empêcher de le lire ? » Cela ne ferait que raviver chez sa fille des sentiments qui ne la rendraient que plus malheureuse. Dans l'intérêt de Charlotte, étant donné que le sort de Mr Gordon était maintenant fixé, elle conclut que la meilleure chose à faire était de le détruire.

❧

Elle avait commis une erreur. Une erreur terrible. Elle devait réparer. Redresser les faits. S'amender. Devant Dieu. Devant les hommes. Pour la vie d'Andrew. Ses souffrances étaient les siennes. Ainsi elle payait pour ses péchés. Tous ses péchés. Le salut dans la souffrance.

Le vent dans les oreilles, tous ses sens en alerte, Alison traversait Édimbourg sous une lune bleue. Dans le silence de la nuit, le bruit de ses pas ricochait sur la pierre des façades des édifices. Son petit coutelas serré dans une main, son précieux réticule dans l'autre, à chaque angle de rue qu'elle tournait, elle regardait derrière pour s'assurer que seule son ombre la poursuivait.

Un claquement sec, un tintement métallique. Folle d'angoisse, son cœur s'arrêta net. Son sang propulsait l'adrénaline dans tout son corps tendu par la peur. Un chien surgit hors de l'obscurité d'une ruelle, un os dans la gueule. Tête basse, la queue battant le rythme, il s'éloigna en clopinant, rasant le mur, jusqu'à se fondre dans le noir. Rassurée, Alison poursuivit sa route, tourna dans Meadow Walk. La ruelle divisait Hope Park. De l'autre côté, la frange sombre que formaient les belles propriétés dont faisait partie Weeping Willow. Elle devait être de retour avant l'aube pour prendre le relais au chevet d'Andrew. Son fils souffrant. Dieu la punissait de la manière la plus cruelle. Parce qu'elle avait péché. Elle priait maintenant tous les dieux. Jusqu'à l'hérésie la portait son désespoir. Seule sa rédemption sauverait son fils. Pour elle, il était trop tard, elle était déjà perdue.

Un muret de pierres clôturait les propriétés. Des portes en fer ouvragé en fermaient l'accès. Alison en compta huit avant de s'arrêter. Un regard à gauche et à droite lui indiqua que personne ne se trouvait dans les parages. Le cri d'une chouette se fondit dans le grincement de la porte. Toutes les fenêtres étaient sombres. Les occupants dormaient. Volant de l'ombre d'un arbre à l'abri d'une dépendance, elle atteignit en quelques secondes la porte de service. Il y avait une fenêtre accessible sur sa droite. Alison souffla quelques secondes. Elle palpa le contenu de son réticule, enveloppa son poing de l'étoffe de sa redingote et brisa un carreau. Puis elle glissa précautionneusement son bras à l'intérieur, tourna la poignée de la crémone pour déverrouiller les vantaux. S'introduire dans la maison était plus facile que prévu.

La clarté lunaire qui pénétrait la cuisine dispensait suffisamment de lumière pour lui permettre de se déplacer sans se heurter aux obstacles. Elle se dirigea vers l'avant de la maison, où elle trouverait la bibliothèque, comme le lui avait indiqué Amy. La pièce était froide et obscure. Y flottait une tenace odeur de renfermé et de vieux papiers. Un bruit résonna dans le rez-de-chaussée. La main crispée sur son réticule, elle se statufia sur place et attendit. On avait probablement perçu le bris de la fenêtre. Rien d'autre ne se produisit. Elle essayait de dénouer les cordons de son réticule. Elle devait agir rapidement. Ses doigts tremblaient affreusement. Le nœud s'était resserré. Ses ongles rongés n'avaient pas de prise sur les cordelettes de satin. Un grincement de bois la paralysa. Quelques secondes de silence. Alison se remit à la tâche. Cette fois, elle parvint à défaire le nœud et extirpa l'objet du sac. Le sang lui martelait l'intérieur du crâne. Il fallait repérer à tâtons les étagères. Trouver l'endroit… Sa main accrocha quelque chose qui alla se fracasser sur le plancher. Elle s'immobilisa dans l'instant. Des pas se précipitaient. Un filet de lumière jaune s'infiltrait dans l'entrebâillement de la porte. Dans le halo apparut un visage qu'elle reconnut. L'homme souleva la lampe, plissa les yeux, les agrandit de surprise.

— Qu'est-ce que… Miss Mackay ? Pardieu ! Que faites-vous ici au beau milieu de la nuit ? Vous cherchez à me voler ?

Muette de peur, Alison se déplaça doucement vers le centre de la pièce. Un éclat lumineux attira le regard de l'homme sur l'objet qu'elle tenait dans sa main. Il prit un instant à le reconnaître. Se peignit sur son visage une expression d'incompréhension. Puis la rage prit le pas. Il rugit, se précipita sur la jeune femme. La violence du choc l'ébranla. Elle se retrouva à plat ventre sur le plancher, un poids l'écrasant. Ils luttèrent sur le sol. Alison s'affolait. Il la maîtrisa assez facilement.

— Que pensiez-vous faire avec cette matrice, Miss Mackay ? s'écria-t-il dans un éclat plein de sarcasme. C'est Nick qui vous a demandé de venir la planquer ici ? Il croit pouvoir me rouler comme il s'est fait rouler ?

— Non… Il ne sait rien… de cette plaque.

— Vous mentez ! J'avais dissimulé les matrices dans le cellier de Braid Hill House, sous le tranchoir à tabac. Je devais m'en débarrasser… pour un temps.

À cette époque, il ne pouvait plus garder ces matrices chez lui. Il avait reçu des menaces d'un créancier. Ce dernier exigeait d'être remboursé, capital et intérêts, en argent sonnant. S'il n'obtenait pas satisfaction avant une quinzaine, il allait raconter tout ce qu'il savait aux autorités de son petit commerce illicite. L'idée de cacher les matrices chez Nicholas lui était venue lorsque son père avait suggéré d'aller « faire la compagnie agréable à son neveu ».

La suite des évènements lui revenait. L'odeur d'Alison croisée dans l'escalier. Il l'avait suivie des yeux jusqu'à ce qu'elle disparaisse dans le cellier, où il venait de dissimuler les matrices. Il avait convoité la jeune servante tout le temps du dîner. Ses jolis seins qui tendaient le corsage. Et la rondeur de son merveilleux cul quand elle avait ramassé une fourchette en sortant de la salle à manger. Il en avait eu envie… Ainsi, c'est le désir ranimé par le parfum de la jeune femme qu'il avait gravi le reste de l'escalier. Nicholas l'attendait tout en haut. Son cousin désirait deux autres bouteilles de vin. Il fêtait un évènement. Il allait se marier avec Amy Stanfield. Étrangement, cela ne semblait pas le rendre heureux. Quelle nuit ! Il n'avait repensé aux matrices qu'à l'aube, quand avaient commencé à se dissiper les vapeurs d'alcool dans son cerveau. Il était descendu dans le cellier pour les récupérer, avait trouvé le réduit rangé. Pas de trace des matrices. Il avait tout de suite conclu que Nicholas les avait découvertes : plus tard, son cousin était retourné dans le cellier chercher une dernière bouteille de vin.

— Cette nuit-là, après... notre petite... étreinte dans le cellier, c'est vous qui avez trouvé les matrices, déduisit soudain Gordon. Et vous les avez cachées dans le petit secrétaire de ma tante.

— Personne ne se servait plus de ce meuble. Mr Nicholas n'entrait jamais dans le boudoir de Mrs Gordon.

— Sauf que les huissiers l'ont emporté et n'y ont découvert que deux matrices. Je me suis toujours demandé ce qui était advenu de la troisième. Vous l'aviez gardée. Pourquoi ne pas les avoir conservées toutes les trois ?

— Ce fut une erreur, avoua soudain Allison, prise de remords.

— Une erreur dont mon pauvre cousin a chèrement payé les frais.

— Je ne savais pas... je croyais... que c'était Mr Nicholas...

— Vous croyiez... Quoi ? Oh ! Diable ! s'exclama-t-il en comprenant brusquement la situation. Dans le cellier, vous croyiez que c'était Nick ? Voilà que s'explique bien des choses. Et c'est aussi ce que croyait Mrs Carlyle ?

Alison hocha la tête et ravala sa salive. Dans un autre moment, Leslie aurait ri.

— Puis vous avez découvert que Nick n'avait rien à voir avec cette histoire.

— L'autre soir, lorsque vous êtes venu parler à Mrs Carlyle... j'ai compris mon erreur.

— Vous en avez mis du temps, ma parole ! Et maintenant... avec cette matrice, je présume que vous aviez envie de... de faire quoi, au juste, Miss Mackay ?

— Vous faire payer pour tout le mal que vous avez fait à Nicholas Gordon.

Il ricana.

— À Nicholas ? Mais, qu'ai-je fait à mon cousin ? C'est vous, il me semble, qui êtes responsable de ce qui lui est arrivé.

Elle détourna la tête et retenait son souffle. En vain. Les effluves du parfum que dégageait Leslie pénétrait ses narines.

— Combien il vous a offert pour venir ici ?

— Rien.

— Allons, Miss Mackay. Vous vous êtes suffisamment moquée de moi comme ça. Qu'auriez-vous à gagner en venant chez moi au beau milieu de la nuit comme une voleuse pour dissimuler un objet qui ne peut servir que les intérêts de mon cousin, sinon une coquette somme d'argent ?

— Il ne sait pas que je suis ici, murmura Alison, au bord de la nausée. Comment avez-vous pu laisser votre cousin être condamné à l'exil pour un crime qu'il n'a pas commis ?

— Et prendre les quatorze années à sa place ? Ne soyez pas stupide, Miss Mackay.

— Vous avez forcé Amy à le dénoncer…

— Il devenait gênant.

— Vous méritez d'être pendu à sa place.

Il la considéra un instant en silence.

— Venir chez moi afin de réhabiliter ce pauvre Nick est votre propre idée ?

Alison ne répondit pas. Gordon s'esclaffa.

— Elle est bien bonne celle-là ! Voyez-vous ça, une petite boniche entre chez moi en pleine nuit comme une voleuse et me parle de faire justice ? Vous croyez peut-être que je vais vous laisser saboter ma réputation sans rien faire, Alison ? C'est votre prénom, si je me souviens bien. Quoique je me souvienne mieux de votre… joli petit cul ! dit-il d'une voix pleine de mépris.

Alison remua; il resserra son étreinte. La haine et la peur soulevaient la poitrine de la jeune femme par saccades. Le regard de Gordon s'abaissa sur la courbe des seins. Il fit bouger sa main sur la redingote. Elle se mit à gesticuler pour se dégager de sa mauvaise posture. Il encercla son délicat cou de ses doigts robustes et serra tout en insérant de force son genou entre ses cuisses.

— Allez, ne me rendez pas la tâche difficile. Vous étiez pourtant plutôt docile dans le cellier.

L'homme, son poids l'écrasant, son haleine dans son cou. Sa bouche, humide, gluante. Ses mains partout sur elle, la tripotant, l'humiliant encore. Elle s'affola. Elle hurla de rage et de haine. Il la frappa violemment au visage, la stupéfiant. Un sourire se dessina sournoisement sur ses lèvres tandis qu'il cherchait sous les jupons. Non !

Elle était venue ici ce soir dans l'espoir de réparer ses torts face à Nicholas Gordon. Cela ne faisait plus de doute qu'il n'était en rien lié aux matrices trouvées dans le cellier cet affreux soir du 19 mars 1819. Mais aussi, dans le but de découvrir l'identité de l'homme qui l'avait violée. Le véritable père d'Andrew. Elle avait cru qu'il s'était agi de Nicholas Gordon, pendant toutes ces années, jusqu'à ce qu'elle hume ce parfum… Le parfum sur le foulard de Leslie Gordon, le soir où il était venu visiter Amy dans Heriot Row. Ce parfum avait fait naître des réminiscences, réveillé des souvenirs qu'elle avait pourtant voulu enfouir au plus profond de l'oubli. Dans le cellier, des notes à la fois boisées et animales, que les effluves du tabac et les relents nauséeux d'alcool n'avaient pas su camoufler, aspirées, retenues dans sa gorge enserrée par les griffes de la bête, enregistrées dans son inconscient, comme une douleur. Cette douleur revenait aujourd'hui la tourmenter. En cet instant, elle en avait la certitude. Mr Nicholas Gordon n'était pas celui qui l'avait violée dans le cellier. C'était Leslie Gordon !

Elle ne subirait pas cette humiliation une seconde fois. Jamais ! Son coutelas… elle l'avait laissé sur l'étagère avant de sortir la matrice du réticule. La matrice… son rebord tranchant s'enfonçait dans sa paume…

Chapitre 14

Dans la vaste place qui s'ouvrait devant la prison de Newgate de Londres, un chapelet de voitures attendait garé sous la bonne garde des cochers. Grise et austère, la prison formait l'angle de Newgate et Old Bailey Streets. Cinquième porte de la vieille cité fortifiée de Londres en 1188, Newgate avait au fil du temps subi plusieurs transformations, dont deux reconstructions, après avoir été rasée par le feu après le grand incendie de 1666 et à la suite d'une émeute en 1780. Mais peu importe les raffinements ajoutés à son architecture extérieure et les améliorations apportées par la réforme de 1823, les conditions de vie y demeuraient effroyables. Aujourd'hui, dans sa version la plus récente, des murs massifs qu'ornaient des niches vides formaient le bloc central de l'édifice, que perçaient quelques rares fenêtres en arches romaines. En son front d'est régnaient, ironiques, les figures vertueuses de Justice, Courage et Prudence. Liberté, Paix, Sécurité et Abondance, se partageaient le front d'ouest. Visible au loin, derrière le bâtiment, le dôme étincelant de la cathédrale St. Paul dominait le quartier. L'église St. Sepulchre occupait l'angle en diagonale de Newgate. Pendant des décennies, chaque matin qu'avait lieu une exécution, sa cloche avait sonné, puis la prison avait acquis sa propre cloche. À quelques pas de là, dans Gilspur Street, se situait St. Bartholomew Hospital. Et encore, dans Market Street, Fleet Prison, qui logeait les insolvables et leurs familles, pauvres victimes d'un monde hédoniste. Ainsi, les influences de Dieu et du diable se disputaient les âmes de la City.

« Une servitude pour une autre. Tout n'est pas encore gagné », murmura Charlotte en déposant le *Baptist Magazine* à côté d'elle sur le siège.

Son regard s'échappa par la vitre de la voiture. Pour déjouer l'attente, elle avait lu le dernier article de Matthew Cox commentant la nouvelle loi sur l'abolition de l'esclavage. Le révérend, qui était de ceux qui militaient pour l'abolition immédiate, y avouait son scepticisme. Le 29 août 1833, vingt-cinq ans après la suppression de la traite des esclaves dans les Indes occidentales, les membres du Parlement avaient décidé de légiférer sur l'abolition de l'esclavage dans les colonies britanniques. Une victoire mitigée. À compter du 1er août 1834, seuls les esclaves de moins de six ans obtiendraient leur pleine émancipation. Les autres seraient considérés comme des apprentis et seraient tenus de garantir pour un temps déterminé un minimum de quarante heures de travail non rémunéré au planteur auquel ils étaient soumis.

Estimant avoir accompli son œuvre en Angleterre, le révérend Cox avait jugé que le moment était venu pour lui de réintégrer son office à Montego Bay, où sa présence était réclamée et où son regard témoignerait mieux des effets de la nouvelle loi. Par conséquent, la semaine précédente, les Cox s'étaient embarqués pour la Jamaïque avec leur mignonne petite Julia. Charlotte les avait accompagnés jusqu'à Londres. Les adieux avaient été émouvants. Depuis, elle profitait de l'aimable hospitalité de sa tante Harriet et de son oncle Logan pour refaire connaissance avec la capitale. Elle partageait équitablement son temps entre ses cousins et cousines et des activités qu'elle se réservait pour elle seule. L'univers de la National Gallery la rapprochait de sa mère et de James, tandis que les collections du British Museum la ramenaient dans le monde de son père et de Jonat. Pour son bonheur, le musée n'était situé qu'à quelques minutes de marche de chez les Nasmyth.

Tante Harriet lui avait proposé de prolonger son séjour jusqu'à la fin de l'automne. Elle pourrait rentrer avant que l'hiver rende les routes incertaines. S'éloigner d'Édimbourg lui avait été bénéfique. Cinq mois avaient passé. Elle avait fini de verser ses larmes. Elle croyait maintenant avoir retrouvé une certaine sérénité. Se reformaient des projets, se redessinaient des rêves. Oui, somme toute, la vie recommençait à lui sourire. D'un sourire certes différent, mais tout aussi invitant. Elle lui offrait une place bien à elle. Sa vie lui appartenait et elle prenait enfin le contrôle du gouvernail.

Deux silhouettes se détachèrent d'un groupe de femmes en conférence dans l'escalier. Charlotte les suivit des yeux. Sa fille Hannah sur les talons, Dorothy Barclay, Dotty, de son surnom, s'approchait de la voiture dans un dandinement comique. On aurait dit une cane et son caneton. Dotty était issue d'une importante famille de banquiers londoniens et membres de la Society of Friends[34]. C'était une femme corpulente dont la voix grinçait un fort accent régional que Charlotte ne pouvait identifier. Son inébranlable bonne humeur, qui semblait avoir imprimé un perpétuel sourire sur son visage, avait tout de suite rappelé à Charlotte l'infatigable jovialité de Mrs Dawson. Elle avait fait sa rencontre en juin lors d'une réunion de la Lichfield Ladies Association. La quakeresse était de passage dans le Staffordshire pour y discourir sur l'égalité des droits fondamentaux et pour y faire circuler une pétition contre l'esclavage qui devait être présentée aux Communes.

La dame lui avait longuement parlé des œuvres de la Bible Society. À son tour, Charlotte lui avait raconté son travail auprès des esclaves de Montpelier, puis son expérience au Royal Infirmary d'Édimbourg. Elle lui avait confié son idée d'école de gardes-malades; Dotty lui avait parlé de ses efforts pour organiser des refuges pour les pauvres. Ainsi, leurs idéaux communs les avaient tranquillement menées vers le chemin de l'amitié.

Dotty Barclay lui dévoila être une amie proche de Mrs Elizabeth Fry. Charlotte se souvenait vaguement d'avoir entendu sa mère parler de cette autre quakeresse qui avait parcouru la Grande-Bretagne pour visiter ses prisons et sensibiliser les gens à la nécessité de les réformer. Dana avait été particulièrement touchée par le discours que Mrs Fry avait tenu devant les détenues de Bridewell. Elizabeth Fry s'était intéressée à la désespérance du sort des femmes après une visite de Newgate en 1813. Elle mit sur pied une association féminine se consacrant à humaniser les conditions de détention. Les résultats s'étaient montrés probants. Mais il était clair que des mesures plus draconiennes devenaient

34. Plus communément connus sous le nom de quakers.

nécessaires pour arriver à corriger tout à fait la situation. Elle avait convoqué les autorités pour introduire, non sans rencontrer quelques réticences de leur part, un programme destiné à éduquer spirituellement et intellectuellement les détenues et leurs enfants. La Chambre commune vota enfin en 1823 la *Goal Act,* une loi visant à améliorer le traitement des prisonniers.

Dotty lui apprit que Mrs Fry avait dernièrement visité plusieurs hôpitaux et qu'elle questionnait maintenant la qualité des soins qui y étaient donnés. Elle lui proposa de lui présenter Betsy[35], comme elle appelait Mrs Fry. L'idée plut à Charlotte. Si la dame avait en tête de procéder à la réforme des conditions de vie des malades, Charlotte avait surtout envie d'être à ses côtés. Par un mauvais coup du hasard, au moment où elle s'installait chez les Nasmyth, dans le quartier de Bloomsbury, Mrs Fry quittait Londres avec son mari pour le bailliage de l'île de Jersey, au large de la Normandie. Son état de santé fragile l'éloignerait pour un temps indéterminé.

Quoi qu'il en fût, il n'avait pas été question pour Dotty de laisser Charlotte s'ennuyer à parcourir les boutiques et se prélasser oisive dans les nombreux parcs de la ville. Elle l'avait plutôt invitée à participer avec elle à quelques œuvres caritatives. Il y avait la distribution de vêtements au Bloomsbury Dispensary les mardis et les jeudis et les visites du vendredi à la prison de Newgate. Newgate n'avait rien d'attirant, si ce n'était qu'on y satisfaisait une certaine fascination morbide qui nous confortait dans nos propres infortunes, comme le soulignait Dotty. La contemplation de la détresse d'autrui était peut-être nécessaire pour l'éveil de la conscience. Face à celle qu'abritaient Newgate et ses sœurs, Charlotte se sentait si démunie. La vue pitoyable de ces femmes, voleuses, prostituées, fraudeuses et meurtrières, horde de créatures hagardes et hâves, abandonnées de Dieu, l'avait perturbée au-delà de ce qu'elle aurait imaginé. Le mélange putride d'odeurs qui s'accrochait à elles. La clameur confuse dans les étroits couloirs voûtés, où le sifflement des lampes à gaz résonnait avec le claquement des talons et le tintement des clés de la geôlière. Derrière les lourdes portes consolidées de barreaux de fer,

35. De par leur refus de reconnaître la hiérarchisation de la société, les quakers n'admettaient pas les titres usuels de monsieur et madame et s'adressaient à quiconque avec la même familiarité, en se tutoyant.

les voix qui murmuraient, les plaintes étouffées, parfois un rire qui n'avait rien de joyeux. Tout cela avait produit une impression indélébile dans l'esprit de Charlotte. Elle en revenait chaque fois le cœur si triste. Mais aussi, incrédule et perplexe devant la dureté de la réalité qui l'entourait. Émergeait en elle cette affreuse impression que, malgré tous leurs efforts, rien ne laverait jamais l'humanité de la misère qui l'encrassait.

La désillusion gravait profondément les traits de ces pauvres femmes et éteignait la lumière dans les yeux des enfants qui partageaient leur sort. Ces enfants dont personne ne voulait. Certains naissaient en prison. Il y en mourait aussi. Du sang corrompu venait le sang corrompu. Cette pensée étayait une justice qui se contentait de punir pour punir. Dotty et ses consœurs croyaient autrement. Et la réhabilitation ? Certes, les prisonnières étaient maintenant décemment vêtues et passablement propres. Une matrone avait remplacé le gardien mâle qui veillait sur l'ordre et supervisait les travaux forcés. Mais il restait encore beaucoup à faire. Il fallait offrir à ces femmes les moyens de ne pas revenir en prison. Les éduquer, leur apprendre les rudiments d'un métier honorable et leur apporter la connaissance des saintes Écritures étaient les bases du succès d'une réhabilitation sociale efficace.

« Dieu ne peut rien si nous ne sommes pas disposés à agir en Son nom, lui avait cérémonieusement expliqué Dotty, comme un écho à la voix de son amie Catherine. Nous sommes Ses instruments, Miss Seton. Et sans outils, comment vont faire ces femmes pour se sortir de leur condition ? La terre a suffisamment porté de Molly Flanders[36]. Il est temps que certaines choses changent en faveur des pauvresses. Mrs Fry a accompli tant de choses. Ah ! Une femme remarquable, sans prétention et si noble de cœur… »

Le contact des prisonnières apportait quelque chose de gratifiant. Un seul sourire fatigué, un simple merci murmuré avec un tremblement d'émoi, valait la peine et lui procurait ce sentiment de contentement, moteur de sa détermination. Charlotte avait retrouvé dans les prunelles de ces déshéritées cette même lueur de reconnaissance qu'elle avait découvert dans celles des malades du Royal Infirmary d'Édimbourg. Que ce

---

36. *The Fortunes and Misfortunes of the Famous Moll Flanders* : roman de Daniel Defoe publié en 1724 qui raconte l'histoire d'une femme née dans la prison de Newgate et forcée de se débrouiller par ses propres moyens pour se faire une vie.

fût dans les hôpitaux ou dans les prisons, Charlotte ne croyait pas que ses actions ne fussent que de futiles coups de rame au milieu de la mer. On consolidait des fondations en y apportant une pierre à la fois. Elle redécouvrait le goût du don de soi que lui avaient communiqué, à leur façon, sa mère, son père et Catherine. Toucher ceux que l'indigence avait accablés lui avait permis de poser un regard différent sur l'humanité comme sur elle-même.

Elle avait depuis longtemps compris que ses actions n'étaient pas complètement dépourvues d'intérêt. Elles avaient pour dessein d'étancher cette inassouvissable soif de se sentir appréciée, aimée. Sans l'existence de toute cette détresse, comment trouverait-elle à satisfaire autrement cet égoïste sentiment ? Troublante question. Devait-elle en avoir honte ? Non, seul Dieu pouvait aimer sans retour. Son amour, Il le dispensait gratuitement et aux hommes de se le partager. Ainsi faisait Charlotte dans chaque parole bienveillante distribuée, dans chaque caresse prodiguée. Chacun de ses gestes générait son amour en retour. Un échange honnête, tout bien considéré. La vie lui avait enseigné que l'amour pouvait prendre différents visages. Une belle leçon durement apprise. Elle était fière de ce qu'elle accomplissait aujourd'hui. Elle était fière d'elle-même.

Dotty se laissa choir sur le banc d'en face, soufflant bruyamment. Hannah prit place à ses côtés et exprima ses propres pensées avec force simagrées.

— Anne va veiller à ce que la fille de cette pauvre Nellie ait un foyer convenable, commenta gravement Dotty en se hissant vaillamment dans le véhicule. Ah ! Quelle tristesse ! Quelle tristesse, ma chère Charlotte !

Charlotte approuva d'un hochement de la tête. Pour avoir volé un poulet, un jupon et une paire de vieilles chaussures, Nellie avait été condamnée à sept années d'exil dans l'une des colonies pénales du Sud. Elle attendait son transfert sur l'un des navires-prisons ancrés à Woolrich. Nellie n'avait que dix-neuf ans. Elle s'était pendue pendant la nuit avec ses bas. Elle laissait orpheline une fillette de trois ans.

La voiture s'était mise en branle et avait parcouru Skinner Street, puis son extension, qui prenait le nom de Holborn Street. Bedford Square n'était situé qu'à quelques minutes de là. Hannah avait pris les commandes de la conversation. Sans quitter Charlotte des yeux, elle émettait une série de sons rauques et ses mains voltigeaient comme de petits papillons. Une infection encéphalite contractée à l'âge de cinq ans l'avait rendue muette et légèrement déficiente.

— Hannah dit qu'elle te trouve très jolie, Charlotte, traduisit Dotty, et que tes cheveux sont aussi beaux que ceux de Gus.

— Merci, bredouilla Charlotte. Qui est Gus ? demanda-t-elle plus bas après quelques instants de réflexion.

— Notre setter irlandais. Ne le prends pas mal, mon amie, ajouta Dotty en voyant la surprise se peindre sur les traits de Charlotte. Hannah adore Gus.

La jeune femme, qui ne cessait de la dévisager, opina silencieusement. Charlotte forma un petit sourire à son intention. Intimidée, elle se détourna vers les façades qui défilaient à travers la fenêtre.

— J'ai remarqué que tu ne possédais pas de Bible, enchaîna Dotty plus sérieusement.

— Euh… elle est restée chez moi, à Édimbourg, lui apprit Charlotte.

La dame étira les lèvres dans un large sourire et fouilla dans son panier, en tira sa vieille Bible reliée de maroquin brun.

— Je te l'offre, lui dit-elle en lui présentant le saint livre.

— Non ! protesta Charlotte avec force. Je ne peux pas… c'est la vôtre.

— Allons ! Ce n'est qu'un livre. J'en possède d'autres exemplaires à la maison. Et te l'offrir me fait plaisir. Il y a une citation de Betsy dans la page de garde. J'espère qu'elle t'inspirera comme elle m'a inspirée. Le monde a grandement besoin de femmes de cœur comme toi. Comme en nous tous, l'étincelle divine est en toi. Laisse ta lumière intérieure te guider.

— Je… Oh !

Elle rougit et ouvrit le livre sur l'inscription.

Il n'existe aucune vie, aussi laide, aussi perdue soit-elle, qui ne puisse s'élever pour être touchée par la lumière de Dieu. Mais quelqu'un doit les y aider. Rendons la lumière aux aveugles, la voix aux muets et leurs jambes aux invalides, et la volonté de Dieu sera accomplie.

E. F.

Hannah se frappait le cœur en émettant des Huh ! Huh ! gutturaux au sens nébuleux pour Charlotte. Mais elle avait l'air contente. Charlotte referma le livre et le posa sur ses genoux. Puis elle remercia la dame, qui reprit la parole : « Dieu nous a donné la vie, la force du corps et de l'esprit. La Bible n'est qu'un guide. Nous y puisons les mots qui nous aident à accomplir le dessein de Dieu, qui est notre père, et non notre tyran. Jamais, Charlotte, la Bible ne devrait dicter notre conduite. Ce serait renier l'intelligence dont Il nous a dotés. »

— Le libre arbitre qui nous permet de discerner le bien du mal, énonça Charlotte.

— Oui, fit Dotty en étirant son sourire. Si ta tante te le permet, peut-être que tu aimerais venir entendre notre prochaine célébration du culte. Je pourrais te présenter mes autres enfants : Elias, Daniel et Rachel. Je t'avais dit qu'Elias était rentré de Cambridge ?

— Oui, vous m'en avez glissé un mot ce matin. Un pont écroulé l'a retenu pendant deux jours à Buntingford…

— Hum… fit la quakeresse en secouant son bonnet noir. La vieillesse ! La vieillesse !

Charlotte retenait les commissures de ses lèvres de retrousser. Dotty n'oubliait jamais rien. La voiture venait de s'immobiliser devant le n° 37 de Bedford Square. Le cocher ouvrait la portière, déployait le marchepied et présentait la main pour aider Charlotte à descendre. Elle replaça sa capote, resserra le nœud du ruban sous son menton. Sa Bible pressée contre son ventre et s'inclinant légèrement, elle tendit la main vers Dotty, qui la prit et la serra avec chaleur et fermeté.

— Merci pour le cadeau. À vendredi prochain, Dotty. Bonne journée, Hannah.

Tandis que la voiture prenait la direction de Tottenham Court Road, Charlotte repensa à la proposition de Dotty. Lors de leurs deux dernières rencontres, la dame lui avait beaucoup parlé d'Elias. Charlotte devinait les visées de sa nouvelle amie, qui avait probablement aussi parlé d'elle à son fils. C'est pourquoi, afin de mettre un frein à son projet de les assortir, Charlotte avait raconté à Dotty qu'elle venait de se fiancer. La vérité était qu'après avoir repoussé sa demande sur le bord de l'étang, elle n'avait plus revu Mr Collins. Elle en était à la fois attristée et soulagée. Avant de partir pour l'Angleterre, elle lui avait exprimé dans un mot ses meilleurs sentiments. La veille de son départ, Anna était venue lui dire au revoir. Elle lui avait remis une réponse de son frère. Il disait simplement :

Le hasard réunit invariablement ceux que le destin a choisis. Dans un monde ou dans l'autre. Je vous souhaite tout le bonheur que vous méritez.

Affectueusement, Guy Collins.

Qu'avait choisi le destin pour elle ? Charlotte leva son regard vers le ciel comme pour le questionner. Un voile grisâtre le recouvrait entièrement. Mystère. Au-dessus d'elle riaient des enfants et jappait un chien.

— Charlotte ? Charlotte !

Un visage se penchait à l'une des fenêtres. Cousine Florence agitait les bras. Entre les rideaux apparut une deuxième tête auréolée de boucles blondes. Sa bouille angélique éclairée d'un sourire espiègle, la petite Mary se mit à imiter sa grande sœur.

— Lottie ! Pourquoi vous ne montez pas ? lui cria la fillette. On vous attend pour… aïe !

Mary disparut subitement dans la maison. Florence aussi. Charlotte patienta, mais personne ne se montra plus. Elle se retourna vivement pour rentrer, heurta presque le passant qui la croisait.

— Bonjour, Miss Seton !

Elle ouvrit la bouche, dévisagea l'homme qui se dressait devant elle.

— Docteur Wakley ! Je suis désolée… et confuse… bonjour…

— Il n'y a pas de mal. Bonne journée, Miss. Et prenez garde de regarder où vous mettez vos pieds !

Souriant d'amusement, l'homme toucha le bord de son chapeau et inclina le chef. Thomas Wakley était chirurgien et fondateur du populaire journal médical, *The Lancet*. Il était aussi un membre du parti radical et le voisin et ami de son oncle Logan. Wakley était un féroce défenseur du droit commun. Il avait agressivement débattu en Chambre l'abrogation des Corn Laws et l'abolition de l'esclavage. Dans *The Lancet*, il critiquait maintenant avec virulence le népotisme et l'autocratie qui régnaient au sein des collèges de médecine et de chirurgie de Londres.

Charlotte aurait aimé parler avec lui. Des femmes. De la prison où elles étaient enfermées. Du drame de Nellie. Des œuvres de Mrs Fry. Des conditions sanitaires dans les hôpitaux. Des soins infirmiers. L'homme poursuivit son chemin et grimpa les marches de granit qui menaient au nº 35. Une maison de briques brunes avec une entrée en arche romaine de pierres blanches de Coade. Identique à toutes celles qui ceinturaient Bedford Square. Ce serait pour une autre fois…

Des rires d'enfants la rappelèrent vers les fenêtres de la maison des Nasmyth et Charlotte se rappela que ses cousines attendaient son retour. Elle monta rapidement au premier et embrassa sa tante. Harriet venait de refermer la porte du salon.

— Tu es en retard, lui fit-elle remarquer.

— Je sais. Mrs Barclay a été retenue pour une triste affaire. Une femme est morte la nuit dernière et il fallait trouver un endroit où placer sa petite fille.

— Quelle consternante nouvelle, fit sa tante avec des inflexions qui voulaient exprimer le sentiment évoqué, puis elle reprit plus gaiement : si on veut garder l'équilibre de nos humeurs, il faut contrebalancer les moments de tristesse avec le plaisir, n'est-ce pas ?

De l'autre côté de la porte, on entendait des chuchotements et des ricanements étouffés. Harriet surveillait la poignée de laiton brillant comme si elle s'attendait à la voir tourner. Seulement alors, Charlotte nota ses joues rouges et l'étrange sourire incurvant sa bouche. Puis les chauds arômes épicés d'un curry mijotant dans la cuisine qui envahissaient la maison. Le chien aboya.

— Mary et Florence ont un nouveau petit chiot ? l'interrogea-t-elle avec une expression de ravissement.

Étirant sa moue suspicieuse, sa tante haussa les épaules et croisa ses bras.

— Entre, elles t'attendent.

Intriguée, Charlotte ouvrit la porte. Elle croisa les regards de Mary et Florence, plantées dans l'entrée comme deux sentinelles. Puis d'autres paires d'yeux dans des visages traversés par des sourires si larges que Charlotte crut qu'on se moquait d'elle. Jusqu'à ce qu'elle les reconnaisse. À ce moment, s'arrachant des bras de Frances, Fritz le chien s'élança vers elle en jappant.

— Joyeux anniversaire, Charlotte !

Un tonnerre de joie dans le salon. Charlotte paralysa sur place. Le choc. Les ribambelles et banderoles de papier accrochées partout. L'incompréhension. Son anniversaire n'était que dans dix jours. Tant pis ! On le fêterait aujourd'hui. À son tour, elle poussa un cri et s'élança vers les bras qui se tendaient. Sa mère, son père. L'émoi. James et petit Joe. Frances et Blythe. Même Janet, qui l'étreignit avec retenue, les yeux brillants. Ils étaient tous là, à Londres, avec Mrs Wilkie et Jenny. Pour célébrer ses dix-sept ans. Son bonheur était au zénith. Tout son corps en vibrait. Et Fritz ne cessait de lui lécher les mains. Submergée, elle fondit en larmes. Quel merveilleux cadeau !

⁂

Ils avaient dîné du curry d'agneau et terminaient d'avaler le pouding au caramel et aux fruits confits. La tablée était bruyante, les enfants indisciplinés et les adultes trop gais ou trop fatigués pour les réprimander. On soulignait l'anniversaire de Charlotte. Frances et Blythe lui avaient raconté tous les détails de leur long, long, long voyage. De Glasgow, où Caroline Douglas, la sœur de Francis, les avait reçus avec joie, ils avaient pris la route du pittoresque comté du Cumberland, en Angleterre. Ce district, très riche en lacs, était sans doute le plus montueux du pays. Quatre jours d'arrêt avaient permis à Dana et James d'y peindre de jolies scènes et aux garçons d'y faire une mémorable randonnée jusqu'au sommet du mont Skiddaw. La formidable équipée s'était ensuite poursuivie jusqu'à Liverpool. Blythe avait été fortement impressionné par les monstrueuses locomotives à vapeur qui arrivaient dans Crown Street Station, tandis que petit Joe avait surtout été intéressé par l'activité qui animait les quais et les nombreux Noirs, Chinois et Irlandais qui y travaillaient. Prochaine escale : Bath. Ils avaient passé deux semaines dans la ville, réputée pour ses thermes romains, pour en découvrir ses beautés et profiter de son climat sec et doux. Dana avait visité avec délice ces mêmes endroits qu'avait fréquentés la romancière Jane Austen près de trente années auparavant. Pendant que Francis et les garçons partaient en excursion dans les environs, Dana et ses filles avaient appris à connaître l'élégant monde de Bath aussi intimement que l'avait fait Miss Austen en jouissant du charme palladien des lieux décrits dans ses romans *Northanger Abbey* et *Persuasion*. Et tous avaient bu l'eau de ses thermes au goût discutable, mais réputée pour ses qualités curatives salutaires.

Un extraordinaire périple, où chaque jour avait apporté son lot de problèmes, mais aussi de moments à chérir. Une idée de Francis, lancée comme ça au hasard d'une discussion sur les possibilités d'envoyer James en Europe étudier l'architecture pour laquelle il s'était soudain pris de passion. Les enfants n'avaient jamais voyagé. Et Dana, si peu. Pourquoi ne pas profiter de l'été ? Ils avaient besoin de vacances et de mettre entre parenthèses les évènements moins heureux des derniers mois. Après l'affaire Gordon et sa triste conclusion, ils le méritaient. Voir d'autres paysages serait bénéfique pour le moral de Dana. L'hôpital avait recommencé à offrir ses services à la population. Jonat et l'équipe médicale pouvaient fort bien se passer de Francis pendant quelque temps.

Après dix semaines à parcourir les routes du pays, l'itinéraire aboutissait à Londres où ils avaient projeté de surprendre Charlotte. L'été s'achevait. Janet ferait son entrée à l'Académie de Mrs Hargrave et James devait entreprendre ses cours à l'Université d'Édimbourg. Le retour à Weeping Willow était prévu dans les jours à suivre.

Charlotte, radieuse dans la nouvelle robe safran que lui avait confectionnée Harriet, riait d'une pitrerie de petit Joe. Frances sur ses genoux, elle écoutait avec intérêt sa mésaventure au marché public de Bath, où sa petite sœur s'était perdue. Elle répondait sur un ton agréable aux questions d'une Janet soudain anxieuse d'intégrer le pensionnat. Dana l'observait, soulagée et comblée. Oui, Charlotte respirait la joie d'être. Enfin, sa fille avait retrouvé une certaine tranquillité d'esprit.

Elle leur avait fait part de ses nouveaux projets. Elle désirait ardemment rester à Londres. Quelques mois de plus, afin de faire la connaissance de Mrs Fry. Harriet et Florence se réjouissaient de l'idée, qui ne plaisait pas autant à Dana et Francis. Leurs regards se croisèrent furtivement mais ni l'un ni l'autre ne laissa transparaître sa déception. Ils avaient espéré la ramener à la maison avec eux.

Sur un signe de Dana, les enfants se levèrent et, dans un vacarme de grincements de chaises et de rires d'excitation, quittèrent la salle à manger. La joyeuse meute revint quelques minutes plus tard avec des paquets joliment emballés dans du papier marbré. Les joues rouges de plaisir, Charlotte déballa ses présents : une bouteille d'eau de senteur, un galet poli par la mer qu'avait ramassé Blythe sur la plage à Liverpool, un mouchoir que Frances avait orné des initiales de Charlotte. Le magnifique châle de soie verte que lui avait procuré Dana lors de leur séjour à Bath s'agençait superbement à la robe qu'elle portait. Charlotte fut particulièrement ravie de l'éventail de dentelle rebrodé qu'avait déniché James pour elle chez un brocanteur de Bath. Elle ne cessait de pousser des oh ! des ah ! et d'embrasser tout le monde

Janet lui présenta un dernier présent qu'ouvrit Charlotte. C'était un présentoir de carton. Sous la vitre du couvercle, un papillon de grande taille déployait ses ailes dans des tons de crème et de vanille. Sur l'étiquette d'identification était inscrit *Anartia jatrophae*. Un paon blanc…

— J'ai pensé que cela te plairait, expliqua Janet avec un peu d'inquiétude devant l'absence de réaction de sa sœur.

Les autres se taisaient.

— Où t'es-tu procuré ce papillon ? s'informa Charlotte d'une voix légèrement vacillante.

— Chez le même brocanteur que James. Il ne te plaît pas ? Je croyais que tu aurais été contente de l'ajouter à ta collection.

— Pourquoi celui-là ? fit plus sèchement Charlotte. Tu ne sais pas qu'il vient des Caraïbes ?

— Non, on ne me l'a pas dit, murmura Janet d'une voix serrée par l'émotion. Mais… Qu'est-ce que ça peut faire ?

Ses lèvres serrées sur les paroles blessantes qui lui venaient en bouche, Charlotte déposa le présentoir sur la table. Tandis qu'elle continuait de fixer le beau papillon, remontaient en elle des souvenirs douloureux. Pourquoi fallait-il que Janet lui offre ce spécimen en particulier ?

Pressentant une montée de larmes, elle se leva et quitta la pièce en courant, laissant derrière les mines stupéfiées se consulter silencieusement. Janet lança un regard confus vers sa mère, qui haussa les épaules. En définitive, à vouloir se faire pardonner de Charlotte, elle n'avait manifestement réussi qu'à raviver ses ressentiments. Et elle avait gâché la belle fête. Janet éclata en sanglots et prit la fuite à son tour.

— Qu'est-ce qui lui prend, à Charlotte ? chuchota Frances. Pourquoi elle aime plus les papillons ?

— Je peux l'avoir si elle…

— Silence! fit rudement tomber Francis.

Il se tourna vers Dana, qui comprit le sens de son regard. Elle trouva Charlotte dans la chambre qu'elle partageait avec Florence et la petite Mary. Elle ne pleurait pas, se tenait immobile à la fenêtre.

— Elle voulait sincèrement te faire plaisir, lui dit-elle en venant la rejoindre. Janet se sent encore très mal vis-à-vis de toi.

— Elle n'a pas à l'être, dit Charlotte avec humeur. Tout ce qui est arrivé n'est aucunement de sa faute.

— C'est ce que nous nous tuons à lui répéter. Mais ce n'est pas facile pour elle. Janet est différente de toi, certes. Mais elle t'aime beaucoup, Lottie. Si seulement tu lui faisais savoir que tu ne lui en veux plus.

— Je ne lui en veux plus vraiment… sinon de constamment chercher à dicter la conduite des autres selon ses règles, Mama.

— Elle fait des efforts pour changer, tu sais.

Le feuillage des grands platanes dans le parc luisait comme de l'or dans la clarté des lampadaires. Dana laissa un instant son regard épier les fenêtres des maisons dans Bedford Square. Quelques ombres s'y profilèrent furtivement. Alors qu'elle pensait qu'on les espionnait possiblement de même, Charlotte, affligée, se décida à rompre la tranquillité du moment.

— Si j'avais été plus sage. Oui, comme Janet, la fille modèle, brave et obéissante, à la morale si droite.

Dana regarda sa fille. Les traits altérés par les émotions, elle gardait son attention sur le paysage nocturne scintillant.

— Janet n'est pas parfaite, Lottie. Personne ne l'est.

— Mais elle est le genre de fille qui fait la fierté des parents, n'est-ce pas, Mama? Tandis que moi…

La conviction qui pesait dans le ton ouvrit le cœur de Dana en deux.

— Charlotte, c'est faux…

— Je suis un tel fardeau! Je ne mérite pas cette fête. Je ne mérite pas… votre affection, articula-t-elle entre ses sanglots. Janet a raison. Elle a raison. Je ne cesse de vous décevoir. Je vous ai rendue malade. Mon comportement est indigne de vous. D'abord Master Murray, ensuite

Monsieur Marsac, et pour finir, Mr Lauder. Papa, il… il est si… déçu de moi. Je le sais. Il ne m'aime pas…

La voix se fragmentait. Son visage dans ses mains, Charlotte éclata en sanglots.

— Dieu tout-puissant ! Comment peux-tu penser une chose pareille ? Lottie, certes, ton père est déçu. Mais je t'interdis de croire qu'il ne t'aime pas ! Tu ne sauras jamais jusqu'à quel point il te chérit. Tout ce que tu représentes pour lui. Oh, Lottie… Quand il a appris pour la rébellion en Jamaïque, rien… rien au monde n'aurait pu l'empêcher de courir à ton secours.

— J'ai tout gâché avec Mr Collins, s'entêtait-elle. J'éprouve beaucoup d'affection pour lui, mais… ça ne serait pas honnête de le laisser croire que mon cœur lui est tout acquis quand… quand… Mais… Oh ! Vous comprenez que je ne pouvais pas accepter sa demande, n'est-ce pas, Mama ?

— Oui, répondit Dana.

Elle l'enveloppa de ses bras et la serra contre elle. Des minutes s'écoulèrent avant que s'espacent enfin les sanglots. Le silence se remplit du bruit d'une voiture passant dans le square. Charlotte se détacha de sa mère et retourna vers la fenêtre. Elle essuya ses yeux avec son mouchoir avant de se moucher dedans.

— Je ne sais pas si j'arriverai à aimer encore. Si seulement…

— Chut ! Cesse de te tourmenter avec ça.

Dana poussa un long soupir. Le poids de la culpabilité revenait peser sur son cœur. Le voyage lui avait fait tout oublier du billet de Mr Lauder qu'elle avait brûlé. Pour éviter son regard, elle s'affairait à retoucher la coiffure de Charlotte.

— Tu es encore si jeune, Lottie, murmura-t-elle un peu nerveusement. Tu verras, un jour l'amour te tombera dessus comme la foudre. Maintenant, si tu venais nous parler de tes nouveaux projets. Tu as mentionné vouloir rencontrer Mrs Fry. C'est vrai qu'elle s'intéresse maintenant aux conditions de vie des malades dans les hôpitaux ?

— Oui. Je descendrai dans un moment, Mama.

Sa mère partie, elle laissa ses moroses pensées l'accabler de nouveau. Le paon blanc que venait de lui offrir Janet. Elle reconnaissait l'effort de sa sœur pour lui faire plaisir. N'importe quel papillon aurait rempli la mission. Mais avec les centaines d'espèces qui existaient sur le marché des collectionneurs, pourquoi avait-il fallu qu'elle tombe spécifiquement sur celle-là ? « Je vous observe voltiger avec les papillons… J'imagine le monde ne contenir que vous. Vous, fragile paon blanc sous un soleil qui vous peint de crème et de vanille… » Les paroles de Nicholas. Pas un jour ne passait sans que quelque chose le lui rappelle. Elle entretenait secrètement le stérile espoir qu'il lui fasse signe. Parce que Nicholas vivait. Libre.

Le jour précédant l'exécution de sa sentence, s'était produit un évènement extraordinaire qui avait obligé la Cour de haute justice à accepter le renvoi en appel du jugement de Nicholas. Un meurtre avait eu lieu dans George Square. Une affaire un peu scabreuse. Une femme avait tranché la carotide d'un riche imprimeur d'Édimbourg. Alerté par des cris dans la bibliothèque, le valet de Mr Leslie Gordon était accouru. Il avait découvert son maître gisant dans son sang. Une femme debout près de lui, lui avait calmement avoué qu'elle venait d'assassiner Mr Gordon. Selon les journaux, l'arme du crime aurait été une matrice de cuivre servant à la fabrication de fausse monnaie. L'enquête de la police avait permis de mettre à jour les activités illicites de l'imprimeur. Une presse et d'autres matrices, ainsi que des billets de banque fraîchement imprimés, avaient été découverts dans la cave de la résidence de George Square.

Leslie Gordon était un cousin de Nicholas. La déposition de la meurtrière l'accusait d'être l'auteur des matrices découvertes dans une pièce de mobilier saisie dans Braid Hill House en 1819. Les preuves furent déposées chez le juge deux semaines plus tard. La nouvelle avait bouleversé Charlotte et elle avait repoussé son départ pour le Staffordshire. Onze jours s'écoulèrent encore avant que soit rendu le jugement d'appel qui devait renverser le jugement de première instance tombé quatorze ans et deux mois plus tôt. Sa peine complétée, ironiquement, Mr Nicholas Dick Lauder Gordon était lavé de toutes les accusations portées contre lui.

Pour Charlotte, le monde se peignait de nouveau des teintes vibrantes. Nicholas en faisait encore partie. Il vivait ! Chez sa sœur, sans doute. Charlotte avait secrètement espéré qu'il cherche à la revoir. Ne serait-ce que pour s'expliquer. Mais Nicholas n'était jamais venu la demander.

Lorsqu'une nouvelle invitation de son amie Catherine était arrivée à Weeping Willow, Charlotte avait fait ses bagages. C'était une bonne chose, lui disait sa mère. Elle devait décanter toute cette colère et cette amertume. Nicholas Lauder était libre, mais il restait un ancien bagnard, lui rappelait cruellement son père. Il était temps pour Charlotte d'oublier ce premier amour. La vie n'attendait que de lui ouvrir les bras.

Le jour où Charlotte et son oncle Jonat prenaient place dans la diligence pour le Staffordshire, s'amorçait le procès de Miss Alison Mackay. Les semaines avaient passé. L'été dans le Staffordshire avait su apporter un baume sur l'âme de Charlotte. Le manoir des Dryden à Lichfield, en colombages de chêne noircis avec sa lourde toiture de chaume, datait de l'ère élisabéthaine. Charlotte avait adoré. L'endroit avait ravivé, avec une certaine nostalgie, ses rêves de fillette qui lui promettaient un destin aussi glorieux que la reine Vierge. Elle avait coulé des heures et des heures à lire et à méditer dans les magnifiques jardins qu'avait lui-même dessiné Mr Dryden. C'était un homme diminué physiquement par l'âge et la maladie, mais à l'esprit encore aussi vif qu'il devait l'avoir été dans sa prime jeunesse. Souvent Catherine s'y promenait avec elle, parfois avec Julia, son petit trésor. Elles avaient longuement parlé à l'ombre du belvédère érigé sur la pointe d'une presqu'île qui s'enfonçait dans un étang où se prélassaient des canards et des cygnes. Charlotte s'était confiée à cœur ouvert à son amie. Sans la juger, Catherine l'avait écoutée d'une oreille attentive. De pouvoir enfin partager son chagrin avait soulagé Charlotte. Crever un abcès était toujours douloureux, mais le geste avait été salutaire.

Catherine avait veillé à ce qu'elle ne s'ennuie pas. Occuper l'esprit sauvait le cœur, lui répétait-elle toujours. Ensemble, elles avaient sillonné la campagne environnante. Catherine avait fait parcourir à Charlotte les rues de Lichfield, qu'on appelait la cité des philosophes. Elle lui avait montré les lieux où avaient vécu nombre de ces grands esprits, tels Samuel Johnson, Erasmus Darwin, Joseph Addison et Anna Seward. Puis, elles avaient visité la cathédrale de Lichfield. Cette superbe œuvre des grands bâtisseurs du XIIIe siècle l'avait fortement impressionnée. Charlotte avait toujours été émerveillée par la résistance de ces constructions à la fois massives et aériennes. Symboles de la force de la foi de l'homme, elles traversaient les âges et les guerres avec grâce.

Les jours gris, elles avaient lu des poèmes de George Herbert et de John Donne. Son amie avait une préférence marquée pour les ouvrages du XVIe siècle. Elles avaient aussi travaillé ensemble sur la tapisserie qui devait orner le mur de la chambre de Julia. C'était une version personnelle de Catherine de la *Dame à la licorne.* Le grand-père maternel de Catherine lui avait décrit cette série de six magnifiques tapisseries qu'il avait pu admirer au château de Boussac, lors d'un voyage en France avant la révolution. S'en inspirant, Catherine avait représenté une licorne dans un jardin, entourée de deux dames, l'une brune, un livre à la main, l'autre rousse, un pilon et mortier sur les genoux. Les soignantes du corps et de l'âme. La licorne était symbole de sagesse et de pureté. L'enfant et le vieillard. Catherine avait voulu évoquer en quelque sorte la bonne fortune de l'humanité dans le partage des connaissances. La tapisserie se voulait essentiellement un hommage à l'amour de l'humanité et à l'amitié.

Entretemps, Charlotte avait entretenu une correspondance régulière avec Weeping Willow. James lui avait écrit que Miss Mackay avait été jugée coupable du meurtre de Mr Leslie Gordon. Les gens de Weeping Willow étaient tous bouleversés. Miss Mackay avait été jadis domestique à la maison.

> *Mama a obtenu la permission de la visiter à la prison. Elle ne cesse de la pleurer depuis. Mrs Dawson et Rachel prient tous les jours pour le salut de son âme. L'atmosphère est des plus tristes à Weeping Willow. Papa pense à emmener Mama en voyage pour lui changer les idées. Tout le monde est bien affecté par cette histoire. J'ai entendu Oncle Jonat dire à Papa que Mr Lauder avait obtenu le pardon complet du roi. Je sais que pour te protéger, Mama ne te l'annoncera pas dans sa lettre, c'est pourquoi je prends sur moi de le faire. Je sais, chère sœur, que malgré tout, son sort ne te laisse pas indifférente. Personne ne l'a plus revu à Édimbourg…*

Charlotte ne pouvait s'empêcher de penser qu'il avait regagné la Jamaïque avec Lucas. Elle ne pouvait se retenir de le détester de l'avoir oubliée aussi facilement.

Je viens de recevoir ma lettre d'acceptation à l'université. Je vis un bonheur inégalé. Si mes résultats sont méritoires, notre cousin Matthew promet de me prendre comme apprenti dans son cabinet à Glasgow à la fin de mon cursus. Tu imagines, Charlotte ? Je serai architecte. Je pense que Papa en est très fier…
Janet vient aussi d'être admise à l'Académie de Mrs Hargrave. Elle avait été refusée la première fois. Mrs Hargrave alléguait qu'il ne restait plus de place. Papa s'est fâché. Il lui a retourné un mot qui a eu la magie de lui en offrir une…

Charlotte avait souri en lisant cela. Elle comprenait la légitimité des réticences de Mrs Hargrave. Elle ne doutait pas un seul instant que le caractère de Janet suffirait à réconcilier son opinion des filles Seton. Ainsi, tout allait et la vie reprendrait bientôt son cours normal. Normal. Un mot qui laissait Charlotte perplexe. Elle ne savait plus exactement comment définir un cours normal de vie. La mort, le drame et les contretemps ne constituaient-ils pas, au même titre que le plaisir et le bonheur, les composantes d'une vie telle qu'elle devait être normalement vécue ? Il était vrai que le malheur donnait cette impression que tout s'arrêtait de tourner autour de l'éprouvé. Mais peut-être que ce temps d'arrêt survenait justement afin de lui permettre de comprendre pourquoi survenait ce malheur et de réfléchir sur le meilleur parti à en tirer. Pour Charlotte, le meilleur avait signifié un caractère impulsif mieux gouverné et beaucoup de maturité de gagnée. Le mal n'arrivait jamais sans le bien. Et encore, qu'il fallait apprécier les bons moments quand ils se présentaient. Rien ne durait jamais.

En bas, les enfants produisaient un joyeux vacarme. Imprégnée de sa dernière pensée, elle se composa une mine plus gaie et descendit retrouver sa famille qui l'attendait.

⁂

— Mama ! Mama ! Nous pouvons entrer ? s'extasiait Frances devant l'arc-en-ciel de sucreries disposées dans la vitrine.

Blythe, petit Joe et leur cousin Alexander se bousculaient déjà vers la porte de la confiserie. Frances et Mary sur les talons, Dana et Harriet les y précédèrent.

— Moi, je n'ai pas envie de sucre, j'ai plutôt soif, se plaignit Florence. Cette chaleur étouffe.

Charlotte s'immobilisa devant l'arrangement dans la vitrine de la boutique voisine qu'admirait déjà Janet. Elle contempla avec elle l'assortiment de gants et de mouchoirs, les cascades de dentelles et toute la kyrielle d'accessoires de luxe qu'on leur offrait. Son regard accrocha un charmant porte-bouquet en argent ciselé.

— Garni d'un bouquet de violettes, il compléterait bien ta toilette de taffetas rayé, commenta-t-elle.

Janet ne lui répondit pas. Elles ne s'étaient pas reparlé depuis l'incident de la veille.

— Tu veux entrer ? demanda Charlotte, qui cherchait un moyen de s'amender. Ils en auront pour un moment à choisir parmi les friandises de Chapman.

Tête haute, Janet s'éloigna vers la vitrine voisine.

— N'insiste pas, chuchota Florence à l'oreille de Charlotte. Nous sommes toutes harassées par cette chaleur. Après avoir mangé la glace qu'on nous a promise, elle sera mieux disposée à te pardonner.

Une nappe brumeuse flottait au-dessus de la chaussée de Old Bond Street. Le soleil finissait de sécher les pavés de la pluie qui les avait surpris alors qu'ils faisaient des emplettes dans le chic Mayfair. Charlotte se plaça à côté de sa sœur devant la vitrine du commerce voisin. Un libraire. Elle furetait distraitement parmi les titres en montre. Des noms d'auteurs lui étaient familiers pour les avoir déjà rencontrés dans la bibliothèque de Weeping Willow : Blake, Kleist, Goethe, Southey et Hoffmann. Elle accrocha sur la dernière édition des *Lyrical Ballads*, de Samuel Coleridge. Elle se mit en devoir de raconter à Janet l'humiliante épreuve de son amie Catherine qui, face à ses consœurs de l'Académie de Mrs Hargrave, avait dû réciter sans bégayer *The Rime of the Ancient Mariner*.

— Ton amie doit être reconnaissante à Mrs Hargrave, dit gravement Janet.

— Oui, elle l'est, concéda Charlotte, qui ne désirait pas tendre davantage l'atmosphère. Elle a surtout apprécié la leçon de vie que lui a procurée la lecture du poème.

— Coleridge est un grand poète. Nous devrions tous nous inspirer de sa philosophie.

Charlotte savait que Janet appréciait Coleridge parce que leur mère l'admirait. Sans remarquer ce qui captivait soudain sa sœur à travers la vitrine, Charlotte se dit que de lui offrir ce livre ferait sans nul doute le miracle de les réconcilier. C'est les yeux écarquillés que Janet vit sa sœur se précipiter dans la librairie. L'instant d'après, elle volait vers la confiserie.

— Mama... il faut que vous veniez... s'agita-t-elle en tirant sur le bras de sa mère.

— Janet, laisse-moi terminer de régler...

— Mama ! Il le faut ! C'est important !

Le ton alarmiste finit par éveiller l'inquiétude chez Dana. Elle chargea Harriet de régler à sa place et suivit sa fille dans la rue. Janet lui désigna la vitrine du libraire. Un index pointé sur une affiche. Notant de quoi il s'agissait, Dana chercha Charlotte des yeux.

— Elle est entrée, Mama. Elle l'a vue...

Dana s'élança. Trop tard. L'ouvrage qu'elle convoitait dans une main, Charlotte se tenait près du comptoir, sidérée. Dana suivit son regard. Tout au fond de la boutique, dans l'ombre d'une sorte d'alcôve, des gens rassemblés écoutaient attentivement un homme lire tout haut. D'où elle se trouvait, elle ne pouvait le voir, mais elle savait à qui appartenait cette voix grave qui résonnait de vérité dans la librairie. En vitrine, on annonçait aujourd'hui une lecture publique de *Myths of Liberty*, de Mr Nicholas Lauder.

Dana s'avança, toucha le bras de Charlotte avec douceur. Le livre qu'elle tenait tomba au sol dans un claquement sec qui interrompit l'orateur. Nicholas leva les yeux de son livre, croisa ceux de Charlotte. Il pâlit. Quelques auditeurs se retournèrent, l'air agacé, pour découvrir la source du dérangement. Un silence avait envahi la librairie.

— Viens, partons, murmura Dana en voulant l'entraîner dehors.

Mais Charlotte demeurait soudée au plancher. Son cœur battait violemment. Des personnes commençaient à chuchoter et à s'impatienter.

Nicholas referma son livre et fit un mouvement dans sa direction. Son sens commun lui revenant d'un coup, Charlotte s'échappa hors de la boutique. Avant de la suivre, Dana lança un regard vers Lauder, qui semblait complètement désorienté.

— Je suis désolée, nous ne voulions pas vous interrompre, dit-elle en s'adressant à l'assemblée. Je suis vraiment… désolée. Pardonnez notre intrusion…

Et elle fila. Les clochettes à la porte tintèrent nettement dans le silence qui suivit. Le libraire alla jusqu'à la vitrine pour voir les deux femmes s'éloigner. Puis il ramassa Coleridge abandonné sur le plancher. Un grattement de gorge arracha Nicholas à son saisissement. Tous les regards étaient maintenant posés sur lui. On attendait qu'il reprenne sa lecture. Il regagna sa place, ouvrit le livre et chercha la page. Dans son esprit, tout se brouillait. Il serra un instant les paupières, attendit quelques secondes, puis trouva le texte qu'il lisait. L'index qui parcourait les lignes tremblait légèrement. Il n'arriverait pas à poursuivre. L'image de Charlotte s'imposait. Sa surprise, son désarroi. Manifestement, tout comme lui, elle ne s'était pas attendue à le rencontrer ici. Apparemment, Dieu se plaisait à les placer constamment sur le chemin de l'autre.

— Mr Lauder ? fit le libraire.

— Oui, répondit-il après s'être éclairci la voix, je reprends depuis le début…

Under the… Under the Old Willow, Death I espouse;
In the clinch of its roots, rooted in hate,
Cold, my cadaver frets in its embrace;
Without respite my restless soul aches;
To the cursed son who laid me here,
Dreadful nightmares my weeping shall bestow;
Miserable scoundrel, bethroted to ingratitude…

Sa voix se disloquait. Sa vue se troublait. Il avait eu Charlotte devant lui et il n'avait pas réagi…

— *Let the chains of remorse hold him,*
And let shame be his winding-sheet…

Il s'interrompit de nouveau, bredouilla des excuses parce qu'il avait sauté un vers avant de le reprendre.

— His freedom shall only be his prison,
Let the chains of remorse hold him,
And let shame be his winding-sheet;
By the Old Willow watches the Black Dove
Seven days of darkness and seven more[37]*...*

Sa voix s'éteignit brusquement. Il referma définitivement le livre et regarda l'assistance silencieuse, nota l'agacement, l'inquiétude, l'incompréhension plisser ou tendre les visages. Que faisait-il ici à leur exposer le vide de son existence pendant que Charlotte lui échappait une nouvelle fois ? Le sang tournait à une vitesse inouïe dans son corps, pilonnait impitoyablement ses tempes. Sans fournir d'explication, il présenta le livre à une dame qui avait arboré la mine d'un animal mourant tout le temps qu'avait duré sa lecture.

— Si la médiocrité du monde ne vous étonne plus, ne le lisez surtout pas, lui avait-il cyniquement lancé avant de s'envoler.

Partout dans Old Bond Street, des voitures et des hackneys encombraient la voie. Au nord comme au sud, se faufilant parmi eux, allaient des gens traînant chiens ou enfants. Où regarder ? Que chercher ? Il n'avait rien remarqué de la vêture de Charlotte. Il s'énervait. Là, une silhouette, mince et gracieuse... La femme se retourna. Ce n'était pas elle. Une chevelure rousse dépassant d'un bonnet. L'inconnue enroulait son bras autour de celui d'un jeune homme. Nicholas se sentait vraiment stupide. Il ne retrouverait jamais Charlotte parmi toute cette cohue. Trop de minutes précieuses perdues à tergiverser. Elle pouvait être n'importe où. Dans Piccadilly comme dans Vigo Lane. Dans une voiture en route pour il ne savait où. Londres était si vaste. Charlotte le fuyait dans un labyrinthe de pierres. Pouvait-il lui en vouloir ? S'expliquer, à quoi bon ?

37. Sous le Vieux Saule, j'épouse la mort; enlacé de ses racines, enraciné dans la haine, froid, mon cadavre s'ébroue dans son étreinte; mon âme inquiète souffre sans répit; mon chagrin nourrit les pires cauchemars du fils maudit qui m'a couché là. Misérable crapule vouée à l'ingratitude, dans sa liberté trouvera-t-il sa prison. Que les remords forment ses chaînes, et que la honte soit son linceul; près du Vieux Saule veille la Colombe Noire; sept jours de ténèbres et sept autres encore...

Mrs Seton s'assurerait d'éloigner sa fille le plus rapidement, le plus loin possible. À quoi bon ? Il ne la poursuivrait pas. Il ne ferait que la décevoir davantage. Son inconstance le décevait lui-même. À quoi bon !

Dans son dos, le libraire l'interpellait. Nicholas n'avait pas envie de retourner terminer sa lecture. Il franchit néanmoins la porte, s'arrêta. L'assistance l'observait avec curiosité. On l'attendait. On s'impatientait. Lui qui, d'un nègre marron, d'une rébellion, d'un enfant affamé, d'une mer déchaînée, d'un meurtre, d'un papillon, d'une potence, de la mort, fabriquait des symboles de liberté pour donner une illusoire réalité à un mot qui n'en possédait aucune, allait-il s'obliger à leur égoïste plaisir ?

Sans un mot, il tourna les talons. Ses pas le guidant au hasard des rues, Nicholas se mit à marcher. Il détestait présenter ces lectures. Mais, le lancement de son recueil coïncidant avec l'adoption de la loi contre l'esclavage ayant suscité un engouement inattendu pour son ouvrage, son éditeur l'avait prié au point qu'il avait dû se plier, de mauvaise grâce, au jeu de la promotion. Il avait besoin de prendre un peu d'air, de réfléchir. Il avait surtout besoin de s'éloigner de la curiosité de ces gens qui l'écoutaient avec cet air de penser tout comprendre de ce qu'il avait écrit. Qui se disaient capables de ressentir les mêmes choses que lui à travers ses textes. L'empathie compassée devenait indubitablement à la mode. Chacun cherchait dans ses mots la source d'une douleur différente. Une signification qui n'existait que dans la tête de celui qui les lisait. Sans contredit, chaque analyse était la bonne. La seule valable. L'unique vérité. Réunies, elles expliquaient l'incohérence du monde dans lequel ils vivaient qui creusait le gouffre de la détresse humaine.

On parlait de ses textes comme de la poésie moderne. Sa poésie ? Elle était délinquante. Prose anarchique. Elle méprisait la rigidité martiale des alexandrins français et le rythme ondé des pentamètres iambiques anglais. Elle se moquait des critiques qui encensaient trop souvent les vers creux et insipides. Elle n'avait de saveur que par les sentiments qui l'avaient inspirée et ceux qu'elle insufflait. C'était sa liberté d'expression. Sa conception de la liberté.

Ils vivaient à une époque où les grands débats traitaient de la liberté sous toutes ses formes : liberté naturelle, individuelle, d'opinion, commerciale, collective, d'expression, de culte. Trop souvent, on confondait liberté morale et libertés civiles et n'y attribuait qu'une notion d'absence de contrainte. Il avait voulu définir la liberté à sa manière. En faire une quête métaphysique, l'expérience de son essence, un idéal spirituel.

Nicholas se mit à rire de sa prétention. Les nègres de Montpelier se gausseraient eux aussi de ses grandes idées. Que de grandes idées ! Qu'était la liberté, au bout du compte ? Dans son exil, dans le confinement de sa cellule de Calton Gaol, il l'avait appelée en prières. Il en avait fait sa religion. Il n'y croyait plus. Maintenant qu'il marchait sans entraves sur la propriété de l'empire britannique, curieusement, il continuait de sentir le poids de ses chaînes.

Passant devant le vitrage fraîchement astiqué d'une taverne, il capta brièvement son reflet. Quelques pas plus loin, il s'immobilisa, rebroussa chemin et se planta face à son image pour l'étudier. Une image longtemps méprisée, mais avec laquelle il commençait à se réconcilier. Accepter ce que la vie avait fait de lui. Non, à la vérité, il était ce qu'il avait bien voulu devenir. Nicholas comprenait à présent que l'homme était avant tout prisonnier de sa propre volonté. Son esprit était son cerbère. Quelles que soient toutes ces libertés auxquelles il prétendait avoir droit, il serait toujours captif de ses craintes, de ses rêves, de ses désirs et de ses choix. « Maintenant que tu l'as laissée filer, qui vas-tu blâmer pour ton malheur ? »

« Tu as tout fichu en l'air, pauvre imbécile ! » se morigéna-t-il à voix haute.

⟡

— Est-ce qu'il a tenté de vous suivre ? l'interrogea Francis.

Dana fit non de la tête. Parvenant à peine à contrôler sa rage, à pas raides comptés, Francis allait et venait dans la pièce. Il s'arrêtait devant une fenêtre, repartait, contournait une table, s'appuyait contre la cheminée, revenait. Sa conscience mise au supplice, Dana demeurait immobile dans son fauteuil.

— Il faut faire quelque chose.

— Oui, indubitablement ! s'écria Francis. Qu'elle le veuille ou non, Charlotte rentre avec nous à Weeping Willow.

— Tu ne régleras rien de cette façon.

— Que me suggères-tu dans ce cas ? De chasser Gordon de cette ville le temps que Charlotte s'y trouve ?

— Il porte dorénavant le nom de Lauder.

— C'est toujours le même homme, Dana.

— Oui, et tu oublies que notre fille en est toujours amoureuse.

— Comment peux-tu en être aussi convaincue ?

— Comment peux-tu être aussi aveugle ?

— Après tout ce qu'il lui a fait ? murmura-t-il, presque incrédule.

Il frappa le marbre de la cheminée de son poing, serra les lèvres sur la douleur.

— Que savons-nous exactement de ce qu'il lui a fait ? persista Dana.

C'était probablement ce qui indisposait le plus Francis. De ne rien savoir. Il n'était pas assez aveugle pour ne pas voir que le cœur de sa fille était resté profondément attaché à cet homme. Mais il refusait catégoriquement de l'admettre. Généralement, il avait confiance dans l'intelligence de Charlotte. Elle voyait et analysait les choses comme lui. Mais il craignait parfois la portée de ses débordements émotifs. Jusqu'où son jugement pouvait-il en être altéré ? Combien de jeunes femmes s'étaient laissées séduire par des individus tels que Gordon ? La situation le dépassait. Il se sentait si désemparé. Une lourdeur dans la poitrine. Il chercha un fauteuil et s'y effondra. Sa tête trouva refuge dans ses paumes. Une bonne part de sa rage le quitta d'un coup dans un long soupir, l'abandonnant, résigné à son impuissance.

— Je ne sais plus, Dana. Charlotte semblait s'être remise. Elle paraissait si sereine… j'étais prêt à accepter qu'elle reste encore quelques mois…

— Charlotte fuit. Elle cherche constamment refuge quand elle a mal, Francis. Notre jugement la blesse. Elle ne peut supporter notre regard. Voilà ce qu'elle est venue fuir ici. Si elle s'était vraiment guérie de Mr Lauder, elle n'aurait pas réagi comme elle l'a fait devant le cadeau de Janet.

Plusieurs minutes s'écoulèrent sans que l'un ou l'autre ajoute un mot. Un bruit à la fenêtre entrouverte fit tourner la tête à Dana. Un roitelet était venu picorer les miettes de pain dans l'assiette laissée pour les oiseaux par Frances. Elle l'observa un instant avant de reprendre la parole.

— Il faut qu'ils se revoient.

Francis leva son regard vers sa femme. Elle était sérieuse. Il exprima son désaccord dans un chiffonnement de traits qui ajouta dix années de plus à son visage. Par petits gestes nerveux, Dana ne cessait de replacer les plis de sa robe. En évitant de le regarder, elle confirmait le non-sens de sa suggestion.

— Dana, est-ce que ça va ?

Le ton mettait en doute ses capacités à réfléchir. Elle en fut blessée, mais ne dit rien. Les remords lui causaient de bien plus grandes souffrances.

— Je crois… qu'il faut permettre à Mr Lauder de lui expliquer…

— Lui expliquer quoi ? Que pourrait-il avoir à lui raconter de plus que nous ayons appris sur lui à travers toute cette mésaventure, dis-moi ?

Il avait monté la note d'un cran. Elle se dressa, décidée à lui tenir tête.

— Ne t'est-il pas venu à l'idée que Mr Lauder pouvait vraiment aimer Charlotte ?

Se renversant dans son fauteuil, il éclata d'un rire faux.

— Francis !

Il se tut, se recourba sur lui-même. Retomba ce silence lourd de ce qu'ils pensaient et ne disaient pas.

— Ce jour où elle est venue, Miss Maclaren m'avait remis deux lettres de la part de Mr Lauder, avoua Dana. La première, tu l'as reçue, l'autre était destinée à Charlotte.

— Tu lui as…

— Laisse-moi finir, l'arrêta Dana en levant la main. Je ne la lui ai pas donnée. Il venait d'être condamné à la peine capitale. Je n'en voyais plus la nécessité. Comme toi, j'espérais qu'après… elle l'oublie. Alors, je l'ai brûlée… après l'avoir lue. Je n'ai pu m'empêcher de le faire. Je voulais savoir ce que ressentait vraiment cet homme pour notre fille. Je n'ai plus de doutes, Francis. Les sentiments de Mr Lauder pour Charlotte sont honorables.

— Honorables ? s'indigna-t-il en raidissant le dos.

— Aussi honorables qu'ont pu être les tiens cette nuit de tempête que j'ai passée à Weeping Willow il y a dix-huit ans. Si tu te souviens… tu étais toujours marié à Evelyn et moi j'étais fiancée à Timmy.

Elle fit une pause pour lui donner le temps de bien assimiler ce qu'elle venait de lui dire, mais pas assez longtemps pour lui permettre une réplique.

— Une semaine après sa libération, Mr Lauder est venu à Weeping Willow. Je suis certaine qu'il avait prévu que tu serais absent. Il n'a pas demandé à te voir. C'est par moi qu'il voulait communiquer avec Charlotte. Elle était dans le Staffordshire. J'avais vu cela comme un heureux coup de la providence. Malgré ce que je connaissais de ses sentiments, je ne désirais pas plus que toi que Charlotte revoie cet homme. Elle est si jeune.

— Sachant cela, tu considères quand même acceptable de laisser Charlotte revoir cet homme aujourd'hui ?

Il avait dit cela avec un mélange de colère et de perplexité.

— Tu te rends compte, Dana, des risques de cette rencontre ?

Mué par une remontée de rage, il s'était levé et la dévisageait avec ahurissement. Puis il se dirigea vers la carafe de porto, opta pour la fenêtre. Le roitelet avait nettoyé l'assiette. Francis la prit, ne sachant qu'en faire, il la reposa à sa place et, comme le marin qui s'accroche au navire dans la tourmente, empoigna l'appui à deux mains. Il respira profondément. Sa femme lui imposait une décision. Entre la logique et le non-sens, le choix n'était pas difficile.

— Tu imagines un instant Charlotte épouser cet homme, Dana ? lança-t-il en se retournant. Tu crois sincèrement qu'elle serait heureuse avec un homme tel que lui ? Qui a connu le bagne, qui a un fils noir et qui pour seule ressource monétaire écrit des… poèmes ?

— Mr Lauder retire une rente annuelle de plus de trois mille livres. Ce qui est mieux que ce que nous avons connu il y a un an.

Il la foudroya du regard. Comment osait-elle le comparer à ce repris de justice ? Par le Christ ! Il avait consacré sa vie à soigner des malades. À fouiller des tombes pour découvrir les causes des maux physiques qui affligeaient l'humanité. Il avait miné sa santé à assurer à sa famille une vie confortable et honorable.

— Tu me le reproches ?

— Non, fit Dana, brusquement consciente de sa maladresse. Je voulais seulement faire valoir les moyens de Mr Lauder. Il a un projet d'imprimerie. Il…

— Il t'a raconté tout ça ?

— Il a plaidé sa cause, Francis.

— Ma parole ! On pourrait croire qu'il a failli la gagner !

— Ne prends pas ce ton avec moi. Je n'aurais jamais permis à Mr Lauder d'approcher Charlotte sans ton consentement. Mais… Francis, il faut voir la réalité telle qu'elle est. Tant que rien ne sera réglé entre eux, le cœur de Charlotte ne trouvera pas la tranquillité. Quoi que nous en pensions, ses sentiments pour lui ne changeront pas. Et si cette rencontre devait les conduire devant l'autel… Ah ! Francis, crois-tu un seul instant que, s'il avait vécu, mon père aurait accordé sa bénédiction à notre union ? Qui sait s'il ne s'est pas retourné dans sa tombe le jour de notre mariage ? Souviens-toi de cette haine qu'il vouait à ton père et à toi, qu'il accusait d'hérésie. Et pourtant…

— Je ne céderai pas à ce chantage émotif, siffla-t-il sans desserrer les dents. Ce que tu me demandes va à l'encontre de mes convictions et principes, Dana. Tant que je vivrai, ma fille n'épousera pas un repris de justice ! Que cela soit clairement entendu !

— Il a été pardonné, Francis. Tu sais que Nicholas Lauder est innocent. Alison Mackay a tout avoué. Elle n'aurait jamais menti après avoir juré sur sa foi.

— La grâce du roi n'effacera jamais les offenses pour lesquelles Lauder a été condamné. Au regard de tous, il reste marqué du sceau de la justice. Non ! C'est mon dernier mot ! lança-t-il froidement avant de s'en aller.

Dana ne bougea pas pendant un moment. Elle écoutait les talons cogner en cadence à son rythme cardiaque. Seulement lorsque la porte d'entrée résonna dans la maison, se permit-elle de s'asseoir. Elle tremblait. Elle s'était attendue à ce que Francis s'oppose à son idée, mais pas avec autant de virulence. Elle avait mésestimé ses chances. Elle avait anéanti celles de Charlotte. Elle vivrait avec le poids de son erreur d'avoir brûlé le billet de Mr Lauder.

— J'arrive à un mauvais moment ?

Une voix préoccupée derrière elle. Dana essuya furtivement les larmes qui s'étaient formées aux coins de ses yeux et se recomposa un visage plus gai avant de se retourner.

— Je viens de croiser Francis dans le hall.

Debout dans l'entrée, Harriet portait un plateau de thé fumant et des biscuits secs.

— Penser que Charlotte désire prolonger son séjour à Londres le perturbe un peu, dit-elle en quise d'explication.

Elle sourit à Harriet, qui restait songeuse. La liaison entre Charlotte et Mr Lauder avait été tenue secrète. Mais Dana devinait que cela ne saurait tarder à s'ébruiter. Janet ou James allaient à un moment ou un autre s'échapper. Elle accepta la tasse que lui proposait sa sœur, y versa un filet de jus de citron, comme Charlotte l'avait convaincue d'essayer. Puis elle y ajouta un nuage de lait. Le thé se troubla aussitôt et le lait coagula.

— Hum... il n'y a pas que ton mari que cela perturbe, fit remarquer Harriet avec un petit sourire.

✣

— C'est une nouveauté, monsieur, l'informa le libraire. Un ouvrage très apprécié du public.

Francis tressaillit. Il n'avait pas remarqué la présence de l'homme qui venait de se planter comme un poteau de mai près de lui. Le client qui le retenait était enfin parti. En attendant, il avait feuilleté *Myths of Liberty*, lisant des bouts de texte pigés au hasard.

— Vous connaissez l'auteur ? demanda-t-il.

— Comme on peut connaître tous les gens de plume, fit savoir le commerçant en consultant sa montre. Par ce qu'ils écrivent.

— Mais, vous avez rencontré Mr Lauder.

— Oh ! C'est un homme discret, peu bavard. Comme chez la plupart des écrivains, sous son air tranquille se devine un intérieur agité.

— Hum... Vraiment ? fit encore Francis en haussant les sourcils. Agité, vous dites ?

— Je me rapporte au contenu de ses textes pour en juger, monsieur, précisa le libraire. Pour le reste, qu'est-ce que j'en sais ? Il est humain.

— Et ses textes, vous les trouvez bien ?

— Ah ! Je ne suis pas critique, monsieur. Quoique… sans qualifier cet ouvrage de chef-d'œuvre, je le trouve très intéressant. C'est à la fois une vision lucide des infélicités de l'humanité et le résultat des cogitations d'un esprit perturbé. Mr Lauder y dépeint des images évocatrices, très caravagesques, pleines de fureur et d'émotions brutales. Il emploie une langue parfois un peu crue. Je présume qu'elle doit être à la hauteur de cette colère et de cette lourde détresse qui cohabitent en lui. Je soupçonne l'auteur d'être obsédé par ses cauchemars, si vous voyez ce que je veux dire, ajouta-t-il en levant un sourcil comme pour laisser entendre qu'il en savait beaucoup plus sur l'auteur. Vous savez, le malheur ravine l'esprit des éprouvés.

— Oui, Mr Lauder doit effectivement avoir beaucoup vécu, affirma Francis à mi-voix en refermant le livre.

Pensif, il en contempla la couverture. Le libraire consulta sa montre une seconde fois, l'air embêté.

— Je dois vraiment fermer, monsieur. Il est tard.

Francis allait replacer le livre sur la table du présentoir. Notant l'expression agacée du commerçant, il décida de l'acheter.

— Si cela vous intéresse, l'auteur doit venir lundi à trois heures présenter sa dernière lecture publique, l'instruisit le commerçant en lui rendant sa monnaie. Mais je ne peux vous le garantir. Il est survenu cet après-midi un petit incident qui l'a, pour je ne sais quelle raison, quelque peu bouleversé.

— Un incident, vous dites ?

— Oui, deux dames sont entrées. Par inadvertance, l'une d'elles a provoqué un léger dérangement qui a interrompu la lecture de Mr Lauder. La pauvre jeune femme, visiblement dans l'embarras, s'est sauvée. Après cela, Mr Lauder n'a pu reprendre où il en était. Il a abruptement mis fin à sa lecture et est parti.

— Il l'a suivie ? l'interrogea Francis, en s'efforçant de ne pas laisser transpirer l'angoisse qui montait en lui.

— Je l'ai vu se fondre dans la foule. Comme je vous l'ai dit, il m'avait semblé très bouleversé. Et qui sait ce que cette jeune femme a éveillé en lui ? Peut-être n'était-ce qu'un souvenir. Mais, il reste possible qu'elle soit une connaissance. Une ancienne amoureuse.

— Je vois… dit Francis, de plus en plus troublé. Son recueil… il m'a été recommandé… par ma femme. Lundi, je crains qu'il me soit impossible de venir rencontrer Mr Lauder. J'aimerais cependant beaucoup discuter avec lui… de son œuvre. Peut-être que vous pourriez m'indiquer où il habite.

— Je suis navré, répondit l'homme après une brève hésitation, je ne connais pas l'adresse de Mr Lauder à Londres. Vous pourriez toutefois vous enquérir auprès de son éditeur. Murray Publisher est situé dans Albemarle Street. Il communiquera avec Mr Lauder et pourra vous arranger un rendez-vous.

— Oui, merci, monsieur, fit Francis sans cacher sa déception. Bonne soirée, monsieur.

Il sortit dans la rue presque déserte et plongée dans l'ombre des édifices. Le soleil avait franchi la ligne d'horizon. Qu'allait-il faire maintenant ? Il était venu ici avec l'espoir d'obtenir l'adresse de Lauder. De ce qu'il en ferait par la suite, il n'avait pas encore d'idée précise. Il y avait réfléchi tout le temps du trajet de Bedford Square jusqu'à Old Bond Street. Mille scénarios lui avaient hanté l'esprit, alternant du meurtre au simple avertissement. De temps à autre, la voix de Dana avait contrebalancé ses envies de représailles. Il devait avant tout penser à Charlotte. Il avait failli commettre une grave erreur avec Master Murray. Mais en même temps, l'idée que Lauder eût pu suivre Charlotte jusque dans Bedford Square réchauffait dangereusement son sang. Il pourrait espionner la maison de Nasmyth et attendre le moment propice pour l'aborder. Lauder était un homme intelligent. Un sérieux avertissement devrait suffire. Encore fallait-il qu'il puisse lui parler. S'adresser à son éditeur posait un problème. Il aurait à décliner son identité. Mr Lauder pourrait refuser de le rencontrer. Il pourrait toujours se présenter sous un nom d'emprunt. Ce subterfuge ne lui plaisait pas, mais il demeurait pour l'instant la seule solution enviseagable.

Il regarda autour de lui. Les boutiques et les échoppes affichaient presque toutes FERMÉ. Elles le resteraient jusqu'à lundi matin. Comme Murray Publisher. Il n'avait d'autre choix que d'attendre. Il se faisait tard. Il aurait préféré rentrer dans Bloomsbury à pied et laisser tiédir ses esprits, mais il savait que Dana devait s'inquiéter de son absence. Piccadilly n'était qu'à quelques pas. Il y hélerait un hackney cab. Tout en marchant, il se repassait la conversation qu'il venait d'avoir avec le libraire. « Images caravagesques, pleines de fureur et brutales. Un intérieur agité. Un homme obsédé par ses cauchemars. » Par le Christ ! Mais quel genre d'individu était réellement Nicholas Dick Lauder Gordon ? Qu'avait pu aimer en lui Charlotte ?

Une voiture de louage libre lui passa sous le nez. Il la héla. Le cocher stoppa son cheval quelques yards plus loin.

— Bedford Square, indiqua Francis en grimpant sur le siège.

— Monsieur, monsieur ! entendit-il appeler au moment où il claquait la portière sur ses genoux.

Le libraire arrivait en courant.

— Dieu soit loué ! Monsieur, je vous retiens ! Voilà ! Voilà ! haleta-t-il en lui présentant un chapeau gris. Puisque le livre semble vraiment vous plaire… Et vous m'apparaissez être un honnête homme. Peut-être… peut-être que nous pourrions échanger un service. Je viens de m'apercevoir que Mr Lauder… il, il a laissé son chapeau. Il est parti si précipitamment qu'il a oublié de le prendre. Il apprécierait certainement le récupérer avant lundi. Mr Lauder m'avait prévenu que je pourrais le joindre par l'entremise du tenancier du Old Bell. Ce dernier acceptera certainement de vous dire où il habite. Si cela vous convient…

— Oui, tout à fait, dit Francis avec étonnement, soudain plus fébrile en acceptant le haut-de-forme.

— Merci ! Merci beaucoup, monsieur ! Cela m'évitera de faire le voyage. Merci encore et bonne soirée, monsieur ! Que Dieu vous bénisse !

— Oui, que Dieu vous bénisse aussi, monsieur, murmura Francis en regardant le libraire s'éloigner.

— Bedford Square, m'sieur ? voulut confirmer le cocher dans le truculent accent cockney.

— Le Old Bell, vous connaissez ?

— Oui, m'sieur. C'est une taverne dans Fleet Street.

Pendant que le hackney prenait la route, Francis réfléchissait à ce qu'il dirait à Lauder. Commencerait-il par des explications concernant John William ou en viendrait-il directement à l'objet de ses soucis immédiats ? Puis il se mit à appréhender l'accueil qu'il recevrait et pensa qu'il aurait mieux fait d'emporter le pistolet qu'il gardait toujours à portée de main lorsqu'il voyageait en diligence. L'arme était restée dans sa malle. Dieu! Il ne possédait pas la plus petite lame, advenant... Par le Christ! Il devenait aussi perturbé que Lauder.

Pour occuper son esprit à autre chose, il s'absorba du décor qui défilait. Dans Piccadilly Circus, le hackney bifurqua sur la droite et parcourut Regent Street jusqu'à Waterloo Place. Pendant que se déroulait la frange dentellée des édifices, Francis caressait distraitement le rebord du chapeau sur ses cuisses. À l'intersection de Charing Cross, la statue équestre de Charles 1er se dressait en clair-obscur sur son monument et s'érigeait face à celui de Nelson, qui s'imposait dans Trafalgar Square. Ils s'engagèrent dans le Strand. Quelques minutes plus tard, le hackney passait sous l'arche de Temple Bar, frontière symbolique entre le quartier de Westminster et de la City. De ce point, le Strand prenait le nom de Fleet Street, qui devait le sien à la rivière qui avait jadis coulé en son extrémité ouest, le long du mur fortifié que les Romains avaient érigé autour de *Londinium* pour se protéger des Saxons. Ce mur disparaissait graduellement, avalé par les nouvelles constructions, ou simplement s'écroulant sous la fatigue du temps.

Fleet River était dans Londres le plus important affluent au nord de la Thames. Au temps des Romains, un moulin à marée en avait contrôlé le niveau. Après leur départ, les Anglo-Saxons avaient exploité en son embouchure un port d'exportation. Au fil du temps, son débit avait été le moteur de maints moulins, il avait alimenté des distilleries et des brasseries et charrié les déchets du marché de viande de Smithfield. Autrefois principale source d'eau potable de la ville, ses eaux boueuses et nauséabondes n'étaient guère plus propres à la consommation. Condamnée à ne plus servir pour autre usage que celui d'évacuer les égouts, la ville, en constant développement, l'avait progressivement recouverte. N'en subsistaient de visible en ce jour que quelques portions par les bouches de caniveaux, et son embouchure sous Blackfriar Bridge, que lavaient quotidiennement les marées hautes.

Le ciel s'assombrissait inexorablement. Les façades des édifices qui encaissaient Fleet Street s'illuminaient graduellement de lueurs vacillantes derrière rideaux et vitrines. Des affiches et panneaux annonçaient pubs et tavernes, boutiques de tout genre, mais principalement des imprimeries, ateliers de gravure et reliure. Le cocher rangea son véhicule sur le côté du chemin. Francis localisa rapidement l'enseigne du Old Bell. Il régla sa course. À peine ses pieds avaient-ils touché le trottoir qu'un nouveau passager montait à bord du hackney, qui reprit aussitôt la route.

Le Old Bell avait été construit quelques années après le grand incendie de 1666 pour assurer la restauration des ouvriers qui travaillaient sur le chantier de reconstruction de l'église St. Bride. La plupart des hommes qui s'y trouvaient attablés devaient être des employés du monde de l'édition. Depuis un siècle, Fleet Street était reconnue pour être le siège de la presse londonienne. Pas étonnant que Lauder eût choisi ce quartier.

Francis promena un regard circulaire dans l'établissement qu'une lueur de soleil couchant émise par le feu de charbon emplissait de chaleur. La taverne n'était pas spacieuse, mais une atmosphère conviviale y régnait. Aux effluves de rôts, de poisson et de chou bouilli se joignaient ceux de la bière forte, du vin aigre et de la transpiration. À travers l'atmosphère enfumée, les clients l'observaient, se consultaient par-dessus les tables de chêne doré façonnées par des années d'usage. Parmi les visages qu'éclairait la lumière huileuse des lampes, il ne repéra pas celui de Lauder. Se rendant compte qu'il attirait une attention qu'il ne désirait pas, il emprunta le sentier gravé dans le plancher de bois par des décennies de va-et-vient entre l'entrée et le comptoir. Un réseau de ces sentiers s'était tracé autour des tables, appuyant le caractère immuable de la place. Pour peu qu'on possédait de l'imagination, on pouvait se représenter les hommes de l'époque de Charles II, devant un pot de vin, échanger à travers le vacarme de la reconstruction de Londres les dernières dépêches sur la guerre dans les Pays-Bas espagnols[38]. Cette image faite, le frappa cette étrange pensée que des hommes qui faisaient l'histoire ne survivaient, pour seule mémoire tangible de leur passage dans le temps, que les objets qu'ils avaient fabriqués.

Sous chacun de ses pas, les lames de bois ondulaient dans des grincements. Les clients s'étaient replongés dans leurs conversations. Derrière le comptoir campait un homme aussi mince qu'une brindille, mais chez qui une musculature nerveuse et un regard acéré au fond de

38. Guerre de Dévolution.

profondes orbites ordonnaient le respect. Le tavernier le regardait approcher en essuyant tranquillement un verre.

— Je vous sers quoi, m'sieur ?

Francis déposa le haut-de-forme devant lui.

— Je cherche un certain Mr Nicholas Lauder. Ceci lui appartient. J'aimerais le lui rendre.

Mastiquant lentement sa chique, le tavernier redressa le menton pour le toiser avant de prendre le chapeau et l'inspecter minutieusement sous tous ses angles.

— Ouais… Je vois pas de traces de sang. Et vous avez les mains propres.

— Pourquoi est-ce qu'il y aurait du sang sur le chapeau de Mr Lauder, monsieur ?

— Dernièrement, y'a deux de mes clients qui se sont fait découper, expliqua-t-il en traçant un trait avec son index le long de son oreille. L'un, la droite ; l'autre, la gauche. L'un, hier ; l'autre, avant-hier. Pis c'est que j'ai pas vu Mr Lauder aujourd'hui. Il vient d'habitude pour le dîner. Il en a jamais manqué un depuis deux semaines. Alors, j'ai pensé… Y'en a qui racontent que le docteur Frankenstein a pris vie et qu'il court les ruelles de tout Londres. Moi, je dis qu'il faut juste un fou pour faire des trucs pareils.

— Et vous m'avez cru ce docteur Frankenstein, et qu'après avoir taillé le visage de Mr Lauder, je viendrais vous demander son adresse pour lui rendre son chapeau souillé de son sang ?

L'idée était incroyable, mais Francis la considéra avec un certain plaisir.

— Qu'est-ce que j'en sais ? J'ai suffisamment vécu pour savoir que l'diable y veille pas juste en enfer et que les fous… ils s'habillent aussi bien dans Savile Row que de la charité des gens, m'sieur.

Ce disant, il se pencha au-dessus du comptoir pour planter son regard sombre et inquiétant dans celui de Francis, qui s'écarta perceptiblement.

— Et les fous, ils ont jamais peur de rien. Vous avez pas peur de moi, vous, hein ?

Le tavernier se redressa, un sourire malin lui retroussant un coin de la bouche. Il cracha dans un pot par terre un amas visqueux de tabac, puis son attention retrouva le chapeau gris. Il le retourna pour lire le nom du fabricant à l'intérieur.

— House of Christy's. On peut dire que c'est un chapeau de qualité, m'sieur ! Vous n'avez qu'à me le laisser. Je vais le lui faire porter par Ben. Soyez rassuré, Mr Lauder va ravoir son beau couvre-chef pour aller écouter le sermon demain.

Le tavernier allait faire passer le haut-de-forme sous le comptoir.

— Non ! J'aimerais le lui remettre en mains propres... si vous n'y voyez pas d'inconvénient. C'est le propriétaire de Windle Booksellers, dans Old Bond Street, qui me l'a confié. Mr Lauder l'a oublié à la librairie aujourd'hui. Je désirais en même temps me faire dédicacer ceci, dit-il en pêchant le recueil dans la poche de sa redingote.

— Pourquoi pas l'avoir dit avant ? Y'a pas de honte à aimer la poésie, vous savez. Vous aimez la poésie ? J'ai pas lu les poèmes de Mr Lauder. Mais j'aime assez ceux de Woodsworth...

— C'est Wordsworth, le corrigea Francis.

— Oui, c'est ça. Je vois que vous l'aimez aussi. Je connais même par cœur quelques-unes de ses rimes. J'peux vous les réciter, si vous voulez.

— Non, je...

— Ça va comme suit...

L'homme s'écarta de son comptoir et s'éclaircit la voix. Des clients cessèrent de parler entre eux et se donnèrent des coups de coude. Pendant que le tavernier ajustait sa pose, Francis s'impatientait. Mais il n'osa pas interrompre son hôte, qui se mit à déclamer les vers sur un ton grandiloquent tandis que quelques personnes s'esclaffaient dans leur bière.

— *When she I love looks every day, fresh as a rose in June, I to her cottage rush my way, beneath an evening-moon... A cup o' gin'll do I say, to see my pretty rose bloom.* Bah ! Vous vous offusquerez pas que j'aie trafiqué le poème un peu à ma façon ! fit sans gêne le tavernier tandis que les applaudissements fusaient. Ma Rosie l'aime comme ça. Alors, je pense que Woodsworth va pas s'en fâcher.

— Sans doute pas, soupira Francis.

— Hé ! C'est pas vrai, les gars ? questionna le tavernier à la ronde. Tous les hommes ont besoin d'un peu de poésie dans leur lit... euh, dans leur vie, non ? Comme je dis, quelques verres de gin bien tassés, quelques vers bien tournés et elles nous tombent toutes dans les bras.

Tandis que la dernière déclaration trouvait un écho dans l'esprit de Francis, les hommes acquiesçaient bruyamment et levaient leurs verres à la santé de Wordsworth. «*Cheers!*» Après quoi, son sérieux recouvré, le tavernier passa la tête derrière une toile qui masquait un passage sombre et beugla le nom de Ben. Quelques secondes plus tard, se présenta un jeune garçon d'une dizaine d'années le corps maigrelet égaré dans ses vêtements raides de crasse. Son visage n'exprimant plus qu'une froide autorité, le tavernier lui ordonna de conduire le « m'sieur qui est là » chez le Mr Lauder chez qui il va porter des billets. Francis crut voir le garçon pincer les lèvres de mécontentement, mais Ben obéit et se dirigea vers la sortie.

— Ça sera deux pence pour le service, m'sieur, décréta le tavernier à Francis.

— Deux pence ?

— C'est moi qui le nourris, c'te gamin-là !

Francis fouilla sa poche pour trouver la somme exigée. Ne lui restaient plus qu'une guinée et un seul penny.

— Ceci devrait suffire, fit-il en déposant la plus petite pièce sur le comptoir.

Sans attendre la réaction du tavernier, il suivit le garçon dehors.

Son guide cheminait silencieusement à quelques pas devant lui, ses sabots râpant les pavés. Sitôt Francis allongeait sa foulée, Ben accélérait son rythme pour maintenir la distance. Ils parcoururent Fleet Street dans un clop clop traînant pendant quelques minutes. « *Quelques vers bien tournés et elles nous tombent toutes dans les bras* », continuait de résonner dans la tête de Francis. Damnés poètes ! Ben s'immobilisa à l'entrée d'une rue sur la gauche, étroite et chichement éclairée.

— Water Lane[39], c'est ici. Moi j'va pas plus loin, annonça le garçon en tendant une paume sale. C'est dans cette rue que Willy s'est fait voler son oreille.

— J'ai déjà payé ton patron, dit Francis, qui devinait la vilaine ruse. Tu n'as qu'à me donner le numéro de la porte, je me débrouillerai.

---

39. Aujourd'hui, Whitefriars Street.

Il révélait à Ben le chemin de sa bourse et s'en était fait de son argent. Mais le garçon, la paume insistante, ne bougeait pas.

— C'est bon, Ben, dit-il en plongeant sa main à l'intérieur de sa redingote. Je suis chirurgien et je t'avertis que je traîne toujours sur moi un scalpel bien affûté. Alors, si tu n'agis pas honnêtement avec moi...

— Mr Lauder, il loge chez Mr Higgins, dévoila Ben en reculant brusquement de trois pas. C'est, c'est la maison avec des volets verts passé le deuxième lampadaire de ce côté-là.

Affolé, le garçon se mit à courir à toutes jambes. Clop clop ! Clop clop ! Ses sabots battaient rudement le sol. Il s'échappa dans une flaque d'obscurité. Puis Francis n'entendit plus qu'un seul sabot. S'ensuivit soudain un silence dans lequel Ben le suppliait en geignant de ne pas lui couper les oreilles. La galopade à deux sabots reprit. Francis se sentait désolé d'avoir terrifié le garçon. Mais à Londres, des enfants de dix ans n'hésitaient pas à tuer un homme pour quelques shillings. Il descendit Water Lane jusqu'à se trouver en vue de la maison de Mr Higgins. Les fenêtres en façade étaient toutes éclairées d'une lumière scintillante. Dans la rue flottaient des effluves de viande rôtie et de fumier. Lui parvenait aussi le concert familier de voix étouffées et d'entrechoquements de quincaillerie de cuisine qui agrémentaient les heures de repas. Indécis, le ventre noué, il tapotait nerveusement de son index le dessus du haut-de-forme de Lauder. Une peur inexplicable se logeait insidieusement dans les moindres replis de ses tripes. Il respira profondément, attendit que se dissipe le malaise. Puis il se décida.

Sans un mot, une serviette tachée de sauce brune nouée autour du cou, Mr Higgins le conduisit au troisième étage et lui indiqua d'un doigt la chambre de Mr Lauder avant de retourner à son dîner interrompu. Francis frappa à la porte. Dans le sifflement de la lampe au gaz qui éclairait faiblement le palier, un craquement se fit entendre dans la chambre voisine, mais rien ne lui parvenait de celle où logeait Lauder. Il frappa de nouveau. Higgins lui avait assuré que son locataire était là. Il attendit encore deux minutes avant que cliquette le verrou. Une silhouette apparut dans l'entrebâillement. Francis plissa les paupières. Il lui présenta le chapeau. Cela prit quelques secondes avant que Nicholas reconnaisse son bien.

— Ah ! Oui, je l'ai laissé chez Windle, marmonna-t-il d'une voix éraillée. C'est bien aimable…

L'air égaré, le geste hésitant, il fit mine de tâter ses poches. Sa tenue était d'apparence pitoyable et sa chevelure pointait en tous sens. « C'est cet homme qui a subjugué Charlotte avec quelques fallacieux vers avant de l'embrasser ? C'est cette misérable créature qui a posé ses mains sur elle ? »

— Je veux vous parler, Mr Gordon, fit-il sèchement en s'imposant dans l'embrasure.

Déstabilisé, Nicholas échappa son chapeau et s'équilibra contre le mur. Il leva un regard surpris vers Francis. Le temps de comprendre à qui il avait affaire, son visiteur avait refermé derrière lui.

— Vous l'avez suivie ?

— Quoi ? fit Nicholas, stupéfié.

— Vous l'avez suivie ? répéta Francis entre ses dents en se plantant devant lui.

Encore sous l'effet de surprise, le cerveau malheureusement embrumé par l'alcool, Nicholas murmura un non peu convaincant. Francis sentait la pression de ses poings contre ses cuisses. Ces poings ne lui appartenaient plus. Comme le cœur qui voulait exploser dans sa poitrine. Il ressentait chaque fibre de son corps vivre indépendamment de lui. Son esprit se détachait, refusait de s'associer davantage à cette violence infinie qui gonflait cette masse de chair et d'os.

— Vous mentez, Gordon, Lauder. Qui que vous soyez !

Une voix hurlait dans sa tête. « Cet homme a déshonoré ma fille ! » Ses poings se resserraient, les os se fusionnaient pour ne former qu'un seul bloc. Deux armes prêtes à obéir aux commandements de la vengeance. Il poussa un grondement enragé et fondit sur Lauder, le projetant brutalement contre le mur. La violence du coup fit perdre le souffle à Nicholas.

— Vous mentez, Gordon. Mr Windle m'a dit qu'il vous a vu la suivre.

— C'est vrai… j'ai voulu la suivre, mais…

Un bruit se fit entendre sur l'étage, les figeant. Francis se rappela brusquement que Lauder avait un fils. Il visita rapidement les recoins sombres de la chambre du regard. Puis l'ensemble de l'endroit où vivait Lauder. La pièce était de dimension modeste, mais elle était bien meublée. Une pension recommandable. Il nota l'amoncellement de papier sur un bureau qu'une petite lampe à huile éclairait. Seule source de clarté. Une bouteille et un verre dans lequel du vin brillait d'un éclat rubigineux dans le jet de lumière. Une assiette contenait les vestiges d'un repas. Le lit était défait et des vêtements traînaient çà et là. Flottait une vague odeur de tabac et de cire à plancher. Nulle trace de l'enfant. Lauder vivait seul à Londres.

Son attention se reporta sur lui. L'haleine vineuse qu'il lui soufflait au visage soulevait le cœur à Francis.

— Je devrais vous tuer pour ce que vous lui avez fait, qu'il lui siffla dans les oreilles.

Écrasé par le poids de l'homme, Nicholas avala sa salive. Il avait trop bu. Il le regrettait. Il n'avait plus la force ni l'envie de se défendre.

— Je ne l'ai pas suivie, avoua Nicholas dans un souffle rauque.

Il ferma les paupières, sentit les doigts de Seton s'enfoncer douloureusement dans sa poitrine. La fureur de Seton l'atteignit en plein visage. Une douleur fulgurante lui traversa le crâne comme une flèche. Un second coup dans le ventre le vida de son air et ses genoux fléchirent. Mais Seton l'empêcha de s'écrouler.

— Je vous le jure…

— Regardez-moi dans les yeux et répétez-le-moi, espèce d'ordure ! gronda Francis en le secouant violemment.

Il l'arracha du mur, le fit valser dans l'espace pour le clouer contre la porte. La tête de Nicholas heurta le bois dans un bruit mat. La fureur, comme une boule de feu, incendiait maintenant la raison de Francis. Il lui asséna un autre coup sur la mâchoire. Son poing s'imprima dans le sang qui coulait du nez. Ce dernier gémit et ferma à demi les paupières.

— Je vous le jure…

— Vous êtes bien le fils de votre père.

La comparaison résonna bizarrement dans le crâne engourdi de Nicholas. Il ne savait pas pourquoi, mais elle le faisait rire. Le petit ricanement qui lui montait dans la gorge s'échappa dans un chuintement sifflant lorsque Francis le frappa de nouveau au ventre. Le goût du sang dans sa bouche. Il avait soudain la nausée et sa vision se dédoublait. Il songea avec une certaine terreur que Seton allait peut-être effectivement le tuer. Après tout ce qu'il avait traversé, c'était trop bête de finir de cette façon. Vraiment trop bête. Et Lucas… La pensée de son fils suffit pour lui rendre ses moyens. Il dressa le dos et tendit les bras. Il fallait se concentrer, rassembler ses esprits, ses forces. Son poing fendit l'air, s'écrasa sur la mâchoire de Seton, qui laissa échapper un cri étouffé.

Profitant de l'effet de surprise, Nicholas leva le pied, l'appuya sur le ventre de son adversaire. Projeté derrière, Francis trébucha sur un sac de voyage qui encombrait le passage et, perdant l'équilibre, s'aplatit sur le plancher. Le choc de la chute lui brouilla momentanément les esprits. Sa mâchoire lui élançait atrocement. De sa langue, il explora sa bouche pour découvrir d'éventuels éclats de dents. Il entendit Lauder jurer, rassembla suffisamment de force pour se relever, cracha un petit morceau d'émail et se rua de nouveau sur lui. Les deux corps roulèrent au sol. Nœuds de bras et de jambes. Les membres s'enchevêtraient, se dégageaient dans une chorégraphie pathétique. Les coups trouvaient une cible ou non. Ça n'avait plus d'importance. L'effort physique déployé n'était plus qu'un exutoire pour se purger de toutes ces émotions assassines. Dans la même mêlée, chacun vivait sa propre quête de délivrance.

Les effets de l'alcool eurent finalement raison de Nicholas. Un combat inégal. Ce n'était pas juste. L'écart en âge aurait dû contrebalancer. Mais non. Ça n'avait rien à voir. *Ça n'a fichtrement rien à voir !* Que Nicholas fût saoul ou pas, Seton gagnait d'avance. Il avait Charlotte. Cela suffisait. Les épaules clouées au sol, Nicholas cessa tout mouvement.

— Je l'aime, murmura-t-il.

Francis souleva son poing devant le visage ensanglanté de Nicholas.

— Non ! hurla-t-il saisi du plus grand désarroi. Je vous l'interdis !

— Frappez-moi, je l'aimerai encore. Tuez-moi et je l'aimerai pour l'éternité…

⁂

Il déposa son chapeau et sa redingote sur une chaise, exécuta quelques pas dans le hall encore éclairé par la lampe murale. Tout son corps lui faisait mal. Il frotta ses jointures endolories, fit jouer la musculature de sa mâchoire dans une grimace. La maison était silencieuse. On n'entendait dans le rez-de-chaussée que le tic tac de la grande horloge. Tout le monde dormait. Il posa un pied sur la première marche de l'escalier. Un bruit dans le petit boudoir de Harriet lui indiqua qu'il se trompait.

— Francis ?

Malgré l'heure tardive, Dana était encore tout habillée. Le visage ravagé par l'inquiétude, elle le fixait, le regard brillant d'une colère qu'elle ne parvenait à contrôler qu'en comptant chacune de ses respirations. Comme l'enfant pris en défaut, Francis détourna la tête.

— Je te demande pardon, murmura-t-il.

— Il est passé une heure de la nuit et tu me demandes pardon ? Tu as une idée des angoisses que j'ai vécues ? Dieu tout-puissant ! Tout ce que j'ai pu imaginer !

Elle le força à lui faire face dans le halo de lumière et eut un mouvement de recul. Devant ce qu'elle découvrit, elle plaqua ses mains sur sa bouche pour étouffer son cri. Le sang sur la chemise. La mâchoire tuméfiée, marbrée de bleu sous le duvet roussâtre qui commençait à l'envahir. Les traits creusés et le regard las.

— Pour l'amour de Dieu, que t'est-il arrivé ? Où étais-tu, Francis ? Logan t'a cherché partout. Il était sur le point de signaler ta disparition aux policiers.

— Je suis fatigué... je monte me coucher, lui répondit-il seulement.

D'un pas lourd, il prit le chemin de leur chambre. Elle s'attacha à ses pas.

— Tu es allé le trouver ? C'est ça ? Tu es allé trouver Mr Lauder ?

Il ne répondit pas, entra dans la petite pièce qu'on leur avait attribuée. Devant le regard médusé de Dana, il se dépouillait de ses vêtements avec des gestes mesurés. Assis sur le lit pour retirer ses chaussures, il s'immobilisa soudain. Un spasme souleva sa poitrine. Un son rauque s'échappa de sa gorge. Il cacha son visage dans ses mains. Dana alla vers lui et l'entoura de ses bras, l'embrassa sur le front, sur la joue qui avait le goût du sel.

— Que s'est-il passé, Francis ?

Ils demeurèrent longtemps ainsi, silencieux, blottis l'un contre l'autre. Lorsque Dana se détacha de lui, il avait recouvré suffisamment de courage pour parler sans éclater en sanglots.

— Je suis allé chez lui, avoua-t-il enfin. Je ne sais pas… Dana, je ne suis plus certain. J'ai peur d'avoir commis la pire erreur de ma vie. Pendant un moment, je n'ai pensé qu'à Charlotte… Et je crois… que ma raison a basculé.

⟡

Les doigts de Dana jouaient distraitement avec les boucles grises de Francis. La tête de son mari reposait lourde, immobile sur ses cuisses. Il y avait un moment qu'ils étaient ainsi, lui allongé, elle assise sur la couverture, sans parler, à regarder les enfants s'amuser sur la pelouse. Dans le ciel bleu pervenche voyageaient doucement de petits nuages mousseux. Au-delà de la cime des arbres qui se penchaient sur leur reflet dans le grand bassin, la pierre blanche de Bath du palais royal de Buckingham House et son Arche de marbre de carrare érigés à l'extrémité ouest du Mall éclataient de blancheur sous le soleil. Tout comme les majestueux pélicans qui se prélassaient paresseusement sur le bord de l'eau. Sur l'onde lisse, des canards s'attroupaient autour de Harriet et Logan, qui leur distribuaient des miettes de gâteau. Le cadre parfait de la quiétude. L'écrin brillant du bonheur. C'était une belle journée.

Aux gazouillis entraînants des oiseaux se joignait le bruit joyeux des enfants qui jouaient à colin-maillard. Blythe et son cousin Alexander tourmentaient Frances qui, les yeux bandés, les bras balayant l'espace, se laissait guider par le son de leur voix vers des obstacles sur lesquels elle trébuchait. Janet tançait les garçons d'agir si malicieusement. Les autres s'en amusaient. Francis suivait leurs mouvements, mais Dana savait que son esprit était ailleurs. Elle fit glisser ses doigts sur sa nuque crispée, la massa, le temps de sentir les muscles se détendre un peu. Il grogna de satisfaction. Puis elle caressa son front, effleura précautionneusement la ligne de sa mâchoire meurtrie. Il souleva la tête pour lui sourire et se dressa sur un coude. Son regard se déplaça vers Charlotte, assise seule à l'ombre d'un grand saule.

— Que fera-t-elle ? murmura-t-il pour lui-même, puis plus fort, à l'adresse de sa femme. Tu ne crois pas que j'aurais mieux fait de le lui dire ?

— Non. Elle est tranquille. Laissons-lui ce moment. Elle en a grandement besoin pour remettre ses idées en place.

Les jambes repliées sous son menton, Charlotte embrassait ses genoux de ses bras et suivait elle aussi le jeu des enfants. Son expression se faisait pensive. Elle avait annoncé ce matin qu'elle rentrerait à Édimbourg avec eux. Une décision qui lui coûtait beaucoup, devinait Dana. Elle laissait ses beaux projets derrière elle. Encore une fois. Mais c'était le prix à payer pour ne plus croiser Mr Lauder dans les rues de Londres.

Francis s'assit. Il promena un regard nerveux dans St. James Park, où ils étaient venus passer l'après-midi dominical en famille. Lorsqu'il tourna un visage incertain vers sa femme, celle-ci sentit son cœur se serrer devant l'affreuse ecchymose. Pour l'expliquer aux enfants, Francis avait raconté qu'il avait glissé dans l'escalier dans le noir. Ça avait fait rire petit Joe. Frances lui avait demandé si un baiser lui enlèverait son mal. Dana avait l'habitude d'embrasser les petits bobos des enfants pour faire partir le mal. Évidemment, la douleur physique ne s'envolait pas, mais l'intention avait toujours l'heur d'apaiser celle de leur âme blessée. Après que Frances l'eut embrassé, il avait déclaré se sentir déjà beaucoup mieux. Et tout le monde s'était mis à table pour le petit déjeuner avant de se rendre à l'église.

Dana se pencha vers lui et l'embrassa à son tour. Dans un geste maternel, elle dégagea son front d'une mèche de cheveux.

— Cesse de t'en faire pour elle comme ça. Tout se passera bien.

Le murmure caressant et plein de tendresse le rasséréna.

Blythe avait attiré Frances jusque sous le refuge de Charlotte. La fillette riait en écartant les ramures qui lui chatouillaient le visage. Pour ne pas que sa sœur lui tombe dessus, Charlotte s'était levée. Trop tard, Frances avait attrapé sa prise.

— Je ne joue pas ! s'écria Charlotte en la repoussant avec un peu trop de rudesse.

Saisie d'étonnement, Frances retira son bandeau et regarda sa grande sœur s'éloigner vers le bord de l'étang.

— C'est pas juste ! se plaignit-elle. Il fallait que tu me laisses deviner qui tu étais.

— Tu n'as qu'à remettre le bandeau et à continuer à jouer avec les autres, suggéra Charlotte.

— Tu as gâché mon tour, Charlotte ! pleurnicha Frances en lançant le bandeau dans l'herbe. Tu es toujours d'aussi mauvaise humeur ! Tu pleures encore tout le temps, comme à la maison. Tu es vraiment trop triste, Charlotte Seton !

— Ouais ! fit Blythe, mécontent que le jeu ait été si abruptement interrompu.

Charlotte se mordit la lèvre en les regardant s'éloigner. Janet et Florence la dévisageaient avec réserve. James fouillait l'herbe avec le bout de sa chaussure. Elle n'aurait jamais imaginé que ses humeurs sombres eussent pu affecter à ce point ses frères et sœurs. Son cousin Andrew ramassa le bandeau et demanda à la ronde qui voulait le porter.

— Moi ! annonça tout de go Charlotte pour se faire pardonner.

Elle installa le mouchoir. James l'aida à le nouer. Ayant retrouvé toute leur vitalité, les enfants s'étaient réunis autour d'elle et la faisaient tournoyer en chantant une comptine. Ils s'éparpillèrent ensuite en rigolant, émettaient des cris d'animaux pour appeler le chasseur.

— Je devrai avertir la cuisinière. Ils quémanderont une double ration au dîner. Ah ! Si je pouvais avoir ne serait-ce que la moitié de leur énergie ! commenta Harriet.

Logan et elle avaient rejoint Dana et Francis sur la couverture.

Petite Mary et petit Joe gloussaient et battaient maintenant des ailes en tournoyant autour de Charlotte, qui tâtait l'espace vide devant elle. Elle allait à gauche, à droite, au gré des voix moqueuses. Andrew lui pinça le bras. Elle poussa un cri de surprise et s'immobilisa.

— Ah ! Ça sent le bon rôti de dinde par ici. Hum… attendez que j'en trouve une dodue à souhait à me mettre sous la dent ! lança-t-elle en riant.

Mary se laissa prendre au jeu et se remit à glousser énergiquement.

— Charlotte est devenue une ravissante jeune femme, fit remarquer Harriet. Je présume que ce jeune homme… comment il s'appelle déjà ? Mr Collins ? Oui… Je suis prête à jurer que Mr Collins ne manquera pas de lui faire l'honneur de ses hommages sitôt qu'il la saura de retour à Weeping Willow.

— Elle t'a parlé de lui ? l'interrogea Dana avec un mélange de surprise et d'inquiétude.

— À quelques reprises. Elle m'a vanté ses nombreux mérites. Un jeune homme intelligent et plein de charmes, à ce qu'il paraît. Peut-on espérer un mariage pour l'an prochain ?

— Je… je n'en sais rien, murmura Dana.

Francis et elle échangèrent un regard qui exprimait les émotions qu'ils partageaient avant de rediriger leur attention vers leur fille.

— Tu t'imagines grand-mère, chère Dana ? Ha ! Ma Florence sera elle aussi bientôt en âge de se marier…

Pendant que parlait Harriet, les sourcils de Francis reformaient une ligne rigide tandis que son attention se fixait maintenant dans l'ombre d'un grand chêne qui bordait le sentier et vers lequel se dirigeaient les enfants. Il se dressa brusquement sur les genoux.

— Qu'y a-t-il ? lui demanda Dana.

Il attrapa la main de sa femme et la serra avec vigueur.

— C'est lui ? Est-ce lui, Dana ?

— Qui est là ? s'informa Logan en plissant les yeux pour mieux discerner ce que regardait son beau-frère.

Personne ne répondit. Dana venait à son tour de cerner la silhouette qui se détachait du tronc de l'arbre.

— Glouglou ! Glouglou ! faisait la petite Mary.

Pour mieux surveiller le chasseur, elle se déplaçait à reculons. Elle se laisserait attraper. Mais elle voulait profiter de son avantage encore quelques secondes. C'était comique de voir sa cousine Charlotte, la langue sortie, battre le vide comme une aveugle. Les autres s'étaient arrêtés de les suivre et, brusquement silencieux, avaient pris des airs très sérieux. Mary s'immobilisa à son tour. Personne ne riait plus sauf Charlotte qui lâchait de petits cris chaque fois qu'elle trébuchait sur les inégalités du terrain. L'instinct incita Mary à se retourner. Ses yeux devinrent immenses jusqu'à presque envahir sa frimousse que les plaisirs du jeu avaient colorée. Muette de saisissement, elle fixait l'homme qui approchait. Elle buta contre Charlotte avant de s'envoler apeurée vers sa sœur Florence. Désorientée, Charlotte tourna sur elle-même.

— Hé ! Petite dinde sauvage ! s'écria-t-elle en cherchant à repérer sa cousine. Petite dinde ! Tu ne glousses plus ? Allons, sois gentille et… Oh !

Sa main avait frôlé quelque chose. Elle palpa une étoffe, un corps trop grand pour être celui de Mary. C'était James qui voulait lui jouer un tour. Quoique… les épaules de James n'étaient pas aussi larges. Son père, alors ?

Horrifiée par l'arrivée de l'intrus, Janet s'était précipitée vers ses parents. Elle adressa un regard interrogateur à son père. Mais Francis s'éloignait du groupe.

— Mama ? C'est… Mais c'est Mr Lauder !

— Tout va bien, lui dit sa mère qui s'apprêtait à suivre son mari.

Harriet et Logan partagèrent leur incompréhension dans l'échange d'un regard.

— Est-ce que cela n'aurait pas été une meilleure idée d'organiser cette rencontre chez Harry ? fit Dana à mi-voix en glissant son bras sous celui de Francis.

— Non, ici c'est très bien. L'espace leur accorde un peu d'intimité et je peux encore les surveiller.

Ensemble, ils observaient le couple sous le grand chêne.

Nicholas avait été sur le point de partir lorsque la petite fille s'était dirigée dans sa direction. On allait le découvrir. Il n'avait plus eu d'autre choix que de se manifester. Il était planqué derrière cet arbre depuis plusieurs minutes à épier la famille Seton. À les regarder vivre leur bonheur d'être réunis. Un tableau qu'il avait contemplé étreint d'un mélange d'émotions contradictoires. Tableau de beauté de l'innocence, de la vanité du bonheur des élus. Il lui avait soudain semblé que sa présence parmi eux ferait éclater l'unité des éléments. Comme un grain de sable dans l'engrenage, il allait enrayer le déroulement de ce jour paisible. Il cherchait mille raisons de se sauver, mille autres l'incitaient à rester. Quel que soit son choix, la direction qu'il ferait prendre à sa vie serait irrévocable. Il avait longtemps médité sur ce qu'il déciderait. Toute la nuit, en fait. L'épuisement avait fini par le faire tomber dans le sommeil à l'aube. Les coups de midi du clocher de l'église St. Bride l'avaient ranimé. Puis la douleur qui habitait tous ses membres lui avait rappelé sa fâcheuse visite de la veille. Seton lui avait donné la rossée de sa vie. Il lui avait offert la chance de sa vie. Nicholas était venu au lieu de rencontre, mais pas encore, jusqu'à cette ultime minute, il n'avait décidé de ce qu'il ferait.

Il lui sembla que la féminité de Charlotte avait mûri avec grâce. Ses épaules et ses bras, deux années de plus les avaient modelés de rondeurs qui auraient rendu jalouse la Psyché de Canova[40]. Des boucles s'étaient détachées de sa coiffure et auréolaient son visage que l'été avait semé de petites taches de son. Son sourire, son rire, avaient conservé cette légèreté et cette fraîcheur qui l'avaient tant charmé. Elle était magnifique. Dans cette robe safran, un soleil rayonnant.

Les doigts de Charlotte glissaient doucement sur la peau de son visage. Douleur et émoi. Il s'efforça de ne pas gémir lorsqu'elle dessina le contour de son nez. Seton le lui avait certainement cassé. Il avait vu passer le meurtre dans les yeux gris orageux. Il avait cru son heure venue. Puis contre toute attente, Seton l'avait libéré et s'était redressé. Il lui avait indiqué un siège. « Il est temps de discuter », avait-il déclaré en vidant le vin dans le verre sur le bureau. Il avait pris la bouteille pour vérifier s'il en restait, l'avait reposée, déçu. Nicholas lui avait indiqué où il pourrait en trouver une autre. Le vin sur une table installée entre eux, ils avaient bu en silence, se jaugeant mutuellement. Seton avait enfilé deux verres avant de se remettre à parler. Il avait adopté le ton qui révélait qu'il souhaiterait être partout sauf là en sa compagnie. Qu'il ne lui témoignerait surtout pas sa sympathie. Que ce qu'il dirait allait contre sa volonté.

— Un jour, j'ai dit à ma fille que si l'homme qu'elle aime accepte de se mesurer à moi, alors je comprendrai que je devrai m'en faire une raison. Il faut bien savoir ce qu'il a dans le ventre, non ? Je disais cela à la blague, évidemment, avait-il commencé en frottant ses jointures endolories.

Seton l'avait longuement étudié au-dessus de son verre avant de reprendre la parole.

— Vous l'aimez ? Pour mon malheur, elle vous aime aussi. Cela la rend terriblement misérable, Mr Gordon… Lauder. Et de voir ma fille

---

40. Antonio Canova, 1757-1822 : sculpteur italien. *Psyché ranimée par le baiser de l'Amour* est l'une de ses plus belles œuvres.

se briser le cœur à vous aimer de cette façon brise le mien. Je ne vous poserai qu'une seule question, Mr Lauder. Pourquoi l'aimez-vous ?

Les doigts de Charlotte quittaient le visage qu'ils exploraient. Elle s'écarta et s'immobilisa à un pas de sa prise, le sourire effacé. « Ce n'est pas Papa… » Mais alors, qui ? Pas Oncle Logan. Mais alors ? Sa poitrine se soulevait d'un souffle raccourci, laborieux. Charlotte retira lentement son bandeau. Le visage qui lui faisait face était méconnaissable. Mais le regard… Un sentiment de panique l'envahit. Elle mit plus de distance entre eux, chercha son père des yeux. Il se tenait debout en compagnie de sa mère et, comme les autres, les regardait avec attention, sans bouger. Qu'est-ce que ça voulait dire ? Ne voyait-il pas ? Il allait forcément intervenir. Son cœur s'emballait. Elle ne comprenait pas. On l'avait piégée ? Elle avait ébauché le geste de s'éloigner.

— Miss Seton… Non, restez.

La vue du visage de Nicholas était effroyable. Sa lèvre fendue, son nez gonflé, violacé. Le jour précédent, dans la librairie, il était intact. Ces ecchymoses sur la mâchoire. Comme sur celle de son père. Doux Jésus ! Son père ! Après leur retour dans Bedford Square, sa mère lui avait tout raconté. Ensuite, hors de lui, il avait disparu pendant des heures. Elle comprit soudain avec une brutale lucidité l'origine du massacre du visage de Nicholas. S'efforçant de se convaincre qu'il l'avait bien mérité, elle adopta une attitude détachée. Puis sa vue lui devenant de plus en plus difficile à supporter, elle regarda ailleurs.

— Je vous croyais en Jamaïque, déclara-t-elle froidement d'entrée de jeu.

— Je m'y prépare. J'ai des choses à régler.

— Encore ? fit-elle sarcastique.

— Une presse neuve et de la fourniture à acheter, se justifia-t-il avec un peu d'embarras. Si tout se déroule comme prévu, je prévois repartir dans quatre mois.

L'imprimerie. La petite maison de Kingston avec vue sur la baie de Port-Royal. Elle avait mal. Il poursuivait leur rêve sans elle, seul avec Lucas. Elle se souvenait du garçon qu'elle avait revu à Blackford Mains. Il avait beaucoup grandi.

— Comment se porte votre fils ? s'informa-t-elle.

— Lucas va bien. Il aura bientôt onze ans…

Déjà ? Charlotte lui tourna le dos pour qu'il ne voie pas son désarroi.

— Pourquoi êtes-vous venu ici ? demanda-t-elle.

— J'ai pensé que… que nous pourrions peut-être…

Repartir à zéro ? Était-ce ce qu'il pensait ?

— Peut-être ? Vraiment ?

Elle se retourna à moitié pour le regarder. Son expression s'était fermée. Elle lui en voulait de lui avoir brisé le cœur et de revenir remuer les morceaux qui avaient à peine commencé à se remettre en place. Il fouilla l'intérieur de son frac et en sortit un petit livre, qu'il lui présenta en le tenant fermement pour ne pas trembler. Un frémissement dans sa voix trahissait son trouble.

— Votre père l'a oublié chez moi. Je doute qu'il ait l'ambition de le lire un jour. Alors, j'ai pensé vous l'offrir… avec une dédicace.

Une dédicace ? Il se moquait ? Elle regardait le recueil avec un mélange de colère et de tristesse. Elle avait envie de le prendre et, sans même l'ouvrir, mordre dedans, en arracher les pages, le réduire en charpie et en jeter les morceaux au gré du vent, qu'il les emporte. Mais elle avait aussi un désir fou de le saisir, d'en dévorer les textes, d'en goûter les mots, de redécouvrir par eux l'essence qui faisait l'homme qu'elle avait un jour aimé.

— De grâce, Miss Seton. Vous ferez ensuite ce qui vous plaira avec. Mais prenez-le et lisez. Vous comprendrez l'objet de ma présence ici.

Sa voix se fêlait. Charlotte leva les yeux vers ceux de Nicholas. Ces yeux de chat énamouré qu'elle avait si souvent contemplés à la lueur fatiguée d'un reste de chandelle. Ils recelaient encore toute la chaleureuse luminosité de l'ambre, l'onctueuse douceur du miel de Corse. Mais aussi d'autres choses, une fragilité, une détresse, une supplication… Elle ne se résignait toutefois pas à prendre le recueil de poèmes.

— Par respect pour l'amour que vous porte votre père, insista-t-il.

Elle étudia le visage de Nicholas. Ce beau visage que, dans sa fureur, la violence de son père avait défiguré. Que lui avait dit Nicholas pour le convaincre de le laisser la revoir ? Elle accepta le cadeau, caressa doucement le dos de toile brune ornée de dorures, le papier jaspé de la couverture. Son index glissa prudemment en dessous. Avant de la soulever, elle lança un regard perplexe vers son père. Sa femme à ses côtés lui prenant le bras pour le soutenir ou le retenir, il se tenait toujours aussi immobile, comme s'il attendait qu'elle se décide. Elle ouvrit le livre sur la page de garde.

> *Ce que nous avons vécu en Jamaïque n'était pas qu'un moment d'égarement. C'était l'égarement du moment dans la mauvaise histoire. Cette histoire-là s'est tristement achevée. Mais la fin d'une histoire est toujours le commencement d'une autre. Elles s'enchevêtrent les unes aux autres pour former le fil du temps. Le temps est l'unique perpétuité. Tout s'use et se détruit par lui. Sauf la vérité. Alors, je me dis que l'amour, s'il est vrai, ne peut pas subir les effets du temps, et j'ai repris espoir. Espoir qu'une autre histoire puisse recommencer pour nous.*

Pendant de longues secondes, elle resta à fixer les traits d'encre, à en suivre les courbures du bout de son ongle. Les *g* s'allongeaient, accrochaient les mots de la ligne suivante. Les *p* étaient élégamment formés. Les *e* et les *r*, à peine lisibles. C'était étrange. Elle avait tant imaginé faire ce même geste en lisant ces lettres de Nicholas qu'elle n'avait jamais reçues. Elle avait tant rêvé qu'il surgisse à Weeping Willow au milieu de l'une de ses nuits d'insomnie pour la ramener en Jamaïque, où attendait de se poursuivre la suite de leur histoire. Ces rêves ne s'étaient jamais réalisés. Et là… Que lui offrait-il en réparation ? Un recueil de poèmes ?

La lumière qui obliquait à travers le feuillage constellait le charmant désordre de sa chevelure de petites étoiles dansantes. Nicholas la contempla tandis qu'il attendait une action, un mot. Celui qui déciderait de la suite. La suite ne serait pas un nouveau départ. On ne prenait jamais un nouveau départ. On poursuivait toujours sa route devant, accumulant ses bagages derrière. Il se fatiguait de traîner les siens. Il pensait qu'à deux…

— Que dois-je répondre à cela, Mr Lauder ? demanda enfin Charlotte avec un frémissement d'irritation dans la voix.

— Rien. Je ne vous demande rien aujourd'hui.

— Et demain ? Qu'espérez-vous de moi, demain, Mr Lauder ?

Elle referma le livre dans un claquement. Les ressentiments lui remontaient à la gorge dans une grosse boule de fiel.

— Mon poème… je suis certaine que vous êtes allé jusqu'à le publier dans ça aussi ? fit-elle en le lui brandissant sous le nez.

— Non, non… Miss Seton, jamais je n'aurais fait une telle chose !

Les lèvres de Charlotte ne formaient plus qu'un mince trait crayeux. Elle agitait le recueil avec une rage retenue.

— Vous m'avez fait beaucoup de mal !

— J'en suis conscient. Rien… rien ne peut racheter la lâcheté de mes actes.

— Mea culpa ! Par conséquent, tout se pardonne ? C'est trop facile ! Croyez-vous que je peux tout oublier aussi aisément ?

— Je ne vous demande pas d'oublier.

— Quel droit vous permet de vous manifester dans ma vie et venir tout bousculer comme bon vous semble ?

— Qui a bousculé la vie de qui ? s'indigna-t-il soudain en haussant le ton. En Jamaïque, rappelez-vous, j'ai essayé de vous avertir que cela finirait mal entre nous. Mais vous vous êtes entêtée.

— La jeune ingénue que vous avez connue là-bas a grandi à un rythme de géant, Mr Lauder, répliqua-t-elle vivement. Et elle a pris le temps de réfléchir à ce qu'elle veut faire de sa vie. Elle a des projets. Elle est une femme qui a envie de se réaliser en tant que femme ! Elle a appris à vivre sans vous !

— Cette femme, je l'aime, Charlotte.

— Cessez de trouver réplique à tout ce que je dis !

Elle était déstabilisée. Il s'en sentit rassuré et ne put s'empêcher de sourire.

— Il y eut un temps où c'est vous qui aviez réponse à tout.

Elle tenait toujours le livre devant elle. Dans un accès de frustration, elle allait le lancer au bout de son bras. Il lui attrapa fermement le poignet et l'attira à lui, braqua son regard dans le sien. Les grands yeux gris lui racontaient beaucoup de choses. Du ressentiment et de la colère. Un mur de colère.

Il porta à sa bouche la main qu'il retenait, en effleura voluptueusement le dos de ses lèvres. Le baiser fit courir un frisson d'exaltation le long de l'échine de Charlotte, finissant de la désarçonner. Le livre tomba dans l'herbe entre eux. Elle lui permit d'entrecroiser ses doigts avec les siens. De partager dans une forte pression des mains l'intensité des sentiments qui les perturbaient. Pour se dominer, elle se détourna vers l'endroit où se tenait son père. Bras croisés sur la poitrine, son pouce entre les dents, il foulait la pelouse d'un pas nerveux pendant que sa mère demeurait parfaitement immobile. Elle leur en voulait de ne pas l'avoir prévenue. Elle n'était pas préparée. Et là, trop d'émotions lui chaviraient le cœur. Trop de questions bombardaient son esprit pour qu'elle puisse penser clairement.

— Pourquoi cela doit-il se passer ici ? demanda-t-elle d'une voix cassée.

L'interrogation venait de surgir dans son esprit. Pourquoi son père lui permettait-il de s'exhiber publiquement avec Nicholas comme avec son fiancé ? C'était à la fois cruel et indécent.

— C'était sa condition.

Elle secoua la tête, le regarda. Que s'était-il dit entre son père et Nicholas ? Elle ne le saurait sans doute jamais.

— Il sait tout de nous, Charlotte, avoua-t-il. Je ne pouvais pas lui mentir.

— Tout ? demanda-t-elle en se souvenant des regards fuyants de son père depuis son retour de l'église.

Il ne les y avait pas accompagnés, prétextant vouloir profiter d'un moment d'accalmie pour écrire à Jonat et lui communiquer la date approximative de leur arrivée à Weeping Willow.

— Je lui ai parlé de nos projets avant son arrivée en Jamaïque. Des vôtres après votre départ. Mes sentiments vous concernant… surtout, et les raisons qui m'ont obligé à vous causer autant de chagrin, conclut-il. Puis s'attachant le gris trouble de ses yeux, il ajouta plus doucement : mes sentiments n'ont pas changé, Charlotte, vous le savez maintenant. Je veux seulement savoir… ce qu'il en est pour vous.

À cela, elle ne dit rien, mais ses joues se couvrirent de rouge et elle baissa les yeux. « Mes sentiments ? Ce qu'ils sont ? » Elle ne le savait plus exactement. Elle les refoulait au plus profond de son cœur dès qu'ils se manifestaient. Comme on pesait sur la tête d'un noyé pour l'empêcher de remonter à la surface. Pour l'empêcher de reprendre son souffle. Pour l'assassiner. Oh Dieu ! Quel crime ! Tuer l'amour ! Tuer l'amour ? Ça n'avait pas de sens.

— Je ne peux pas… bredouilla-t-elle. Je ne peux pas…

— Vous ne pouvez pas quoi ?

Une larme sillonna sa joue, de la commissure de son œil à celle de ses lèvres. Il saisit son menton et le souleva. Lui brûlait les lèvres ce merveilleux sentiment qui lui montait directement du cœur. Il n'avait plus l'ombre d'un doute, plus que jamais, il voulait Charlotte dans sa vie. Dans un élan spontané, il emprisonna sa taille et couvrit sa bouche de la sienne. Elle chercha à se libérer, mais il la retint fermement contre lui. De seconde en seconde, la résistance de Charlotte faiblit. Nicholas leur permit enfin de reprendre une bouffée d'air. Ils haletaient comme après une course folle, se fixaient avec des yeux brillants de la stupéfaction de ce qui venait de se produire, l'un et l'autre, ébranlés par la fougue qui les avait transportés.

Submergée par le flot d'émotions, elle s'écarta de lui avec brusquerie. Remettant un peu d'ordre dans sa tenue, elle nota avec trouble que son père n'avait pas bougé.

— Charlotte, acceptez de me revoir. C'est tout ce que je vous demande. Accordez-nous cette seconde chance. Laissons voir où cela nous mènera.

Elle se retourna vers Nicholas, ne trouvait plus de voix pour répondre. Elle avait tant envie d'accepter. Mais elle avait encore si mal. Tout n'était plus que désordre dans sa tête. Elle se pencha pour reprendre le recueil dans l'herbe entre eux. Lui revenaient quelques réminiscences. Dans la petite chambre de Church Street. Elle avait fait l'amour avec un homme. Pour la première fois. Après, elle lui avait demandé s'il l'aimait. « Dans un moment comme celui-ci. Trop souvent, son aveu ne sert que des desseins égoïstes… » Avant ce jour, Nicholas ne lui avait jamais ouvertement avoué l'aimer.

— L'amour n'est pas un sentiment constant, qu'elle lui rappela.

L'expression de Nicholas demeura impénétrable, le temps de se souvenir. Elle lui servait froidement ses propres paroles.

— Il n'y a rien de plus constant que l'inconstance, déclara-t-il avec un drôle de sourire.

Elle pressa le livre sur son cœur.

— Peut-être avez-vous raison, admit-elle à la fin.

Les larmes coulaient maintenant librement sur son visage. Nicholas s'approcha doucement et, voyant qu'elle ne chercherait plus à le repousser, il l'enlaça et la serra contre lui. Il aurait à reconquérir Charlotte. Il aurait à subir ses guerres, ses orages et ses foudres. Il avait besoin du vacarme de sa fougue pour remplir le silence de sa solitude. Pour ne plus entendre les gémissements de son âme hantée par le douloureux secret qui reposait toujours à Braid Hill. Oui, peut-être qu'avec l'amour, sa conscience apprendrait à se pardonner, et, qu'avec le temps, viendrait la paix.

De loin, Francis et Dana observaient le couple enlacé.

— Tu crois qu'elle va encore vouloir rentrer avec nous ? s'enquit Dana sans pouvoir supprimer de sa voix des notes de tristesse.

Francis ne répondait pas. Elle devinait la force de retenue qu'il déployait pour ne pas intervenir. Faire le sacrifice de son orgueil pour le bonheur de sa fille était le plus grand acte d'amour qu'un père put démontrer à son enfant. Elle lui en était reconnaissante. Elle lui toucha l'épaule. Il tressaillit.

— Tu as fait ce qu'il fallait, le rassura-t-elle en déposant un baiser sur sa joue. Mais tu ne m'as toujours pas dévoilé ce qu'a dit Mr Lauder pour te convaincre de son amour pour elle.

Il secoua la tête, respira profondément avant de tourner son visage vers sa femme.

— Il m'a dit : je l'aime… parce que je l'aime.

Les sourcils de Dana se froncèrent dans l'incompréhension.

— Parce que… ? Rien que ça ?

— Rien que ça.

— Qu'est-ce que ça veut dire ?

Un sourire courba légèrement la bouche de Francis. En vérité, ce fut l'expression sur le visage de Lauder qui avait fini de le convaincre. Une expression qu'il avait déjà croisée dans un miroir à une époque pas si lointaine de sa vie, où il questionnait lui-même son amour pour Dana.

— C'est en vérité bien peu de mots, fit-il observer avec une pointe d'ironie. Alors, j'ai pensé à nous deux et je me suis rappelé qu'ils voulaient dire beaucoup. Que répondre d'autre quand il existe autant de raisons d'aimer que d'étoiles dans le firmament ?

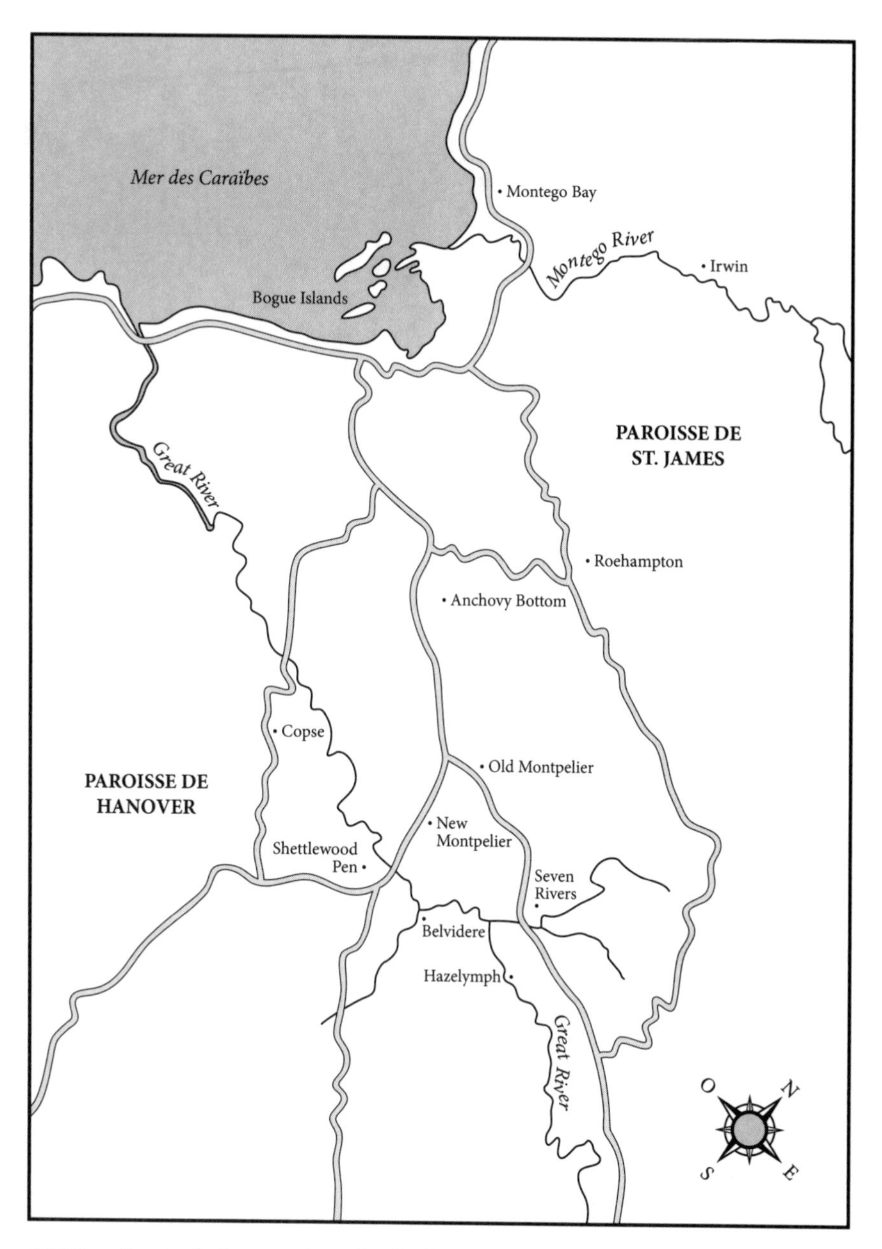

1831 – Carte de la paroisse de St. James, Jamaïque.

Note de l'auteure

Tout au long du récit, j'ai tenté de rester aussi près de la vérité historique que me le permettaient les documents à ma disposition. Je tiens à préciser que les événements entourant la rébellion des esclaves de 1831 ont été reconstruits aussi fidèlement que les a relatés le colonel William Stanford Grignon dans son rapport *Vindication of the Conduct of Colonel Grignon and of the Western Interior Regiment Under His Command during the Rebellion of 1831 and 1832*, publié en Jamaïque au Office of the St. Jago Gazette, en 1833. La plantation de Montpelier était, dans l'histoire réelle, une possession de la famille Ellis. Au moment de la rébellion, elle était la propriété de George Rose Ellis, fait Lord Seaford et donc membre de la chambre des Lords à Londres. Montpelier a survécu à la rébellion de 1831. On n'y fabrique plus de sucre depuis 1855. Après avoir tiré ses profits de l'élevage, de la culture du tabac, de la fabrication de cigares et de cigarettes, puis de l'exploitation d'un hôtel de luxe, la famille Ellis a vendu les terres de Montpelier en 1912. Le domaine est aujourd'hui administré par le gouvernement de la Jamaïque, qui y a établi un projet de culture d'agrumes, tandis que le Blue Hole fait l'objet d'un projet de parc national.

Pour les besoins du roman, je me suis permis de faire passer la propriété à la famille Elliot. De cette façon, je pouvais adapter mes personnages à l'intrigue sans risques ni contraintes. En revanche, les généralités de l'histoire de la propriété, la description de ses installations et de son exploitation, ainsi que le rôle qu'elle a tenu pendant la rébellion sont conformes à la réalité.

L'histoire de la famille Dick-Lauder de Fountainhall est réelle. Cependant, Elizabeth et Nicholas sont des personnages fictifs. Braid Hill House est en fait l'Hermitage of Braid, situé dans la petite vallée entre Blackford Hill et Braid Hills. Le domaine a successivement été la propriété des familles de Brade, au XIIe siècle, des Dick of Grange, au XVIIe, puis des Gordon of Cluny, au XVIIIe, avant de passer à la ville d'Édimbourg, qui y a aménagé un parc dont peuvent jouir aujourd'hui les amants de la nature.

Je considère qu'un roman historique n'est qu'une vision de ce qui a été: celle de l'auteur, qui s'appuie sur des faits vérifiés mais qui ne racontent pas tout. Son imagination doit compenser pour le reste. En cela réside tout son plaisir d'écrire.